MELANIE METZENTHIN

Die Hafenschwester-Saga

MELANIE
METZENTHIN

Die Hafenschwester Saga

Als wir zu träumen wagten

ROMAN

DIANA

Von Melanie Metzenthin sind im Diana Verlag erschienen:
Die Hafenschwester (1) – Als wir zu träumen wagten
Die Hafenschwester (2) – Als wir wieder Hoffnung hatten
Die Hafenschwester (3) – Als wir an die Zukunft glaubten

MIX
Papier aus verantwortungsvollen Quellen
FSC® C014496

Penguin Random House Verlagsgruppe FSC® N001967

Taschenbucherstausgabe 08/2022

in der Penguin Random House Verlagsgruppe GmbH,
Neumarkter Straße 28, 81673 München
Redaktion: Angela Volknant
Umschlaggestaltung: FAVORITBUERO, München
Umschlagabbildung: © Arkivi UG/Bridgeman Images,
© Natasza Fiedotjew/Trevillion Images
Autorenfoto: © privat
Satz: Leingärtner, Nabburg
Druck und Bindung: GGP Media GmbH, Pößneck

Printed in Germany
ISBN 978-3-453-36132-4

www.diana-verlag.de

TEIL 1

Die Krankenschwester

1

Hamburg, 19. August 1892

Martha liebte es, über den Scharmarkt zu bummeln. Besonders heute, an ihrem vierzehnten Geburtstag, denn ihre Mutter hatte ihr in der Früh zwanzig Pfennige zugesteckt, damit sie sich nach der Schule einen Wunsch erfüllen konnte. Zwanzig Pfennige! Martha konnte sich nicht erinnern, jemals ein solches Vermögen besessen zu haben. Der Scharmarkt mit all den kleinen Läden und Handwerksbetrieben war das pulsierende Herz des Gängeviertels. Hier kannte Martha jeden Winkel, hier hatte sie bereits als Achtjährige die Näharbeiten ihrer Mutter in Frau Lembckes Weißwarengeschäft abgeliefert. Direkt nebenan hatte der Uhrmacher Härtel seinen Laden, an dessen Schaufenster sie sich niemals sattsehen konnte. Da gab es nicht nur Taschenuhren für Herren und feine Damenuhren, sondern auch große Standuhren, kleine Tischwecker und fein gearbeitete Spieluhren. Vermutlich würde sie sich niemals eine eigene Uhr leisten können, aber ihr elfjähriger Bruder Heinrich träumte davon, eine zu bekommen, wenn er im Herbst endlich auf die höhere Schule gehen dürfte.

»Das musst du dir nicht einbilden«, hatte Martha ihm wiederholt gesagt. »Die Mama spart schon genug für dein Schulgeld, die kann dir nicht auch noch eine Uhr schenken.«

»Aber ich brauch doch eine, damit ich pünktlich bin.«

»Ach was, der Papa ist ja auch immer pünktlich, obwohl er keine Taschenuhr hat. Der Wecker reicht doch für uns alle.«

Während sie an ihren Bruder dachte, läutete die Türglocke des Uhrmachergeschäfts und eine Mutter mit einem Sohn in Heinrichs Alter verließ den Laden. Der Junge trug eine Pennälermütze, die ihn als Schüler der Untertertia auswies. In seiner Hand hielt er stolz die Schachtel. Bestimmt war eine funkelnagelneue Taschenuhr darin.

Martha seufzte. Auf eine Uhr brauchte Heinrich weiß Gott nicht zu hoffen.

Sie ließ das Uhrmachergeschäft hinter sich und ging den Bürgersteig entlang, immer darauf bedacht, möglichst im Schatten der Markisen zu bleiben, die über den Schaufenstern aufgespannt waren und vor der Hitze der Hundstage Schutz bieten sollten. Um die Mittagszeit füllte sich der Bürgersteig langsam mit Leben, und neben dem üblichen Lieferverkehr sah man auf der Straße auch die eine oder andere vornehme Droschke. Vor der Silberwarenfabrik standen zwei gut gekleidete Damen und bewunderten die Auslage. Etwas weiter längs saßen drei Matrosen auf einer Bank vor dem Gasthof Zum Schwarzen Adler, wo ihr Vater immer seinen Lohn abholte. Und direkt nebenan lag die Süßwarenhandlung Trautmann.

Martha sah ins Schaufenster und zögerte eine Weile. Es gab so viele andere Dinge, die sie sich wünschte. Doch weder für eine Spieluhr vom Uhrmacher Härtel noch für ein Paar glänzende Knopfstiefel mit Absatz würde sie jemals das Geld zusammensparen können. Aber wollte sie ihr kleines Vermögen, für das die Mutter so hart gearbeitet hatte, wirklich in Pfefferminz und Karamell verwandeln, für einen kurzen Genuss? Wäre es nicht doch besser in zwei Knäueln Wolle angelegt, aus denen sie sich Strümpfe für den Winter stricken konnte?

Noch während sie durch die Scheibe die kunstvoll verzierten Zuckerrosen, Marzipanschweinchen und Bonbonnieren bewunderte, betrat eine Frau die Süßwarenhandlung, und durch die offene Tür strömte ein so verführerischer Duft, der Martha all ihre Selbstbeherrschung vergessen ließ. Sie ging in den Laden und ließ sich von der freundlichen Verkäuferin die größte Tüte mit gemischten Bonbons geben. Noch bevor sie hinausging, steckte sie sich den ersten Bonbon, einen Karamell, in den Mund und lutschte ihn ganz langsam und genüsslich. Dann machte sie sich auf den Heimweg. Es war mittlerweile so heiß geworden, dass sich die Sonne in dem Kopfsteinpflaster auf der Straße spiegelte und kleine Pfützen vortäuschte. Ihr Vater hatte ihr erzählt, in der Wüste, wo es immer so heiß war, nenne man das Fata Morgana, und so eine Fata Morgana könne einem Verdurstenden eine ganze Oase vorgaukeln und ihn somit in den Tod locken. Vielleicht würde ihr Vater ihr und ihren Geschwistern heute Abend wieder eine spannende Geschichte erzählen, etwas von den Abenteuern, die er bei den Matrosen im Gasthof Zum Schwarzen Adler aufgeschnappt hatte. Mochten sie auch arm sein, aber wenn Martha an ihre Eltern dachte, an die Liebe und Fürsorge, die sie ihren drei Kindern stets entgegenbrachten, dann fühlte sie sich wie das reichste Mädchen der Welt.

Der Bleichergang, in dem sie mit ihrer Familie wohnte, lag direkt hinter dem Scharmarkt. Doch im Gegensatz zur prächtigen Einkaufsstraße war der Gang so eng, dass die Sonnenstrahlen die Fenster mancher Wohnungen nie erreichten. Im Hochsommer waberte zudem eine Wolke des Gestanks durch die Straßen, weil viele Bewohner ihre Nachttöpfe in den Abflussrinnen entsorgten. Es gab zu wenige Anstandsorte in ihrem Viertel. Marthas Mutter Louise litt sehr darunter und wünschte sich seit Jahren nichts sehnlicher, als zum Johannisbollwerk umzuziehen, wo die Schiffszimmerer, Lademeister und sogar einige Kapitäne lebten. Aber ihr Vater Karl war nur ein einfacher Schauermann, der täglich aufs

Neue beim Hafenmeister anfragen musste, ob seine Dienste gebraucht wurden. Das Geld, das er heimbrachte, reichte gerade für die Miete im Bleichergang und das Nötigste zum Leben. Alles, was darüber hinausging, musste die Mutter als Näherin in Heimarbeit verdienen. Im nächsten Jahr, wenn Martha die Volksschule verließ, würde sie ihr zur Hand gehen müssen. Ihre Mutter hatte die große Hoffnung, dass sie Martha als Lehrmädchen beim Schneidermeister Helbinger unterbringen konnte, dessen Werkstatt in den Kellerräumen unter Frau Lembckes Weißwarengeschäft lag. Doch der Helbinger war kein besonders umgänglicher Mann, und Marthas Eltern hatten nicht genügend Geld, ihm ein ordentliches Lehrgeld zu zahlen, weshalb Martha ihn durch ihren Fleiß und ihre Leistungen überzeugen sollte. Aber Martha hatte so ihre Zweifel, ob ihr das gelingen würde. Zwar mangelte es ihr nicht am Fleiß, aber im Gegensatz zu ihrer Mutter und ihrer kleinen Schwester Anna fehlte es ihr an Talent für zierliche Nadelarbeiten.

Die Wohnung ihrer Familie hatte zwei Zimmer und eine große Küche, in der die Mutter tagsüber nicht nur kochte, sondern auch ihre Näharbeiten erledigte. Für die Verhältnisse des Bleichergangs war es eine große, schöne Wohnung, und wenn der Gestank nicht gewesen wäre, hätte Martha sich kein besseres Zuhause vorstellen können. Sie hatten sogar fließendes Wasser, denn es gab im Hof neben den Anstandsorten einen eigenen Wasserhahn für die Hausgemeinschaft. Ein Luxus, den bei Weitem nicht alle Bewohner des Gängeviertels kannten. Die meisten holten sich ihr Trinkwasser direkt aus der Elbe, woher auch das Leitungswasser kam. Einmal war sogar ein junger Aal aus dem Wasserhahn direkt in den Eimer geflutscht, als Martha zusammen mit ihrer Schwester Wasser geholt hatte. Anna war damals noch klein gewesen und hatte laut um Hilfe geschrien, weil sie glaubte, es wäre eine

Schlange. Die Mutter hatte laut gelacht, als sie die Bescherung gesehen hatte, und gemeint, so würde die Elbe also ihre Kinder füttern. Der Aal war noch am selben Abend in der Bratpfanne gelandet, und die Geschichte wurde seither immer wieder zum Besten gegeben.

Als Martha jetzt nach Hause kam, war ihre Mutter nicht, wie erwartet, in der Küche, sondern bei Anna, die auf ihrem Bett saß und sich immer wieder übergeben musste. Der Nachttopf war mit einem Deckel verschlossen, aber der Gestank verriet Martha sofort, dass er voll war. Hastig ließ sie die Tüte mit den Bonbons, die sie doch so gern mit ihren Geschwistern geteilt hätte, in ihrem Schrankfach verschwinden, denn Bonbons waren jetzt gewiss das Letzte, was Anna sehen wollte.

»Soll ich den Nachttopf ausleeren?«, fragte sie ihre Mutter diensteifrig.

»Nein«, wehrte die ab. »Hol uns lieber frisches Wasser rauf und lass die Anna in Ruhe. Den Brechdurchfall hatte sie bislang noch jeden Sommer.«

Martha nickte, holte den Eimer aus der Küche und ging nach draußen zum Wasserhahn. Das Wasser war braun und brackig. Sie musste es eine ganze Weile laufen lassen, bis es endlich etwas klarer wurde und sie ihren Eimer füllen konnte. Als sie wieder nach oben kam, fragte sie ihre Mutter, ob sie ihr anderweitig helfen könne, doch die schüttelte nur den Kopf.

»Geh ruhig noch ein bisschen raus an die frische Luft, du musst hier ja nicht ersticken«, riet sie ihr. »Genieß den Tag.«

»Dann schau ich bei Milli vorbei.«

Ihre Mutter runzelte die Stirn. »Ich seh's nicht gern, wenn du zu den Steubners gehst. Das ist kein guter Umgang.«

»Aber Milli kann doch nichts dafür.«

»Ich weiß«, sagte ihre Mutter, während sie Anna sanft das Haar aus dem schweißnassen Gesicht strich. »Es tut mir ja auch in der Seele weh, dass wir Milli nicht helfen können, aber solange ihre Mutter Stein und Bein schwört, was für 'n guter Kerl ihr Hannes ist, kann ihr keiner helfen.« Sie seufzte. »Wir wissen doch alle, wo das arme Mädel noch mal enden wird.«

Martha schluckte schwer. Sie wusste genau, was ihre Mutter meinte. Niemand würde Milli bei dem Ruf, den ihre Familie genoss, als Lehrmädchen einstellen. Ihre einzige Hoffnung bestand in der Heirat mit einem anständigen Mann. Aber selbst das bot keine Sicherheit. Millis leiblicher Vater war auf See geblieben, während ihre Mutter mit ihr schwanger war, und konnte sein Eheversprechen nicht mehr einhalten. Millis Mutter war froh gewesen, dass der Hannes Steubner sie vor der Niederkunft geheiratet und dem Kind seinen Namen gegeben hatte. Vermutlich hing sie deshalb nach wie vor an ihm. Zudem war Hannes Steubner, als sie ihn kennenlernte, noch ein angesehener Lademeister gewesen, der eine schöne Wohnung am Johannisbollwerk hatte. Doch dann geriet er in die falschen Kreise. Warum er sich an einem groß organisierten Diebstahl beteiligt hatte, der ihn nicht nur seine Arbeit und sein Ansehen kostete, sondern ihn auch noch für zwei Jahre ins Zuchthaus brachte, wusste Martha nicht. Damals war Milli mit ihrer Mutter in den Bleichergang gezogen, weil sie die Miete im Johannisbollwerk nicht mehr aufbringen konnten. Und in dieser Zeit, so behaupteten die bösen Zungen, fing die Else Steubner auch mit dem Rumhuren an. Als Hannes Steubner aus dem Gefängnis entlassen wurde, bekam er nur noch schlecht bezahlte Hilfsarbeiten. Er fing an zu trinken, wurde gewalttätig und vermietete seine Frau an einen Hurenwirt im Rademachergang, um seinen Lebensstil zu finanzieren. Im Gasthof Zum Schwarzen Adler führte er regelmäßig das große Wort, umgab sich mit Halbweltgrößen und schmiss jeden Sonntag zum Frühschoppen für alle Anwesenden eine Runde. Dennoch wohnte die Familie weiterhin in der schäbigsten Ecke des Bleichergangs in einer Kellerwohnung, in der es nur im Sommer trocken war. Ab Oktober krochen mit der Kälte auch Feuchtigkeit und Schimmel in die düstere Bleibe, ganz egal, wie sehr die Familie dagegen anzuheizen versuchte.

Als Martha an diesem Tag an der Tür der Steubners klopfte, war niemand da.

»Die sind ausgeflogen«, hörte sie eine Frauenstimme. Sie sah nach oben und erkannte die alte Frau Hansen, die ihren neugierigen Kopf aus dem Fenster gestreckt hatte. »Und für dich wär's auch besser, wenn du nicht mehr herkommst, Martha.«

»Was meinen Sie damit?«

»Na, was wohl?« Die Alte lachte spöttisch und entblößte ihr schadhaftes Gebiss. »Der alte Hurenbock konnte es nicht lassen, jetzt auch noch das Küken einzuführen. Die ist seit dieser Woche mit ihrer Mutter zusammen im Rademachergang zum Anschaffen. Eine verlorene Seele, mit der solltest du dich nicht länger abgeben, Martha. Du hast schließlich anständige Eltern, die wollen, dass was aus dir wird.«

Martha schluckte. Sie hatte immer gewusst, dass Milli dieses Schicksal drohte, aber sie hatte gehofft, sie hätten noch Zeit. Zeit, eine andere Lösung zu finden, Zeit, dass irgendjemand Milli helfen würde. Doch das schadenfrohe Lachen der Nachbarin war Antwort genug. Wie sollte Milli auf Hilfe hoffen, wenn alle Leute der Meinung waren, dass die Hurerei ihr vorbestimmtes Schicksal war? Und wie sollte sie selbst sich verhalten? Am besten, sie sprach erst einmal mit niemand darüber, denn sie war sich sehr sicher, dass ihre Mutter ihr sonst den Umgang verbieten würde.

»Stell dir vor, was der Helbinger sagen würde«, hörte sie sie regelrecht im Geiste sagen. »Der denkt nachher noch, du bist auch so eine, und dann wird er dich bestimmt nicht als Lehrmädchen nehmen.«

Als wenn es ansteckend wäre, dachte Martha bei sich. All die Freude, die sie am Vormittag noch durch den Tag getragen hatte, war erloschen. Ihre kleine Schwester litt am Durchfall und würde die folgenden Nächte nicht zur Ruhe kommen, was bedeutete, dass niemand von ihnen richtig schlafen konnte. Und Milli war in die Fußstapfen ihrer Mutter getreten. Ein schwerer Kloß bildete sich in Marthas Hals. Zu gut erinnerte sie sich daran, wie sehr Milli das Gewerbe ihrer Mutter verabscheut hatte. Mehr als ein Mal war sie Hilfe suchend zu Marthas Familie geflohen, zuletzt vor drei Wochen, weil sie Angst hatte, der Stiefvater würde ihre Mutter totschlagen. Zwar war Marthas Vater sofort losgerannt, um Else Steubner zu helfen, doch die hatte trotz ihrer unübersehbaren Blessuren alles abgestritten, Milli stattdessen für ihre »Lügenmärchen« geohrfeigt und Marthas Vater wütend entgegengeschrien, dass er sich um seine eigenen Angelegenheiten kümmern solle. Ihr Hannes sei schließlich der beste Mann der Welt. Als Martha die Freundin ein paar Tage später wiedersah, hatte die ihre blauen Flecken schamvoll zu verbergen gesucht. Bei der Ohrfeige der Mutter war es nicht geblieben, und zum ersten Mal hatte Martha sich gewünscht, sie wäre ein Mann, der es dem Hannes Steubner mit eigener Münze heimzahlen und ihm die Bosheit aus dem Leib prügeln könnte. Und der Else Steubner gleich mit dazu, damit sie ihn nicht mehr schützte, sondern für ihre Tochter da war.

Niedergeschlagen ging sie zum Hafen, in der Hoffnung, ihre Stimmung würde sich bessern. Sie liebte es, dem Treiben im Hafen zuzusehen, wo Schiffe aus aller Welt entladen wurden. Doch heute hatte sie keinen Blick für die großen Viermaster und die riesigen Dampfschiffe aus Übersee. Es war ihr vierzehnter Geburtstag, und ihre Kindheit mit unschuldigen Träumen und der Hoffnung, dass sie alles erreichen könnte, was sie sich wünschte, war endgültig vorbei. Sie konnte Milli nicht mehr helfen. Die einzige Hoffnung war, dass sie irgendeinen Weg finden würde, weiterhin ihre Freundin zu bleiben, ohne selbst als Aussätzige betrachtet zu werden und ihre Eltern zu verärgern.

Auf einmal entdeckte sie ihren Vater, der gerade seine Schicht beendet hatte.

»Was sehe ich denn hier?«, rief er ihr fröhlich zu. »Mein großes Mädchen verbringt ihren Ehrentag am Hafen beim Träumen? Oder hast du auf mich gewartet?«

»Beides«, log Martha, denn sie brachte es nicht über sich, ihrem Vater von ihren Sorgen zu erzählen.

»Na, dann komm. Und weil du jetzt kein Kind mehr bist, gönnen wir uns noch einen Schluck aus der Kaffeeklappe.« Er legte ihr eine Hand auf die Schulter und führte sie in die entsprechende Richtung.

»Mensch, Karl, lässte dich von hübschen jungen Dingern abholen?«, rief ihm einer seiner Kollegen lachend hinterher.

»Von wegen hübsche junge Dinger«, gab ihr Vater zurück und drohte spaßhaft mit dem Finger. »Für dich ist meine Tochter Fräulein Westphal, merk dir das, Jochen.«

Martha kicherte.

»Oh, jetzt wird er vornehm, der Karl.« Jochen grinste. »Ich wünsch euch noch ’n schönen Abend.«

»Danke, dir auch. Und sieh zu, dass du deinem Mariechen keine Schande machst, so ’ne Frau kriegst du nie wieder.«

»Ich doch nicht.« Jochen lachte.

Die Kaffeeklappe war ein preiswertes Lokal für Hafenarbeiter und Seeleute, in dem keine alkoholischen Getränke ausgeschenkt wurden. Es gab keine Tischbedienung, sondern es wurde alles durch eine Klappe gereicht. Marthas Vater bestellte zwei Becher Kaffee, dann setzten sie sich an einen der Tische.

»Und hast du dir was Schönes für die zwanzig Pfennige gekauft?«, fragte er und pustete über den heißen Kaffee, bevor er einen Schluck nahm.

»Ich war bei Trautmanns«, sagte sie etwas verlegen.

Ihr Vater lachte. »Da wäre ich an deiner Stelle auch gewesen. Aber du gibst Anna und Heinrich was ab, ja?«

»Ja, das wollte ich vorhin schon, aber die Anna hat wieder mal Durchfall, und da hat Mama mich an die frische Luft geschickt.«

»Das war richtig so. Es wird bestimmt eine unruhige Nacht. Und das bei der verdammten Hitze der Hundstage.« Er seufzte und strich sich nachdenklich über den Schnurrbart. Dabei sah er seine Tochter aufmerksam an. »Mir scheint, da gibt es noch etwas, das dich bedrückt.«

»Wie meinst du das, Papa?«, fragte sie unsicher. Waren ihr die Sorgen um Milli wirklich so sehr anzusehen?

»Willst du es mir nicht sagen, Martha? Du weißt doch, Vater und Tochter halten zusammen.« Er zwinkerte ihr gutmütig zu.

Sie atmete tief durch.

»Ich wollte Milli besuchen«, sagte sie leise. »Aber sie war nicht da. Und dann ... dann hat die alte Hansen behauptet, sie würde ihre Mutter seit einer Woche in den Rademachergang begleiten.«

Ihr Vater senkte den Blick. »Das arme Mädel, wir haben es ja alle kommen sehen, aber sie wollte ja ihre Mutter nicht allein lassen, aus Angst, der Steubner schlägt die irgendwann ganz tot.«

»Papa, Milli ist trotzdem meine Freundin, und sie kann doch nichts dafür.«

»Du hast deinen Kaffee noch gar nicht probiert«, sagte er ausweichend.

Gehorsam trank sie einen Schluck. »Papa, was soll ich tun? Es ist doch nicht richtig, wenn ich sie deshalb meiden soll. Freundschaft bedeutet doch, dass man zu jemandem steht, egal was kommt.«

»Leider ist das Leben nicht so einfach, Martha. Du hast ja vollkommen recht. Aber wir leben in einer Welt, wo die Moral der meisten Leute eine andere ist. Das mag verlogen sein, aber wenn du dich gegen diese Menschen stellst, selbst mit den besten Absichten, werden sie dich verstoßen, und dann hast du kein Auskommen mehr. Du brauchst diese Gesellschaft zum Überleben, Martha. Wenn du Milli weiterhin besuchst, riskierst du deinen Ruf.«

»Dann soll ich ihr also aus dem Weg gehen?«

»Du sollst sie nicht mehr zu Hause besuchen, wo dich jeder kennt«, sagte ihr Vater. »Die alte Hansen ist doch die größte Tratschtante der Gegend. Wenn die dich da weiterhin sieht, wird sie allen erzählen, du wärst auch so eine. Aber wer hindert dich daran, dich mit Milli am Hafen zu treffen, wo euch niemand kennt? Manchmal muss man Kompromisse schließen.«

»Dann hast du also nichts dagegen, wenn ich mich weiterhin mit ihr treffe, Papa?«

»Nein. Nur nicht bei ihr daheim.«

»Wie sollen wir uns dann verabreden?«

»Ich werde schon Wege finden, ihr eine Nachricht von dir zukommen zu lassen. Und dann verabredet ihr euch irgendwo hier.«

»Danke, Papa! Du bist der beste Vater von der ganzen Welt!« Martha sprang auf und küsste ihn auf beide Wangen.

Nachdem sie ihren Kaffee getrunken hatten, machten sie sich gemeinsam auf den Heimweg. Als sie ihre Wohnung erreichten, sahen sie Heinrich trübsinnig auf der Treppe sitzen.

»Was ist denn los?«, fragte sein Vater. »Hat die Mama dich vor die Tür geschickt, weil du was ausgefressen hast?«

Heinrich schüttelte den Kopf. »Mama hat gesagt, ich soll ihr nicht ständig vor die Füße rennen, der Anna geht's so schlecht.«

Martha und ihr Vater tauschten einen kurzen Blick aus.

»Na, dann schau'n wir mal, wie's ihr jetzt geht«, sagte der Vater und öffnete die Wohnungstür.

»Louise, wir sind da«, rief er in die Wohnung. »Wie geht's Anna?«

Statt einer Antwort hörten sie nur ein unterdrücktes Schluchzen. Sofort lief er ins Kinderzimmer. Martha folgte ihm, während Heinrich auf der Treppe sitzen blieb.

Als Erstes bemerkten sie den üblen Geruch der Ausscheidungen, der noch schlimmer geworden war, als Martha ihn vom Mittag in Erinnerung hatte. Zwar übergab Anna sich nicht mehr, aber sie wurde von heftigen Bauchkrämpfen geschüttelt und krümmte sich vor Schmerzen. In den vergangenen Stunden war ihr Gesicht merklich eingefallen, ihre Wangen wirkten hohl, ihre kleine Stupsnase kam Martha auf einmal ungewöhnlich spitz vor, und Annas Augen lagen in tiefen, dunkel umrandeten Höhlen.

»Es wird immer schlimmer«, sagte die Mutter leise, das Gesicht beinahe ebenso eingefallen wie das ihrer Jüngsten, vor lauter Sorge und Schmerz. »Ich habe ihren Nachttopf schon viermal geleert, das bricht wie ein brauner Wasserfall aus ihr heraus, und ich habe das Gefühl, sie trocknet innerlich aus. Karl, wir sollten den Arzt holen, ich weiß nicht, was ich noch tun soll. Ich habe solche Angst!«

»Ist gut.« Karl legte seiner Frau beruhigend eine Hand auf die Schulter. Dann sah er Martha an. »Lauf schnell zu Doktor Hartmann und sag ihm, wie dringlich es ist.«

Martha nickte und hastete aus der Wohnung, ohne Heinrich zu beachten, der noch immer auf der Treppe saß und ihr hinterherrief, wohin sie so eilig wolle.

Doktor Hartmann hatte seine Praxis im Scharmarkt 25 und war einer der wenigen Ärzte, die auch Ratenzahlungen akzeptierten und mit der Krankenkasse der Hafenarbeiter einen Vertrag abgeschlossen hatten. Obwohl er mehr als genug Patienten hatte und seine Praxis immer voll war, befanden sich die Praxisräume im Keller des Hauses. Vom Reichtum, der den Ärzten nachgesagt wurde, war bei dem freundlichen alten Mann mit dem großen Kaiser-Wilhelm-Bart nichts zu spüren.

Als Martha die Praxis erreichte, war die Sprechstunde bereits vorbei und der Zugang zum Keller abgesperrt. Zum Glück wohnte Doktor Hartmann nur zwei Stockwerke höher. Im Treppenhaus roch es nach Essen, Martha hoffte, dass der Geruch nicht aus der Wohnung des Doktors stammte und er sie womöglich vertrösten würde. Als sie an der Wohnungstür klopfte, hörte sie zunächst nichts und befürchtete schon, dass er ausgegangen war. Doch dann hörte sie ein Scharren, als wenn ein Stuhl bewegt würde, und Schritte. Kurz darauf öffnete ihr die Frau des Doktors die Tür.

»Martha, was führt dich denn um diese Zeit hierher?«

»Meine Eltern schicken mich«, sagte Martha. »Der Anna geht es sehr schlecht, die hat seit Stunden reißenden Brechdurchfall, und die Mama sagt, sie weiß nicht mehr weiter, und die Anna trocknet langsam aus.«

»Braucht sie Kohletabletten?«

»Nein, die Mama meint, der Doktor müsse kommen, es ist so schlimm, wir haben große Angst.«

Frau Hartmann runzelte die Stirn und sah so aus, als wollte sie eine abschlägige Antwort geben, als ihr Mann neben ihr in der Tür auftauchte.

»Du sagst, deine Schwester habe reiswasserartige Durchfälle?«

Martha nickte.

»Seit wann?«

»Als ich heute aus der Schule kam, ging es ihr schon schlecht, aber als ich heute Abend wiederkam, war es richtig schlimm. Ich habe meine Mutter noch nie so ängstlich gesehen wie jetzt an Annas Bett.«

»Beschreib mir die Symptome mal ganz genau.«

Martha gehorchte, und noch während sie redete, machte Doktor Hartmann seiner Frau ein Zeichen, ihm seine Tasche zu holen, und griff nach seinem Hut.

»Ist es ernst?«, fragte seine Frau.

»Es könnte sein. Du weißt doch, was Doktor Simon aus Altona uns gestern erzählte. Aber die Behörden haben ihm untersagt, die Verdachtsdiagnose zu äußern, solange sie noch nicht bestätigt ist.«

Martha hatte keine Ahnung, worüber das Ehepaar sprach, aber es beunruhigte sie, dass Frau Hartmann blass wurde und ihrem Mann zum Abschied mit den Worten »Dann pass gut auf dich auf« liebevoll über die Schulter strich. Es erinnerte sie an die Abschiedsszenen, die sie so oft am Hafen beobachtet hatte, wenn jemand auf eine weite oder gefährliche Reise ging. Etliche Fragen brannten ihr auf der Seele, aber sie traute sich nicht, auch nur eine einzige zu stellen. Stattdessen ging sie schweigend an der Seite des Doktors und hatte Mühe, seinem schnellen Schritt zu folgen.

Als sie die Wohnung erreichten, saß Heinrich noch immer auf der Treppe, und der Vater erwartete sie schon ungeduldig an der Tür.

»Die Anna ist kaum noch ansprechbar«, sagte er, nachdem er den Doktor begrüßt hatte. Doktor Hartmann nickte nur und ging ins Kinderzimmer. Er warf einen Blick in den vollen Nachttopf, dessen Inhalt wie braunes Wasser aussah, dann untersuchte er Anna mit ernster Miene.

»Es war richtig, nach mir zu schicken«, sagte er schließlich. »Sie muss ins Krankenhaus. Das ist kein gewöhnlicher Brechdurchfall. Sie hat sehr viel Flüssigkeit verloren.«

»Was fehlt ihr?«, fragte Marthas Mutter unsicher. »Ist es die Cholera? Ich habe Gerüchte gehört, dass es in den letzten Tagen ein paar Fälle gab.«

Der Arzt runzelte die Stirn. »Das kann man erst wissen, wenn der Erreger nachgewiesen wird. Ich will ehrlich zu Ihnen sein, Frau Westphal: Derzeit wird seitens der Behörden großer Druck auf uns Ärzte ausgeübt. Wir dürfen die Cholera nicht als Verdachtsdiagnose stellen, sondern haben Anweisung, von gewöhnlichem sommerlichem Brechdurchfall auszugehen, bis die Diagnose bestätigt ist.«

»Warum?«, fragte Marthas Vater.

»Ich dachte, das wüssten Sie als Hafenarbeiter am besten«, erwiderte der Arzt. »Die Behörden fürchten Quarantänemaßnahmen gegen die Hansestadt, wenn bekannt wird, dass hier die Cholera ausgebrochen ist. Bislang sind es nur wenige Erkrankte. Ein Kollege aus Altona erzählte mir von einunddreißig Verdachtsfällen, aber noch ist keiner bestätigt worden. Es wurden Proben an den berühmten Doktor Robert Koch nach Berlin geschickt. Man will erst auf seine Expertise warten.« Der Arzt seufzte. »Aber ich rate Ihnen, schon jetzt alle Vorsichtsmaßnahmen zu treffen, als wäre es wirklich die Cholera. Sie dürfen nur noch abgekochtes Wasser trinken und waschen Sie auch Ihre Lebensmittel nur mit abgekochtem Wasser.«

»Sie glauben, es kommt aus der Leitung?«, fragte die Mutter. »Die Anna könnte sich doch auch in der Schule angesteckt haben.«

»Ja«, bestätigte der Arzt. »Aber es schadet nicht, auf die Hygiene zu achten. Regelmäßiges Händewaschen und das Abkochen des Wassers können unter Umständen Leben retten.«

Marthas Mutter nickte.

»Und die Anna?«, fragte der Vater. »Wird sie wieder gesund?«

»Das liegt in Gottes Hand.« Der Arzt seufzte erneut. »Aber jetzt sollten wir das Kind schleunigst ins Krankenhaus bringen. Am besten, Sie schicken den Heinrich los. Der Junge sieht mir ziemlich trübsinnig aus, wie er da auf der Treppe hockt. Dem tut es gewiss gut, sich nützlich zu machen. Im Allgemeinen Krankenhaus in St. Georg haben sie zwei Krankenwagen für solche Fälle. Ich schreibe ihm eben die Verordnung aus, die soll er dem Pförtner geben und sagen, dass es dringlich ist.«

Martha sah, wie ihre Mutter in sich zusammensackte, ganz so, als hätten alle Kraft und jeder Mut sie verlassen. Der Vater schickte indes Heinrich auf den Weg, um den Krankenwagen zu holen, während Doktor Hartmann sich verabschiedete und der Familie alles Gute wünschte.

Es vergingen zwei Stunden, ehe der Krankenwagen endlich eintraf. Heinrich saß auf dem Bock neben dem Kutscher, dem er den Weg gewiesen hatte. Als die Kutsche vor dem Wohnhaus hielt, sprang er ab, und trotz der Sorge um Anna sprudelte es nur so aus ihm heraus: »Hast du so etwas schon mal gesehen, Martha? Es gibt in ganz Hamburg nur vier solche Wagen, und Anna darf damit jetzt fahren.«

Auf den ersten Blick wirkte das Fahrzeug wie eine normale zweispännige Kutsche, aber es gab keine Türen. Stattdessen ließen sich die Außenseiten wie bei einer Jahrmarktsbude nach oben klappen, damit die Trage mit dem Kranken bequem hineingeschoben und auf einer vorgefertigten Halterung befestigt werden konnte.

Der Vater trug Anna nach unten und legte sie in den Krankentransportwagen. Mittlerweile hatten sich zahlreiche neugierige Nachbarn um die Kutsche versammelt und versuchten, die Geschwister auszufragen. Während Heinrich lediglich antwortete, die Anna sei krank, erklärte Martha, dass der schwere Durchfall wohl vom Wasser komme und sie es deshalb lieber abkochen und sich regelmäßig die Hände waschen sollten.

»Nun hört euch das an«, lachte Frau Sperling, die in der Wohnung unter ihnen lebte. »Das Küken will uns hier gute Ratschläge geben, als wäre sie selbst der Doktor. Hast du überhaupt eine Ahnung, was die Kohle für das Herdfeuer kostet? Und die sollen wir zum Abkochen von Wasser verbrauchen?«

Marthas Mutter hatte den Wortwechsel verfolgt und kam ihrer Tochter zu Hilfe.

»Sie gibt nur das weiter, was Doktor Hartmann uns riet. Wenn Sie schlau sind, halten Sie sich auch daran. Wir werden es jedenfalls tun.«

»Es heißt, in Altona sei einer an der Cholera gestorben«, mischte sich eine zweite Nachbarin ein. »Das hat mein Herbert auf Schicht gehört. So 'n junger Sielarbeiter, der auf'm Grasbrook gearbeitet hat.«

»Das habe ich auch gehört«, bestätigte die Sperling. »Aber der Amtmann Petersen, den mein Mann regelmäßig im Schwarzen Adler trifft, der hat gesagt, dass das nicht stimmt und dass die Ärzte sich hüten sollten, hier falsche Gerüchte zu verbreiten. Der Doktor Hartmann ist ja dafür bekannt, dass er einem lieber zu viel als zu wenig anschnackt.«

»Das ist nicht wahr«, widersprach Marthas Mutter energisch. »Der Doktor Hartmann ist ein guter Arzt. Dem können Sie ganz gewiss nicht vorwerfen, dass der sich an seinen Patienten bereichert. Der ist ein Arzt, wie man es sich besser nicht wünschen kann, und behandelt jeden. Ganz anders als die feinen Eppendorfer Ärzte, die erst mal die Hand aufhalten.«

»Von wegen. Anschreiben lassen ist ja schön und gut, aber was nützt es, wenn er einem dafür teure Medizin aufschwatzt, ums hintenrum wieder reinzukriegen?« Die Sperling machte eine geringschätzige Handbewegung. »Der Hartmann behauptet allen Ernstes, dass das Besprechen von Warzen nichts bringt, und will einem stattdessen Silbernitratlösung verkaufen. Dabei weiß ich's von meiner Oma; die konnte nicht nur Warzen besprechen, sondern auch die Gürtelrose, und das hat jedem geholfen.«

Marthas Mutter verzichtete auf eine Antwort und wandte sich ihrer kranken Tochter zu, um sich von ihr zu verabschieden. Doch Anna bekam nichts mehr von ihrer Umgebung mit, nicht einmal, wie ihre Mutter ihr einen Kuss auf die Stirn hauchte, ehe die Klappe geschlossen wurde und der Kutscher die Pferde antrieb.

Martha sah, wie ihre Mutter sich verstohlen eine Träne aus den Augenwinkeln wischte.

»Wie gut, dass morgen Sonnabend ist«, sagte sie dann zu Martha. »Sobald der Papa morgen zur Schicht raus ist, gehen wir beide zum Allgemeinen Krankenhaus in St. Georg und besuchen die Anna.«

Martha nickte stumm und sah der Kutsche nach, bis sie vom Bleichergang in den Scharmarkt abbog und nicht mehr zu sehen war. So hatte sie sich den Abend ihres vierzehnten Geburtstags nicht vorgestellt. Die beißende Sorge um ihre kleine Schwester ließ sie eine Weile sogar ihren Kummer wegen Milli vergessen. Wie konnte ein Tag, der so schön begonnen hatte, nur so schrecklich enden?

2

Bevor sie am nächsten Morgen ins Allgemeine Krankenhaus aufbrachen, setzte die Mutter einen Kessel mit Wasser auf, damit Heinrich nicht auf die Idee kam, direkt aus der Leitung zu trinken, wenn er Durst hatte. Anschließend suchte sie ihr gutes Kleid heraus und forderte auch Martha auf, ihr Sonntagskleid anzuziehen.

»Aber heute ist doch erst Sonnabend.«

»Ja, aber ich will nicht, dass wir da vor den Ärzten wie arme Leute dastehen. Also nun mach schon. Und steck dir das Haar hoch, du bist schließlich jetzt ein junges Fräulein, da sind blonde Zöpfe nicht mehr angemessen.«

»Auch nicht in der Schule?«

»In der Schule ist das was anderes, aber jetzt will ich, dass wir beide was hermachen. Die sollen nicht denken, die Anna kommt aus der Gosse, sonst kümmern sie sich nachher nicht gut um sie.«

Martha seufzte, dann ging sie in ihr Zimmer und machte sich das Haar. Heinrich saß auf dem Bett und sah ihr zu.

»Sollst du dich hübsch machen, damit Mama dich gleich an einen Arzt verheiraten kann?« Er grinste sie frech an.

»Blödmann!«, rief Martha und warf ihren Kamm nach ihm. Heinrich wich lachend aus, war aber so nett, den Kamm aufzuheben und ihr zurückzugeben. Dann wurde er wieder ernst.

»Meinst du, die Anna wird wieder gesund?«

»Natürlich wird sie wieder gesund. Deshalb ist sie ja im Krankenhaus.«

»Hmm«, murmelte Heinrich und starrte auf seine Füße.

»Martha, bist du bald fertig?«, hörte sie die Mutter rufen.

»Ja, ich komme!«

Auf dem Weg nach unten begegneten sie der Sperling.

»Die Anna wird sich schon wieder erholen«, meinte die Nachbarin heute deutlich versöhnlicher. »Machen Sie sich da nur keine Sorgen, Frau Westphal.«

»So Gott will«, erwiderte Marthas Mutter. Sie wirkte blass und verhärmt, und in ihrem Gesicht fand Martha nichts mehr von der lebenslustigen Frau, die ihr am Vortag mit blitzenden Augen zwanzig Pfennige geschenkt hatte. In der Nacht war Martha kaum zur Ruhe gekommen. Immer wieder hatte sie die Eltern flüstern gehört, bis der Vater um vier Uhr früh zu seiner Schicht aufgebrochen war. Danach hatte sie ihre Mutter in der Küche werkeln gehört, die vermutlich all die liegen gebliebenen Nähereien aufarbeitete. Martha war noch im Bett geblieben, aber während Heinrich tief und fest bis sieben durchgeschlafen hatte, war sie selbst von unruhigen Träumen gequält worden, an die sie sich nicht mehr erinnern konnte.

Das Allgemeine Krankenhaus im Stadtteil St. Georg war rund vier Kilometer vom Bleichergang entfernt, und sie brauchten eine gute Dreiviertelstunde, um den Weg zu Fuß zurückzulegen. Jahrelang war es das einzige allgemeine Krankenhaus Hamburgs gewesen, bis vor ein paar Jahren im vornehmen Eppendorf ein neues, modernes Krankenhaus errichtet worden war. Das Eppendorfer Krankenhaus stand zwar allen offen, dennoch ließen sich dort überwiegend Mitglieder der besseren Gesellschaft behandeln, die das alte Allgemeine Krankenhaus wegen seiner ständigen Überfüllung und der einfachen Baracken tunlichst mieden.

Auch Anna lag in einer dieser schlichten Krankenbaracken, die weit entfernt vom Hauptgebäude standen. Sie erinnerte mit ihren hohen Deckenbalken, an denen Stalllaternen hingen, an eine Scheune. Dicht an dicht standen die Betten, gezimmerten Holzkisten gleich, an denen ein hoher Leistenrahmen befestigt war, vermutlich, um bei Bedarf Vorhänge vorzuziehen. Doch hier gab es keine Bettvorhänge. Als sie die Baracke betraten, kam ihnen sofort eine Matrone in der weißen Kleidung der Krankenwärterinnen entgegen.

»Jetzt ist keine Besuchszeit«, herrschte sie Marthas Mutter an.

»Bitte verzeihen Sie, aber der Pförtner hat uns hierhergeschickt. Meine kleine Tochter wurde gestern eingeliefert, Anna Westphal, und wir machen uns große Sorgen um sie. Hätten Sie zumindest die Güte, mir zu sagen, wie es ihr geht?«

Die Matrone seufzte, und Martha hatte das Gefühl, dass sie nach Alkohol roch. Aber das konnte nicht sein, oder? Das waren bestimmt die Desinfektionsmittel.

»Die ist da hinten. Meinetwegen, gehen Sie zu ihr, sieht nicht gut aus für die Kleine. Der Doktor hat ihr Kochsalzlösung infundiert, weil ihr Blut zähflüssig wie Teer ist und sie nichts bei sich behalten kann.«

»Was heißt das, infundiert?«, fragte Marthas Mutter unsicher.

»Er hat's ihr direkt in die Adern gespritzt, um das Blut zu verdünnen.«

Die Mutter sog hörbar die Luft ein. Marthas Blick schweifte indes über die zahlreichen anderen Patientinnen in der Baracke. Sie zählte vierzig Betten, die bis auf zwei alle belegt waren. Eine alte Frau mit schlohweißem Haar und pergamentdünner Haut sah so aus, als würde ihr von Falten übersätes Gesicht gleich zerfallen und sich in nichts auflösen. Sie atmete schwer keuchend. Daneben war eine ausgemergelte Frau, die sich die Seele aus dem Leib hustete. Anna lag ganz am Ende der Baracke. Martha eilte auf das Bett zu. Als sie ihre Schwester dort liegen sah, zuckte sie zusammen. Annas Gesicht war noch weiter eingefallen, ihre Augen waren geschlossen, der Mund stand leicht offen, und die Ellenbeuge war dick verbunden. Ein Blutfleck zeichnete sich unter dem Verband ab. Hatte der Arzt ihr dort die Salzlösung gespritzt?

Auch die Mutter war inzwischen näher getreten, dicht gefolgt von der Krankenwärterin.

»Anna, hörst du mich? Hier ist Mama.« Sie berührte das Gesicht ihrer Tochter. »Sie ist ganz kalt.«

»Das ist doch besser als Fieber«, sagte die Wärterin gleichmütig. Die Mutter runzelte die Stirn und versuchte erneut, Anna ein Lebenszeichen zu entlocken, doch die rührte sich nicht. Als die Mutter sie sanft rüttelte, fiel Annas Kopf schlaff zur Seite.

»Anna?«, fragte die Mutter zaghaft, und in ihrer Stimme lag so viel Verunsicherung und Angst, dass es Martha das Herz zuschnürte.

»Anna, Mädchen, wach auf, hier ist Mama!« Als die Mutter sie erneut rüttelte, diesmal deutlich energischer, schlackerte Annas Kopf wie der einer Lumpenpuppe hin und her. Jetzt schien auch die Krankenwärterin alarmiert, drängte die Mutter unsanft beiseite und griff nach dem Handgelenk des Mädchens.

»Was ist mit ihr?«

»Ich fürchte ...«, die Matrone holte tief Luft, »... ich fürchte, die Kleine ist von uns gegangen. Mein aufrichtiges Beileid.«

»Was?«, schrie Marthas Mutter. »Nein, das kann nicht sein! Das ist völlig unmöglich, sie war doch auf dem Weg der Besserung, Sie haben doch gesagt ... Anna, meine kleine Anna!« Sie riss den schlaffen Leib des Mädchens an sich, hielt ihn fest, küsste das tote Gesicht und brach schließlich in hemmungsloses Schluchzen aus. Martha stand wie versteinert neben ihr. Sie sah, was geschah, sie hörte es, aber sie war unfähig, die grauenvolle Wahrheit an sich heranzulassen. Nein, das hier musste ein Traum sein, einer dieser furchtbaren Albträume, die sie in der vergangenen Nacht heimgesucht hatten. Anna konnte nicht tot sein, das war völlig unmöglich. *Ich muss aufwachen, endlich aufwachen*, mahnte sie sich immer wieder. *Verdammt, warum wache ich nicht endlich auf?* Der schwache Windzug, der durch die geöffneten Oberlichter zog, strich über ihre Wangen, und da begriff sie endlich, dass sie wach war, dass dies kein Traum war, dass der Geruch aus Desinfektionsmitteln, Exkrementen und schwitzenden Leibern echt war. Sie stand hier, sah, wie ihre Mutter ihre kleine Schwester weinend im Arm hielt, ihre Schwester, die gestern um diese Zeit noch lebendig gewesen war. Es würde kein gnädiges Erwachen geben, diesmal war der Albtraum mitten in ihr Leben gefahren. Anna würde niemals einen der köstlichen Bonbons probieren können, die noch immer in Marthas Schrankfach lagen. Anna würde nie mehr irgendetwas fühlen, sie war tot. Tot. Sie würde ihre kleine Schwester niemals wieder lachen hören, sie würde nicht miterleben, wie sie aufwuchs und erwachsen wurde. Anna war tot! Tot! Sie war tot! Immer wieder hämmerte sich das Wort in Marthas Seele und durchstieß ihre innere Erstarrung, die sie nun nicht länger schützte. Wie ihre Mutter brach sie nun in hemmungsloses Schluchzen aus.

3

Anna wurde am Dienstag, dem 23. August 1892, auf dem Friedhof Ohlsdorf beigesetzt. Die Bestattungskosten rissen ein großes Loch in die Familienkasse, aber Anna sollte ein anständiges Grab bekommen. Offiziell war Marthas Schwester an der schweren Verlaufsform eines Eingeweidekatarrhs verschieden, und noch am Montagmorgen war im *Altonaer Generalanzeiger* vermeldet worden, dass es keinerlei Hinweis auf einen Ausbruch der Cholera in Hamburg gebe.

Im Bleichergang waren am Wochenende hingegen zahlreiche weitere Menschen erkrankt, darunter auch die vorwitzige Frau Sperling, die das Abkochen des Wassers für einen überflüssigen Luxus gehalten hatte. War Anna noch von einem Krankenwagen abgeholt worden, so wurde Frau Sperling bereits zusammen mit drei anderen Erkrankten auf einem einfachen Leiterwagen ins Krankenhaus transportiert. Mit Grausen erinnerte sich Martha daran, wie die Nachbarin kaum noch ansprechbar und, von ihrem eigenen Kot beschmutzt, aus der Wohnung getragen und mit gleichgültiger Grobheit auf den Wagen zwischen die anderen Kranken gelegt worden war. Fast so, als wäre der Leiterwagen kein Krankentransport, sondern ein Leichenkarren, der die sterblichen Überreste einsammelte. Dieser Anblick hatte sich fest in Marthas Gedächtnis eingebrannt und ließ sie nicht mehr los. Er war noch schlimmer als das letzte Bild von Anna, als deren Kopf schlaff zur Seite fiel. Aber Anna hatte trotz allem noch ein Mensch bleiben dürfen, selbst im Tod. Frau Sperling hatte diese Würde bereits zu Lebzeiten eingebüßt …

Die Stimme von Pastor Gebhard holte Martha in die Gegenwart zurück. Er sprach von dem schrecklichen, viel zu frühen Verlust eines so jungen Lebens. Ihre Mutter schluchzte herzzerreißend, und Martha musste selbst gegen die aufsteigenden Tränen ankämpfen. Seit Annas Tod war ihre Mutter eine gebrochene Frau. Sie sah blass und kränklich aus, und ihre Hände zitterten ständig, sodass sie kaum noch die Nähnadel führen konnten. Sie war mit der Arbeit für Frau Lembckes Weißwarengeschäft in Verzug, aber Frau Lembcke war verständnisvoll gewesen und hatte ihr Beileid zu Annas Tod bekundet.

Während der Pastor weitersprach, fiel Marthas Blick auf eine junge Frau, die etwas abseits bei den Büschen stand, ganz so, als traute sie sich nicht näher an die Gruppe der Trauernden. Sie trug einen dunklen Hut mit feinem Gesichtsschleier, ein dunkles Kleid und elegante schwarze Knopfstiefel, wie Martha sie sich immer gewünscht hatte. Erst auf den zweiten Blick erkannte sie ihre Freundin Milli. Wie anders sie aussah in diesen feinen Kleidern. Fast wie eine Dame, auch wenn sie in den Augen der Leute das Gegenteil einer Dame war. Niemand hätte Milli in dieser Aufmachung angesehen, dass sie noch keine sechzehn war.

Milli hatte Marthas Blick aufgefangen und kam langsam näher.

»Mein herzliches Beileid«, flüsterte sie der Freundin zu. »Es ist schrecklich, dass es gerade Anna treffen musste. Da hätte es genügend andere gegeben, die den Tod statt ihrer verdient hätten.«

Martha nickte. Sie wusste, dass Milli ihren Stiefvater meinte.

»Und wie geht es dir, Milli?«

»Ganz gut. Wie du siehst, konnte ich mir die Stiefel leisten, die wir beide so sehr bewundert haben.«

»Sie sind wunderschön«, sagte Martha. »Aber sind sie es wirklich wert?«

Milli senkte den Blick. »Man gewöhnt sich an alles«, sagte sie schließlich. »Treffen wir uns morgen Mittag an der Kaffeeklappe? Da können wir reden.«

Martha nickte. Die Aussicht, dass sie wenigstens ihre Freundschaft zu Milli bewahren konnte, tröstete sie ein bisschen.

»Ich zieh mich jetzt lieber zurück, ehe ich noch Annas Andenken mit meiner Anwesenheit beschmutze«, raunte sie Martha zu. »Wir sehen uns morgen um zwölf.«

Bevor Martha antworten konnte, war Milli schon verschwunden. Der Pastor hatte seine Rede indes beendet, und die Anwesenden begannen damit, jeder eine Schippe Erde auf Annas Sarg zu werfen. Das Geräusch der trockenen Erde, die auf das Holz des Sarges rieselte, war unerträglich. Es würde kein Wunder geben. Es würde kein Arzt einen schrecklichen Irrtum einräumen und hastig den Sarg aufbrechen, um das scheintote Mädchen zu retten. So etwas geschah nur in Schauerromanen. Die Auferstehung von den Toten war nicht von dieser Welt. Anna war fort, für alle Zeiten. Man hatte sie der Erde zum Verrotten übergeben. Die Mutter schien ebenso zu empfinden, denn bei jeder Schippe Erde, die auf den Sarg fiel, schluchzte sie erneut auf. *So hört sich die Musik des Todes an*, dachte Martha und konnte ihre Tränen nicht länger zurückhalten.

Am folgenden Tag ging sie nach der Schule direkt zur Kaffeeklappe am Hafen, um Milli zu treffen. Milli trug wieder ihre eleganten Knopfstiefel, aber statt des schwarzen Kleides einen braunen Rock und eine weiße Bluse. Niemand, der sie in dieser Kleidung gesehen hätte, hätte sie für ein leichtes Mädchen gehalten.

Milli deutete Marthas Blick richtig und meinte, als sie ihr eine Tasse Kaffee aus der Kaffeeklappe reichte: »Die Frauen im Gewerbe, die etwas auf sich halten, ziehen sich wie anständige Frauen an.

Ordinäre Schlampen ziehen ordinäre Freier an, elegante Frauen hingegen die besser gestellten Kunden. Noch ist meine Jugend mein bestes Kapital, und ich kann wählen. Ich habe sogar einen Arzt unter meinen Kunden, der mich immer Fräulein nennt und mir zusätzlich gutes Trinkgeld zahlt.«

Martha senkte den Blick. Auf der einen Seite war es ungehörig, über solche Dinge zu sprechen, andererseits brannte sie vor Neugier. Sie wusste mehr als die meisten anderen Mädchen über diese Dinge, denn Milli hatte nie ein Geheimnis aus dem gemacht, was ihre Mutter trieb, aber vor allem wollte sie wissen, wie ihre Freundin mit diesem Schicksal zurechtkam.

»Schämst du dich nicht zu Tode?«, fragte sie und pustete über den heißen Kaffee, bevor sie einen Schluck trank.

»Nein, ich lebe ja noch.« Milli zwinkerte Martha aufmunternd zu, aber dann wurde sie ernst.

»Ich frage mich vielmehr, warum wir Frauen uns schämen müssen. Warum müssen sich nicht die Männer schämen, die zu uns kommen und uns bezahlen? Wir treiben Unzucht, aber zur Unzucht gehören zwei. Und wer verführt hier wen? Die Frau, die keine andere Möglichkeit hat, Geld zu verdienen, weil sie als gefallen gilt, oder der Mann, der seine Brieftasche öffnet?«

»Es heißt doch, eine anständige Frau lässt sich nicht bezahlen, sondern spart sich für ihren Ehemann auf.«

»Und warum spart sich der Ehemann dann nicht für seine Frau auf?«, gab Milli zurück.

Martha wusste darauf nichts zu sagen, aber Milli hatte auch gar keine Antwort erwartet. »Ich bin noch nicht lange dabei, Martha, aber ich habe schon einiges über die Männer gelernt. Da gibt es die, die unverheiratet sind und keine Möglichkeit haben, ihre Bedürfnisse anderweitig zu stillen. Aber es gibt auch die, die nach außen hin scheinheilig und moralisch sind, die alles verteufeln, aber im Freudenhaus, da leben sie ihre schmutzigen Fantasien aus. Gelüste, die sie ihrer eigenen Ehefrau nicht zumuten wollen, weil sie Angst haben, ihre Frau könnte sich angewidert von ihnen abwenden.«

Martha sah Milli mit großen Augen an. »Ist es so schlimm?«

Milli seufzte. »Manchmal. Es ist schlimm, wenn ich mich vor dem Geruch eines Mannes ekle und trotzdem verführerisch und liebreizend sein muss, auch wenn er mich grob anpackt. Aber viel schlimmer ist die Verlogenheit. Dieser junge Arzt, der zweimal in der Woche zu mir kommt. Im Rademachergang ist er freundlich, er ist nicht grob, er riecht gut, und er verlangt nichts Perverses. Die anderen Mädchen beneiden mich um ihn und necken mich gern damit, dass ich ihn mir warmhalten solle, dann würde ich vielleicht bald Frau Doktor.« Sie lachte bitter auf. »Aber wenn wir uns auf der Straße begegnen, sieht er an mir vorbei, als würde er mich nicht kennen. Ich bin sein schmutziges kleines Geheimnis, für das er sich schämt.« Milli trank einen Schluck Kaffee. »Nun ja«, sagte sie dann. »Die vornehmen Herren haben ja auch keine Augen für ihre Hausangestellten. Für die schämen sie sich zwar nicht, aber wenn sie die an ihrem freien Tag auf der Straße treffen, ignorieren sie sie ebenfalls geflissentlich. Das weiß ich von der Jolante, die war Dienstmädchen, ehe es sie in den Rademachergang verschlagen hat. Und gelandet ist sie da, weil sie vom Sohn ihrer Herrschaft geschwängert wurde. Da hat man sie dann ratzfatz vor die Tür gesetzt, ehe der dicke Bauch auffällig wurde. Dass das Kind der eigene Enkel war, hat keinen von der vornehmen Bagage geschert, und ein anständiges Zeugnis haben sie ihr wegen unmoralischen Benehmens auch verweigert. Was blieb ihr also übrig? Der Kleine ist jetzt zwei Jahre alt und wird als Hurensohn nie aus der Gosse kommen, obwohl sein Großvater ein einflussreicher Senator ist.«

Milli trank noch einen Schluck Kaffee. »Es ist so leicht, uns die Schuld an aller Unmoral zu geben. Dabei stinkt der Fisch doch vom Kopf, nicht wahr?«

Martha nickte schwach.

»Aber ich werde das nicht mein Lebtag machen«, sagte Milli mit fester Stimme. »Irgendwann lass ich all das hinter mir und fange ganz neu an.«

»Und wie?«

»Ich spare die Trinkgelder. Von denen weiß mein Stiefvater nichts, die kann ich verstecken. Und in ein paar Jahren habe ich dann genug Geld zusammen, um nach Amerika auszuwandern. Da kennt mich keiner, und da kann ich mir eine anständige Arbeit suchen, ganz neu anfangen. Außerdem sind Frauen im Westen Mangelware, da kann ich unter den anständigen Männern wählen.«

»Du willst nach Amerika?«

»Vielleicht auch nach Argentinien. Wusstest du, dass reiche Rinderzüchter dort über Zeitungsinserate Ehefrauen suchen?«

Martha schüttelte den Kopf. »Nein. Und woher weißt du das?«

»Das wissen alle Frauen im Rademachergang, seit die Hilde auf diese Weise einen Mann in Argentinien gefunden hat und nun regelmäßig Briefe schickt und von ihrem großartigen Leben auf der Rinderfarm ihres Mannes berichtet. Die hat ihr persönliches Glück gefunden, und das will ich auch. Spätestens wenn ich volljährig bin, bin ich weg. Und bis dahin habe ich genug Geld für den Anfang zusammengespart.«

Was Milli ihr da erzählte, stimmte Martha nachdenklich. Womöglich war das Leben ihrer Freundin ja gar nicht so trostlos und düster, wie sie sich das ausmalte.

Als sie sich zwei Stunden später auf den Heimweg machte, hoffte sie, dass es ihrer Mutter wieder besser ging und sie endlich wieder die Kraft zum Nähen fand. Das Nähen war immer ihr Leben gewesen, und vielleicht würde es ihr helfen, Annas Tod zu verkraften.

Doch als sie sich dem Haus näherte, lief ihr Heinrich bereits aufgelöst entgegen.

»Martha, komm schnell, der Mama geht es schlecht. Das ist wie bei der Anna! Ich hab so große Angst, dass sie auch stirbt!«

4

Wann immer Martha sich später an die folgenden Tage erinnerte, blieben sie undeutlich, eingehüllt in einen Mantel aus Düsternis.

Heinrich hatte jede männliche Tapferkeit verloren, auf die er als Junge so stolz gewesen war, und weinte viel, während der Vater seinen Kummer mit Alkohol betäubte.

Die Angst, die Martha um ihre Mutter ausstand, war indes so gewaltig, dass sie ihren Geist lähmte. Es fühlte sich an, als wäre ihr Schädel mit Verbandswatte ausgestopft, die all ihre Gefühle aufsaugte und jeden klaren Gedanken verhinderte. Doch anders als ihr Vater, der diesen Zustand durch Alkohol zu erreichen suchte, bis er schließlich besinnungslos in der Ecke lag, arbeitete Marthas Körper einwandfrei. Sie pflegte die Mutter, sorgte peinlich genau für die Hygiene und kochte das Wasser für ihren Bruder und Vater ab. Außerdem hatte sie sich von Doktor Hartmann Carbolseife und Lysol geben lassen, um sich die Hände zu desinfizieren, sobald sie mit der täglichen Pflege ihrer Mutter fertig war.

Es waren mittlerweile so viele Menschen erkrankt, dass die Krankenhäuser nur noch die schwersten Fälle aufnahmen. Immerhin hatte der Hamburger Senat inzwischen offiziell den Ausbruch der Cholera bestätigt und ließ Flugblätter mit Hygieneanweisungen verteilen. So wurde nun eindringlich darauf hingewiesen, ausschließlich abgekochtes Leitungswasser zu verwenden, was Marthas Familie längst wusste. Zudem fuhren Wasserwagen durch die Straßen, die die Bewohner mit sauberem Trinkwasser versorgen sollten. Dennoch erkrankten weiterhin jeden Tag Hunderte von Menschen.

Louise Westphal flehte ihre Tochter an, sie nicht ins Krankenhaus zu bringen. Sie meinte, wenn Gott sie zu sich holen wolle, werde es überall geschehen, und sie wolle lieber zu Hause sterben. Auf keinen Fall wollte sie im Krankenhaus wie Frau Sperling dahinsiechen, die wenige Tage nach Annas Beisetzung verstorben war. Martha nickte nur, unfähig zu entscheiden, was richtig und was falsch war. Aber wenn sie an die üblen Gerüchte über die Desinfektionskolonnen dachte, die der Senat damit beauftragt hatte, betroffene Wohnungen zu sterilisieren, war es besser, die Erkrankung geheim zu halten. Anna war offiziell an einem Eingeweidekatarrh gestorben, und wenn sie keinen Fall von Cholera meldeten, blieben sie vom Besuch der Desinfektionskolonne verschont. Es hieß, diese Kolonnen bestünden überwiegend aus zwielichtigen Gestalten, aus Vorbestraften und ehemaligen Zuchthäuslern, weil sonst niemand diese gefährliche Arbeit tun wollte. Und die würden ihre Tätigkeit dazu nutzen, das letzte Hab und Gut der Kranken zu stehlen. Außerdem habe sie niemand in der Kunst der Desinfektion ausgebildet, und so würden sie ohne Sinn und Verstand alles sorglos mit Carbolsäure und Lysol bespritzen. Martha kannte betroffene Familien, die empört von ruinierten Möbeln und verdorbenem Bettzeug berichteten. Die Not war so groß, dass der Senat Strohsäcke austeilen ließ, damit die Menschen nicht auf dem nackten Boden schlafen mussten, wenn ihre Betten der Desinfektion zum Opfer gefallen waren. Zudem gab es Geschichten über ganze Wohnungseinrichtungen, die von den Mitgliedern der Kolonnen verhökert wurden, anstatt sie in den Desinfektionsanstalten abzuliefern. Aber selbst wenn man seine Möbel irgendwann zurückbekam, waren sie meist beschädigt und stanken erbärmlich nach Chemikalien. Nein, das konnten sie weiß Gott nicht auch noch brauchen, zumal Annas Beisetzung bereits ein kaum zu stopfendes Loch in die Haushaltskasse gerissen hatte.

Und so pflegte Martha ihre Mutter daheim in Annas verwaistem Bett, damit der Vater sich nicht ansteckte, und bemühte sich nach Kräften, selbst für ausreichende Hygiene zu sorgen. Zwei Tage lang schien es so, als würde sich die Mutter erholen, doch dann, in der dritten Nacht, verschlechterte sich ihr Zustand, und am Morgen des 28. August 1892 schloss Louise Westphal für immer die Augen. Immerhin war Doktor Hartmann so freundlich, als Todesursache, ebenso wie bei Anna, einen Eingeweidekatarrh festzustellen, damit sie nicht noch ihr letztes Hab und Gut durch die Desinfektion verloren. Ein schlechtes Gewissen hatte der Arzt deswegen nicht, vielmehr lobte er Martha für ihre konsequente Umsetzung seiner Anweisungen und die Sauberkeit, die in der Wohnung herrschte.

Mittlerweile war der Leichenkarren, der die Choleratoten jeden Morgen abholte, ein gewohnter Anblick, aber Martha wollte nicht, dass ihre Mutter in einem der Massengräber bei der schwarzen Bude auf dem Ohlsdorfer Friedhof verscharrt wurde.

Und so nahm sie einen Teil von Heinrichs angespartem Schulgeld, um die Grabstätte neben Anna zu bezahlen. Die Schulen waren wegen der Seuche ohnehin auf unbestimmte Zeit geschlossen worden. Choleraferien nannten sie es, doch niemand freute sich darüber. Wer es sich leisten konnte, verließ die Stadt. Sogar öffentliche Tanzveranstaltungen waren aus Angst vor Ansteckungen verboten worden. Viele Geschäfte und Handwerksbetriebe waren wegen Krankheit geschlossen. Im Gängeviertel stank es nicht mehr nach Fäkalien und Abwässern; stattdessen verriet der scharfe, beißende Geruch von Lysol, Chlorkalk und Carbolsäure, wo die Desinfektionskolonnen ihr Werk verrichtet hatten. Mancherorts dunsteten die Chemikalien so stark aus den Häusern, dass einem schon beim bloßen Vorbeigehen die Augen tränten. Es gab Geschichten über Hausmädchen, die von ihrer Herrschaft nur deshalb entlassen worden waren, weil sie Verwandte in Hammerbrook oder dem Gängeviertel besucht hatten. Man warf ihnen vor, sie würden ihre Herrschaft in Gefahr bringen, wenn sie die Arbeiterviertel aufsuchten. Angst und Panik beherrschten die Stadt, aber Martha fühlte nichts. Weder Angst noch Trauer, sie tat ohne nachzudenken das, was von ihr erwartet wurde, denn hätte sie all das Grauen an sich herangelassen, wäre sie zerbrochen. Bei Annas Tod hatte sie noch bitterlich geweint, aber bei der Beisetzung ihrer Mutter waren ihre Tränen versiegt. Vielleicht waren sie auch einfach nur von der Schockstarre eingefroren. Diese innere Erstarrung war ihr bester Schutz und ermöglichte es ihr, so zu tun, als gäbe es noch eine Normalität in all dem grauenhaften Chaos.

Alles wäre nur halb so schlimm gewesen, wenn ihr Vater stark geblieben wäre, doch Karl Westphal kam über den Tod seiner Frau und seiner Tochter nicht hinweg. Er war ständig betrunken, verschlief seine Schichten und brachte keinen Lohn mehr heim. Martha versuchte, die Näharbeiten ihrer Mutter zu vollenden, um bei Frau Lembcke wenigstens das dafür vereinbarte Geld zu bekommen, doch Frau Lembcke weigerte sich, die Weißwäsche anzunehmen.

»Nimm das wieder mit!«, herrschte sie Martha an. »Bei euch im Bleichergang wütet doch die Cholera, da will ich mir meine guten Waren doch nicht von deiner verseuchten Arbeit verderben lassen. Das gehört doch alles verbrannt!« Dann schlug sie ihr einfach die Tür vor der Nase zu.

Martha überlegte, ob sie die Weißwäsche vielleicht an den Plünnhöker verkaufen könnte, aber die Lumpenhandlung war wegen Krankheit geschlossen, und sonst fiel ihr niemand ein, der in diesen Tagen Wäsche aus dem Bleichergang kaufen würde.

Anfang September gerieten sie mit dem Mietzins in Verzug, und Martha mahnte ihren Vater, endlich mit dem Trinken aufzuhören. Als sie dann beschloss, die Miete von Heinrichs verbliebenem Schulgeld zu bezahlen, musste sie feststellen, dass der Vater das letzte Geld auf den Kopf gehauen hatte.

»Wie konntest du das nur tun, Papa?«, fuhr sie ihn an.

»Ach, min Deern«, lallte er. »Es tut mir ja so leid. Ich weiß, ich bin ein schlechter Vater. Aber ich versprech dir, bis die Schulen wieder öffnen, habe ich das Geld zurückgelegt. Der Heinrich soll ja mal was Besseres werden. Morgen früh geh ich gleich zum Hafenmeister und lass mich für eine Doppelschicht einteilen.«

In diesen Tagen musste Martha die bittere Erfahrung machen, dass das Wort ihres Vaters im Gegensatz zu früher nichts mehr galt. Ungeachtet aller guten Vorsätze, verbrachte er die Vormittage im Bett, ganz gleich, wie oft Martha ihn morgens weckte. Erst am späten Nachmittag raffte er sich auf und verließ die Wohnung. Doch nicht, um sich um Arbeit zu kümmern, sondern um Branntwein aufzutreiben. Martha befürchtete, dass er in etlichen Kneipen anschreiben ließ und den Schuldenberg der Familie weiter vergrößerte, aber wenn sie ihn darauf ansprach, stritt er alles ab und versuchte, sie mit lächerlichen Ausreden zu beruhigen.

In ihrer Verzweiflung ging sie schließlich zu Doktor Hartmann, um ihn zu fragen, wie der Vater endlich wieder nüchtern und arbeitsfähig werden könnte. Doch Doktor Hartmann schüttelte traurig den Kopf.

»Wenn es einen Mann so aus den Schuhen gehauen hat wie deinen Vater, nützen weder gutes Zureden noch strenge Maßnahmen. Es wird wohl an dir hängen bleiben, für die Familie zu sorgen.«

»Aber wie? Frau Lembcke weigert sich, die Weißwäsche anzunehmen. Was kann ich denn noch tun?«

Der Arzt musterte Martha nachdenklich. »Du bist jetzt vierzehn, nicht wahr?«

Sie nickte.

»Ich wüsste da etwas«, sagte er schließlich. »Im Allgemeinen Krankenhaus suchen sie wegen der Cholera händeringend Krankenwärterinnen. Mit vierzehn bist du gerade alt genug dafür. Außerdem bist du ein kluges Mädchen, Martha. Du hast deine Mutter zu Hause besser gepflegt, als man es im Krankenhaus getan hätte. Du wusstest die Desinfektionsmittel gut einzusetzen, und dein Vater und Bruder sind, genau wie du, gesund geblieben. Stell dich im Allgemeinen Krankenhaus vor. Solltest du Referenzen brauchen, darfst du dich auf mich berufen. Und dein Lohn wird hoffentlich für euren Mietzins reichen. Zudem tust du etwas Sinnvolles. Deiner Schwester und deiner Mutter konntest du nicht helfen, aber womöglich anderen Menschen. Und so kann aus all dem Unglück vielleicht doch noch etwas Gutes erwachsen. Sowohl für dich, weil du auf ehrbare Weise Geld verdienen kannst, als auch für die Menschen, die deiner Fürsorge anvertraut werden, denn ich bin mir sicher, dass du dich besser um sie kümmern wirst als die meisten Krankenwärterinnen.«

Über diese Worte dachte Martha auf dem Heimweg lange nach. Wollte sie sich all dem Elend, das die Cholera über die Menschen brachte, tatsächlich dauerhaft stellen? Ständig daran erinnert werden, wie Annas Kopf schlaff zur Seite gefallen war? Zurückkehren an den Ort ihres Todes? Andererseits, auch ihr Zuhause war ein Ort des Todes, dort war ihre Mutter verstorben, obwohl sie sie aufopfernd gepflegt hatte.

Dem Tod kann man nicht entgehen, dachte sie. *Aber vielleicht hat Doktor Hartmann recht, und ich kann für das Leben kämpfen.*

Eine große Wahl hatte sie ohnehin nicht. Krankenwärterin war zwar kein besonders angesehener Beruf, aber es war immer noch besser, als im Rademachergang zu enden wie Milli. Bei dem Gedanken an ihre Freundin wurde ihr zum ersten Mal siedend heiß bewusst, dass sie in ihrer gegenwärtigen Lage vermutlich gar nicht mehr so viel von Millis Schicksal trennte.

Als Martha ihrem Vater von Doktor Hartmanns Vorschlag erzählte, war er immerhin klar genug im Kopf, um ihr zuzuhören.

»Ich weiß nicht so recht«, nuschelte er. »Der Mama wär's nicht recht gewesen, wenn du vor der Zeit von der Schule gehst. Die wollte doch, dass ihr was Ordentliches lernen sollt.«

Der Mama wär's auch nicht recht gewesen, dass du das Fell versäufst, dachte Martha, hütete sich aber, den Gedanken laut auszusprechen.

»Ob ich nun noch ein Jahr länger zur Schule gehe oder nicht, was macht das für einen Unterschied? Du weißt doch, dass wir das Geld brauchen.«

»Das Geldverdienen ist meine Aufgabe.« Ihr Vater schnäuzte in sein Taschentuch.

»Hast du denn für morgen eine Schicht bekommen?«, bohrte Martha nach. »Warst du überhaupt beim Hafenmeister?«

»Kind, natürlich war ich beim Hafenmeister, ich hatte es dir doch versprochen«, verteidigte er sich. »Aber er hatte keine Arbeit für mich. Wegen der Cholera laufen kaum noch Schiffe Hamburg an.«

»Der Henning Wilke von gegenüber erzählt da aber was ganz anderes. Der sagt, dass sie bis zum Umfallen arbeiten müssen, weil sie zu wenig Schauerleute wegen der Cholera haben. Gerade gestern sind wieder zwei große Viermaster aus Übersee eingelaufen. Sei ehrlich, Papa. Der Hafenmeister hat dich wieder weggeschickt, weil du zu betrunken warst, nicht wahr?«

Ihr Vater senkte betreten den Blick, vermutlich, weil er nicht wollte, dass Martha sah, wie sich seine Augen mit Tränen füllten. Aber es war zu spät, sie hatte seine Schwäche bemerkt, und in ihren Zorn, dass er sich so sehr gehen ließ, mischte sich zugleich ein tiefes Mitgefühl. Das hier war immer noch ihr geliebter Vater, der immer für sie da gewesen war. Hatte sie wirklich das Recht, ihm Vorwürfe zu machen? Seit Mutters Tod schien es, als sei die Familie zerbrochen. Jeder trauerte für sich allein. Heinrich weinte nur noch, der Vater trank den lieben langen Tag und sie selbst … nun, sie war froh, wenn niemand sie ansprach. Sie hatte sich in ihrer schützenden Leere häuslich eingerichtet, um sich weder ihrer Trauer noch den brennenden Sorgen stellen zu müssen. War sie so viel anders als der Vater? Nur weil sie keinen Branntwein brauchte, um ihre Gefühle zu betäuben? Aber jetzt war es an der Zeit aufzuwachen. Sie mussten endlich wieder ins alltägliche Leben zurückkehren, wenn sie nicht alles verlieren wollten.

»Ich brauche dein Einverständnis, Papa. Sonst nehmen die mich da nicht. Und als Krankenwärterin stehe ich nicht schlechter da, als wenn ich Weißnäherin lernen würde.«

»Die Mama wollte, dass du Schneiderin wirst. Damit du vielleicht irgendwann ein eigenes Geschäft eröffnen kannst.«

»Ja, aber die Frau Lembcke nimmt unsere Nähereien nicht mehr, und der Helbinger wird mir nichts zahlen. Der würde sich schon für großzügig halten, wenn er kein Lehrgeld nimmt. Nein, Papa, es gibt keinen anderen Weg, wenn ich nicht wie Milli auf der Straße enden will.«

»Kind, sag doch nicht so was!«, rief ihr Vater entsetzt. »Das würde ich niemals zulassen.«

Dann leg endlich die Flasche weg, dachte Martha, aber anstatt die Worte auszusprechen, sagte sie nur: »Ich weiß, Papa. Aber du schaffst es allein nicht.«

Im nächsten Augenblick brach ihr Vater in Tränen aus.

»Papa, bitte wein doch nicht!«, rief sie erschrocken und nahm ihn in die Arme. »Ich ertrag das nicht, wenn du jetzt auch noch weinst.«

Sie hatte ihn noch niemals weinen sehen. Gab es überhaupt noch Hoffnung, wenn selbst ihr Papa weinte? Ausgerechnet er, den sie immer für den Fels in der Brandung gehalten hatte. »Vater und Tochter«, hatte er jedes Mal mit einem Augenzwinkern gesagt, wenn sie als Kind Sorgen hatte, die sie ihrer Mutter nicht anvertrauen mochte. Und dann hatte er stets eine Lösung gefunden.

»Ach, meine Große«, flüsterte er und bemühte sich, die Tränen zu unterdrücken, als er ihr betroffenes Gesicht sah. »Ich weiß nicht, wie ich das alles ohne deine Mutter schaffen soll. Sie war immer diejenige, die die Familie zusammengehalten hat.«

Marthas Brust wurde eng. Am liebsten hätte sie herausgeschrien, wie sehr sie ihren Vater brauchte und dass er endlich wieder der Mann werden sollte, der er immer gewesen war. Aber zugleich wusste sie, dass es seine Verzweiflung nur noch größer gemacht hätte. Er wusste ganz genau, dass er als Vater versagte. Sie spürte seine Scham ebenso wie seine Unfähigkeit. Martha atmete tief durch. Sie liebte ihren Vater, sie wollte ihm keine Vorwürfe mehr machen. Wenn er nicht konnte, dann musste sie eben die Familie zusammenhalten. Sie würde Heinrich trösten, wenn der sich in den Schlaf weinte, und ihrem Vater zugleich eine Stütze sein. Vielleicht würde er dann endlich wieder zu seiner alten Stärke zurückfinden und vom Alkohol wegkommen.

»Ich werde mich morgen beim Allgemeinen Krankenhaus vorstellen«, sagte sie mit fester Stimme. »Und du wirst mir deine Unterschrift geben, dass du es billigst, wenn ich dort als Krankenwärterin anfange.«

»Ja, meine Große.« Seine Stimme klang heiser und kraftlos. »Alles, was du willst, du wirst's schon richten, du kommst ganz nach deiner Mutter.«

Dann wand er sich aus Marthas Umarmung und schnäuzte erneut in sein Taschentuch.

»Ich werde mich bessern«, versprach er ihr. »Ich versuch, morgen nüchtern zu bleiben und wieder eine Schicht zu bekommen, damit du nicht alles allein ertragen musst und der Heinrich weiter auf die Schule gehen kann.«

»Danke, Papa.« Sie küsste ihn auf die unrasierte Wange und hoffte, dass er seinem guten Vorsatz wenigstens ein Mal treu bleiben würde. Vielleicht waren seine Tränen ja der erste Schritt zur Heilung? Das hoffte sie ganz fest.

5

Am nächsten Morgen probierte Martha das feine dunkelblaue Kleid ihrer Mutter an, das ihr erstaunlich gut passte, auch wenn es über der Brust etwas locker fiel. Anschließend steckte sie ihr Haar hoch und setzte das kleine blaue Hütchen auf, das zum Kleid gehörte. Ja, so sah sie gleich viel erwachsener aus.

»Du siehst hübsch aus«, meinte Heinrich, der ihr beim Anprobieren zugesehen hatte. »Fast wie Mama. Meinst du, sie nehmen dich als Krankenwärterin?«

»Ja, Doktor Hartmann sagt, dass sie dringend Leute suchen. Und dann sehen wir zu, dass wir dein Schulgeld wieder zusammensparen, damit du nach den Choleraferien aufs Gymnasium gehen kannst.«

»Ach, das ist nicht so wichtig«, sagte Heinrich abwehrend. »Wenn's sein muss, kann ich auch für Papa Schichten im Hafen übernehmen.«

»Dafür bist du viel zu jung.«

»Bis ich alt genug bin, kann ich ja Botenjunge werden«, sagte er leichthin. »Da ist's von Vorteil, dass ich klein und flink bin.«

Martha lachte über seinen Vorwitz. Wie gut, dass er seine Munterkeit wiedergefunden hatte. Vielleicht ging es langsam wirklich wieder bergauf. Immerhin war auch ihr Vater, wie versprochen, rechtzeitig aufgestanden, um sich beim Hafenmeister zu melden.

»Im Schrank sind noch ein paar Bonbons, die darfst du essen, aber nur, wenn du keinen Unfug treibst, solange ich weg bin.«

»Ich doch nicht!«, rief Heinrich. »Sind noch Pfefferminz dabei?«

»Ich denke schon«, sagte Martha. »Und auf dem Herd steht der Kessel mit dem abgekochten Wasser, falls du Durst hast.«

Dann verließ sie die Wohnung.

Anfang September war es nach wie vor sehr heiß in der Stadt. In einem normalen Sommer wäre sie bei diesem Wetter mit Heinrich im warmen Elbwasser zum Baden gegangen, natürlich nicht am Hafen, sondern in Richtung Blankenese, wo es von Schilfrohr geschützte Buchten gab. Aber das Baden in der Elbe war wegen der Cholera lebensgefährlich und streng verboten. Die Krankheit hielt die Stadt weiterhin in ihrem Würgegriff, und wenn man den Gerüchten glauben konnte, bemaß sich die Zahl der Erkrankten mittlerweile auf mehrere Tausend. Der beißende Geruch der Desinfektionsmittel kroch wie giftiger Nebel aus zahlreichen Treppenhäusern und Kellern, und die Straßen waren leerer als gewöhnlich. Die Menschen, die noch unterwegs waren, hatten nichts Flaneurhaftes oder Geschäftiges mehr an sich wie früher. Stattdessen hasteten sie fast im Stechschritt über die Gehwege, ganz so, als könnten sie der Seuche davonlaufen, wenn sie nur schnell genug waren. Einzig an den Ausgabestellen der Wasserwagen herrschte Beschaulichkeit, wenn Frauen und Kinder mit ihren Eimern und Kannen friedlich Schlange standen und den neuesten Klatsch austauschten, während sie auf sauberes Wasser warteten.

Rund ein Viertel aller Geschäfte auf dem Scharmarkt waren geschlossen, und niemand wusste, ob die Inhaber selbst erkrankt waren oder zu denen gehörten, die die Stadt dieser Tage fluchtartig verlassen hatten. Das schlagende Herz des Gängeviertels war aus dem Takt geraten, aber noch lag der Scharmarkt nicht im Sterben. Uhrmacher Härtels Laden und Frau Lembckes Weißwarengeschäft waren nach wie vor geöffnet, und im Gasthof Zum Schwarzen Adler versammelten sich weiterhin Schauerleute, um nach Arbeit zu fragen oder sich ihren Lohn auszahlen zu lassen. Früher hatte Martha sich nichts dabei gedacht, dass der Gasthof dem Hafenmeister als Büro diente, aber inzwischen fragte sie sich, ob es nicht eine große Versuchung für Männer wie ihren Vater darstellte. Was, wenn er wirklich wieder eine Schicht bekam, aber das Geld an Ort und Stelle vertrank? Oder wenn es ihm vom Wirt abgeknöpft wurde, um seine angehäuften Schulden zu begleichen? Sie schüttelte den unangenehmen Gedanken ab. Wenn der Vater wirklich eine Schicht bekommen sollte, wäre er gewiss verantwortungsvoll genug, zuerst an die Miete zu denken. Mit dieser Hoffnung setzte sie ihren Weg fort.

Als sie das Allgemeine Krankenhaus schließlich erreichte, erschrak sie über das Chaos, das dort herrschte. Sie sah nur einen einzigen echten Krankenwagen. Die weitaus meisten Kranken wurden auf einfachen Leiterwagen eingeliefert, und die Fahrer waren mit Sicherheit keine ausgebildeten Sanitäter. Die Art, wie sie die Kranken von den Pritschen herunternahmen, erinnerte Martha an Schauerleute beim Entladen am Hafen. Die hohe Anzahl an Dahinsiechenden ließ die Arbeiter den Blick für den einzelnen Menschen verlieren. Wer noch wimmern oder stöhnen konnte, wurde vielleicht etwas sanfter angepackt, aber selbst da war Martha sich nicht sicher. Ob die Männer, die den ganzen Tag Schwerkranke und Sterbende transportierten, sich in dieselbe innere Leere geflüchtet hatten, die Martha so gut kannte? Wie sonst konnte man all das Leid so gleichgültig und scheinbar herzlos ertragen?

Nachdem der letzte Kranke abgeladen worden war, wurde der Wagen vor eine andere Baracke gefahren. Dort schoben die Arbeiter drei einfache Holzsärge aus rohem Kiefernholz auf die

Ladefläche. War die Baracke etwa das Leichenschauhaus? Martha fröstelte. Nachdem die drei Särge nebeneinander auf dem Wagen standen, brachten die Männer weitere Tote, die lediglich in Säcke gehüllt waren. Martha fragte sich, ob die Familien wohl zu arm waren und sich keinen Sarg leisten konnten oder ob es bei Hunderten von Toten nicht mehr genügend Särge gab. Insgesamt wurden acht Leichensäcke über den drei Särgen gestapelt. Die Säcke waren mit so scharfen Desinfektionsmitteln besprüht worden, dass Marthas Augen von den Dämpfen brannten, als sie am Wagen vorbeiging. Wie schrecklich musste es erst für die armen Kranken sein, die später auf demselben Wagen zum Krankenhaus transportiert wurden? Ihre Mutter hatte ganz recht gehabt, es war besser gewesen, zu Hause zu sterben. Und ihre Mutter und Anna hatten noch ein anständiges Grab bekommen. Einen Ort, an dem man ihrer gedenken und Blumen niederlegen konnte. Sie waren nicht in einem der Massengräber gelandet, die die Totengräber bei der schwarzen Bude im Akkord schaufelten.

»Suchst du jemanden?«, hörte sie plötzlich eine Stimme hinter sich. Sie fuhr herum und sah einen breitschultrigen Mann in der weißen Jacke der Krankenwärter.

»Guten Tag«, antwortete sie schüchtern. »Ich habe gehört, dass hier Krankenwärterinnen gesucht werden, und wollte mich bewerben.«

Der Mann musterte sie von oben bis unten.

»Wie alt bist du denn?«

»Vierzehn.«

»Bisschen jung dafür, nicht wahr?«

»Wir brauchen das Geld.«

»Also gut, dann geh mal zu Otto Probst, das ist der oberste Krankenwärter, der hat sein Büro da hinten.« Der Mann zeigte auf einen Anbau des Hauptgebäudes. »Aber wenn du einen guten

Rat willst, such dir lieber eine andere Arbeit. Das hier ist kein Zuckerschlecken, da siehst du tagein, tagaus nur Sterbende, die in ihren Exkrementen krepieren und sich vollkotzen.«

»Ich weiß, was mich erwartet«, sagte Martha.

»Dann ist ja gut. Aber sag hinterher nicht, dich hätte keiner gewarnt.« Mit diesen Worten ließ er sie stehen.

Das Büro von Otto Probst war ausgesprochen spartanisch eingerichtet. Die Wände waren ursprünglich einmal weiß gestrichen gewesen, aber inzwischen passten sie zu dem grauen Zementboden. Es gab einen Kleiderschrank und einen abgeschabten Schreibtisch, der seine besten Zeiten längst hinter sich hatte. Ursprünglich war er kunstvoll verziert gewesen, doch viele der hölzernen Ornamente, die Blütenranken darstellten, waren abgebrochen. Otto Probst saß hinter seinem Schreibtisch und schenkte sich aus einer Flasche Korn ein Glas ein, während er Martha von oben bis unten musterte. Martha betrachtete ihn ihrerseits neugierig. Er musste in etwa Mitte vierzig sein, hatte eine Halbglatze, einen mächtigen Kaiser-Wilhelm-Bart mit nach oben gezwirbelten Enden und ein stark gerötetes, pausbäckiges Gesicht, das zu seiner korpulenten Statur passte. Auch er trug die weiße Jacke der Krankenwärter, aber anders als bei dem Mann, der sie hierhergeschickt hatte, war sie nicht ordentlich zugeknöpft, sodass sein Unterhemd hervorschaute, das genauso grau wie die Wände war.

»So, du bist also die Martha Westphal und willst Krankenwärterin werden?«, fragte er und leerte das Schnapsglas in einem Zug. »Wie alt bist du denn?«

»Vierzehn.«

»Also noch ein richtiges Küken. Bist du schon fertig mit der Schule?«

»Nein, aber die Schule ist derzeit ja ohnehin geschlossen. Und meine Mutter ist am 28. August gestorben, da muss ich jetzt für die Familie mitverdienen.«

»Deine Mutter ist gestorben? War's die Cholera?«

Martha zögerte. »Der Doktor sagte, es sei ein Eingeweidekatarrh, so wie auch bei meiner kleinen Schwester, die kurz vorher hier in diesem Krankenhaus gestorben ist.«

»Ihr wolltet wohl der Desinfektionskolonne entgehen, was?« Er lachte glucksend und schenkte sich ein weiteres Glas Korn ein.

Martha senkte den Blick.

»Aber du bist gesund?«

Martha nickte.

»Und kannst ordentlich zupacken?«

Sie nickte erneut.

Probst erhob sich hinter seinem Schreibtisch und ging auf sie zu.

»Zeig mir mal deine Hände.«

Sie gehorchte.

»Na, sauber sind sie ja, aber ob du damit wirklich ausreichend anpacken kannst?« Er runzelte die Stirn. »Du sagtest, deine Mutter sei gestorben. Du hast sie doch sicher gepflegt. Worauf hast du da geachtet?«

»Ich hatte Lysol und Carbolseife und habe mir immer die Hände gewaschen. Und dann haben wir alles Wasser abgekocht, schon bevor die Flugblätter verteilt wurden, weil Doktor Hartmann uns das geraten hat. Der meinte auch, ich soll mich hier bewerben, und ich darf mich auf ihn berufen.«

»Der Doktor Hartmann vom Scharmarkt?«

»Ja.«

»Also gut, dann wollen wir's mal mit dir versuchen. Du kriegst zwei Mark am Tag für zwölf Stunden Arbeit, jeder zweite Sonntag ist frei, außer wenn's eng wird, weil wir zu wenig Leute haben.

Dann fällt der freie Sonntag aus, aber dafür bekommst du ihn auch bezahlt.«

Martha nickte.

»Und in dieser feinen Kleidung kannste natürlich nicht arbeiten, Kleidung kriegst du gestellt, einmal in der Woche bekommst du im Wäschehaus frische.«

»Und wenn sie vorher beschmutzt wird?«

»Dann musst du sie selbst waschen. Am besten, du kaufst dir für solche Fälle eine zweite Garnitur, sobald du genügend Geld verdient hast.«

»Soll ich gleich heute anfangen?«, fragte Martha.

»Nein, heute holst du dir erst mal deine Kleidung ab und lässt den Vertrag von deinem Vater unterschreiben. Morgen meldest du dich dann um sechs Uhr früh bei Schwester Wiebke in der Baracke fünf. Da liegen die Frauen. Und jetzt zeig ich dir, wo du deine Wäsche kriegst.« Er tätschelte ihr die Schulter, während er sie aus dem Büro geleitete. »Wir werden uns bestimmt gut verstehen, Martha, denn ich bin mir sicher, du bist ein nettes Mädchen, nicht wahr?«

Die Art, wie er das sagte, verunsicherte Martha, aber sie konnte sich nicht erklären, warum.

Das Wäschehaus lag am anderen Ende des Geländes und wurde von einer Frau geleitet, die sich als Kleidermeisterin Fräulein Isenbrook vorstellte, obwohl sie bestimmt schon vierzig war. Sie maß Martha mit einem kurzen Blick und griff dann zielstrebig in ein Regal.

»Das müsste dir passen«, sagte sie. »Halt es dir mal an.«

Martha faltete das weiße Krankenwärterinnenkleid auseinander. Es war schon an einigen Stellen geflickt, und ein dunkelroter Fleck am Ärmel war anscheinend trotz mehrfacher Wäsche nicht rausgegangen, aber es roch frisch und sauber. Sie hielt es sich an, und von der Länge her passte es, auch wenn ihr die Ärmel etwas zu lang waren.

»Die kannst du umkrempeln. Ist auch besser, wenn die Ärmel etwas länger sind«, meinte die Kleidermeisterin. »Du siehst ja, manchmal kann einen das vor Unannehmlichkeiten schützen.« Sie zeigte auf den dunklen Fleck.

»Ist das Blut?«, fragte Martha.

»Nein, Jodtinktur, die nicht sofort entfernt wurde. Blut wäre bei der Kochwäsche rausgegangen oder hätte allenfalls noch einen schwachen gelben Rand hinterlassen.«

Martha nickte, während Otto Probst ihr erneut die Hand auf die Schulter legte und meinte: »Na, nun bist du eingekleidet und kannst erst mal gehen. Und morgen stellst du dich dann bei der Schwester Wiebke vor und bringst mir anschließend den von deinem Vater unterschriebenen Vertrag, nicht wahr?« Er tätschelte ihr noch zweimal die Schulter, ehe er sich verabschiedete und in sein Büro zurückkehrte.

Als Martha eine knappe Stunde später nach Hause kam, war Heinrich unterwegs, aber der Vater saß leichenblass in der Küche.

»Was ist passiert, Papa?«, rief Martha erschrocken. Wenigstens stand keine Schnapsflasche vor ihm.

»Sie haben mich weggeschickt«, flüsterte er. »Ich würd's nicht mehr packen, haben sie gesagt. Und den Lohn haben sie auch einbehalten.«

»Warum denn, Papa?«

»Weil mir einer von den Kaffeesäcken runtergefallen und aufgeplatzt ist. Den könnten sie nicht mehr für den vollen Preis verkaufen, haben sie gesagt. Und dass ich dankbar sein kann, dass sie ihn mir nicht ganz in Rechnung stellen. Und der Hafenmeister sagte, jemanden mit zitternden Händen kann er nicht gebrauchen. Ich soll mich nicht mehr bei ihm blicken lassen.«

Martha schluckte. »Ach, Papa, wenn du nicht mehr trinkst, wird das bestimmt wieder besser. Du findest neue Arbeit, ganz bestimmt.«

»Und wo? Soll ich etwa zu den Halsabschneidern von der Desinfektionskolonne gehen?«

»Wenn sie gut bezahlen, warum nicht?«, gab Martha energisch zurück. »Ich verdien künftig zwei Mark am Tag, das reicht zwar für die Miete, aber für mehr auch nicht. Wenn die dich im Hafen nicht mehr nehmen, musst du eben was anderes machen.«

Noch während sie sprach, füllten sich die Augen ihres Vaters mit Tränen. »Es tut mir so leid, Martha«, flüsterte er.

»Das sagst du mir jeden Tag, seit Mama tot ist. Aber das genügt nicht. Du musst endlich wieder auf die Füße kommen! Das bist du Heinrich und mir schuldig. Und Mamas Andenken! Die würde sich im Grabe umdrehen, wenn sie sehen könnte, wie du dich gehen lässt!«

»Ich weiß. Du hast ja recht, ich bin ein schlechter Vater. Ich bin euch nur eine Last. Es wäre besser gewesen, wenn die Cholera mich dahingerafft hätte und nicht die Mama.«

»Jetzt hör aber auf!«, schrie Martha. »Ich liebe dich, Papa, und ich will nie wieder hören, dass du dir den Tod wünschst. Ich will, dass du endlich wieder mein alter Papa wirst, der für seine Familie da ist und sich von Rückschlägen nicht unterkriegen lässt. Wenn du am Hafen keine Arbeit mehr bekommst, dann musst du eben was anderes versuchen. So wie ich auch! Und die Desinfektionskolonne ist allemal besser, als seine Kinder hungern zu lassen! Merk dir das!« Sie schlug mit der Faust auf den Tisch, und ihr Vater zuckte zusammen.

»Ist gut«, sagte er leise. »Ich werde mich morgen dort vorstellen. Ich tu das für Heinrich und für dich, Martha.«

»Danke, Papa. Ich hoffe, du hältst Wort.«

»Das habe ich heute doch auch getan«, sagte er leise. »Ich tu doch, was ich kann.«

»Ja«, sagte Martha, aber bei sich dachte sie, dass das längst nicht genug war …

6

Am folgenden Morgen brach Martha bereits um fünf Uhr in der Früh auf. Auch ihr Vater war schon wach und versprach ihr erneut, sich heute bei der Desinfektionskolonne vorzustellen, doch das Zittern seiner Hände verhieß nichts Gutes. Wann hatte es begonnen? So deutlich wie an diesem Morgen war es ihr noch nie aufgefallen. War das wirklich der Grund gewesen, warum er den schweren Kaffeesack hatte fallen lassen? Sie schüttelte den unangenehmen Gedanken ab, dann griff sie nach ihrer Tasche, in der ihr Schwesternkittel und der vom Vater unterschriebene Arbeitsvertrag steckten.

Pünktlich um Viertel vor sechs meldete sie sich bei Schwester Wiebke. Doch anstatt eines freundlichen Grußes erntete sie sofort ihren ersten Rüffel.

»Und so willst du hier arbeiten? Wo hast du deinen Kittel? Falls du ihn versetzt hast, musst du dir nicht einbilden, einen neuen zu kriegen!«

Martha schluckte. Die Frau vor ihr schüchterte sie gehörig ein. Von der Tracht her war sie keine gewöhnliche Krankenwärterin, sondern eine Diakonisse. Allerdings eine, die schon bessere Tage gesehen hatte, denn obwohl es noch so früh am Morgen war, wirkte ihre Kleidung nicht adrett und frisch, sondern ganz so, als hätte sie darin seit Tagen geschlafen.

»Ich habe ihn hier drinnen.« Martha wies auf ihre Tasche.

»Und wo willste dich umziehen? Glaubste, wir sind hier im feinen Theater, wo's Garderoben für die Künstler gibt?«

»Verzeihen Sie bitte, ich wusste das nicht.« Demütig senkte sie den Blick. Ihre Entschuldigung schien Schwester Wiebke etwas zu besänftigen.

»Na gut, für heute wollen wir es mal so stehen lassen, ist ja dein erster Tag. Such dir eine Ecke, wo dich keiner sieht. Am besten den Abtritt, da kannst du die Tür verriegeln.«

»Und wo soll ich mein Kleid lassen?«

»Steck's in die Tasche, in der du deine Tracht hast, und die stellst du dann hinter meinen Schreibtisch. Du kannst sicher sein, da geht keiner bei.« Schwester Wiebke zeigte auf das Pult am Ende des großen Wachsaals.

»Vielen Dank. Wo finde ich den Abtritt?«

»Den Gang entlang und dann die letzte Tür links.«

Die Toiletten waren um diese frühe Stunde noch sehr sauber. Es waren richtige Wasserklosetts, keine einfachen Plumpsklos wie im Gängeviertel. Rasch zog sie sich um, krempelte die Ärmel ihres Kittels hoch und legte ihr Kleid sorgfältig zusammen, bevor sie es in die Tasche steckte. Dann kehrte sie zurück in den Wachsaal und stellte die Tasche hinter Schwester Wiebkes Schreibtisch.

»Hier habe ich auch den Vertrag, den der Vater unterschrieben hat.«

»Na, immerhin biste pünktlich genug gewesen, um jetzt gleich den Dienst zu beginnen«, sagte die Diakonisse nun deutlich milder, während sie den Vertrag entgegennahm. »Herr Probst hat mir erzählt, du hättest deine Mutter und Schwester gepflegt, die an der Seuche gestorben sind?«

»Der Arzt sagte, am Eingeweidekatarrh«, erwiderte Martha.

»Ja ja, das kennen wir ja, wenn's drum geht, die Desinfektion zu umgehen.« Schwester Wiebke lachte leise, aber es klang nicht hämisch. »Du weißt also, wie du dich vor Ansteckung schützt. Dann kannste ja gleich mal anfangen, die Nachttöpfe einzusammeln.«

An diesem Tag lernte Martha, dass eine junge Krankenwärterin nicht für die Pflege kranker Menschen da war, sondern lediglich für niederste Hilfsdienste herangezogen wurde. Den Morgen verbrachte sie damit, die Nachttöpfe zu leeren und auszuscheuern, eine ekelerregende Arbeit, denn die Exkremente der Erkrankten verströmten einen so schrecklichen Geruch, dass Martha ständig gegen einen heftigen Würgereiz ankämpfen musste. Immerhin war Schwester Wiebke mit ihrer Leistung zufrieden, sodass sie sie anwies, am späten Vormittag gemeinsam mit einer alten Krankenwärterin namens Jette die Betten neu zu beziehen. Allerdings hatte Jette eine ganz eigene Vorstellung davon, welche Betten neu bezogen werden mussten und welche noch gut waren. Einige Flecken waren längst kein Grund, den Bezug zu wechseln, nicht einmal, wenn es die Schmierspuren von Exkrementen waren.

»Da kommt heute Nacht noch mehr dazu, den können wir morgen wechseln«, sagte Jette, als sie Marthas ungläubiges Gesicht sah. »Wir haben nicht genug Bettzeug, geht ja alles in die Desinfektion.«

Martha nickte stumm.

Sie waren gerade dabei, das letzte Bett zu beziehen, als zwei Ärzte in strahlend weißen Kitteln den Wachsaal betraten. Schwester Wiebke eilte ihnen sofort dienstbeflissen entgegen.

»Das ist die Visite«, raunte Jette Martha zu. »Der mit dem Spitzbart ist Doktor Schlüter, der mit dem riesigen Schnauzer ist Doktor Mehling. Sieh nicht zu ihnen hin, sondern mach einfach deine Arbeit. Doktor Mehling kann sehr unangenehm werden, der hat schon mal eine Krankenwärterin entlassen, weil sie ihn zu lange angestarrt hat.«

»Warum hat ihn das gestört?«, flüsterte Martha zurück.

»Einfach so, weil er schlechte Laune hatte. Und weil er mit Doktor Schlüter um die Leitung des Wachsaals konkurriert, aber alle sagen, Schlüter sei der bessere Arzt.«

»Ist er das?«, fragte Martha.

»Na, wenn ich's mir aussuchen könnte, würde ich mich immer vom Schlüter behandeln lassen, bei dem sterben deutlich weniger Leute. Der Mehling ...« Sie verstummte, denn die Ärzte und Schwester Wiebke waren nur noch drei Betten von ihnen entfernt. Martha bemühte sich darum, ihren Blick strikt auf das Laken zu richten, das sie gerade aufzog, und die beiden Ärzte und Schwester Wiebke zu ignorieren. Dennoch war es interessant, den Gesprächen zu lauschen.

»Die Krankheitskeime müssen die Möglichkeit bekommen, den Organismus zu verlassen«, erklärte Doktor Mehling an dem Bett einer Frau, die von Krämpfen gequält wurde. »Wir können nur dann mit einer Heilung rechnen, wenn wir purgieren.«

»Ich weiß, dass Sie auf die Verabreichung von Abführmitteln schwören, um den Verdauungskanal auszuwaschen«, sagte Doktor Schlüter. »Aber glauben Sie wirklich, dass diese arme Frau zwei Liter Wasser mit Gerbsäurelösung oder Kalomel trinken und dann auch noch bei sich behalten kann?«

»Vermutlich nicht«, gab Mehling zu. »Deshalb sollten wir in diesem Fall einen Aderlass durchführen, um das verseuchte, zähflüssige Blut im Anschluss durch eine Infusion von reiner Kochsalzlösung zu ersetzen.«

»Das halte ich für kontraindiziert«, widersprach Doktor Schlüter heftig. »Die Krankheit entzieht ihr ja schon jetzt die Körperflüssigkeit. Der Blutverlust könnte auf der Stelle letal enden. Ich habe weit bessere Erfolge mit reinen Infusionstherapien erzielt.«

Martha hörte, wie Doktor Mehling energisch die Luft aus den

Nasenlöchern stieß. Es erinnerte sie an einen zornigen Bullen, der kurz vor dem Angriff stand.

»Kochsalzinfusionen sind für sich allein ohne die notwendige Vorbereitung, die dem Körper die Gifte entzieht, nutzlos«, sagte er energisch. Dann fiel sein Blick auf Martha. »Du da, Mädchen, du bist neu hier, nicht wahr?«

Martha zuckte erschrocken zusammen und warf Jette einen hilflosen Blick zu, doch die zuckte nur mit den Schultern.

»Ja, ich bin erst seit heute im Dienst«, antwortete sie.

»Wie alt bist du?«

»Vierzehn.«

»Also alt genug, um schon einen gesunden Menschenverstand zu haben. Dann sag mir doch, Mädchen, was denkst du? Was klingt für dich, ein Kind bar jeder medizinischen Erfahrung, logisch? Stell dir vor, ein Körper ist voller Krankheitskeime, die ihn töten werden. Was ist der richtige Weg? Das vergiftete Blut abzulassen und reine Kochsalzlösung in die Venen zu spritzen, um den Organismus zu desinfizieren, oder die Kochsalzlösung in das verseuchte Blut zu spritzen, ohne dass die Krankheitskeime zuvor die Möglichkeit hatten, den Körper zu verlassen?«

Martha schluckte.

»Lassen Sie das Mädchen doch in Ruhe«, griff Doktor Schlüter ein. »Sie tut hier nur ihre Arbeit und sollte nicht in unseren wissenschaftlichen Disput hineingezogen werden, zumal sie ohnehin nichts beizutragen hätte.«

»Ich sehe das anders«, entgegnete Doktor Mehling. »Ich will jetzt hören, was der gesunde Menschenverstand eines ungebildeten Kindes sagt. Also, Mädchen, wir warten auf deine Antwort.«

Martha holte tief Luft. In ihrem Geiste sah sie wieder Anna, die völlig ausgetrocknet und in sich zusammengesunken nur ein Bett weiter in diesem Saal gestorben war …

»Ich glaube, es hängt davon ab, woran die Kranken eher sterben«, sagte sie leise. »Ich habe es bei meiner Schwester gesehen, die ist ausgetrocknet, weil die Krankheit so starke Durchfälle auslöste. Und weil sie sich ständig übergeben musste, konnte sie nicht genug trinken, sondern verwelkte regelrecht. Ich hätte alles dafür gegeben, wenn sie noch genügend hätte trinken können. Ich glaube, wenn man sie zur Ader gelassen hätte, wäre sie nicht nur vertrocknet, sondern vorher auch noch verblutet.«

»Der gesunde Menschenverstand hat gesprochen«, sagte Doktor Schlüter mit einem feinen Lächeln. »Selbst ein Kind erkennt auf den ersten Blick, dass Aderlässe schädlich sind.«

»Ach, was reden Sie denn da«, zischte Doktor Mehling. »Woher soll dieses ungebildete Ding überhaupt wissen, worum es in der Medizin geht?« Er musterte Martha mit einem bitterbösen Blick, der sie frösteln ließ. Dann beachtete er sie nicht mehr, sondern vertiefte sich in die Fieberkurve, die Schwester Wiebke ihm mit hochrotem Kopf reichte. Martha hätte sich am liebsten in Luft aufgelöst, doch Doktor Schlüter lächelte ihr aufmunternd zu. »Wie ist dein Name?«, wollte er wissen.

»Martha Westphal«, sagte sie leise.

»Martha Westphal«, wiederholte er. »Ich glaube, den Namen sollte ich mir merken.« Sein Lächeln wurde breiter. Dennoch war Martha froh, als er sich wieder seinem Kollegen zuwandte und sie nicht länger im Mittelpunkt des Interesses stand.

Als Martha am Abend nach Hause kam, war der Vater noch unterwegs. Sie sah das als gutes Zeichen; möglicherweise musste er gleich am ersten Tag Überstunden machen, weil die Desinfektionskolonnen so beschäftigt waren.

Doch als er um zehn immer noch nicht zurück war, fing sie an, sich Sorgen zu machen. Auch Heinrich wirkte unruhig.

»Meinst du, er ist im Schwarzen Adler?«, fragte er. »Ob er seinen Lohn da gleich wieder versoffen hat?«

»So darfst du nicht über Papa reden«, wies Martha ihn zurecht.

»Warum nicht?«, gab Heinrich trotzig zurück. »Seit Mama und Anna tot sind, hat er doch jeden Pfennig vertrunken, den er in die Finger bekommen hat.«

»Er hat mir versprochen, dass sich das ändern wird.«

Heinrich schürzte die Unterlippe. »Dann lass uns doch im Schwarzen Adler nachsehen«, schlug er vor. »Ich bin mir sicher, dass er da sitzt.«

Martha seufzte. »Du gehörst längst ins Bett. Ich werde hingehen.«

»Ich komme mit«, beharrte Heinrich. »Mama hat immer gesagt, um diese Zeit ist es für Kinder gefährlich, draußen allein zu sein.«

Eigentlich hätte Martha widersprechen und Heinrich zu Bett schicken müssen, aber sie nickte nur, denn tief in ihrem Innersten war sie erleichtert, nicht allein losziehen zu müssen. Und so verließen sie die Wohnung gemeinsam und gingen im spärlichen Schein der Gaslaternen in Richtung Scharmarkt. So spät waren sie noch nie unterwegs gewesen. Ihre Mutter hatte stets davon gesprochen, dass sich in den dunklen Gassen oft betrunkene Matrosen herumtreiben würden, die nichts Gutes im Schilde führten und vor denen sich ein anständiges Mädchen in Acht nehmen müsse. Doch die Sorge um den Vater war größer als jede Furcht.

Der Scharmarkt, der Martha tagsüber so vertraut war, schien sich nachts in eine andere Welt zu verwandeln. Seit die Cholera Hamburg fest in ihrer tödlichen Umarmung hielt, waren die Straßen ohnehin leerer als gewöhnlich, doch in dieser Nacht gab es nicht einmal die üblichen Nachtschwärmer und auch keine Hafenarbeiter, die von der Spätschicht kamen. Auf den Bürgersteigen trieb sich überwiegend betrunkenes Gesindel herum. Zweimal wurde Martha direkt angesprochen und erhielt trotz Heinrichs Begleitung unziemliche Angebote. Zum Glück begnügten sich die Männer damit, ihr unflätige Sprüche hinterherzurufen, als sie ihre Schritte beschleunigte.

»Wenn ich größer wäre, hätte ich dem eins auf die Nase gegeben«, flüsterte Heinrich, drängte sich aber eng an seine Schwester und hatte es genauso eilig weiterzukommen wie sie.

Noch nie war Martha der Weg zum Schwarzen Adler so lang vorgekommen, und noch nie hatte sie das Licht, das aus seinen Fenstern auf die Straße fiel, so sehr herbeigesehnt. Sie öffnete die Tür und betrat die rauchgeschwängerte Kneipe. Im Schankraum herrschte die gleiche Regsamkeit wie eh und je – die Cholera hinderte die Männer nicht daran, hier zu verkehren, zumal die meisten von ihnen hier den täglichen Lohn ausgezahlt bekamen.

Der Wirt bedachte sie vom Tresen aus mit einem Stirnrunzeln.

»Um diese Zeit ist hier kein Ort für Kinder«, sagte er. »Aber ich glaub, das sollte ich wohl lieber eurem Vater sagen, was?«

»Ist er hier?«, fragte Martha

Der Wirt nickte. »Karl«, rief er dann. »Wird Zeit für dich, nach Hause zu gehen. Deine Abholung ist da.«

Etliche der Männer lachten laut, und Martha schämte sich in Grund und Boden. Waren sie wirklich schon so tief gesunken? Früher hatte der Vater sich immer über Männer lustig gemacht, die so lange in der Kneipe hockten und das Geld versoffen, bis sie ihre Frauen oder gar die Kinder heimholten. Jetzt war er selbst das Opfer dieses Spotts.

Es dauerte eine Weile, bis er auf den Ruf des Wirts reagierte. Aber das lag nicht daran, dass er sich schämte, sondern dass er zu unsicher auf den Beinen stand. Mühselig torkelte er in Richtung Tür und musste sich dabei weitere Spottrufe anhören. Es brach Martha schlichtweg das Herz.

»Wie spät ist es denn?«, lallte er, als er seine Kinder endlich erreicht hatte und sich sofort auf Heinrich stützte.

»Es ist zehn Uhr durch. Wir haben uns Sorgen gemacht.«

»Oh, schon so spät?« Er warf Martha einen entschuldigenden Blick zu. »Meine neuen Kollegen meinten, wir müssten uns noch ein büschen innerlich desinfizieren.« Er lachte hilflos und blies Martha dabei seine Alkoholfahne ins Gesicht.

»Dann hast du die Arbeit also bekommen?«

»Ja, das hatte ich dir doch versprochen. Und meine Schulden hier hab ich auch bezahlt.«

»Ist denn noch Geld übrig geblieben?«

»Morgen bleibt bestimmt was übrig«, lautete die Antwort. »Und jetzt lasst uns mal nach Hause gehen.«

Martha blickte zu Heinrich, der den Vater mit versteinerter Miene stützte. War das nur die Erschütterung über Vaters Zustand, oder spürte ihr Bruder neben der Enttäuschung und Sorge den gleichen Zorn, den sie selbst nur mühsam unterdrücken konnte? Warum um alles in der Welt ließ ihr Vater sich so gehen? Warum konnte er nicht endlich wieder der Mann sein, den sie immer so sehr bewundert hatten?

7

Die erste Woche als Krankenwärterin war schlimm. Es lag nicht nur an der harten Arbeit im Krankenhaus, sondern vor allem an dem unermesslichen Leid, von dem Martha den ganzen Tag umgeben war. Die stetig wachsende Zahl von Cholerakranken brachte alle – Ärzteschaft wie Pflegende – an ihre Grenzen. Mittlerweile sprach man von Tausenden Infizierten, und die Not war so groß, dass der Hamburger Senat Ärzte aus dem gesamten Umland um Hilfe bat. In aller Eile wurden zahlreiche Cholerabaracken errichtet, und der deutsche Kaiser ließ sogar ein ganzes Feldlazarett bereitstellen, das fünfhundert Kranke aufnehmen konnte. Um die Patienten in den Krankenhäusern überhaupt noch ordnungsgemäß aufnehmen und versorgen zu können, wurden zudem Aufnahmeregeln eingeführt: Die Krankenhäuser arbeiteten nun in vorgegebenen Zyklen. Nachdem sie vierundzwanzig Stunden Cholerakranke aufgenommen hatten, folgte ein ebenso langer Aufnahmestopp. Während dieser Zeit war dann ein anderes Krankenhaus für die Aufnahme der Kranken zuständig. Leider waren die Absprachen über die Aufnahmezyklen ausgesprochen dürftig, und Martha wurde wiederholt Zeugin, wie Krankenträger abgewiesen und an das Allgemeine Krankenhaus Eppendorf verwiesen wurden. Nicht immer ging das friedlich ab – Pöbeleien waren an der Tagesordnung, und manchmal kam es auch zu Handgreiflichkeiten, in denen sich die ganze Anspannung dieser schrecklichen Tage entlud. Zudem führte diese Regelung dazu, dass Familien auseinandergerissen wurden. Eltern und Kinder landeten in unterschiedlichen Heilanstalten und wussten nicht, wo ihre Angehörigen abgeblieben waren.

Da die wenigen Krankenwagen ständig ausgelastet waren und der Anblick von Leiterwagen mit Särgen, Kranken und Toten nicht länger als zumutbar erachtet wurde, hatte man damit begonnen, Kutschen zu Krankentransportgefährten umzubauen. Als Martha zum ersten Mal eine solche Kutsche gesehen hatte, war sie erschüttert gewesen. Man hatte die Sitze herausgerissen und Löcher in den Boden gebohrt, damit die Ausscheidungen der Kranken ungehindert auf die Straße abfließen konnten. Viele Patienten starben bereits, während sie auf den Transport warteten, und da sich die Fahrten aufgrund der ungeklärten Aufnahmesituation oftmals über Stunden hinzogen, wurden die Krankenwagen häufig zu Leichenkarren. Aber auch jene, die es lebend bis ins Krankenhaus schafften, verstarben allzu oft unmittelbar nach ihrer Einlieferung. Sie gingen elendig in Dreck und Kot zugrunde und führten denen, die in den Betten ringsum lagen, vor Augen, was sie erwartete. Anfangs hatte man den Kranken noch durch heiße Bäder Linderung verschaffen können, aber inzwischen waren es einfach zu viele. Die meisten Patienten wirkten apathisch und dämmerten vor sich hin, aber einige waren noch bei klarem Verstand. So wie die fünfundzwanzigjährige Frau Klügler, die Marthas Hand verzweifelt ergriff, als sie gerade dabei war, den Bettbezug auf seine Sauberkeit zu kontrollieren.

»Bitte«, flüsterte sie. »Helfen Sie mir. Ich habe doch zwei kleine Kinder, für die ich leben muss.« Die Tatsache, dass Frau Klügler sie siezte und als eine Respektsperson betrachtete, berührte Martha tief, und zugleich wurde ihr Herz von Mitgefühl überflutet. Wie gern hätte sie ihr Trost gespendet, aber sie wusste nicht, was sie der jungen Frau sagen sollte. Die üblichen Floskeln, man müsse Gottvertrauen haben und alles werde wieder gut, erschienen ihr leer und bedeutungslos. Und so begnügte sie sich damit, an ihrem Bett zu verweilen und einfach ihre Hand zu halten.

»Werden hier viele wieder gesund?«, fragte Frau Klügler in einer Mischung aus Angst und Zuversicht.

»Ich bin noch neu«, erwiderte Martha, denn sie brachte es nicht übers Herz, der armen Frau zu sagen, dass sie in den wenigen Tagen, die sie hier arbeitete, noch keinen einzigen Fall erlebt hatte, der nicht mit einem Leichentuch über dem Gesicht geendet hatte. »Aber ich weiß, dass unsere Ärzte alles tun, was in ihrer Macht steht.«

»Mein kleines Mädchen ist gerade fünf geworden«, flüsterte Frau Klügler. »Sie heißt Annemarie. Und mein Bub, der Freddy, der ist drei. Was soll nur aus ihnen werden, wenn ich nicht mehr bin?« Eine stumme Träne rollte ihr über die Wange. »Mein Mann ist ein guter Vater, aber wie soll er mit zwei kleinen Kindern zurechtkommen? Der ist doch den ganzen Tag auf Schicht im Hafen.«

»Aber noch sind Annemarie und Freddy gesund, nicht wahr?«, fragte Martha, weil ihr nichts sonst einfiel, was etwas Trost hätte spenden können.

»Ja. Und mein Mann, der Axel, der ist auch stark, den haut nichts um. Aber wie soll er zwei kleine Kinder allein versorgen? Er muss doch jeden Tag zwölf Stunden arbeiten, damit wir zurechtkommen.«

Ein guter Vater ... Ja, das war ihr Vater auch gewesen, bis die Cholera ihm seine Frau genommen hatte. Doch bevor sie noch etwas sagen konnte, hörte sie Schwester Wiebke laut rufen: »Was stehst du da und schwatzt, Martha? Los, es gibt noch viele Betten zu beziehen, und die schmutzigen Nachtgeschirre reinigen sich auch nicht von selbst!«

Frau Klügler sah Martha mit großen, flehenden Augen an, die

danach schrien, nicht allein gelassen zu werden, doch Schwester Wiebke hatte dafür längst keinen Blick mehr.

»Ich komme wieder, wenn ich mit meiner Arbeit fertig bin«, versprach Martha hastig, bevor sie sich ihren Aufgaben zuwandte. Zugleich verfluchte sie ihre Hilflosigkeit. Gewiss, Sauberkeit war wichtig, und dafür war sie eingestellt worden. Aber war es nicht genauso wichtig, ab und an ein freundliches Wort an die Kranken zu richten? Bedeutete Pflege nicht etwas mehr als nur niedere Putzarbeiten? Als Rangniederste und Jüngste wurde sie jedoch bevorzugt für die schmutzigsten Tätigkeiten eingesetzt, und die Älteren, wie Jette, die sich vielleicht etwas Zeit für die Kranken hätten nehmen können, die waren längst so abgestumpft, dass sie keinen Blick mehr für das Leid der Menschen hatten. Für sie handelte es sich nur mehr um zu versorgende Objekte. Lag das womöglich auch daran, dass die, die schon länger im Krankenhaus arbeiteten, nicht einmal mehr einen Blick für sich selbst hatten? Während Martha sehr genau darauf achtete, ihren Kittel nicht zu beschmutzen, da ihr das Geld fehlte, sich einen zweiten zum Wechseln unter der Woche leisten zu können, war der von Jette befleckt und besudelt. Sie verströmte einen unangenehmen Geruch aus Schweiß, Desinfektionsmittel und den Resten jener Körperflüssigkeiten, die sich auf ihrem Kittel abzeichneten. Aber Jette schien das nicht zu kümmern, und niemand hielt sie an, sich reinlicher zu halten, nicht einmal Schwester Wiebke, obwohl man den Diakonissen nachsagte, sehr auf Ordnung und Hygiene bedacht zu sein. Tatsächlich wurde gemunkelt, man habe Schwester Wiebke hierherversetzt, weil sie den hohen Ansprüchen des Diakonissen-Mutterhauses nicht gerecht geworden sei. Es habe da einige Vorfälle gegeben, hatte Jette angedeutet, aber als Martha nachfragte, hüllte die sich in geheimnisvolles Schweigen, ganz so, als genösse sie die Macht, die ihr dieses Wissen gab. Vielleicht hoffte sie ja, Martha würde von nun an interessiert an ihren Lippen hängen oder sie um neue Klatschgeschichten bitten, doch danach stand Martha nicht der Sinn. Was bedeuteten schon Klatschgeschichten, wenn um sie herum ständig Menschen starben? Was konnte schlimmer sein als ein Tod unter solchen Bedingungen? Zudem kreisten Marthas Gedanken ständig um ihren Vater. War er pünktlich zur Arbeit gegangen, oder musste sie ihn wieder aus dem Schwarzen Adler holen, um zu verhindern, dass er das letzte Geld vertrank?

Wie gern hätte sie mal wieder mit Milli gesprochen – sie hatte sie seit dem Tod ihrer Mutter nicht mehr gesehen. Aber Milli hatte bestimmt genug eigene Sorgen. Dennoch wollte Martha die Freundin bald einmal besuchen. Um das Gerede der Nachbarn musste sie sich ja nicht länger scheren, denn an eine Lehre beim Schneidermeister Helbinger war ohnehin nicht mehr zu denken.

Im Laufe der Woche beruhigten sich Marthas angespannte Nerven etwas, denn das spöttische Gelächter der Kneipenbesucher hatte offenbar eine heilsame Wirkung auf ihren Vater gehabt. Vermutlich war es ihm peinlicher, als er zugeben mochte, dass seine Kinder ihn betrunken abgeholt hatten, zumindest ging er unter der Woche nicht mehr in den Schwarzen Adler. Natürlich hörte er deshalb noch lange nicht mit dem Trinken auf. Er kaufte sich jetzt beim Spirituosenhändler billigen Fusel in der Flasche, den er zu Hause trank. Immerhin blieb genügend Geld übrig, dass Heinrich davon die Lebensmittel einkaufen konnte, die Martha ihm auf den Einkaufszettel schrieb. Martha selbst wartete sehnsüchtig auf den Samstag, denn dann würde sie ihren ersten Wochenlohn bekommen. Von den zu erwartenden zwölf Mark würde sie einen Teil der Mietschulden abbezahlen können und verhindern, dass ihre Familie in ein zugiges Kellerloch umziehen musste oder schlimmer noch – auf der Straße landete.

Der Gedanke an das viele Geld ließ sie die Unbilden der harten Arbeit besser ertragen. Außerdem ging es Frau Klügler dank der Infusionen, die Doktor Schlüter ihr regelmäßig verabreichte, langsam etwas besser. Wann immer es ihre Zeit erlaubte, hatte Martha sich zu der kranken Frau geschlichen, ihre Hand gehalten und ihr allein durch ihre Anwesenheit Trost gespendet. So war sie zufällig auch gerade an Frau Klüglers Bett, als Doktor Schlüter den Wachsaal betrat, um die täglichen Infusionen zu verabreichen.

»Oh nein!«, rief Frau Klügler, als sie den Arzt mit der riesigen Spritze sah. »Bitte nicht schon wieder diese große Nadel!«

»Es muss sein«, sagte Martha tröstend und nahm Frau Klüglers Hand. Sie spürte, wie die verzweifelte Frau ihre Hand drückte und dann tapfer nickte.

Doktor Schlüter war das nicht entgangen, denn er schenkte Martha ein freundliches Lächeln. »Du machst das gut«, sagte er. »Ich möchte, dass du bei Frau Klügler bleibst, bis wir mit der Infusion fertig sind.«

»Ist das Kochsalzlösung?«, fragte Martha. »Um das Blut zu verdünnen?«

»Ja«, bestätigte der Arzt. »Du hast gut aufgepasst. Interessiert dich die Medizin?«

Martha nickte. »Deshalb hat unser Hausarzt mir auch geraten, hier nach Arbeit zu fragen, als ich nach Mutters Tod hinzuverdienen musste.«

»Die Kochsalzlösung verdünnt nicht nur das Blut«, erklärte der Arzt, während er Frau Klügler die Nadel der dicken Spritze in die Ellenbeuge stach und dann ganz behutsam und langsam den großen Kolben niederdrückte, um die Flüssigkeit zu injizieren. Frau Klügler zuckte zusammen, und Martha lächelte ihr aufmunternd zu.

»Sie ist in ihrer Zusammensetzung den Salzen, die im Blut sind, angepasst und gibt dem Körper etwas wieder, was er durch Schweiß, Erbrechen und die natürlichen Ausscheidungen verliert«, fuhr Doktor Schlüter mit seiner Erklärung fort. »Es ist tatsächlich ein wenig wie Verdursten, wenn man an der Cholera erkrankt ist. Der Körper verliert Flüssigkeit und Salze. Und wenn wir ihm noch mehr Blut entziehen, verliert er weitere lebensnotwendige Nährstoffe.«

Es lag Martha auf der Zunge, zu fragen warum Doktor Mehling dann eine Therapie anwenden durfte, die das genaue Gegenteil von dem war, was Doktor Schlüter für richtig hielt. Aber dann verkniff sie sich die Frage aus Höflichkeit dem Arzt gegenüber und auch weil sie Frau Klügler nicht unnötig beunruhigen wollte.

Es war ausgerechnet Jette, die ihr erklärte, warum es im Allgemeinen Krankenhaus in St. Georg keine einheitliche Behandlung gab, sondern die Ärzte nahezu freie Hand hatten.

»Der Leiter des Krankenhauses, der Hauptmann Weibezahn, ist ja erst seit Anfang August hier bei uns«, erklärte sie Martha. »Und ob du es glaubst oder nicht, er hat sich als Erstes selbst mit der Cholera infiziert.« Sie lachte spöttisch. »Jetzt liegt er krank in einem gesonderten Flügel des Hauses darnieder, bekommt die beste Behandlung und wird dreimal täglich gebadet, aber um das, was hier sonst passiert, schert er sich nicht.«

Martha sah Jette mit großen Augen an. Wen wunderte es da, dass so viele Menschen starben, wenn sich selbst der ärztliche Direktor ansteckte, obgleich er doch um die notwendigen Hygienemaßnahmen wissen sollte?

Am Samstagabend freute Martha sich auf die Auszahlung ihres Lohnes. Doch als sie beim Zahlmeister vorstellig wurde, erhielt sie statt der erwarteten zwölf Mark lediglich vier Mark und achtzig Pfennige.

»Aber das ist viel zu wenig«, rief sie entsetzt. »Ich bekomme zwei Mark am Tag, und Sie haben mir nur achtzig Pfennige für den Tag ausgezahlt.«

»Ne, das ist schon richtig so«, sagte der Zahlmeister. »Von den zwei Mark geht ja noch alles ab, was du uns sonst so kostest. Der Kittel kostet was, der wäscht sich auch nicht von allein, außerdem bekommste hier mittags was zu essen, und den Obolus für die Krankenkasse müssen wir auch noch für dich abführen. Da bleiben dann nur die achtzig Pfennig am Tag.«

»Aber der Herr Probst sagte ...«, setzte Martha an, wurde jedoch sofort unterbrochen. »Dann geh zu Probst und klär das mit ihm. Ich mach hier nur meine Arbeit.«

Martha schluckte und nahm ihr Geld, aber sie beschloss, sich nicht so einfach abspeisen zu lassen, sondern Herrn Probst zur Rede zu stellen. Wäre ihr Vater noch der Alte gewesen, dann hätte sie ihn vorgeschickt, aber in seinem gegenwärtigen Zustand würde er nur alles noch schlimmer machen.

Sie hatte Glück, Oberpfleger Probst war noch in seinem Büro, als sie an der Tür klopfte.

»Na, mein Kind, was hast du auf dem Herzen?«, fragte er sie mit einem Lächeln, das wohl freundlich sein sollte, ihr aber unangenehm war, zumal er sie wieder mit seinem durchdringenden Blick musterte.

»Ich war heute bei der Lohnauszahlung«, sagte sie schüchtern. »Da muss ein Irrtum passiert sein, der Zahlmeister meinte, ich soll mich deshalb an Sie wenden.«

»Ein Irrtum?« Probst sah sie mit hochgezogenen Brauen an.

»Im Vertrag steht, dass ich zwei Mark am Tag bekomme, aber beim Zahlmeister bekam ich nur achtzig Pfennige für den Tag.«

»Das ist schon richtig so«, sagte Probst. »Das bleibt nach den Abzügen für die Unkosten übrig. So steht es auch in deinem Vertrag.« Er griff in die Schublade seines abgewetzten Schreibtisches und zeigte ihr das Papier, das ihr Vater unterschrieben hatte. Tatsächlich – da stand, dass sie zwei Mark am Tag bekäme, von denen allerdings die Kosten für Verpflegung, Arbeitskleidung und Krankenkasse abgezogen würden. Warum war ihr das vorher nicht aufgefallen? Vermutlich, weil sie keinerlei Erfahrung mit Arbeitsverträgen hatte.

»Hat dein Vater dir das nicht erklärt?«, fragte Probst. »Er hat den Vertrag doch unterschrieben.«

Martha schüttelte den Kopf, denn sie würde Probst gewiss nicht sagen, dass ihr Vater den Vertrag ungelesen und halb betrunken nur mit Müh und Not unterzeichnet hatte.

»Aber ... aber wie soll ich davon denn die Miete zahlen?«, fragte sie. »Das ist doch viel zu wenig.«

»Ein hübsches Mädchen wie du hat da doch ganz andere Möglichkeiten, nicht wahr?« Er legte den Vertrag zurück in die Schublade und erhob sich von seinem Schreibtischstuhl.

Ihr unangenehmes Gefühl verstärkte sich, als er auf sie zukam. Unwillkürlich wich sie einen Schritt zurück.

»Nun sieh mich doch nicht so an wie ein verschrecktes Rehkitz.« Probst lachte. »Was befürchtest du denn?«

»Nichts«, log Martha.

»Das ist gut. Wenn du magst, kannst du dir hier und jetzt fünfzig Pfennige verdienen. Du musst nur ein bisschen nett zu mir sein.« Er zwirbelte seinen Schnurrbart und kam immer näher. Martha wich drei weitere Schritte zurück, bis sie die Wand in ihrem Rücken spürte.

»Nun zier dich doch nicht so, meine Kleine.« Er grinste, dann packte er sie unerwartet heftig und versuchte, sie zu küssen.

Martha wehrte sich gegen seinen Griff, drehte ihr Gesicht weg und schrie laut um Hilfe.

»Was fällt dir ein, hier so rumzubrüllen!« Probst schlug ihr hart ins Gesicht. »Erst machst du mich wild, und dann spielst du die Zurückhaltende. Aber damit kommst du bei mir nicht durch!«

Martha spürte kaum das Brennen des Schlags, zu groß war ihre Panik. Vergeblich versuchte sie, sich aus seiner Umklammerung zu befreien. Probst schien genau zu wissen, wie er hilflose junge Mädchen festhalten musste, seine Hände waren überall. Doch sie hörte nicht auf zu schreien, ganz gleich, ob er sie wieder schlagen würde.

Im nächsten Moment wurde die Tür zu Probsts Büro aufgerissen, und Doktor Schlüter stand im Raum.

»Was geht hier vor?«, rief er energisch.

»Nichts weiter. Dieses kleine Miststück wollte mir ihre Hurendienste anbieten. Diesen Gossenkindern darf man nicht den kleinen Finger reichen, die kennen nur Schmutz und Unmoral!«

»Das ist nicht wahr!«, rief Martha verzweifelt. »Er wollte mich küssen, aber das wollte ich nicht!«

»Lassen Sie sie auf der Stelle los.«

Der Ton in der Stimme des Arztes ließ Probst zusammenzucken, und er gehorchte sofort.

»Ich weiß ganz genau, wie man hinter vorgehaltener Hand über Sie spricht, Herr Probst. Aber dass Sie so weit gehen, hätte ich nie erwartet!«

»Ich habe keine Ahnung, wovon Sie reden, Herr Doktor.«

»Ich denke schon. Wenn ich noch einmal Zeuge eines solchen Vorfalls werde, wird das ernste Konsequenzen haben. Sie können froh sein, dass wir wegen der Cholera auf jede Kraft angewiesen sind.« Dann sah er Martha an, die mit rotem Gesicht und am ganzen Körper zitternd zwischen ihnen stand.

»Komm, hier hast du nichts mehr verloren, Martha. Du solltest es künftig tunlichst vermeiden, mit Herrn Probst allein in einem Raum zu sein.«

Martha nickte, noch immer völlig verstört. Solche Übergriffe fanden doch normalerweise nur in dunklen Gassen statt. Wie konnte ein Mann im Rang eines Oberpflegers so etwas wagen? Sie war Doktor Schlüter dankbar für seine Hilfe, aber zugleich erstaunte es sie, dass er Probst nicht mit der Polizei gedroht hatte.

»Müssten wir ihn dafür nicht anzeigen?«, fragte sie unsicher, nachdem sie das Büro verlassen hatten.

»Eigentlich schon.« Doktor Schlüter seufzte. »Aber davon hättest du mehr Nachteile als er. Er würde es mit derselben Masche versuchen wie bei mir, nämlich mit der Behauptung, dass du dich an ihn herangemacht hast.«

»Aber Sie haben doch gesehen, dass das nicht stimmt. Wenn Sie aussagen, dann ...«

»Martha, überleg es dir gut. Selbst wenn die Polizei und der Richter dir glauben würden, wäre dein Ruf dahin. Irgendetwas bleibt immer hängen. Man würde dich entlassen, und du stündest wieder auf der Straße. Außerdem wird man sich in diesen Tagen hüten, einen erfahrenen Oberpfleger, der hier alles im Blick hat, zu entlassen oder gar zu verurteilen. Du hingegen, du bist entbehrlich. Da geht es am Ende nicht um Recht und Gesetz, sondern um das, was am zweckmäßigsten ist.«

»Aber wenn Sie meine Aussage bestätigen?«, beharrte Martha. »Sie haben doch gesehen, dass ...«

»Ich habe gehört, wie du um Hilfe geschrien hast, und gesehen, dass Probst dich festhielt. Mehr nicht. Wenn Probst sich einen geschickten Advokaten nimmt, wird der das so darstellen, als hättest du dich erst an ihn herangemacht und dann eine Straftat vortäuschen wollen, um ihn zu erpressen.« Doktor Schlüter seufzte abermals. »Glaub mir, Martha, du wärst nicht die Erste, der so was passiert. Junge Mädchen aus dem Gängeviertel haben keinen Leumund. Die gelten alle als willig, wenn sie Geld dafür bekommen. Es ist besser, wenn du die Sache auf sich beruhen lässt und ihm aus dem Weg gehst. Weißt du, was: Ich könnte dich gut als Unterstützung bei den Cholerabaracken am Hafen gebrauchen. Da hättest du es näher, würdest Probst nicht ständig über den Weg laufen, und ich wüsste, dass ich eine Krankenwärterin mit gesundem Menschenverstand an meiner Seite habe, auf deren Arbeit ich mich verlassen kann. Was denkst du?«

Er lächelte sie aufmunternd an. Es war ein offenes, fürsorgliches Lächeln, ganz anders als das, mit dem Probst sie bedacht hatte.

»Meinen Sie, Schwester Wiebke wäre damit einverstanden?«, fragte sie schüchtern.

»Ganz gewiss. Ich kann mir die Hilfskräfte aussuchen, die ich haben möchte. Aber ich warne dich, die Arbeit bei den Cholerabaracken ist um einiges härter als hier.«

»Das macht mir nichts aus«, sagte Martha. »Ich bin froh, wenn ich Herrn Probst nicht mehr begegnen muss.«

8

Am Sonntagmorgen schlief Martha lange aus. Früher war sie mit ihrer Mutter und den Geschwistern jeden Sonntag in die Kirche gegangen, aber seit Mutters Tod konnte sich niemand von ihnen mehr zum Gottesdienst aufraffen. Ihr Vater war ohnehin nur ein seltener Kirchgänger gewesen, denn die verderbliche Fracht auf den großen Schiffen scherte es nicht, welcher Wochentag war. Zudem wurden die Sonntagsschichten gut bezahlt, und da hatte Karl Westphal sich nicht zweimal bitten lassen. Gern hatte er auf den sanften Tadel seiner Frau hin Jesus zitiert, der gesagt habe, der Sabbat sei für den Menschen da und nicht der Mensch für den Sabbat. Und was für den Sabbat gelte, das gelte auch für den Sonntag.

Bei der Erinnerung daran wurde Martha schwer ums Herz. Sie vermisste den Geist und Witz ihres Vaters. Als sie ihn an diesem Morgen so betrachtete, wie er mit seiner leeren Schnapsflasche im Arm eingeschlafen war, sich lediglich die Schuhe ausgezogen hatte und ansonsten vollständig angekleidet auf dem Bett lag und schnarchte, spürte sie neben ihrer tiefen Traurigkeit auch einen Funken Wut. Doch sofort unterdrückte sie dieses Gefühl. Sie wollte ihren Vater nicht verurteilen. Immerhin arbeitete er seit einer Woche regelmäßig bei der Desinfektionskolonne und brachte ein paar Mark nach Hause. Zusammen mit ihrem ersten selbst verdienten Geld hatten sie die Mietschuld gerade so begleichen können. Ihr Vater hatte sie sogar noch liebevoll getröstet, angesichts ihrer großen Enttäuschung, dass sie nur vier Mark und achtzig Pfennige ausbezahlt bekommen hatte. Das hatte ihr gutgetan, auch als er ihr sagte, wie stolz er auf sie sei. Von Probsts Übergriff hatte sie ihm allerdings nichts erzählt, denn sie befürchtete, dass er sich dann zu einer Dummheit hätte hinreißen lassen.

Martha warf einen letzten Blick auf ihren Vater, der noch immer schnarchte, dann machte sie sich auf den Weg zu Milli. Die Weiber im Viertel zerrissen sich ohnehin schon die Mäuler über ihren Vater, da konnten sie sich gern auch noch über die unschicklichen Freundschaften seiner Tochter echauffieren.

Als sie an der Tür der Steubners klopfte, öffnete Millis Mutter und erklärte, ihre Tochter sei über Nacht im Rademachergang geblieben.

»Wenn du sie sehen willst, musst du sie dort suchen. Das Mädel ist sich wohl zu fein für uns geworden, seit sie dort ein eigenes Zimmer bewirtschaftet.«

»Wohnt sie da jetzt dauerhaft?«, fragte Martha unsicher.

»Ach was, aber der Sonnabend ist immer gut fürs Geschäft, da schnackelt's bis in die frühen Morgenstunden, Cholera hin oder her. Ihre Bedürfnisse wollen die Mannsbilder immer erfüllt wissen.«

Martha schluckte, dann verabschiedete sie sich und überlegte, ob sie es wirklich wagen sollte, in den Rademachergang zu gehen, um dort an die Tür eines zwielichtigen Hauses zu klopfen. Sie atmete zweimal tief durch, dann entschied sie sich, alle Bedenken über Bord zu werfen. Sie wollte Milli sehen, ganz gleich wo und wie. Schlimmer als zwischen all den Cholerakranken konnte es auch im Rademachergang nicht sein. Außerdem musste sie sich eingestehen, dass sie im verstecktesten Winkel ihres Bewusstseins ziemlich neugierig war, wie es wohl in einem Freudenhaus aussehen mochte. Dergleichen würde keine anständige Frau jemals zu Gesicht bekommen, ja, sie durfte nicht einmal darüber sprechen. Aber was anständige Frauen dachten, konnte ihr egal sein. Schon die Tatsache, dass sie aus dem Gängeviertel stammte, schloss sie aus dem Kreis ehrbarer Frauen aus. Das hatte Doktor Schlüter ihr trotz seines rettenden Eingreifens auf unmissverständliche Weise begreiflich gemacht. Ihre Herkunft allein war ein Makel.

Um zehn Uhr morgens herrschte im Rademachergang schon rege Betriebsamkeit, auch wenn noch keine Bordsteinschwalben auf Kundschaft lauerten. Die gewöhnlichen Leute, die in der Straße lebten, hatten sich um den großen Wasserwagen versammelt, der im Auftrag des Senats zweimal täglich an den Sammelpunkten keimfreies Wasser verteilte. Glücklicherweise kümmerte sich Heinrich daheim im Bleichergang um das frische Wasser, und das tat er ausgesprochen zuverlässig. Die Zeit der geschwisterlichen Neckereien war vorbei, und Martha war froh, dass ihr kleiner Bruder sie so tatkräftig unterstützte.

Der Rademachergang war, anders als die berüchtigten Straßen auf St. Pauli, kein Sperrbezirk, und offiziell gab es hier gar kein Bordell, auch wenn jeder wusste, was hier getrieben wurde. Von außen sah das berüchtigte Haus im Rademachergang aus wie jedes andere in der Straße. Roter Backstein, durchzogen von tragenden dunklen Holzbalken, die an Fachwerkhäuser erinnerten. Nichts wies auf die Profession der Bewohnerinnen hin.

Zögernd betrat Martha das Treppenhaus. Auch hier sah es aus wie in jedem anderen Wohnhaus. Die Decken waren niedrig und die Stiegen so schmal, dass immer nur eine Person gleichzeitig hinauf- oder hinuntergehen konnte. Allerdings standen an den Türen keine Namen; stattdessen waren Nummern daran befestigt. Und es roch weder nach Essen noch nach Desinfektionsmitteln, sondern nach Räucherstäbchen, deren Duft die Luft schwängerte. Roch es in allen Hurenhäusern so, oder diente es dem Schutz vor der Cholera? Martha beschloss, Milli danach zu fragen, auch wenn sie keine Ahnung hatte, hinter welcher Tür sie ihre Freundin finden würde. Während sie noch unschlüssig im Treppenhaus stand und überlegte, ob sie es wagen könnte, an der erstbesten Tür zu klopfen, um nach Milli zu fragen, öffnete sich eine Tür, und ein blasser, älterer Mann mit Halbglatze kam heraus. Noch im Hinausgehen knöpfte er sein Jackett zu, ein abgetragenes Kleidungsstück mit Ärmelschonern, das ihn als einfachen Angestellten auswies, der sein Tagwerk vermutlich in irgendeinem muffigen Büro bestritt. Hinter ihm schaute eine angejahrte Prostituierte mit rot gefärbtem Haar und üppigen Proportionen aus der Tür und schenkte ihm ein letztes Lächeln. Der Mann ging an Martha vorbei, ohne sie eines Blickes zu würdigen, doch dafür fiel sie der rothaarigen Frau sofort auf.

»Wer bist'n du?«, fragte sie. »Dich hab ich hier ja noch nie gesehn.«

»Ich … ähm, ich suche Mildred Steubner«, sagte Martha schüchtern.

Die Frau musterte sie mit hochgezogenen Brauen. »Wen?«

Martha schluckte. »Die Milli«, verbesserte sie sich hastig. »Können Sie mir sagen, wo ich sie finde?«

»Ach, die Milli. Was redste denn auch so geschwollen. Mildred Steubner. Ich wusste gar nicht, dass die Milli so 'n vornehmen Namen hat.« Die Frau lachte wiehernd. »Die findste im zweiten Stock, Nummer sieben. Die Glückszahl für das jüngste Küken hier. Aber wenn du hier anfangen willst, könnste ihr glatt die Kundschaft streitig machen.«

»Nein, ich will nicht hier anfangen«, beteuerte Martha hastig. »Ich bin nur eine Freundin von ihr.«

»Nun schau nicht so, als wollten wir dich hier gleich gegen deinen Willen einquartieren.« Dass Martha so verschreckt war, schien sie zu erheitern, denn ihr wieherndes Lachen wurde immer lauter. »Dann geh schon hoch, ich glaub, die hatte ihren letzten Freier gegen drei Uhr früh. Aber ob sie sich freut, so früh geweckt zu werden ... Na, du wirst's ja sehen.« Mit diesen Worten schloss sie die Tür. Martha atmete auf und eilte die Stufen hoch. Nachdem sie an der Tür mit der Nummer sieben geklopft hatte, musste sie eine ganze Weile warten, bis ihr geöffnet wurde.

»Martha?« Milli sah sie verblüfft an, aber vermutlich nicht halb so überrascht, wie Martha sie ihrerseits anstarrte. Milli trug ein rosafarbenes Negligé, das bestimmt sündhaft teuer gewesen war und ebenso sündhaft aussah, denn es verhüllte die Nacktheit darunter nur unzureichend. Einen Moment lang wusste Martha nicht, wohin sie überhaupt schauen sollte. Milli schien ihre Verunsicherung nicht zu bemerken.

»Komm schnell rein, damit dich keiner sieht.« Sie zog Martha in die Wohnung. »Ist besser für dich.« Dann schloss sie die Tür.

»Die rothaarige Frau in der Wohnung links unten hat mir gesagt, wo ich dich finde.«

»Die Ruth? Keine Sorge, die ist keine Klatschbase, die ist froh, wenn sie noch Kunden findet und ansonsten ihre Ruhe hat.«

»Hier wohnst du jetzt?« Martha ließ ihren Blick durch die Diele schweifen, von der zwei Türen abgingen. Milli brachte sie in das Zimmer am Ende des Flurs.

»Nein«, sagte sie. »Hier arbeite ich nur. Ich teile mir die Wohnung mit zwei anderen Frauen, wir schaffen hier in Schichten an, aber die Lore geht sonntags immer mit ihrem kleinen Sohn in die Kirche, und die Sarah lässt sich derzeit von ihrem Stammfreier bei ihm zu Hause aushalten. Seine Frau ist vor der Cholera aufs Land geflohen. Und da scheut er den Weg hierher ins verseuchte Nest.« Milli lachte bitter auf.

Inzwischen hatten sie das Zimmer betreten, in dem Milli anscheinend bis eben geschlafen hatte. Es war ein ganz normales

Schlafzimmer mit einem weiß bezogenen, breiten Bett, das reichlich zerwühlt aussah. Über dem Kopfende hing ein Bild mit pausbackigen Engeln, und vor den Fenstern waren weiße Spitzengardinen, die bereits etwas vergilbt aussahen. Dann gab es noch einen weiß lackierten Tisch, auf dem ein Krug mit Wasser, eine Waschschüssel und eine kleine Schale mit Räucherstäbchen standen. Um den Tisch herum befanden sich drei passende Stühle, deren Sitzflächen allerdings schon etwas zerkratzt aussahen. An der gegenüberliegenden Wand stand ein hoher Kleiderschrank, und auf dem Boden lag ein rot gemusterter Perserteppich, der bereits reichlich abgetreten war.

Milli sah, wie Martha sich umschaute.

»Hast du es dir so vorgestellt?«, fragte sie die Freundin, während sie ihr einen Stuhl anbot und dann selbst Platz nahm.

»Ich weiß nicht so recht«, gestand Martha. »Es wirkt so ... normal. Bis auf diese Räucherstäbchen.« Sie wies auf die Schale, aus der es angenehm duftete.

»An heißen Tagen ist der Geruch hier drin sonst kaum auszuhalten«, sagte Milli. »Und wir können auch nicht ständig die Fenster aufreißen – die Geräusche wären wohl zu verfänglich.« Sie lachte leise, und Martha wunderte sich, wie gelassen Milli von all diesen Dingen sprach. Ganz so, als würde es ihr gar nichts mehr ausmachen, hier zu sein. Aber vielleicht war es auch nur Galgenhumor.

»Hast du denn keine Angst vor der Cholera?«, fragte sie weiter. »Ich meine, du kennst die Männer doch gar nicht näher, und vielleicht sind die schon infiziert.«

»Die Ruth schwört auf Cholerapflaster«, sagte Milli leichthin. »Ich weiß nicht, ob es was nützt, aber schaden kann es ja auch nicht.«

»Was sind Cholerapflaster?«

»Warte, ich zeig's dir.« Milli drehte sich um und ließ ihr Negligé fallen, sodass Martha ihren bloßen Rücken sehen konnte. Zwischen den Schulterblättern klebte ein herzförmiges, handtellergroßes Lederpflaster.

»Das ist mit burgundischem Pech und der Essenz der Spanischen Fliege bestrichen.« Sie zog ihr Negligé wieder an.

»Und wie soll das gegen die Cholera helfen?«

»Ich hab keine Ahnung, aber die Ruth sagt, dass ihre Großmutter die Dinger schon bei der letzten Epidemie vor sechzig Jahren verwendet hat, und keines ihrer Mädchen sei damals krank geworden.«

»Und die Söhne?«

Milli lachte. »Ach Martha, das waren doch nicht ihre Töchter. Die Großmutter von der Ruth war auch schon im Geschäft, die hat ein Haus am Venusberg betrieben und außerdem die alte Bettlerherberge. Aber die Mutter von der Ruth, die hat dann alles runtergewirtschaftet, und deshalb ist der Ruth selbst nun nix mehr geblieben. Die muss hier anschaffen wie alle anderen auch. Nur fällt's ihr immer schwerer, den täglichen Fünfer zusammenzukriegen. Deshalb kommt ihr das Geschäft mit den Cholerapflastern wie gerufen. Und wenn ich ihr regelmäßig eins abkaufe, tu ich noch ein gutes Werk.«

»Was ist denn der tägliche Fünfer?«, fragte Martha.

»Der Hauswirt verlangt von jedem Mädchen fünf Mark am Tag fürs Zimmer hier. Da ist dann das Mobiliar und die Bettwäsche mit drin.«

»Fünf Mark am Tag!«, rief Martha empört. »Bleibt denn da überhaupt noch was zum Leben übrig?«

»Bei mir schon, aber für die Ruth wird's immer enger. Die braucht schon fünf Kunden nur fürs Zimmer. Die kriegt ja nur noch die, die sich keine jüngeren Mädchen leisten können. Aber immerhin hat sie noch mehr als meine Mutter. Die kann sich gar kein Zimmer mehr leisten, die treibt's dann in den dunklen Gassen mit den zwielichtigsten Seeleuten. Geschieht der Alten ganz recht. Du hättest mal hören sollen, wie sie mich angefleht hat, ob ich sie nicht wenigstens mit der Kundschaft in meine Diele lass. Aber nix da, das verdirbt mir nur das Geschäft, und wenn sie mich schon dazu genötigt hat, dann mach ich's auch gleich richtig, dass noch was für mich übrig bleibt.« Auf einmal lag ein bitterer Zug über Millis hübschem Gesicht.

»Und wenn du das hier einfach aufgibst?«, fragte Martha.

»Was soll ich denn stattdessen tun?«

»Du könntest auch als Krankenwärterin arbeiten, so wie ich.«

»Gefällt es dir denn?« Millis Frage klang aufrichtig interessiert, und doch fand Martha es seltsam, dass ihre Freundin ihr gerade diese Frage stellte. War nicht alles besser, als sich zu prostituieren? Andererseits – gefiel es ihr wirklich? Gewiss, es verschaffte ihr eine innere Zufriedenheit, wenn sie Menschen helfen konnte, und sie hoffte auch, dass das besser werden würde, wenn sie Doktor Schlüter ab morgen bei den Cholerabaracken am Hafen unterstützen durfte. Andererseits war die Arbeit schmutzig, oft ekelerregend, und außerdem war es unsagbar traurig, wenn Menschen in der Blüte ihrer Jahre dahingerafft wurden. Und dann gab es da noch Otto Probst …

Sie atmete tief durch, und dann erzählte sie Milli von ihren Erlebnissen.

Ihre Freundin hörte aufmerksam zu.

»So ein Dreckskerl«, zischte sie, nachdem Martha geendet hatte. »Dem hättest du einen saftigen Tritt ins Gemächt verpassen sollen, dann hätte er schön gequiekt, wie sich's für so ein Schwein gehört. Für fünfzig Pfennig würd den nicht mal die Ruth angucken. Und dann wagt er es noch, dich anzupacken. So was würd sich hier keiner von meinen Kunden erlauben. Die sind immer höflich, und wenn nicht, dann gibt's richtig Ärger.«

»Von dir?«

»Bei Kleinigkeiten schon, und wenn einer richtig Stunk macht, dann kümmert sich der Hauswirt drum – das ist im Fünfer inbegriffen. Der schickt dann seine Jungs los, damit sie so einem das Fell anständig gerben.«

»Nur leider habe ich keinen Hauswirt, den ich vorschieben kann.« Martha seufzte. »Wie hättest du dich an meiner Stelle gewehrt?«

»Das kommt immer darauf an, wo einer dich zuerst packt. Wenn er dich an den Handgelenken hält und an die Wand drückt, wirst du keine Möglichkeit haben, ihm das Knie in die Weichteile zu rammen, aber du könntest ihm mit aller Kraft den Absatz deines Schuhs in den Fuß stoßen. Damit rechnet er nicht, und so wird sich der Griff lockern, du kannst dich losreißen, und dann solltest du den Mut haben, sofort in seine Weichteile zu greifen und ihm die Hoden kräftig zusammenzudrücken.« Milli lachte böse. »Wenn er dich nur an den Schultern packt, kannst du ihn mit den Händen wegdrücken und genug Abstand schaffen, um ihm tatsächlich das Knie ins Gemächt zu schmettern. Aber das ist schwierig, und meist fehlt der rechte Schwung. Ich würde da immer Handarbeit vorziehen. Einmal ins volle Leben greifen, und wenn du richtig fies bist, auch noch umdrehen. Davon hat er dann gleich mehrere Tage was.«

Martha starrte Milli mit großen Augen an, doch die ließ sich nicht beirren und plauderte munter weiter. »Wenn du merkst, dass du schwächer bist, tu so, als würdest du keinen Widerstand leisten, und konzentrier dich auf die Stellen, die ihm wehtun. Wenn er dich küsst, kannst du ihn in die Lippe beißen, das ist auch sehr schmerzhaft. Oder du weichst seinem Kopf nicht aus, sondern tust das Gegenteil und rammst ihm die Stirn unerwartet gegen die Nase. Es gibt einiges, was eine Frau tun kann, um sich zu wehren. Aber das braucht Übung.«

»Klingt ja ganz so, als hättest du damit Erfahrung.«

»Der Moritz, der Sohn vom Hauswirt, der ist ein ganz lieber Kerl, der arbeitet als Rausschmeißer auf St. Pauli, und der hat mir ein paar Tipps gegeben. Der hat mir sogar erlaubt, mit ihm zu üben, aber ich hab natürlich nicht ernsthaft zugepackt. Ging nur darum, ob ich rechtzeitig rankomme. Weißt du, der Moritz hat ja nicht so viel Geld, und ich war umsonst nett zu ihm. Na ja, nicht ganz, er hat mich dann mit diesem Unterricht bezahlt. Ich kann ihn ja mal fragen, ob er mit dir auch übt.«

»Ähm … ich habe aber nichts, womit ich ihn bezahlen könnte … oder möchte.« Martha schluckte.

»Das weiß ich doch. Keine Angst, ich sag dem Moritz einfach mal die Wahrheit. Sittenstrolche mag keiner hier. Wer schnackseln will, soll sich eben eine Braut suchen, die umsonst mit ihm poussiert, weil's ihr gefällt, oder dafür bezahlen. Dazwischen gibt es nix, auch wenn manche Kerle das nicht zu begreifen scheinen.« Milli seufzte. »Ich könnte ihm sagen, du bist Krankenwärterin und hast gute Kontakte zu den Ärzten im Allgemeinen Krankenhaus. Solche Kontakte wären auch für Moritz von Vorteil. Man weiß nie, wozu man die mal brauchen kann.«

»Ich weiß nicht recht …«

»Musst dich ja auch nicht jetzt gleich festlegen. Lass es dir durch den Kopf gehen. Ich kann ihn auf jeden Fall mal fragen. Schaden kann es nichts, wenn du dich zu wehren weißt.«

Milli schaute auf die Uhr. »Oh, es ist schon elf Uhr durch. Da solltest du lieber schleunigst verschwinden. Um halb zwölf kommt noch ein Kunde, der direkt nach Kirche und Frühschoppen ein bisschen Entspannung bei mir sucht. Und der zahlt richtig gut.«

Martha nickte verlegen und erhob sich.

»Wann und wo können wir uns wieder treffen?«, fragte sie. »Bist du immer hier?«

Milli schüttelte den Kopf. »Ist besser für dich, wenn wir uns nicht mehr hier treffen. Bis wann arbeitest du bei den Cholera-baracken?«

»Von sechs bis sechs«, erwiderte Martha.

»Dann hol ich dich am Mittwochabend kurz nach sechs ab. Bis dahin habe ich den Moritz auch schon gesprochen. Ich freue mich darauf. Und pass gut auf dich auf.«

»Du aber auch auf dich, Milli.«

»Keine Sorge, wenn man weiß, wie es läuft, lebt es sich recht sicher im Bodensatz.« Ein zynisches Lächeln huschte über Millis Lippen, dann umarmte sie die Freundin und brachte sie zur Tür.

9

Die Cholera hatte das Gesicht der Stadt verändert. Kranken- und Leichentransporte prägten das Stadtbild ebenso wie die zahlreichen Wasserwagen an den Sammelplätzen, vor denen sich regelmäßig lange Schlangen bildeten. Auch die Desinfektionskolonnen zogen weiterhin durch die Straßen und versprühten ihre ätzenden Chemikalien. Tagtäglich sah man mehr Geschäfte mit vernagelten Schaufenstern, und niemand konnte mit Bestimmtheit sagen, ob die ehemaligen Besitzer nun aufs Land geflohen, erkrankt oder gar gestorben waren.

Die Arbeit in den Cholerabaracken unterschied sich nicht von Marthas bisheriger Tätigkeit. Der einzige Unterschied bestand darin, dass keine ausreichenden sanitären Einrichtungen vorhanden waren. Viele Krankenwärterinnen scheuten den langen Weg zu den Sickergruben und kippten den Inhalt der Steckbecken und Nachttöpfe lieber in die Elbe. Ganz gleich, wie sehr das Doktor Schlüter erboste – sobald er den nachlässigen Wärterinnen den Rücken zudrehte, wählten sie erneut den einfachsten Weg, um sich der stinkenden Fracht zu entledigen. Wiederholt versuchte Martha, den Frauen zu erklären, dass sie die Seuche damit nur noch weiter verbreiteten, aber ebenso wenig, wie die Frauen sich um Doktor Schlüters Mahnungen scherten, kümmerten sie Marthas verzweifelte Versuche, sie über die Ansteckungswege aufzuklären.

Im besten Fall wurde sie ignoriert, viel öfter musste sie sich jedoch üble Beschimpfungen ob ihrer »Besserwisserei« anhören, und einmal wurden ihr sogar Schläge angedroht. Dabei wollte sie doch nur verhindern, dass die verseuchten Exkremente erneut in den Wasserkreislauf gelangten. Als sie Doktor Schlüter davon erzählte, kam sie sich wie eine Petze vor.

»Das Einzige, was heutzutage in unendlichem Überfluss vorhanden ist, ist die menschliche Dummheit«, meinte der Arzt seufzend. »Ich wünschte, ich hätte mehr Krankenwärterinnen wie dich an meiner Seite. Aber du bist eine Ausnahme, Martha. Du hast Herz und Verstand. Die meisten Männer und Frauen, die hier arbeiten, gehören zum Auswurf der Gesellschaft. Viele Männer sind dem Alkohol verfallen, sodass es nicht mehr für die schwere Arbeit am Hafen langt. Und unter den Frauen findest du vor allem solche, die in der Blüte ihrer Jahre dem ältesten Gewerbe der Welt nachgingen, aber nun keine Kundschaft mehr finden.« Als Martha ihn mit großen Augen ansah, fügte er hinzu: »Bitte verzeih, das ist natürlich kein Gesprächsstoff, mit dem ich ein junges Mädchen behelligen sollte.«

»Ich weiß, wie es da draußen aussieht«, erwiderte Martha. »Aber wer kann schon sagen, ob diese Frauen eine Wahl hatten, als sie noch jünger waren.«

»Nein, das kann natürlich niemand«, gab der Arzt zu. »Und wenn die einzige Wahlmöglichkeit im Verhungern besteht, ist alles besser.« Er seufzte erneut. »Es liegt so viel im Argen in unserer Stadt, aber das vornehme Bürgertum verschließt stets die Augen vor allem. Doch jetzt müssen sie hinsehen, denn die Cholera macht vor niemandem halt.« Dann wandte er sich der Fieberkurve vor sich zu und gab Martha damit zu verstehen, dass das Gespräch beendet war. Die machte sich ihrerseits wieder an die Arbeit, widmete sich dem täglichen Einerlei aus Betten beziehen, Nachttöpfe leeren und Kranke waschen. Dabei wurde sehr streng auf die Trennung der Geschlechter geachtet. Es galt als unschicklich, wenn Frauen Männer wuschen; das oblag den männlichen Hilfskräften, obgleich sich gerade die älteren Krankenwärterinnen darüber lustig machten.

»Was die sich hier so anstellen«, meinte die Rosie. »Als wenn wir nicht schon alles gesehen hätten, was es da zu sehen gibt.« Die Anwesenden lachten, nur Martha senkte den Blick. Natürlich fiel Rosie das sofort auf.

»Du natürlich nicht, du unerfahrenes Küken«, gluckste sie. »Wenn ich noch so jung und hübsch wie du wär, wüsste ich aber was Besseres, als hier die Scheiße zusammenzuklauben.«

Von allen Seiten erscholl Gelächter, und die vorlaute Elke kreischte: »Nu wirdse auch noch rot, die kleene Martha. Is schon gut, wenn so 'n junges Ding keine ausgewachsenen Mannsbilder waschen muss, da würdse ja vor Scham erblinden.«

Martha biss sich auf die Lippen und sagte kein Wort. Sie kannte die derben Späße zur Genüge, am Hafen herrschte ein ebenso rauer Ton, aber dort hatte sie sich immerhin darauf verlassen können, dass ihr Vater in der Nähe war und die Spötter zur Räson brachte. Doch diese Zeiten waren vorbei. Sie griff nach den vollen Nachttöpfen und brachte sie zur Sickergrube, um dem Spott für eine Weile zu entgehen.

Am Mittwochabend holte Milli sie wie versprochen ab. Allerdings war sie nicht allein. In ihrer Begleitung befand sich ein junger Mann, der dem Knabenalter noch nicht allzu lang entwachsen sein konnte, denn trotz seiner breiten Schultern und der kräftigen Muskelpakete an den Armen erinnerte sein bartloses Gesicht an die pausbäckigen Engel über Millis Bett.

»Das ist Moritz«, stellte Milli ihren Begleiter vor. »Ich hab ihm davon erzählt, wie dieser Widerling dich angepackt hat, und da meinte er, dass er dir gern helfen wird.«

Im ersten Moment wusste Martha nicht, was sie sagen sollte, denn sofort schoss ihr die Erinnerung an Millis Gegenleistung in den Kopf – eine Gegenleistung, die sie auf keinen Fall erbringen wollte. Andererseits wusste Milli das, und sie vertraute ihrer Freundin, dass sie das auch Moritz klargemacht hatte.

»Nu seht euch doch nicht so schüchtern an.« Milli stieß Moritz mit dem Ellenbogen in die Seite.

»Ähm, ja, ich bin Moritz Kellermann.« Seine Stimme klang tief und männlich und passte überhaupt nicht zu seinem Kindergesicht. Er hielt ihr die Hand entgegen.

»Martha Westphal«, erwiderte sie, während sie seine Hand ergriff. Sie hatte bei seinen Pranken einen kräftigen, festen Händedruck erwartet, doch der Griff war beinahe zärtlich.

»Die Milli sagte, du bräuchtest jemanden, der dir zeigt, wie eine anständige Frau sich gegen Widerlinge wehrt?«

Martha nickte. »Aber ich hab nix, was ich dir dafür geben kann.«

»Das musste auch nicht. Ich mag keine Kerle, die sich an Frauen vergreifen«, sagte Moritz. »Wenn ich so 'n Kerl seh, kriegt der die Hucke voll, aber ich kann ja nicht überall sein, ne?« Ein scheues Lächeln huschte über sein Gesicht und nahm Martha sofort all ihre Angst. Der Moritz schien ein netter Kerl zu sein, sonst hätte Milli ihn ihr bestimmt nicht vorgestellt.

»Und wo wollen wir üben?«, fragte sie.

»Am alten Elbstrand in Richtung Teufelsbrück«, schlug Milli vor. »Da ist es jetzt ganz leer. Wegen der Cholera geht doch keiner mehr baden.«

Es wurde ein lustiger Abend am Strand, vor allem, da Moritz seine Aufgabe sehr ernst nahm und Martha erst von Milli zeigen ließ, was die schon gelernt hatte. Martha war anfangs noch sehr unsicher und zurückhaltend, aber Moritz bewies genau das richtige Maß aus Zurückhaltung und Forderung, und am Ende des Abends hatte Martha immerhin schon gelernt, wie sie sich aus dem Griff eines Sittenstrolchs befreien konnte.

»Der Moritz ist wirklich nett«, raunte sie Milli beim Abschied zu. »Ich hatte mir den ganz anders vorgestellt, als du mir von ihm erzählt hast.«

»Ja, der ist ein Schatz«, gestand Milli. »Ganz anders als sein Vater und sein Bruder. Der denkt nicht nur ans Geschäft, sondern auch an die Menschen.«

»Bist du etwa verliebt?«, neckte Martha sie.

»Unsinn.« Milli gab ihr einen spaßhaften Knuff. »Für Liebe ist in meinem Leben kein Platz.«

Über diese Worte musste Martha noch nachdenken, als sie längst zu Hause war und in ihrem Bett lag. Wie konnte es sein, dass in einem Leben kein Platz für die Liebe war? Was blieb denn dann vom Leben übrig? Andererseits hatte Milli im Gegensatz zu ihr nicht einmal die Liebe der eigenen Eltern erfahren dürfen. Vielleicht vermisste sie sie deshalb nicht.

10

Im Oktober ebbte die tägliche Flut an neuen Choleraopfern endlich ab. Doktor Schlüter hatte in den Cholerabaracken weniger zu tun und nutzte die gewonnene Zeit, sich mit Doktor Bernhard Nocht auszutauschen, der ganz in der Nähe des Hafens ein Labor eingerichtet hatte, in dem verschiedene Krankheitserreger untersucht wurden. Dabei ging es nicht nur um die Cholera, sondern um sämtliche bekannte Tropenkrankheiten.

Als Doktor Schlüter dies Martha gegenüber beiläufig erwähnte, horchte sie sofort auf.

»Kommen viele Seeleute mit Tropenkrankheiten nach Hamburg?«, fragte sie. »Mein Vater hat nie darüber gesprochen. Dabei kennt er viele Matrosen und hat uns früher immer die Geschichten erzählt, die er im Schwarzen Adler aufgeschnappt hat.«

Doktor Schlüter sah Martha aufmerksam an. »Interessierst du dich dafür?«

Sie nickte so eifrig, dass der Arzt über ihre Begeisterung schmunzelte.

»Nun, es ist in der Tat gar nicht so selten«, erklärte er dann. »Die Cholera ist zwar keine klassische Tropenkrankheit, aber auch sie wurde durch russische Auswanderer eingeschleppt, die in Hamburg auf ihre Überfahrt warteten. Inzwischen wissen wir, dass die Gefahr längst bekannt war, denn jeder, der Augen im Kopf hatte, wusste, dass die Cholera in Russland grassierte. Das, was wir hier erleben, hätte durch besonnenes Handeln verhindert werden können. In Bremen, wo ebenfalls zahlreiche Auswanderer auf ihre Passage nach Amerika warteten, gab es nur eine Handvoll Erkrankungen. Aber das lag daran, dass der Bremer Senat von Anfang an offen mit der Gefahr umging, während die reichen Hamburger Pfeffersäcke sich um ihre Pfründe sorgten. So wurden in Bremen schon früh Flugblätter verteilt, die die Bevölkerung ermahnten, nur abgekochtes Wasser zu trinken, um eine mögliche Infektion zu verhindern. In Hamburg wurde hingegen alles geheim gehalten. Das ging so weit, dass selbst der amerikanische Konsul belogen wurde, damit das letzte Auswandererschiff noch Anfang September ablegen konnte. Man behauptete, es seien keine Kranken unter den Reisenden, obwohl die Cholera längst an Bord war.«

»Warum?« Martha sah ihn mit großen Augen an.

»Nun, die Auswanderer sind überwiegend arme Leute. Die haben gerade genug Geld, um nach Amerika zu kommen und sich bis zur Abfahrt ihres Schiffes ein paar Tage in billigen Unterkünften einzuquartieren. Wären die Schiffspassagen eingestellt worden, hätte die Stadt für die weitere Unterkunft und Verpflegung der gestrandeten Auswanderer aufkommen müssen. Aber man wollte die Menschen loswerden. Dass man durch das Verschweigen eine diplomatische Krise auslöste und weitreichende Quarantänemaßnahmen aus aller Welt die Folge waren, hatten die feinen Ratsherren nicht bedacht. Der Hamburger Senat hat sich da weiß Gott nicht mit Ruhm bekleckert. All diese Toten … Hätten die Pfeffersäcke nicht nur an ihr Geld gedacht, sondern so besonnen wie die Bremer gehandelt, wäre das Ausmaß des Elends hier nicht so verheerend. Die Ironie daran ist, dass sie nun nicht nur viel mehr Geld verloren haben, sondern auch ihre Reputation.« Er seufzte. »Und damit so etwas künftig nie wieder geschieht, setzt Doktor Nocht sich beim Senat für die Einrichtung eines ärztlichen Überwachungsdienstes für den Hafen ein. Es heißt, seine Aussichten stünden gut, dass er tatsächlich zum Hafenarzt ernannt wird.

Mit seinem modernen Labor ist er in der Lage, gute Arbeit zu leisten. Er kennt sich bestens aus mit den verschiedenen Seuchen und Tropenkrankheiten, die jederzeit in eine große Hafenstadt eingeschleppt werden können.«

»Und in diesem Labor sind Sie also immer, wenn Sie zu Doktor Nocht gehen?«

»Ja. Möchtest du es auch mal sehen?«

»O ja!«, rief Martha. »Ist das denn möglich?«

»Wie es der Zufall will, sucht Doktor Nocht derzeit eine zuverlässige Hilfskraft, die im Labor für Sauberkeit sorgt, denn seine bisherige Perle hat sich gestern den Arm gebrochen. Könntest du dir vorstellen, dort eine Zeit lang als Aushilfe zu arbeiten? Natürlich neben deiner normalen Arbeit, er braucht dich ja höchstens eine Stunde am Tag.«

»Sehr gern«, erwiderte Martha und fügte dann etwas schüchterner hinzu: »Was würde er denn dafür zahlen?«

Doktor Schlüter lächelte. »Ich denke, ich werde ihn dazu bringen können, dir einen Stundenlohn von fünfzig Pfennig bar auf die Hand zu geben. Bei sechs Tagen in der Woche kommst du damit immerhin auf drei Mark für eine verhältnismäßig leichte Arbeit, die aber große Verantwortung fordert.«

Und so lernte Martha das Labor kennen, das Doktor Nocht in den Räumen des alten Seemannshospitals betrieb. Es waren weiß geflieste Räume, in denen die Männer ebenso strahlend weiße Kittel trugen und über den Mikroskopen saßen oder Bakterienkulturen in kleinen Glasschalen kultivierten. Man wies Martha an, nichts von alldem anzufassen, sondern sich lediglich auf das Reinigen der Böden und Wände zu beschränken sowie jener Tische, auf denen keine Untersuchungsschalen standen.

In den ersten Tagen ihrer Tätigkeit dort war Doktor Schlüter selbst im Labor anwesend. Sobald die Laboranten gegangen und sie allein waren, ließ er Martha durch die verschiedenen Mikroskope schauen und erklärte ihr, was dort zu sehen war. So sah sie nicht nur stäbchenförmige Cholerabazillen, sondern auch all die kleinen Lebewesen, die in einem einzigen Tropfen Elbwasser lebten.

»Eine faszinierende Welt, nicht wahr?«, sagte der Arzt. »So viele winzige Lebewesen auf so kleinem Raum. Die meisten Organismen sind harmlos, aber wenn sich dort nur ein Erreger findet, stirbt womöglich eine ganze Stadt.«

»Und wie kann man erkennen, welche gefährlich sind und welche nicht?«

»Da gibt es vielfältige Tests. Man muss die Bakterien in diesen Schalen anzüchten.« Er griff nach einer der handtellergroßen Glasschalen. »Eine Erfindung des deutschen Arztes Julius Petri, die sich in der ganzen Welt durchgesetzt hat, obwohl er sie erst vor fünf Jahren entwickelt hat. Der Boden dieser Schalen wird mit einer nährstoffreichen Substanz bedeckt, und dann wird ein Tropfen der infektiösen Flüssigkeit mit der Pipette hineingegeben. Anschließend wartet man, dass sie sich vermehren und der ganze Boden der Schale mit den Erregern übersät ist. Das sieht dann so aus.« Er zeigte ihr eine zweite Schale, deren Inhalt Martha an verschimmelte Marmelade erinnerte.

»Und dann?«

»Dann gibt man die Bakterien auf einen Objektträger und kann sie unter dem Mikroskop in ihrer Reinform untersuchen. Eine andere Möglichkeit sind Färbeteste.«

»Färbeteste?«

Doktor Schlüter schmunzelte. »Ich sehe schon, in dir steckt eine kleine Forscherin. Wenn man bestimmte Chemikalien hinzugibt, werden die von manchen Bakterien so umgewandelt, dass sich die Farbe ändert. Da dieser Farbumschlag für bestimmte

Bakterienarten typisch ist, weiß man schnell, womit man es zu tun hat. Die Welt so eines Mikrokosmos ist wahrlich interessant, denn je mehr wir über sie im Kleinen wissen, umso mehr können wir diese Erkenntnisse bei der Behandlung Kranker einsetzen.«

Natürlich hatte Doktor Schlüter nicht immer Zeit für Martha, und die Sorgfalt, mit der er ihr am Anfang alles erklärte, blieb die Ausnahme. Meist sah Martha die Mikroskope und Petrischalen also nur von Weitem, während sie das Labor putzte und wischte. Aber das störte sie nicht. Sie erlebte es vielmehr als großes Privileg, dass sie Einblick in eine Welt bekam, die Frauen und Mädchen normalerweise verschlossen war.

Die Wärterinnen in den Cholerabaracken beneideten Martha um ihre Sonderstellung und das zusätzliche Geld, das sie nun verdiente. Und so fingen sie an zu tuscheln und zu tratschen, ob Martha dem Doktor wohl mehr als nur schöne Augen zu bieten hätte.

Martha war es gleichgültig. Sie suchte nicht die Freundschaft des Hyänenrudels – ein Begriff, den Doktor Schlüter in Anlehnung an Schillers Glocke geprägt hatte. »Da werden Weiber zu Hyänen«, hatte er einmal spaßhaft zu Martha gesagt. »Und dann arbeitet das Rudel hier bei mir.«

Im November war die Seuche endlich überstanden, und das massenhafte Sterben, das nahezu zehntausend Menschen das Leben gekostet hatte, war vorüber. Natürlich war Martha erleichtert, aber dafür gab es jetzt ein neues Problem. Die Desinfektionskolonnen wurden aufgelöst, und ihr Vater verlor seine Arbeit. Zwar gelang es ihm, trotz seiner Trunksucht wieder Schichten im Hafen zu bekommen, denn nach Aufhebung der Quarantäne wurde jeder Mann gebraucht, aber die Zeiten, da der Vater für gute

Schichten vier Mark am Tag bekommen hatte, waren längst vorbei. Wenn er zwei Mark heimbrachte, konnten sie sich glücklich schätzen, aber meistens blieb es bei einer Mark, da er auf dem Heimweg oft die Destille aufsuchte, von der er seinen Branntwein bezog.

Die Choleraferien waren vorbei. Heinrich ging nun vormittags in die Volksschule, und nachmittags verdingte er sich als Botenjunge. Über das Gymnasium und den Traum von einer besseren Zukunft verloren sie nie wieder ein Wort.

Mit dem Ende der Seuche wurden auch die Cholerabaracken überflüssig, und Martha musste zurück ins Allgemeine Krankenhaus in St. Georg. Ihre Arbeit im Labor endete, was sie sehr bedauerte, wie auch die von Doktor Schlüter, dessen Dienste ebenfalls nicht mehr am Hafen benötigt wurden. Immerhin wurde der Arzt dank der guten Referenzen, die Doktor Nocht ihm gab, Oberarzt, und Doktor Mehling mit seinen absonderlichen Vorstellungen von der Heilkunst war ihm fortan untergeordnet.

Trotz ihrer anstrengenden Arbeitswochen hatte Martha an den freien Sonntagen immer wieder die Zeit gefunden, sich mit Milli und Moritz zu treffen. Moritz hatte ihr weiterhin kostenlosen Unterricht in der Selbstverteidigung erteilt. Doch Martha begriff, dass er es nicht nur aus Nächstenliebe tat. Eigentlich wollte er Milli damit gefällig sein, auf die er mehr als nur ein Auge geworfen hatte. Milli mochte nichts von der Liebe halten, aber wer nicht blind war, konnte deutlich erkennen, dass Moritz verliebt war, auch wenn Milli das immer wieder vehement abstritt. Die wahre Natur der Beziehung zwischen Milli und Moritz blieb Martha ein Rätsel, und sie verstand nicht, warum Milli so kühl blieb, obwohl sie ihm bereits längst die letzte Intimität gewährt hatte. Aber das schien etwas zu sein, worüber Milli nicht sprechen wollte. Ganz gleich, wie vorsichtig Martha immer wieder nachhakte, Milli blieb hart und wechselte dann sofort das Thema. Es schien so einiges im Leben ihrer vorgeblich so offenherzigen Freundin zu geben, das sie wie ein düsteres Geheimnis hütete.

11

Der Herbst, der auf den heißen Cholerasommer folgte, war verregnet und stürmisch. Die Arbeit im Hafen wurde für die Männer zur Qual, und Martha musste ihren Vater jeden Tag aufs Neue antreiben, damit er aus dem Bett kam, bevor sie sich selbst in aller Frühe auf den Weg ins Krankenhaus machte.

Ihre Arbeit war dieselbe geblieben: Betten beziehen, putzen, Steckbecken und Nachttöpfe leeren und ab und zu ein freundliches Wort mit den Kranken wechseln. Immerhin war der Tod nicht mehr allgegenwärtig, und die meisten Menschen verließen das Krankenhaus in deutlich besserem Zustand.

Ein besonderer Höhepunkt der Woche, auf den Martha sich immer freute, war die oberärztliche Visite von Doktor Schlüter, denn er nahm sie regelmäßig mit, damit sie ihm zur Hand ging, wie er es offiziell nannte. Natürlich wussten alle, dass er ihrer Handreichungen gar nicht bedurfte, sondern Vergnügen daran fand, dem wissbegierigen Mädchen verschiedene Krankheitsbilder vorzustellen. Schwester Wiebke sah es mit einem Stirnrunzeln, aber sie sagte nichts dazu, und im Gegensatz zu den anderen Frauen beteiligte sie sich auch nicht an der von Neid getragenen üblen Nachrede.

Doktor Schlüters Steckenpferd blieben die Infektionskrankheiten, auch wenn es noch keine wirksamen Heilmittel gab und man den Körper durch Wärme und kräftiges Essen nur dabei unterstützen konnte, selbst die Kraft zur Genesung zu finden. Dennoch bemühte Doktor Schlüter sich darum, stets den neuesten Stand der Wissenschaft zu berücksichtigen. So korrespondierte er regelmäßig mit berühmten Ärzten in Berlin wie Robert Koch und

Paul Ehrlich, dessen Reagenz er unter anderem zur Diagnosesicherung von Typhus verwendete. Zudem versuchte er sich an der Behandlung der Tuberkulose, auch wenn das ein nahezu aussichtsloses Unterfangen war.

»Die Cholera hat Tausende in kurzer Zeit getötet«, erklärte er Martha einmal, als er sie mit auf die Station nahm, die den Tuberkulosekranken vorbehalten war. »Aber die Tuberkulose ist auf lange Sicht viel gefährlicher. Wusstest du, dass jeder siebte Deutsche an der Tuberkulose stirbt?«

Martha schüttelte den Kopf. Dass viele die Motten auf der Lunge hatten, wusste sie, auch dass etliche daran zugrunde gingen, aber dass es eine so häufige Todesursache war, hatte sie nicht gedacht.

»Es gab vor zwei Jahren einen kurzen Lichtblick«, erklärte Doktor Schlüter. »Als Doktor Koch in Berlin das Medikament Tuberkulin entwickelte. In den Zeitungen wurde es bejubelt und von etlichen Genesungen berichtet. Aber dann stellte sich heraus, dass es zahlreiche tödliche Nebenwirkungen gab, und schließlich wurde bei der Obduktion der Verstorbenen festgestellt, dass Tuberkulin latent vorhandene Tuberkel aktivieren kann und somit den Verlauf nicht verlangsamt, sondern sogar beschleunigt.«

Martha sah Doktor Schlüter verwirrt an. Manchmal benutzte er so viele medizinische Fachwörter, dass sie ihm nur schwer folgen konnte, aber er war feinfühlig genug, das sofort in ihrem Blick zu erkennen.

»Welchen Teil hast du nicht verstanden?« Er lächelte sie aufmunternd an.

»Was sind latent vorhandene Tuberkel?«

»Da die Tuberkulose eine so weit verbreitete Krankheit ist, ist jeder von uns im Laufe seines Lebens mit ihr schon mal in Berührung gekommen. Nicht jeder Mensch erkrankt, die meisten haben genügend Abwehrkräfte, sodass die Erreger in der Lunge verkapselt werden – sie werden vom Körper sozusagen eingesperrt. Diese Kapseln kann man bei Leichenöffnungen erkennen. Darin befinden sich die Bakterien, die Tuberkel, in einem Ruhezustand. Aber leider führte das Tuberkulin dazu, dass die Tuberkel aus ihrem Gefängnis befreit wurden. Die Menschen waren am Ende noch kränker als zuvor. Deshalb stehen wir wieder ganz am Anfang. Doktor Ehrlich forscht derzeit an einem neuen Tuberkulin, aber noch bleiben die Erfolge aus.«

»Und sonst kann man nichts tun?«, fragte Martha. »Könnte man nicht den Körper der Menschen dabei unterstützen, dass die Bakterien sich alle verkapseln?«

»Du bist wirklich klug, Martha. Genau daran wird geforscht. Weißt du, wie Schutzimpfungen funktionieren?«

»Man bekommt eine Spritze, damit man nicht krank wird?«

»Ja, aber was ist in der Spritze?«

»Das weiß ich nicht.«

»Abgeschwächte Krankheitserreger. Bakterien, die zu schwach sind, die Krankheit auszulösen, aber den Körper lehren, die Erreger zu bekämpfen. So ähnlich wie bei Soldaten im Manöver. Wenn das Manöver erfolgreich abgeschlossen ist, ist der menschliche Organismus in der Lage, es auch mit dem wirklichen Feind aufzunehmen. Nur ist es bei der Tuberkulose leider so, dass sogar die abgeschwächten Erreger im Tuberkulin zu Todesfällen führten. Eine sichere Impfung gibt es bislang noch nicht, und so müssen wir uns weiterhin mit Liegekuren und Luftveränderung begnügen, um das Leiden der Betroffenen zu lindern. Aber ich bin guter Dinge, dass die Medizin in den nächsten Jahren erhebliche Fortschritte machen wird, um die Geißel der Infektionskrankheiten zu überwinden.«

Als Martha an diesem Abend in den Bleichergang einbog, lief ihr Heinrich schon entgegen.

»Endlich kommst du!«, rief er aufgelöst. »Papa ist beim Löschen der Ladung verunglückt und mehrere Meter tief gefallen. Sie haben ihn gleich ins Krankenhaus gebracht, der Joachim war gerade da und hat es mir erzählt. Martha, ich hab solche Angst, dass Papa auch noch stirbt!«

Sie nahm ihn spontan in die Arme und drückte ihn fest an sich, nicht nur, um ihn zu trösten, sondern auch, um sich selbst festzuhalten, zu spüren, dass es da noch irgendetwas gab, das sie im Leben hielt, wenn ihr erneut der Boden unter den Füßen weggezogen wurde.

»Komm, Heinrich«, sagte sie schließlich. »Wir gehen ins Krankenhaus und sehen nach ihm.«

Der Pförtner war überrascht, als er Martha so schnell wiedersah.

»Biste nicht grad erst gegangen?«, fragte er sie mit einem Kopfschütteln.

»Unser Vater hatte einen Unfall am Hafen. Können Sie uns sagen, wo wir ihn finden? Karl Westphal.«

Der Pförtner schaute kurz in die Listen.

»Der ist in der Chirurgie, frag mal im großen Wachsaal nach, ob er schon aus dem OP raus ist.«

Martha bedankte sich, dann griff sie nach der Hand ihres Bruders und zog ihn mit sich. Normalerweise hätte Heinrich sich dagegen verwehrt, wie ein Kleinkind an die Hand genommen zu werden, aber die Sorge um den Vater ließ ihn allen männlichen Stolz vergessen.

Bislang war Martha ausgesprochen selten in der chirurgischen Abteilung gewesen und wenn, dann auch nur in der Frauenabteilung. Als sie den Saal mit ihrem Bruder betrat, kam ihnen sofort ein korpulenter Krankenwärter entgegen.

»Heute ist keine Besuchszeit, ihr habt hier nichts zu suchen!«, herrschte er sie an.

»Ich bin die Martha Westphal.« Sie baute sich selbstbewusst vor dem Mann auf. »Ich arbeite in der Inneren Medizin als Krankenwärterin, Sie können Doktor Schlüter fragen. Mein Vater Karl Westphal ist heute am Hafen verunglückt und wurde hier eingeliefert. Mein Bruder und ich wüssten gern, wie es ihm geht.«

Schlagartig wurde der Ausdruck in den Augen des Mannes etwas milder. »Karl Westphal, sagst du? Wartet hier, ich werde mal nachfragen.« Er verließ den Saal.

Heinrich sah Martha unsicher an, sagte aber kein Wort. Martha ließ ihren Blick indes durch den Raum schweifen.

Direkt am Eingang lag ein bärtiger Mann, dessen Beine beide bis zum Oberschenkel eingegipst und mit einer seltsamen Zugvorrichtung etwas nach oben gezogen wurden. Als er sah, dass Martha ihn musterte, winkte er sie zu sich heran.

»Habt ihr zufällig eine Zigarette für mich?«

Martha schüttelte den Kopf.

»Wie schade. Aber ihr seid wohl auch noch zu jung dafür, was?«

Martha sagte nichts, dafür fragte Heinrich: »Was ist denn mit Ihnen passiert?«

»Habt ihr von dem großen Unfall mit dem Brauereiwagen gehört?«

Heinrich und Martha schüttelten die Köpfe.

»Nicht? Stand sogar in der Zeitung. Da sind so 'nem besoffenen Brauereiknecht die Pferde durchgegangen. Ich war gerade mit meiner Schottschen Karre unterwegs und konnte gerade noch zur Seite springen, dass die Viecher mich nicht niedertrampeln, aber dann ist der ganze Bierwagen umgekippt und hat mich zur Hälfte unter sich begraben. Ich hab Glück gehabt, dass die Fässer mir nicht noch auf'n Kopp gefallen sind. Die sind regelrecht zerplatzt, und ich dacht schon, ich ertrink gleich in der Bierbrühe, während meine Beine eingequetscht waren. Aber dann ist all das schöne Bier im Rinnstein davongelaufen. Dabei wär Ertrinken im Bier ein schöner Tod, was?« Er lachte leise. »Immerhin hat der Braumeister mir eine Entschädigung versprochen. Aber was hab ich davon, wenn ich hier die nächsten Wochen liegen muss und nicht mal was zu rauchen habe.«

»Kann Ihre Frau Ihnen nichts bringen?«, fragte Heinrich.

»Dazu müsst ich erst mal eine haben, ne?«

Bevor noch jemand antworten konnte, war der Krankenwärter zurückgekehrt.

»Also, euer Vater wurde operiert und ist noch in Narkose. Das dauert noch, bis ihr mit dem sprechen könnt. Kommt am besten morgen wieder vorbei.«

»Was wurde operiert?«, fragte Martha.

Der Pfleger runzelte kurz die Stirn, gab ihr dann aber bereitwillig Auskunft. »Soweit ich weiß, ist er von der Laderampe ein paar Meter tief gestürzt. Dabei hat er sich mehrere offene Knochenbrüche am rechten Arm und rechten Bein zugezogen, keine schöne Sache, wenn die Knochen durchs Fleisch nach draußen staken.«

Martha schluckte, ihr Bruder keuchte erschrocken auf.

»Wird er wieder gesund?«, fragte Martha.

»Na ja, heilen wird das wohl, aber ob er jemals wieder richtig laufen und zupacken kann, ist fraglich. Vermutlich bleibt er ein Krüppel.«

Martha biss sich auf die Lippen, während Heinrich in Tränen ausbrach.

»Na, na«, sagte der Krankenwärter. »Du bist doch schon ’n großer Junge, da weint man doch nicht mehr. Flennen nützt doch eh nix.«

»Komm, Heinrich«, sagte Martha sanft und nahm ihn bei der Hand. »Wenn dir nach Weinen zumute ist, musst du dich nicht schämen. Es ist besser, den Kummer rauszulassen, als ihn wie ein erwachsener Mann im Alkohol zu ertränken.«

Sie selbst hatte keine Tränen mehr, stattdessen spürte sie wieder die eisige Faust in ihrer Brust, die alle ihre Gefühle abzutöten drohte.

12

Am folgenden Tag nutzte Martha den erstbesten Vorwand, um ihren Vater in der Chirurgie zu besuchen. Er lag ganz am Ende des Wachsaals und döste vor sich hin. Der rechte Arm und das rechte Bein waren mit weißen Leinenverbänden in Gipsschienen fixiert worden. Die Wunden schienen noch einige Zeit nachgeblutet zu haben, wie die rostroten Flecken auf den Verbänden zeigten.

»Papa, kannst du mich hören?«

Es dauerte eine Weile, bis er auf ihre Ansprache reagierte, langsam die Augen aufschlug, mehrfach blinzelte und sie zusammenkniff, als könnte er gar nicht deutlich erkennen, wer da an seinem Bett stand.

»Martha?«, flüsterte er. Seine Stimme klang heiser.

»Ja, Papa. Ich bin es.« Sie setzte sich auf die Kante seines Bettes und griff nach seiner linken Hand. Erschrocken stellte sie fest, dass die Hand kaltschweißig war und zitterte. Lag es daran, dass er seit seinem Unfall keinen Alkohol mehr getrunken hatte? Oft war er in den Morgenstunden mit einem Tatterich aufgewacht, den er erst nach einigen Schlucken Branntwein überwunden hatte.

»Ach, mein Mädchen, es tut mir so leid.« Seine linke Hand krampfte sich um die ihre, so als wollte er sich an ihr festhalten. Marthas Herz wurde schwer, als sie seine Verzweiflung sah.

»Hast du schlimme Schmerzen, Papa?«

»Ich halte es schon aus, mein Mädchen. Sie haben mir Morphium gegeben. Und ich verspreche dir, ich rühr nie wieder einen Tropfen Alkohol an. Hörst du, nie wieder!«

»Bist du verunglückt, weil du betrunken warst?«, rutschte es Martha raus, doch sofort schämte sie sich für ihre Worte. Ihr Vater schien ihr die Frage allerdings nicht übel zu nehmen.

»Ein Seil ist an der Winde gerissen, und dann fiel das Netz mit der Ladung runter«, erzählte er. »Ich kann mich nur noch an den heftigen Schlag erinnern, als mich die Säcke trafen und ich mehrere Meter in die Tiefe stürzte.«

»Armer Papa.« Sie nahm ihn vorsichtig in die Arme, soweit es die Verbände zuließen.

»Vielleicht war der Alkohol tatsächlich schuld«, sagte er leise. »Wenn ich nüchtern gewesen wäre, hätte ich vielleicht ausweichen können.« Er seufzte schwer. »Ich bin dir nur eine Last.«

»Nein, Papa. Du wirst wieder gesund! Und vielleicht hat das ja alles auch sein Gutes, wenn es dir denn hilft, vom Schnaps wegzukommen.«

»Ja, mein Mädchen. Das verspreche ich dir!«

Als Martha kurz darauf den Bettensaal verließ, hörte sie auf dem Flur eine scharfe Stimme.

»Was treibst du dich hier rum? Wer hat dir erlaubt, dich von deiner Station zu entfernen?«

Erschrocken fuhr sie herum. Otto Probst hatte sich in seiner ganzen Größe und Breite vor ihr aufgebaut, rotgesichtig mit zitternden Schnurrbartspitzen.

»Ich … ich wollte sehen, wie es meinem Vater geht.« Sie bemühte sich, seinem Blick standzuhalten.

»Deinem Vater?«

»Er hatte gestern einen Unfall und wurde operiert. Karl Westphal.«

»Das ist kein Grund, deine Arbeit unerlaubt zu verlassen!«, schrie er. »Du glaubst wohl, du kannst dir alles erlauben, weil du

Doktor Schlüters Liebling bist, was? Hast ihm schöne Augen gemacht, weil er ein Doktor ist, was?«

Er trat näher an sie heran, so dicht, dass Martha den Alkohol in seinem Atem riechen konnte. Sie erinnerte sich an die Flasche Korn, die immer in seinem Büro auf dem Tisch stand, ebenso an Doktor Schlüters Worte, dass die meisten Männer hier dem Alkohol verfallen wären.

»Du solltest jetzt lieber nett zu mir sein, meine Kleine«, zischte er und packte sie bei den Schultern. »Sonst hast du die längste Zeit hier gearbeitet. Und du brauchst diese Arbeit doch, nicht wahr? Vor allem jetzt, wo dein alter Herr zum Krüppel wurde.«

Martha erstarrte. In ihrem Kopf rasten die Gedanken. Was soll ich nur tun? Probsts Hand glitt von ihren Schultern zu ihrer Brust, und er fing an, sie zu kneten! Im selben Augenblick löste sich ihre Erstarrung.

So nicht! Du mieses Schwein, das darfst du nicht!

Und noch ehe sie wusste, was sie tat, handelte ihr Körper von selbst. Sie setzte die mit Moritz so oft geübten Griffe ein, drängte Probst zurück und rammte ihm mit voller Wucht das Knie ins Gemächt! Probst heulte auf und sank in die Knie.

»Nein!«, schrie sie. »Ich bin kein Freiwild, und ich werde ganz bestimmt nicht auf diese Weise nett zu Ihnen sein! Ich habe einen Freund, der arbeitet als Rausschmeißer auf St. Pauli und der hat mir beigebracht, wie man sich gegen Sittenstrolche wehrt. Wenn Sie mich entlassen, wird er vorbeikommen und Ihnen die schmierigen Pfoten brechen!«

Probst starrte sie aus schmerzverzerrten Augen an und keuchte. »Das wirst du bitter bereuen!«, zischte er gepresst, während er vergeblich versuchte, sich aufzurappeln. Martha war erstaunt, wie gut dieser Tritt gesessen hatte.

»Fassen Sie mich nie wieder an!«, sagte sie. Dann drehte sie sich um und lief davon.

Kaum hatte sie den Flur verlassen, da wich alle Kraft aus ihr heraus. Stattdessen schlich sich eine erbärmliche Angst in ihr Herz. Was hatte sie da nur getan? Sie hatte sich von ihrem blinden Zorn hinreißen lassen, ohne an die Konsequenzen zu denken. Sie hatte den Oberpfleger angegriffen und ihm gedroht!

Ihr wurde übel, und sie schaffte es gerade noch bis zur nächsten Toilette, wo sie sich übergeben musste. Was würde Probst jetzt tun? Würde er ihr erneut auflauern oder sie entlassen? Ihre Angst wurde immer größer, und so ging sie in ihrer Verzweiflung zu Doktor Schlüter.

Der Arzt saß gerade in seinem Büro am Schreibtisch über seiner Korrespondenz und hob erstaunt den Kopf, als er sie völlig aufgelöst eintreten sah.

»Martha, was um alles in der Welt ist denn passiert?«

Sie schluckte, dann erzählte sie ihm alles: angefangen von dem Unfall ihres Vaters bis hin zu ihrer Attacke gegen Probst.

Doktor Schlüter hörte aufmerksam zu, und als sie ihm erzählte, wie sie Probst das Knie in die Weichteile gerammt hatte, kam es ihr fast so vor, als würde der Hauch eines Lächelns über sein Gesicht huschen. Doch der Doktor wurde sofort wieder ernst.

»Das ist eine sehr heikle Situation, Martha. Damit hast du dir Herrn Probst zum erbitterten Feind gemacht. Er wird Mittel und Wege suchen, dir diese Demütigung heimzuzahlen.« Er holte tief Luft. »Du weißt doch, dass er für seine Hinterhältigkeit bekannt ist.«

Martha sah ihn verunsichert an. »Was befürchten Sie?«

Er seufzte. »So einiges. Eigentlich wollte ich mit dir nie darüber sprechen, denn das ist eine Sache, die ich bislang selbst zu regeln wusste und die dich nicht betrifft. Allerdings …«, er atmete erneut tief durch …, »du bist ein kluges Mädchen und hast sicher mitbekommen, dass Doktor Mehling und ich uns nicht sonderlich gut verstehen.«

Martha nickte.

»Nun, die Tatsache, dass ich Oberarzt wurde und er nicht, nagt mehr an seiner Eitelkeit, als für einen Menschen gut ist. Er hat schon begonnen, böse Gerüchte zu streuen. Gerüchte, die bei den klatschbesessenen Hyänen auf fruchtbaren Boden fallen.«

Martha schluckte. »Was für Gerüchte?«

»Gerüchte über uns beide, Martha. Böswillige Gerüchte. Sie können nicht verstehen, dass ich in dir lediglich ein wissbegieriges junges Mädchen sehe, das man fördern sollte. Wärst du als Junge in einem gut situierten Elternhaus geboren, stünde dir die Welt offen. Du hast Witz und Geist, du weißt dich zu wehren, wie der Vorfall mit Herrn Probst beweist.« Jetzt lächelte er wirklich. »Aber als Mädchen, insbesondere als Mädchen aus dem Gängeviertel, werden dir die höheren Bildungseinrichtungen für immer versagt bleiben, und das ist eine Schande. Du hättest so viel mehr Förderung verdient. Ich sehe mich als dein väterlicher Freund und Lehrer, aber ich fürchte, es wird nicht mehr lange nur bei bösartigem Getuschel bleiben. Wenn Otto Probst seinen Einfluss in die Waagschale wirft und sich mit Doktor Mehling verbündet, um meinen Ruf zu zerstören, kann ich dich nicht mehr schützen.«

»Nein«, sagte Martha leise. »Dann müssen Sie sich selbst schützen. Ich verstehe das.« Sie wollte sich anschicken, sein Büro zu verlassen, doch er hielt sie zurück.

»Warte, Martha. Noch kann ich etwas für dich tun, und vielleicht ist dieser Vorfall ein Wink des Schicksals, nicht länger zu warten.«

»Und was?« Ihre Traurigkeit darüber, dass sie auch den verehrten Arzt in Schwierigkeiten gebracht hatte, wich starker Verwirrung.

»Ein ärztlicher Kollege, der im Eppendorfer Krankenhaus arbeitet, erzählte, dass sie dort im nächsten Jahr eigene Krankenschwestern ausbilden wollen. Während der Cholera haben sie positive Erfahrungen mit den gut ausgebildeten Diakonissen gemacht und wollen den Beruf der Krankenpflege auch für Frauen aus besseren Schichten attraktiv machen. Als ich davon hörte, habe ich sofort an dich gedacht, allerdings ... nun ja, deine Herkunft wäre ein Problem. Sie wollen Töchter aus höherem Haus für ihre anspruchsvolle Ausbildung gewinnen.«

»Und sie verlangen gewiss ein unbezahlbares Lehrgeld«, fügte Martha leise hinzu.

»Nein, sie würden sogar etwas zahlen.«

»Aber sie würden mich nicht nehmen, weil ich aus dem Gängeviertel komme und mein Vater ein einfacher Schauermann ist, oder?«

»Das wäre in der Tat das größte Hindernis. Andererseits kenne ich ein paar einflussreiche Leute an den richtigen Stellen, die ich von deinen Fähigkeiten überzeugen könnte. Wenn es ein Mädchen verdient hat, dort etwas zu lernen, dann bist du das. Außerdem werde ich dir ein gutes Zeugnis ausstellen.«

»Das würden Sie wirklich tun?«

»Ja, das werde ich tun«, bestätigte er. »Aber noch ist es nicht so weit. Die Ausbildung soll im nächsten Sommer beginnen. So lange wirst du hier durchhalten müssen, und wir werden uns beide sehr in Acht nehmen müssen, damit wir nicht in die Mühlen der Intriganten geraten.« Er hielt kurz inne und sah so aus, als würde er über etwas intensiv nachdenken.

»Ich glaube, am besten wäre es, wenn wir die Angelegenheit offensiv angehen.«

»Was heißt das?«

»Ehe der Sturm aufzieht und uns die üblen Gerüchte mit Dreck überkübeln, werde ich meine Frau ins Boot holen.« Er lächelte. »Ich denke, das wird all unseren Feinden den Wind aus den Segeln nehmen, denn meine Wilhelmina ist eine ausgesprochen starke Persönlichkeit. Du solltest sie kennenlernen. Wie wäre es, wenn du am kommenden Sonntag zum Kaffee und Kuchen zu uns kommst?«

Martha errötete. Mit einer solchen Ehre hätte sie nun weiß Gott nicht gerechnet.

»Ich würde sehr gern zu Ihnen kommen«, flüsterte sie.

»Wilhelmina wird sich mit Sicherheit freuen. Vor allem, wenn ich ihr erzähle, wie du mit Herrn Probst verfahren bist.« Er lachte leise.

13

Obwohl Martha sich sehr über die Einladung von Doktor Schlüter freute, bereitete sie ihr dennoch einiges Kopfzerbrechen. Sie hatte von ihrer Mutter gelernt, dass es sich so gehörte, Blumen mitzubringen, wenn man zum ersten Mal irgendwo eingeladen war. Allerdings waren Blumen im Spätherbst ausgesprochen teuer und überstiegen ihre Möglichkeiten bei Weitem. Was also sollte sie mitbringen, um nicht mit leeren Händen zu erscheinen? Zwar war sie sich sicher, dass Doktor Schlüter Verständnis für ihre Lage hätte und darüber hinwegsehen würde, aber es fühlte sich einfach nicht richtig an – beinahe schon wie ein Verrat an den Werten ihrer Mutter, die sich doch so sehr ein besseres Leben für ihre Kinder gewünscht hatte.

Heinrich merkte, dass seine Schwester etwas grübelte.

»Machst du dir Sorgen um Papa?«, fragte er sie am Abend, als sie zusammen am Küchentisch saßen und Martha die Steckrübensuppe schweigend in sich hineingelöffelt hatte.

»Das auch«, gab sie zu. »Aber da gibt es noch etwas.« Dann erzählte sie ihm von Doktor Schlüters Einladung und ihrem Dilemma mit dem Gastgeschenk.

»Dem Doktor wär das bestimmt peinlich, wenn du unser Geld für Blumen ausgibst«, meinte Heinrich und fing an, seinen Teller mit einem Stück Brot auszuwischen. »Der weiß doch, dass wir zu wenig haben.«

»Ja, vermutlich«, gab Martha zu. »Aber trotzdem – Mama hätte das unschicklich gefunden. Man geht nicht zu vornehmen Leuten mit leeren Händen. Das gehört sich nicht.«

»Und wenn du was bastelst?«

Martha runzelte die Stirn. »Und was?«

»Näh ihr doch ein paar hübsche Rosen aus den alten Filzresten von Mama.« Er stand auf und zog die Schublade auf, in der ihre Mutter jahrelang bunte Filzreste gesammelt hatte, aus denen sie kleine Blumen als Verzierungen für Hüte und Kleider genäht hatte.

»Daran habe ich ja gar nicht mehr gedacht! Das ist eine gute Idee!«, rief Martha begeistert. »Heinrich, ich bin stolz auf dich!«

Sie küsste ihren Bruder auf die Stirn, dann machte sie sich gleich an die Arbeit.

Am Sonntag stand sie pünktlich um drei Uhr vor der Haustür des Arztes. Doktor Schlüter wohnte in einem eleganten Mietshaus nicht weit entfernt vom Allgemeinen Krankenhaus St. Georg. Das Treppenhaus war groß und hell, die Treppen breit genug, dass zwei Menschen nebeneinandergehen konnten, und das Treppengeländer war blank poliert und fein gedrechselt aus dunklem Holz.

Die Wohnung lag im ersten Stock. Als Martha läutete, musste sie nicht lange warten. Eine Frau von etwa dreißig Jahren öffnete ihr die Tür. Sie lächelte Martha freundlich an, und Martha wusste nicht, was sie mehr faszinierte: die strahlend blauen Augen der Frau, die die gleiche Farbe wie ihr Kleid hatten, oder die elegante Perlenkette, die über ihrer Brust hing.

»Ah, du musst Martha sein. Ich bin Wilhelmina Schlüter.« Sie reichte ihr die Hand. »Bitte komm doch rein.«

»Vielen Dank.« Martha ergriff die Hand, dann trat sie ein, zog ihren Mantel aus und legte den kleinen Hut ab, der zu ihrem guten Kleid gehörte. Frau Schlüter hängte ihren Mantel an die Garderobe, und Martha reichte ihr den Strauß aus sieben blauen und roten Filzrosen.

»Sie duften zwar nicht, aber dafür verwelken sie auch nicht«, sagte sie dabei, konnte aber nicht verhindern, dass ihr das Blut in die Wangen stieg. Ob sie der vornehmen Doktorsfrau gefallen würden?

Ihre Sorge war unbegründet, denn Frau Schlüter strahlte sie an. »Oh, die sind wirklich wunderschön. Hast du die selbst gemacht?«

Martha nickte. »Meine Mutter hat es mir vor vielen Jahren gezeigt.«

Doktor Schlüter wartete im Wohnzimmer, wo bereits der Esstisch mit feinem Porzellan gedeckt war. In der Mitte des Tisches stand ein Gugelhupf.

»Herzlich willkommen, Martha.« Er kam ihr entgegen, reichte ihr ebenfalls die Hand und bat sie dann, Platz zu nehmen.

»Sieh mal, Friedrich.« Seine Frau zeigte ihm den Filzrosenstrauß. »Den hat Martha uns mitgebracht. Ist er nicht schön?«

»Der ist wirklich bezaubernd. Vielen Dank.« Er schenkte Martha ein Lächeln und setzte sich zu ihr an den Tisch.

»Ich hole eben den Kaffee«, sagte seine Frau.

Martha ließ ihren Blick indes unauffällig im Wohnzimmer umherschweifen. Neben dem dunklen Esstisch und den dazu passenden Stühlen, deren Beine und Lehnen von feiner Drechslerkunst zeugten, gab es ein Sofa und zwei Sessel, die mit hellbraunem Samtstoff bezogen waren und in deren Mitte ein Marmortisch stand. Dahinter erhob sich ein großer dunkler Schrank mit feinen Schnitzereien, die Blütenranken darstellten. Auf einem blauen Perserteppich umkreisten Paradiesvögel Blumen, und an den Wänden hingen mehrere gerahmte Fotografien. Die meisten zeigten ein kleines Mädchen, doch jede dieser Fotografien war mit einem dunklen Trauerflor versehen.

Obwohl Martha sich bemühte, nicht zu neugierig zu wirken, bemerkte Doktor Schlüter, wie sie die Fotografien betrachtete.

»Das ist unsere Tochter Margarete«, sagte er. »Sie starb vor zwei Jahren, kurz bevor sie eingeschult werden sollte.«

»Das tut mir sehr leid.«

Der Arzt atmete schwer. »Sie war unser einziges Kind. Ein ebenso wissbegieriges Mädchen wie du, aber sie kam bereits mit einem schwachen Herzen zur Welt. Irgendwann hat es dann einfach versagt, und sie ist friedlich eingeschlafen.«

Frau Schlüter erschien mit der Kaffeekanne und schenkte allen ein, dann legte sie Martha, ihrem Mann und zuletzt sich selbst ein Stück vom Gugelhupf auf den Kuchenteller.

»Ich konnte es kaum erwarten, dich endlich kennenzulernen, Martha«, sagte sie, nachdem sie sich gesetzt hatte. »Friedrich hat mir viel von dir erzählt.«

Martha wusste nicht, was sie darauf sagen sollte. Es kam ihr seltsam vor, dass jemand von Doktor Schlüter als »Friedrich« sprach. Sie hatte nicht einmal gewusst, wie sein Vorname lautete. Allerdings schien Frau Schlüter auch gar keine Antwort zu erwarten. Sie trank einen Schluck Kaffee, um dann in munterem Plauderton fortzufahren: »Es hat mich sehr beeindruckt, dass du aus den ersten bitteren Erfahrungen mit diesem widerlichen Probst die richtigen Lehren gezogen hast, auch wenn man das nicht so offen loben sollte.« Sie lachte leise. »Wer hat dir das beigebracht?«

Martha senkte den Blick und nippte an ihrem Kaffee, um ihre Unsicherheit zu überspielen. Der Kaffee hier war viel besser als der, den sie aus der Kaffeeklappe am Hafen kannte.

»Ich habe es meiner besten Freundin erzählt. Und die hat einen Freund, der mag keine Sittenstrolche. Der hat mir gezeigt, wie ich mich wehren kann, und hat mit mir geübt.«

»Selbst ist die Frau.« Frau Schlüter lachte. »Was würde die feine Gesellschaft wohl sagen, wenn es üblich würde, dass Mädchen sich gegen Handgreiflichkeiten ordentlich zur Wehr setzen?«

»Ich fürchte, die feine männliche Gesellschaft würde es für unweiblich halten«, erwiderte Doktor Schlüter. »Immerhin müssten Flegel dann damit rechnen, weitaus schmerzhafter getroffen zu werden als durch eine harmlose Ohrfeige.«

»Wir leben in Zeiten eines allgemeinen Umbruchs, da müssen Flegel mit so etwas rechnen.« Frau Schlüter lachte erneut. »Möchtest du den Kuchen gar nicht probieren, Martha?«

»Doch, selbstverständlich.« Martha trennte ein Stück mit der Kuchengabel ab und schob es in den Mund.

»Der ist sehr lecker«, sagte sie, nachdem sie das Stück hinuntergeschluckt hatte.

»Ein Rezept meiner Großmutter. Die war übrigens eine ausgesprochen resolute Dame, die sich von niemandem etwas sagen ließ.«

»Was man von sämtlichen Damen deiner Familie behaupten kann«, bemerkte Doktor Schlüter schmunzelnd.

»Ganz richtig«, bestätigte seine Frau. »Und deshalb sollten wir auch zu dem Punkt kommen, weshalb wir heute hier zusammensitzen, nicht wahr, Martha?«

»Wie meinen Sie das?« Martha blickte unsicher auf.

»Nun, intelligente, hübsche junge Mädchen, die mit beiden Beinen fest im Leben stehen, sind für viele Menschen ein Feindbild. Man sagt ihnen gern üble Dinge nach. Friedrich befürchtet, dass dir genau das passieren wird, und zwar um euch beiden zu schaden. Und da komme ich ins Spiel.« Sie lächelte vielsagend. »Man kann Gerüchten auf vielerlei Weise entgegentreten«, fuhr sie fort. »Man kann sie ignorieren, aber das macht sie oft noch stärker. Man kann diejenigen zur Rede stellen, die sie verbreiten, aber das ändert selten etwas, denn hinterlistige Menschen sind nicht an der Wahrheit interessiert. Die beste Methode, ihnen ein für alle Mal die Macht zu nehmen, liegt darin, ihnen klarzumachen, wie groß das Risiko für sie ist, wenn sie derartige Unwahrheiten verbreiten. Bislang gibt es dieses Risiko noch nicht, aber ich werde dafür sorgen, dass die Angelegenheit sowohl für Otto Probst als auch für Doktor Mehling sehr riskant werden könnte.«

»Und wie wollen Sie das anfangen?«, fragte Martha.

»Mit einer intelligenten Gegenoffensive, die als solche nicht sofort zu erkennen sein wird, die aber auch deinem Wunsch, die Krankenschwesternausbildung in Eppendorf zu machen, entgegenkommt.«

Martha sah Frau Schlüter fragend an.

»Ich habe einige einflussreiche Freundinnen, die wiederum andere bedeutende Frauen kennen. Und über die werde ich deine Geschichte verbreiten: als Musterbeispiel für ein junges Mädchen, das Förderung verdient und sich durchzusetzen weiß. Man muss nur die rechten Worte finden, dann wird aus jeder vermeintlich noch so unweiblichen Tat etwas ganz Entzückendes und Bewundernswertes. Glaub mir, sobald die Gattin des Krankenhausdirektors Weibezahn deine Geschichte kennt, wird sie sie ihrem Gatten als Anekdote erzählen. Damit ist unsere Version der Geschichte an oberster Stelle angelangt – die vor allem davon erzählt, wie ein Sittenstrolch seine gerechte Behandlung bekam. Alles, was Probst und Mehling dann noch verbreiten, wird danach wie die schale Jammerei zweier gedemütigter Männer klingen. Sie würden sich lächerlich machen, wenn sie weiter Gerüchte verbreiten, und deshalb werden sie den Mund halten. Da aber sozialer Unfrieden in einem Krankenhaus unerwünscht ist und Otto Probst durchaus seine Qualitäten als oberster Krankenwärter hat, wird man sich nicht von ihm trennen. Eleganter ist es, wenn Doktor Weibezahn meinen Mann darin unterstützt, dir gute Zeugnisse auszustellen, damit du eine neue Stellung in Eppendorf antreten kannst. Somit bist du aus dem Weg, machst aber gleichzeitig einen Sprung auf der Leiter nach oben.«

»Und Sie glauben, das funktioniert?«

»Oh ja, so funktioniert das immer.« Frau Schlüter lächelte ihr aufmunternd zu, und Doktor Schlüter nickte bestätigend.

»Man sollte nie die Netze der Frauen unterschätzen«, sagte er. »Alles, was ein Mann nicht auf direktem Weg erreichen kann, funktioniert über die inoffiziellen Wege intelligenter Frauen. So ist das in der hohen Politik, und so ist das auch im Kleinen. Eine intelligente Frau muss ihr Licht heute leider immer noch unter den Scheffel stellen, aber wenn man eine vertrauensvolle Ehe führt, so wie Wilhelmina und ich, dann ist das nicht nötig, und man kann all diese kleinen Winkelzüge ganz bewusst nutzen, um gegen Unrecht vorzugehen.«

Es war das erste Mal, dass Martha erfuhr, wie die besseren Kreise ihre Intrigen sponnen oder aber dagegen vorgingen. Sie bewunderte Frau Schlüter für ihren Verstand und ihr taktisches Gespür, und zugleich wurde ihr bewusst, wie wichtig bedingungsloses Vertrauen in einer guten Ehe war. Doktor Schlüter hatte keinen Augenblick an der Loyalität seiner Frau gezweifelt, sie vertraute ihm ebenso wie er ihr. Ihretwegen hätte er sich vor unangenehmen Gerüchten nicht fürchten müssen, aber hier ging es um viel mehr – um Marthas Zukunft. Und sie war dem Ehepaar Schlüter dankbar, dass es sich so für sie einsetzte. Ob es wohl auch daran lag, dass sie ihre eigene Tochter schon früh verloren hatten? Oder hätten sie auch sonst so gehandelt? Sie würde es wohl nie erfahren, denn diese eine Frage würde sie den Eheleuten gewiss niemals stellen.

14

In den folgenden Wochen bemühte Martha sich, Probst aus dem Weg zu gehen. Zwar hatte sie ihn letztes Mal abwehren können, aber da hatte ihr der Überraschungseffekt geholfen. Was wäre, wenn er ihr heimlich aus dem Hinterhalt auflauerte? Ganz gleich, was Frau Schlüter plante, vor weiteren körperlichen Übergriffen würde Martha das nicht schützen. Und so ertappte sie sich immer häufiger dabei, wie sie sich erschrocken umsah, sobald sie Schritte hinter sich hörte. Es fiel ihr immer schwerer, die Angst unter Kontrolle zu halten, die ihr den Magen zusammenschnürte und ihr ein Gefühl steter Übelkeit bescherte. Dazu kam die beständige Sorge um ihren Vater. Seine Wunden verheilten schlecht, und es war bereits jetzt absehbar, dass sein rechtes Bein dauerhaft kürzer und schwächer bleiben würde. Auch der rechte Arm war verkürzt und hatte an Kraft eingebüßt, aber wenigstens konnte er die Finger der rechten Hand noch mit der alten Geschicklichkeit bewegen.

Wie sollte er künftig noch zum Lebensunterhalt der Familie beitragen? Im Hafen würde er nie mehr arbeiten können, aber etwas anderes als Schauermann hatte er nicht gelernt. Marthas Verdienst reichte gerade, um die Miete zu bezahlen. Für Lebensmittel blieb nichts mehr übrig, und so begann sie, ihre freie Kost, die sie im Krankenhaus erhielt, einzupacken, um sie abends zu Hause mit ihrem kleinen Bruder zu teilen. Zudem meldete sie sich freiwillig für zusätzliche Sonntagsschichten, aber das fehlende Einkommen ihres Vaters konnte sie auch damit nicht ausgleichen. Da half es auch wenig, dass Heinrich nach Schulschluss täglich als

Botenjunge arbeitete, zusätzlich die Sonntagszeitung austrug und jeden Mittwoch in aller Früh den Händlern auf dem Wochenmarkt beim Aufbau ihrer Stände half, um dafür im Gegenzug eine Rübe oder ein paar Kartoffeln zu bekommen. In diesen Tagen war Martha sehr stolz auf ihren kleinen Bruder, der nicht jammerte, sondern alles tat, um ihnen das Überleben zu sichern.

Wenn sie abends nach der Arbeit zusammen beim Essen saßen und trotz allem nicht satt wurden, begriff Martha, wie groß die Versuchung für manche Frau war, einem Gewerbe wie Milli nachzugehen. Sie selbst musste nur für ihren kleinen Bruder sorgen, der ihr tatkräftig zur Hand ging. Aber was wäre gewesen, wenn Heinrich kein pfiffiger Elfjähriger, sondern ein hilfsbedürftiger Dreijähriger gewesen wäre? Darüber mochte sie gar nicht nachdenken.

Zwei Wochen vor Weihnachten wurde ihr Vater endlich aus dem Krankenhaus entlassen. War er zuvor nur ein innerlich gebrochener Mann gewesen, so war er es jetzt auch nach außen hin, denn er konnte sich nur sehr langsam mit einer Krücke fortbewegen.

Martha hatte große Angst, er könnte sich erneut dem Alkohol hingeben, um sein Elend zu vergessen. Als sie am dritten Tag nach seiner Entlassung nach Hause kam und er nicht da war, hatte sie schon die schlimmsten Befürchtungen.

Umso erstaunter war sie, als er kurz nach acht zusammen mit Heinrich zurückkehrte und die beiden mit Mühe einen großen Sack in die Wohnung hievten.

»Was bringt ihr da?«, wollte sie wissen. »Ist das was zu essen?«

»Ne, das würde dir nicht schmecken, nicht mal mit Füllung«, sagte Heinrich lachend, und zu Marthas größter Überraschung stimmte ihr Vater in das Lachen mit ein. Es war das erste Mal seit Mutters Tod, dass sie ihn wieder lachen hörte.

»Dann muss es ja was ganz Besonderes sein, wenn ihr so fröhlich seid.«

»Draht und Holz für Mausefallen«, erklärte Heinrich wichtig. »Papa hat jetzt wieder Arbeit, er baut die Mausefallen in Heimarbeit zusammen.«

»Und was bekommt ihr dafür?«

»Einen Pfennig für fünf Mausefallen«, erwiderte ihr Vater.

»Und wie lange brauchst du für eine?«

»Ich weiß es noch nicht, aber auf vierhundert sollte ich wohl schon am Tag kommen, oder?«, sagte er leichthin. »Immerhin zittern meine Hände nicht mehr, und wenn ich hier den ganzen Tag arbeite, komme ich auch nicht in Versuchung zu trinken.«

»Und wir helfen dir abends«, beteuerte Heinrich. Seine Augen strahlten, als hätte er schon ein vorzeitiges Weihnachtsgeschenk bekommen. Allein die Tatsache, dass ihr Vater versuchte, das Beste aus seiner Lage zu machen, erfüllte Heinrich mit neuer Lebensfreude, während Martha skeptisch blieb. Sie wusste, wie sehr sich ihre Mutter in Heimarbeit abgerackert hatte und wie wenig Geld letztlich dabei herausgesprungen war. Konnten Mausefallen wirklich die Rettung sein?

Anfangs waren ihr Vater und Heinrich noch recht langsam und kamen am Tag zusammen auf knapp einhundert zusammengesetzte Fallen, was nur zwanzig Pfennig für die mühselige Arbeit einbrachte, aber schon bald gingen ihnen die Bewegungen, mit denen die Drähte am Holz befestigt und die Federn gespannt wurden, flüssig von der Hand. Nach Feierabend setzte Martha sich mit an den Tisch und bemühte sich, in dem Tempo mitzuhalten, das ihr Vater und Bruder vorgaben. An guten Tagen kamen sie nun auf sechshundert Fallen, aber dann hatte der Vater von frühmorgens bis spätabends bei der Arbeit gesessen und wurde noch tatkräftig von seinen Kindern unterstützt. Eine Mark und zwanzig Pfennige für zwölf Stunden Arbeit. Die Zeiten, da ihr Vater vier Mark am Tag nach Hause gebracht hatte, erschienen ihnen im Nachhinein geradezu paradiesisch.

Trotz allem tat die regelmäßige Arbeit ihrem Vater gut. Die steten, unermüdlichen Bewegungen seiner Hände lenkten ihn ab, verhinderten, dass er an all sein Elend dachte und sich nach dem Branntwein zurücksehnte. Und wenn sie abends alle zusammensaßen, fand er zeitweilig sogar wieder die Kraft, ihnen Geschichten zu erzählen.

So war es auch an Heiligabend, den sie damit verbrachten, gemeinsam Mausefallen zusammenzubauen, statt in die Kirche zu gehen. Geld für ein Weihnachtsessen, Geschenke oder gar einen Weihnachtsbaum hatten sie ohnehin nicht. Aber obwohl es eigentlich ein trauriges Weihnachtsfest war – ohne Mutter und Schwester und mit einem verkrüppelten Vater –, fühlte Martha sich glücklich, denn ihr Vater war dabei, einen Teil seiner Seele zurückzugewinnen. Sie lachten viel, hatten Spaß daran, Vaters Geschichten weiterzuspinnen, und fühlten sich zum ersten Mal seit Langem wieder wie eine Familie.

Dennoch blieben die kommenden Monate hart. Der Winter war kalt, und sie konnten sich keine Kohlen leisten, sondern nur billigen Torf, der bei Weitem nicht so gut und ausdauernd heizte. Oft genug fand Martha im Januar und Februar morgens beim Aufstehen eine dünne Eisschicht auf dem Eimer mit dem Waschwasser vor. Immerhin passte ihr der alte Wintermantel ihrer Mutter, der die schlimmste Kälte abhielt. Ihre Winterschuhe waren ihr allerdings zu klein geworden, und die Stiefel ihrer Mutter waren kaum größer, sodass Marthas eingezwängte Zehen kalt und taub wurden. Die Stiefel zum Weiten zum Schuster zu bringen konnte sie sich nicht leisten. An neue Winterschuhe war erst recht nicht zu denken, denn sie brauchten jeden Pfennig zum Überleben. Auch Heinrich war aus seinen Winterschuhen herausgewachsen und stand vor dem Dilemma, entweder Marthas alte Schuhe zu nehmen und sich dafür auslachen zu lassen, dass er Mädchenschuhe trug, oder sich Erfrierungen an den Zehen zu holen. Anfangs biss er die Zähne zusammen, aber als es im Januar eisig kalt wurde und überall hoher Schnee lag, vergaß er seinen Stolz und war dankbar für ein Paar warme Schuhe.

Martha quälte sich hingegen weiterhin jeden Morgen und jeden Abend in zu engen Stiefeln durch die Straßen bis zum Krankenhaus und war erleichtert, wenn sie ihr Ziel endlich erreicht hatte. Sobald sie angekommen war, schlüpfte sie in einfache Klapperlatschen, die ihr Vater für sie aus Holzstücken und Stoffresten zusammengeschustert hatte. Den Spott des Hyänenrudels nahm sie gleichmütig hin. Sollten sie doch ruhig Klapper-Martha zu ihr sagen, was scherte es sie? Irgendwann würden die Zeiten schon wieder besser werden, spätestens wenn sie im Allgemeinen Krankenhaus Eppendorf eine Lehre als Krankenschwester beginnen durfte. Alle, die sie jetzt auslachten, sollten sich noch wundern, das schwor sie sich.

Der kalte Winter füllte die Betten des Krankenhauses erneut, auch wenn die Situation nicht mit den Zuständen während der Cholera zu vergleichen war. Die meisten der neu eingelieferten Patienten auf Doktor Schlüters Station litten an schweren Lungenentzündungen, und viele starben. Im Bettensaal hörte man es überall würgen und schniefen. Martha sah Menschen, die einen so blutigen Auswurf hatten, dass sie befürchtete, sie würden sich die gesamte Lunge in Fetzen aus dem Leib husten. Der einzige Lichtblick in all dem Elend bestand darin, dass Doktor Schlüter sie weiterhin auf die Visiten mitnahm und ihr die Diagnosen und Behandlungsmethoden erklärte, was das eine oder andere Stirnrunzeln von Schwester Wiebke oder Doktor Mehling zur Folge hatte, aber niemals einen offenen Protest. Anscheinend war Frau Schlüters Plan, die Position ihres Mannes zu stärken und zugleich Martha zu helfen, aufgegangen.

Den endgültigen Beweis dafür bekam Martha an einem Tag im März, als es endlich wieder etwas wärmer wurde und ein Hauch von Frühling über der Stadt lag. An diesem Tag begleitete der Ärztliche Direktor höchstselbst die Visite auf der Infektionsstation.

Als Hauptmann Weibezahn erschien, warf Schwester Wiebke Martha einen strengen Blick zu. Dass sie Doktor Schlüters Hätschelkind war, hatte die Diakonisse bislang widerspruchslos hingenommen, aber in der chefärztlichen Visite wollte sie keine niedere Krankenwärterin sehen. Martha wusste nicht, wie sie reagieren sollte, und suchte Doktor Schlüters Blick. Er legte ihr eine Hand auf die Schulter und bedeutete damit sowohl Schwester Wiebke als auch ihr selbst, dass sie bleiben sollte. Schwester Wiebke guckte böse, sagte aber nichts weiter.

Hauptmann Weibezahn war ein breitschultriger Mann mit Halbglatze und Bart, der Martha an Bilder des österreichischen Kaisers Franz-Joseph erinnerte. Sie musste wieder daran denken, dass Weibezahn selbst sich wegen mangelnder Vorsorge unmittelbar nach Ausbruch der Cholera infiziert hatte. Von der schweren Krankheit war ihm jedoch nichts mehr anzusehen. Er strotzte geradezu vor Gesundheit. Vielleicht war es seiner starken Natur zu verdanken, dass er überlebt hatte.

Doktor Schlüter begrüßte den Direktor, der seinen Blick sodann auf Martha richtete.

»Ist das die besagte Deern?« Ein kaum merkliches Schmunzeln umspielte seine Lippen.

»Jawohl«, bestätigte Doktor Schlüter. »Das ist Martha Westphal.« Dabei verstärkte er den Druck seiner Hand auf ihrer Schulter diskret und schob sie etwas nach vorn. Martha spürte, wie ihre Wangen heiß wurden. Obwohl sie wusste, dass Doktor Schlüter ihr damit helfen wollte, fühlte sie sich ausgesprochen unwohl und wäre am liebsten in Grund und Boden versunken.

Hauptmann Weibezahn musterte sie von oben bis unten. »Herr Doktor Schlüter scheint große Stücke auf dich zu halten«, sagte er dann. »Er glaubt, du wärst trotz deiner Herkunft und deines fehlenden Schulabschlusses dazu befähigt, die anspruchsvolle Ausbildung zur Krankenschwester im Eppendorfer Krankenhaus zu absolvieren. Was sagst du dazu?«

Martha schluckte. Ihre Gedanken rasten. Was sollte sie bloß sagen? Irgendetwas Kluges, das sofort bewies, warum sie es wert war? Doch ihr fiel nichts ein.

»Ich möchte gern eine vollwertige Krankenschwester werden«, sagte sie stattdessen. »Und ich hoffe, mich Doktor Schlüters Vertrauens würdig zu erweisen.«

»Warum bist du nicht mit deiner Stellung hier zufrieden?«

»Ich bin mit meiner Stellung hier zufrieden, Herr Hauptmann Weibezahn«, sagte sie. »Aber ich würde gern noch mehr lernen.«

»Glaubst du nicht daran, dass Gott das Weib an den Platz stellte, wo es dienen und gehorchen kann? Warum strebst du nach mehr, als du schon hast?«

Erneut schoss Martha das Blut in die Wangen. Wollte er ihr den Traum ausreden, oder war es eine Prüfung? Die Tatsache, dass Doktor Schlüters Hand noch immer beruhigend auf ihrer Schulter ruhte, verriet ihr, dass er eine schlagfertige, angemessene Antwort von ihr erwartete.

Ich darf ihn nicht enttäuschen, durchzuckte es sie. *Ich bin allem gewachsen! Ganz gleich, was es ist.*

»Ich strebe danach, all die Fähigkeiten, die mir gegeben wurden, zu nutzen, denn meine Mutter sagte immer, es ist gottgefälliger zu lernen, als sich auf dem auszuruhen, das einem bereits gegeben ist. Sie wollte, dass aus meinen Geschwistern und mir mehr wird, aber ihr Tod verhinderte, dass ich die Schule abschließen konnte. Stattdessen musste ich Geld verdienen, um den Unterhalt meiner Familie zu sichern. Es ändert aber nichts daran, dass ich weiterhin lernen möchte, um meine Fähigkeiten zu verbessern und Kranken zu helfen.«

»Und du glaubst, du hast diese Fähigkeiten? Es kommt mir doch ein wenig vermessen vor, dass ein junges Mädchen so sehr von sich selbst überzeugt ist.«

»Ist es vermessen, weil ich jung bin oder weil ich ein Mädchen bin?«, rutschte es ihr heraus. Schwester Wiebke sog hörbar den Atem ein, aber Doktor Schlüters Finger klopften beruhigend auf ihre Schulter.

Hauptmann Weibezahns Blick wurde sehr streng, doch Martha hielt ihm stand. Einige bange Sekunden vergingen, dann brach der Hauptmann in schallendes Gelächter aus.

»Sie hatten recht, Schlüter, das Mädchen ist außergewöhnlich! Ich werde ihr das entsprechende Zeugnis ausstellen, damit die Erika-Schwestern sie aufnehmen.«

Dann wandte er sich wieder Martha zu. »Es ist wahrscheinlich besser, wenn du eine Erika-Schwester wirst und deinen Lebensunterhalt für dich allein bestreitest. Bei deinem Temperament würdest du jeden Mann, der sich in dich verguckt, hoffnungslos unterbuttern. Und da sehe ich mich in der Pflicht, meine Geschlechtsgenossen zu schützen.«

Obgleich es ein Scherz war, vielleicht sogar als Kompliment

gemeint, traf die Spitze dahinter Martha tief. Warum hatten die meisten Männer nur so viel Angst vor wissbegierigen Frauen?

Nachdem Hauptmann Weibezahn Martha dadurch ausgezeichnet hatte, dass er sie als Person zur Kenntnis genommen und ihr sogar ein Zeugnis versprochen hatte, wurde sie innerlich wieder ruhiger und fühlte sich sicherer. Sie sah sich nicht mehr ständig um, ob Otto Probst ihr wohl auflauerte.

Doch trotz ihres persönlichen Erfolgs und ihrer Hoffnungen, Aufnahme in die renommierte Schwesternschaft des Allgemeinen Krankenhauses Eppendorf zu finden – die Sorgen um den Lebensunterhalt blieben. Vor allem, als die Bezahlung für die Heimarbeit ihres Vaters halbiert wurde und er künftig nur noch einen Pfennig für zehn Mausefallen erhielt. Natürlich hatte ihr Vater sich das nicht so einfach bieten lassen wollen, aber als er bei seinem Auftraggeber protestierte, bekam er zu hören, dass es jetzt, da die Seuche überwunden sei, wieder vermehrt Nachfrage nach Heimarbeit gebe. Außerdem hätten die Weber im Erzgebirge große Einbußen hinzunehmen, sodass auch dort zahlreiche Familien Mausefallen in Heimarbeit herstellten, um nicht zu verhungern. Der Hamburger Markt würde geradezu überschwemmt.

»Wenn wir nicht billiger produzieren, können wir bald gar nichts mehr verkaufen«, lautete die mitleidslose Antwort. »Aber wenn Sie das nicht hinnehmen wollen – ich habe genug Interessenten, die dankbar sind, wenn sie für zehn Mausefallen einen Pfennig bekommen.«

Da sie auf das Geld angewiesen waren, stimmte Karl Westphal zähneknirschend zu. Allerdings reichte der Verdienst jetzt nicht mehr aus, um die Familie zu ernähren. Martha hatte große Angst, dass ihr Vater erneut zum Alkohol greifen könnte, aber er biss die Zähne zusammen und versuchte, anderweitig Arbeit zu finden.

Der alte Plünnhöker Mattes, der die Lumpenhandlung betrieb, schlug ihm vor, Lumpensammler zu werden.

»Wenn du den Leuten deine tragische Geschichte erzählst, kriegen sie bestimmt Mitleid, und da wirste wohl mehr bekommen als 'n Gesunder«, meinte Mattes. »Und ich kauf dir die Plünnen dann ab.«

So zog Karl Westphal, der einstmals geachtete Schauermann, frühmorgens mit seiner Krücke und dem Handwagen los und klopfte an alle möglichen Türen, um dort nach Lumpen zu fragen. Es war eine ausgesprochen demütigende Tätigkeit, und es tat Martha in der Seele weh, ihren Vater so sehen zu müssen.

»Das ist wohl die Strafe dafür, dass ich mich nach Mutters Tod in den Alkohol geflüchtet hab«, hatte er einmal zu Martha gesagt. Als sie diese Worte hörte, wurde es ihr noch schwerer ums Herz. Wie kam er darauf, darin einen gottgegebenen Sinn zu sehen? Wo war Gott denn gewesen, als ihre Schwester und ihre Mutter erkrankt waren? Womit hatte ihr Vater, der sich immer mit aller Kraft um seine Familie gekümmert und für seine Kinder stets das Beste gewollt hatte, den Verlust seiner Frau und jüngsten Tochter verdient? Aber sie hütete sich, diese Gedanken auszusprechen, denn zugleich war sie froh, dass er sein schweres Schicksal annahm. Wenn er vom Lumpensammeln zurückkehrte, arbeiteten sie alle noch bis spät in die Nacht an den Mausefallen. Dennoch blieb das Geld knapp.

»Wenn man mich als Schwesternschülerin aufnimmt, könnte ich im Schwesternhaus wohnen«, sagte Martha Anfang April zu ihrem Vater. »Wenn Heinrich dann bei dir schläft, könntet ihr das Kinderzimmer vermieten.«

»Ich möchte keine fremden Leute in meinem Heim haben«, erklärte ihr Vater. »Ich kenne den Ärger, den Untermieter machen. Ich bin als Kind mit Schlafgängern aufgewachsen. Ständig gab es Streit.«

»Das muss ja nicht immer so sein«, erwiderte Martha. »Wir könnten uns den Untermieter genau ansehen. Es gibt doch viele junge Männer vom Land, die in der großen Stadt ihr Glück finden wollen und im Hafen Arbeit suchen. Das sind nicht alles gewalttätige Trunkenbolde. Da sind auch viele Anständige drunter.«

Ihr Vater atmete tief durch. »Bist du dir denn schon sicher, dass sie dich als Schwesternschülerin annehmen? Du hast doch gesagt, dass sie Töchter aus besserem Hause wollen. Und damit kannst du ja trotz deiner guten Zeugnisse nicht dienen.«

»Ich glaube, gute Zeugnisse sind wertvoller als die Herkunft«, entgegnete Martha leichthin, auch wenn sie sich dessen nicht sicher war.

15

Am Freitag, dem 5. Mai 1893, hatte Martha ihr Vorstellungsgespräch bei der Erika-Schwesternschaft. Schwester Wiebke hatte ihr für diesen Tag nur unter der Bedingung freigegeben, dass sie dafür am Sonntag arbeitete.

Am frühen Morgen zog Martha das beste Kleid ihrer Mutter an, steckte ihr Haar hoch und setzte das passende Hütchen auf. Sie fand, dass sie ganz passabel aussah. Einzig ihre abgetragenen, zu engen Schuhe würden verraten, wie arm sie tatsächlich war. Da half kein Putzen und Polieren.

Das Vorstellungsgespräch sollte am Vormittag stattfinden, und für den Nachmittag hatte Martha sich nach vielen Wochen endlich wieder einmal mit ihrer Freundin Milli am Hafen verabredet. Zuletzt hatte sie sie Anfang April gesehen, und da wirkte Milli so blass und erschöpft, dass Martha sich große Sorgen um die Freundin machte. Obwohl Milli alles mit einem aufgesetzten Lachen weggewischt hatte, war Martha sich gewiss, dass irgendetwas nicht stimmte, aber sie brauchte ihre Kräfte, um ihre eigenen Probleme zu lösen. Wenn es ihr heute allerdings gelang, die begehrte Stellung zu bekommen, dann würde alles besser werden. Sie hatte schließlich sogar ihren Vater davon überzeugen können, sich um einen Untermieter zu kümmern, sobald sie im Schwesternheim Aufnahme gefunden hätte.

Das Allgemeine Krankenhaus Eppendorf wurde nicht umsonst das neue Krankenhaus genannt. Den Haupteingang bildete das neu erbaute, prächtige Verwaltungsgebäude, dessen Halle man durchqueren musste, um dann durch den zweiten Ausgang das Krankenhausgelände zu betreten. Es fühlte sich an, als würde man ein Stadttor durchschreiten und eine eigene Kleinstadt betreten. Gegen das moderne Eppendorfer Krankenhaus war das alte Allgemeine Krankenhaus in St. Georg beinahe klein und schäbig. Marthas Blick fiel auf moderne Krankenpavillons aus rotem Backstein, ordentlich aneinandergereiht wie Kasernen, umgeben von gepflegten Rasenflächen und geharkten Sandwegen.

Um zum neu gegründeten Schwesternhaus zu gelangen, musste Martha einmal quer über das Krankenhausgelände laufen.

Sie war etwas zu früh da, und die nette Schwester am Empfang bat sie, auf der schweren, dunklen Bank Platz zu nehmen, die im Flur vor dem Büro der Oberschwester Hedwig stand. Martha saß noch nicht lange, als eine weitere Bewerberin erschien. Es handelte sich um eine junge, blonde Frau, die ein paar Jahre älter als Martha war. Ihrer Kleidung nach gehörte sie zu genau der Schicht, welche die neu gegründete Schwesternschaft ansprechen wollte. Sie trug ein cremefarbenes Kostüm mit so eng geschnürtem Korsett, dass Martha sich fragte, wie die Frau überhaupt noch atmen konnte, ja geschweige denn als Krankenschwester arbeiten. Das lange, blonde Haar war nicht hochgesteckt, sondern fiel ihr unter dem ebenfalls cremefarbenen Hütchen in kleinen Korkenzieherlöckchen über die Schultern. Als sie Martha auf der Bank sitzen sah, musterte sie sie von oben bis unten. Besonders lang blieb ihr Blick auf Marthas Schuhen haften, dann setzte sie sich möglichst weit weg von ihr auf die andere Seite der Bank, ganz so, als fürchtete sie, Martha könnte sie mit ihrer Armut anstecken.

Es dauerte noch eine ganze Weile, bis sich die Tür endlich öffnete und Martha aufgerufen wurde. Bevor sie das Büro betrat, warf sie einen letzten Blick auf die Frau mit der Wespentaille, die in einem Modejournal las, das sie aus ihrer Tasche gezogen hatte. Sie fragte sich, was diese Frau sich wohl unter der Tätigkeit einer Krankenschwester vorstellte. So, wie sie aussah, schien sie eher darauf zu hoffen, sich einen Arzt als Ehemann zu angeln.

»Du bist also Martha Westphal.« Die Frau hinter dem Schreibtisch trug anstelle der allgemein üblichen Schwesterntracht ein dunkles Kleid, das sie als Oberschwester von den übrigen Mitgliedern der Schwesternschaft abhob. Auf ihrem grauen Haar thronte ein gestärktes Schwesternhäubchen, das jedoch dezenter war als die Hauben der Diakonissen.

»Jawohl«, sagte Martha.

»Nimm bitte Platz.« Schwester Hedwig wies auf den Stuhl vor ihrem Schreibtisch.

»Du möchtest also Krankenschwester werden.« Martha sah, dass die Zeugnisse, die Doktor Schlüter und Hauptmann Weibezahn geschrieben hatten, vor der Oberschwester lagen.

»Ja, Frau Oberin.«

»Du hast in der Tat gute Referenzen«, fuhr die Oberschwester mit Blick auf die Zeugnisse fort. »Es ist bemerkenswert, dass ein junges Mädchen aus deinen Kreisen zwei angesehene Ärzte dazu bewegen konnte, sich für sie zu verwenden.«

Martha wusste nicht, ob von ihr eine Antwort erwartet wurde, also schwieg sie.

»Allerdings frage ich mich, ob du tatsächlich für die Ausbildung geeignet bist.«

»Weil ich zu jung bin?«, fragte Martha.

»Darüber würde ich noch hinwegsehen. Du wirst ja bald fünfzehn. Aber wir sprechen mit unserem Angebot junge Damen aus bürgerlichen Kreisen an. Wir erwarten ein bestimmtes Auftreten, und ich bin mir nicht sicher, ob du diesen Anforderungen jenseits der Krankenpflege gerecht wirst.«

»Was genau meinen Sie damit?«, fragte Martha, obwohl sie es sich denken konnte. Der abschätzige Blick der jungen Frau mit der Wespentaille war ihr noch gut in Erinnerung.

»Nun, ich dachte, das wüsstest du.«

»Meine Kleidung mag abgetragen sein, aber sie ist sauber«, entgegnete Martha. »Meine Mutter lehrte ihre Kinder anständiges Benehmen und achtete darauf, dass wir immer die rechten Worte verwenden. Inwieweit befürchten Sie, dass ich auffallen könnte, wenn ich dieselbe Schwesterntracht wie alle anderen trage?«

Die Oberschwester räusperte sich. »Du bist sehr wortgewandt und weißt dich gut auszudrücken«, gab sie zu. »Das ist selten in deinen Kreisen, und es spricht für dich. Doktor Schlüter schreibt in seinem Zeugnis, dass du trotz deines jungen Alters erfahren im Umgang mit Kranken bist und viele Diagnosen kennst, auch wenn das eigentlich gar nicht zu deinen Aufgaben gehört. Aber wie verhält es sich mit den normalen Tätigkeiten der Pflege? Weißt du über die Regeln der Hygiene Bescheid?«

»Jawohl. Das habe ich während der Cholera gelernt. Es ist sehr wichtig, sich stets die Hände mit desinfizierenden Mitteln wie Carbolseife oder Lysol zu waschen. Auch die beschmutzte Wäsche und das Bettzeug der Kranken müssen ordnungsgemäß desinfiziert werden und dürfen nicht mit der übrigen Wäsche zusammen gewaschen werden. Besondere Sorgfalt ist auch auf die Reinigung von infektiösen Steckbecken und Nachttöpfen zu legen.«

Die Oberschwester stellte noch ein paar weitere Fragen, die Martha allesamt beantworten konnte. Schließlich nickte sie ihr zu. »Also gut, du hast mich überzeugt. Wir werden es mit dir versuchen, denn Intelligenz und Fleiß sollten gefördert werden, ganz gleich, woher ein Mädchen stammt. Du wirst einen Vertrag bekommen, den dein Vater unterschreiben muss. Als Schülerin erhältst du einen Jahreslohn von zwanzig Mark. Unterkunft, Verpflegung und die Schwesterntracht sind frei, zudem musst du kein Lehrgeld zahlen.«

Zwanzig Mark im Jahr … Martha schluckte schwer. Da würde nicht viel übrig bleiben, um ein paar neue Schuhe zu kaufen. Hoffentlich fand ihr Vater recht bald einen Untermieter, um die Wohnung halten zu können.

Als sie das Büro verließ, wurde der Name Auguste Feldbehn aufgerufen, und die junge Frau mit der Wespentaille erhob sich. Ihre Augen trafen sich, und Martha fragte sich, warum so viel Verachtung in Augustes Blick lag. Sie kannte sie doch gar nicht. Ob sie derartige Blicke noch häufiger ertragen müsste? Sie beschloss, nicht länger darüber nachzudenken, denn ob diese Auguste mit ihrem Korsett und der feinen Kleidung sich überhaupt auf eine Anstellung als Krankenschwester einlassen würde, schien ihr mehr als fraglich.

Milli wartete bereits vor der Kaffeeklappe. Sie war wie immer gut gekleidet, sah aber müde und übernächtigt aus, und selbst der weite Schnitt ihres Kleides konnte die verdächtige Wölbung ihres Bauches nicht verbergen.

Als Milli Marthas erschütterten Blick sah, legte sie unwillkürlich eine Hand auf den Bauch. »Nun schau nicht so erschrocken. Das bringt der Beruf so mit sich.«

»Aber … aber wie willst du jetzt auch noch für ein Kind sorgen?«

»Komm, setz dich doch erst einmal.« Milli zog Martha am Ärmel zu einer der Bänke. »Ich lade dich auf einen Kaffee ein.«

»Nein, das kann ich nicht annehmen, gerade jetzt brauchst du doch all dein Geld, wenn …«

»Das lass mal meine Sorge sein«, schnitt Milli ihr das Wort ab. »Du wartest hier, bis ich mit dem Kaffee wiederkomme, ist das klar?«

Martha nickte. Es war sinnlos, Milli zu widersprechen, wenn die in ihren resoluten Tonfall verfiel.

Kurz darauf kehrte sie mit zwei dampfenden Bechern zurück und reichte ihr einen. Martha blies über die heiße Flüssigkeit, bevor sie einen Schluck trank. Tausend Fragen brannten ihr auf der Seele, aber zum ersten Mal, seit sie mit Milli befreundet war, fühlte sie sich befangen. Glücklicherweise schien Milli keinerlei derartige Gefühle zu hegen. »Es ist, wie es ist«, sagte sie und nippte an ihrem Kaffee. »Ich werd damit schon fertigwerden.«

»Aber ... aber wie willst du so weiter ...«, Martha räusperte sich, »... arbeiten?«

»Ob du es glaubst oder nicht, es gibt doch tatsächlich Männer, die extra bezahlen, wenn sie es mit einer Schwangeren treiben dürfen. Finanziell ist es kein Verlust.«

Martha bekam große Augen. »Aber ... wie soll es mit dem Kind weitergehen?«

Milli zuckte mit den Schultern. »Es wird schon. Stillende Mütter werden ja glücklicherweise nicht wieder so schnell schwanger. Und es gibt auch Freier, die gut dafür bezahlen, wenn sie selbst an der Brust nuckeln dürfen.«

»Das ist ja ekelhaft!«, entfuhr es Martha.

»Männer sind oft ekelhaft«, erwiderte Milli mit einem Schulterzucken. »Da sind die Muttermilchnuckler noch die Harmlosesten.«

Martha wurde übel. »Mein Gott, Milli, wie hältst du das bloß aus?«

»Welche anderen Möglichkeiten hab ich denn? Mein Ruf ist längst dahin. Und guck dich doch an, was du für die harte Arbeit bekommst, die du tagtäglich machst. Es reicht nicht mal zum Leben. Jetzt, wo ich ein uneheliches Kind erwarte, krieg ich ohnehin keine andere Arbeit mehr, mit der ich mich und mein Kind über Wasser halten könnte. Da beiße ich lieber die Zähne zusammen und sehe zu, dass ich genügend Geld zusammenspare, um irgendwann in Amerika neu anzufangen.« Sie seufzte. »Allerdings hält mein Stiefvater regelmäßig die Hand auf. Bevor ich einundzwanzig bin, werde ich den kaum loswerden. Er hat alle Rechte, zumal er offiziell sogar als mein leiblicher Vater gilt. Schließlich hat er meine Mutter vor meiner Geburt geheiratet.«

»Aber er hat doch nicht das Recht, dich zum Anschaffen zu schicken.«

»Du weißt doch, wie das ist. Der Stärkere hat immer recht, und Männern wird mehr geglaubt als Frauen. Der muss mich doch nur als verlogene, liederliche Hure darstellen, die nicht auf den fürsorgenden Vater gehört hat, und schon werden alle mitleidig nicken und mich allenfalls in eine Besserungsanstalt schicken. Und das wär noch schlimmer, glaub mir. Die würden mein Kind an lieblose Pflegeeltern vermitteln, und ich hätte keine Aussichten. Wie es in diesen Besserungsanstalten zugeht, weiß ich von den anderen Mädchen im Rademachergang. Da ist noch nie eine in eine anständige Arbeit vermittelt worden. Sie müssen da hart arbeiten, ohne dafür auch nur einen Pfennig zu bekommen. Die Wärterinnen sind die reinsten Hexen, und dann gibt es auch noch männliche Aufseher, die sich für die kleinste Vergünstigung mit Hurendiensten bezahlen lassen.« Sie seufzte. »Ich hoffe so sehr, dass mein Kind ein Junge wird. Ein Mädchen hat in unseren Kreisen nichts zu lachen. Ein Junge hat viel mehr Möglichkeiten. Der könnte zur See fahren oder Soldat werden, wenn ihm sonst nichts bleibt. Die Tochter einer Hure hat keine Wahl.«

Eine Weile schwiegen sie. Trotz der belebenden Frühlingsluft an diesem Maitag hatte Martha das Gefühl, eine bleierne Schwere würde sich auf ihre Schultern legen. Beinahe schämte sie sich, dass sie bei all ihren Sorgen noch so viel Glück im Leben gehabt hatte. Immerhin durfte sie einen angesehenen Beruf erlernen.

Milli blieb nur, all ihre Hoffnungen auf ein besseres Leben in Amerika zu lenken – einen Traum, von dem niemand wusste, ob er sich jemals erfüllen würde.

16

Am 1. Juni 1893 wurde Martha offiziell eine von acht Lernschwestern bei den Erika-Schwestern. Ihr erster Eindruck von Auguste Feldbehn bestätigte sich, als sie am Morgen in der Kleiderkammer ihre Schwesterntrachten erhielten, die aus einem fein gestreiften blau-weißen Kleid, einer weißen Schürze und dem Schwesternhäubchen bestanden. Auguste beklagte sich lautstark darüber, dass es sich um gebrauchte Kleidung handelte, obgleich die Kleider gewaschen und gebügelt waren.

»Ich habe noch nie gebrauchte Sachen getragen«, fuhr sie die Kleidermeisterin an. »Man sagte mir, diese Ausbildung stünde nur jungen Damen aus den besseren Kreisen offen. Für zerlumpte Gossenkinder«, bei diesen Worten blickte sie demonstrativ in Marthas Richtung, »mag das ja das Paradies sein, aber ich stamme aus einer anständigen Familie.«

Das Gesicht der Kleidermeisterin verhärtete sich. »Fräulein Feldbehn, die Kleidung, die Sie hier kostenlos gestellt bekommen, dient nicht dazu, Sie für den Debütantenball auszustaffieren. Sie ist die Uniform unseres Standes. Eine wahre Schwester trägt sie mit Stolz, so wie ein Soldat des Kaisers Rock. Und ebenso wenig, wie sich ein braver Rekrut über seine Uniform mokiert, steht dies einer Lernschwester zu, selbst wenn Sie sich nach maßgeschneiderten, bunten Tressen sehnen sollten.«

Einige der Mädchen kicherten, während Auguste hochrot anlief, ihre Tracht an sich nahm und Martha beim Rausgehen böse zuraunte: »Glaub bloß nicht, dass du hier ein ruhiges Leben führen wirst!«

Martha starrte ihr verblüfft nach, schließlich hatte sie sich an dem Gekicher gar nicht beteiligt.

»Ach komm, mach dir nichts daraus, Martha. Die Auguste ist eben ein bisschen eigen.« Eines der Mädchen legte Martha tröstend den Arm um die Schultern. »Ich bin Susanne Kowalski. Mich hat Auguste auch auf dem Kieker, sie nennt mich gern die Polackin, wegen meines Nachnamens. Dabei ist der Hamburger Bürgerbrief meiner Familie viel älter als der ihrer Familie.«

»Danke«, sagte Martha und musterte Susanne genauer. Sie war so groß wie sie selbst, aber ausgesprochen pummelig. Ihr rundes, gutmütiges Gesicht war von Sommersprossen übersät, und ihr blondes Haar hatte einen leicht rötlichen Schimmer.

»Immerhin werden wir Auguste nur tagsüber sehen. Die ist sich ja zu fein, im Schwesternwohnheim zu leben, und lässt sich lieber morgens mit der Droschke herfahren. Ihr Vater hat durchgesetzt, dass der Logiszwang für seine Prinzessin nicht gilt.«

»Aber warum will sie dann Krankenschwester werden?«

»Wer weiß das schon.« Susanne hob die Schultern. »Angeblich ist sie sogar ihren Eltern zu kapriziös, und ihre Mutter wollte, dass sie etwas Gescheites lernt.«

»Was meinst du mit kapriziös?«

»Na ja, schau sie dir doch an. Wer läuft denn mit einem so eng geschnürten Korsett rum? Ich bin gespannt, ob sie darin auch arbeiten will.«

»Ich auch«, gestand Martha. »Das habe ich mich schon gefragt, als ich sie zum ersten Mal gesehen habe.«

Die beiden lachten.

»Komm«, sagte Susanne dann und hakte sich bei Martha unter. »Wollen wir zusehen, dass wir im Schwesternheim in ein Zimmer kommen?«

Martha nickte. »Sehr gern. Und warum willst du Krankenschwester werden, Susanne?«

»Mein Bruder ist Arzt. Ich habe ihn immer um das Studium beneidet und viel in seinen Büchern gelesen. Ich hätte auch gern Medizin studiert, aber Frauen dürfen in Deutschland nicht studieren, und mein Vater würde mir niemals ein Studium in der Schweiz erlauben. Also habe ich zum Nächstbesten gegriffen, auch wenn mein Vater darüber nicht sehr erfreut ist.«

»Warum nicht?«

»Er hätte es gern gesehen, wenn ich den Sohn eines seiner Geschäftspartner geheiratet hätte. Aber von uns Erika-Schwestern wird erwartet, dass wir ledig bleiben. Er meinte, dann hätte ich ja ebenso gut Nonne werden können. Ich habe ihm gesagt, dass ich es nicht so mit dem Beten habe, auch wenn ich eine gläubige Katholikin bin und die Gebote der Kirche streng achte. Als Kind habe ich in einem katholischen Krankenhaus erlebt, wie eine Schwester ihre Arbeit in der Pflege unterbrach, weil die Glocke sie zum Gebet rief. Das hat mich damals sehr erstaunt, weil ich dachte, Gott hätte doch Verständnis dafür, wenn sie sich erst um den Kranken kümmerte und danach betete. Als ich sie später fragte, sagte sie, das Gebet komme immer an erster Stelle, da Gott an erster Stelle komme. So möchte ich auf keinen Fall arbeiten. Für mich wirkt Gott nicht durch Gebete, sondern durch Menschen, denen er seine Gnade schenkt. Schließlich können dort, wo Gebete versagen, immer noch Taten helfen.« Susanne kicherte. »Und du?«

Während sie von der Kleiderkammer aus in Richtung Schwesternwohnheim gingen, erzählte Martha ihr von ihrer Arbeit im Allgemeinen Krankenhaus in St. Georg und wie sich bei ihr der Wunsch entwickelt hatte, eine richtige Krankenschwester zu werden. Allerdings vermied sie es, von ihren häuslichen Verhältnissen oder gar ihrer Freundin Milli zu sprechen. Susanne mochte nett sein, und vielleicht würden sie sogar Freundinnen werden, aber sie stammte aus einer ganz anderen Welt. Martha hatte gelernt, vorsichtig zu sein.

Das Schwesternhaus war sehr sauber und gemütlich eingerichtet. Jeweils vier Schwesternschülerinnen teilten sich eine Stube, in der jede neben einem Bett auch einen eigenen Schrank besaß. In der Mitte des Raumes stand ein Tisch mit vier Stühlen, und es gab auf jeder Etage ein gekacheltes Badezimmer und ein Wasserklosett.

Martha war beeindruckt von dem Badezimmer mit den silbernen Wasserhähnen, aus denen sogar warmes Wasser kam, sofern der Badeofen rechtzeitig angeheizt worden war. Zudem musste die Wanne nicht ausgeschöpft werden, sondern sie besaß einen Stöpsel, der einfach gezogen werden konnte, damit das Wasser ablief.

Susanne kicherte, als Martha fasziniert den Badewannenstöpsel betrachtete.

»Du tust ja gerade so, als hättest du so etwas noch nie gesehen.«

Martha räusperte sich. »Habe ich auch nicht«, gestand sie. »Habt ihr zu Hause so eine Wanne?«

Susanne nickte. »Meine Familie wohnt in Altona, da waren wir schon früh an die Kanalisation und Wasserversorgung angeschlossen. Mein Vater hat daraufhin sofort ein anständiges Badezimmer einbauen lassen. Deshalb war die Cholera für uns auch keine so große Bedrohung.«

Martha nickte stumm. Susanne stammte wirklich aus einer ganz anderen Welt. Unwillkürlich wanderten ihre Gedanken zu ihrer eigenen Familie. Trotz all der schweren Umstände hatte ihr Vater sich weiterhin vom Alkohol ferngehalten, und Martha hoffte, dass es so bleiben würde. In der letzten Woche hatte er sich einige Interessenten für das zu vermietende Zimmer angesehen, und schließlich war seine Wahl auf den jungen Siegfried Heise gefallen, einen Bauernsohn aus den Vier- und Marschlanden, der eine Lehre als Maschinenbauer im Hafen anstrebte. Da sein älterer Bruder eines Tages den elterlichen Hof übernehmen würde, wäre für ihn dort kein Platz mehr. Siegfried war ein ruhiger, freundlicher Geselle, der Martha auf Anhieb sympathisch war. Ihr Vater war zwar nach wie vor nicht begeistert, einen Fremden in seiner Wohnung aufzunehmen, aber immerhin hatte Siegfried ein geregeltes Einkommen, sodass der Mietzins sichergestellt war.

»Aus welcher Ecke von Hamburg stammst du?« Susannes Frage riss Martha aus ihren Gedanken.

»Unsere Wohnung liegt am Hafen«, sagte sie ausweichend. »In der Nähe vom Scharmarkt.«

»Oh, den Scharmarkt kenne ich. Da war ich öfter mit meiner Mutter. Sie schwört auf die Arbeiten vom Uhrmachermeister Härtel.« Susanne zog die kleine Taschenuhr hervor, die sie an einer goldenen Kette trug. »Sieh mal, die haben meine Eltern mir zum Schulabschluss geschenkt.«

»Die ist wunderschön«, sagte Martha. »Meine Eltern hatten leider nicht genügend Geld.«

»Das habe ich mir schon gedacht. Sonst hättest du ja bessere Schuhe.« Kaum waren die Worte gefallen, errötete Susanne. »Tut mir leid, ich habe das nicht so gemeint ... ich ...«

»Ist schon gut«, sagte Martha leichthin. »Ich weiß selbst, dass sie schäbig sind, und meine Zehen erinnern mich bei jedem Schritt daran, dass sie gern mehr Platz hätten. Ich stelle mir dann immer vor, ich wäre eine Chinesin. Die schnüren sich ihre Füße ein, damit sie klein bleiben.«

»Eine Chinesin?« Susanne starrte Martha verblüfft an.

»Mein Vater hat uns früher immer Geschichten erzählt, die er von den Matrosen im Gasthaus zum Schwarzen Adler gehört hat«, erklärte Martha. »Die Matrosen dort sind um die ganze Welt gereist, und einer erzählte mal, dass die Frauen in China sich die Füße abbinden, sodass sie selbst als Erwachsene noch winzige Kinderfüßchen haben. Die chinesischen Männer würden den kleinen Tippelgang lieben und keine Frauen mit großen Füßen heiraten.«

»Wirklich? Solche Geschichten hat dein Vater dir erzählt?«

Martha nickte.

Susanne seufzte. »Mein Vater hatte niemals Zeit, uns Geschichten zu erzählen. Der war immer bis spät in die Nacht unterwegs, um mit Geschäftspartnern zu essen oder sich mit einflussreichen Leuten zu treffen. Und wenn er dann zu Hause war, mussten wir immer still sein und durften ihn nicht stören, weil er mit komplizierter Korrespondenz befasst war.«

»Das ist sehr schade«, erwiderte Martha und fühlte sich im gleichen Moment ein wenig mit ihrem eigenen Schicksal versöhnt. Gewiss, Susanne stammte aus einer wohlhabenden Familie und teilte keine von Marthas Sorgen, aber selbst ihr Leben war nicht perfekt. Beim Anblick von Susannes Uhr hatte sie sich für einen Moment vorgestellt, wie es wohl wäre, mit Susanne zu tauschen. Aber dann hätte sie wirklich alles aufgeben müssen – sie wäre nicht nur ihre Sorgen los, sondern auch die Erinnerungen an die Liebe und Fürsorge ihrer eigenen Eltern. Aber darauf wollte sie um nichts in der Welt verzichten. Es war gut so, wie es war. Sie musste niemanden beneiden, sie allein trug die Verantwortung für ihr Leben und würde ihren Weg gehen.

17

Das Leben als Lernschwester im Allgemeinen Krankenhaus Eppendorf unterschied sich deutlich von dem als Krankenwärterin im alten Krankenhaus in St. Georg. Die Krankensäle waren modern, mit hohen, weiß gestrichenen Decken und großzügigen Fenstern, durch die genügend Licht einfiel. In den Bettensälen der Kinderklinik gab es sogar eine Fußbodenheizung, damit sich die barfuß laufenden Kinder nicht erkälteten. Auch die Arbeit als Schwesternschülerin war angenehmer als die einer Krankenwärterin. Neben ihren Pflegediensten mussten sie lediglich die Betten beziehen und Steckbecken entleeren. Die niederen Putzarbeiten, wie beispielsweise das Ausscheuern der Becken und Nachttöpfe, wurden von ungelernten Krankenwärterinnen übernommen. Von den Lernschwestern erwartete man dagegen, dass sie regelmäßig theoretische Unterrichtsstunden absolvierten. Der Unterricht in der Pflege wurde von erfahrenen Schwestern geleitet, während die Ärzte ihnen Grundzüge über das menschliche Skelett und die Funktionen und Krankheiten des Körpers vermittelten. Die Qualität des Unterrichts war sehr unterschiedlich. Die Schwestern waren meist sehr motiviert, den jungen Mädchen und Frauen die Grundzüge von Hygiene und Pflege zu vermitteln, während manche Ärzte den Schwesternunterricht lediglich als lästige Pflichtübung betrachteten.

Susanne entwickelte sich schon bald zur Musterschülerin, denn sie hatte sich bereits ein umfangreiches Grundwissen aus den Büchern ihres Bruders angeeignet. Martha stand ihr im Lerneifer in nichts nach, wenngleich sie natürlich nicht auf Susannes Erfahrungsschatz zurückgreifen konnte.

Auguste Feldbehn hielt sich meist unauffällig zurück, außer an den Tagen, wenn Doktor Liebknecht, ein junger Chirurg, den Unterricht abhielt. An diesen Tagen glänzte Auguste nicht nur mit guter Vorbereitung, sondern sie legte auch viel Wert auf ihr äußeres Erscheinungsbild. Auf wundersame Weise gelang es ihr, selbst in der einförmigen Schwesterntracht wie eine feenhafte Schönheit auszusehen, sodass sie von Susanne schon sehr früh den heimlichen Spitznamen »Prinzessin« bekommen hatte.

»Jetzt wissen wir, was die Prinzessin hierhergetrieben hat«, flüsterte sie Martha an einem der Unterrichtstage zu, als Auguste wieder einmal huldvoll in den Raum geschwebt kam und sich ganz in die Nähe des Pults setzte, von dem aus Doktor Liebknecht gleich seinen Unterricht halten würde. »Sie will sich ihren Prinzen in Weiß angeln.«

Martha nickte und verkniff sich ein Lachen.

»Hast du gesehen, dass sie heute wieder ihr Korsett trägt?«, flüsterte Susanne weiter.

»Ja, es ist mir schon heute Vormittag aufgefallen, als sie andauernd beim Bettenbeziehen verschnaufen musste, weil sie nicht genügend Luft bekam«, erwiderte Martha leise. »Ich verstehe es nicht, dabei ist sie doch auch ohne Korsett schlank.«

»Ja, aber dann kommt sie doch nicht mehr auf die Idealmaße«, gab Susanne zurück. »In den höheren Töchterschulen wird gelehrt, dass die ideale Taille so schlank sein müsse, dass ein Mann sie mit seinen Händen umfassen könne. Also war es schon ganz richtig, dass ich Schwester werde. Der Mann, der meine Taille mit beiden Händen umfassen kann, muss noch geboren werden.« Sie kicherte, und Martha bewunderte erneut Susannes Fähigkeit, über sich selbst zu lachen.

An diesem Tag erklärte Doktor Liebknecht den Schwesternschülerinnen die umfassenden Vorbereitungen, die vor einer Operation zu erfolgen hatten. Dazu gehörten die Sterilisation der Instrumente durch Wasserdampf und die sterile Aufbewahrung von Operationstüchern sowie Operationsumhängen, die über dem normalen Kittel getragen wurden. Tücher und Instrumente wurden nach erfolgreicher Desinfektion in verschlossenen silbernen Trommeln in den OP gebracht, und Doktor Liebknecht erklärte, wie vorsichtig man die Operationsbereiche rings um den Patienten abdecken müsse, um die notwendige Hygiene zu bewahren.

»Die meisten Menschen sterben nicht an den Operationswunden«, fügte er abschließend hinzu, »sondern an Krankheitskeimen, die sich in der Wunde ansiedeln. Deshalb ist die sorgfältige Sterilisation und Wundpflege eine unverzichtbare Notwendigkeit, denn jede chirurgische Kunst kann durch mangelhafte Wundpflege und Sterilisation zunichtegemacht werden.«

Nachdem der Unterricht beendet war, sprang Auguste als Erste auf, um Doktor Liebknecht noch an der Tür abzufangen. Martha und Susanne konnten nicht hören, was sie sagte, aber sie schenkte ihm dabei mehrere treuherzige Augenaufschläge, und schließlich nickte der Arzt, ehe er den Unterrichtsraum verließ.

Auguste bemerkte, dass Martha und Susanne sie beobachtet hatten.

»Ab morgen könnt ihr allein die Betten beziehen und die Steckbetten reinigen«, triumphierte sie. »Ich darf Doktor Liebknecht in den OP begleiten, weil er von meinem Fachwissen so beeindruckt ist.«

»Du meinst das Fachwissen, wie man sich die Wimpern tuscht?«, fragte Susanne.

Auguste musterte sie von oben bis unten. »Wenn du zwanzig Pfund leichter wärst, könntest du ganz hübsch sein, obwohl sich der polnische Einschlag in deinem Gesicht wohl nie ganz verbergen lassen wird. Das slawische Blut schlägt doch immer wieder durch, selbst nach Generationen.«

»Und was ist daran so schlimm?«, fragte Martha, die keine Ahnung hatte, was Auguste mit dem slawischen Blut meinte.

»Dass du das nicht verstehst, wundert mich nicht«, entgegnete Auguste. »Bei euch in der Gosse sammelt sich das Pack ja. Da haben sich zwei gefunden. Die dicke Polackin, die gern was Besseres wäre, und das Gossenkind, das sich nicht mal anständige Schuhe leisten kann.«

»Immerhin geraten wir nicht in Versuchung, uns ein uneheliches Kind vom erstbesten Doktor andrehen zu lassen«, gab Susanne scharf zurück.

Bei diesen Worten zuckte Auguste zusammen, als wäre sie von einer Peitsche getroffen worden.

»Was willst du damit sagen, du fette Kuh?«

»Oh, bin ich dir auf die Zehen getreten, dass du jetzt selbst in die Gossensprache verfällst? Es gibt da ja so Gerüchte über dich und deine kleine Schwester ...«

Auguste holte tief Luft, als wollte sie zu einer scharfen Gegenrede ansetzen, doch dann drehte sie sich um und verließ den Raum.

»Was für Gerüchte meinst du?«, fragte Martha.

»Auguste hat im Januar eine kleine Schwester bekommen. Böse Zungen behaupten, das sei gar nicht ihre kleine Schwester, sondern ihre Tochter, die ihre Mutter als ihr eigenes Kind ausgegeben habe, um die Schande zu verbergen.«

»Und glaubst du das?«

»Ich weiß es nicht. Normalerweise wird in unseren Kreisen geheiratet, wenn so ein Malheur passiert. Die Gerüchte wurden vor allem dadurch befeuert, dass Auguste im letzten Jahr zusammen mit ihrer Mutter auf Reisen war, und als die beiden zurückkamen, war das Kind geboren. Da fragten sich natürlich viele, warum Augustes Mutter im Alter von achtunddreißig Jahren trotz Schwangerschaft noch auf Reisen gegangen ist und ihre Tochter mitgenommen hat. Die offizielle Begründung lautete, dass sie lungenkrank gewesen sei und die schwere Zeit der Schwangerschaft an einem Kurort verbracht habe. Auguste habe ihre Mutter in der Zeit unterstützt und so auch die Leidenschaft für die Krankenpflege entdeckt.«

»Das klingt doch glaubwürdig«, meinte Martha.

»Ja«, gab Susanne zu. »Aber es ist merkwürdig, dass Auguste so empört reagiert, findest du nicht?«

»Wärst du nicht empört, wenn du dich aufopferungsvoll um deine Mutter kümmerst und man dir so etwas unterstellt?«, fragte Martha zurück. »Ich mag Auguste nicht, denn sie ist eingebildet und verletzend, aber müssen wir es ihr dann immer sofort mit gleicher Münze heimzahlen?«

»Leute wie Auguste musst du sofort in ihre Schranken weisen«, entgegnete Susanne bestimmt. »Sonst treiben sie es immer bunter. Du hast doch erlebt, wie schnell sie sich auf uns eingeschossen hat. Und zwar nur deshalb, weil sie glaubt, wir wären die schwächsten Glieder hier. Hat sie mit Franziska oder Maria Probleme? War sie jemals unhöflich zu Carola oder Magdalene?«

Martha schüttelte den Kopf.

»Na, siehst du. An die wagt sie sich nicht ran, denn sie fürchtet deren Beziehungen.«

»Aber deine Familie ist doch auch wohlhabend.«

»Ja, aber wir haben mit ihrer Familie keine Geschäftsbeziehungen. Wenn sie mich verärgert, wird das nicht dazu führen, dass ihr Vater über Umwege davon erfährt. Und du bist das ideale Opfer. Du hast nichts, was du ihrer Bösartigkeit entgegensetzen kannst, denn du musst dankbar sein, dass man dich hier überhaupt aufgenommen hat.« Susanne seufzte. »Und natürlich wusste sie, dass ich selbst gern den OP gesehen hätte. Aber warum sollte ein junger attraktiver Arzt mich in den OP lassen, wenn er dort mit unserer Prinzessin sein kann?«

»Du bist doch viel besser im Unterricht und weißt mehr.«

»Ja, aber mein Wissen reicht nicht, um einen Arzt zu beeindrucken oder ihm gar nützlich zu sein. Wir stehen noch ganz am Anfang.« Sie seufzte abermals. »Warum werden Frauen immer nach ihrem Aussehen und nie nach ihrem Verstand beurteilt? Warum dürfen Mädchen allenfalls die höhere Töchterschule besuchen, aber nicht das Gymnasium, um Abitur zu machen? Warum gesteht uns niemand Bildung zu? Und selbst wenn wir etwas lernen dürfen, so wird am Ende immer das Modepüppchen mit den getuschten Wimpern bevorzugt. Anständige Frauen haben eben immer das Nachsehen, weil die lasterhaften Sünderinnen mit unlauteren Mitteln kämpfen.«

Die Verbitterung ihrer Freundin erschreckte Martha. So hatte sie Susanne noch nie erlebt. Die Maske des selbstbewussten, fröhlichen jungen Mädchens war gefallen, und hinter der Verbitterung war sogar so etwas wie Neid zu fühlen.

»Du hast Doktor Liebknecht nicht gefragt«, sagte sie schließlich. »Vielleicht hätte er dich auch mitgenommen.«

Susanne biss sich auf die Unterlippe. »Ich habe ihn schon einmal gefragt«, sagte sie leise. »Er meinte, das sei noch zu früh und ich solle erst mehr lernen. Aber Auguste, die nimmt er mit.«

Susanne blinzelte hastig, so als kämpfte sie gegen aufsteigende Tränen.

Martha sagte nichts, obwohl sie ihre Freundin gern getröstet hätte. Aber alles, was Susanne sagte, klang logisch und nachvollziehbar.

18

Anfang Juli traf Martha sich an einem Sonntagmorgen nach längerer Zeit wieder einmal mit Milli am Hafen. Sie hatte Susanne nichts davon erzählt, sondern ihr vorgelogen, sie würde mit ihrer Familie in die Kirche gehen. Da Susannes Familie im Gegensatz zu ihrer katholisch war, bestand nicht die Gefahr, dass sie ihr auf die Spur kam. Martha hatte lange überlegt, ob sie Susanne von Milli erzählen sollte, aber irgendetwas hatte sie stets zurückgehalten. Obwohl sie Susanne als Freundin schätzte, gab es trotz allem eine unsichtbare Wand zwischen ihnen, die Martha nicht durchdringen konnte, auch wenn sie nicht wusste, woran das lag. Manchmal hatte sie den Eindruck, Susanne habe sie nur deshalb als Freundin erkoren, weil sie eine Außenseiterin wie sie selbst war. Sie schämte sich jedes Mal sofort für diesen Gedanken, doch ganz konnte sie ihn niemals verdrängen.

Milli sah heute trotz ihrer Schwangerschaft erholter und gesünder aus als bei ihrem letzten Treffen, was Martha einigermaßen beruhigte. Es war ihr ein Rätsel, wie Milli es über sich brachte, in ihrem Zustand weiterhin diesem Gewerbe nachzugehen, aber sie traute sich nicht, genauer nachzufragen. Und so war sie erleichtert, als Milli sie stattdessen nach ihrem Leben fragte und der Ausbildung zur Krankenschwester. Dabei kamen sie auch auf Susanne Kowalski zu sprechen und Marthas Gefühl der unsichtbaren Wand.

»Du bist die einzige Freundin, der ich völlig vertraue«, sagte sie zu Milli. »Dabei ist Susanne nett, und ich kann mir nicht vorstellen, dass sie etwas gegen mich verwenden würde, was ich ihr anvertraue. Aber es fehlt dieses bedingungslose Vertrauen, das Gefühl, mich in jeder Lage auf sie verlassen zu können.«

»Das kannst du auch nicht«, sagte Milli. »Diese unsichtbare Wand zwischen euch ist keine Einbildung. Sie ist wirklich da.«

Martha sah ihre Freundin aufmerksam an. »Weshalb bist du dir da so sicher? Du kennst Susanne doch gar nicht.«

»Nein, aber ich kenne dich – und das, was du mir über sie erzählt hast. Sag mal, Martha, bisher hast du nur von Susanne und Auguste gesprochen. Was ist denn mit den anderen Mädchen? Wie sind die zu dir?«

»Höflich, aber distanziert. Ich kann nichts Schlechtes über sie sagen, aber es gibt keine Nähe zwischen uns.«

»Und wie behandeln sie Susanne und Auguste?«

»Genauso. Wobei Auguste gar keine Nähe sucht. Sie lebt nicht im Schwesternwohnheim, sondern wird morgens immer mit der Droschke zum Dienst gefahren, und abends wartet der Kutscher schon auf sie, um sie nach Hause zu bringen.«

»Aber zu Susanne sind sie so wie zu dir? Höflich im Kontakt, aber distanziert?«

»Ich denke schon«, sagte Martha nachdenklich.

»Wenn es anders wäre, glaubst du, Susanne würde noch zu dir stehen?«, fragte Milli weiter.

Martha atmete tief durch. »Eben das weiß ich nicht. Ich glaube, das ist meine größte Angst. Dass ich nur ihr Notnagel bin, ihr aber als Person nichts bedeute.«

»Und genau deshalb vertraust du ihr nicht«, stellte Milli fest. »Weil du nicht weißt, ob sie dich nur als Freundin will, weil niemand sonst ihre Freundin sein will und sie dringend eine Verbündete gegen Auguste braucht. Du kannst dir nicht sicher sein, ob sie dich nicht fallenlassen wird, wenn sie eine bessere Verbündete findet. Und dann wird sie vielleicht alles, was du ihr anvertraut hast, gegen dich verwenden, um sich bei anderen einzuschmeicheln.«

»Wie meinst du das, Milli?«

»Oh, das ist ein alter Hurentrick. Die Miststücke machen sich an andere Huren heran, spielen ihnen Freundschaft vor und nutzen dann hintenrum alles, was sie erfahren, um den Frauen die Freier auszuspannen und sie schlechtzumachen. Je älter die Huren sind, umso gemeiner werden sie, weil sie kaum noch Freier finden. In meinem Gewerbe vertraue ich niemandem. Ich finde manche Frauen nett, und wir helfen uns auch, aber ich vertraue keiner einzigen, denn sie könnten alles gegen mich verwenden. Krankenschwestern mögen keine Huren sein, aber Susanne wollte in den OP, und Auguste hat ihr den Platz weggeschnappt, indem sie dem Arzt schöne Augen gemacht hat.«

»Bei all dem, was du so von dir gibst, könnte man meinen, du wärst eine weise alte Frau«, sagte Martha scherzhaft.

»Glaub mir, als Hure musst du schnell lernen, Menschen einzuschätzen, wenn du einigermaßen zurechtkommen willst. Ein betrunkener Matrose mag ja damit zufrieden sein, wenn er sein Ding einmal kurz reinstecken darf, aber ein gut zahlender, bürgerlicher Kunde verlangt viel mehr, der will seine geheimsten Sehnsüchte und Träume erfüllt haben. Weißt du, die Kunst einer guten Hure besteht nicht darin, einfach die Beine breit zu machen, sondern dem Mann genau das zu geben, was er sich wünscht. Ich habe gelernt, in viele verschiedene Rollen zu schlüpfen.« Sie seufzte. »Manchmal frage ich mich, wo ich selbst dabei bleibe.«

»Und wie hältst du das aus?«

Milli atmete tief durch und legte eine Hand auf ihren schwangeren Leib. »Indem ich versuche, in allem einen Sinn zu sehen. Als mir klar wurde, dass ich schwanger bin, hab ich lange mit mir gerungen, ob ich es wirklich bekommen soll. Es hätte da

Möglichkeiten gegeben. Sarah hat schon zwei Abtreibungen hinter sich. Sie kennt einen Arzt, der nimmt es nicht ganz so genau mit dem Gesetz, sofern die Bezahlung stimmt. Ich war schon drauf und dran, in seine Praxis zu gehen, aber dann hab ich mich doch anders entschieden.« Sie hielt inne.

»Und was hat dich zum Umdenken gebracht?«

»Ich dachte mir, es ist vielleicht Schicksal. Wenn ich das Kind bekomme, habe ich keine Ausrede mehr. Dann muss ich handeln, weil es nicht nur um mich geht, sondern auch um seine Zukunft. Damit ich niemals das Ziel aus den Augen verliere und mich nicht dauerhaft in die Träume einer besseren Zukunft flüchte. Ich will nach Amerika auswandern, sobald ich volljährig bin. Das ist mein Ziel. Aber ich kenne so viele Frauen, die ähnliche Ziele hatten und es dann doch nicht wagten. Die lieber im Elend verharrten, weil das Elend, das man kennt, einem mehr Sicherheit bietet als die unbekannte Fremde.«

»Aber wird es mit einem Kind nicht um einiges schwerer?«

»Ja, anfangs ist das wohl so«, gab Milli zu. »Aber Kinder werden auch älter, und dann können sie eine Stütze sein. Ich würde in Amerika niemandem erzählen, was ich hier war. Ich würde mich als Seemannswitwe mit Kind ausgeben und alles tun, dass meinem Kind in seinen jungen Jahren verborgen bleibt, wie ich meinen Lebensunterhalt verdiene. Ich werde ihm einen Vater erfinden, der auf See geblieben ist.«

»Aber was wird in der Geburtsurkunde stehen?«, fragte Martha, pragmatisch, wie sie war. »Da musst du doch Vater unbekannt angeben.«

»Du hast recht, das ist ein Problem«, gab Milli zu. »Aber dafür gibt es Lösungen. Manchmal hat es Vorteile, wenn der Stiefvater sich mit Halbweltgrößen rumtreibt. Da sind auch ein paar Fälscher drunter. Bevor ich nach Amerika auswandere, lasse ich mir neue Papiere anfertigen. Die werden die echten ersetzen, sobald ich in New York an Land gegangen bin. Da wird keiner einen zweiten Blick drauf werfen. Wen soll das schon interessieren? Und dann geh ich zu einer Heiratsagentur, damit sie mir irgendwo im Westen einen Mann vermitteln. Die Männer da, die sind froh, wenn sie junge Frauen bekommen, und eine Witwe mit Kind hat wenigstens bewiesen, dass sie fruchtbar ist.«

»Aber es wäre ein Leben ohne Liebe«, gab Martha zu bedenken.

»Das wäre kein Unterschied zu hier. Aber dort, wo Frauen Mangelware sind, wird ihnen vielleicht mehr Respekt entgegengebracht. Und in einer ehelichen Gemeinschaft wird sich schon irgendwann Zuneigung einstellen.«

»So wie zwischen deiner Mutter und Hannes Steubner?«, gab Martha provokant zurück. Doch kaum waren ihr die Worte rausgerutscht, schämte sie sich dafür, dass sie Millis Träume ungewollt schlechtredete.

Zum Glück nahm Milli es ihr nicht übel, dafür kannte sie sie zu gut.

»Ich dachte eher so wie zwischen deinen Eltern«, gab sie zurück. »Es muss ja nicht die heiße Liebe wie in den Schmonzetten sein, die man für einen Groschen bekommt. Aber gegenseitige Achtung und Zuneigung müssen schon sein. Und da werd ich meine Ansprüche nicht hinunterschrauben.«

Eine Weile schwiegen sie.

»Wann kommt das Kind?«, fragte Martha schließlich.

»Im Oktober.« Milli strich erneut über die gut erkennbare Kugel unter ihrer Kleidung. »Ich spare schon für die Entbindung im Krankenhaus, das ist mir lieber als eine Hebamme im Haus meiner Eltern. Da ist nur Dreck und Elend, und mein Stiefvater hätte keine Hemmungen, mich am Tag nach der Geburt sofort wieder zur Arbeit zu jagen. Den schert doch nicht, was mit mir ist, Hauptsache, ich liefere ihm genügend Geld ab.«

»Und wenn du ihn anzeigst?«

»Darüber haben wir doch schon gesprochen, Martha. Er würde alles abstreiten, und ich komme in die Besserungsanstalt. Und wer weiß, was sie mit meinem armen Kind machen. Im schlimmsten Fall kommt es zu meiner Mutter.« Ein bitterer Zug legte sich über ihr hübsches Gesicht.

»Und wer kümmert sich um das Kind, wenn du …«, Martha zögerte kurz, »… arbeitest?«

»Das ist meine geringste Sorge«, erwiderte Milli leichthin. »Das Kleine bekommt eine Wiege, die wird dann ins andere Zimmer geschoben. So ist das üblich.«

»Und wenn es schreit?«

»Dann schreit es eben eine Weile. So lange dauert es ja nicht.« Milli grinste schief. »Im Zweifelsfall schaut ein anderes Mädchen nach ihm, bis ich fertig bin. Wir mögen uns zwar nicht vertrauen, aber im Großen und Ganzen helfen wir uns trotzdem, wo wir können.«

»Wenn du etwas brauchst, melde dich«, sagte Martha. »Ich werde alles tun, was ich kann.«

»Das weiß ich«, erwiderte Milli. »Aber mach dir keine Sorgen, ich komme schon selbst zurecht. Was uns nicht umbringt, macht uns stärker, nicht wahr?«

Milli zwinkerte ihr fröhlich zu, doch es fiel Martha schwer, das Lächeln zu erwidern, denn unwillkürlich musste sie an ihren Vater denken. Der Tod seiner Frau hatte ihn zwar nicht umgebracht, aber ihn doch so sehr aus der Bahn geworfen, dass er darüber seine eigene Gesundheit verloren hatte. Zwischendurch hatte es so ausgesehen, als würde es besser werden, vor allem mit dem neuen Untermieter, aber als Martha das letzte Mal bei ihrem

Vater zu Besuch war, hatte sie das ungute Gefühl, er würde wieder trinken. Zwar bestritt er es, und auch Heinrich hatte keine Flasche bei ihm entdeckt, aber die Sorge blieb. Manchmal machten Dinge, die einen nicht umbrachten, eben nicht stärker, sondern zerstörten die Seele …

19

Nachdem Martha sich verabschiedet hatte, blieb Milli noch eine Weile am Hafen und dachte über all das nach, worüber sie gesprochen hatten. Vor allem über das Vertrauen. Gewiss, sie vertraute Martha, weil sie wusste, dass sie ihr niemals schaden, sondern ihr immer nur helfen würde. Aber gerade deshalb gab sie Martha nur einen winzig kleinen Einblick in ihren wirklichen Alltag. Gerade so viel, dass ihre Freundin sich ungefähr vorstellen konnte, wie sie lebte, um sich nicht zu viele Sorgen zu machen. Aber sie verriet ihr nichts von all dem, was sie selbst gern vergessen wollte. Manche Dinge wurden nämlich erst zur Wirklichkeit, wenn man sie aussprach, das hatte Milli schon früh gelernt. Wenn sie ihre Erlebnisse teilte, verlor sie die Kontrolle. Dann konnte jeder, der Bescheid wusste, sie unvermittelt an all das erinnern, was sie gerade erfolgreich aus ihrem Gedächtnis verbannt hatte. Da genügte es, wenn sie jemand fragte, wie es ihr nach diesem oder jenem Erlebnis ging – schon öffnete sich das Türchen in ihrem Gedächtnis und überflutete sie erneut mit schrecklichen Bildern. Nein, diese Macht wollte sie niemandem geben, nicht einmal Martha. Zudem wollte sie Martha nicht mit ihren eigenen Nöten belasten. Martha hatte schon genug Leid erfahren. Manche Dinge musste ein Mensch mit sich allein ausmachen, die gingen niemanden etwas an.

Das größte Problem war augenblicklich Moritz. Moritz, der liebenswerte Sohn des Hurenwirts, der ihr niemals etwas Böses tun würde, ganz im Gegenteil. Sie konnte sich auf ihn verlassen, er hatte ihr mehr als ein Mal geholfen, und wenn ihr jemand dumm kam, dann war er der Erste, der ihm die Zähne ausschlug. Aber leider wollte Moritz sich mit seiner Rolle als guter Freund nicht begnügen. Seit er von Millis Schwangerschaft wusste, hatte er es sich in den Kopf gesetzt, sie zu heiraten, um sie aus dem Elend zu erlösen. Die anderen Mädchen verstanden nicht, warum Milli seine Anträge so vehement ablehnte. Immerhin wäre es ein gesellschaftlicher Aufstieg, selbst wenn Moritz' Vater von einer Prostituierten als Schwiegertochter, die noch dazu ein fremdes Kind mit ins Haus brachte, gewiss nicht so leicht zu überzeugen wäre. Aber das war gar nicht das größte Problem. Auch nicht, dass sie Moritz nicht liebte. Sie brachte ihm Zuneigung entgegen, und das genügte. Es war sogar sehr angenehm, mit ihm das Bett zu teilen, denn er war niemand, der nur nahm, sondern jemand, der auch geben wollte. Nein, das größte Problem bestand darin, dass eine Heirat ihr wie eine unerträgliche Fessel erschien – mochte sie noch so vernünftig sein. Moritz war zwei Jahre älter als sie, aber er hatte keine größeren Träume, als sein Leben so fortzuführen wie bisher. Einmal hatte sie ihn gefragt, ob er mit ihr nach Amerika auswandern würde. Was er da solle, war seine Gegenfrage gewesen. Während andere junge Männer von Abenteuern träumten, genügte es Moritz, mit seinen Freunden um die Häuser zu ziehen und sich dabei die eine oder andere Keilerei zu gönnen. Noch war er ihr liebevoll zugetan, aber wie wäre es in zehn Jahren, wenn ihre Schönheit langsam verblasste und Moritz' Verliebtheit der Gewohnheit gewichen war? Nein, er könnte ihrem Kind und allen, die vielleicht noch kommen würden, kein gutes Leben bieten. Zudem musste sie ständig an ihre Mutter denken, die den Hannes Steubner als vermeintlich gute Partie geheiratet hatte, weil sie hochschwanger keiner sonst genommen hätte. Damals hatte ihre Mutter noch gehofft, ihrem Schicksal als ehrlose

Frau entgehen zu können, in Wirklichkeit hatte Hannes Steubner sie erst dazu gemacht. Und nicht nur sie … Milli atmete tief ein. Noch eine kleine, schmutzige Erinnerung, die sie niemals mit Martha teilen konnte. Er hatte sich nicht damit begnügt, sie zu schlagen, sondern ihr immer wieder klargemacht, dass sie nicht sein leibliches Kind sei und er deshalb tun und lassen könne, was er wolle. Ein halbes Jahr bevor er sie in den Rademachergang schickte, hatte Hannes Steubner begonnen, seine Bedürfnisse an ihr zu stillen, wenn ihre Mutter anschaffen war. Manchmal hatte er sie sogar unter seinen Freunden und Gönnern rumgereicht. Am schlimmsten war Rudi Kasner gewesen, den sie auch den schönen Rudi nannten, wegen seiner makellosen weißen Zähne, die in der Sonne funkelten, wenn er lachte. Sie hatte ihn gehasst, und dank Moritz' Fäusten fehlten ihm mittlerweile die vier oberen Frontzähne. Seither lächelte er nicht mehr, und niemand nannte ihn noch den schönen Rudi.

Ihre Freundin Martha hatte geglaubt, es sei ein Abstieg, in den Rademachergang zu ziehen, doch in Wirklichkeit war es Milli wie eine Befreiung vorgekommen. Nun konnte sie selbst entscheiden, wer ein guter Kunde war. Natürlich nahm der Stiefvater ihr das Geld ab, das sie verdiente, aber er hatte keinen Überblick über alle ihre Kunden, und die Trinkgelder verschwieg sie ihm ohnehin. Sie konnte Martha auch nicht sagen, warum sie sich so sicher war, dass ihr niemand von der Polizei helfen würde. Dafür würde schon Wachtmeister Uhland sorgen, den Hannes Steubner nicht nur schmierte, damit der beide Augen zudrückte, sondern dem er Milli selbst schon überlassen hatte. Dass sie geschrien und sich gewehrt hatte, hatte das Schwein in der Uniform nur noch mehr erregt. Leider war der Uhland ein zu hohes Tier, als dass Moritz ihm ebenfalls die Zähne hätte ausschlagen können, aber Milli schwor sich, dass sie es ihm eines Tages heimzahlen würde. Eines

Tages, da würde sich gewiss die Gelegenheit ergeben, ihm die Maske vom Gesicht zu reißen. Sie war bereit, zu warten und Kontakte zu knüpfen. Ihre Art, sich zu kleiden und sich um eine gute Ausdrucksweise zu bemühen, sodass die Männer sich gern mit ihr unterhielten, hatte ihr viele gut zahlende Kunden beschert. Die hatten zwar auch alle eine fragwürdige Moral, aber immerhin hielten sie die Spielregeln ein. Sie bezahlten für das Vergnügen und waren dennoch höflich zu ihr. Betrunkene Seeleute oder obszöne Widerlinge lehnte Milli ab. Zwar gab es auch unter ihren Kunden einige mit seltsamen und teilweise abstoßenden Vorlieben. Aber solange sie dabei freundlich blieben und gut zahlten, war Milli zu vielem bereit. Schlimmer als das, was ihr Stiefvater und seine Kumpane ihr angetan hatten, konnte nichts auf der Welt sein.

Ja, dachte sie, es stimmt: Was uns nicht umbringt, macht uns stärker. Wer in den Abgrund geblickt hat, der kann sich entweder hinabstürzen oder sich – wie sie – Flügel wachsen lassen, gespeist aus den Träumen und Hoffnungen, die sie sich niemals nehmen lassen würde.

Und gerade deshalb blieb das mit Moritz schwierig – denn bei aller Liebe würde er ihr die Flügel stutzen, die sie zum Überleben brauchte. Aber auch das Problem würde sie lösen. So wie sie in der Lage war, jede Schwierigkeit zu bewältigen.

20

Kurz nach ihrem fünfzehnten Geburtstag wurde Marthas Verdacht, dass ihr Vater wieder trank, zur Gewissheit. Morgens kam er kaum noch aus dem Bett, und wenn er als Lumpensammler von Tür zu Tür wankte, wurde ihm dieselbe immer öfter vor der Nase zugeschlagen, weil er nach Alkohol roch. Auch die Heimarbeit konnte er mit den zitternden Fingern kaum noch bewältigen. Ohne Heinrichs Hilfe und die regelmäßigen Mietzahlungen von seinem Untermieter Siegfried hätte er längst das Dach über dem Kopf verloren. Allerdings musste Martha feststellen, dass Siegfried einen großen Anteil an der Verschlimmerung der Situation trug. Er hatte Marthas Vater aus falschem Mitleid ab und an eine Flasche Schnaps mitgebracht, die sie dann abends gemeinsam in der Küche geleert hatten. Im Nu war der Vater wieder bei einer Flasche pro Tag angelangt.

Als Heinrich Martha sein Leid klagte, wusste sie auch keinen Rat. Sie stellte ihren Vater zur Rede, aber da kam nichts außer den üblichen Bitten um Verzeihung und Selbstanklagen. Siegfried war die Sache ausgesprochen unangenehm, aber er sah sich außerstande, Karl Westphal vom Trinken abzuhalten.

»Das kann ich nicht«, sagte er, als Martha ihn darum bat. »Er ist ein erwachsener Mann, ich kann ihm doch nicht sagen, was er tun soll.«

»Du bist schuld daran, dass es so weit gekommen ist!«, fuhr Martha ihn an. »Du hast ihn verführt, sonst hätte er weiter die Hände vom Alkohol gelassen, aber nun kann er nicht mehr aufhören.«

»Dann soll er doch in eine Trinkerheilanstalt gehen«, gab der junge Maschinenbauer patzig zurück. Im ersten Moment brannte Martha vor Zorn, aber nachdem sie in Ruhe darüber nachgedacht hatte, fragte sie sich, ob es vielleicht tatsächlich etwas nützen könnte. Sie wusste nichts über Trinkerheilanstalten, aber sie beschloss, sich umzuhören.

Doch noch ehe sie eine Lösung finden konnte, überrollte sie der zweite Schock.

Heinrich hatte die ständige Unzurechnungsfähigkeit seines Vaters ausgenutzt und ihm die Unterschrift unter einem Arbeitsvertrag abgeluchst.

»Ich bin jetzt Schiffsjunge auf der *Adebar*«, erzählte er Martha stolz. »Das ist ein großer Viermaster, der regelmäßig nach Amerika fährt. Die Mannschaft ist immer viele Monate auf See, aber ich werde da als Schiffsjunge viel besser bezahlt als du als Schwesternschülerin. Und wenn ich mich geschickt anstelle, werde ich nach unserer Rückkehr vielleicht Leichtmatrose.«

Martha starrte ihren Bruder entgeistert an.

»Du willst zur See fahren? Aber das ist doch gefährlich! Und wer soll sich dann um Papa kümmern, wenn du monatelang unterwegs bist?«

»Der lässt sich ja nicht helfen. Das haben wir lang genug versucht. Zum Trinken braucht er mich nicht, dafür hat er ja jetzt den Siegfried.«

»Und was sagt Papa dazu?«

»Gar nichts. Er hat seinen Namen unter den Vertrag gekritzelt, und ich habe ihm erst hinterher gesagt, dass ich jetzt zur See fahren werde. Er hat zwar glasige Augen gekriegt, aber meinte, vielleicht sei das doch der bessere Weg, als so wie er im Hafen zu versauern, wo man sich genauso die Knochen brechen kann und es dann nur noch zum Lumpensammeln reicht. Wusstest du, dass die Seeleute eine eigene Kasse haben, in die sie für ihre versehrten Kameraden einzahlen? Mir wird's jedenfalls nie so gehen wie Papa. Und wer weiß, wozu es gut ist. Aufs Gymnasium konnte ich nicht gehen, aber vielleicht schaffe ich es ja vom Schiffsjungen irgendwann zum Kapitän.«

»Glaubst du, das ist so einfach?«

»Das ist mir egal«, hielt Heinrich ihr entgegen. »Ich halte das nicht mehr aus, wenn Papa nur noch trinkt und jammert. Du hast gut reden, du bist ja ausgezogen und musst dir das nicht mehr angucken. Warum soll ich dann nicht zur See fahren und in der Welt was lernen?«

Martha schluckte und fühlte sich ertappt. Heinrich hatte recht. Sie hatte sich lang genug eingeredet, dass sie nur ausgezogen war, um Platz für einen solventen Untermieter zu machen. In Wahrheit war sie froh gewesen, all das Elend guten Gewissens hinter sich zu lassen und im Schwesternheim ihre Sorgen zu vergessen. Wie konnte sie Heinrich vorwerfen, dass er ebenfalls ein besseres Leben wollte? Es wäre die Aufgabe ihres Vaters gewesen, für seine Kinder da zu sein, nicht umgekehrt. Heinrich war vor zwei Monaten zwölf Jahre alt geworden, viele Jungen heuerten in diesem Alter auf einem Schiff an, wenn es für die Schule nicht reichte. Nur wäre Heinrich mit seinem wachen Geist durchaus in der Lage gewesen, eine höhere Schule zu besuchen und das Abitur anzustreben. Es war eine Verschwendung seiner Gaben, wenn er die Schule abbrach, um zur See zu fahren. Andererseits wäre er nun seinen Altersgenossen geistig überlegen, und das könnte sich später als nützlich erweisen, wenn er sich zum Matrosen oder gar Schiffsoffizier hocharbeiten wollte.

»Du hast recht«, sagte sie schließlich. »Aber es tut mir in der Seele weh, dass du dann so weit fort bist. Hast du keine Angst, Heimweh zu bekommen?«

»Ich weiß es nicht«, erwiderte er mit einem Schulterzucken. »Weihnachten dachten wir noch, es würde endlich aufwärtsgehen, aber das wird es nicht, weil Papa doch immer wieder trinken wird. Nach welchem Heim sollte ich mich schon sehnen? Und du bist ja auch nicht mehr da.«

Du bist ja auch nicht mehr da … Dieser Satz schnitt Martha tief ins Herz. Sie hatte es nie so empfunden, zumal sie an jedem freien Tag nach Hause gekommen war. Nach Hause – es war noch immer ihr Zuhause, auch wenn sie dort nicht mehr lebte. Schließlich waren sie und ihre Geschwister in dieser Wohnung geboren worden. Aber es war auch die Wohnung, in der die Mutter ihr Leben ausgehaucht hatte. Mit ihrem Tod hatte das Zuhause seine Seele verloren. Heinrichs Worte machten es noch einmal mehr als deutlich: Konnte man Heimweh haben, wenn es kein wirkliches Heim mehr gab? Wäre die Sehnsucht nach der heilen Welt, als sie noch eine glückliche Familie waren, nicht überall gleich?

»Und wann stecht ihr in See?«, fragte sie ihren Bruder.

»Schon nächste Woche.«

»Nach Amerika?«

Er nickte.

»Und wann seid ihr zurück?«

»Wenn alles gut läuft, rechtzeitig vor Weihnachten. Und dann bring ich dir auch ein paar neue Schuhe mit, und für mich muss eine eigene Uhr drin sein.« Er grinste verschmitzt.

»Du bist mir schon einer.« Sie nahm Heinrich in den Arm und drückte ihn fest an sich. »Ich werde natürlich am Hafen sein, wenn du auf eine so große Reise gehst!«

Als die *Adebar,* wie angekündigt, eine Woche später am Überseehafen auslief, hatte sich auch ihr Vater aufgerafft, seinen Sohn zu verabschieden. Er hatte versucht, an diesem Tag auf den Alkohol zu verzichten, aber das Zittern seines ganzen Körpers war so stark gewesen, dass er nicht einmal seine Krücke halten konnte. Martha hatte ihm sogar noch zugeredet, etwas zu trinken, damit er ruhiger wurde. Jetzt stand er einigermaßen aufrecht, soweit er es mit seinem verkürzten Bein noch vermochte, und sah dem prächtigen Viermaster nach. Auch Milli hatte sich zu ihnen gesellt. Marthas Vater betrachtete die Freundin seiner Tochter eingehend. Nachdem die *Adebar* den Hafen verlassen hatte und in der Elbkrümmung verschwunden war, sprach er Milli direkt an. »Falls du Hilfe brauchst und nicht länger bei deinem Stiefvater leben willst, findest du bei uns immer eine offene Tür«, sagte er. »Auch mit einem Säugling. Mir ist egal, was die Nachbarn sagen, die zerreißen sich sowieso schon das Maul über mich.«

»Vielen Dank.« Milli schenkte ihm ein freundliches Lächeln. »Ich weiß das sehr zu schätzen, aber ich komm schon klar.«

»Ich wollte nur, dass du's weißt«, sagte Marthas Vater.

Und in dieser kleinen Geste erkannte Martha in ihrem Vater endlich wieder etwas von dem fürsorglichen Mann, der er früher einmal gewesen war.

21

Mit Heinrichs Abreise änderte sich mehr, als Martha gedacht hatte. Seit er weg war, hatte sie das Gefühl, sie käme in eine seelenlose Wohnung, wenn sie ihren Vater besuchte. Meist saß er mit starrem, ausdruckslosem Blick in der Küche, vor sich eine Flasche Schnaps. Es gab nicht mehr viel, über das sie sprechen konnten. Anfangs hatte er zumindest noch versucht, die Schnapsflasche vor ihr zu verstecken, aber mittlerweile war es ihm egal. Siegfried Heise ging ihr und dem Vater tunlichst aus dem Weg, seit sie ihn für den Rückfall verantwortlich gemacht hatte. Die beiden Männer lebten zwar in einer Wohnung, aber es war eine reine Zweckgemeinschaft ohne jede menschliche Wärme.

Hatte ihr Vater Milli deshalb angeboten, mit ihrem Säugling zu ihm zu ziehen? Als eine Art Rettungsanker, um sich nicht vollständig zu verlieren? Schließlich brauchte jeder Mensch jemanden, für den er leben konnte, und Martha wusste, dass er Milli gern geholfen hätte, auch wenn er seine eigenen Kinder immer wieder enttäuscht hatte. Aber die Zeiten, da Milli seine Hilfe gebraucht hätte, die waren längst vorbei. Es war zu spät. Für alle von ihnen. Das, was die Familie einst ausgemacht hatte, war mit Heinrichs Auszug endgültig zerbrochen.

Selbst als Lumpensammler versagte ihr Vater inzwischen, denn das Mitleid der Leute war der Abscheu gewichen, wenn er mit seiner Alkoholfahne an ihre Türen klopfte. Wenn es so weiterging, würde er seine Wohnung trotz Untermieter nicht länger halten können. Immer häufiger dachte Martha nun über die Trinkerheilanstalt nach, die Siegfried Heise im Streit vorgeschlagen hatte.

Sie wusste, dass es als Angriff gemeint war, nicht als Hilfe, aber sie war so verzweifelt, dass sie jede Möglichkeit in Betracht zu ziehen bereit war. Wäre so ein Ort das Richtige?

Als sie ihren Vater schließlich darauf ansprach, lehnte er es rundheraus ab.

»Da kriegen mich keine zehn Pferde hin«, rief er energisch. »Ich schaff das auch allein. Ich hab das schon mal geschafft.«

»Und wie soll es weitergehen, wenn du die Wohnung verlierst?«, fragte Martha. »Was ist, wenn Heinrich Weihnachten zurückkommt und kein Zuhause mehr hat, weil du alles vertrunken hast? Soll er dann wie ein fremder Seemann beim Schlafbas Quartier beziehen?«

»Ich tu ja, was ich kann«, murrte er. In seinen Augen spiegelten sich Wut und Verzweiflung und gaben ihm den Ausdruck eines trotzigen Kindes. »Aber was soll ich denn noch machen?«, fuhr er fort. »Ich hab doch alles versucht, jede Arbeit angenommen, die ich als Krüppel noch kriegen konnte.«

»Ja, und dann hast du wieder getrunken, sodass du nicht mal mehr die Kraft für das hast, was dir noch geblieben ist.«

»Es reicht doch sowieso nicht auf Dauer«, erwiderte er. »Nicht, wo Heinrich nicht mehr da ist. Es ist alles sinnlos geworden.«

»Wenn sowieso alles sinnlos ist, warum willst du es dann nicht mal in einer Trinkerheilanstalt versuchen? Es gibt da eine bei Reinbek. Die können dir vielleicht helfen und dich zurück ins Leben führen.«

»Und wovon willste das bezahlen, Deern? Die wollen doch auch Geld dafür.«

Martha schüttelte den Kopf. »Nein, die leben von den Spenden reicher Bürger.«

»Und wie soll ich hier das Geld für die Miete ranschaffen, wenn ich dort bin?«

Martha schwieg – darauf hatte sie keine Antwort.

»Was willst du dann tun?«, fragte sie schließlich und hatte zugleich das Gefühl, sie würden sich sinnlos im Kreis drehen.

»Siegfried meinte, ich könnte es mal als Aushilfe in der Segelmacherei versuchen. Da sitzt man ja den ganzen Tag.«

»Aber du brauchst Kraft in den Armen und ruhige Finger.«

»Wenn ich drei Tage nicht trinke, ist der Klabaster in den Fingern bestimmt wieder weg. So war's doch auch, als ich im Krankenhaus war.«

»Und das hältst du durch?«

»Der Doktor Hartmann sagt, der Alkohol muss nur raus aus dem Körper, entgiften nennt er das. Aber der Körper sehnt sich nach dem Gift, also wär's wohl das Beste, wenn ich mir vom Hartmann für drei Tage ein starkes Schlafmittel verschreiben lass, damit ich das dann einfach verschlafen kann. So wie damals im Krankenhaus. Und dann geh ich in die Segelmacherei und verdien wieder richtiges Geld.«

Obgleich Martha nicht viel Hoffnung hatte, nickte sie. Einen Versuch war es wert, und zudem vertraute sie dem Hausarzt. Vielleicht konnte doch noch alles gut werden.

Ihr Vater hielt insofern Wort, als er sich von Doktor Hartmann tatsächlich ein starkes Schlafmittel verordnen ließ, um die schlimmsten Entzugserscheinungen zu verschlafen. Doktor Hartmann blieb zwar skeptisch, aber immerhin sah er in diesen Tagen täglich nach ihrem Vater, der sich nur langsam erholte. Zugleich untersagte der Arzt Siegfried Heise, nochmals irgendeine Form von Alkohol mit ins Haus zu bringen. Der schaute wie ein geprügelter Hund, denn die Autorität des Arztes schüchterte ihn merklich ein.

Zu Marthas Überraschung bekam ihr Vater bald darauf tatsächlich wieder eine Arbeit, aber was genau er in der Segelmacherei arbeitete, erfuhr sie nicht. Sie befürchtete, dass es niederste, demütigende Hilfsarbeiten waren, weil ihm für alles andere die Kraft fehlte, aber da er endlich wieder etwas Geld verdiente, fragte sie nicht weiter nach.

Als im Oktober der Termin für die Geburt von Millis Kind heranrückte, bat Martha im Krankenhaus darum, auf der Entbindungsstation eingesetzt zu werden. Sie hoffte, ihrer Freundin dann unauffällig zur Seite stehen zu können. Nach wie vor hatte sie niemandem verraten, dass sie mit einer Prostituierten befreundet war, und als sie sich freiwillig für den Dienst auf der Frauenstation meldete, erkannte sie, wie richtig ihr Schweigen gewesen war.

»Die Babys sind ja entzückend«, meinte Susanne. »Aber wenn man sich die Mütter ansieht, erkennt man gleich, dass die armen Würmchen keine Zukunft haben. Ich kann das nur schwer ertragen.«

»Das sehe ich anders«, sagte Martha. »Es spricht doch für diese Mütter, dass sie so verantwortungsvoll sind und ins Krankenhaus gehen, damit die Kleinen gleich richtig versorgt werden. Sie wollen, dass die Kinder gesund zur Welt kommen und eine bessere Zukunft haben.«

Susanne runzelte die Stirn. »Du vergisst, dass es schon ein Makel ist, im Krankenhaus geboren zu werden. Anständige Frauen entbinden in ihrer Wohnung und lassen Hebamme und Arzt ins Haus kommen. Aber was siehst du hier? Dienstmädchen mit unehelichen Kindern, verarmte Arbeiterinnen und manchmal sogar …« Susanne senkte ihre Stimme und beendete ihren Satz flüsternd »… Nutten. Ich finde, denen sollte man den Einlass hier verwehren.«

Martha spürte, wie die Empörung in ihr hochstieg. »Warum? Was können ihre Kinder dafür?«

»Na ja«, Susanne räusperte sich. »Wenn die hier entbinden und man ihnen die Kinder gleich wegnehmen würde, damit die in rechtschaffene Familien kommen, könnte ich das noch verstehen. Aber so ... Ich habe kein Verständnis für dieses Pack. Eine anständige Frau sucht sich lieber die niederste Arbeit, anstatt ihren Körper zu verkaufen und am Ende nicht mal zu wissen, wer ihr das Kind gemacht hat. Das sind doch verkommene Frauenzimmer, die Gottes Gebote missachten. Aus Kindern, die auf diese Weise gezeugt wurden, kann doch nichts werden.«

»Was ist, wenn sie keine Wahl hatten?«, fragte Martha. »Wenn sie dazu gezwungen wurden und ihnen keiner eine andere Arbeit gibt?«

»Die wollen doch nur nicht«, hielt Susanne energisch entgegen. »Die treiben lieber Unzucht und riskieren ihr ewiges Seelenheil, weil sie da in einer Nacht mehr verdienen als unsereins für einen Monat harter Arbeit.«

»Du kennst dich aber gut mit deren Preisen aus«, bemerkte Martha schnippisch.

Susanne errötete. »Was willst du damit sagen?«

»Gar nichts«, antwortete Martha. »Aber du sprichst so selbstverständlich darüber, dass ich dachte, du kennst vielleicht Frauen, die auf diese Weise ihr Geld verdienen.«

Susannes Gesicht wurde noch dunkler.

»Ich habe das nur so gehört.«

»Von deinem Bruder?« Martha musterte Susanne streng.

»Natürlich nicht! Herbert ist ein anständiger Arzt, der würde doch nie ... Wie kannst du es wagen, ihm so etwas zu unterstellen?«

»Ich unterstelle ihm nichts. Aber als Arzt kennt er bestimmt Männer, die zu solchen Frauen gehen, und vielleicht hat er dir davon erzählt?«

»Nein, über so etwas reden wir nicht. Und ich habe auch noch nie so eine getroffen. Ich verkehre nur mit gesitteten Frauen.«

»Ich kenne Geschichten von anständigen Frauen«, sagte Martha, »die haben als Dienstmädchen gearbeitet und den Fehler gemacht, sich vom Sohn der Herrschaft verführen zu lassen, weil er ihnen Liebe vorheuchelte. Aber natürlich waren sie nicht standesgemäß, und so wurden sie entlassen, ehe der dicke Bauch zu verräterisch wurde. Das sind die feinen Herrschaften, die ihre Söhne nicht zügeln, aber die Frauen ins Elend stoßen. Samt ihrer eigenen Enkelkinder. Ist das nicht verlogen? Sag mir, Susanne, warum ist ein junger Mann, der eine Frau unter seinem Stand schwängert und sie nicht heiratet, ein toller Hecht, aber die sitzengelassene Frau eine Hure, die dann zusehen muss, wie sie mit ihrem unehelichen Kind überlebt?«

»Sie hätte eben anständig bleiben müssen! Wenn sie sich verführen lässt, hat sie selbst Schuld!«, hielt Susanne dagegen.

»Und was ist mit den Fällen, wo sich der Hausherr mit Gewalt nimmt, was er begehrt?«

»Wenn das passiert, müssen die Frauen eben zur Polizei gehen.«

»Ja, aber wer glaubt schon einem Dienstmädchen? Das würde doch sofort als Hure hingestellt, denn so ein Senator würde doch niemals sein Dienstmädchen vergewaltigen. Da tritt die feine Gesellschaft doch lieber die Opfer in den Dreck, als sich einzugestehen, was ihre sogenannten anständigen Bürger treiben. Was bleibt diesen armen Frauen denn übrig? Wenn sie zu dem Kind stehen und es bekommen, gelten sie als Huren mit unehelichen Kindern, und keiner gibt ihnen mehr Arbeit. Wenn sie zur Engelmacherin gehen, sind sie Verbrecherinnen und kommen ins Zuchthaus, falls die Sache auffliegt. Und wenn sie ins Wasser gehen, sind sie verachtete Selbstmörderinnen, die kein kirchliches Begräbnis verdienen und für immer in der Hölle schmoren. Egal was sie tun, sie sind Ausgestoßene im Leben wie im Tod. Aber die Männer, die es ihnen eingebrockt haben, die bleiben angesehene Bürger.« Martha atmete tief durch, so sehr hatte sie sich in Rage geredet, während Susannes zunächst schamrotes Gesicht inzwischen leichenblass geworden war. »Sind die Prostituierten da nicht ehrlicher?«, fuhr Martha fort. »Sag mir, Susanne, wer ist schändlicher? Derjenige, der Unzucht treiben will und bereit ist, die Notlage armer Frauen auszunutzen, oder die Frauen, die das Geld annehmen, um irgendwie zu überleben?«

Susanne sagte kein Wort. Stattdessen zog sie ihre Uhr hervor und schaute demonstrativ darauf. »Tut mir leid, Martha, ich muss zu Schwester Adelheid, sie wartet schon auf mich.«

Martha nickte nur. Sie hatte ohnehin schon viel zu viel gesagt. Wenn sie Susannes Mienenspiel richtig interpretierte, hatten ihre heftigen Worte die Freundschaft auf eine harte Probe gestellt.

Sie traf Susanne erst am Abend im Schlafsaal wieder, aber ihre Freundin war zurückhaltender als sonst. Die unsichtbare Wand, die Martha bislang nur erahnt hatte, bekam auf einmal erkennbare Konturen. Anstatt mit Martha herumzualbern, verwickelte Susanne ihre andere Bettnachbarin Franziska in ein langes Gespräch. Martha begriff sofort, dass Susanne es tat, um sie zu strafen, denn normalerweise machte Susanne sich gern über die ruhige, sanftmütige Franziska lustig, die niemals jemandem widersprach.

Während Martha immer wieder heimliche Blicke auf Susanne und Franziska warf, gesellte sich Carola zu ihr.

»Ärger im Paradies?«, fragte sie mit einem Augenzwinkern.

»Wie meinst du das?« Martha sah sie verwirrt an.

»Na, bislang warst du ja immer Susannes braver Schatten.« Sie lächelte gutmütig. »Ich nehme an, du durftest heute einen Blick auf Susannes wahren Charakter erheischen?«

»Ich verstehe nicht ganz …«

»Hilfst du mir im Bad beim Haarewaschen? Dann erklär ich's dir.«

Martha war verdutzt. Sie hatte mit Carola nie viel zu tun gehabt. Gut, bei der Arbeit hatten sie ab und an ein paar Worte gewechselt, aber da war es immer um ihre Patientinnen gegangen, nie um persönliche Angelegenheiten. Und jetzt bat Carola sie, ihr beim Haarewaschen zu helfen? Das war etwas, worum normalerweise nur enge Freundinnen gebeten wurden.

»Ja, natürlich«, erwiderte sie. »Hilfst du mir dann auch?« Sie griff nach ihrem Handtuch.

»Selbstverständlich.« Carola lächelte freundlich, und sie verließen zusammen den Schlafsaal.

Jetzt hatte Martha das Gefühl, als würden sich Susannes Blicke in ihren Rücken bohren, aber das war bestimmt nur Einbildung. Schließlich unterhielt die sich doch so ausgezeichnet mit Franziska.

Im Bad heizte Carola zunächst den Badeofen an, dann setzte sie sich auf den Rand der Wanne und bat Martha, neben ihr Platz zu nehmen.

»Susanne hat dich ja von Anfang an mit Beschlag belegt«, sagte Carola, während sie ihr schönes dunkelbraunes Haar löste, das ihr bis über die Taille fiel. »Da war für uns andere kein Durchkommen, so sehr hat die Glucke dich bewacht.«

»So habt ihr das gesehen?« Martha verstand immer noch nicht, was Carola ihr sagen wollte.

»Weißt du, Martha, jede hier hat ihre eigenen Beweggründe, warum sie die Ausbildung zur Krankenschwester macht. Für dich ist es ein Aufstieg, aber für die meisten von uns ist es ein Abstieg. Wir lernen zwar etwas, aber wir müssen dafür auch schwere körperliche Arbeit verrichten und geraten stets in Gefahr, uns mit

Krankheiten anzustecken. Viele Familien sehen es nicht gern, wenn ihre Töchter diesen Beruf lernen. Er hat nach wie vor keinen guten Ruf, auch wenn die Erika-Schwestern ebenso wie die Diakonissen als Ausnahme gesehen werden.«

»Das weiß ich. Aber was hat das mit Susanne und mir zu tun?«

»Susanne sucht verzweifelt nach Anerkennung. Ihr geht es nicht darum, Krankenschwester zu sein, ihr geht es darum, für das, was sie tut, bewundert zu werden, weil sie weiß, dass sie mit ihrem Aussehen niemals die Männer betören kann. Dabei spielt das eigentlich keine Rolle. Männer schauen zwar gern nach hübschen Gesichtern, aber geheiratet wird meist nach dem Geld. Und da hätte Susanne durchaus viele Möglichkeiten für eine gute Partie. Aber sie müsste auch befürchten, dass sie nur um des Geldes willen geheiratet wird und ihr künftiger Mann sich dann schnell mit anderen Frauen vergnügt. Und diese Demütigung wollte sie sich auf jeden Fall ersparen. Der Wissensdurst ist da eine gute Ausrede.« Carola lachte leise. »Wir anderen haben das sehr schnell durchschaut, also hat sie sich an dich gehängt, weil du die Jüngste hier bist und aus ganz anderen Kreisen kommst. Sie glaubte, du hättest keine eigene Meinung, und sie könnte dir ihre Sicht der Dinge aufdrängen und somit eine treue Gefolgsfrau finden.«

Martha schluckte. Carolas Worte passten zu ihrem Gefühl. Nachdem sie zum ersten Mal unterschiedlicher Meinung gewesen waren, schien die Mauer zwischen ihnen unübersehbar.

»Und warum erzählst du mir das jetzt?«

Carola schüttelte ihr Haar, drehte kurz den Wasserhahn auf und probierte, ob das Wasser schon warm genug war. »Das braucht wohl noch etwas«, sagte sie und drehte den Hahn wieder zu.

»Heute Nachmittag kam Susanne auf mich zu«, sagte sie dann. »Sie hat mir empört davon berichtet, wie du gefallene Frauen in

Schutz genommen hättest. So etwas könne sie einfach nicht verstehen und sie wolle auch nicht länger mit dir befreundet sein, wenn du mit solchen Leuten Umgang hast.«

Martha sagte nichts, sondern sah Carola fragend an.

»Allerdings hat die gute Susanne unterschätzt, dass ich selbst denken kann«, fuhr Carola fort. »Und sie hat keine Ahnung, warum ich Krankenschwester werden will. Mir geht es nicht um das Ansehen, sondern mir geht es um den Beruf selbst.«

»Weil du Menschen helfen willst?«

»Ganz recht«, bestätigte Carola. »Mein Vater ist ein angesehener Anwalt, obwohl er ein bekennender Sozialdemokrat ist, und er hat meinen Blick schon früh für das Unrecht in dieser Welt geschärft. Für ihn ist es wichtig, dass jeder Mensch, egal ob Mann oder Frau, auf eigenen Füßen stehen kann. Natürlich ist es schwierig, als Frau eine angemessene Ausbildung zu bekommen, und für ein Studium im Ausland hat es dann doch nicht gereicht, zumal ich zwei Brüder habe, die in anderen Städten studieren. Aber wo kann eine Frau besser für sich und andere sorgen als in der Krankenpflege? Und das, was du Susanne gesagt hast, sind genau meine Gedanken. Ich habe es ihr nicht erzählt, weil jedes Wort bei Susanne verschwendet wäre. Sie versteht das einfach nicht. Die Geschichte mit den gefallenen Mädchen konfrontiert sie wieder mit ihren eigenen Ängsten. Männer, die ihre Frauen betrügen und sich den hübschen Dienstmädchen zuwenden. Natürlich sind in den Augen von Frauen wie Susanne die Dienstmädchen schuld, die sich aufreizend benehmen. Und auf dich ist sie so wütend, weil sie gemerkt hat, dass sie dich nicht länger beherrschen kann, denn du hast deinen eigenen Kopf. Weißt du, dass du gut zu den Frauen in der Sozialdemokratie passen würdest?«

»Von Politik verstehe ich nichts«, gab Martha zu. »Was genau wollen die Sozialdemokraten?«

»Magst du mich nächsten Donnerstag zu einer ihrer Versammlungen begleiten? Dann kann ich es dir besser erklären. Wir brauchen intelligente Frauen, die über ihren Tellerrand hinausblicken.«

»Das würde ich sehr gern«, sagte Martha. »Denken dort alle so wie wir?«

»Ja. Vor allem sind wir uns darin einig, dass es keine zu großen Unterschiede zwischen Armen und Reichen geben darf, damit eine Gesellschaft in sozialem Frieden leben kann. Wie kann es sein, dass auf den Tafeln der Reichen Lebensmittel nur gekostet und dann weggeworfen werden, während in den Armenvierteln unterernährte Kinder vor sich hin vegetieren? Oder denk an die Cholera zurück. Wen hat es am schlimmsten getroffen? Die Armen in den Elendsquartieren, wo es keine anständige Kanalisation gab. Und die vornehmen Senatoren haben alles geheim gehalten, nur um ihre Pfründe nicht zu gefährden.«

»Das hat Doktor Schlüter auch gesagt«, entfuhr es Martha.

»Du meinst Friedrich Schlüter, den Mann von Wilhelmina Schlüter?«

»Ja, genau. Kennst du die beiden?«

Carola nickte. »Wilhelmina setzt sich sehr für die Frauenrechte ein. Ich hatte das große Glück, einmal zu einer ihrer Kaffeetafeln eingeladen zu werden, wo sich die intelligentesten Frauen der Stadt treffen.«

»Ich durfte auch einmal zum Kaffee zu den Doktorsleuten«, erzählte Martha. »Die beiden haben sich sehr dafür eingesetzt, dass ich hier aufgenommen wurde.«

»Das kann ich mir gut vorstellen.« Carola öffnete noch einmal den Wasserhahn, und ihrem Gesichtsausdruck entnahm Martha, dass sie mit der Temperatur des Wassers zufrieden war.

»Du kommst also am Donnerstag mit?«, fragte Carola, bevor sie ihren Kopf unter den Hahn hielt.

»Ja, sehr gern«, bestätigte Martha. »Werden wir dort auch Frau Schlüter treffen?«

»Nein, das ist nicht das Umfeld, in dem sie wirkt. Aber ich kann dir versprechen, dass du dich dort wohlfühlen wirst.«

22

Martha fieberte dem Donnerstag entgegen. Die Aussicht darauf, Leute zu treffen, die wie Doktor Schlüter und seine Frau dachten, beflügelte sie und ließ sie die Enttäuschung über Susannes Verhalten leichter ertragen. Nachdem sie an jenem Abend mit Carola fröhlich lachend aus dem Bad zurückgekehrt war, hatte Susanne sie mit einer Mischung aus Eifersucht und Zorn gemustert. Doch anstatt eine Aussprache zu suchen, hatte sie sich darauf beschränkt, Martha zu ignorieren, und sich Franziska umso intensiver zugewandt. Martha hatte das achselzuckend hingenommen. Wenn Susanne ihre Freundschaft nichts mehr bedeutete, nur weil sie anderer Meinung war, dann musste sie ihr nicht hinterhertrauern. Und tief in ihrem Innersten war sie erleichtert, von Anfang an gespürt zu haben, dass man Susanne nicht in jeder Hinsicht vertrauen durfte. Ob sie Carola trauen konnte, war ebenfalls offen. Gewiss, sie war freundlich und schien ihre Sichtweise zu teilen, aber auch Carola stammte aus einer ganz anderen Schicht. Und es war etwas anderes, idealistische Gedanken zu hegen, als mit der rauen Wirklichkeit konfrontiert zu werden. Dennoch freute sie sich schon darauf, mehr Zeit mit Carola zu verbringen. Vielleicht würde sie ihr irgendwann ja auch genügend vertrauen, um ihr Milli vorzustellen.

Noch bevor der Donnerstag kam, gab es ein Ereignis, das alles andere für Martha bedeutungslos werden ließ. Schon am Morgen nach ihrem Gespräch mit Carola kam Milli mit Wehen ins Krankenhaus.

Da sie gut gekleidet und sauber war und sich stets um eine gewählte Ausdrucksweise bemühte, merkte man ihr nicht an, womit sie ihren Lebensunterhalt bestritt. Außerdem hatte sich Moritz, der Milli ins Krankenhaus gebracht hatte, beim Pförtner als ihr Verlobter ausgegeben. Deshalb vermutete man lediglich, dass sie aus Kreisen stammte, die es mit der Moral etwas lockerer nahmen. Das führte immerhin dazu, dass die Hebamme freundlich zu ihr war und auch nichts dagegen hatte, als Martha sich zu Milli ans Bett setzte, um sie während der nächsten Stunden seelisch zu unterstützen.

Noch kamen die Wehen unregelmäßig, und die Hebamme meinte, es werde noch eine ganze Weile dauern.

»Ist zwar eigentlich keine Krankenschwesternaufgabe, aber ich denke, jede Schwester sollte eine Geburt einmal von Anfang an begleitet haben, um für den Notfall zu wissen, was normal ist und was nicht«, sagte die Hebamme. »Und ihr beiden hier scheint euch ja zu verstehen. Falls das Fräulein Steubner also nichts dagegen hat, wenn du hier im Kreißsaal dabei bist …«

»Nein, ganz und gar nicht«, sagte Milli schnell und freute sich, dass die Hebamme sie mit ihrem Nachnamen ansprach, auch wenn die Ansprache »Fräulein« in ihrer Lage entlarvend war.

Nachdem die Hebamme die beiden allein gelassen hatte, raunte Martha Milli zu: »Hast du Moritz gesagt, er soll sich als dein Verlobter ausgeben?«

»Nein, ich habe es ihm sogar verboten, aber er hat nicht auf mich gehört. Andererseits ist's ja gar nicht so schlecht, wenn sie denken, ich hätte einen Verlobten, auch wenn der nicht viel zu taugen scheint, weil er mich noch nicht geheiratet hat.« Sie zwinkerte Martha munter zu, und Martha war erstaunt, dass Milli sich in den Wehenpausen ganz normal mit ihr unterhalten konnte. Sie hatte sich nie viele Gedanken um das Kinderkriegen gemacht, erinnerte sich nur an die Erzählungen älterer Frauen, die von grauenvollen Schmerzen sprachen. Martha hatte immer geglaubt, diese Schmerzen würden endlos andauern, bis das Kind geboren war. Tatsächlich schien es nur in den Wehen selbst schlimm zu sein, auch wenn Milli selbst in diesen Phasen nicht schrie oder stöhnte, sondern nur heftig atmete, bis sie wieder vorbei waren.

»Willst du wissen, wie sich das wirklich anfühlt?«, fragte Milli Martha in der nächsten Wehenpause. »So, als wenn dich die Ruhr richtig packt, aber du gleichzeitig Verstopfung hast.«

Milli lachte, und Martha stimmte sofort ein. So ein Vergleich konnte auch nur Milli einfallen.

»Und hast du schon alles zusammen, was du für einen Säugling brauchst?«

Milli schüttelte den Kopf. »Es bringt Unglück, wenn man vor der Geburt schon alles hat. Ich habe in meiner Tasche nur ein Hemdchen, Windeln und eine warme Decke. Moritz hat mir versprochen, sich um eine Wiege zu kümmern, wenn's Würmchen gesund auf die Welt gekommen ist.«

»Glaubt Moritz etwa, er sei der Vater?«

»Er wäre es gern.« Milli seufzte. »Der hat mich gefragt, ob ich ihn heiraten will, aber das will ich nicht. Jetzt ist er noch verliebt und gefällt sich in der Rolle eines Familienvaters, aber das wird nicht auf Dauer tragen.«

»Aber du wärst abgesichert.«

»Das dachte meine Mutter auch mal.« Das lustige Blitzen in Millis Augen war verloschen, und sofort tat es Martha leid, dass sie dieses Thema überhaupt angesprochen hatte.

Ehe das Schweigen bleiern werden konnte, sagte Milli: »Ich bin zwar keine große Kirchgängerin, aber das Würmchen muss ja trotzdem getauft werden. Und da wollte ich dich fragen, ob du bereit wärst, die Patenschaft zu übernehmen. Wenn du's nicht willst, hätte ich Verständnis, du darfst hier ja keinem sagen, mit was für einer du befreundet bist. Aber das würde hier auch keiner erfahren, und ich glaub nicht, dass die feinen Fräuleins am Hafen in die Kirche gehen. Ich war schon beim Pastor von der norwegischen Seemannskirche, der hat ein großes Herz, und die meisten von uns gehen da zum Gottesdienst, weil uns da keiner schief anschaut und die Seeleute sich sogar freuen, wenn sie uns sehen.«

»Milli, das ist mir eine große Ehre, und ich würde die Patenschaft für dein Kind auch übernehmen, wenn du es in St. Nikolai oder dem Michel taufen lassen würdest. Wegen mir musst du keine kleine, versteckte Kirche aufsuchen.«

»Keine Sorge, das mache ich nicht wegen dir, sondern für mich selbst. Mir geht es nicht um Pomp und Gloria, mir geht es darum, in einer Kirche das zu finden, was sie den Gläubigen verspricht: Trost und Hilfe. Vielleicht tue ich den Pastoren der Hauptkirchen unrecht, aber es hat schon seinen Grund, dass unsereins diese Kirchen meidet und lieber im Verborgenen bleibt.«

Es dauerte noch mehrere Stunden, bis bei Milli die heftigen Austreibungswehen einsetzten. Aber sie blieb weiterhin stark, und Martha bewunderte die innere und äußere Kraft ihrer Freundin. Als die Hebamme schließlich wieder hinzukam und Milli die rechten Anweisungen gab, da schrie die Gebärende, aber es waren keine Schmerzensschreie, sondern Schreie vor Anstrengung und Kraft – fast so, wie die Hafenarbeiter kurz aufschrien, wenn sie eine zu schwere Last anhoben. Martha lernte, dass eine Geburt zwar unangenehm und schmerzhaft war, aber es an jeder Frau selbst lag, ob sie die Schmerzen als Verbündete sah, um ihr Kind zu gebären, so wie Milli es tat, oder lediglich als Gottes Strafe für Evas Verrat. Nein, hier gab es keine Strafe, hier wurde die große

Kraft der Frauen spürbar, die Anstrengungen, derer es bedurfte, ein neues Leben in die Welt zu lassen.

Als der Kopf kam, war Martha überrascht, wie blau das Kind war, fast wie eine Pflaume, doch die Hebamme beruhigte sie. »Das ist alles ganz normal, warte mal ab, bis es den ersten Atemzug tut, dann ist es gleich rot und rosig.«

Noch eine letzte Wehe, dann flutschte das Kind regelrecht aus Millis Leib heraus. Die Hebamme nabelte es so rasch ab, dass Martha gar nicht erkennen konnte, was es war.

»Ist es ein Junge?«, fragte Milli mit erschöpfter Stimme.

»Nein, ein kleines Mädchen«, lautete die Antwort. »Eine wunderschöne kleine Prinzessin mit blondem Haarflaum und blauen Augen.«

Ein tiefer Seufzer entrang sich Millis Brust. »Mädchen ist in dieser Welt kein leichtes Leben beschieden«, sagte sie. »Aber ich werde sie gerade deshalb umso mehr lieben und alles für sie tun.«

Die Hebamme wusch und wickelte das Kind, dann gab sie es Milli in den Arm, damit sie ihre kleine Tochter zum ersten Mal an die Brust legen konnte.

Erst jetzt wurde Martha bewusst, dass sich bislang kein Arzt hatte blicken lassen, obgleich sie doch im Krankenhaus waren. Sie fragte die Hebamme danach.

»Die feinen Doktoren wissen, dass sie sich auf mich verlassen können«, sagte sie. »Und ich bin froh, wenn die mir hier nicht vor den Füßen rumtrampeln. Das Kinderholen ist immer noch die Aufgabe der Hebamme, den Arzt ruf ich nur hinzu, wenn's gefährlich für Mutter oder Kind wird. Aber nicht zu so einer leichten Geburt.« Sie lächelte Milli an. »Herzlichen Glückwunsch! Ich hoffe mal, Ihr Verlobter weiß, was er nun zu tun hat. Lang genug Zeit gelassen hat er sich ja. Und er wär dumm, wenn er diese kleine Schönheit nicht umgehend als seine Tochter legitimieren würde.«

Milli zwang sich zu einem Lächeln, sagte aber nichts.

»Haben Sie denn schon einen Namen für das Kind?«

Milli warf Martha einen kurzen Blick zu, dann sagte sie: »Anna, in Erinnerung an eine Freundin, die viel zu früh gegangen ist.«

23

Am Donnerstag trafen Martha und Carola sich abends nach dem Ende ihrer Schicht und machten sich auf den Weg nach Eimsbüttel, wo die Sozialdemokraten eines ihrer Vereinslokale hatten. Eines der besseren, wie Carola erklärte.

»Am Hafen gibt es auch welche, aber da treffen sich die Hafenarbeiter vorwiegend, um einen zu heben und nur nebenbei etwas über die politische Lage zu sprechen. Zudem gehen dort kaum Frauen hin, und die, die du dort triffst, haben ganz andere Dinge im Sinn als die Politik.« Carola zwinkerte Martha mehrdeutig zu. »Hier ist es ganz anders, denn hier werden regelmäßig auch die Frauenrechte diskutiert.«

»Was meinst du mit Frauenrechten?«

Carola sah Martha mitleidig an, während sie im Licht der Gaslaternen auf das Vereinslokal zugingen. »Das sagt doch schon das Wort selbst«, erwiderte sie. »Wir Frauen brauchen die gleichen Rechte wie die Männer. Mädchen müssen das Recht haben, die höhere Schule zu besuchen und zu studieren. Sie müssen das Recht haben, jeden Beruf zu erlernen, der ihnen gefällt, und dürfen nicht länger auf ihren sogenannten Naturberuf reduziert werden.«

»Was ist ihr Naturberuf?«

Der mitleidige Ausdruck in Carolas Augen verstärkte sich. »Die Mutterschaft.«

»Das ist doch kein Beruf«, widersprach Martha. »Ich kenne jedenfalls keine Frau, die fürs Kinderkriegen Geld bekommt.«

Carola lachte. »Das ist gut, das muss ich mir als Antwort merken.«

Das Vereinslokal Zum Rattenfänger lag im Souterrain eines Bürgerhauses und passte so gar nicht zu der eleganten Gründerzeitfassade. Sie mussten einige Stufen nach unten steigen, ehe sie in einen rauchgeschwängerten, halbdunklen Kneipenraum kamen. Dagegen ist der Schwarze Adler der reinste Luxuspalast, dachte Martha und fragte sich, wie düster dann wohl erst die Kneipen der Sozialdemokraten am Hafen sein mochten, wenn Carola dieses Etablissement schon für etwas Besseres hielt. Oder ging es lediglich um die Menschen, die hier verkehrten?

Carola wurde sofort von mehreren Männern und zwei Frauen begrüßt, die allesamt etwas älter waren, Martha schätzte sie auf Mitte zwanzig. Sie selbst war zweifellos die Jüngste hier, und das bekam sie auch sofort zu spüren, als einer der Männer, den sie Willy nannten, Carola fragte, was für ein Küken sie denn da angeschleppt habe.

»Unterschätz sie nicht, sie ist zwar die jüngste Schwesternschülerin bei den Erika-Schwestern, hat sich aber von der einfachen Hilfskrankenwärterin im alten Allgemeinen Krankenhaus hochgearbeitet«, sagte Carola. »Darf ich vorstellen: Das ist meine Freundin Martha Westphal.«

Martha spürte, wie ihr vor Stolz das Blut in die Wangen stieg, als Carola sie als ihre Freundin bezeichnete.

»Na, dann will ich nix gesagt haben.« Willy grinste gutmütig. »Dann passte ja richtig gut hierher, denn die Genossin Frieda Mersburg spricht heute über ihr Treffen mit August Bebel und seine Thesen über die Frau im Sozialismus.«

Martha nickte, obwohl sie keine Ahnung hatte, wer August Bebel war und was Sozialismus bedeutete. Sie hoffte, dass sie es anhand der Reden von selbst erfahren würde, und falls nicht, würde sie Carola auf dem Heimweg fragen.

Carola brachte sie in einen kleinen Nebenraum, in dem mehrere Stühle in Reih und Glied vor einem Stehpult standen.

»Hier finden die Vorträge statt«, sagte sie. »Komm, setzen wir uns doch gleich in die erste Reihe, ist hier ja nicht wie in der Schule. Und nachdem die Frieda ihren Vortrag gehalten hat, wird in der Gaststätte noch bei einem Bier diskutiert.«

Martha nickte und verkniff sich, Carola darauf hinzuweisen, dass sie weder das Geld für ein Bier hatte noch überhaupt das Bedürfnis, Alkohol zu trinken.

Es dauerte eine Weile, bis sich der Raum füllte, und Martha war überrascht, wie viele Frauen den Weg hierher gefunden hatten, auch wenn die Hälfte der Besucher Männer waren.

»Sind die Männer hier auch für die Frauenrechte?«, raunte sie Carola zu.

»Natürlich«, erwiderte die. »Nur Reaktionäre sind dagegen, dass Frauen als gleichwertige Menschen anerkannt werden.«

Frieda Mersburg war eine stattliche Frau, deren Alter schwierig einzuschätzen war. Irgendwo zwischen dreißig und fünfzig, vermutete Martha. Für eine Frau war sie recht hochgewachsen und stämmig. Sie trug ein schwarzes Kostüm und hatte augenscheinlich auf ein Korsett verzichtet.

»Genossinnen und Genossen«, begann sie ihre Rede. »Ihr alle wisst, dass ich mich bereits seit Jahren für die Unterdrückten und Benachteiligten einsetze: für die Proletarier und armen Arbeiter, die unter der Ausbeutung durch den Kapitalismus leiden, für die Kinder, die in Fabriken und Manufakturen unter unmenschlichen Bedingungen schuften, um ihre Familien vor dem Hungertod zu bewahren, aber auch für die Frauen. Und heute will ich euch mit den Gedanken unseres Mitstreiters August Bebel vertraut machen, die dieser bereits vor Jahren in seinen Schriften über die Frauenfrage festhielt. Wie kann ein Volk seine wahre Natur und Größe erreichen, hat er sich gefragt, wenn es auf die Hälfte seiner

Arbeitskraft und seines Intellekts freiwillig verzichtet, ja, diese Kräfte sogar unterdrückt und ausbeutet, damit einige wenige ihren Reichtum mehren können? In der Frauenfrage stehen sich verschiedene Parteien gegenüber. So gibt es jene, die alles beim Alten lassen wollen und schnell mit der Antwort bei der Hand sind. Sie glauben, die Sache sei damit abgetan, dass sie die Frau auf ihren Naturberuf als Kindergebärerin, Mutter und Hauswirtschafterin verweisen. Dabei empfinden viele Frauen die Ehe als Joch, in dem sie zur Sklaverei verurteilt sind und Not und Elend ihr Leben lang erdulden müssen. Das kümmert freilich diese ›weisen Männer‹ ebenso wenig wie die Tatsache, dass Millionen Frauen sich weit über das Maß ihrer Kräfte abrackern müssen, um das nackte Leben zu fristen. Sie verschließen vor dieser unliebsamen Tatsache ebenso die Augen und Ohren wie vor dem Elend des Proletariers, indem sie sich und andre damit trösten, das sei ›ewig‹ so gewesen und werde ›ewig‹ so bleiben. Dass die Frau das Recht hat, an den Kulturerrungenschaften unserer Zeit Anteil zu nehmen, sie für sich zu nutzen und alle ihre geistigen und körperlichen Fähigkeiten zu entwickeln, davon wollen diese Männer nichts wissen. Und sagt man diesen Männern noch, dass die Frau auch ökonomisch unabhängig sein müsse, damit sie nicht mehr von dem Wohlwollen und der Gnade des anderen Geschlechts abhängig sei, dann hat ihre Geduld ein Ende. Dieses, Genossinnen und Genossen, sind die Pharisäer, die aus dem engen Kreis ihrer Vorurteile nicht herausfinden können. Es ist das Geschlecht der Käuzchen, wie unser Genosse August Bebel sie nennt, das überall ist, wo Dämmerung herrscht, und erschreckt aufschreit, sobald ein Lichtstrahl in das ihm behagliche Dunkel fällt.«

Frieda Mersburg holte tief Luft und trank einen Schluck aus dem Wasserglas, das auf ihrem Stehpult stand, ehe sie fortfuhr. »Ein anderer Teil der Gegner unserer Bewegung kann allerdings vor den laut redenden Tatsachen nicht die Augen verschließen. Er gibt zu, dass sich in keinem früheren Zeitalter eine so große Anzahl von Frauen in so unbefriedigender Lage wie heute befunden hat. Doch sie sind der Ansicht, dass die soziale Frage für Frauen, die im Hafen der Ehe eingelaufen sind, gelöst sei. Und so verlangt dieser Teil, dass lediglich die unverheirateten Frauen sich dem Wettbewerb mit dem Mann stellen dürfen, um Zugang zu Bildung und Berufen zu finden. Sie fordern, dass Frauen Zugang zum Studium haben sollen, und befürworten ferner ihre Zulassung zum Staatsdienst, namentlich Post-, Telegrafie- und Eisenbahndienst. Dabei verweisen sie auf die guten Resultate, die insbesondere in den USA mit Frauen in derartigen Positionen erzielt wurden. Aber, Genossinnen und Genossen, verkennt nicht, dass sie uns nur einen Brotkrumen hinwerfen, denn auch wenn sie scheinbar die Gleichberechtigung predigen, so glauben sie doch, es sei damit getan, dass allein bürgerliche Frauen zwischen Ehe und Beruf wählen dürfen. Dabei übersehen sie jedoch die Millionen Frauen des Proletariats, und zudem wollen sie Frauen schlechter bezahlen, weil sie angeblich weniger Leistung erbringen. Dahinter steckt der reine Eigennutz des Kapitals – Frauen sollen durchaus Arbeit von Wert erbringen, aber nur dann, wenn sie hinter dem Mann zurückstehen. Seien wir ehrlich, Genossinnen und Genossen, was haben Millionen von Frauen aus dem Proletariat davon, wenn einige Tausend ihrer bürgerlichen Geschlechtsgenossinnen Zugang zu besserer Bildung haben? Nichts, rein gar nichts! Und deshalb ist die Frauenfrage nicht zu trennen vom Kampf des Proletariats um die Gleichberechtigung aller. Wir dürfen nicht länger zulassen, dass die Grenze zur Bildung durch Herkunft, Geschlecht oder Religion gezogen wird. Jeder Mensch braucht gleiche Rechte, und deshalb ist die Frauenfrage etwas, das uns alle angeht! Zum Wohl und Nutzen eines starken Staatsgefüges.

Wer das Proletariat befreien will, darf nicht zurückzucken und sich von den süßen Worten des Bürgertums blenden lassen, das uns vorspielt, auf unserer Seite zu stehen. Nein, wir brauchen die Befreiung aller Unterdrückten.«

Heftiger Applaus brandete auf, und Martha merkte erst, dass sie sich daran voller Inbrunst beteiligte, als ihre Hände vom Klatschen bereits wehtaten. War das der Sozialismus? Menschen, die von wirklicher Gleichheit träumten, davon, dass alle Menschen dieselben Rechte haben sollten? In einer solchen Welt wäre ihre Freundin Milli niemals dazu gezwungen gewesen, ihr Leben als Prostituierte zu fristen, und sie müsste sich auch keine Sorgen machen, was aus ihrer kleinen Tochter werden würde. Sie müsste nicht von einem Leben in der neuen Welt träumen, wo niemand sie kannte.

»Frieda ist beeindruckend, nicht wahr?«, raunte Carola Martha zu. »Sie schafft es jedes Mal, auch die Männer von den Frauenrechten zu überzeugen. Rechte für die Unterdrückten, Freiheit und Gleichheit für alle – das hat mein Vater meinen Brüdern und mir schon früh vermittelt.«

»Dann gibt es also viele, die so denken?«

»Ja, aber leider noch längst nicht genug. Bis vor ein paar Jahren gab es noch einen Erlass des Reichskanzlers, der die Sozialdemokratie verbot. Damals wären solche Treffen wie dieses hier nicht möglich gewesen und hätten als Hochverrat gegolten.«

»Warum?«

»Warum wohl? Weil es für die Mächtigen gefährlich ist, wenn sich die Unterdrückten ihrer Rechte besinnen und um ein besseres Leben kämpfen. Sie können dann nicht mehr so gut ausgebeutet werden. Jemand, der frei denken kann und Dinge hinterfragt, lässt sich weder belügen noch damit abspeisen, dass es sich um die gottgewollte Ordnung handelt. Allerdings ist es immer noch riskant, offen zu diesen Ideen zu stehen, und ich wage es nicht, meine Meinung offen in der Erika-Schwesternschaft preiszugeben. Wir sind ja ein sehr bunt zusammengewürfelter Haufen. Frauen wie Auguste Feldbehn würden das gewiss sofort gegen mich verwenden. Und Susanne ... nun, du hast ja selbst erlebt, wie sie wirklich denkt. Das sind die Pharisäer, von denen Frieda sprach. Jene, die von den bestehenden Verhältnissen profitieren, da sie aus wohlhabenden Familien stammen und gern weiterhin zu einer besseren Klasse gehören wollen. Und wenn sie das nicht durch eigene Leistung erreichen können, dann eben dadurch, dass sie sich über andere erheben. Wer selbst schwach ist, muss andere erniedrigen. Nur wer innerlich gefestigt und stark ist, scheut sich nicht, auch anderen Rechte zuzugestehen – selbst auf die Gefahr hin, dass es ihn einen Teil der eigenen Privilegien kostet. Wenn Leistung über das Geburtsrecht siegt, wird die Menschheit einen Sprung nach vorn machen. Dann kommt der Sozialdarwinismus zum Tragen.«

»Der was?«, fragte Martha.

»Das bezieht sich auf den Wissenschaftler Charles Darwin, der die Theorie der Evolution im Tierreich erklärt hat: vom Überleben des Stärkeren und dem Aussterben des Schwächeren. Auf unsere Gesellschaft übertragen bedeutet das, dass die alten Verkrustungen gelöst werden müssen. Wenn nicht mehr die Geburt, sondern nur noch die Leistung entscheidet, können dumme Kinder aus adeligen oder reichen Familien nicht mehr über intelligente Kinder aus armen Familien herrschen, die künstlich dumm gehalten werden, damit sie ihrer Macht nicht gefährlich werden.«

»Das klingt logisch«, gab Martha zu. »Und deshalb haben Adel und Bürgertum Angst vor den sozialistischen Ideen?«

»Ganz genau«, bestätigte Carola. »Und da wir uns in einem bürgerlichen Milieu befinden, müssen wir sehr vorsichtig sein.

Diejenigen, die keine Angst vor der Konkurrenz haben, weil sie selbst klug genug sind, über ihren Tellerrand hinauszublicken, unterstützen uns. Aber jene, die etwas zu verlieren haben, bekämpfen uns bis aufs Blut. Vergiss das nie.«

»Aber warum ist Susanne dann dagegen? Sie ist doch intelligent und könnte sich jederzeit behaupten.«

»Ist das so?«, fragte Carola mit hochgezogenen Brauen. »Sie hat die Bücher ihres Bruders gelesen und ist uns anderen, die wir keinen Arzt in der Familie haben, deshalb voraus. Doch wird das so bleiben? Zudem kommt bei Susanne noch ihr Gefühl der Minderwertigkeit als Frau hinzu, weil sie keine Schönheit ist. Das habe ich dir ja schon einmal erklärt. Vermutlich fehlt ihr das Selbstbewusstsein, sich den Herausforderungen des Sozialismus zu stellen. Sie hat zu große Angst, etwas zu verlieren, wenn sie sich auf unsere Seite schlägt, aber noch nicht klar ist, wann die Revolution kommen wird.«

»Die Revolution?« Martha starrte Carola erschrocken an. »Mit Aufwiegelei will ich nichts zu tun haben.«

Carola lachte. »Keine Sorge, es geht nicht um eine Revolution im blutigen Sinne, sondern um den politischen Kampf. Irgendjemand hat mal gesagt, nichts sei so stark wie eine Idee, deren Zeit gekommen ist. Es liegt an uns, diese Idee zu verbreiten. Davon erzähle ich dir beim nächsten Treffen. Natürlich nur, wenn es dich interessiert und ich dich jetzt nicht abgeschreckt habe.«

»Nein, auf keinen Fall«, antwortete Martha hastig. »Ich finde, was Frieda Mersburg und du zu sagen habt, richtig gut. Ich möchte nur keinen Ärger haben.«

»Keine Sorge, das wirst du nicht. Ich habe in den vergangenen Jahren gelernt, vorsichtig zu sein.«

24

Als Martha die kleine Seemannskirche betrat, in der Millis Töchterchen zehn Tage nach seiner Geburt getauft wurde, begriff sie, warum ihre Freundin diese kleine, unscheinbare Kirche den großen Hauptkirchen vorzog. Versteckt und kaum sichtbar, duckte sie sich hinter dem Gängeviertel. Der Pastor, Sohn eines norwegischen Seemanns und einer hamburgischen Mutter, war ein freundlicher Mann, dem die Werte des wahren Christentums, das auf niemanden herabblickt, noch etwas zu bedeuten schienen. Seine Worte waren voller Fürsorge und verurteilten nicht, vermutlich weil er als unehelicher Sohn eines Seemanns selbst erlebt hatte, wie es war, wenn man unverschuldet zu den Ausgestoßenen gehörte. Als Pastor der norwegischen Seemannskirche am Hamburger Hafen versuchte er, beide Seiten seiner Herkunft auf nutzbringende Weise zu verbinden.

Martha hatte lange überlegt, was sie ihrer Freundin zur Taufe schenken könnte. Es sollte etwas Persönliches und zugleich Nützliches sein, außerdem durfte es nicht viel kosten, denn das Geld war nach wie vor knapp. Letztlich entschied sie sich dafür, aus einem der weißen Laken, das sie von zu Hause mitgebracht hatte, das sie aber im Schwesternwohnheim nicht brauchte, Säuglingswäsche zu nähen. Ganze Abende hatte sie damit verbracht, an dem Tisch im Schlafsaal zu sitzen und die kleinen Hemdchen zu nähen und mit dem Monogramm des Kindes – A.S. für Anna Steubner – zu versehen. Als Susanne sie beim Nähen der Kinderwäsche gesehen hatte, meinte sie schnippisch: »Ich hoffe, dir ist kein Malheur passiert.«

»Nein, das wird ein Geschenk«, erwiderte Martha gleichmütig.

Obwohl Susanne ihr in der letzten Zeit aus dem Weg gegangen war, setzte sie sich zu Martha an den Tisch.

»Für wen denn?«, fragte sie neugierig.

»Für eine Freundin«, lautete Marthas knappe Antwort.

»Na, dann hoffe ich mal, der ist auch kein Malheur passiert, und sie ist gut verheiratet.«

Martha sagte nichts, sondern konzentrierte sich auf ihre Arbeit.

»Ist ihr ein Malheur passiert?«, bohrte Susanne nach. »Warst du deshalb neulich so merkwürdig?«

Martha hob den Blick. »Du findest es merkwürdig, dass ich mich auf die Seite der Schwächsten stelle? Wäre das nicht auch deine Pflicht? Als angehende Krankenschwester und gläubige Katholikin, die jeden Sonntag in die Kirche geht?«

»Für die Sünderinnen zu beten bedeutet nicht, dass man sie verteidigen muss«, hielt Susanne ihr entgegen.

»Für jemanden zu beten, über den man ansonsten schlecht redet, ist scheinheilig.« Martha faltete das fertige Hemdchen zusammen. »Es ist für dich also eine Sünde, wenn eine unverheiratete Frau schwanger wird?«

»Ja, denn das ist gegen Gottes Gebot.«

»Warum ist Gott dann nicht mit gutem Beispiel vorangegangen, als er die Jungfrau Maria schwängerte?«, gab Martha in Erinnerung an eine der früheren spitzen Bemerkungen ihres Vaters zurück. Ihr Vater hatte damit stets die Lacher auf seiner Seite gehabt. Susanne hingegen wurde wütend. »Du sprichst wie eine Ketzerin!«, schrie sie. »Aber das ist ja auch kein Wunder. Hamburg ist das reinste Sündenbabel und die Ecke, aus der du stammst, erst recht. Ihr kennt keinen Glauben, keinen Anstand und keine Moral.«

Dann war sie aufgestanden und hatte den Schlafsaal mit lautem Türenknallen verlassen.

An diesen Zwist musste Martha denken, als sie Millis Tochter über das Taufbecken hielt, während der Pastor die Kleine im Namen des Vaters, des Sohnes und des Heiligen Geistes auf den Namen Anna taufte. Und sie musste an all die biblischen Geschichten denken, die ihr Vater ihr und ihren Geschwistern früher erzählt hatte. Er hatte ihnen nicht aus der Bibel vorgelesen, sondern die Geschichten in seinen eigenen Worten wiedergegeben. Es machte Martha traurig, wenn sie daran dachte, was aus ihrem lebenslustigen, klugen Vater geworden war. Doch neben all der Trauer war sie auch dankbar, denn sie begriff erst nach und nach, wie viele Werte und Wissen er ihnen vermittelt hatte. Ohne ihn hätte sie nie das Selbstbewusstsein gehabt, Susanne zu trotzen. Mochten sie auch keine so großen Kirchgänger sein wie Susanne und ihre Familie und als Protestanten einen pragmatischeren Umgang mit dem Glauben pflegen, Martha fühlte sich den ursprünglichen Werten, die Jesus gepredigt hatte, tief verbunden. Ein Jesus, der sich mit armen Leuten und Sündern umgab und dafür die reichen Händler verurteilte, die Gottes Haus zu einer Räuberhöhle gemacht hatten. Wenn sie sich jetzt in dieser kleinen, unscheinbaren Kirche umsah, wurde ihr bewusst, dass sie all die Werte, die ihr vom Vater vermittelt worden waren, bei den Sozialdemokraten wiedergefunden hatte.

Nachdem die Zeremonie beendet und die kleine Anna als jüngstes Mitglied in die Gemeinde aufgenommen worden war, lud Moritz die beiden Freundinnen in ein kleines Lokal ein, das hinter dem Venusberg lag. Es war eine saubere, günstige Gaststätte, die überwiegend von Schiffsoffizieren und Handelsreisenden besucht wurde. Das Essen war einfach, aber gut, die Preise erschwinglich.

Martha bemerkte, dass es Milli unangenehm war, wie Moritz sie ansah, während sie am Tisch saßen und darauf warteten, dass der Kellner ihre Bestellung brachte.

»Ich habe dich schon so oft gefragt«, sagte er. »Aber du bist mir immer ausgewichen, Milli. Sag, warum willste mich nicht heiraten? Ist's wegen meinem Vater? Um den musste dir keine Sorgen machen, der wird dich schon als Schwiegertochter akzeptieren.«

»Und die Anna als Enkelin?«, fragte Milli, während sie das Kind in den Armen wiegte.

»Wenn ich sie als meine Tochter anerkenne, wird er nix dagegen sagen können. Und für dich wär's auch besser, wenn du 'ne verheiratete Frau wärst. Dann sparste dir den Amtsvormund für die Lütte.«

Martha horchte auf. Amtsvormund? Das galt doch nur für Waisenkinder.

»Was meinst du damit?«, fragte sie.

»Uneheliche Kinder kriegen einen Vormund vom Amt«, sagte Milli leise. »Weil man den Frauen nicht zutraut, allein die Verantwortung zu tragen.«

»Ja, und wenn du Pech hast, wird auch noch dein eigener Vater ihr Vormund«, warf Moritz ein. »Willste das wirklich, Milli?«

Sie schüttelte stumm den Kopf.

»Na also. Dann gib mich als Vater an, und ich heirate dich, und alles wird gut.«

»Wird es das?«, fragte Milli zweifelnd. »Noch bist du verliebt, aber was ist in ein paar Jahren?«

»Warum sollte sich was ändern?«, fragte Moritz. »Ich hab mich nicht nur in dich verliebt, weil du hübsch bist, sondern weil du klug bist und dir nix gefallen lässt.«

Als Milli nichts sagte, wandte Moritz sich an Martha.

»Sag doch auch mal was, Martha. Meinste nicht, dass es für

Milli und deine Patentochter besser wär, wenn sie meine Frau wird, anstatt so weiterzumachen?«

»Das muss Milli selbst entscheiden«, sagte Martha. Doch zugleich sah sie ihre Freundin an. »Was spricht denn gegen Moritz' Vorschlag? Ich meine, es ist doch alles besser, als wenn dein Vater auch noch die Hand auf Anna legt.«

»Was dagegen spricht?« Milli hob den Blick und sah zunächst Martha und dann Moritz an. »Da gibt es einiges. Mein Vater würde nie erlauben, dass ich Moritz heirate, denn dann kann er ja nicht mehr die Hand aufhalten. Und ohne sein Einverständnis geht nichts.«

»Oh, das könntest du vor Gericht erzwingen, wenn du sagst, dass das Kind von mir ist«, wandte Moritz ein. »Ich würde dir dabei helfen. Dein Vater saß immerhin im Zuchthaus. Und wenn er mir dumm kommt, wird er was erleben.«

»Hilf mir doch lieber dabei, dass mein Kind einen anderen Vormund bekommt. Keinen ehemaligen Zuchthäusler.«

Moritz sah Milli hilflos an. »Warum willst du mich denn nicht? Wir kommen doch gut miteinander aus, und du weißt, dass ich alles für dich und das Kind tun würde.«

Milli schluckte. »Du bist ein guter Mensch, Moritz«, sagte sie. »Ich mag dich wirklich gern. Und unter anderen Umständen würde ich dich vielleicht sogar heiraten, aber ...«

»Aber was?«

»Ich will nicht von einer Abhängigkeit in die nächste geraten. Ich muss noch fünf Jahre durchhalten, dann bin ich volljährig und kann mein Leben richtig beginnen. Hier habe ich doch keine Zukunft, nicht mal als deine Frau. Und du hast schon einmal gesagt, dass du nicht nach Amerika auswandern willst.«

»Nein, warum auch? Hier haben wir doch alles. Ich kann unseren Lebensunterhalt bestreiten.«

»Als Rausschmeißer und Sohn eines Hurenwirts? Ist das wirklich alles, was du vom Leben erwartest, Moritz? Ich will mehr, ich will ein freies Leben haben, einen neuen Anfang, wo mich niemand kennt. Ich möchte selbst entscheiden, was ich tun und lassen will.«

»Und du glaubst, die warten in Amerika nur auf dich? Milli, du rennst hinter Träumen her. Du kannst ja nicht mal Englisch.«

»Ich habe noch Zeit genug, es zu lernen.«

»Und wie? Im Bett mit Matrosen?«

»Genau das ist dein Problem, Moritz. Du sagst immer nur, was nicht geht! Du hast keine Träume und Pläne. Dir genügt, was du hast, du bist nicht bereit zu kämpfen. Aber ich will mehr, verstehst du? Wenn ich dich heirate, mag ich abgesichert sein, aber meine Seele verkümmert.«

»Deine Seele?«, rief Moritz. »Und du meinst, die verkümmert nicht, wenn du jeden Tag mit einem halben Dutzend Männern ins Bett gehst?«

»Sei still!«, zischte Milli. »Muss das denn jeder hören?«

»Wenn du das lieber tust, als mich zu heiraten, wird es dir ja wohl nicht peinlich sein«, schimpfte Moritz, der seine Stimme aber sofort gesenkt hatte.

Milli atmete tief durch. »Moritz, ich würde dich sofort heiraten, wenn du bereit wärst, mit mir nach Amerika zu gehen. Es muss nicht sofort sein, aber spätestens, wenn ich einundzwanzig bin. Würdest du das für mich tun? Uns einen neuen Anfang bescheren? Wenn du mich so sehr liebst, dann würde deine Liebe uns tragen, und wir könnten uns eine Zukunft fern von all dem hier aufbauen. Eine Zukunft, wo ich nicht schief dafür angesehen werde, was ich einst getan habe.«

»Ich werde jedem, der dich schief ansieht, die Zähne ausschlagen.«

»Du weißt, dass du das nicht kannst. Vielleicht werden sie aus Angst freundlich sein, aber dafür hinter meinem Rücken tuscheln.«

»Ich liebe mein Land«, erwiderte Moritz. »Ich liebe Hamburg. Ich will hier nicht weg.«

»Dann hast du dir damit selbst die Antwort gegeben, Moritz. Du liebst dein Land und deine Stadt mehr als mich. Das ist nicht schlimm, ich verstehe das. Aber hier werden wir keine gemeinsame Zukunft haben.«

Eine Weile schwiegen sie, dann nickte Moritz langsam. »Vielleicht überlegst du es dir noch mal. Ich bin für dich da, Milli. Für dich und Anna. Wenn du mir erlaubst, die Vaterschaft anzuerkennen, werde ich mich drum kümmern, dass dein Vater nicht die Vormundschaft für unser Kind bekommt.«

Milli senkte den Blick, und Martha spürte, wie sie selbst eine Gänsehaut bekam, als Moritz so völlig selbstverständlich »unser Kind« sagte. So als wäre es eine Tatsache und nicht einfach nur sein Wunschtraum. In dem Moment begriff sie, dass Moritz Milli aufrichtig liebte. War es wirklich richtig, einen Mann, der so aufrichtige Gefühle für einen hegte, abzuweisen? Sie selbst hätte an Millis Stelle nicht länger gezögert.

25

Nach der Taufe von Millis Tochter kehrte wieder der Alltag in Marthas Leben ein, und sie spürte, wie sehr Heinrich ihr fehlte. Daran konnten auch die regelmäßigen Besuche der sozialdemokratischen Versammlungen nichts ändern, obwohl Martha sich jedes Mal freute, wenn sie Carola Zum Rattenfänger begleiten durfte. Es war nicht immer so interessant wie beim ersten Mal, als es um die Rechte der Frauen gegangen war. Meist beschäftigten sie sich mit dem allgemeinen Elend der Arbeiter und dem Kampf um die Rechte der Unterdrückten, wie man die Arbeiter dort nannte. Carola beteiligte sich jedes Mal mit einer Inbrunst an diesen Gesprächen, die Martha bewunderte. Ihr selbst wären die Ungerechtigkeiten, die ihre Freundin anprangerte, nicht einmal aufgefallen. Als Mädchen aus dem Gängeviertel war es für sie Normalität, dass die Männer im Hafen gnadenlos ausgemustert wurden, sobald sie nicht mehr die nötige Leistung erbrachten. Es war zudem nichts Besonderes, wenn Männer ihren Lohn vertranken und ihre Familien darben ließen. Ihre Eltern hatten Ziele und Hoffnungen gehabt, auch für ihre Kinder. Bei dem Gedanken daran wurde Martha schwer ums Herz. Hätte es die Cholera nicht gegeben, würde Heinrich jetzt das Gymnasium besuchen, anstatt als Schiffsjunge um die Welt zu reisen. Sie selbst allerdings würde sich wohl als Lehrmädchen in Schneidermeister Helbingers Kellerwerkstatt die Tage um die Ohren schlagen. So seltsam es auch klingen mochte, aber wenn Martha ganz ehrlich zu sich war, war sie die Einzige aus der Familie, für die aus all dem Elend etwas Positives erwachsen war. Vielleicht würde das irgendwann auch auf Heinrich zutreffen. Es gab einige Beispiele von erfolgreichen Schiffsoffizieren, die ebenfalls als Schiffsjunge angefangen hatten. Und immerhin hielt sich ihr Vater nach wie vor vom Alkohol fern. Er arbeitete nun schon seit zwei Monaten ununterbrochen in der Segelmacherei. Aber er sah um Jahre gealtert aus, war stark abgemagert, und sein volles, dunkles Haar wurde allmählich weiß. Dennoch biss er die Zähne zusammen und machte weiter. Anfang Dezember weihte er Martha in seinen Plan ein, Weihnachten einen richtigen Tannenbaum zu besorgen, um Heinrichs Rückkehr von seiner ersten großen Fahrt gebührend zu feiern.

»Ich hab Siegfried gefragt, ob er sich beteiligen will, aber der fährt über Weihnachten nach Hause zu seiner Familie«, sagte er. »Ist mir ganz recht, dann sind wir endlich mal wieder unter uns.«

Heinrichs Heimkehr zu Weihnachten war ein Lichtblick, der Martha die kleinen Widrigkeiten im Schwesternalltag vergessen ließ.

Sie hatten jetzt ungefähr die Hälfte ihrer Ausbildungszeit absolviert, und es zeigte sich, worin die Neigungen der einzelnen Schwesternschülerinnen bestanden. Während Martha sich noch unschlüssig war, wo sie am liebsten arbeiten würde, strebte Carola eine Tätigkeit in der allgemeinen Aufnahme an, wo die Patienten ihre Erstversorgung erhielten und den unterschiedlichen Stationen zugewiesen wurden. Die ruhige Franziska wollte Kinderkrankenschwester werden. Auguste Feldbehn und Susanne führten weiterhin einen stillen Krieg um die Aufmerksamkeit des Chirurgen Doktor Liebknecht, wobei Martha sich gar nicht so sicher war, ob es Auguste wirklich um die Chirurgie ging oder nur darum, dem Doktor schöne Augen zu machen. Auguste war nach wie vor eine Außenseiterin, die täglich mit der Droschke gebracht und nach Feierabend wieder abgeholt wurde. Die meisten Schwestern nahmen es mit einem Schulterzucken hin, einige lachten heimlich über sie, während Susanne die unnahbare Auguste mit ihrem ganz persönlichen Zorn verfolgte, wobei Martha nicht so recht verstand, woran das liegen mochte. Ihr selbst zeigte Susanne weiterhin die kalte Schulter, aber immerhin war sie ihr nicht feindlich gesinnt, und sie musste auch keine überheblichen, bösartigen Bemerkungen wie bei Auguste befürchten.

Kurz vor Weihnachten stand Martha zum ersten Mal auf dem OP-Plan, um bei den Vorbereitungen zu helfen und zuzuschauen. Sie hatte sich bislang nie darum gerissen, denn sie wollte verhindern, zwischen die Fronten von Susanne und Auguste zu geraten.

Marthas Tag im OP begann damit, dass sie der erfahrenen OP-Schwester Adelheid dabei zusehen durfte, wie sie die Instrumente in den großen Wasserdampfkesseln desinfizierte und die OP-Wäsche – Kittel und sterile Tücher – vorbereitete. Da Martha inzwischen gelernt hatte, allein aus den Bewegungen der erfahrenen Schwestern zu schließen, welche Handreichungen von ihr erwartet wurden, fiel sie Schwester Adelheid gleich angenehm auf.

»Du bist aufgeweckter als manch andere hier«, wurde sie gelobt. »Bist du denn auch schon gut auf den Ablauf im OP vorbereitet?«

»Was genau meinen Sie?«, fragte Martha. »Ich dachte, ich solle nur zuschauen und möglichst nicht im Weg stehen.«

»Ja, das ist in der Tat das Wichtigste, und viel mehr wird von einer Lernschwester nicht erwartet. Aber ich gebe dir einen guten Rat: Doktor Liebknecht schätzt es, wenn die jungen Schwestern ihm die angemessene Bewunderung für seine Arbeit zollen.«

»Und was genau heißt das?«

»Er mag es, wenn die jungen Schwestern schwierige Schnittführungen erkennen und genau wissen, was er da gerade im Dienste des Patienten leistet. Da ist es von Vorteil, im Bilde zu sein, welche Operation durchgeführt wird und wann ein bewunderndes Ah oder ein erstauntes Oh angemessen ist.«

Martha fragte sich, ob Schwester Adelheid das wirklich ernst meinte. Sie konnte sich nicht erinnern, dass Susanne oder Auguste jemals davon gesprochen hätten. Andererseits – wenn es wirklich stimmte, würden die beiden natürlich nicht verraten, welcher Weg zum Wohlwollen des Chirurgen führte. Wie es auch sein mochte, Martha beschloss, sich nicht an solchen Schmeicheleien zu beteiligen, sondern lieber zuzusehen und zu lernen.

An diesem Tag stand eine klassische Blinddarmoperation auf dem Programm. Doktor Liebknecht nickte Martha kurz zu, als er sie trotz des im OP vorgeschriebenen Mundschutzes erkannte.

»Heute zum ersten Mal im OP?«, fragte er.

»Jawohl.« Martha hatte das Gefühl, ihre Stimme höre sich dumpf und fremd durch den dünnen Stoff an.

»Und du weißt, worum es heute geht?«

»Eine Blinddarmoperation, auch Appendektomie genannt.«

Doktor Liebknecht hob erstaunt die Brauen. »Du hast die lateinischen Fachbegriffe gelernt?«

Martha nickte.

»Kannst du mir dann auch verraten, wie diese Operation vonstattengeht?« Die Art, wie er sie ansah, verunsicherte sie. Erwartete er wirklich eine konkrete Antwort, oder wollte er von ihr hören, dass sie keine Ahnung hatte?

»Ich weiß, dass der entzündete Wurmfortsatz entfernt werden muss, denn wenn er platzt, stirbt der Patient. Aber ich weiß natürlich nicht, wie so eine Operation abläuft.«

»Na, dann schau mal gut zu. Stell dich hier neben Schwester Adelheid.«

Doktor Liebknecht warf noch einen Blick auf den Narkosepfleger, der dafür zu sorgen hatte, dass die Äthermaske ordnungsgemäß über dem Gesicht des Patienten lag.

»Keine Sorge, der schläft tief und fest, Herr Doktor«, antwortete der Pfleger.

Die Operation verlief sehr schnell. Doktor Liebknecht setzte das Skalpell am rechten Unterbauch an und führte einen kleinen Schnitt durch. Schwester Adelheid reichte ihm den Haken, den er selbst in die Wunde setzte, um sie zu spreizen, dann übernahm Adelheid sofort den Haken und tupfte gleichzeitig das Blut ab, um die Wunde sauber zu halten. Es war sofort ersichtlich, dass die beiden sich aufgrund ihrer langen Zusammenarbeit blind verstanden. Martha war erstaunt, dass die Blutung sich in Grenzen hielt.

»Ich dachte, das blutet mehr«, rutschte es ihr heraus. Schwester Adelheid warf ihr einen strengen Blick zu, der besagte, eine Lernschwester sollte sich mit eigenen Gedanken zurückhalten, doch zu ihrer großen Überraschung sagte Doktor Liebknecht: »Ja, das hat mich als jungen Medizinstudenten auch überrascht. Wenn man bedenkt, wie heftig ein Schnitt im Finger blutet, ist das hier fast gar nichts. Kannst du dir denken, woran das liegt?«

»Weil Sie so einen schnellen, sauberen Schnitt geführt haben?«

Doktor Liebknecht lachte leise. »In gewisser Weise, aber vor allem, weil wir hier keine großen Blutgefäße durchtrennt haben, sondern nur die kleinen, oberflächlichen Gefäße, die die Haut durchziehen. Und der Unterbauch ist weniger stark durchblutet als die empfindlichen Fingerkuppen.«

»Ich verstehe«, sagte Martha.

»Da haben wir ihn ja, den Lümmel.« Doktor Liebknecht zog den Dickdarm mit dem daran hängenden Wurmfortsatz ein Stück heraus. Schwester Adelheid reichte ihm einen Faden.

»Kannst du dir denken, was jetzt kommt?« Doktor Liebknecht hielt Martha den Faden entgegen. »Was machen wir damit?«

Martha überlegte. Zum Nähen war es noch zu früh, zumal die Operationsnadeln noch alle säuberlich auf dem sterilen Tablett lagen.

»Für die Ligatur, damit beim Abschneiden kein Eiter aus dem Appendix in die Bauchhöhle läuft?«, fragte sie vorsichtig.

»Sehr gut, du denkst ja mit.« Mit flinken Fingern legte der Arzt die Ligatur, dann trennte er den Wurmfortsatz ab und ließ ihn in die silberne Schüssel gleiten, die Schwester Adelheid ihm reichte, während sie nach wie vor den Haken hielt. Hatte diese Frau wirklich nur zwei Hände?

»Na, willst du dir den kleinen Wurm mal näher ansehen?«, fragte Doktor Liebknecht. Martha hätte einiges darum gegeben, wenn sie von seinem Gesicht mehr als nur die Augen und die Nasenwurzel gesehen hätte, denn sie war sich nicht sicher, ob er es ernst meinte oder nicht.

»Wenn ich darf«, sagte sie.

»Natürlich, der beißt nicht. Scheu dich nicht.«

Martha nahm die Schüssel von Schwester Adelheid entgegen, während Doktor Liebknecht anfing, die Wunde zu nähen. Dabei fiel Martha auf, dass das Nähen einer Wunde nichts mit dem Nähen eines Hemdes gemein hatte. Er verwendete eine krumme, kurze Nadel, die mit einer Art großer Pinzette gehalten wurde, und es war auch keine fortlaufende Naht, sondern nach jedem einzelnen Stich wurde der Faden verknotet und abgeschnitten.

Doktor Liebknecht bemerkte, dass Marthas Augen mehr auf seine Finger als auf die Schüssel mit dem Wurmfortsatz gerichtet waren.

»Oh, jetzt kommt in dir doch wieder das Mädchen zum Vorschein, das sich mehr fürs Nähen als für die Wissenschaft interessiert, was? Dabei hast du auf mich bislang einen so interessierten Eindruck gemacht, als wärst du ein echter Junge.«

Martha räusperte sich. War das nun ein Kompliment oder eine Beleidigung?

»Ich war nur erstaunt über die Art des Nähens«, sagte sie. »Das hat nichts mit dem zu tun, wie Kleider genäht werden. Ich habe noch nie gesehen, wie Wunden genäht werden, und da wollte ich nichts verpassen. Den Wurmfortsatz kann ich mir ja auch danach noch in Ruhe ansehen.«

»Gute Antwort«, bestätigte der Chirurg und schloss die letzte Naht ab. »Na, dann lass uns doch jetzt mal den Appendix ansehen.« Er nahm ihn aus der Schüssel. »Normalerweise ist der ganz schlank und dünn. Aber hier siehst du, wie stark geschwollen er ist. Und wenn man ihn aufschneidet«, er griff nach dem Skalpell, »dann kommt der ganze Eiter raus. Hier, da siehst du es.«

»Musste dieser Schweinkram jetzt sein?«, fragte Schwester Adelheid mit einem Stirnrunzeln.

»Solange der Schweinkram nicht im Patienten passiert, ist doch alles gut.« Der Chirurg presste den Eiter aus dem Wurmfortsatz in die Schüssel. »Ganz schön eklig, was? Und stinkt wie die Pest.«

Er hielt Martha die Schüssel etwas näher ans Gesicht.

»Na ja«, erwiderte sie, »wenn so die Pest stinkt, dann waren die Ausscheidungen der Cholera schlimmer.«

Im Hintergrund hörte man einen Mann lachen. Es war der Narkosepfleger. »Ganz schön plietsch, die Kleine«, sagte er. »Finden Sie nicht auch, Herr Doktor?«

»Auf jeden Fall. Das ist doch mal was anderes als diese Besserwisserin, die immer so tut, als wüsste sie schon alles, oder der blonde Engel, der nur mit den Augen klimpern kann.«

Schwester Adelheid räusperte sich geräuschvoll.

»Ist doch wahr, Schwester Adelheid«, meinte Doktor Liebknecht. »Die meisten Frauen sind nun mal Opfer ihrer natürlichen Einschränkungen. Ihnen fehlt die Fähigkeit, objektiv wie ein Mann an die Sache heranzugehen. Entweder wollen sie sich mit ihrem angelernten Wissen profilieren, ohne überhaupt zu begreifen, was sie da von sich geben, oder sie glauben, es genüge, ein hübsches Äußeres zu haben. Es mag ja ganz angenehm sein, bewundernde Seufzer zu hören, aber daran ist die Wissenschaft bislang ebenso wenig gewachsen wie an dem sturen Auswendiglernen und Wiedergeben von Fakten.« Er machte eine kurze Pause, dann sah er Schwester Adelheid an. »Wir sind fertig für heute. Sorgen Sie dafür, dass hier aufgeräumt wird und der Patient in den Aufwachraum kommt.«

Es war bemerkenswert, wie abfällig sich der Chirurg über Susanne und Auguste geäußert hatte, ohne sie beim Namen zu nennen. Würde er sich auch so über sie äußern? Das Mädchen, das Fragen wie ein Junge stellte? Aber war das überhaupt abfällig gemeint? Je länger Martha darüber nachdachte, desto mehr kam sie zu dem Schluss, dass es nichts mit ihrem Geschlecht zu tun hatte, sondern lediglich mit der allgemeinen Erwartungshaltung. Von Frauen wurde ein Verhalten wie das von Auguste erwartet. War das der Grund, warum Schwester Adelheid Martha geraten hatte, sich auf anerkennende Seufzer zu beschränken? Besser ein hübsches Dummchen als eine Besserwisserin? Sie hätte zu gern gewusst, was Doktor Liebknecht von ihr hielt. Immerhin hatte er ihr einiges erklärt und dabei den Eindruck vermittelt, er nähme sie ernst.

26

In der Vorweihnachtszeit gab es mehr als sonst für die Schwesternschülerinnen zu tun. Die Stationen wurden festlich mit Tannenzweigen geschmückt, und auf der Kinderstation wurde sogar ein echter Weihnachtsbaum mit Kerzen, Kugeln und Lametta aufgestellt. Aber damit es ein wirkliches Weihnachtsfest für die kranken Kinder werden konnte, bedurfte es auch einer Bescherung, und so nähten die Schwesternschülerinnen in den Tagen vor dem Fest fleißig kleine Stofftiere und Püppchen, die Heiligabend zusammen mit Nüssen und Plätzchen in mit Weihnachtssymbolen bestickten bunten Filzsäckchen als Geschenke von einem als Weihnachtsmann verkleideten Krankenwärter verteilt werden sollten.

Das gemeinsame Nähen im Schwesternwohnheim bei Kerzenlicht förderte die friedliche Weihnachtsstimmung, und so nutzte Martha die Gelegenheit, sich an einem der Abende zu Susanne zu setzen, in der Hoffnung, dass sie mit der ehemaligen Freundin ins Gespräch kommen und vielleicht sogar zu einer Versöhnung finden könnte.

Anfangs beachtete Susanne Martha kaum, sondern konzentrierte sich auf ihre Arbeit. Sie war gerade damit beschäftigt, auf eines der Geschenksäckchen den Stern von Bethlehem zu sticken.

»Hast du am Heiligabend Dienst? Wirst du bei der Bescherung für die kranken Kinder dabei sein?«, fragte Martha.

»Ich bin mit meiner Familie in der Kirche.« Die Art, wie sie diese Tatsache betonte, zeigte, dass sie Martha den Scherz über die Jungfrau Maria noch immer nachtrug. Martha überging den hochnäsigen Unterton und erzählte, dass sie ihren Bruder von seiner ersten großen Fahrt zurückerwarteten.

»Er war mit der *Adebar* in Amerika und Brasilien. Früher haben wir immer voller Begeisterung die Seemannsgeschichten gehört, und jetzt kann mein kleiner Bruder selbst welche erzählen. Ich bin schon so gespannt, was er wohl alles erlebt hat.«

Susanne hob kurz den Blick, sagte aber nichts.

»Ist dein Bruder auch schon mal in Übersee gewesen?«, fragte Martha weiter. »Dein Vater hat doch einige Schiffe für seinen Handel unter Vertrag.«

»Mein Bruder ist Arzt«, entgegnete Susanne knapp. »Seine Reisen beschränkten sich auf das zivilisierte Ausland. Er war als Student in Wien, Prag und Paris. Was sollte er in Amerika bei den Wilden? Oder gar in Brasilien? Ich habe gehört, da jagen sie mit Blasrohren und machen aus den Missionaren Schrumpfköpfe.«

»Der einzige Schrumpfkopf, den ich jemals gesehen habe, war kein Missionar«, sagte Martha. »Das war ein Indio.«

Susanne horchte auf. »Du hast schon mal einen echten Schrumpfkopf gesehen?«

Martha frohlockte innerlich. Jetzt hatte sie Susannes volle Aufmerksamkeit.

»Ja, einer von den Seeleuten im Schwarzen Adler hatte mal einen dabei und dachte, er könnte mich damit erschrecken. Ich war damals zwölf, und Papa hatte mich am Sonntag zum Frühschoppen mitgenommen. Ich war sehr stolz, dass er mich schon für so groß hielt, und deshalb habe ich natürlich auch keine Angst vor so einem Schrumpfkopf gezeigt. Ich habe ihn sogar angefasst. Der war ziemlich hart, fühlte sich in etwa so an wie ein geräucherter Schinken.«

Susanne bekam große Augen. »Und wusste der Seemann auch, wie die Wilden so was machen? Ich meine, die Schädelknochen kann man doch nicht einkochen, damit sie klein werden, oder?«

»Nein, da waren keine Knochen mehr drinnen. Die ganze Kopf- und Gesichtshaut wird mit einem scharfen Messer vom Schädel abgetrennt und dann …«

»Igitt, was redet ihr denn da für einen Gruselkram!«, kreischte Franziska. »Ich mag so was nicht hören!«

»Ach komm, du wirst Krankenschwester. Da wirst du in deinem Leben auch noch mit schrecklichen Wunden konfrontiert werden«, sagte Susanne. »Ich finde das hochinteressant.«

»Nein, das ist ekelhaft!« Franziska warf Carola einen hilflosen Blick zu. »Sag du doch auch mal was.«

»Was?« Carola hob den Blick von ihrer Näharbeit. »Ich habe gerade nicht zugehört. Worum geht es?«

»Um Schrumpfköpfe«, sagte Susanne. »Franziska findet es ekelhaft, dass Martha erzählt, wie die hergestellt werden.«

»Wirklich?« Carola sah Martha neugierig an. »Du weißt, wie man Schrumpfköpfe macht? Interessant!«

»Nein, jetzt fang du nicht auch noch an!«, schrie Franziska. »Das ist abartig und pervers!«

»Du tust ja gerade so, als wollten wir selbst welche machen«, sagte Susanne. »Dabei möchte ich doch nur wissen, wie man es hinbekommt, dass die so klein werden. Ich habe bislang nur Zeichnungen in Büchern gesehen.«

»Wenn ihr über so was reden wollt, geht vor die Tür. Hier in unserem Schlafsaal will ich das nicht hören.«

Susanne sah Martha und Carola fragend an. »Wollen wir rausgehen?«

Franziska verzog angewidert das Gesicht, und Martha fragte sich, ob das wohl das Ende der großen Freundschaft zwischen der sonst so sanften Franziska und der wissbegierigen Susanne war. Dann warf sie Carola einen Blick zu, die kaum merklich nickte und ihr Nähzeug beiseitelegte. »Lasst uns doch noch einen kleinen

Gang durch den Krankenhauspark machen«, schlug Carola vor. »Die Luft ist so schön kalt und klar. Es wird bestimmt bald Schnee geben.«

»Schnee gehört ja auch zu Weihnachten«, meinte Susanne. »Allerdings würde das unsere Prinzessin vermutlich arg belasten. Möglicherweise muss sie dann eine Stunde früher aufstehen, damit die Droschke Ihrer Hoheit pünktlich zur Arbeit kommt. Aber wer weiß, ihre Familie besitzt bestimmt auch einen Pferdeschlitten.«

Martha war froh, dass Carola Susannes Bemerkung diskret überhörte und ihr keinen Anlass gab, sich weiter über Auguste auszulassen. Es war schon schlimm genug, die beiden tagsüber im Dienst gemeinsam ertragen zu müssen. Martha ging Auguste möglichst aus dem Weg, um nicht selbst zum Opfer von deren Bösartigkeiten zu werden. Und es war sicher von Vorteil, dass Auguste sich selbst zur Außenseiterin machte. Dennoch wurde Martha das unangenehme Gefühl nicht los, dass sie sich weiterhin vor ihr hüten musste, auch wenn Susanne bislang diejenige war, die den meisten Zorn der »Prinzessin« auf sich zog.

Die Wege im Krankenhauspark waren durch kleine Gaslaternen erleuchtet und tauchten die dunklen Rasenflächen in ein magisches Licht.

»Also, nun erzähl«, forderte Susanne Martha auf, nachdem sie schon ein kleines Stück gegangen waren. »Wie bekommt man Schrumpfköpfe klein?«

»Der Matrose erzählte mir, dass die Kopf- und Gesichtshaut vom Schädel abgezogen wird. Dann nähen die Indios Mund, Nase und Augen zu und legen diesen Kopfbeutel in heißes Wasser, das mit bestimmten Kräutern versetzt ist. Dadurch schrumpft die Haut.«

»Also so, als wenn die Wäsche einläuft«, meinte Carola lachend. Susanne und Martha stimmten in ihr Lachen ein.

»Ja, und dann füllen die Indios irgendeine geheimnisvolle Mischung aus Sand und Kräutern in diesen geschrumpften Kopfbeutel und nähen alles zu. Am Ende wird er noch geräuchert, bis er richtig hart und haltbar ist, und damit ist der Schrumpfkopf fertig.«

»Gruselig«, meinte Susanne. »Auf solche Ideen können auch nur Wilde kommen.«

»Das hängt wohl mit ihrer Religion zusammen«, erwiderte Carola. »Denk mal darüber nach, was die Katholiken mit ihren Reliquien so treiben. Da wurden doch auch ganze Leichname von Heiligen zerstückelt und die Einzelteile verkauft. Ob ich nun einen Schrumpfkopf habe oder ein Fingerknöchelchen vom heiligen Koloman – wo ist da der Unterschied?«

»Das war von dir ja nicht anders zu erwarten!«, zischte Susanne giftig. »Ihr Sozialisten habt vor nichts Respekt!«

»Oh doch«, widersprach Carola betont gelassen. »Wir haben Respekt vor der Würde des Menschen. Wir sind dagegen, dass einige wenige Reiche immer reicher werden und nicht mehr wissen, wohin sie mit ihrem Geld sollen, während die Arbeiter sich zu Tode schuften und dankbar sein können, wenn sie genügend zu essen für ihre Familien auf den Tisch bekommen. Oder die Miete für zugige Dreckslöcher zahlen können. Diese Menschen brauchen keine Pfaffen, die ihnen sagen, sie sollen alles brav erdulden, um dann im Himmelreich ihre Belohnung zu bekommen. Es ist unsere Aufgabe, hier etwas zu ändern!«

»Du solltest nicht auf die Religion schimpfen, sondern der Kirche dafür dankbar sein, dass sie sich um arme Menschen kümmert, Suppenküchen betreibt und Hospize für jene, die sonst nirgendwo unterkommen«, gab Susanne giftig zurück. »Aber das wollt ihr Roten ja nicht sehen.«

»Weil es verlogen ist«, gab Carola zurück. »Weil es nicht aus dem reinen Herzen kommt, Menschen zu helfen, sondern nur dazu dient, die Macht der Kirche zu stützen, um die Menschen weiterhin zu unterdrücken! Wahre Freiheit wird es erst geben, wenn die Menschheit sich von der Knechtschaft der Pfaffen befreit hat!«

Susanne holte tief Luft, doch anstatt sofort lautstark zu protestieren, blieb ihr Blick auf Martha haften.

»Und was sagst du dazu?«, fragte sie. »Bist du ebenfalls schon von diesem roten Gift verseucht?«

Martha zuckte zusammen. Mit so einer Frage hatte sie nicht gerechnet. Rotes Gift …

»Ich sehe keinen Widerspruch zwischen dem, was Jesus predigte, und dem Sozialismus«, sagte sie schließlich. »Jesus kümmerte sich um kranke, arme und ausgestoßene Menschen. Er umgab sich mit denen, mit denen sonst keiner was zu tun haben wollte, und heilte Kranke. Das ist der Grund, weshalb die, die etwas zu verlieren hatten, ihn ans Kreuz geliefert haben. Weil er Dinge sagte, die die damaligen Priester und die Reichen nicht hören wollten. Denn dann hätten die ja ihr Leben ändern und ihre Vorteile aufgeben müssen.«

»Damals gab es noch keine christlichen Priester«, widersprach Susanne energisch. »Du kannst ja nicht die jüdischen Hohepriester mit christlichen Pfarrern in einen Topf werfen. Jeder weiß, dass die Juden die Christusmörder waren. Dass Juden geldgierig und verlogen sind, weiß doch jedes Kind. Kein Wunder, dass Jesus sich gegen diese Geldverleiher auflehnte!«

»Jesus war selbst ein Jude«, sagte Carola trocken.

»Jesus ist der Sohn Gottes!«, beharrte Susanne.

»Trotzdem wurde er als Jude geboren und prangerte das Unrecht seiner Zeit an«, sagte Carola. »Insofern hat Martha recht. In unserer Zeit wäre Jesus ein Sozialist geworden.«

»Das ist … das ist …«, keuchte Susanne, »Blasphemie!«

»Es ist also Blasphemie, wenn man der Meinung ist, dass niemand ausgebeutet und unterdrückt werden darf?«, fragte Carola, während Martha sich fragte, wieso das Thema Schrumpfköpfe zu einer so heftigen Debatte hatte führen können.

»Wollen wir es nicht dabei belassen, dass wir alle drei Krankenschwestern werden wollen, um Menschen zu helfen?«, versuchte sie, mäßigend einzugreifen. »Dabei ist es doch nicht wichtig, ob man es als Sozialist oder Christ tut. Die Ziele sind doch dieselben – mehr Gerechtigkeit und Frieden.«

»Mit Ketzerei und Blasphemie kann man keinen Frieden schaffen«, zischte Susanne. »Mir reicht es. Franziska hatte ganz recht. Die hat von Anfang an gespürt, was ihr vorhabt. Eure Vorstellungen sind einfach ekelhaft.« Sie beschleunigte ihren Schritt und ließ die beiden einfach stehen.

Martha und Carola sahen sich an.

»Was hat sie denn?«, fragte Martha. »Wir haben ihren Glauben doch gar nicht beleidigt.«

»O doch«, entgegnete Carola. »Wir haben Christus zum Sozialisten erklärt.«

»Aber das widerspricht ihrem Glauben doch nicht, es beschreibt doch nur Jesus' Taten.«

»Ach, Martha«, sagte Carola kopfschüttelnd. »Hier geht es doch gar nicht um Taten und Inhalte. Es geht nur um überlieferte Dogmen, an die Susanne glaubt. Ich wette, die hat noch nie im Leben bewusst einen Juden kennengelernt. Sonst würde sie nicht so einen Unfug reden.«

»Und du?«

»Ich kenne einige. Bei den Sozialdemokraten findest du Menschen aller Couleur: Juden, Protestanten und Katholiken. Aber bei uns steht nicht die Religion im Mittelpunkt, weil die für uns keine Rolle spielt. Karl Marx sagte dazu schon vor rund fünfzig Jahren: ›Der Mensch macht die Religion, die Religion macht nicht den Menschen. Die Religion ist der Seufzer der bedrängten Kreatur, das Gemüt einer herzlosen Welt, wie sie der Geist geistloser Zustände ist. Sie ist das Opium des Volks.‹«

»Dann lehnte er die Religion ab?«, fragte Martha. »Aber Religion ist doch nichts Schlechtes, im Gegenteil, sie gibt doch Antworten auf Fragen und spendet Trost.«

»Aber nur dann, wenn sie für den Menschen da ist und ihn nicht zu Dingen zwingt, die wider seine Natur sind. Es ist unsere Pflicht, sie stets zu hinterfragen, so wie wir auch uns selbst stets zu hinterfragen haben.«

27

Seit Annas Geburt gab es so manchen Tag, an dem Milli mit sich gehadert hatte, Moritz' Antrag nicht angenommen zu haben. Sie wusste, dass es die richtige Entscheidung gewesen war, aber das Leben mit einem Kind war für eine minderjährige ledige Mutter schwieriger als erwartet. Dabei ging es nicht etwa um die Versorgung des Säuglings. Nein, was das anging, konnte sie sich auf die Frauen, die mit ihr anschafften, verlassen. Viel schlimmer waren die bürokratischen Formalitäten, denen sie sich zu stellen hatte. Am schlimmsten war der Amtsvormund Erhard Meisel, der sein Büro in einem vornehmen Neubau am Rödingsmarkt hatte. Zunächst war Milli froh gewesen, dass nicht ihr eigener Vater zum Amtsvormund ihrer Tochter ernannt worden war, aber schon bei ihrem ersten Pflichtbesuch hatte Meisel ihr klargemacht, dass er sexuelle Gefälligkeiten verlangte, im Gegenzug dafür, dass er ihr keine Schwierigkeiten bereitete, die sie womöglich in eine Besserungsanstalt bringen und zum Kindesentzug führen würden. Der eigentliche Akt war noch nicht einmal das Schlimmste. Viel schlimmer war das Gefühl, diesem Menschen völlig ausgeliefert zu sein, weil er seine Macht auf abscheuliche Weise missbrauchte, und ihr niemand glauben würde, wenn sie sein Verhalten zur Anzeige brächte. Erhard Meisel war schließlich ein angesehener Amtmann, der nur seine Pflicht tat. Sie hingegen war eine Hure, der man vorwerfen würde, dem ehrbaren Mann aus reiner Bosheit unschickliche Dinge zu unterstellen.

Ihr Zorn auf Meisel wuchs von Mal zu Mal, wenn er sich ihr aufdrängte, aber nach außen hin lächelte sie und spielte sein perfides Spiel mit, um keinen Ärger zu bekommen. Zu dumm, dass sie nicht beweisen konnte, wozu der Amtmann sie zwang. Selbst Moritz würde ihr diesmal nicht helfen können, sondern sich nur selbst in Gefahr bringen, da der Amtmann ihm unweigerlich die Polizei auf den Hals hetzen würde.

Ende November war sie wieder einmal bei Meisel gewesen, da er verlangte, dass sie ihn einmal in der Woche aufsuchte, um über das Wohlergehen seines Mündels Bericht zu erstatten. Dabei scherte es ihn herzlich wenig, wie es dem Kind ging, für Anna hatte er nie einen Blick übrig. Die schlief im Vorzimmer im Kinderwagen, während Meisel es mit ihrer Mutter auf dem Schreibtisch trieb.

Als Milli an diesem trüben Novembertag Meisels Büro mit Anna verließ, fiel ihr auf, dass drei Häuser weiter ein Fotograf ein Atelier eröffnet hatte. Zwar waren Fotografien teuer, und eigentlich sparte Milli all ihr Geld, aber ein Foto von ihrer Tochter hätte sie doch zu gern. Sie ging also in den Laden und ließ sich mit Anna ablichten. Milli bestellte gleich mehrere Abzüge. Eine Fotografie würde sie selbst behalten, eine wollte sie Martha gerahmt zu Weihnachten schenken, und eine war für Moritz, der immerhin offiziell Annas Vaterschaft anerkannt hatte. Sie wusste, dass er immer noch hoffte, sie würde es sich anders überlegen und ihn heiraten, und für diesen Fall wollte er schon alles in geordneten Bahnen haben. Sein älterer Bruder und sein Vater hatten ihn deshalb zwar für verrückt erklärt, aber Moritz hatte sich nicht beirren lassen. Und irgendwie merkte Milli, wie ihr Widerstand gegen sein beharrliches Werben langsam schmolz. Es wäre so leicht nachzugeben, dann wäre sie all ihre Last endlich los. Doch die Angst, sich in ein neues Gefängnis zu begeben, aus dem sie womöglich nicht mehr fliehen könnte, ließ sie weiterhin zurückschrecken. Nein, es war auf jeden Fall besser, wenn sie selbst die Zügel in der Hand behielt, zumindest soweit es ihr in ihrer Lage überhaupt möglich war.

Die Fotografien waren sehr hübsch geworden, und während sie die für Martha sorgfältig bis Weihnachten verwahrte, beschenkte sie Moritz noch am selben Tag, da sie die Bilder abgeholt hatte. Er freute sich wie ein kleiner Junge, und vielleicht hoffte er, dass er seinem Ziel wieder ein Stück näher gekommen war.

Milli hingegen beschäftigte ein anderer Gedanke, als sie sah, wie gut die Bilder geworden waren. Selbst das kleine Grübchen in Annas Gesicht war gut zu erkennen. Fotografien – die könnten die Beweise liefern, die sie bräuchte ...

Vielleicht gäbe es irgendeine Möglichkeit, Amtmann Meisel eine Falle zu stellen und kompromittierende Fotografien anzufertigen. Allerdings würde sich der nette Betreiber des Fotoateliers bestimmt nicht für derartige Geschäfte hergeben, und so eine Fotoausrüstung war auch viel zu groß, um sie irgendwo heimlich vor seinem Bürofenster zu installieren. Nein, da musste sie schon jemanden finden, der nicht nur skrupellos genug war, sondern auch die Möglichkeiten hatte, an eine Fotoausrüstung zu kommen, und vielleicht sogar ein geeignetes Liebesnest zur Verfügung stellte, in das sie den Amtmann locken konnte.

Moritz durfte sie damit nicht behelligen, aber sein älterer Bruder Joseph kannte sich in der Halbwelt aus wie kein anderer. Und sofern für ihn etwas dabei herausspringen würde, wäre er gewiss mit von der Partie. Je länger Milli darüber nachdachte, umso besser gefiel ihr dieser Gedanke, denn er half ihr, sich nicht mehr als Opfer zu fühlen. Auf diese Weise könnte sie es nicht nur dem Amtmann Meisel heimzahlen, sondern vielleicht sogar Wachtmeister Uhland, dem ihr Vater sie ausgeliefert hatte. Uhland wäre gewiss nicht erfreut, wenn er in Uniform auf einem kompromittierenden Foto mit einer Minderjährigen zu sehen wäre.

Als sie Joseph von ihrem Plan erzählte, war der erst skeptisch, denn er kannte niemanden, der eine Fotoapparatur besaß, und wusste auch keinen Ort, wo man die Täter in die Falle locken könnte, um derartige Fotografien anzufertigen. Doch Milli ließ nicht locker.

»Hör dich einfach mal um«, forderte sie ihn auf. »Wenn du einen Fotografen findest, der uns bei der Angelegenheit helfen kann, können wir weitere Pläne machen. Und dieser Amtmann Meisel, der hat Geld, der wird dich gewiss gut dafür bezahlen, dass du die Fotografien nicht an die Behörden schickst. Und mich lässt er dann künftig in Ruhe.«

»Mit Wachtmeister Uhland 'nen Schutzmann in der Hand zu haben gefällt mir fast noch besser«, meinte Joseph nachdenklich. »Der wird seine schöne Uniform samt Pension bestimmt nicht riskieren wollen.«

»So ist es«, bestätigte Milli. »Die beiden Schweine verdienen nichts Besseres. Die sollen an ihrer eigenen Doppelmoral ersticken und leiden wie räudige Hunde, die sich verzweifelt das Fell vom Rücken kratzen!«

28

Weihnachten 1893 kehrte Heinrich braun gebrannt und gut genährt von seiner ersten großen Fahrt zurück. Seine Augen blitzten, und nach allem, was er seit Mutters Tod erlitten hatte, erkannte Martha in ihm endlich wieder den liebenswerten Lausbuben, der er einst gewesen war. Zugleich war er ein Stück erwachsener geworden und erzählte stolz von den Erlebnissen seiner Reise. Dadurch, dass er sich vor keiner Arbeit scheute und den nötigen Mut zeigte, um bis ganz oben in die Takelagen zu klettern, hatte er sich schnell die Sympathien und den Respekt der Mannschaft erworben. Die Matrosen und insbesondere der Kapitän schätzten außerdem Heinrichs schnelle Auffassungsgabe. Ein wenig erinnerte Martha das Verhältnis, das Heinrich zum Kapitän beschrieb, an das, das sie einst zu Doktor Schlüter gehabt hatte.

Von seinem ersten Lohn hatte Heinrich ihnen einige Geschenke gekauft. Zu den versprochenen Schuhen für Martha hatte es zwar nicht ganz gereicht, aber immerhin konnte er auf der Rückreise, bei einem Halt in Brasilien, fein gegerbtes Schuhleder ergattern.

»Da musste ich echt überlegen, wofür ich mein Geld ausgebe«, sagte er. »Ich hätte nämlich auch einen Papagei kaufen können. Einige Matrosen haben einen, aber der Käpt'n meinte, ich sollte damit bis zur nächsten Reise warten. Das winterliche Klima in Hamburg täte so einem jungen Vogel nicht gut, aber wenn ich einen Papagei möchte, sollte ich einen nehmen, der gerade erst aus dem Nest ist und auf mich geprägt werden kann. Sein eigener Vater hat das in jungen Jahren so gemacht. Der Vater vom Käpt'n ist jetzt schon lange im Ruhestand, aber seinen Papagei, den hat er immer noch. Wusstest du, dass die über hundert Jahre alt werden können? Der Käpt'n meint, er hat nur deshalb keinen eigenen, weil er irgendwann den von seinem Vater erben wird.«

»Einen Papagei ... Heinrich, du hast Ideen.« Sein Vater schüttelte amüsiert den Kopf.

»Weißt du, Papa, ich hab auch drüber nachgedacht, ob ich dir nicht einen kleinen Affen mitbringen soll. Die konnte man in Brasilien auch kaufen.«

»Einen Affen?« Karl Westphal starrte seinen Sohn irritiert an. »Was soll ich denn mit einem Affen?«

»Na, ich dachte, wenn du dir einen Leierkasten kaufst, hättest du mit einem Affen jede Menge Kundschaft. So wie früher der olle Willem. Dafür brauchst du ja kein gesundes Bein.«

Bei der Erwähnung des ollen Willem hatte Martha sofort den alten Leierkastenmann vor Augen, der bis zu seinem Tod vor drei Jahren regelmäßig in den Hinterhöfen gespielt hatte. Die Menschen hatten ihm in Zeitungspapier eingewickelte Pfennige aus dem Fenster geworfen. Das Zeitungspapier sollte verhindern, dass die Münzen zu weit wegsprangen, denn Willem hatte einen Affen, der das Geld unter dem Gelächter der Kinder eingesammelt hatte. In den besseren Stadtteilen gab es nicht nur Pfennige, sondern sogar ganze Groschen. Das Geschäft als Leierkastenmann mit Affen schien recht lukrativ zu sein, denn der olle Willem hatte einen ordentlichen Wohlstandsbauch gehabt.

»Das klingt zwar verlockend«, gab der Vater zu. »Allerdings ist so ein Leierkasten sehr teuer. Den könnte ich mir nicht leisten.«

»Und außerdem hast du ja auch Arbeit«, fügte Martha hinzu. Ihr Vater nickte, doch der nachdenkliche Zug um seinen Mund verriet ihr, dass er damit nicht glücklich war.

»Was kostet denn so ein Leierkasten?«, fragte Heinrich. »Vielleicht hab ich das Geld auf der nächsten Fahrt zusammen.«

»Ich schätze mal, unter hundert Mark ist da nix zu machen«, erwiderte ihr Vater.

Heinrich pfiff durch die Zähne. »Das ist echt 'ne Stange Geld. Da muss ich wohl warten, bis ich selbst Kapitän geworden bin.«

Martha genoss es, dass die Familie, beziehungsweise das, was von ihr geblieben war, wieder vereint war. Die *Adebar* würde, sofern die Witterung es zuließe, nach Neujahr in Richtung Ägypten auslaufen, da die Fahrt über den Atlantik im Winter mit zu vielen Risiken behaftet war. Heinrich freute sich schon sehr auf die Reise.

»Wenn das so weitergeht, habe ich bald alle Kontinente gesehen«, sagte er und strahlte dabei so viel Fröhlichkeit aus, dass Martha ahnte, dass er auf dem Schiff viel glücklicher war, als er auf dem Gymnasium gewesen wäre. Vielleicht musste das Schicksal einem manchmal Dinge rauben, damit man auf den richtigen Weg fand.

Am ersten Weihnachtstag kam Milli mit ihrer kleinen Tochter zu Besuch. Martha freute sich sehr über die Fotografie, die Milli mit Anna auf dem Arm zeigte. Sie selbst hatte wieder fleißig Säuglingswäsche genäht, die sie der Freundin schenkte.

Marthas Vater bot Milli nochmals an, bei ihm einzuziehen, falls sie es anderweitig nicht mehr aushalten würde, doch Milli lehnte ab.

»Ich komm schon zurecht«, sagte sie. »Und ich schätze, im Januar wird es weiter bergauf gehen.« Was genau Milli damit meinte, wusste Martha nicht, aber sie scheute sich, in Gegenwart ihres kleinen Bruders danach zu fragen. Dafür fragte Milli Heinrich begierig nach Amerika aus.

»Ach, weißt du«, sagte er, »so viel anders als in Hamburg ist das auch nicht. Die Häuser da sind zwar größer, aber es gibt genauso viele schmutzige Straßen und Viertel am Hafen wie hier bei uns.«

»Aber die meisten Auswanderer reisen doch weiter in den Westen, oder?«, fragte Milli. »Dort soll es für jeden Land geben, und die Frauen können sich die Männer aussuchen, weil es dort zu wenige gibt.«

»Kann schon sein«, erwiderte Heinrich schulterzuckend. »Aber wir haben nur den Hafen und die angrenzenden Viertel gesehen. Und da war's so wie hier. Einige Auswanderer haben gleich an Ort und Stelle Kneipen eröffnet oder Hafenbordelle.«

»Heinrich!«, rief sein Vater erstaunt. »Ich hoffe, du bist nicht dort gewesen.«

»Ne, was soll ich denn da, Papa? Da waren ja nur olle, grell bemalte Frauen, die mir immer *Sweety* nachgerufen haben. Das ist Englisch und heißt Süßer. Ich fand die richtig eklig.«

Milli und Martha lachten.

»Und hast du außer Sweety noch ein paar andere englische Worte gelernt?«

»*How many*, das heißt wie viel, wenn man was kaufen will. Aber man kommt auch ganz gut mit Deutsch durch, das sprechen da viele.«

Martha sah, wie Milli zufrieden lächelte, und musste sofort an deren großen Traum denken. Allerdings fragte sie sich, ob es bei allem, was Heinrich erzählte, nicht doch klüger von Milli wäre, Moritz zu heiraten.

29

Der Gedanke, einen Polizeiwachtmeister mit kompromittierenden Fotografien zu erpressen, beflügelte Joseph. Im Gegensatz zu seinem kleinen Bruder Moritz hatte er diverse zwielichtige Geschäfte am Laufen, von denen er zwar nicht besonders häufig sprach, die aber doch ausgesprochen lukrativ sein mussten. Wie Milli vermutet hatte, war es Joseph nicht zuletzt wegen der zu erwartenden Einkünfte innerhalb kürzester Zeit gelungen, einen Reisefotografen zu finden, der eine transportable Kamera besaß. Mit der richtigen Beleuchtung konnte man den Fotoapparat mit seinem deutlich leichteren Stativ hervorragend hinter einer verspiegelten Glastür verstecken. Milli musste nur noch dafür sorgen, dass ihre Opfer in die Falle tappten.

Der heftige Schneefall, der Anfang Januar einsetzte, kam ihr hierbei gut zupass. In der Hauptsache ging es ihr um Amtmann Meisel, damit er sie nicht länger in der Hand hatte, und Joseph war damit einverstanden, dass sie ihn als erstes Opfer auswählte.

Die Liebesfalle befand sich in der Erdgeschosswohnung des Hauses im Rademachergang, in dem Milli für gewöhnlich anschaffte. Da sie mittlerweile auch an dieser Adresse gemeldet war, wenngleich ihre Stube zwei Stockwerke höher lag, schöpfte Meisel keinen Verdacht, als sie ihn darum bat, ihr wegen des Schnees und ihrer kränkelnden Tochter ausnahmsweise einen Hausbesuch abzustatten.

»Das wäre zum Wohl des Kindes, und unser Arrangement können wir dort auch viel ungestörter pflegen«, hatte sie gesagt.

Zunächst zögerte der Amtmann, schließlich war allgemein bekannt, dass es einschlägige Etablissements im Rademachergang gab, aber Milli meinte, wenn ihn wirklich jemand sehen würde, könne er doch einfach sagen, er wolle sich davon überzeugen, dass sie keinem derartigen Gewerbe nachgehe. Und sobald das Wetter wieder besser sei, werde sie ihn selbstverständlich wieder regelmäßig mit ihrer Tochter in seinem Büro aufsuchen.

Mitte Januar war es so weit. Das Liebesnest war vorbereitet, und hinter der präparierten Spiegeltür versteckte sich der Fotograf mit seiner Ausrüstung. Meisel schöpfte keinen Verdacht, wunderte sich auch nicht darüber, dass das Zimmer so hell erleuchtet war und Milli sich heute ungewöhnlich heftig zierte. Er musste ihr beinahe die Kleider vom Leib reißen. Aber wenn sie es so wollte, dann sollte sie es so haben.

Nachdem der Akt vollzogen war, wirkte Erhard Meisel sehr zufrieden mit sich selbst. Er hatte ihr gezeigt, dass er ein Mann war, der sich nahm, was er wollte. Auch Milli war sehr zufrieden und hoffte, dass die Fotografien ebenfalls zeigten, was für ein Mann Meisel war.

Als der Fotograf ihr und Joseph später die entwickelten Bilder samt zahlreicher Abzüge übergab, war sie erstaunt, wie perfekt sie geworden waren. Das Gesicht des Amtmannes war gut zu erkennen, und es war augenfällig, dass er einem wehrlosen Mädchen, dem Schmerz und Entsetzen im Gesicht standen, die Kleidung vom Leib riss und sich an ihm verging.

»Das wird ihm das Genick brechen«, meinte Joseph und versprach, sie bei ihrem nächsten Besuch zum Amtmann zu begleiten. Eine Woche später machten sie sich auf den Weg, und Milli freute sich zum ersten Mal darauf, Amtmann Meisel zu besuchen. Der war recht erstaunt, als er Joseph in ihrer Begleitung sah.

»Ich bin der Onkel der kleinen Anna«, stellte Joseph sich vor. »Und als Onkel fühle ich mich für die Verlobte meines Bruders und meine Nichte verantwortlich.«

Erhard Meisel nahm irritiert seine Brille ab, putzte sie und setzte sie wieder auf. Er begriff nicht, was Joseph eigentlich wollte, bis der eines der kompromittierenden Fotos aus der Tasche zog.

»Was, glauben Sie wohl, wird die Behörde sagen, wenn herauskommt, dass ein vom Amt bestellter Vormund die Mutter seines Mündels vergewaltigt hat?«

Der Amtmann starrte auf das Foto.

»Aber ... aber ...«, stammelte er, dann sah er Milli entsetzt an. Sein Blick erinnerte sie an einen kleinen Jungen, der beim Diebstahl ertappt worden ist und nun Prügel fürchtet.

»Wenn Sie Milli noch ein Mal anfassen, dann wird dieses Foto und noch zahlreiche weitere nicht nur an Ihre Vorgesetzten gehen, sondern auch an ein paar Zeitungen, die sich die Finger nach solchen Geschichten lecken. Dann können Sie sich nur noch die Kugel geben. Oder vermutlich eher einen Strick nehmen. Feiglinge wie sie, die sich an Schutzbefohlenen vergreifen, hätten ja nie den Mut, selbst abzudrücken.«

Der Amtmann schluckte, brachte aber keinen Ton hervor.

»Ach ja«, sagte Joseph dann noch. »Sie schulden Milli auch noch Geld. Soweit ich weiß, ist es siebenmal zu unsittlichen Handlungen gekommen, für die Sie normalerweise zu bezahlen hätten. Das sind fünfunddreißig Mark. Ich erwarte, dass Sie die umgehend bezahlen!«

Der Amtmann schluckte nun so sehr, dass Milli fürchtete, er würde seinen Adamsapfel gleich mit verschlucken.

»So viel Geld habe ich nicht hier im Büro.«

»Dann gehen Sie zur Bank. Und wenn Sie schon mal dort sind, mir schulden Sie auch noch Geld. Die Verteidigung der Ehre der

Mutter meiner Nichte war nicht gerade billig. Ich bekomme noch fünfzig Mark von Ihnen, wenn Sie nicht wollen, dass der Vorfall publik wird.«

»Aber … aber die habe ich nicht.«

»Dann nehmen Sie eben einen Kredit auf, solange Sie noch kreditwürdig sind.« Joseph wedelte mit dem Foto. »Wenn das hier an die Öffentlichkeit kommt, verlieren Sie nicht nur Ihre Anstellung, sondern auch Ihre Frau. Die wird Sie zum Teufel jagen. Aber keine Sorge – möglicherweise werden Sie im Zuchthaus als Vergewaltiger eine neue Heimat finden.«

»Das wird Ihnen niemand glauben!«, versuchte der Amtmann es jetzt mit einem letzten verzweifelten Aufbäumen. »Es sieht doch jeder, dass ich in eine Falle gelockt wurde!«

»Es sieht jeder, dass Sie die Mutter Ihres Mündels auf widerwärtige Weise missbrauchen. Schmerz und Ekel im Gesicht einer jungen Mutter, die vom Amtsvormund der Tochter vergewaltigt wird, machen bestimmt Eindruck auf die Richter. Und auf die Öffentlichkeit ohnehin. Also, überlegen Sie es sich.«

Der Amtmann überlegte es sich.

Am Ende des Tages war Milli um fünfunddreißig Mark reicher und Joseph sogar um einen Fünfziger.

30

Im Januar stand Martha erstaunlich oft auf dem OP-Plan, wenn Doktor Liebknecht operierte. Vermutlich hatte ihm ihre Art, Dinge infrage zu stellen, gefallen, aber vielleicht genoss er es auch, ein bisschen Zwietracht zwischen den Schwesternschülerinnen zu säen. Auguste und Susanne bemerkten schon bald, dass sie in Martha eine ernst zu nehmende Konkurrentin hatten, auch wenn Martha alles tat, diesem Eindruck entgegenzutreten. Allerdings musste sie bald feststellen, dass Doktor Liebknecht sie immer nur lobend erwähnte, während er seine Meinung über Susanne und Auguste nicht geändert hatte.

Nichtsdestotrotz genoss Martha die Arbeit im Operationssaal. Hier hatte sie das Gefühl, etwas bewirken zu können, anders als auf den Infektionsstationen, wo es letztlich nur darum ging, den erkrankten Körper zu pflegen und zu stärken, damit er selbst eine schwere Krankheit besiegen konnte. In der Chirurgie wurde sie dagegen Zeugin, wie durch Operationen Leben gerettet werden konnten. Der größte Feind war auch hier die Wundinfektion, und vielleicht schätzte Doktor Liebknecht ihre Arbeit auch deshalb so sehr, weil sie peinlich genau darauf bedacht war, alle hygienischen Regularien einzuhalten und sie nicht als überflüssige Zeitverschwendung zu betrachten wie Auguste.

Je häufiger Martha im OP war, umso mehr lernte sie Doktor Liebknechts Launen einzuschätzen. Sie wusste, wann es besser war, den Mund zu halten, und wann es ihm gefiel, eine schlagfertige Antwort zu bekommen. Und sie lernte in kurzer Zeit, ebenso sicher wie Schwester Adelheid die Haken zu halten und wortlos die notwendigen Instrumente zu reichen. Deshalb überraschte es sie nicht, als Doktor Liebknecht sie im Mai, einen Monat vor der Abschlussprüfung zur vollwertigen Krankenschwester, fragte, ob sie sich nicht um die Position als OP-Schwester bewerben wolle.

»Ich denke, du bist von allen Schwesternschülerinnen diejenige, die sich hier am besten einfinden würde«, meinte er.

Marthas Herz klopfte bis zum Hals. Ein solches Lob war ausgesprochen selten, und tatsächlich hatte sie sich in den vergangenen Monaten häufig vorgestellt, dauerhaft als OP-Schwester zu arbeiten. Es war eine der anspruchsvollsten und angesehensten Tätigkeiten, und sie wusste, dass sie sich bewährt hatte.

»Ich würde sehr gern OP-Schwester werden«, erwiderte sie, auch wenn es ihr etwas Magendrücken bereitete, wenn sie an Auguste und Susanne dachte. Nun gut, Auguste war ihr gleichgültig, aber wegen Susanne tat es ihr leid. In den letzten Monaten hatten sie sich wieder besser verstanden, und sie hatte Susanne zu erklären versucht, was Doktor Liebknecht an Schwesternschülerinnen schätzte. Susanne hatte Marthas Ratschläge dankbar aufgenommen und war von dem Chirurgen sogar manchmal mit lobenden Worten bedacht worden.

Würde Susanne es als Verrat empfinden, wenn sie sich nun bewarb und die begehrte Position bekam? Andererseits – die Entscheidung, wer die neue OP-Schwester wurde, lag nicht bei ihr.

Am Abend nachdem Doktor Liebknecht sie gefragt hatte, überlegte Martha lange, ob sie Susanne etwas sagen oder es lieber für sich behalten sollte. Schließlich fragte sie Carola.

»Ich würde ihr nichts sagen«, meinte die. »Das gibt nur böses Blut. Bewirb dich, das ist dein gutes Recht, und dann entscheidet Doktor Liebknecht, wen er will. Vielleicht nimmt er ja auch euch beide, es steht ja nirgendwo geschrieben, dass es nur eine neue OP-Schwester geben darf, oder?«

Daran hatte Martha noch gar nicht gedacht. Ja, warum sollten sie nicht beide für den OP ausgewählt werden? Zumal die OP-Schwestern auch für die Stationsarbeit mit den frisch operierten Patienten zuständig waren.

Und so reichte Martha ihre Bewerbung ganz offiziell ein. Die endgültige Entscheidung würde ohnehin erst nach den Abschlussprüfungen fallen.

Zu Hause bei ihrem Vater hatte sich die Situation entspannt. Er hatte in den ersten Monaten des Jahres 1894 noch kein einziges Mal Alkohol getrunken und kam seiner Arbeit in der Segelmacherei regelmäßig nach. Und er machte wieder Pläne. Heinrichs Idee mit dem Leierkasten hatte ihn nachhaltig beeindruckt, und so sparte er alles, was er irgendwie entbehren konnte, für die Anzahlung eines Leierkastens. Heinrich wollte sich bei der nächsten Überfahrt um ein junges Äffchen kümmern, das sein Vater dann ebenso wie der olle Willem abrichten könnte, denn was wäre ein Leierkastenmann schon ohne Äffchen, um das Geld einzusammeln?

Das Leben auf See tat Heinrich gut. Er schoss in die Höhe, sodass sein Vater meinte, er werde wohl durch das Meer gedüngt. Zudem hatte Heinrich sich seinen Wunsch nach einem Papagei erfüllt und einen Ara von seiner letzten Reise mitgebracht. Der Vogel war sehr zutraulich, und Heinrich verbrachte viel Zeit damit, ihn weiter an sich zu gewöhnen und ihm das Sprechen beizubringen. Allerdings hatte er nicht bedacht, dass Papageien, anders als Hunde, nicht stubenrein wurden, und so war er oft genug damit beschäftigt, die Hinterlassenschaften des Vogels zu beseitigen.

»Wenn noch ein Affe dazukommt, könnt ihr bald dem Zirkus Konkurrenz machen«, meinte Martha bei einem ihrer Besuche. Ihr Vater und ihr Bruder lachten darüber nur, und auch der Untermieter Siegfried hatte seine Freude an der Vorstellung. Als Sohn eines Bauern war Siegfried mit Tieren groß geworden, aber exotische Arten waren nie darunter gewesen. Es schien, als wäre mit dem bunten Gefieder des Papageis auch etwas von der alten Lebensfreude zurückgekehrt, trotz all der Schicksalsschläge, die hinter ihnen lagen. Irgendwie würden sie es schon schaffen, da war Martha sich ganz sicher.

31

Am Montag, dem 23. Juli 1894, legte Martha ihre Prüfung zur Krankenschwester ab. Sie hatte sich gut vorbereitet und musste vor den Augen der wachsamen Oberschwester und Doktor Liebknechts einen Patienten versorgen, der zwei Tage zuvor am Blinddarm operiert worden war. Anschließend wurden ihr einige Fragen zur Operationswunde und zu wichtigen Hygienemaßnahmen gestellt, die sie allesamt zur Zufriedenheit der Prüfungskommission beantwortete.

Auch die anderen Schwesternschülerinnen bestanden ihre Prüfungen. Selbst die hochnäsige Auguste hatte fleißig gelernt und hoffte auf die begehrte Stellung als OP-Schwester.

Martha hatte Susanne noch immer nicht erzählt, dass sie sich auch beworben hatte.

Am Abend nach der Prüfung versammelten sich die jungen Schwestern im großen Saal des Schwesternhauses, um ihre Zeugnisse entgegenzunehmen. Am spannendsten war die Frage, ob ihnen allen wirklich die Positionen zugestanden würden, auf die sie sich beworben hatten.

Franziska Belitz und Carola Engelmann bekamen ihre Wunschstationen.

Als Auguste Feldbehn aufgerufen wurde, hielt Martha kurz die Luft an.

»Schwester Auguste wird künftig in der Pflege der frisch operierten Patienten eingesetzt werden«, sagte Oberschwester Hedwig, während sie Auguste ihr Zeugnis und das Schwesternhäubchen überreichte, das sie künftig als vollwertige Krankenschwester auswies und etwas anders gebunden wurde als das der Lernschwestern.

Auguste strahlte über das ganze Gesicht, während Martha sich fragte, ob Auguste sich nicht zu früh freute. Schließlich war sie lediglich für die frisch operierten Patienten eingeteilt worden. Vom OP war nicht die Rede. Als auch Susanne Kowalski für die Station der frisch Operierten eingeteilt wurde, erhärtete sich Marthas Verdacht, doch sie hütete sich, etwas zu sagen, denn auch Susanne strahlte. »Wer hätte gedacht, dass sie uns beide zu OP-Schwestern machen«, raunte sie Martha zu, nachdem sie wieder Platz genommen hatte.

Nachdem noch drei weitere Schwesternschülerinnen aufgerufen worden waren, kam die Reihe an Martha.

»Schwester Martha, ich freue mich sehr, dir mitteilen zu dürfen, dass du künftig die Position der zweiten OP-Schwester einnehmen wirst«, sagte die Oberschwester und lächelte Martha freundlich an.

»Vielen Dank«, sagte Martha leise.

Kaum war sie auf ihren Platz zurückgekehrt, flüsterte Susanne ihr zu: »Wieso bist du OP-Schwester? Auguste und ich hatten uns doch beworben!«

»Doktor Liebknecht hat mich gefragt, ob ich mich nicht auch bewerben wolle«, sagte Martha leise. »Und da mir die Arbeit gefällt, habe ich es getan.«

»Und warum hast du mir das nicht gesagt?«

»Hätte es etwas geändert?«, fragte Martha. »Ich wollte keinen Streit, zumal wir die Entscheidung ohnehin nicht beeinflussen konnten.«

Noch während sie das sagte, sah sie die hektischen roten Flecken, die sich von Susannes Hals bis zu ihrem Gesicht ausbreiteten. Martha schluckte. Als Susanne das letzte Mal auf diese Weise errötet war, war sie gerade auf unangenehme Weise mit Auguste aneinandergeraten. Allerdings hatte Auguste den Streit mit einem hochnäsigen Lächeln für sich entschieden – Susannes verräterische Röte, die ihr alle Gefühle ins Gesicht schrieb, war auch zugleich ihre größte Schwäche. Unwillkürlich wappnete Martha sich innerlich gegen einen heftigen Angriff.

Zu ihrer größten Überraschung atmete Susanne jedoch nur einmal tief durch, dann nickte sie. »Du hast recht. Immerhin gehöre ich auch zur Chirurgie und habe nach wie vor die Möglichkeit, als dritte OP-Schwester hinzugezogen zu werden, wenn Not am Mann ist.«

Martha atmete auf. Gott sei Dank, Susanne trug es ihr nicht nach. Ganz anders Auguste, die sie am Ende der Veranstaltung beim Hinausgehen anzischte: »Hast du dem Doktor etwa schöne Augen gemacht, dass er das Gossenkind vorzieht?«

»Nein, für die schönen Augen bist du ja zuständig«, erwiderte Martha gelassen. »Ich habe lieber vernünftige Leistungen gezeigt, denn im OP kommt es nicht aufs Aussehen an, sondern auf die Fähigkeiten. Sei doch froh, dass du die frisch Operierten pflegen darfst, dann kannst du wenigstens dein hübsches Gesicht zeigen und musst es nicht hinter einem Mundschutz verstecken.«

Susanne kicherte, während Auguste Martha wütend anfunkelte. »Na warte, das werde ich dir heimzahlen!«

TEIL 2

Die Sozialdemokratin

32

Hamburg, Frühjahr 1896

Der Frühling war Marthas liebste Jahreszeit. Sie liebte es, wenn die Sonnenstrahlen den letzten Märzschnee schmolzen, um den Krokussen Platz zu machen, die überall auf dem Krankenhausgelände emporschossen. Der Winter war lang und hart gewesen, aber jetzt war er endlich vorbei, und Martha genoss das Glücksgefühl, das die Rückkehr der Sonne in ihr auslöste.

Insgesamt konnte sie auf ein sehr erfolgreiches Jahr zurückblicken. Sie war trotz ihres jungen Alters schon eine anerkannte OP-Schwester, die von den Chirurgen geschätzt wurde. Sie verdiente genügend Geld, um ihren Vater zu unterstützen, sodass er die Wohnung auch nach dem Auszug seines Untermieters halten konnte. Siegfried Heise hatte inzwischen geheiratet und mit seiner Frau eine eigene Wohnung am Hafen bezogen. Außerdem hatte ihr Vater seinen Plan, Leierkastenmann zu werden, tatsächlich verwirklicht. Heinrich hatte ihn dabei sehr unterstützt und von seinen Reisen nicht nur einen kleinen Affen mitgebracht, sondern auch günstig einen reparaturbedürftigen Leierkasten aufgetrieben. Es hatte eine Weile gedauert, bis sie alle fehlenden Teile zusammenhatten, und ihr Vater musste zudem mehrere verschiedene Musikwalzen anschaffen, aber im vergangenen Sommer war es dann so weit gewesen. Milli hatte die alte Säuglingswäsche ihrer Tochter für das Äffchen in eine kleine Pagenuniform umgenäht und rot gefärbt. Ihre Tochter Anna war mit ihren zweieinhalb Jahren schon recht aufgeweckt und ganz begeistert von dem kleinen Affen, der auf den Namen Koko hörte. Nicht zuletzt deshalb hatte Marthas Vater Milli angeboten, die kleine Anna hin und wieder mitzunehmen, wenn er als Leierkastenmann unterwegs war. Anfangs war Milli skeptisch, denn sie wachte mit Argusaugen über ihr Kind, andererseits hatte der Vater wieder zu seiner alten Stärke zurückgefunden, und so stimmte sie der Idee zu.

Milli selbst schien es finanziell recht gut zu gehen, sie leistete sich teure Kleider und suchte ihre Kundschaft gezielt in der gehobenen Klasse. Soweit Martha erfahren konnte, hatte Milli sich auf drei Sorten von Männern spezialisiert. Das eine waren Väter mit heranwachsenden Söhnen, die sie dafür bezahlten, dass sie die Söhne diskret in der Kunst der Liebe unterrichtete. Wenn sie solche Kundschaft hatte, nahm sie das Angebot von Marthas Vater, sich um Anna zu kümmern, sehr gern an, denn die jungen Männer hatten zwar großzügige und gut zahlende Väter, beanspruchten aber auch sehr viel Zeit. Die zweite Gruppe ihrer Kundschaft waren einsame Männer aus der besseren Gesellschaft, die entweder ledig, verwitwet oder aber geschäftlich unterwegs waren. Während der Gewerbeausstellungen und Messen suchten viele gut situierte Männer eine dauerhafte Damenbegleitung, die mehr als eine gewöhnliche Prostituierte bot. Da Milli sich zu benehmen wusste und sich elegant kleidete, sah ihr niemand sofort ihre Profession an. Die wohlhabenden Geschäftsreisenden schätzten es, dass sie Milli auch als Begleitung für Theaterbesuche und gepflegte Konversationen buchen konnten. Durch diese Erfahrungen bewegte Milli sich immer sicherer in den gehobenen Kreisen, und sie begann, Englisch und Französisch zu lernen. Ein paar Wörtchen Französisch machten sich in der Konversation immer gut.

Die dritte Gruppe von Männern war die heikelste. Martha hatte lange Zeit nicht einmal gewusst, dass es so etwas gab, bis Milli es ihr verraten hatte. Manche Männer begehrten Männer anstelle von Frauen, doch das war streng verboten. Wenn so ein Verlangen ruchbar wurde, drohte nicht nur der gesellschaftliche Ruin, sondern unter Umständen sogar noch das Gefängnis. Milli diente in solchen Fällen der Tarnung. Wer regelmäßig Damenbesuch erhielt, geriet nicht so schnell in Verdacht. Diese Dienstleistungen erbrachte Milli besonders gern, denn oft waren es sehr gebildete Männer, die die gesamte Zeit, die sie in ihrer Wohnung verbrachte – und zwar so, dass es möglichst alle Nachbarn mitbekamen –, zu interessanter Plauderei nutzten. Mit viel Glück lernte sie sogar ein paar neue englische oder französische Vokabeln, wenn sie von ihrer Leidenschaft für diese Sprachen schwärmte und ihr Kunde sie beherrschte.

Im Rademachergang war Milli zwar noch gemeldet, aber sie nutzte ihr Zimmer kaum noch zum Anschaffen, sondern wohnte dort mit ihrer Tochter, um so wenig wie möglich bei ihren Eltern zu sein. Ihr Vater hielt nach wie vor die Hand auf und gab das Geld, das er Milli abpresste, mit vollen Händen aus. Noch hatte sie keine Möglichkeit, sich dagegen zu wehren, denn noch war sie minderjährig, aber Martha war sich sicher, dass Milli trotz allem ihren Weg gehen würde. Nicht so gern sah sie hingegen, dass ihre Freundin auch mit Moritz' Bruder Joseph engeren Kontakt pflegte, denn im Gegensatz zu Moritz sagte man Joseph nach, dass er eine große Nummer im kriminellen Milieu geworden war und kurz davorstand, ein eigenes Vergnügungsetablissement am Venusberg zu eröffnen. Ob Milli sich dort Möglichkeiten eines ehrbaren Broterwerbs als Bardame erhoffte? Martha verstand nicht, warum Milli auf einmal so nett zu Joseph war, während der arme Moritz seine Hoffnungen auf eine Eheschließung wahrscheinlich langsam, aber sicher immer tiefer in seinem Herzen begrub.

Doch nicht nur Milli ging ihren Weg. Heinrich war im vergangenen Jahr zum Leichtmatrosen befördert worden und stand damit im letzten Lehrjahr seiner Ausbildung zum Vollmatrosen. Käpt'n Weller schätzte neben Heinrichs Fleiß auch seinen Humor und, nicht zu vergessen, seinen Papagei Lora, der an seinem Herrn hing wie ein kleiner Hund und redete, wie ihm der Schnabel gewachsen war. Lora war sprachbegabter als die meisten Papageien, was vielleicht auch daran lag, dass Heinrich sich so intensiv um ihn kümmerte. Noch dazu war der Vogel intelligent und hatte bald begriffen, welche Worte bei den Menschen welche Reaktionen hervorriefen. Und so konnte das Tier nicht nur freundlich schmeicheln, sondern beherrschte auch Schimpfworte, wie sie höchstens ein betrunkener Seemann in der Öffentlichkeit in den Mund genommen hätte – sehr zur Erheiterung der ganzen Schiffsmannschaft, die Lora als ihr Maskottchen ansah.

Martha war froh, dass die größten Sorgen offenbar hinter ihnen lagen, und auch wenn noch nicht alles perfekt war, so hatten sie doch alle ihr Auskommen. Mittlerweile bewohnte sie sogar ein eigenes Zimmer im Schwesternhaus, Tür an Tür mit Carola, die sie nach wie vor regelmäßig zu den Versammlungen der Sozialdemokraten begleitete. Seit sie eine vollwertige Krankenschwester war, hatte sich zudem auch ihr Kontakt zur Familie Schlüter intensiviert. Doktor Schlüter war sehr stolz auf sie, und seine Frau Wilhelmina lud sie ab und an gemeinsam mit Carola zu ihren berühmten Kaffeerunden ein, wo sich die gebildeten Frauen trafen und über Frauenrechte und Sozialismus diskutierten.

Am letzten Sonntag im April 1896 waren Martha und Carola wieder einmal bei Frau Schlüter eingeladen.

»Meine Damen, ich freue mich, Ihnen heute Fräulein Lida Heymann vorstellen zu dürfen«, sagte Frau Schlüter, nachdem alle eingetroffen waren. »Fräulein Heymann hat die höhere Töchterschule besucht und war viele Jahre in Dresden auf dem Internat, bis sie nach Hamburg zurückkehrte. Hier hat sie zunächst in einer Armenschule als Lehrerin gearbeitet und später eine Nähschule gegründet, die Mädchen aus einfachen Verhältnissen die Möglichkeit gibt, ein angesehenes Handwerk zu erlernen.«

Die Damen nickten anerkennend. »Das ist eine wundervolle Haltung«, sagte Carola begeistert. »Ich kann das nur bewundern, Fräulein Heymann.«

Die so Gelobte lächelte in einer Mischung aus Stolz und Scham. »Bitte nennen Sie mich doch Lida«, sagte sie. »Und ja, ich wollte etwas Sinnvolles mit meinem Leben anfangen. Ich bin in einem Alter, in dem jeder Mensch, ob Mann oder Frau, aus der Fülle seiner Fähigkeiten und Kräfte etwas gestalten will, aber gerade uns Frauen sind überall Grenzen gesteckt, und das macht uns auf Dauer krank.«

»Da bin ich ganz Ihrer Meinung«, erwiderte Carola, »aber sogar die Männer stoßen an Grenzen, wenn sie in die falsche Schicht geboren wurden. Aber selbstverständlich hat ein Mann mehr Möglichkeiten als eine Frau. Meine Freundin Martha kann ein Lied davon singen.« Sie warf Martha einen aufmunternden Blick zu. »Magst du davon erzählen?«

Auf der einen Seite war es Martha unangenehm, dass sie nun plötzlich so im Mittelpunkt des Interesses stand, andererseits fand sie es wichtig, ihre eigenen Erfahrungen einzubringen.

»Meine Familie stammt zwar aus armen Verhältnissen«, begann sie, »aber mein Bruder hätte alle Voraussetzungen erfüllt, um aufs Gymnasium zu gehen, sein Abitur zu machen und später zu studieren. Meine Eltern haben von Anfang an für ihn gespart, aber dann starb erst meine Mutter, und danach erlitt auch noch mein Vater einen schweren Unfall. Mein Bruder hatte nur zwei Möglichkeiten: entweder Hafenarbeiter oder Matrose zu werden. Er entschied sich für die Seefahrt, weil das seiner jugendlichen

Abenteuerlust am nächsten kam. Aber wenigstens steht ihm als Seemann noch eine ansprechende Karriere offen, sofern er sich zum Schiffsoffizier hocharbeitet.«

»Das war die beste Wahl, die er treffen konnte«, bestätigte Carola. »Und da sind wir wieder bei der Ungerechtigkeit uns Frauen gegenüber. Marthas Bruder hatte immerhin noch eine Wahl. Aber welche Möglichkeiten bleiben einer Frau aus den niedersten Gesellschaftsschichten, um Geld zu verdienen? Minderbezahlte Hilfsarbeiten, nur in seltenen Fällen könnte sie eine anspruchsvolle Lehre absolvieren.«

»Und falls sie als Tochter einer Prostituierten geboren wurde, bleibt ihr nicht einmal diese Möglichkeit«, fügte Martha hinzu. »Dann wird sie sofort mit der Profession ihrer Mutter gleichgesetzt, und ihr bleiben nur noch zwei Möglichkeiten: Heirat oder sich selbst zu prostituieren. Manchmal bietet selbst die Ehe keinen Schutz, denn so mancher Ehemann wird zum Zuhälter seiner eigenen Frau. Aber darüber schweigt die feine Gesellschaft ebenfalls.«

Lida Heymann hatte aufmerksam zugehört.

»Ich nehme an, Sie haben bereits einige dieser bedauernswerten Frauen kennengelernt, denen das Schicksal keine andere Wahl ließ?«, fragte sie mitfühlend.

»So ist es«, bestätigte Martha. »Aber ich bin sehr vorsichtig, wo und mit wem ich darüber spreche. Carola und ich sind Erika-Schwestern. Von uns wird ein tadelloser Lebenswandel erwartet. Dazu gehört auch unser privater Umgang. Sollten wir irgendwann heiraten, können wir nicht mehr als Schwestern arbeiten, da nur ledige oder verwitwete Frauen dieser Tätigkeit nachgehen dürfen. Und sollte die Oberschwester der Meinung sein, dass wir gewisse moralische Grenzen überschreiten, wäre auch dies ein Grund für eine fristlose Entlassung. Eine Schwester, die privaten

Umgang mit Prostituierten oder jungen Männern pflegt, ist untragbar, ganz gleich, wie zuverlässig und gut sie ihre Arbeit im Krankenhaus verrichtet. Ein Arzt, der regelmäßig Prostituierte aufsucht, hätte hingegen keinerlei Repressionen zu befürchten.«

»Das ist in der Tat eine große Ungerechtigkeit«, sprang Lida ihr bei. »Ebenso wie die Kasernierung dieser Frauen in Sperrbezirke und ihre Ausgrenzung.«

»Ja«, bestätigte Wilhelmina Schlüter. »Die Prostitution ist nicht das älteste Gewerbe der Welt, sondern das älteste Gewerbe der sogenannten zivilisierten Welt. Damit hat man den Frauen die sexuelle Selbstbestimmung abgesprochen. Wussten Sie, dass es in der Sprache der Eingeborenen von Samoa nicht einmal ein Wort für Jungfrau gibt? Die Missionare waren darüber erschüttert, aber ebenso wenig gibt es dort Prostitution, weil die Sexualität als etwas ganz Natürliches angesehen wird. Oder haben Sie schon einmal von dem Indianerstamm der Huronen in Amerika gehört? Dort wissen die Kinder meist gar nicht, wer ihr Vater ist, und die Erbfolge ist bei ihnen so geregelt, dass die Männer alles den Kindern ihrer Schwestern hinterlassen. Da wissen sie immerhin, dass eine Blutsverwandtschaft besteht.«

»Bewundernswert, wie viel du immer über fremde Kulturen weißt, Wilhelmina«, sagte Agnes Waldheim, eine Dame von Anfang fünfzig, die regelmäßig zu den Gästen gehörte. »Und so pikante Details ...«

Wilhelmina lächelte. »Die Berichte von Missionaren sind da sehr aufschlussreich – sie verteufeln fremde Bräuche, ohne die Vorteile zu erkennen. Was einen Volksstamm möglicherweise unzivilisiert erscheinen lässt, sorgt andererseits für eine weniger große Kluft zwischen Arm und Reich. Die Sexualmoral unserer Gesellschaft soll die Versorgung von Müttern und ihren Kindern sicherstellen. Aber wie man sieht, gibt es auch andere Wege, um dies zu erreichen. Mir stellt sich hier auch die Frage, wessen Weltbild das richtige ist. Wir mögen einen großen technologischen Fortschritt haben und dank moderner Maschinen und Waffen den Eingeborenen haushoch überlegen sein, aber sind wir ihnen auch moralisch überlegen? Und sind wir wirklich glücklicher als sie?«

»Immerhin brachte uns der technologische Fortschritt auch die Segnungen der modernen Medizin«, warf Carola ein. »Selbst wenn unsere gesellschaftlichen Strukturen dringend nach einer Reform schreien, so ist nicht alles schlecht, was die moderne Zeit uns brachte.«

»Das stimmt«, gab Wilhelmina zu. »Und doch frage ich mich, inwiefern die Entwicklung der modernen Medizin gerade davon beeinflusst wurde, dass die menschliche Zivilisation immer neue Krankheitsherde hervorgebracht hat. Denken wir nur an die Cholera vor vier Jahren. Ein derartiges Massensterben wäre bei einem Naturvolk gar nicht möglich gewesen. Vielleicht hätte es ein Dorf von achtzig Einwohnern betroffen, aber niemals Zehntausende von Menschen, die dicht an dicht in hygienisch unzumutbaren Verhältnissen leben. Und auch Krankheiten wie Rachitis finden sich unter den Eingeborenen nicht, da ihre Kinder an der frischen Luft aufwachsen und nicht von klein auf in dunklen Räumen dahinvegetieren. In England beispielsweise herrschen noch schlimmere Verhältnisse als bei uns, weil sie nach wie vor kleine Kinder in Bergwerken arbeiten lassen.«

»Immerhin wurde die Kinderarbeit im Deutschen Reich inzwischen gesetzlich reglementiert«, sagte Carola. »Ein kleiner Schritt, den die Sozialdemokraten erfolgreich auf den Weg brachten, auch wenn unser Ziel darin besteht, sie vollends abzuschaffen.«

»Bei den niedrigen Löhnen, die derzeit im Hafen gezahlt werden, sind viele Familien darauf angewiesen, dass die Kinder mitarbeiten«, sagte Martha.

Die Frauen nickten nachdenklich.

»Vermutlich besteht hier der größte Handlungsbedarf«, sagte Lida. »Gerechtere Löhne für all jene, die harter Arbeit nachgehen, sowie eine Absicherung, die über das bisherige Krankenkassensystem hinausgeht. Aber der deutsche Arbeiter lässt sich weiterhin alles gefallen, anstatt wie sein französischer Leidensgenosse auf die Barrikaden zu steigen und mittels Streiks und Revolution um bessere Lebensbedingungen zu kämpfen.«

Erneutes Nicken der Frauen. Das deutsche Pflichtbewusstsein verbot jede Form des Aufbegehrens. Lieber biss man die Zähne zusammen und versuchte, trotz aller Unbilden irgendwie zu überleben und dennoch von einer besseren Zukunft zu träumen.

33

Mit dem Frühling kehrte auch das Leben in den Eppendorfer Krankenhauspark zurück. Luft und Licht galten als heilsam, weshalb die meisten Pavillons über Sonnenmarkisen verfügten, die bei schönem Wetter aufgespannt wurden, um die Patienten in ihren Betten nach draußen zu schieben. Jedes Mal, wenn Martha an diesen Pavillons vorbeikam und sah, wie die Patienten an der frischen Luft die Sonnenstrahlen genießen konnten, fühlte sie sich stolz und glücklich, in diesem modernen Krankenhaus arbeiten und ihren Beitrag zu einer menschenwürdigen Behandlung der Kranken leisten zu dürfen. Hier gab es keinen Schmutz und keine Dunkelheit wie in den Krankenbaracken, in denen ihre kleine Schwester gestorben war. In Eppendorf hätte man Anna auf der Kinderstation behandelt, wo sich freundliche Schwestern wie Franziska liebevoll um die kleinen Patienten kümmerten.

Der einzige Wermutstropfen lag darin, dass sie stets vor Auguste Feldbehn auf der Hut sein musste. Seit Martha zur zweiten OP-Schwester aufgestiegen war, ließ die eifersüchtige Auguste keine Gelegenheit aus, ihr das Leben schwer zu machen. Und das beschränkte sich nicht nur auf spitze Bemerkungen. Manchmal arbeitete sie absichtlich nachlässig, um ihre Rivalin in ein schlechtes Licht zu rücken. Einmal war Martha darauf reingefallen, weil sie sich so viel Bösartigkeit nicht hatte vorstellen können. Das war im letzten Winter gewesen, als Auguste in der Sterilisation arbeitete und Martha statt der gefüllten Trommel mit sauberem Operationsbesteck eine leere untergeschoben hatte. Martha hatte es erst im OP bemerkt und sich bittere Vorwürfe anhören müssen, weil sie die Instrumente nicht vorher kontrolliert hatte. Als sie Auguste später zur Rede stellte, hatte die jede Verantwortung geleugnet, aber das höhnische Lächeln war Antwort genug gewesen. Doch falls Auguste sich Hoffnungen gemacht hatte, Martha dadurch zu verdrängen, hatte sie sich geirrt.

Eigentlich widerstrebte es Martha, das schmutzige Spiel der Kollegin mitzuspielen, und es entsprach ganz und gar nicht ihrem Naturell. Aber in diesem Fall hatte sie hart zurückgeschlagen. Sie hatte Augustes höhnisches Lächeln mit einer verständnisvollen Miene quittiert und kurz darauf die Oberschwester um ein Gespräch gebeten.

»Ich wollte eigentlich gar nicht darüber sprechen«, sagte sie betont schüchtern, als sie im Büro der Oberschwester vor deren Schreibtisch saß, »denn ich weiß, dass es Auguste nicht recht wäre, aber ich sehe keine andere Möglichkeit, ihr zu helfen.«

»Nur zu, Martha«, antwortete die Oberschwester mit einem gütigen Lächeln. »Was genau bedrückt Auguste denn?«

»Nun«, Martha verflocht ihre Finger demonstrativ ineinander und löste sie wieder. »Augustes Mutter hat schwere gesundheitliche Probleme. Sie wissen doch, dass Auguste sich immer sehr um ihre Mutter gekümmert hat und während deren Kur die Liebe zum Schwesternberuf entdeckte.«

Die Oberschwester nickte.

»Nachdem die Mutter lange Zeit wieder wohlauf war, soll es ihr jetzt wieder schlechter gehen. Auguste bestreitet das, aber jeder, der sie etwas besser kennt, weiß, dass es wahr ist. Die Sorgen um ihre Mutter rauben ihr den Schlaf, und sie ist oft fahrig und vergesslich. Ich kann das so gut nachvollziehen, denn ich habe es selbst erlebt, als meine Mutter an der Cholera erkrankte und daran starb.« Ohne dass sie es wollte, spürte sie das Brennen aufsteigender

Tränen, doch sofort blinzelte sie es weg. Allerdings nicht schnell genug, denn der betroffene Blick der Oberschwester zeigte, dass sie es bemerkt hatte.

»Ich weiß, du hattest es nicht leicht, Martha«, sagte sie.

»Ja, und deshalb habe ich auch so großes Verständnis für Augustes Lage. Bei all den Kümmernissen, die Auguste hat, ist es doch kein Wunder, dass sie derzeit so viele Fehler macht, und wir dürfen ihr das nicht vorhalten. Normalerweise macht sie ihre Arbeit ja sehr gut. Aber müssen wir uns nicht auf jede Schwester blind verlassen können? Missgeschicke wie das mit der leeren Instrumententrommel dürfen einfach nicht vorkommen.« Sie atmete tief durch. »Wissen Sie, ich bin eigentlich schuld, ich hätte die Trommel noch einmal kontrollieren müssen, da ich weiß, wie zerstreut Auguste ist. Aber ich habe nicht mit einem so schwerwiegenden Fehler gerechnet.«

»Nein, Martha, es ist nicht deine Schuld«, widersprach die Oberschwester. »Es ist schon so, wie du sagst, ein derartiger Fehler ist bislang noch nicht vorgekommen.«

Jetzt hatte Martha die Oberschwester genau dort, wo sie sie haben wollte. »Vielleicht könnten wir Auguste helfen, indem Sie sie in einem Bereich einsetzen, der ihr nicht so viel Verantwortung aufbürdet«, schlug sie vor. »Sie kann wunderbar mit Kranken und Pflegebedürftigen umgehen. Wie wäre es, wenn sie sich um unsere kränksten Patienten auf der Pflegestation kümmerte? Das böte ihr Trost und würde sie etwas von ihren Sorgen ablenken.«

»Das ist ein sehr guter Gedanke, Martha. Ich freue mich, wie sehr du dich für deine Mitschwester einsetzt. Ich werde alles in die Wege leiten. Auguste kann sich glücklich schätzen, so eine verständnisvolle Freundin in dir zu haben.«

Wenn die Oberschwester geahnt hätte, dass Auguste die Pflegestation wie die Pest hasste, hätte sie gewiss anders gesprochen.

Aber im Krieg sind alle Mittel erlaubt, und Martha war entschlossen, ihrer Feindin endlich Einhalt zu gebieten.

Auguste wurde noch am selben Tag auf die Pflegestation versetzt. Damit war die hochmütige Prinzessin weiter vom OP entfernt, als es ihr lieb sein konnte, denn wenn Not am Mann war, wurde eine OP-Schwester aus der Gruppe der Sterilisationsschwestern gewählt, und somit kam Susanne künftig häufiger in den Genuss, im OP arbeiten zu dürfen.

Marthas Verhältnis zu Susanne hatte sich seither wieder sehr verbessert, denn es gefiel Susanne, Auguste im Ansehen überflügelt zu haben. Es fühlte sich so an, als wäre die alte Vertrautheit zwischen den beiden zurückgekehrt; sie hatten wieder Spaß miteinander, alberten herum und verbrachten Zeit zusammen. Dennoch blieb Martha vorsichtig. Da machte sie nicht einmal für Susanne eine Ausnahme, denn letztlich, das wusste Martha genau, war auch sie eine Konkurrentin. Aber das Schlimmste war noch nicht einmal, dass sie ständig auf der Hut sein musste. Nein, viel schlimmer war, dass Auguste es billigend in Kauf nahm, Patienten zu schädigen, solange sie damit Martha schaden konnte. Andererseits war es unmöglich, Auguste an den Pranger zu stellen, denn ihre wohlhabende Familie spendete regelmäßig für das Krankenhaus, und ihr Vater ging beim ärztlichen Direktor ein und aus. Zu ihrer Wunschposition als zweite OP-Schwester hatte er ihr zwar nicht verhelfen können, aber sie durfte nach Abschluss ihrer Ausbildung ein Zimmer auf der Etage der Oberschwester beziehen, das von einem eigenen Zimmermädchen gereinigt wurde.

Im Mai, als sich bereits ein Hauch des nahenden Sommers erahnen ließ, war Franziska von der Kinderstation mit der Organisation eines Frühlingsfests im Garten vor dem Kinderpavillon beschäftigt.

Als Martha davon hörte, schlug sie ihrer Kollegin vor, ihren Vater samt Leierkasten und Affen für den Nachmittag zu verpflichten.

»Die Kinder haben bestimmt ihre Freude an dem kleinen Koko«, sagte sie. »Er liebt Kinder, und meine kleine Patentochter ist von ihm ganz hingerissen, denn er ist sehr sanftmütig und gut erzogen.«

»Er hat wirklich einen Affen?« Franziskas Augen leuchteten, als wäre sie selbst wieder ein Kind.

»Ja, ein braunes Kapuzineräffchen, das mein Bruder von einer seiner Fahrten aus Brasilien mitgebracht hat. Koko ist einfach entzückend. Er ist so zutraulich, weil er schon in Gefangenschaft geboren wurde und von klein auf Kontakt zu Kindern hatte. Besonders lustig ist es, wenn mein Bruder zu Besuch ist und seinen Papagei Lora dabeihat. Lora und Koko sind wie Hund und Katz. Lora macht sich einen Spaß daraus, Koko in den Schwanz zu zwicken, und muss dann aufpassen, dass er dafür nicht Federn lassen muss, wenn Koko sich schnell genug umdreht.« Bei der Erinnerung daran musste sie lachen.

»Ist dein Bruder gerade auf Fahrt, oder könnte er mit seinem Papagei auch vorbeikommen?«

»Leider nicht. Sein Schiff ist vor zwei Wochen wieder nach Amerika ausgelaufen.«

»Ich fände es großartig, wenn dein Vater mit seinem Leierkasten und dem Affen kommt«, sagte Franziska. »Wie viel würde es uns kosten?«

»An einem guten Tag verdient er oft drei bis vier Mark, wenn er in den besseren Vierteln spielt.«

»Bei uns würde er ja nur am Nachmittag spielen. Meinst du, er wäre mit zwei Mark zufrieden?«

»Ja«, sagte Martha. »Also ist er engagiert?«

»Ich werde mich drum kümmern, alles zu regeln«, versprach Franziska.

Die Kollegin hielt Wort, und Marthas Vater freute sich über den Auftritt, zumal er davon ausging, dass die etwas bessergestellten Eltern ihren Kindern einige Pfennige überließen, die sie ihm zuwerfen konnten, damit Koko sie aufsammelte.

Am Tag des großen Gartenfestes hatten die Schwestern gemeinsam mit den Kindern, die aufstehen durften, den Garten mit einigen Girlanden geschmückt. Der Himmel zeigte sein schönstes Blau, ganz ohne jede Wolke, und die Temperaturen erreichten bereits sommerliche Werte.

Als Marthas Vater am frühen Nachmittag mit seinem Leierkasten und Äffchen Koko erschien, hatten sich bereits etliche Eltern eingefunden, und auch der ärztliche Direktor des Eppendorfer Krankenhauses erwies der Kinderstation die Ehre. Obwohl Martha nicht zu den Kinderschwestern gehörte, hatte sie sich freiwillig gemeldet, um sich an der Betreuung der kranken Kinder zu beteiligen, die noch nicht aufstehen durften und in ihren Betten unter die Sonnenmarkise geschoben wurden.

Marthas Vater wurde bei seiner Ankunft sofort von den Kindern, die das Bett verlassen durften, umringt. Lachend befreite er sich aus ihrer Mitte und stellte den Leierkasten in der Nähe der Markise auf, damit auch die ans Bett gefesselten Kinder Kokos drollige Späße beobachten konnten. Koko hatte gelernt, dass es den Menschen gefiel, wenn er winkte oder grüßend seine Mütze zog.

Marthas Vater hatte verschiedene Musikwalzen, zwischen denen er wechseln konnte, um ein abwechslungsreiches Drehorgelkonzert zu veranstalten. Zwischen jedem Lied erzählte er eine kleine Geschichte, die sich meist auf Koko bezog. Wie der Affe zu ihm gekommen war und wie es in seiner Heimat Brasilien aussah. Martha stand im Hintergrund bei den bettlägerigen Kindern, die ihren Vater mit großen Augen bewundernd anblickten, und war in diesem Moment sehr stolz auf ihn. Das war wieder ihr alter Vater, der starke, lebenslustige Mann, der Kinder liebte und dessen Geschichten einen ganz eigenen Zauber hatten, der sofort bunte Bilder in den Köpfen der Zuhörer entstehen ließ. Natürlich schmückte er die Geschichten reichlich aus und erfand einiges dazu, so zum Beispiel den Sturm, der Heinrichs Schiff angeblich an ein unbekanntes Gestade vor Brasilien verschlagen hatte, wo es besonders intelligente Affen gab, die neugierig waren und die Welt sehen wollten. Äffchen wie Koko, die die Menschensprache verstanden und zum Ausdruck bringen konnten, was sie wollten. Und Koko wollte mit nach Deutschland kommen. Während ihr Vater die Geschichte erzählte, sah er Koko an, der daraufhin seine Mütze zog. Unauffällig gab der Vater ihm zur Belohnung eine geschälte Walnuss. Aber für die Kinder entstand der Eindruck, Koko würde die Mütze zur Bestätigung der Worte ziehen.

Ein kleiner Junge namens Magnus Sievert, der aufgrund eines angeborenen Herzfehlers so schwach war, dass er das Bett schon länger nicht mehr verlassen konnte, fragte schüchtern, ob er Koko mal streicheln dürfe.

»Aber sicher.« Marthas Vater nahm Koko auf den Arm und setzte das Äffchen zu dem Jungen aufs Bett.

Magnus strich ihm vorsichtig über den Rücken, während Koko wesentlich weniger schüchtern war und seinerseits das Gesicht des Jungen mit seiner kleinen Hand streichelte, was zum allgemeinen Gelächter der Umstehenden führte.

In diesem Moment hörten sie eine barsche Stimme: »Ich weiß nicht, ob das in einem Krankenhaus wirklich angemessen ist. Es hat schon seinen Grund, dass Hunde hier nicht zulässig sind.«

Marthas Vater fuhr herum. Hinter ihm stand ein vornehm gekleideter Mann mit Zylinder und sorgfältig gestutztem dunklen Backenbart, der an den Spitzen bereits ergraute.

»Kinder, seht ihr hier irgendwo einen Hund?«, fragte Marthas Vater.

»Nein!«, riefen die Kinder einstimmig zurück.

»Mein Herr, vielleicht wissen Sie es nicht, aber dieses Tier nennt man Affe. Hunde haben keine Hände und im Allgemeinen wesentlich kürzere Schwänze.«

Die Kinder lachten.

»Sie wissen genau, was ich meine«, sagte der Mann. »Dieses Tier kann Krankheiten übertragen. Man sollte es nicht zu kranken Kindern ins Bett lassen.«

»Koko ist sauberer als die meisten Menschen und kerngesund. Ihre Sorgen sind unnötig.«

Der Mann musterte Karl Westphal von oben bis unten, dann verzog er seinen Mund zu einem geringschätzigen Lächeln.

»Woher will jemand wie Sie das schon wissen? Jeder Idiot kann sich einen Leierkasten und einen Affen anschaffen, und das, was Sie den Kindern hier erzählen, ist der blanke Unsinn. Es reicht doch, wenn Sie Ihren Leierkasten drehen. Da müssen Sie nicht auch noch einen Flohsack zu einem kranken Kind ins Bett schicken.«

Es war mucksmäuschenstill geworden.

»Mein Herr, vielleicht sollten wir uns einander erst einmal vorstellen, ehe wir in einen wissenschaftlichen Disput über Affen geraten«, sagte Marthas Vater. »Ich weiß doch gern, mit wem ich mich da zu messen habe. Mein Name ist Karl Westphal. Ich bin übrigens der Vater von Schwester Martha.« Er winkte Martha zu, die ihm ein strahlendes Lächeln schenkte. Es gefiel ihr, wie gebildet ihr Vater sich trotz seiner Herkunft ausdrücken konnte. Früher war er Stammgast in der kleinen Leihbücherei gewesen, die der Zigarrenladen am Scharmarkt im Hinterzimmer betrieb. Das hatte erst geendet, als er sich nach dem Tod der Mutter in den Alkohol geflüchtet hatte.

»So, und darauf sind Sie auch noch stolz?« Das verächtliche Lächeln erfasste nun die ganze Miene des Zylinderträgers. »Mein Name ist Anton Feldbehn, und wenn es nicht um das Wohl der kranken Kinder ginge, wäre es unter meiner Würde, mit einem dahergelaufenen Gaukler wie Ihnen auch nur ein Wort zu wechseln.«

Marthas Vater zog die Brauen hoch.

»Ah, Sie sind Herr Feldbehn. Dann ist Ihre Auguste ja eine Kollegin meiner Tochter. Nun, zumindest, was den Ausbildungsstand unserer Töchter angeht, stehen wir damit auf einer Stufe. Das bedeutet, dass es in der nächsten Generation keine Unterschiede mehr zwischen unseren Nachkommen geben wird.«

»Was fällt Ihnen ein? Meine Tochter ist eine Feldbehn! Ich werde niemals zulassen, dass man sie mit dem Balg eines dahergelaufenen ...«, er rang regelrecht nach einem passenden Wort, »... Affendompteurs auf eine Stufe stellt.«

»Ganz wie Sie meinen, Herr Feldbehn. Aber denken Sie daran, dass meine Tochter die zweite OP-Schwester ist. Es wäre doch traurig, wenn Sie Ihrer Tochter verbieten würden, Martha nachzueifern, zumal sie doch auch so gern OP-Schwester wäre, wie ich gehört habe.«

»Sie ...«, setzte Anton Feldbehn an, »... was maßen Sie sich an?«

»Nichts. Ich sage nur die Wahrheit. Und Sie müssen sich wahrlich keine Sorgen um die Kinder hier machen. Koko hat weder Flöhe noch Krankheiten, und seine Uniform wird vermutlich häufiger gewaschen als Ihr Gehrock, mein Herr!« Mit diesen Worten ließ Karl Westphal Anton Feldbehn stehen und ging auf den kleinen Magnus zu, der nicht auf den Streit der beiden Männer, sondern lieber auf Koko geachtet hatte und sich freute, dass Koko seinen rechten Zeigefinger mit seiner kleinen Hand umfasste.

Martha war stolz auf ihren Vater. Natürlich hatte er Anton Feldbehn brüskiert, aber er hatte dabei die Grenzen des Anstands gewahrt. Sie wusste sehr wohl, dass die Familie Feldbehn ihr nicht wohlgesinnt war, dennoch erschreckte es sie, als sie den finsteren Blick auffing, den Anton Feldbehn ihr zuwarf, ehe er sich abwandte und in Richtung des Ärztlichen Direktors verschwand. Ob er sich dort über ihren Vater oder gar sie selbst beschweren würde? Oder war er klug genug, das zu unterlassen? Letztlich hatte er nichts in der Hand – bis auf sein vieles Geld, das er regelmäßig spendete.

Ihr Vater schien indes keinen Gedanken mehr an den Streit zu verschwenden, sondern nahm Koko wieder auf den Leierkasten und spielte eine weitere Melodie. Die Mutter des kleinen Magnus war die Erste, die ihrem Kind einen Pfennig gab, damit er ihn Marthas Vater zuwerfen und von Koko aufsammeln lassen konnte. Sofort folgten auch andere Eltern ihrem Beispiel.

War das ihre Antwort auf Anton Feldbehn? Von der Kleidung her passten diese Eltern eher zu den einfachen Leuten als zu den vornehmen Kreisen, in denen sich Familie Feldbehn bewegte.

Ich liebe dich Papa, denn trotz allem bist du der beste Vater, den ich mir wünschen kann.

34

Die kurze Auseinandersetzung ihres Vaters mit Anton Feldbehn blieb folgenlos für Martha – abgesehen davon, dass Auguste sie jedes Mal hasserfüllt anstarrte, wenn sie sich über den Weg liefen. Aber das war nichts Neues, und seit Auguste auf der Pflegestation Dienst tun musste, hatten sie nur noch selten Berührungspunkte. Meist dann, wenn Martha einen der frisch operierten Patienten übergab und erklärte, welche pflegerischen Maßnahmen erfolgen sollten. Ob diese Maßnahmen dann korrekt ausgeführt wurden, lag nicht in Marthas Hand. Aber da Martha Auguste inzwischen jede Bosheit zutraute, hatte sie sich angewöhnt, die Anordnungen nicht nur mündlich zu übermitteln, sondern auch in das Blatt mit der Fieberkurve einzutragen. Auguste hatte es mit einem Naserümpfen hingenommen und sich kurz darauf bei der Oberschwester beschwert, dass eine einfache Schwester Eintragungen wie ein Arzt vornahm. Doch zu Augustes größtem Verdruss gefiel der Oberschwester diese Neuerung. »Das wird uns helfen, Übergabefehler zu vermeiden«, hatte sie später in der großen Schwesternrunde erklärt. »Und deshalb erwarte ich, dass künftig alle Schwestern wichtige pflegerische Maßnahmen dokumentieren.«

Martha bot somit keinerlei Angriffsflächen mehr, die Auguste für eine Intrige nutzen konnte. Zudem war Auguste unter den Mitschwestern nicht sonderlich beliebt, da sie sich nach wie vor für etwas Besseres hielt und dazu neigte, harte pflegerische Arbeiten auf andere abzuwälzen. Martha fragte sich immer häufiger, warum Auguste überhaupt Krankenschwester geworden war. Sollte sie es tatsächlich darauf abgesehen haben, einen Arzt zu heiraten, so blieben ihre Hoffnungen unerfüllt. Dabei war Martha sich nicht einmal mehr so sicher, ob Auguste tatsächlich eine gute Partie anstrebte. Zwar deutete vieles in ihrem Verhalten darauf hin, aber es kam Martha eher wie ein halbherziges Spiel vor, bei dem Auguste vor der letzten Konsequenz zurückzuckte. Aber warum? Auguste blieb ihr nach wie vor ein Rätsel, aber keines, das sie unbedingt lösen wollte.

Der Sommer war in diesem Jahr regnerisch und kühl. Das Quecksilber erreichte im Juli nur selten die 20-Grad-Marke des Thermometers, und im Rückblick erschien es Martha fast so, als hätte der Sommer beim Gartenfest der Kinderklinik seinen einzigen Auftritt gehabt. Die Markisen vor den Pavillons im Krankenhaus dienten jetzt mehr dem Schutz vor Regen als vor der heißen Sonne. Auf der Arbeit lief alles wie gewohnt, und Martha freute sich für Susanne, die regelmäßig als dritte OP-Schwester hinzugeholt wurde. Allerdings löste sich ein anderer Mittelpunkt ihres Lebens Anfang August im wahrsten Sinne des Wortes in Rauch auf.

Das sozialdemokratische Vereinslokal Zum Rattenfänger brannte unter ungeklärten Umständen vollständig aus, und auch die darüberliegenden Wohnungen waren auf längere Zeit unbewohnbar geworden. Da so schnell kein neues Vereinslokal zu finden war, zumal sich hartnäckige Gerüchte hielten, man habe die Sozialistenbrut von ganz oben her ausräuchern wollen, verteilten sich die Mitglieder auf andere Vereinslokale. Und so kam es, dass Carola und Martha zu Stammgästen im Werderkeller am Hafen wurden. Carola war zunächst unsicher, denn sie befürchtete, dort in schlechte Gesellschaft zu geraten, aber schon bald erkannte sie, dass sich auch im Werderkeller ehrbare Frauen und Handwerker gemeinsam mit Hafenarbeitern, Seeleuten, Maschinenbauern und

Lotsen trafen. Der Werderkeller war entgegen seinem Namen nicht einmal ein Kellerlokal, sondern umfasste ein ganzes Erdgeschoss mit einer Kneipe und zwei Sitzungssälen. Die Preise für Speisen und Getränke waren moderat, und Martha genoss es, dass sie mittlerweile nicht mehr auf jeden Pfennig achten musste.

An einem Abend im August, nur wenige Tage vor Marthas achtzehntem Geburtstag, waren sie zum zweiten Mal zu einer Versammlung in den Werderkeller gekommen. Es war ein trüber Regentag, und Carola hatte lange mit sich gehadert, ob sie den weiten Weg von Eppendorf wirklich auf sich nehmen sollten, aber Martha wollte unbedingt die Vorträge hören, die heute auf dem Programm standen. Es ging um die Situation der Hafenarbeiter, denn es rumorte schon länger unter der Oberfläche. Noch waren es nur feine, seismische Schwingungen, die den Politikern und reichen Reedern verborgen blieben, aber die Arbeiterschaft war unzufrieden. Martha hatte es von ihrem Vater erfahren, der als Leierkastenmann nicht nur viel herumkam, sondern auch viel von der Atmosphäre aufschnappte. Die Choleraepidemie lag zwar schon vier Jahre zurück, und im Hamburger Hafen legten mehr Schiffe an als je zuvor, aber die Zahl der Hafenarbeiter war gesunken. Die große Lücke, die die Cholera gerissen hatte, war nach wie vor nicht geschlossen worden. Während die reichen Reeder gute Geschäfte machten und die Waren des täglichen Lebens immer teurer wurden, war der Lohn der Hafenarbeiter seit Jahren nicht mehr erhöht worden. Stattdessen wurden die Schichten immer länger, und die Männer gingen an ihre Grenzen, um ihre Familien überhaupt noch durchbringen zu können.

»Im Nachhinein kann ich dankbar sein, dass ich diesen Unfall hatte«, sagte Marthas Vater einmal zu ihr. »Zwar werden die Spenden im Gängeviertel auch immer geringer, aber das hole ich in den besseren Vierteln schnell wieder rein. Mittlerweile verdiene ich mit dem Leierkasten mehr als so mancher Schauermann. Und daran ist Koko nicht ganz unbeteiligt.« Er kitzelte das Äffchen liebevoll unter dem Kinn, das sich daraufhin sofort vertrauensvoll an ihn schmiegte.

An diesem Abend im August kamen Martha und Carola trotz ihrer Regenschirme mit halb durchnässten Mänteln und feuchtem Schuhwerk im Werderkeller an. Carolas Laune war auf dem Tiefpunkt und wurde auch nicht besser, als freundliche Genossen ihnen die nassen Mäntel abnahmen, um sie zum Trocknen aufzuhängen.

»Dieser Sommer ist eine Katastrophe«, seufzte Carola, während sie im Sitzungssaal auf einem der Stühle Platz nahm und darauf wartete, dass man ihr den heißen Grog servierte, den sie bestellt hatte.

»Stimmt, wenn du im August schon einen Grog nötig hast, ist die nächste Eiszeit nahe«, witzelte Martha.

»Als ob ein heißer Kaffee so viel anders wäre.«

»Du meinst, ich hätte lieber ein kühles Bier bestellen sollen?«

Noch während sie sprachen, hatte ein junger Mann von Anfang zwanzig den kleinen Saal betreten und sah sich unschlüssig um. Er war glatt rasiert und trug einen grauen Anzug, der so unauffällig war, dass Martha ihn anhand seiner Kleidung keiner Gesellschaftsschicht oder Berufsgruppe zuordnen konnte. Die Uhrkette an seiner Weste zeigte allerdings, dass er ein geregeltes Auskommen hatte, und auch seine Schuhe waren blank geputzt und wirkten nicht abgetragen. Während er sich umsah, trafen sich ihre Blicke. Zwar senkte Martha sofort die Augen, aber es war zu spät. Der junge Mann schien geradezu erleichtert, dass ihn jemand bemerkt hatte, denn er hielt direkt auf Martha und Carola zu.

»Guten Abend, meine Damen«, sagte er und deutete eine diskrete Verbeugung an. »Sie sehen aus, als wären Sie des Öfteren hier? Ich bin erst vor wenigen Tagen nach Hamburg zurückgekehrt, und hier hat sich seit meiner Abreise einiges verändert. Wissen Sie zufälligerweise, welche Vorträge heute auf dem Programm stehen?«

Martha atmete erleichtert auf – er wollte also nicht anbandeln, sondern nur eine Auskunft haben.

»Es geht heute um die Situation der Hafenarbeiter«, sagte sie, während Carola neugierig fragte: »Waren Sie aus beruflichen Gründen abwesend?«

Der junge Mann nickte. »Ja, ich habe in Hannover die technische Hochschule besucht und Maschinenbau studiert. Vor einigen Tagen habe ich meine erste Stelle als Maschinenbauer am Hafen angetreten.«

»Ich wusste gar nicht, dass man dafür studieren muss«, erwiderte Martha. »Mein Vater hatte einige Zeit einen Untermieter, der eine Lehre zum Maschinenbauer gemacht hat.«

»Ja, da gibt es Unterschiede. Ich darf mich immerhin graduierter Ingenieur nennen.« Er räusperte sich. »Gestatten, mein Name ist Paul Studt, und ich wohne seit meiner Rückkehr nach Hamburg am Johannisbollwerk. Früher war ich öfter bei parteipolitischen Versammlungen, aber in Hannover kümmerte ich mich mehr um mein Studium.«

»Das klingt sehr interessant.« Carola lächelte ihn aufmunternd an. »Mögen Sie sich nicht zu uns setzen, Herr Studt?«

»Sehr gern, vielen Dank!«

»Das ist meine Freundin Martha Westphal, und mein Name ist Carola Engelmann«, stellte Carola die Freundin und sich vor. »Wir sind Krankenschwestern im Allgemeinen Krankenhaus Eppendorf und gehören zu den Erika-Schwestern.«

»Ist das ein religiöser Orden?«, fragte Paul.

Carola und Martha lachten.

»Nein«, erwiderte Martha. »Wir sind rein weltliche Krankenschwestern, allerdings fallen wir unter die Einschränkungen, die die Gesellschaft unserem Geschlecht auferlegt.«

Paul runzelte irritiert die Stirn. »Und was ist darunter zu verstehen?«, fragte er.

»Die Schwesternschaft akzeptiert nur unverheiratete oder verwitwete Frauen. Sobald eine Krankenschwester heiratet, darf sie ihren Beruf nicht mehr ausüben. In gewisser Weise erinnert das also schon an einen Orden.«

»Und welchem Zweck dient diese Einschränkung?«, fragte Paul weiter.

»Vermutlich möchte man, dass wir uns während der Ehe ausschließlich unserem Naturberuf widmen.« Carola zwinkerte ihm spaßhaft zu. »Während es für die Proletarierinnen eine Selbstverständlichkeit ist, Kinder zu erziehen und einer Erwerbstätigkeit nachzugehen, um die Familien vor dem Verhungern zu bewahren, glaubt man, Töchter aus besserem Hause wären nicht in der Lage, sowohl einer beruflichen Tätigkeit als auch der Mutterschaft gerecht zu werden.«

Paul sagte nichts, sondern senkte den Blick.

»Und was denken Sie darüber, Herr Studt?«, fragte Martha, die sich durch seinen scheinbaren Rückzug sofort zum Nachhaken angestachelt fühlte.

»Mein Vater war Hafenarbeiter, und meine Mutter hat, wie so viele andere Frauen, in Heimarbeit genäht und gewaschen, um ihren Kindern was bieten zu können«, sagte er. »Ich weiß also, wovon Sie sprechen, und ich bin meinen Eltern bis heute dankbar, dass sie jeden Pfennig gespart haben, um mir eine höhere Schulbildung zu ermöglichen. Leider haben sie meinen Abschluss als

Ingenieur nicht mehr erlebt. Sie sind, kurz nachdem ich nach Hannover ging, an der Cholera gestorben.«

»Das tut mir leid«, sagte Martha und fühlte sich dem jungen Mann auf einmal sehr verbunden. »Meine Mutter starb auch an der Cholera und arbeitete als Näherin in Heimarbeit. Und mein Vater war Schauermann. Meine Eltern wollten auch immer, dass mein Bruder die höhere Schule besucht, aber nach Mutters Tod reichte das Geld nicht mehr. Er fährt jetzt zur See, aber ich glaube, er ist damit ausgesprochen glücklich.«

Paul Studt sagte nichts, sondern sah Martha einfach nur an. Es war ein seltsamer Blick, irgendwie vertraut und angenehm, aber doch auch weit entfernt, als würden seine Gedanken an einem anderen Ort weilen. Er hat schöne Augen, dachte sie. Ein warmes Braun, wie dunkler Honig. Kaum war ihr dieser Gedanke durch den Sinn gezogen, schüttelte sie ihn ab. Seit wann kamen ihr so kitschige Dinge in den Sinn?

»Ich finde es bewundernswert, dass Sie Ingenieur geworden sind«, hörte sie Carola sagen. »Das beweist doch einmal wieder, dass es möglich ist, aus seiner Schicht auszubrechen, auch wenn es die Eltern große Opfer kostet. Sind Sie deshalb Sozialdemokrat geworden?«

»Ich würde mich nicht unbedingt als Sozialdemokrat bezeichnen«, erwiderte Paul. »Jedenfalls nicht in dem Sinne, dass ich Mitglied der Partei wäre. Aber ich fühle mich meiner Herkunft verpflichtet und habe bereits in der kurzen Zeit, die ich wieder in Hamburg bin, gemerkt, wie viel sich hier verändert hat. Das Geld ist noch knapper geworden, die Schichten härter und der Umgang rauer. Ich habe als Maschinenbauer eine gute Anstellung gefunden und bin aufgrund meiner Ausbildung nicht so leicht zu ersetzen, aber die Zahl der fest angestellten Hafenarbeiter sinkt immer weiter. Die meisten müssen sich morgens nach wie vor im Schwarzen Adler melden und nach Schichten fragen. Ich vermute, irgendwann werden sich die Arbeiter wehren. Und dann werde ich auf ihrer Seite stehen, denn auch wenn ich einen Hochschulabschluss habe, so weiß ich doch, wo meine Wurzeln sind.«

»Dann sind Sie doch bereits ein Sozialdemokrat«, meinte Carola lächelnd. »Wer sich seiner Wurzeln besinnt und für die Rechte der Ausgebeuteten und Unterdrückten streitet, ist im Herzen ein Sozialist.«

Paul lächelte. »Wenn Sie meinen. Ich denke, Veränderung kann es nur geben, wenn die Arbeiter zusammenstehen und sich nicht in die Bessergestellten und die Ungelernten spalten lassen. Aus dem Maschinenbau weiß ich, wie wichtig jedes kleine Zahnrädchen ist. Fehlt auch nur eines, oder schenkt man einem nicht die nötige Aufmerksamkeit, sodass es zerbricht, ist die ganze Maschine zerstört. Selbst wenn es für sich betrachtet nur ein billiges kleines Teil ist, kaum einen Pfennig wert. Der wahre Wert lässt sich nicht in Geld bemessen, sondern darin, was ein jeder von uns für die Gemeinschaft leistet.«

»Das haben Sie sehr schön ausgedrückt«, sagte Martha.

Der Saal hatte sich mittlerweile gefüllt, und bevor Paul noch etwas erwidern konnte, trat der Redner des Abends an das Stehpult. Obwohl Martha sich sehr auf die Rede über die Lage der Hafenarbeiter gefreut hatte, ertappte sie sich doch immer wieder dabei, dass sie heimlich Paul beobachtete. Warum faszinierte dieser Unbekannte sie so sehr? Er war wirklich ein ausgesprochen attraktiver Mann, dessen Gesicht weiche und männliche Züge zugleich vereinte, die sowohl Fürsorge und Zärtlichkeit als auch Durchsetzungsvermögen versprachen. Sie konnte kaum den Blick von ihm lassen und hoffte, dass sie nach dem Vortrag noch Zeit fände, das anregende Gespräch fortzusetzen. Er bemerkte ihre

Blicke jedoch nicht, sondern schenkte seine ganze Aufmerksamkeit dem Redner und seinen Ausführungen.

Nachdem der Vortrag endlich beendet war und sich die ersten Zuhörer bereits erhoben, setzte Martha an, Paul zu fragen, ob er sich ihnen noch auf einen Umtrunk in der Gaststube anschließen wolle.

»Herr Studt, hätten Sie …«

»Paul! Paul Studt! Bist du das wirklich?« Eine Stimme von weiter hinten unterbrach sie.

Der Angesprochene sprang auf. »Manfred Perlberg! Du hier? Das ist ja eine Überraschung!« Er warf Martha einen kurzen Blick zu. »Bitte entschuldigen Sie mich. Ich habe Herrn Perlberg seit Jahren nicht gesehen. Es war mir ein Vergnügen, Ihre Bekanntschaft gemacht zu haben, Fräulein Westphal«, sagte er. Dann nickte er auch Carola höflich zu. »Ich wünsche Ihnen noch einen angenehmen Abend.« Und schon war er verschwunden und ließ Martha mit dem Gefühl zurück, ihr wäre etwas Unwiederbringliches verloren gegangen. Doch sofort schüttelte sie diese Empfindung ab. Sie war schließlich nicht allein hier, sondern in Begleitung ihrer Freundin.

»Wollen wir noch etwas trinken?«, fragte sie Carola also mit aufgesetzter Munterkeit. Die nickte bereitwillig und schien nichts von Marthas kurzer Enttäuschung bemerkt zu haben.

35

In den folgenden Wochen besuchte Martha regelmäßig die Versammlungen im Werderkeller. Erst als sie beim dritten Besuch in Folge merkte, dass sie stets nach Paul Studt Ausschau hielt, erkannte sie, wie sehr sie sich ein Wiedersehen wünschte. So etwas war ihr noch nie passiert. In den einschlägigen Groschenromanen, die unter den Schwestern kursierten, wurde oft die Liebe auf den ersten Blick romantisiert, aber zwischen ihr und Paul war ja überhaupt nichts Romantisches passiert. Zudem gab es in ihrem Leben überhaupt keinen Platz für Liebe. Warum also musste sie ständig an ihn denken? Jedes Mal wenn sie den Werderkeller betrat, klopfte ihr das Herz bis zum Hals, und sie hoffte, dass sie ihn treffen würde. Dabei hatte sie ihn bislang doch nur ein Mal gesehen, und er hatte sie bestimmt längst vergessen. Es war nur eine dumme Schwärmerei, nichts weiter. Und dennoch ging er ihr nicht aus dem Kopf, genauso wenig wie sich die Empfindungen verloren, die er in ihr ausgelöst hatte.

Die Einzige, mit der sie darüber reden mochte, war Milli.

»Er hat dir also gefallen«, meinte ihre Freundin mit einem Augenzwinkern. »Nun ja, du bist inzwischen achtzehn, da ist es doch höchste Zeit, dass du dich verliebst, sonst endest du noch als alte Jungfer. Wobei das natürlich keine Schande wäre – im Gegenteil, in deinem Beruf wird das ja sogar erwartet und gesellschaftlich eingefordert.«

»Hör auf, dich über mich lustig zu machen. In meinem Leben ist kein Platz für Liebe.«

Milli lachte. »Habe ich nicht dasselbe gesagt, als du mir Moritz schönreden wolltest?«

»Das war was anderes.«

»Stimmt, Moritz kannte ich schon länger und hätte nur Ja zu sagen brauchen. Du dagegen weißt über deinen Schwarm rein gar nichts. Soll ich mich mal ein bisschen umhören? Du weißt ja, Prostituierte wissen mehr als Klatschreporter.« Wieder dieses verschmitzte Lächeln. Und obwohl Martha wusste, dass Milli sie aufzog, nickte sie.

»Ja, hör dich doch mal um«, sagte sie. »Ich wüsste wirklich gern mehr über ihn.«

»Um ihn dir zu angeln?«

»Nein, um von ihm loszukommen. Kitschige Schwärmereien passen nicht zu mir. Ich will doch nicht so werden wie Auguste Feldbehn!«

Milli lachte, und Martha wusste ganz genau, dass die Freundin ihr kein Wort glaubte. Und wenn sie ganz ehrlich war, dann musste sie Milli recht geben. Irgendetwas an dieser kurzen Begegnung mit Paul Studt hatte sie so nachhaltig berührt wie sonst noch nie etwas in ihrem Leben.

Die Wochen flossen dahin, ohne dass Milli Näheres in Erfahrung brachte. Paul Studt schien nicht in den Kreisen zu verkehren, zu denen Milli Kontakte pflegte. Und im Laufe der Zeit ebbte Marthas Interesse ab, denn die Arbeit als zweite OP-Schwester nahm sie immer mehr in Anspruch. Die Zahl der Arbeitsunfälle im Hafen stieg dramatisch an. Je mehr Schiffe einliefen, deren Ladung mangels ausreichender Arbeiter von übermüdeten Männern in endlosen Schichten gelöscht werden musste, desto häufiger landeten Verletzte im Eppendorfer Krankenhaus. Normalerweise war das Allgemeine Krankenhaus in St. Georg für die Hafenarbeiter zuständig – das so dringend benötigte Hafenkrankenhaus befand sich noch im Planungsstadium. Aber in dieser angespannten Situation hatten sie mindestens jeden zweiten Tag einen verunglückten Hafenarbeiter auf dem OP-Tisch. Meist waren es offene Knochenbrüche an den Extremitäten, die Martha in schmerzlicher Weise an den Unfall ihres Vaters erinnerten. Aber es gab auch andere Fälle. So war ein Arbeiter derart unglücklich gestürzt, dass er sich an einem großen Lasthaken aufgespießt hatte, der seinen Unterleib wie ein Speer durchbohrt hatte. Martha hatte bei der Operation assistiert und Doktor Liebknecht noch nie so angespannt erlebt. Der Mann hatte zahlreiche innere Verletzungen, die Leber und die Därme waren in Mitleidenschaft gezogen, und in der Bauchhöhle hatten sich dunkle Blutkoagel gesammelt. Er hatte den Transport nur überlebt, weil seine Kollegen so geistesgegenwärtig gewesen waren, den Haken nicht herauszuziehen, und sofort einen Krankenwagen geholt hatten. Doch im OP standen sie vor der schwierigen Aufgabe, den Haken zu entfernen. Jede noch so leichte Bewegung verstärkte die Blutung. Doktor Liebknecht legte mehrere Ligaturen, und irgendwie gelang es ihm, den Haken zu entfernen und die einzelnen Verletzungen im Bauchraum zu nähen, aber der Patient verstarb dennoch in derselben Nacht.

Ein anderer Fall, der Martha lange Zeit im Gedächtnis blieb, war der eines jungen Mannes namens Helmut Marwitz, der vom zurückschwingenden Gegengewicht eines Lastkrans mitten ins Gesicht getroffen worden war. Es hatte ihm nicht nur die Nase zertrümmert, sondern noch dazu beide Jochbeinbögen und die rechte Augenhöhle, wobei er Glück hatte, dass seine Augen ihre Sehkraft bewahrt hatten. Doktor Liebknecht hatte sich damit begnügt, die gebrochene Nase zu richten, auf eine weiterführende Operation hatte er verzichtet.

»Aber wird sein Gesicht nicht für immer schief bleiben, wenn man die Knochen so zusammenwachsen lässt?«, hatte Martha gefragt.

»Was wäre denn die Alternative?«, lautete die Antwort des Arztes. »Soll ich sein Gesicht aufschneiden, die Knochen richten und dann nicht nur Narben erzeugen, sondern auch eine Infektion riskieren, an der er womöglich stirbt? Und selbst wenn er so eine Infektion überlebt, danach wäre er möglicherweise schlimmer entstellt, als wenn wir nichts weiter tun. Dann sind seine Augenhöhlen künftig eben schief und die rechte kleiner als die linke, aber wenigstens kann er noch gucken.«

Dem hatte Martha nichts entgegenzusetzen. Die Wundinfektionen, gerade bei den offenen Knochenbrüchen, waren das größte Problem, und sie konnte gut verstehen, dass Doktor Liebknecht kein Risiko eingehen wollte. Nicht, wenn es nur um Schönheit anstatt Funktionsfähigkeit ging.

Die Überlastung der Hafenarbeiter führte schließlich dazu, dass nicht nur die Unruhe und Unzufriedenheit in den verwinkelten Gassen des Gängeviertels anstieg, sondern auch die Arbeit in den Krankenhäusern. Allein der Anblick der Männer, die aufgrund schwerer Unfälle ihre Familien nicht mehr ernähren konnten, mahnte diejenigen, die noch im Besitz ihrer körperlichen Kräfte waren, wie kurz das Leben war und dass es so nicht weitergehen konnte.

Im Sommer war die Arbeit leichter zu ertragen gewesen, vor allem, da er nicht so heiß gewesen war wie in früheren Jahren. Aber als der Herbst kam, sich die nasse Kälte in die Knochen der Männer stahl und heftige Herbststürme die Arbeit erschwerten, da stieg die Zahl der Unfälle weiter an. Oft gab es Schichten von zweiundsiebzig Stunden, in denen die Arbeiter ohne nennenswerte

Unterbrechung schufteten, bis sie sich irgendwann mehr tot als lebendig nach Hause schleppten und die folgenden Tage verschliefen. Der Herbst war die unberechenbarste Zeit, und für die nicht fest angestellten Männer, die täglich aufs Neue beim Hafenmeister um Arbeit ersuchen mussten, hieß es zudem, Geld für den Winter zurückzulegen.

Die Frauen um Wilhelmina Schlüter riefen zu Sammlungen für die Familien von versehrten Hafenarbeitern auf, damit zumindest deren Kinder nicht hungern mussten, aber es war nur der berüchtigte Tropfen auf den heißen Stein. Auch während der sozialdemokratischen Zusammenkünfte wurden die schlimmen Arbeitsbedingungen angeprangert, aber es blieb beim Reden. Man erinnerte an den letzten großen Streik im Jahr 1890, als man vergeblich für die Einführung eines Achtstundentages oder zumindest eine spürbare Arbeitszeitverkürzung gekämpft hatte. Damals hatte es in Hamburg noch vierundachtzig Gewerkschaften gegeben, doch nachdem jener Streik ergebnislos und zum Nachteil der Arbeiter verlaufen war, waren viele Gewerkschaften aufgelöst worden – die Arbeiter konnten sich den Beitrag nicht mehr leisten. Während Martha den Reden im Werderkeller zuhörte, erinnerte sie sich daran, wie sie im Sommer 1892, kurz vor Ausbruch der Cholera, ein Gespräch zwischen ihren Eltern in der Küche mitgehört hatte. Damals hatte sie dem keine Bedeutung beigemessen, denn ihr Leben bestand aus den Träumen eines Kindes an der Schwelle zum Erwachsenwerden, wo für Politik kein Raum war. Ihr Vater hatte erklärt, dass die Schauerleute eine eigene Gewerkschaft gegründet hätten, die vom Beitrag her günstiger sei als die anderen Gewerkschaften.

»Und da willst du Mitglied werden?«, hatte Marthas Mutter ihn gefragt. »Das ist doch rausgeworfenes Geld. Wenn gestreikt wird, fallen die freien Arbeiter als Erste unter den Tisch. Das ist doch nur was für Festangestellte. Die fünfzig Pfennige sollten wir lieber für unsere Kinder sparen.«

Marthas Vater hatte daraufhin genickt und seiner Frau zugestimmt. Im Nachhinein hatte die Mutter zwar recht behalten – es wäre hinausgeworfenes Geld gewesen, da ihr Vater längst nicht mehr als Schauermann arbeitete. Aber wäre es nicht prinzipiell die richtige Entscheidung gewesen, Mitglied einer Gewerkschaft zu werden? Dieser Gedanke beschäftigte sie sehr, und so brachte sie das Thema bei einem der nächsten Treffen im Hause von Wilhelmina Schlüter auf die Tagesordnung.

Es war inzwischen November geworden und der Himmel so grau, dass man bereits tagsüber die Lampen entzünden musste, um überhaupt noch etwas sehen zu können. Im Hause der Schlüters war das kein Problem, sie besaßen automatische Gaslampen in Form eleganter Deckenleuchten, die mit einem einfachen Schalter an der Wand entzündet werden konnten. Martha war davon sehr beeindruckt. Das Einzige, was ihr noch moderner schien, waren die Häuser, die man schon vollständig elektrifiziert hatte, aber derartige Wohnungen waren für Normalbürger unerschwinglich.

Das Thema der Gewerkschaften erregte großes Interesse unter den Frauen. Lida Heymann gehörte inzwischen ebenso wie Martha und Carola zu Wilhelminas regelmäßigen Gästen und trug viel zu den Unterhaltungen bei. Doch heute war es Agnes Waldheim, die die interessantesten Neuigkeiten zu erzählen wusste. Neuigkeiten, die man einer gutbürgerlichen Frau von Anfang fünfzig gar nicht zugetraut hätte.

»Es heißt, der englische Gewerkschafter Tom Mann plant, nach seiner Abschiebung erneut nach Hamburg zurückzukehren.«

»Wer ist Tom Mann?«, fragte Martha, die diesen Namen noch nie gehört hatte. »Und warum wurde er abgeschoben?«

»Nun, die Engländer sind, was das Streiken angeht, etwas besser organisiert als wir. Und Tom Mann ist einer ihrer führenden Gewerkschafter. Der hat schon 1889 beim Hafenarbeiterstreik in London mitgemischt und ist der Meinung, dass sich die Hafenarbeiter aller Länder vereinigen sollten, um bessere Arbeitsbedingungen zu bekommen. Im September war er deshalb zusammen mit einem britischen Unterhausabgeordneten in Hamburg. Ich habe das nur mitbekommen, weil sie im Haus schräg gegenüber von mir logiert haben. Allerdings war die Polizei sehr schnell zur Stelle. Die haben die Wohnung noch am Tag seiner Ankunft gestürmt, als würde da ein Schwerverbrecher wohnen, und ihn dann umgehend nach England abgeschoben. Zunächst wusste ich gar nicht, was da los war, aber dann hat mir der Hausmeister erzählt, um wen es da wirklich ging.« Frau Waldheim seufzte tief. »Es ist eine Schande, dass jemand des Landes verwiesen wird, nur weil er die Arbeiter darin unterstützen will, für ihre Rechte zu kämpfen. Unter den verbliebenen Gewerkschaftsführern am Hafen hat das für viel böses Blut gesorgt, das weiß ich von meinem Sohn, der dort viele Freunde hat. Jetzt verhandeln sie gerade über Lohnerhöhungen, vor allem wegen der Gefahren bei den langen Schichten. Der Arbeitgeberverband hat zwar prinzipiell allgemeine Lohnerhöhungen zugesagt, aber im Gegenzug will er die Sonderzulagen für den Umgang mit Gefahrengut streichen, was letztendlich sogar noch einer Lohnkürzung gleichkäme.« Sie seufzte abermals tief. »Mein Sohn meint, lange lassen die Arbeiter das nicht mehr mit sich machen. Da braut sich was zusammen, und wenn das erst mal knallt, dann wird der Senat sich noch umgucken.«

»Und was meinen Sie mit ›knallen‹? Aufstände?«, fragte Martha erschrocken.

»Nein, ich meine so einen richtig handfesten Streik. Der ist hier in Hamburg längst mal überfällig. Damit die Pfeffersäcke sich nicht länger auf dem ausruhen können, was die armen Hafenarbeiter und ihre Familien mit ihrer Gesundheit bezahlen.«

»Das würde ich sofort unterstützen!«, rief Carola.

»Ich auch«, sagte Lida. »Wie ihr wisst, ist mein Vater in diesem Jahr verstorben, und ich bin als Sachwalterin seines Vermögens eingesetzt worden. Ich hatte mir von Anfang an vorgenommen, das Geld in die Unterstützung von armen Frauen zu investieren. Sollte es zum Streik kommen, werde ich eine Suppenküche für die Frauen und Kinder der streikenden Hafenarbeiter eröffnen.«

Wilhelmina Schlüter lächelte. »Meine Damen, Sie tun ja so, als wäre der Streik schon im Gange. Warten wir es erst einmal ab. Auch wenn ich einen reinigenden Arbeitskampf begrüßen würde, so bezweifle ich doch, dass es nach der Schwächung der Gewerkschaften dazu kommen wird. Denn dazu bräuchte es einen charismatischen Führer, der die Streikenden hinter sich vereint, einen, der sie bei der Stange hält, wenn es schwierig wird. Und ich befürchte, so jemanden haben wir in Hamburg nicht. Die Regierung weiß ganz genau, warum sie Tom Mann sofort nach seiner Ankunft abgeschoben hat. Sie wollten verhindern, dass er sich zum Sprecher der Streikenden aufschwingt, so wie damals in London.«

Martha war jedes Mal wieder überrascht, wie viel Wilhelmina über die Politik und die Verhaltensweisen der Menschen wusste. Aber zugleich war sie sich unsicher. Bedurfte es wirklich nur einer charismatischen Figur, oder musste der Druck einfach nur groß genug sein, damit sich Anarchie und Klassenkampf ausbreiteten – ganz ohne Führer? Und falls ja, was würde das bedeuten? Wäre es gut oder schlecht?

36

Paul Studt spürte das Rumoren schon lange. Als Maschinenbau-Ingenieur gehörte er zwar zu den privilegierten Arbeitern am Hafen – er hatte eine feste Anstellung und ein gutes Gehalt, von dem er sich eine schöne Wohnung mit fließend Wasser am Johannisbollwerk leisten konnte –, aber tagtäglich sah er das Leid und Elend der Schauerleute. Sie waren bereits bei der Arbeit, wenn er morgens kam, und abends, wenn er nach zwölf Stunden glaubte, ein Recht auf seinen Feierabend zu haben, schufteten sie noch immer. Männer mit leeren, ausdruckslosen Augen, so als wären sie seelenlose Maschinenmenschen wie in den Zukunftsromanen, die er ab und zu las.

Je häufiger er das mitansehen musste, umso mehr spürte er tief in sich den Wunsch, etwas zu verändern. Nicht länger Zuschauer zu sein, der sich aus allem heraushielt, weil es ihm selbst gut ging. Nein, er wollte das Elend nicht mehr dulden, wollte nicht mehr erleben, dass junge Männer wie Helmut Marwitz durch Unachtsamkeit vom Gewicht eines Lastkrans getroffen und für immer entstellt wurden. Marwitz … Paul hatte ganz in der Nähe gestanden, als der Unfall passierte. Es wäre nicht dazu gekommen, wenn der junge Mann nicht völlig übermüdet gewesen wäre, nach achtunddreißig Stunden auf den Beinen. Seine Kameraden hatten ihn schnell ins Krankenhaus gebracht, und dort musste er mehrere Wochen bleiben. Inzwischen arbeitete er wieder, auch wenn es mit dem räumlichen Sehen schwieriger geworden war, denn durch den Bruch der Gesichtsknochen hatte sich die Stellung seiner Augen verschoben, und sein Gesicht sah aus wie eine ungelenke Kinderzeichnung. Die Menschen starrten Helmut seither erschrocken an, übermütige Kinder riefen ihm Spottverse nach, und seine Verlobte hatte sich von ihm getrennt. Nun gut, auf so eine Frau konnte Helmut eigentlich verzichten. Wenn sie nur auf die Schönheit des Antlitzes achtete und nicht bereit war, in schlechten Zeiten zu ihm zu stehen, war sie seiner Liebe ohnehin nicht wert. Aber Helmut dachte anders, der sah sich selbst als Monster und flüchtete sich in den Alkohol.

Es waren Schicksale wie dieses, die Paul bestärkten, für die Rechte der Arbeiter zu kämpfen. Die schönen Reden bei den sozialdemokratischen Versammlungen reichten ihm schon lange nicht mehr. Worte allein bewirkten nichts, man musste Taten folgen lassen. Und so traf er sich lieber mit Männern wie Johann Döring, der vier Jahre zuvor die Gewerkschaft der Schauerleute neu organisiert hatte. Damals hatte Pauls Vater noch gelebt und sich der Gewerkschaft sofort angeschlossen. »Du wirst jetzt etwas Besseres«, hatte er seinem Sohn zum Abschied gesagt, als der zum Studium nach Hannover aufbrach, »aber das verdankst du dem Schweiß und der Arbeit derer, denen es nicht so gut geht. Schätze die Arbeiter als deinesgleichen und lass dich nicht vom Geldadel verführen, egal, was kommt.« Paul hatte diesen Rat stets in seinem Herzen bewahrt. Vielleicht auch deshalb, weil es die letzten Worte waren, die sein Vater jemals an ihn gerichtet hatte, denn kurz darauf hatte ihn die Cholera dahingerafft.

Am Donnerstag, dem 12. November 1896, begleitete Paul den Gewerkschafter Johann Döring zu einer Sitzung des Hafenarbeiterverbands.

»Das wird hart werden«, meinte Döring. »Der Verband steht einem Streik sehr reserviert gegenüber.« Er seufzte.

»Und warum?«, fragte Paul. »Es hat doch keinen Sinn, so wie bisher weiterzumachen.«

»Hör es dir am besten selbst an.« Döring öffnete die Tür zum Sitzungssaal, in dem schon einige Verbandsmitglieder saßen. Wenige Minuten später wurde die Sitzung eröffnet.

Paul war froh, dass der Antrag der Gewerkschaft der Schauerleute an erster Stelle der Liste stand: die Bitte um Unterstützung bei einem groß angelegten Generalstreik aller Hafenarbeiter.

»Herr Döring«, sagte der Vorsitzende Malte Feldmann, »Sie haben das Wort.«

»Vielen Dank.« Döring erhob sich, um besser gehört zu werden. »Meine Herren, Sie alle wissen um die prekäre Lage der Stückgut-Schauerleute. Die Löhne sind seit mehr als fünfzehn Jahren nicht erhöht worden, im Gegenzug wurden die Arbeitszeiten aufgrund des Mangels an Arbeitskräften infolge der Cholera immer weiter heraufgesetzt. Mittlerweile ist das Maß des Machbaren und Menschenwürdigen längst überschritten. Ich kenne Fälle, da waren Männer zweiundsiebzig Stunden am Stück im Einsatz. Der Arbeitgeberverband lehnt jedoch eine Beschränkung der Arbeitszeiten ab. Dafür bot er unter der Bedingung, sämtliche Gefahrenzulagen zu streichen, eine geringfügige Lohnerhöhung an. Meine Herren, Sie wissen, was das bedeutet – eine weitere Lohnreduktion, denn die avisierte Lohnerhöhung ist so lächerlich, dass sie nicht einmal den Wegfall der Zulagen ausgleichen würde. Allerdings sind die Lebenshaltungskosten in den letzten Jahren massiv angestiegen. Die Mietpreise haben sich verdoppelt, selbst in den schäbigsten Wohnungen im Gängeviertel. Hart arbeitende Männer tragen ihre Knochen zu Markte, ohne dass sie ihren Kindern das Lebensnotwendigste bieten können. Viele Kinder verlassen schon mit zehn oder zwölf Jahren die Schule, weil ihre Mitarbeit zwingend erforderlich ist, um die Familie durchzubringen.«

»Es gibt eine allgemeine Schulpflicht«, rief ein korpulenter Mann mit imposantem Schnauzer dazwischen.

»Ach, kommen Sie mir doch nicht mit der allgemeinen Schulpflicht, Herr Melker«, erwiderte Döring scharf. »Wir wissen doch alle, dass es keine ernst zu nehmenden Überprüfungen gibt. Niemand schert sich darum, was aus diesen Kindern wird. Die Zahl der Familien, die auf den Besuch von Armenküchen angewiesen sind, wächst stetig. Wir haben lang versucht, den Arbeitgebern die prekäre Lage dieser Familien deutlich vor Augen zu führen, aber wir haben kein Gehör gefunden. Immer wieder mussten wir uns mit nichtssagenden Worten abspeisen lassen. Es interessiert sie schlichtweg nicht. Und deshalb, meine Herren, fordere ich Sie auf, sich den Schauerleuten anzuschließen, wenn sie die Arbeit niederlegen. Zusammen sind wir stark. Wir dürfen uns nicht länger ausbeuten lassen! Stimmen Sie am übernächsten Freitag bei der großen Versammlung für den Streik, denn eine andere Alternative gibt es nicht. Wir haben wirklich alles versucht.«

Der Applaus für Dörings Rede blieb verhalten.

»Vielen Dank für diese ehrlichen Worte«, sagte Malte Feldmann. »Ich kann Ihren Wunsch als Mensch sehr gut nachvollziehen, doch als Mitglied des Verbands der Hafenarbeiter muss ich an alle Konsequenzen denken. Sie haben sehr richtig die prekäre Lage der Arbeiter dargestellt. Aber bedenken Sie – während eines Streiks verdienen die Männer nichts, und unsere Streikkassen sind nicht voll genug, um einen langen Arbeitskampf durchzustehen. Zudem haben wir im November zahlreiche arbeitslose Tagelöhner aus der Landwirtschaft, die sich gewiss gern als Streikbrecher betätigen würden. Es ist die denkbar schlechteste Zeit, jetzt mit einem Streik zu beginnen. Wir sollten warten, bis die Landwirtschaft wieder alle Hände braucht.«

»Sie wollen ernsthaft noch ein weiteres halbes Jahr ins Land ziehen lassen?«, rief Döring empört.

»Ja, das halte ich für unabdingbar, und ich werde genau diese Meinung vertreten, wenn die große Abstimmung am Freitag in einer Woche ansteht. Ein Streik zum jetzigen Zeitpunkt ist ein Schnitt ins eigene Fleisch. Wir haben zu viel zu verlieren. Lassen Sie uns ein halbes Jahr warten, vielleicht gibt es zwischenzeitlich auch eine Einigung mit den Arbeitgebern, und möglicherweise sind dann auch weitere Arbeiter gewerkschaftlich organisiert, sodass die Streikkassen im Frühjahr ausreichend gefüllt sind.«

Zustimmendes Gemurmel der Funktionsträger. Paul sah, wie Johann in sich zusammensackte. »Feiges Pack«, murmelte er leise vor sich hin. »Die werden sich nie erheben.«

Paul sah sich in den Reihen der Männer um. Diejenigen, die er persönlich kannte, hatten gute Stellungen, bessere als er selbst. Die Sorgen der Schauerleute waren ihnen fern. Und in diesem Moment begriff Paul, was sie wirklich brauchten. Die Unterstützung der einfachen Arbeiter. Auf die Führung der Funktionäre des Verbands konnte man sich nicht verlassen, dieser Streik musste von denen ausgehen, die er betraf.

»Gib noch nicht auf«, flüsterte er Johann zu, während der nächste Tagungspunkt abgehandelt wurde. »Du weißt, dass es gärt und brodelt. Die Verbandsvorsitzenden wollen bloß keinen Ärger, sondern ihr ruhiges Leben fortführen.«

»Und was schlägst du vor?«, flüsterte Döring zurück. »Ohne den Verband der Hafenarbeiter hat der Streik keinen Sinn.«

»Richtig«, bestätigte Paul. »Und deshalb sollten wir die nächsten Tage nutzen, um diejenigen zum Kampf aufzurufen, die diesen Feiglingen ihr Mandat gegeben haben. Die Herren Funktionäre müssen den Druck der Straße zu spüren bekommen. Nur dann wird sich etwas ändern.«

»Aber wie wollen wir das bewirken?«

»Vertrau mir, Johann, ich habe da schon so eine Idee …«

37

Am Montag, dem 16. November 1896, klopfte es nach dem Ende von Marthas Dienstzeit an ihrer Zimmertür im Schwesternheim. Als sie öffnete, stand ein kleiner Junge vor ihr. Er war höchstens zehn und trug eine zerschlissene, viel zu große Hafenarbeiterjacke, deren Ärmel mehrfach umgeschlagen waren. »Fräulein Schwester, ich habe hier eine Nachricht für Sie.« Er hielt ihr einen kleinen Umschlag mit ihrem Namen darauf entgegen.

Martha nahm ihn und sah sogleich, dass der Absender fehlte.

»Von wem ist der?«

»Von 'ner Frau aus'm Rademachergang«, sagte der Junge nur und flitzte davon. Martha schüttelte kaum merklich den Kopf. Hätte er eine Minute gewartet, hätte sie ihm einen Pfennig Trinkgeld gegeben. Wie sie richtig vermutet hatte, war der Brief von Milli, also konnte sie sicher sein, dass der Kleine seine Belohnung schon erhalten hatte. Milli hatte ein großes Herz für Kinder.

»Liebe Martha«, las sie. »Wenn du noch an Paul Studt interessiert bist, komm heute Abend um acht in die Gastwirtschaft Schultz. Dort hält er eine Rede über die Lage der Hafenarbeiter. Liebe Grüße, Milli.«

Für einen Moment blieb Martha das Herz stehen. Sie würde Paul wiedersehen! Aber dann fragte sie sich, warum er ausgerechnet in der Gastwirtschaft Schultz eine Rede halten wollte. Weshalb wählte er ein armseliges Kellerlokal, in das nur die Leute gingen, die sich den Schwarzen Adler nicht leisten konnten? Eine Rede über die Lage der Arbeiter fände bei den Versammlungen der Sozialdemokraten doch einen viel angemesseneren Rahmen.

Dennoch war ihre Neugier geweckt. Kurz überlegte sie, ob sie Carola bitten sollte mitzukommen. Aber in Begleitung wäre es schwieriger, Paul allein zu sprechen. Also verriet sie niemandem, wohin sie an diesem Abend unterwegs war.

Mit der Gastwirtschaft Schultz betrat Martha eine reine Männerwelt. Frauen standen hier allenfalls hinter der Theke oder gingen Millis Profession nach. Dennoch hatte Martha keine Angst, denn sie trug die Ausgehkleidung der Erika-Schwestern, und anhand des Häubchens war sofort ersichtlich, dass sie eine ehrbare Frau war, die sich der Pflege kranker Menschen verschrieben hatte. Entsprechend verwundert fielen die Blicke der Männer aus. Was trieb eine Schwester in diese Gegend? Martha hörte, wie ein Mann seinem Tischnachbarn zuraunte: »Hoffentlich will die hier nicht gegen den Teufel Alkohol predigen. Wenn ich Predigten hören will, geh ich in die Kirche und nicht in die Kneipe.«

Martha blieb stehen und sah dem Mann direkt ins Gesicht. Sie schätzte ihn auf Ende dreißig. Seine unrasierten Wangen und die tiefen Ringe unter den Augen deuteten darauf hin, dass er eine viel zu lange Schicht hinter sich hatte.

»Keine Sorge«, beruhigte sie ihn. »Ich möchte nur die Rede von Herrn Studt hören.«

»Und warum interessiert sich eine Schwester dafür?«

»Ist das nicht die Pflicht eines jeden Menschen?«, fragte Martha zurück. »Als Krankenschwester erlebe ich tagtäglich, wie erschöpfte Arbeiter schwere Unfälle erleiden, die nicht passiert wären, wenn sie nicht bereits seit Tagen auf den Beinen gewesen wären. Viele werden dadurch zu Krüppeln.«

Der Mann nickte zustimmend. »Ja«, sagte er. »So wie der Helmut, der arme Kerl.« Der Mann zeigte mit dem Daumen hinter sich, und Martha erkannte den jungen Mann mit den unterschiedlich großen Augenhöhlen, bei dessen Operation sie assistiert hatte. Er saß allein an einem Tisch, vor sich eine Flasche Schnaps. Martha ließ die beiden Männer zurück und ging zu ihm.

»Guten Abend, Herr Marwitz«, sprach sie ihn an. Er hob den Blick und musterte sie mit glasigen Augen.

»Schwester Martha?«, murmelte er. »Was machen Sie denn hier?«

»Darf ich mich setzen?«, fragte sie, statt zu antworten. Er nickte schwach.

»Ich habe gehört, Herr Studt wird heute hier sprechen«, sagte sie, nachdem sie Platz genommen hatte. »Kennen Sie ihn?«

»Ja, der hat damals mitgeholfen, mich ins Krankenhaus zu bringen. Er hat als Maschinenbauer die Kräne kontrolliert.«

»War denn mit dem Kran etwas nicht in Ordnung?«

»Ne, ich stand nur falsch.« Helmut seufzte. »Und nu krieg ich kaum noch Arbeit, weil's heißt, ich bin nicht zuverlässig und zu oft krank. Im Schwarzen Adler macht der Hafenmeister einen Bogen um mich, dann hab ich nur noch hier Aussichten, bei Schultz, wenn die Lademeister suchen. Da sammeln sie die minderwertige Menschenware wie mich ein, wenn Not am Mann ist.« Er lachte bitter auf.

»Das tut mir sehr leid.« Martha war aufrichtig betroffen.

Bevor Helmut Marwitz etwas erwidern konnte, öffnete sich die Tür der Gastwirtschaft, und Paul Studt betrat den Raum. Die Männer hatten bereits ungeduldig auf ihn gewartet. Einige erhoben sich und gingen ihm entgegen, um ihn zu begrüßen, aber dem jungen Mann war auch die Aufmerksamkeit derjenigen gewiss, die sitzen geblieben waren.

Er legte seinen Mantel ab, dann ging er zur Theke, bestellte sich ein Bier und blieb direkt dort stehen, wo er alle im Blick hatte.

»Liebe Freunde«, begann er. »Ich danke euch, dass ihr euch hier so zahlreich versammelt habt, um mich anzuhören.« Er machte eine kurze Pause, ließ den Blick durch den Raum schweifen, und es kam Martha so vor, als würde er kurz stutzen, als er sie sah, doch ganz sicher war sie sich nicht. Hatte er sie erkannt, oder wunderte er sich lediglich, dass eine Schwester dieses Etablissement besuchte?

»Ich bin niemand, der lange um den heißen Brei herumredet«, fuhr er fort. »Die allgemeinen Arbeitsbedingungen am Hafen sind mittlerweile unzumutbar geworden. Die Bezahlung der einfachen Arbeiter ist in den vergangenen fünfzehn Jahren nicht um einen Pfennig erhöht worden, während alles andere teurer wurde. Was einem Familienvater vor fünfzehn Jahren noch ein sicheres Einkommen bescherte, reicht heutzutage oft nicht einmal mehr aus, um die Miete zu zahlen. Frau und Kinder müssen mitarbeiten, damit die Familie nicht verhungert. Der Traum, Geld für eine bessere Schulbildung der Kinder zurückzulegen, ist für die meisten unerreichbar geworden. Ich hatte noch das Glück, dass mein Vater, ein einfacher Schauermann wie ihr, genügend Geld verdiente, damit ich das Gymnasium und später die technische Hochschule in Hannover besuchen konnte. Aber ich kann und will meine Wurzeln nicht verleugnen. Mein Vater hat noch mit den Älteren von euch und den Vätern der Jüngeren hier tagtäglich seine Schichten geschoben. Dann raffte ihn die Cholera dahin, weil die reichen Pfeffersäcke im Senat die Krankheit geheim hielten. Ihr erinnert euch gewiss noch, wie sie uns nach Strich und Faden belogen haben, bis bereits Tausende erkrankt waren. Ihre Profite waren ihnen wichtiger als unser Leben. Es ist ihnen egal, was mit uns passiert, solange bei ihnen die feinsten Speisen auf dem Tisch stehen, ihre Töchter in Seide gekleidet herumstolzieren und die Söhne die besten Universitäten des Reichs besuchen können. Seit der Cholera herrscht ein Arbeitskräftemangel, aber selbst daraus haben die Pfeffersäcke ihren Vorteil gezogen. Anstatt die Löhne zu erhöhen und neue Arbeiter nach Hamburg zu locken, setzten sie lieber die Arbeitszeiten herauf und redeten euch ein, das sei doch in eurem Sinn. Wer länger arbeitet, verdient auch mehr Geld. Gleichzeitig erhöhen sie die Mieten und begründen das mit den allgemein gestiegenen Kosten. Mich macht diese Verlogenheit wütend! Ihr schuftet für einen Hungerlohn, und jetzt sollt ihr noch mehr arbeiten, damit ihr überleben könnt? Die reichen Reeder haben nicht nur Schiffe, die sie rund um die Welt schicken, sondern ihnen gehören auch noch die meisten Immobilien am Hafen. Von welchen gestiegenen Kosten reden die denn? Eure Löhne sind damit ganz bestimmt nicht gemeint!«

»Sehr richtig!«, riefen mehrere Männer. Paul nutzte die Unterbrechung, um einen Schluck Bier zu trinken.

»Und wenn einige von euch völlig übermüdet schwere Unfälle haben«, fuhr er fort, »schert das niemanden. Ein Menschenleben ist hier nichts mehr wert. Es kann schnell ersetzt werden und ist für die nicht mehr als ein schmutziger Kostenfaktor.« Er hielt kurz inne und winkte Helmut zu.

»Helmut, magst du uns kurz erzählen, was dir widerfahren ist?«

Der junge Mann nickte und erhob sich.

»Mein Gesicht wurde durch einen Unfall bei den Kränen zerschmettert, die Folgen seht ihr. Ich bin für alle zum Monster geworden, meine Verlobte hat mich verlassen, Arbeit bekomm ich kaum noch. Mein Leben ist zerstört, aber man sagte mir, das sei alles meine Schuld, und dann haben sie mir für den Tag, wo ich den Unfall hatte, noch den Lohn abgezogen und gesagt, ich könnt dankbar sein, dass sie mir nicht auch noch den Arbeitsausfall der Kameraden in Rechnung stellen, die ihre Schicht unterbrochen haben, um mich ins Krankenhaus zu bringen.«

Ein aufgebrachtes Raunen ging durch die Reihen. Helmuts Worte hatten nicht nur die Männer empört, sondern auch Martha, die sich – noch ehe ihr wirklich bewusst wurde, was sie da tat – erhob. »Ich kann das nur bestätigen«, rief sie mit lauter Stimme. »Ich bin OP-Schwester im Allgemeinen Krankenhaus Eppendorf, und in den letzten Wochen hatten wir beinahe täglich schwer verletzte Hafenarbeiter auf dem Operationstisch. Unsere Chirurgen tun, was sie können, um den Männern zu helfen, aber dennoch bleiben viele Patienten dauerhaft entstellt oder verkrüppelt, manche sterben gar. Oft waren die Männer mehr als dreißig Stunden auf den Beinen, wenn es zu Unfällen kam. Ich bin davon überzeugt, dass die meisten gar nicht verunglückt wären, wenn man sie nach zwölf Stunden in den Feierabend entlassen hätte. Aber wen schert schon die Gesundheit einfacher Arbeiter? Wie wichtig die Arbeit hier im Hafen ist, das wird man erst merken, wenn die kostbare Ladung vergammelt, weil sie keiner mehr löscht. Ich mag nur eine Frau sein, aber genau wie bei Herrn Studt liegen meine Wurzeln hier im Hafen. Mein Vater war einst Schauermann wie ihr. Auch er erlitt einen schweren Unfall, der ihn zum Krüppel machte. Es ist lediglich glücklichen Umständen zu verdanken, dass mein Bruder und ich nicht auf die schiefe Bahn geraten sind. Mein Vater ist einigen von euch vielleicht bekannt, Karl Westphal, der jetzt als Leierkastenmann mit seinem Affen Koko umherzieht. So viel Glück wie uns ist nicht jedem beschieden. Ich kenne so manche junge Witwe mit mehreren kleinen Kindern, der nach dem Tod ihres Ehemannes nur noch eine Profession übrig blieb, um ihre Kinder vor dem Hungertod zu bewahren. Und jeder von euch weiß, was ein solcher Abstieg auch für die Kinder bedeutet. Ganze Generationen werden so ins Elend gestürzt, gelten als ehrlos, und niemand wird ihnen jemals wieder eine anständige Arbeit geben. Es geht nicht nur um höhere Löhne und kürzere Arbeitszeiten, es geht auch um die Wertschätzung der Arbeit und um die Absicherung von Männern, die Unfälle hatten. Wusstet ihr, dass die Matrosen eine eigene Kasse haben, aus der die Invaliden nach Arbeitsunfällen eine Rente beziehen? Wer seine Gesundheit dauerhaft einbüßt, während er sich für andere halb zu Tode schuftet, der braucht zumindest die Gewissheit, dass er eine angemessene Rente erhält, damit seine Familie nicht verhungert. Nur das ist menschenwürdig.«

Martha hielt inne und war erstaunt, wie sehr sie sich in Rage geredet hatte. Umso mehr, da Paul Studt anfing, ihr zu applaudieren, und alle anderen Männer einstimmten.

»Vielen Dank, Schwester Martha«, sagte er, nachdem der donnernde Applaus verklungen war. Ihr Herz machte einen Hüpfer, da Paul sich ihren Namen gemerkt hatte. Also war auch sie ihm nicht aus dem Kopf gegangen. Ihre Blicke trafen sich, und auf einmal fühlte sie sich unheimlich glücklich und beschwingt, trotz des ernsten Themas.

»Ich möchte mich gern Schwester Marthas Worten anschließen. Es geht nicht an, dass wir uns weiter ausbeuten lassen. Aber solange wir uns nicht wehren und aufstehen, so lange wird sich nichts ändern. Schöne Worte, denen keine Taten folgen, haben die Welt noch nie bewegt. Johann Döring und ich waren letzten Donnerstag beim Verband der Hafenarbeiter und haben einen Generalstreik vorgeschlagen, doch man hat abgelehnt. Die werten Herren, die dem Verband der Hafenarbeiter vorsitzen, haben ihre Wurzeln längst vergessen. Sie sollen sich für eure Rechte einsetzen, doch sie fürchten um ihre Pfründe. Im Gegensatz zu euch haben sie viel zu verlieren, während ihr, die einfachen Arbeiter, nur gewinnen könnt. Am kommenden Freitag findet die endgültige Abstimmung statt, ob es einen Streik geben soll oder nicht. Wenn sich niemand rührt, dann werden sie abermals die Schwänze einziehen wie geprügelte Hunde und euch mit schönen Worten beschwichtigen. Ihr müsst entscheiden, meine Freunde, ihr allein, denn auf eurem Rücken wird der Arbeitskampf ausgetragen. Wollt ihr so weitermachen wie bisher und euch wie Sklaven ausbeuten lassen? Mit dem Unterschied, dass Herren ihren Sklaven immerhin noch Kleidung, Essen und Unterkunft stellen, während die Ausbeuter euch einen so geringen Lohn zahlen, dass es nicht einmal mehr für das reicht. Ihr dürft für das geringe Entgelt auch noch die teuren Mieten der schäbigen Behausungen bezahlen, die den Ausbeutern gehören. So bereichern sie sich doppelt und dreifach, und für euch bleibt nichts. Ihr arbeitet hart, Tag und Nacht, und trotzdem laufen eure Kinder rum wie die Bettler, haben oft nicht einmal vernünftige Schuhe. Wollt ihr weiter zusehen, wie euren Kindern jeder Weg in eine bessere Zukunft verbaut wird? Oder wollt ihr euch erheben und am Freitag gemeinsam mit uns lautstark vor der Tür des Hafenarbeiterverbands protestieren, damit man dort endlich erkennt, für wen sie dort sprechen sollen? Wollt ihr euch erheben und den Generalstreik ausrufen? Für unser aller Rechte und ein besseres Leben? Damit nicht mehr täglich verunfallte Kameraden bei Schwester Martha im OP landen?«

»Jawohl!«, brüllte jemand. »Es reicht, die sollen mal erleben, was passiert, wenn sie es zu bunt treiben!«

»Streik!«, rief ein Zweiter, und dann stimmten immer mehr Männer ein, so lange, bis die gesamte Menge in der Gastwirtschaft immer wieder rhythmisch »Streik! Streik!« skandierte und Martha zum ersten Mal in ihrem Leben das Gefühl hatte, an etwas Größerem teilzuhaben, mitzuerleben, wie Geschichte geschrieben wurde. Diese Männer wollten nicht länger ausgebeutete Subjekte sein, sie wollten stark und tapfer für ihre Rechte streiten und zeigen, wie wichtig ihre Arbeit war.

Ihr Blick traf erneut Paul Studt, der ihr zulächelte, doch als sie gerade aufstehen und auf ihn zugehen wollte, war er schon von einer Traube von Männern umringt. Martha begriff, dass hier und jetzt nicht der rechte Zeitpunkt war, sich ausführlicher mit ihm zu unterhalten. Die Sache der Arbeiter stand im Vordergrund. Aber immerhin – er kannte ihren Namen, und wenn er sich genauso für sie interessierte wie sie sich für ihn, dann würde er gewiss einen Weg zu ihr finden. Mit diesem tröstlichen Gedanken ging sie hinaus in die kühle Dunkelheit der Novembernacht. Sie hatte sich den Respekt einer ganzen Gastwirtschaft voller rauer, ungehobelter Hafenarbeiter verschafft. In diesem Moment wusste sie, dass eine Frau alles im Leben erreichen konnte. Sie musste nur mit ganzem Herzen für das eintreten, an das sie glaubte. Wenn man die richtigen Worte am richtigen Ort wählte, wenn man die Menschen damit berührte, dann ging es nicht mehr darum, ob man ein Mann oder eine Frau war.

Und somit war der 16. November 1896 der Tag, an dem Martha endgültig erwachsen wurde.

38

Am 20. November 1896 stimmte der Verband der Hafenarbeiter nach einer langen, ereignisreichen Sitzung mehrheitlich für den Streik. All die Bedenken, die noch wenige Tage zuvor benannt worden waren, gingen im Lärm der skandierenden Hafenarbeiter unter, die in großer Zahl vor dem Gebäude protestierten.

»Das war eine großartige Leistung«, lobte Johann Döring seinen Mitstreiter Paul im Anschluss. »Du hast die Herzen der Menschen bewegt, und genau deshalb haben sie uns heute lautstark unterstützt.«

Paul grinste. »Ja, die Männer, die bei Schultz verkehren, haben am wenigsten zu verlieren. Im Schwarzen Adler oder bei den Sozialdemokraten hätte es immer jemanden gegeben, der eine ebenso fruchtlose Diskussion begonnen hätte wie der Vorstand des Verbands. Da unterscheiden sie sich kaum von den reichen Reedern und Senatoren. Sie haben Angst, etwas zu verlieren.«

»Und was ist mit dir selbst, Paul? Du hast als Maschinenbauer eine gut bezahlte, feste Anstellung. Wenn du als Rädelsführer auffällst, wird man dich schnell entlassen. Im schlimmsten Fall stecken sie dich sogar wegen Aufwiegelung ins Gefängnis.«

»Mag sein«, gab Paul zu. »Aber ich könnte mir nicht mehr ins Gesicht sehen, wenn ich bei so viel Unrecht weiter schweige.« Er seufzte. »Wir müssen immer abwägen, wann wir etwas riskieren wollen, um unseren Prinzipien treu zu bleiben. Was könnte mir schlimmstenfalls passieren? Dass ich mich in Hamburg unmöglich mache. Dann muss ich mir eben in einer anderen Hafenstadt Arbeit suchen. Als graduierter Ingenieur werde ich immer was finden.«

»Aber nicht, wenn du erst mal als Aufwiegler in Haft gesessen hast.«

»Wen habe ich denn aufgewiegelt? Johann, du hast die Gewerkschaft der Schauerleute gegründet, du hast ihnen noch vor mir eine Stimme gegeben. Hat dich dafür jemand als Aufwiegler verhaftet?«

»Nein, das nicht«, gab Döring zu. »Aber ich habe im Gefühl, dass du es damit nicht bewenden lässt. Du willst mehr.«

»Meinst du?« Paul lachte leise. »Johann, wenn selbst eine junge Krankenschwester das Unrecht benennt, wie kann man dann von Aufwiegelei sprechen? Ich bin davon überzeugt, dass die Hamburger Verständnis für den Streik haben, wenn sie erfahren, unter welch erbärmlichen Bedingungen die Menschen im Hafen schuften. Wir müssen die Fähigkeiten einsetzen, die uns gegeben sind. Und da mir offenbar die Gabe der Rede gegeben ist, werde ich sie nutzen. Nicht zum Hetzen, nicht zum Aufwiegeln, sondern um die Wahrheit zu verkünden.«

»Manchmal ist das die schlimmste Aufwiegelei«, bemerkte Johann mit einem Hauch von Zynismus.

Darüber musste Paul noch lange nachdenken. Als er zu den Arbeitern gesprochen hatte, war er sich sicher gewesen, dass sein Vater stolz auf ihn gewesen wäre. Allerdings fragte er sich, ob sein Vater ihn nicht ebenso gewarnt hätte wie jetzt Johann. Sollte er den Weg weitergehen, oder genügte es, den Anstoß zum Streik gegeben zu haben? Unwillkürlich musste er dabei an Schwester Martha denken. Weshalb war sie an diesem Abend bei Schultz gewesen? Das war doch kein Ort für eine ehrbare Krankenschwester. Er hatte Helmut später gefragt, ob sie wegen ihm dort gewesen sei, doch der junge Mann hatte nur den Kopf geschüttelt. »Die wollte deine Rede hören«, hatte er geantwortet. »Wir haben uns nur ganz zufällig getroffen.«

Sie hatte seine Rede hören wollen … Hieß das, sie war seinetwegen gekommen? Er musste sich eingestehen, dass er seit ihrer Begegnung kurz nach seiner Ankunft in Hamburg wiederholt an sie gedacht hatte. Ihr war es anscheinend ähnlich gegangen, aber als Erika-Schwester waren Männer für sie tabu, das hatte sie ihm bei ihrem ersten Zusammentreffen deutlich erklärt. Also brauchte er sich nichts darauf einzubilden. Sie interessierte sich für Politik, das hatte schon ihre selbstbewusste, feurige Rede gezeigt, die seine so wohldurchdachten Worte mit erfrischender Spontanität unterstrichen hatte. Sie hatten sich gut ergänzt, und er fragte sich, ob er einen Teil seines Erfolgs nicht auch dieser hübschen und dabei ausgesprochen resoluten Schwester verdankte. Vielleicht sollte er sie aufsuchen und sich für ihre Hilfe bedanken. Aber wäre das nicht zu aufdringlich? Was sollten die anderen Schwestern denken, wenn sie Besuch von einem Mann erhielt? Und was würde sie selbst denken? Glaubte sie, er ginge davon aus, sie hätte ihm Avancen gemacht? Womöglich würde er sie tödlich beleidigen, wenn er einfach bei ihr auftauchte. Nein, beschloss er, er würde sich lieber zurückhalten und darauf hoffen, sie bei einer anderen Gelegenheit noch einmal zu treffen, um ihr zu danken und seine Bewunderung auszusprechen.

Am Morgen des 21. November 1896 stand der Hafen still. Fast fünftausend Hafenarbeiter gingen gleichzeitig in den Ausstand. Niemand löschte mehr die Ladung, niemand belud Schiffe. Am folgenden Tag verweigerten die Kran- und Ewerführer die Arbeit ebenso wie die Schiffs- und Kesselreiniger. Auch die Kohlenarbeiter und Kornumstecher blieben zu Hause, ihnen schlossen sich die Schiffsmaler und Speicherarbeiter an. Die Zahl der Streikenden stieg in wenigen Tagen auf achttausend Männer.

Die Streikleitung verteilte Flugblätter, auf denen die Streikenden über ihre Rechte und Pflichten informiert wurden. So erhielt jeder Streikende eine Streikkarte, die ihm als Ausweis über seine Teilnahme am Streik diente. Es wurden Meldestellen eingerichtet, wo sich jeder Streikende einmal täglich in der Zeit zwischen neun Uhr vormittags und fünf Uhr nachmittags zu melden hatte. Aufgrund des großen Andrangs waren die Meldestellen nach beruflicher Zugehörigkeit eingeteilt. So hatten sich die Schauerleute im Valentinskamp zu melden, die Ewerführer im Hammonia-Gesellschaftshaus in den Hohen Bleichen, die Kaiarbeiter in der Kirchenallee, die Kesselreiniger in der Friedrichstraße und die Kohlearbeiter im Schaarsteinweg.

All diese Angaben wurden auch in der Arbeiterzeitung *Hamburger Echo* veröffentlicht. Carola, die regelmäßig das *Hamburger Echo* las, reichte die aktuelle Ausgabe Susanne hinüber.

»Ist das nicht phänomenal?«, sagte sie begeistert. »Achttausend Männer sind sich einig, keinen Handschlag mehr zu tun, bis man ihre Bedürfnisse wahrnimmt und ihnen das gibt, was ihnen zusteht. Jetzt geht es los, jetzt brauchen sie unsere Unterstützung.«

»Aber wenn die Männer streiken, wovon wollen sie dann ihre Familien ernähren?«, fragte Susanne.

»Es gibt eine Streikkasse«, erklärte Martha. »Jeder, der in der Gewerkschaft ist, hat Geld eingezahlt und erhält nun Ausfallgeld. Dafür sind die Stempel auf den Streik-Karten.«

»Und was ist mit denen, die nicht in der Gewerkschaft sind?«, fragte Susanne. »Kriegen die auch Geld für ihre Stempel?«

»Das weiß ich nicht«, erwiderte Carola. »Aber Lida Heymann hat versprochen, eine Suppenküche für die Frauen und Kinder der Arbeiter einzurichten, um die größte Not zu lindern. Und im *Hamburger Echo*«, sie nahm Susanne die Zeitung aus der Hand und schlug die entsprechende Seite auf, »bitten sie auch um Spenden für die Streikenden.«

»Wollen wir ebenfalls sammeln?«, fragte Susanne. »Es lesen ja nicht alle das *Hamburger Echo.*«

»Und wo?« Martha sah Susanne fragend an. »Glaubst du, die reichen Reeder werden für die Männer spenden, die ihren Gewinn gerade zunichtemachen, weil die Waren auf den Schiffen verderben?«

»Ich werde mit unserem Pfarrer sprechen. Der ist ein guter Mensch, und der wird die Menschen nach der heiligen Messe zum Spenden ermuntern.«

Bei dem Wort »heilige Messe« verdrehte Carola die Augen. »Wenn man sich auf die Kirche verlässt, ist man verlassen. Die hat doch in den letzten Jahrhunderten kräftig dabei geholfen, die Menschen auszubeuten.«

»Bitte, Carola, hör auf damit«, sagte Martha. »Wir haben alle dasselbe Ziel.«

»Sehr richtig«, bestätigte Susanne. »Aber es passt wohl nicht in Carolas Weltbild, wenn die katholische Kirche etwas Gutes tut.« Susanne lachte.

Als sie Marthas irritierten Blick auffing, meinte sie augenzwinkernd: »Ich habe mir vorgenommen, mich von Carola nicht mehr wegen meines Glaubens provozieren zu lassen. Hier geht es um die Sache. Um Menschen, die ausgebeutet werden und die unsere Hilfe brauchen, wenn sie für ihre Rechte einstehen. Falls uns das nicht eint, dann ist jedes Gerede von der Gleichheit aller Menschen wertlos.«

»Oh, dann siehst du in uns Sozialisten also keine verdorbenen Ketzer mehr?«, stichelte Carola, aber ihr gutmütiges Lächeln milderte die Spitze ab.

»Doch, aber ich vergebe euch.« Susanne erwiderte das Lächeln, und zum ersten Mal seit sehr langer Zeit hatte Martha das Gefühl, die alte Susanne wiederzufinden. Ihre Freundin, deren Meinung sie geteilt hatte, bis zu jenem Tag, als sie sich abfällig über Prostituierte geäußert hatte. Sie waren alle gereift, und vielleicht würde sie Susanne eines Tages sogar von Milli erzählen, und vermutlich würde sie es dann auch verstehen. Vielleicht wäre dies schon jetzt der Fall, aber im Augenblick standen andere Dinge im Vordergrund. Sie mussten sich entscheiden, wo sie selbst stehen wollten, in einer Zeit, da einfache Arbeiter den Staat herausforderten. Und Martha war glücklich, dass ihre Freundinnen, obgleich sie beide Töchter aus besseren Familien und unterschiedlicher Weltanschauung waren, auf der Seite der Unterdrückten standen. Das gab Hoffnung für die Zukunft.

»Wisst ihr, dass ich stolz darauf bin, dass ihr beide meine Freundinnen seid?«, fragte sie. »Es ist letztlich egal, aus welchen Motiven heraus wir das Richtige tun. Wichtig ist nur, dass wir es tun.«

»Amen«, sagte Carola und faltete scherzhaft die Hände.

»Du kannst es nicht lassen, oder?«, bemerkte Susanne.

»Nein«, sagte Carola. »Aber ich mag dich trotzdem.«

39

Der Streik war das bislang größte Abenteuer in Pauls Leben, und er war stolz darauf, seinen Teil dazu beigetragen zu haben. Zunächst hatten alle geglaubt, es würde sich lediglich um einen Ausstand von maximal vierzehn Tagen handeln, doch schon bald wurde klar, dass sich die Unzufriedenheit der letzten Jahre jetzt Bahn brach. Der Hafen stand still, und die Hamburger standen dem Streik positiv gegenüber. Die Spenden sorgten dafür, dass die Streikleitung jedem unverheirateten Mann acht Mark pro Woche und jedem verheirateten neun Mark auszahlen konnte. Hinzu kam eine weitere Mark für jedes Kind. Zudem engagierten sich viele Damen der bürgerlichen Gesellschaft für die Familien der Hafenarbeiter und betätigten sich ehrenamtlich in Suppenküchen. Ein Name blieb Paul besonders im Gedächtnis: Lida Heymann, die dafür bekannt war, einen Großteil ihres väterlichen Erbes für wohltätige Zwecke einzusetzen. Zwar ging es überwiegend um Frauenrechte, aber sie betrieb auch eine große Suppenküche am Hafen, die für die Frauen und Kinder der Streikenden vorgesehen war.

Die Kirchen schlossen sich ebenfalls der Hilfe an, und Paul hatte das Gefühl, die Menschen stünden sich so nahe wie selten zuvor, und anstelle der Gleichgültigkeit, die das Leben bislang geprägt hatte, kam jetzt die Menschlichkeit zum Vorschein. Man half seinem Nächsten und unterstützte einander. Allerdings betraf das nur die Bevölkerung. Es gab auch eine andere Seite. Die politische Polizei beobachtete den Streik mit Argusaugen und hielt sich bislang nur zurück, weil sie keine Märtyrer schaffen wollte.

Noch hoffte die Obrigkeit, der Streik wäre bald beendet, und die Reeder versuchten, ihre Schiffe in andere Hafenstädte umzuleiten. Aber nachdem ein umgeleiteter Dampfer weder in Stettin noch in Wismar gelöscht worden war, wurde allen Beteiligten klar, dass dieser Streik viel weitere Wellen geschlagen hatte. Auch in Bremen und anderen norddeutschen Städten legten die Arbeiter zeitweilig aus Solidarität die Arbeit nieder, und englische Gewerkschaftsführer forderten englische Seeleute dazu auf, die Lösch- und Ladearbeiten auf britischen Schiffen im Hamburger Hafen zu verweigern.

Paul hatte schon einiges von den englischen Gewerkschaftern gehört, auch, dass man einen ihrer bekanntesten Vertreter, Tom Mann, im September ausgewiesen hatte. Als er erfuhr, dass Tom Mann im November heimlich nach Hamburg zurückgekehrt war, setzte er alles daran, ihn persönlich kennenzulernen.

Tom Mann war in der Lange Straße 50 untergekommen und traf sich hier regelmäßig mit deutschen Gewerkschaftsvertretern, allerdings war höchste Vorsicht geboten. Im September hatte man ihn bereits am Tag nach seiner Ankunft abgeschoben, und er hielt sich derzeit illegal in Hamburg auf. Johann Döring hatte Paul davor gewarnt, sich mit dem englischen Gewerkschaftsführer zu treffen, denn es war jederzeit mit einem Polizeieinsatz zu rechnen, und während Tom Mann nur seine Abschiebung befürchten musste, könnte es für Paul weitreichendere Folgen haben, falls er mit ihm zusammen gesehen werden sollte. Doch Paul wischte Johanns Warnungen weg.

»Ich bin ein freier Mann und habe das Recht, mit jedem anderen freien Mann zu sprechen. Daran wird mich auch die politische Polizei nicht hindern.«

»Und ist dein Englisch ausreichend?«, fragte Johann. »Er spricht kein Deutsch.«

»Im Hafen hat es bislang gereicht, wenn ich mit Engländern zu tun hatte. Aber ich kann ja mein Wörterbuch mitnehmen, falls wir über komplizierte Sachverhalte diskutieren«, erwiderte Paul und gab Johann einen freundschaftlichen Klaps auf die Schulter.

Tom Mann war ein stämmiger Brite mit einem Schnurrbart, der es fast mit dem von Kaiser Wilhelm hätte aufnehmen können, und er hatte große, kräftige Hände, die ordentlich zupacken konnten. Der Tisch in seiner Wohnung war mit zahlreichen Papieren übersät, zum Teil in Englisch, teilweise waren sie auch schon ins Deutsche übersetzt.

»Ich freue mich, Sie kennenzulernen, Mr. Studt«, begrüßte Tom Mann ihn auf Englisch und reichte ihm die Hand. Dann bot er Paul einen Stuhl an und nahm ihm gegenüber Platz. »Ich habe gehört, Sie haben maßgeblich dazu beigetragen, den Arbeitern Mut zum Streiken zu machen?«

»Ich habe meinen Teil dazu beigetragen, aber es wäre vermessen, es maßgeblich zu nennen.« Paul war froh, dass ihm die englische Konversation verhältnismäßig leicht von der Zunge ging.

»Ich bin sehr stolz, dass die deutschen Arbeiter sich jetzt auch für ihre Rechte einsetzen«, erwiderte Mann. »Es ist höchste Zeit, dass sich die Arbeiter aller Nationen vereinigen, und genau dafür kämpfe ich. Die universellen Rechte der Arbeiterschaft stehen über allem. Hier, sehen Sie, das ist mein Beitrag zu Ihrem Arbeitskampf.« Der Brite griff nach einem der Flugblätter auf dem Tisch und reichte es Paul. Auf diesem Flugblatt versicherte er die Hamburger Arbeiter der Solidarität der Engländer und darüber hinaus auch die der Hafenarbeiter in Rotterdam, Antwerpen, Christiania und Göteborg.

»Wir stehen in Kontakt mit der internationalen Konferenz in Rotterdam«, fügte er hinzu. »Das sind keine leeren Worte. Das hier ist eine große Sache, die uns alle angeht. In all diesen Städten werden keine Hamburger Schiffe gelöscht. Wir werden international zusammenstehen, um Streikbrechern den Kampf anzusagen.«

»Ich bin Ihnen sehr dankbar, dass Sie nach Hamburg gekommen sind und uns von Ihren Erfahrungen profitieren lassen«, erwiderte Paul.

»Wir haben alle dasselbe Ziel. Die deutsche Sozialdemokratie ist ein Leuchtfeuer in der Welt. Sie hat auch in England viele Menschen inspiriert, und ich bin froh, wenn ich etwas zurückgeben kann.«

Mann zeigte Paul noch ein paar weitere Schriften, außerdem erzählte er ihm von seinen Erfahrungen im Londoner Hafenarbeiterstreik von 1889 und wie er danach Vorsitzender der neu gegründeten Gewerkschaft geworden war.

Eine Stunde später verließ Paul den berühmten Gewerkschafter mit einer Vielzahl neuer Eindrücke und Inspirationen. Als er auf die Straße trat, fiel ihm ein Mann im dunklen Mantel auf, der dort zu warten schien. Ob es sich um einen Spitzel der politischen Polizei handelte? Hatten sie herausgefunden, dass Mann erneut in Hamburg weilte? Und falls ja, auf welche Weise?

Paul erfuhr nie, ob der Mann wirklich ein ziviler Polizist gewesen war, aber bereits am folgenden Morgen wurde der englische Gewerkschafter verhaftet und erneut ausgewiesen. Und Paul fragte sich, ob er wohl inzwischen selbst auf der Liste der politischen Polizei stand und überwacht wurde …

40

Anfangs fühlte sich der Streik für Martha wie ein befreiendes Volksfest an. Endlich erhoben sich die Arbeiter, um für ihre Rechte zu streiten. Und mit so viel Hilfsbereitschaft aus der Bevölkerung hatte sie nicht gerechnet. Es galt als schick, die Streikenden zu unterstützen, sogar in ansonsten völlig unpolitischen Kreisen, und Martha fragte sich, woran das wohl lag. Warum interessierten sich wohlhabende Menschen auf einmal für die Welt der armen Hafenarbeiter, über die sie vorher hochnäsig die Nase gerümpft hatten? Selbst Auguste Feldbehns Familie spendete, und das war für Martha das Absurdeste überhaupt. Wenn Carola und Susanne sich einsetzten, so ließ sich das aus deren Weltanschauung erklären, die eine war eine überzeugte Sozialistin und die andere eine überzeugte Christin. Und auch wenn sie sich immer wieder kabbelten, so waren sie tief in ihrem Innersten von derselben Sache überzeugt.

Aber Auguste Feldbehn und ihre selbstgefällige, dünkelhafte Familie? Was hatte die davon?

In den Tagen des Streiks ging Martha im Anschluss an eine Nachtschicht nicht direkt schlafen, sondern half am Vormittag in der Suppenküche von Lida Heymann am Hafen aus. Lida war sich nicht zu schade, vor Ort selbst Hand anzulegen, und so kamen sie an einem kühlen Dezembermorgen auf die Familie Feldbehn zu sprechen.

»Du hast dir die Erklärung doch selbst schon gegeben«, meinte Lida, während sie überprüfte, wie viele saubere Suppennäpfe sie noch hatten. »Es gilt als schick. So wie man sich nach der Pariser Mode richtet, so hängt man sein Fähnlein auch politisch in den Wind. Hauptsache, man ist immer an vorderster Front dabei. Sollte die Stimmung jemals kippen und der Streik verteufelt werden, kannst du davon ausgehen, dass die Feldbehns die Ersten sind, die sagen, sie hätten es ja schon immer gewusst.«

»Aber warum sind die Menschen so, Lida? Warum brauchen sie das? Die Welt wäre um so vieles besser, wenn wir ehrlich zu unserer Meinung stehen würden und sie nicht nur vertreten, weil sie gerade in Mode ist.«

»Dazu müssten die Menschen erst einmal eine Meinung haben.«

Martha sah Lida erstaunt an. »Was meinst du damit? Jeder hat doch eine Meinung.«

»Ist das so?«, fragte Lida. »Ich habe bei vielen Menschen den Eindruck, dass ihnen alles egal ist, solange es ihnen gut geht. Mit komplizierten Sachverhalten wollen sie sich nicht auseinandersetzen. Sie hasten von einem Vergnügen zum nächsten und verschließen die Augen vor allem, was ihre heile Welt zerstören könnte. Im Augenblick heißt das neueste aufregende Spiel ›armen Leuten helfen‹. Das ist so ähnlich wie ein Besuch im Tierpark. Man bestaunt exotische Tiere, vielleicht füttert man auch die gutmütigeren von ihnen, aber am Abend ist man froh, wenn man wieder zu Hause in seiner heilen Welt ist und die Tiere weit weg sind.«

Martha lachte und setzte gerade zu einer Antwort an, als es an der Tür zur Suppenküche klopfte, die um diese Zeit noch verschlossen war.

Sie ging zur Tür, öffnete sie und sagte: »Wir haben noch geschlo… Oh, Herr Studt, das ist ja eine Überraschung!«

»Ich hoffe, eine angenehme«, erwiderte Paul und nahm seinen Hut ab. »Ich habe gehört, dass Sie eine Freundin von Fräulein Heymann sind und regelmäßig hier aushelfen.«

»Dann sind Sie meinetwegen gekommen?« Sie lächelte ihn an, während ihr Herz bis zum Halse schlug.

»Ja. Darf ich eintreten, auch wenn Sie offiziell noch geschlossen haben?«

Martha nickte und ließ ihn ein.

»Oh, wer beehrt uns denn da?«, rief Lida erfreut, kaum dass sie den Besucher erkannt hatte. »Der berüchtigte Paul Studt, dessen Reden die Herzen der Arbeiter bewegen und die kleingeistigen Seelen der Unternehmer beschämen.«

»Ihr kennt euch?«, fragte Martha.

»Nur flüchtig«, erwiderte Paul. »Aber Fräulein Heymann ist allen hier ein Begriff, und sie wird für ihren Einsatz hoch geschätzt.«

»Vielen Dank, das freut mich sehr zu hören, aber ich tue nur meine Pflicht. Und wenn ich etwas mehr als andere leisten kann, so liegt es daran, dass ich über ein ansehnliches Erbe verfüge.«

»Dennoch ist es keine Selbstverständlichkeit, wie sehr Sie sich aufopfern«, meinte Paul.

»Und was gibt es für Neuigkeiten von der Streikfront?«, fragte Lida. »Stimmt es, dass die ersten Schlichtungsversuche gescheitert sind?«

»Es ist kompliziert.« Paul seufzte. »Wir haben es mit vielen Interessengemeinschaften zu tun. Unter den Senatoren gibt es einige moderate Männer, beispielsweise Siegmund Hinrichsen, der Präsident der Hamburger Bürgerschaft. Der hat sich für ein Schiedsgericht ausgesprochen, in dem die Vertreter der Arbeiter auf Augenhöhe mit dem Arbeitgeberverband verhandeln sollen. Aber die Arbeitgeber lehnen das ab. Sie bestreiten, dass es um unsere wirtschaftlichen Interessen geht, und behaupten, es sei nur ein Machtkampf, um sich gegen die Obrigkeit aufzulehnen.«

»Das ist ungeheuerlich«, empörte sich Martha. »Man sollte

diese Männer mal dazu zwingen, zwei Tage lang unter denselben Bedingungen zu leben wie eine arme Arbeiterfamilie.«

»In der Tat«, bestätigte Paul. »Am schlimmsten ist der Werfteigner Hermann Blohm. Der meint, hinter allem stecke die Sozialdemokratie, und deshalb müsse man ihr einen vernichtenden Schlag zufügen. Dabei lässt er völlig außer Acht, dass dieser Streik zunächst überhaupt nicht von den Sozialdemokraten ausging, sondern von ganz unten losgetreten wurde.«

»Ich weiß.« Martha zwinkerte ihm zu. »In heruntergekommenen Kellerlokalen, wo sich empörte Menschen Luft machten.«

»Das wollte ich Ihnen übrigens noch sagen, Schwester Martha, Ihre Rede war großartig. Ich habe Sie sehr für Ihr Talent bewundert, so einfach aus dem Stegreif die richtigen Worte zu finden.«

»Diese Kunst beherrschen Sie doch genauso gut.«

»Nein, ich hatte meine Rede gut vorbereitet und genau überlegt, was ich sagen will.«

Er sah sie wieder auf diese seltsame Weise an, die Martha nicht einordnen konnte. Sag etwas, schrie alles in ihr. Halte das Gespräch am Laufen, sonst geht er gleich wieder, und wer weiß, wann du ihn dann wieder siehst.

Aber ihr fiel nichts ein.

»Bitte entschuldigen Sie mich nun, ich habe noch einiges zu tun«, sagte er schließlich. »Auch das Streiken ist harte Arbeit. Vor allem müssen wir darauf achten, dass keine Streikbrecher in den Hafen kommen.«

»Ich habe gehört, dass angeblich tausend Italiener auf dem Weg nach Hamburg sind, um den Streik zu brechen«, sagte Martha und war froh, dass sie sich an diese Nachricht aus dem *Hamburger Echo* erinnerte. »Sagen Sie, stimmt das?«

»Ja«, bestätigte Paul. »Außerdem steigt der Druck durch die Polizei. Hier, bei den Suppenküchen, bekommen Sie das kaum mit, aber am Hafen selbst werden alle Versammlungen zerschlagen, und es kommt immer wieder zu Festnahmen.«

»Das ist ungeheuerlich«, sagte Lida. »Jeder Mensch sollte das Recht haben, sich zu versammeln und für seine Rechte einzutreten.«

»Ich muss gestehen, manches Mal erfolgen die Festnahmen völlig zu Recht«, erwiderte Paul. »In der vergangenen Nacht hat irgendwer eine Schute losgebunden und führerlos im Hafenbecken treiben lassen. Außerdem wurde die Absteige eines Schlafbas verwüstet, der Streikbrechern Unterkunft bot. So etwas darf nicht passieren. Wenn wir für unsere Rechte einstehen wollen, müssen wir zeigen, dass es uns um die Sache geht, nicht um Randale und Krawall. Jede einzelne Straftat fällt auf uns selbst zurück und nimmt uns die Unterstützung der Bevölkerung.« Er seufzte tief. »Soll ich Ihnen etwas verraten, Schwester Martha? Ein großer Teil meiner Anfangseuphorie ist bereits verflogen. Als ich Ende November den englischen Gewerkschaftsführer Tom Mann besuchte, da hatte ich den Eindruck, wir könnten etwas ganz Gewaltiges schaffen. Und anfangs standen auch alle auf unserer Seite. Englische Kollegen sammelten umgerechnet 30000 Mark für uns. Aber die Solidarität der englischen Arbeiter hielt nicht lange vor. Sie hatten zu viel zu verlieren, da Arbeitsverweigerung bei der englischen Marine nicht nur zur Entlassung, sondern sogar zu Gefängnisstrafen führen kann.«

»Das ist sehr bedauerlich, aber wir dürfen trotzdem nicht aufgeben.«

»Das werden wir auch nicht«, bestätigte Paul. »Aber langsam wird mir klar, dass die reichen Unternehmer unsere Forderungen für eine Kriegserklärung halten. Sie diffamieren uns als Feinde des Volkes. Und wenn wir unsere Streikforderungen nicht durchsetzen können, dann stehen wir am Ende womöglich noch schlechter da als zuvor.«

»So sollten Sie nicht denken«, meinte Lida. »Es ist doch ein gutes Zeichen, dass die Behörden derzeit noch auf Beschwichtigung setzen und den direkten Schulterschluss mit den Unternehmern verweigern.«

»Ihr Wort in Gottes Ohr, Fräulein Heymann.«

Als Paul sich nun endgültig zum Gehen anschickte, fasste Martha sich ein Herz und fragte ihn, ob er vielleicht regelmäßig vorbeikommen könnte, um sie über den Fortgang des Streiks zu unterrichten.

»Es wäre mir ein Vergnügen, Schwester Martha.« Da war er wieder, dieser besondere Blick, der Marthas Eingeweide kribbeln ließ …

41

Der Winter war in diesem Jahr sehr kalt, was die Position der Streikenden schwächte. Je weniger Schiffe einliefen, umso geringer wurde ihre Macht.

Für Martha und ihren Vater hatte das noch ganz andere Folgen, denn Heinrichs Schiff, die *Adebar*, hatte ihre Handelsrouten aufgrund des Streiks geändert, und so war dies das erste Weihnachtsfest, das sie ohne Heinrich feiern mussten. Immerhin kam Milli mit ihrer kleinen Tochter, und Martha hatte unter dem Weihnachtsbaum einige Geschenke drapiert. Nichts Besonders, überwiegend hübsch verpackte Socken und Naschereien, aber dennoch ein Luxus, auf den sie in all den Jahren zuvor oft hatten verzichten müssen.

»Jetzt bin ich als Leierkastenmann fein raus«, meinte Marthas Vater mit einem Lächeln. »Ich bin nicht so vom Streik betroffen. Gerade vor Weihnachten sind die Menschen ausgesprochen spendabel.«

»Vor allem, wenn sie Koko in seinem drolligen Winterjäckchen sehen, nicht wahr?«, bemerkte Milli, während sie dabei zusah, wie die kleine Anna das Äffchen liebevoll streichelte.

»Ja, Koko ist mein lukrativer Geschäftspartner und Ziehsohn. Wenn er so weitermacht, kann er den Betrieb irgendwann mal übernehmen.«

»Meinst du, er wächst noch, damit er den Leierkasten dann selbst schieben kann?«, fragte Martha lächelnd.

»Wer weiß«, meinte ihr Vater. »Wenn all die Geschichten wahr wären, die ich so über ihn erzähle, dann ganz bestimmt.«

Das gemeinsame Lachen war befreiend.

Für die meisten anderen Bewohner des Gängeviertels, die auf das Streikgeld angewiesen waren, sah das Weihnachtsfest traurig aus. Die Euphorie und die Volksfeststimmung der ersten Streiktage waren verflogen. Man spürte die Einschränkungen überall, denn das Streikgeld konnte die realen Lohneinbußen in keiner Weise auffangen.

Unter Polizeischutz gelangten immer mehr Streikbrecher in den Hafen, während er für die Streikenden komplett geschlossen wurde. Immer häufiger kam es zu Rangeleien mit der Polizei und Festnahmen.

Im Januar waren die Streikkassen weitestgehend geleert, und nach Weihnachten gingen auch deutlich weniger Spenden aus der Bevölkerung ein. Die Zahl derer, die auf Suppenküchen und Armenspeisungen angewiesen waren, wuchs nach sieben Streikwochen von Tag zu Tag. Mancherorts mussten sich kräftige junge Männer bereits anhören, dass sie endlich wieder arbeiten sollten, statt armen Witwen mit Kindern die Armenspeisung streitig zu machen.

Wenn es um das eigene Überleben ging, war die Solidarität das Erste, was verloren ging, das musste Paul Studt schmerzhaft feststellen. Ihm selbst hatte man die gut bezahlte Stellung gekündigt, und er konnte nur noch mit Mühe die Miete für seine Wohnung aufbringen. Im Grunde hatte er immer gewusst, dass das passieren könnte, ja, dass es sogar sehr wahrscheinlich war, aber es war dennoch eine abstrakte Vorstellung gewesen. Die Not, die er eigentlich hatte beenden wollen, nun am eigenen Leibe zu spüren war eine völlig neue Erfahrung für ihn. Am schlimmsten aber betrübte ihn die Tatsache, sich eingestehen zu müssen, dass der Verband der Hafenarbeiter nicht in allen Punkten unrecht gehabt hatte. Sie hatten die Risiken gesehen, während er sich als junger Mann von dreiundzwanzig Jahren selbstsicher und im Gefühl, die Welt retten zu können, nur zu gern in dieses Abenteuer gestürzt hatte. Aber die Welt war nicht schwarz oder weiß, und es gab keine einfachen Lösungen. Eine bittere Wahrheit, an der Paul gehörig zu knabbern hatte. Zugleich überlegte er, welche anderen Arbeitsmöglichkeiten es für ihn gab. Als er die Wartung und Weiterentwicklung der im Hafen eingesetzten Maschinen übernommen hatte, wähnte er sich zunächst am Ziel seiner Wünsche. Doch wenn er sich ansah, was Hermann Blohm auf seiner Werft zuwege brachte, wie er Schiffsbau und Maschinenbau kombinierte, so musste er immer häufiger feststellen, wie sehr ihn das faszinierte. Allerdings würde er nicht bei Blohm einsteigen wollen, den er für seine unversöhnliche Haltung den Nöten der Arbeiter gegenüber verachtete. Wahrscheinlich wäre es sinnvoll, sich nach dem Ende des Streiks bei kleineren Werften in Harburg oder Wilhelmsburg vorzustellen. In Wilhelmsburg war sein Name noch nicht so bekannt, und er hatte gehört, dass sich die Werft von Gustav Wolkau auf Hafen- und Spezialschiffe konzentrieren wollte, um mit dem Aufkommen der Dampfer und der sinkenden Nachfrage nach Segelschiffen noch konkurrenzfähig zu bleiben. Da konnten seine Erfahrungen am Hafen von Nutzen sein.

Dennoch gab es weiterhin Hoffnung für die Streikenden, ihre Ziele zu erreichen. Die Reeder und Exportkaufleute befürchteten ein Ende der Frostperiode. Sollte das Wetter umschlagen und Tauwetter einsetzen, würden wieder vermehrt Schiffe einlaufen, und dann hätten die Streikenden ihre Macht zurück.

Ein erster Hinweis darauf, dass Fortuna nun wieder den Streikenden zulächelte, bestand darin, dass die Unternehmer dem Senat vorschlugen, einen Hafeninspektor einzusetzen, der sich um die Belange der Arbeiter kümmern sollte. Allerdings erst nach Beendigung des Streiks. Die Streikleitung forderte im Gegenzug eine

Garantie, dass sämtliche Streikenden wiedereingestellt und die Streikbrecher entlassen werden sollten. Dies lehnte der Arbeitgeberverband ab.

»Die Unternehmer wollen den vollständigen Sieg, an Kompromissen sind sie nicht im Geringsten interessiert«, berichtete Paul bei einem seiner Besuche in Lida Heymanns Suppenküche. Mittlerweile kam er regelmäßig, wenn er wusste, dass Martha im Anschluss an ihren Nachtdienst bei der Essensausgabe half. Sie war für ihn ein Lichtblick, denn wann immer er in Schwermut zu versinken drohte und sich die Schuld dafür gab, die Arbeiter überhaupt erst in diese Lage gebracht zu haben, baute sie ihn auf. So auch an diesem Tag.

»Schauen Sie mal«, sagte Martha und legte das *Hamburger Echo* auf den Tisch. »Wir haben keinen Grund zum Trübsalblasen. Es gibt auch gute Neuigkeiten.« Sie schlug eine Seite auf, auf der zahlreiche Universitätsprofessoren aus ganz Deutschland ihre Solidarität mit den Streikenden verkündeten. Darunter waren reichsweit bekannte Namen wie der evangelische Theologe Friedrich Naumann, der lange Zeit in Hamburg Waisenkinder im Rauhen Haus betreut hatte.

»Wenn so bekannte Männer sich für unsre Sache aussprechen und weiter Spenden sammeln, dann sind wir auf dem richtigen Weg, meinen Sie nicht?«, fragte Martha. »Es ist nicht wichtig, ob wir am Ende siegen oder verlieren. Wichtig ist einzig, dass wir aufgestanden sind und nicht länger geschwiegen haben.«

»Nur leider leben wir nicht im Märchen, wo die Guten am Ende immer ihren Lohn erhalten.« Paul seufzte.

»Nein«, bestätigte Martha. »Aber wenn wir es aus Angst vor dem Scheitern gar nicht erst versuchen, werden wir niemals etwas ändern. Allein dass wir so viele Fürsprecher haben, beweist doch, dass wir für das Richtige kämpfen. Also halten Sie den Kopf oben, denn Sie können stolz auf das sein, was Sie bislang erreicht haben. Sie haben den Arbeitern ihre Würde zurückgegeben, Sie haben ihnen dabei geholfen, sich zu erheben und das Unrecht nicht länger zu dulden. Und ganz gleich, wie unser Kampf ausgeht – er kann spätere Generationen immer noch inspirieren. Und falls wir Fehler gemacht haben, können andere daraus lernen.«

Paul lächelte. »Wie kann in einem so hübschen und noch so jungen Kopf bereits die Weisheit einer alten Dame stecken?«

»Vielleicht, weil ich mich gern mit vielen gebildeten Menschen umgebe und von ihren Erfahrungen profitiere?« Und dann erzählte sie ihm von ihren regelmäßigen Treffen bei Wilhelmina Schlüter.

Paul hörte ihr aufmerksam zu, und seine Bewunderung für diese resolute junge Schwester wuchs. Ebenso wie seine bislang niemals eingestandene Enttäuschung, dass sie für ihn als Frau aufgrund ihres Standes für immer unerreichbar bleiben würde.

Letztlich erwies sich der Aufruf der deutschen Professoren zur Unterstützung des Streiks als Bärendienst, denn er verärgerte die Unternehmer, die sich nun auf keinen Fall mehr kompromissbereit geben wollten. Es ging um Sieg oder Niederlage. Als die Streikgelder am 26. Januar 1897 um drei Mark pro Kopf gekürzt werden mussten, war die bittere Not der Streikenden durch keine Maßnahme mehr zu kompensieren. Es fehlte an allem, an Torf und Kohle zum Heizen, an warmer Kleidung, an Nahrung. Und der Mietzins war auch nicht mehr aufzubringen. Vielen drohte die Kündigung ihrer Wohnungen und damit der vollständige Verlust ihrer Existenz. Unter diesem enormen Druck stimmten bei der Urabstimmung Anfang Februar sechsundsechzig Prozent der Streikenden für das bedingungslose Ende des Streiks. Die Arbeitgeber triumphierten. Die entlassenen Männer wurden, wenn sie überhaupt wieder eingestellt wurden, noch schlechter bezahlt als vor dem Streik.

Paul war am Boden zerstört, als er das Ergebnis erfuhr. Sie hatten alles gegeben, gekämpft und dennoch verloren, ja mehr noch, sie waren gedemütigt worden und dazu gezwungen, unter noch unwürdigeren Bedingungen als zuvor arbeiten zu müssen. Das Geld einiger weniger Unternehmer hatte wieder einmal über die Muskelkraft vieler Arbeiter gesiegt.

Am Tag nach dem Ende des Streiks saß Paul bei einem Bier im Schwarzen Adler. Er konnte sich kaum auf seine Zeitung konzentrieren, in der sich ein Unternehmer rühmte, man habe der internationalen Sozialdemokratie einen kräftigen Schlag versetzt. Außerdem habe man die bürgerliche Ordnung, auf der das Wohl und Wehe aller Mitbürger ruhe, zu verteidigen gewusst.

»Das Wohl und Wehe der Mitbürger«, zischte er. »Von wegen!«

Plötzlich stürmte ein Mann in die Gastwirtschaft.

»Verrammelt die Türen! Da draußen sind Tumulte, es wird sogar geschossen!«

Paul sprang auf. »Wer schießt? Die Polizei?«

»Ich habe keine Ahnung«, sagte der Mann. »Aber wir sollten sofort alles verbarrikadieren. Das ist eine entfesselte Meute, die sich einfach nicht damit zufriedengeben will, dass wir verloren haben.«

»Vielleicht kann ich sie beruhigen«, meinte Paul und ging zur Tür.

»Die kann keiner mehr beruhigen! Bleib lieber hier, sonst schießen die dich auch noch tot!«

»Ich werde mich hier nicht feige verstecken«, entgegnete Paul. »Ich habe sie zum Streik animiert, ich werde die Verantwortung bis zum Schluss übernehmen.« Dann verließ er das Gasthaus.

42

Schnell, bereiten Sie die beiden Operationssäle vor!«, rief Doktor Liebknecht. »Es hat auf dem Scharmarkt schwere Unruhen gegeben. Man spricht von mehreren Toten und über hundert Verletzten. Auch Schwerverletzte mit Schusswunden! Wir brauchen alle OP-Schwestern.«

Martha zuckte zusammen, dann machte sie sich sofort an die Arbeit. Ihre Hände erledigten die Vorbereitungen mechanisch, während das erste Opfer in ihren OP gebracht wurde. Nebenan bereitete Susanne eine weitere Operation zusammen mit Doktor Bürkler vor.

Normalerweise achtete Martha nie auf das Gesicht der Patienten, wenn sie in den Operationssaal gebracht wurden, sondern nur auf den Bereich, der zu sterilisieren und abzudecken war.

Doch als ihr Blick kurz das Gesicht des Mannes streifte, schrie sie auf. »Paul Studt!«

»Sie kennen ihn?«, fragte Doktor Liebknecht.

Martha nickte. »Vom Hafen«, sagte sie. »Er hat uns immer über den Fortgang des Streiks informiert.« Sie spürte, wie ihr Blick von aufsteigenden Tränen getrübt wurde.

»Wenn Sie sich das nicht zutrauen, holen Sie Schwester Auguste hinzu.«

»Das ist nicht nötig.« Martha blinzelte die Tränen fort. »Ich bin einsatzbereit.«

»Es scheint nur eine Kugel zu sein«, meinte Doktor Liebknecht, während Martha ihm wortlos die Instrumente reichte. »Der Einschusswinkel deutet auf einen Magenschuss hin. Wenn wir Pech haben, könnte die Lunge betroffen sein, aber dafür ist seine Atmung noch zu regelmäßig.«

Während ihr Körper von selbst die vielfach eingeübten Bewegungen durchführte, rasten ihre Gedanken. Was war am Scharmarkt vorgefallen? Weshalb war Paul in eine Schießerei verwickelt gewesen?

»Ah, da haben wir die Kugel.« Doktor Liebknecht zeigte ihr die Pinzette mit dem blutigen Projektil, bevor er es in eine kleine Metallschale fallen ließ. Das klirrende Geräusch ging Martha durch und durch. Sie hatte noch nie in ihrem Leben eine Pistolenkugel gesehen, und die erste, die man ihr zeigte, schwamm im Blut des Mannes, den sie … ja, was eigentlich? Den sie schätzte? Den sie mochte? Oder in den sie gar heimlich verliebt war? Ihre Gefühle waren ein einziges Durcheinander, schienen losgelöst von ihrem Körper.

»Wird er es überleben?«, fragte sie leise.

»Es war ein Steckschuss im Magen. Das ist zwar unschön, hat aber den Vorteil, dass die Magensäure Bakterien abtötet. Deshalb ist die Wahrscheinlichkeit einer Infektion gering. Sofern der Blutverlust ihn nicht umbringt und sich der Einschusskanal nicht infiziert, wird er es überstehen.«

Nach Paul mussten sie noch zwei weitere Männer operieren, die Steckschüsse in den Oberarm beziehungsweise die Schulter erlitten hatten.

Nachdem Martha den OP endlich verlassen konnte, eilte sie zur Wachstation, um nachzuschauen, ob Paul inzwischen bei Bewusstsein war, doch entweder wirkte die Narkose noch, oder er war bereits wieder eingeschlafen. Sie zog seine Bettdecke ein Stück höher, damit er nicht auskühlte.

»Was treibst du denn hier?«, hörte sie eine Stimme hinter sich. Sie fuhr herum. Es war Auguste.

»Ich wollte nur sehen, wie es dem Patienten geht, den wir vorhin operiert haben.«

»Das ist nicht deine Aufgabe«, sagte Auguste. »Ich bin für diese Station zuständig.«

»Du bist für die Pflege der Patienten zuständig«, berichtigte Martha sie. »Du hast mir nicht vorzuschreiben, nach wem ich sehen darf und nach wem nicht.«

Auguste hielt Marthas Blick mit erstaunlicher Gelassenheit stand.

»Oh, ich kann das verstehen. Ich habe schon gehört, dass du ihn kennst, und er ist ja wirklich ein ansehnliches Mannsbild. Pass nur auf, Martha, dass du ihn nicht zu genau anschaust, schließlich kennst du die Statuten der Schwesternschaft, nicht wahr?«

Martha verzichtete auf eine Antwort, warf einen letzten Blick auf Paul und verließ den Bettensaal.

Als sie Susanne später beim Essen traf, erfuhr sie von ihr, dass der Patient, den Doktor Bürkler operiert hatte, noch auf dem OP-Tisch verblutet war.

»Es war schrecklich«, erzählte Susanne. »Wir haben erst gemerkt, wie schwer die Verletzung wirklich war, als der Doktor den Schusskanal nach der Sondierung erweitert hat, um die Kugel zu entfernen. Sie war an der Rippe abgeprallt und steckte direkt in der Bauchschlagader. Bei jedem Herzschlag quoll ein wenig Blut heraus, die Kugel saß wie ein lockerer Korken auf dem Loch. Beim Versuch, um die Kugel herumzunähen und dadurch das Loch weiter zu verschließen, ist sie plötzlich rausgerutscht, und dann spritzte es wie eine Fontäne. Wir waren von oben bis unten voller Blut, es war grauenhaft, weil wir gar nichts mehr tun konnten.« Bei der Erinnerung daran rollte ihr eine Träne über die Wange.

»Das ist furchtbar«, sagte Martha tief betroffen und war zugleich dankbar, dass Paul im Verhältnis dazu noch Glück gehabt hatte. Den Rest der Mahlzeit verbrachten sie schweigend.

Am frühen Abend kam Carola mit einem Extrablatt.

»Habt ihr das schon gelesen?«, fragte sie die Freundinnen. »Hunderte von Arbeitern haben gegen die Kürzungen ihrer Löhne demonstriert. Einige haben sich gezielt die Streikbrecher vorgeknüpft, weil die jetzt einen besseren Lohn als sie bekommen. Daraufhin hat ein Streikbrecher einen Schuss abgefeuert, und dann ist alles eskaliert.«

»Das wissen wir«, sagte Martha. »Wir haben die Verletzten während des ganzen Tages ununterbrochen operiert. Angeblich wurden mehr als hundertfünfzig Menschen verletzt.«

»Auf dem Scharmarkt soll es aussehen wie im Krieg«, fuhr Carola fort. »Zahlreiche Schaufenster gingen zu Bruch, und die Auslagen von Uhrmacher Härtel und der Silberwarenfabrik wurden geplündert. Es heißt, die Krawalle dauern in einigen Bezirken noch an, und die Polizei greift mit aller Härte durch.«

»Hoffentlich gibt es keine weiteren Verletzten«, meinte Martha, und Susanne nickte zustimmend.

»Das hoffe ich auch«, sagte Carola. »Aber es wundert mich nicht, dass die Arbeiter jetzt auf die Barrikaden gehen. Im Gegenteil, sie tun das einzig Richtige nach dieser Demütigung, auch wenn ich die Gewalt selbstverständlich ablehne. Andererseits müssen sie ein Zeichen setzen. So darf es nicht enden!«

»Was ist eigentlich mit dir selbst?«, fragte Susanne. »Du hoffst, die Revolution bricht los, aber wärst du wirklich bereit, dein Leben und deine Existenz aufs Spiel zu setzen?«

»Wenn es nötig wäre, würde ich das tun.«

»Und wann wäre es in deinen Augen nötig?«, fragte Susanne. »Genügt es schon, wenn es nur um Ungerechtigkeiten geht, oder müsste deine Existenz auf dem Spiel stehen?«

»Wie meinst du das?«

»Nun, ich glaube, die meisten Menschen erheben sich nur, wenn sie entweder gar nichts oder aber alles zu verlieren haben. Die kleinen Leute, die ihr Auskommen haben und zwar wissen, dass es besser, aber auch um vieles schlechter sein könnte, die halten sich stets zurück. Die Einzigen, die trotzdem aufstehen und riskieren, dass sie am Ende schlechter als vorher dastehen, das sind die mit tiefen Überzeugungen oder einem festen Glauben. Denn denen ist ihr Glaube genug. Ist dein Glaube an den Sozialismus und die Gerechtigkeit stark genug, dass du dafür riskieren würdest, alles zu verlieren? So wie einst die christlichen Märtyrer? Denn daraus bezog das Christentum seine Stärke.«

»Ja, das würde ich«, sagte Carola. »Ich würde genauso aufstehen wie die Suffragetten in England oder die Arbeiter hier. Weil es um mehr geht als das Leben eines Einzelnen.«

»Und genau davor fürchtete sich auch die Polizei«, ergänzte Martha in Erinnerung an das, was Paul ihr erzählt hatte. »Sie haben sich anfangs beim Streik zurückgehalten, weil sie fürchteten, sozialdemokratische Märtyrer zu schaffen, wenn es zu gewalttätigen Krawallen gekommen wäre.«

»Nur ist jetzt alles egal geworden«, bemerkte Susanne. »Die Streikenden haben verloren, und was jetzt noch bleibt, ist der Blick auf unzufriedene Kriminelle, die die bürgerliche Ordnung zerstören, die randalieren und schießen und Läden plündern. Und deshalb darf die Polizei zurückschießen. Der Mythos des aufrechten Arbeiters ist dahin.«

»So, wie du das sagst, klingt das, als wäre der ganze Streik vergebens gewesen«, sagte Martha.

»War er das nicht?«, fragte Susanne zurück. »Was ist denn geblieben außer noch mehr Leid und Elend?«

»Und das muss ich von dir als gläubige Christin hören?«, fragte

Carola. »Wo doch das Christentum gerade die Geschichte erzählt, wie aus jemandem, der an der Welt scheiterte, der Heilsbringer wurde? Wenn Jesus Pontius Pilatus überzeugt hätte, ihn freizulassen, dann hätte er noch ein paar Jahre weiter gepredigt und gelehrt, aber er wäre nie zu Christus geworden. Seine Geschichte vollendete sich erst durch das scheinbare Scheitern.«

»Das kannst du nicht vergleichen«, sagte Susanne. »Gott wurde Mensch, um die Sünden der Welt auf sich zu nehmen. Sein Ende war mit der Geburt vorherbestimmt.«

»Na ja, aber wenn die Menschen vernünftig gewesen wären und ihn nicht gekreuzigt hätten – was ja durchaus im Rahmen des Möglichen gelegen hätte, wenn man den freien Willen berücksichtigt –, dann wäre die Geschichte ganz anders verlaufen.«

»Und was willst du damit jetzt sagen?« Susanne betrachtete Carola mit gerunzelter Stirn.

»Keine Niederlage ist endgültig. Wir können immer etwas Neues und Besseres aus den Trümmern aufbauen, wenn wir den Mut nicht verlieren.«

Den Mut nicht verlieren ... Martha atmete tief durch. Sie erinnerte sich daran, wie Paul zum Ende des Streiks hin den Mut verloren hatte und wie er immer wieder dankbar gewesen war, wenn sie ihm einen anderen Blickwinkel eröffnet hatte. Was mochte wohl in ihm vorgehen, wenn er nach der Operation wieder klar denken konnte? Hatte es sich wirklich gelohnt? War der Weg das Ziel gewesen? Konnte er ihren tröstenden Worten von einst noch zustimmen? Würde er noch einmal genauso handeln wie zu Beginn des Streiks? Oder hätte er mit all dem Wissen, das er jetzt hatte, den Vorsitzenden des Hafenarbeiterverbands zugestimmt?

43

Pauls Zustand blieb stabil, doch er erholte sich nur langsam. Martha besuchte ihn regelmäßig, und er freute sich jedes Mal, wenn er sie sah, aber eine tiefe Schwermut hatte ihn ergriffen. Nach und nach erfuhr er aus der Zeitung, die er sich täglich bringen ließ, dass der Streik für viele Arbeiter nicht nur zu einem dauerhaften Verlust ihrer Existenz geführt hatte, sondern auch für ein gerichtliches Nachspiel sorgte. Mehr als fünfhundert ehemalige Streikende wurden wegen verschiedener Delikte angeklagt, darunter Bedrohung, Ehrverletzung oder Aufruhr. Auch er selbst hatte anfangs eine Anklage befürchtet, als die Polizei einige Tage nach seiner Operation im Krankenhaus erschienen war, um ihn zu den Ereignissen auf dem Scharmarkt zu vernehmen. Da hatte er zum ersten Mal, seit er aus der Narkose erwacht war, im Geiste rekapituliert, was eigentlich genau geschehen war, als er Hals über Kopf den Schwarzen Adler verlassen hatte. Im Nachhinein kam es ihm geradezu selbstmörderisch vor, und vielleicht war es das auch, ein Ausdruck der Verzweiflung, alle Ideale und Ziele verloren zu haben. Dafür riskierte er gern sein Leben, und wenn es ihn denn treffen würde, wäre es nur seine gerechte Strafe gewesen.

Doch kaum hatte er das Gasthaus verlassen, da hatte der wilde Mob ihn bereits verschluckt. Verzweifelt hatte er versucht, sich durch die Menschenmenge zu kämpfen, irgendwohin, wo er gehört und gesehen werden konnte, doch die Männer, zwischen denen er sich wiederfand, waren längst jenseits der Worte.

»Schlag die Streikbrecher tot«, brüllte einer. »Die haben es nicht besser verdient!«

»Das bringt doch nichts«, versuchte Paul, schlichtend einzugreifen, doch er wurde nur beiseitegeschubst. Es gab keinen Raum für Worte zwischen den wütenden Männern.

Ein Schaufenster klirrte. Paul konnte nicht sehen, wo es war. Ein paar Männer lösten sich aus der Menge und fingen an zu rennen.

Dann ging alles sehr schnell, irgendwo lösten sich mehrere Schüsse, er fühlte einen heftigen Schlag im Magen und glaubte, eine Faust habe ihn getroffen, so heftig, dass er zu Boden stürzte. Er wollte sich wieder aufrappeln, doch der Schmerz war zu stark. Unwillkürlich griff er nach der schmerzenden Stelle, doch statt des Anzugsstoffs spürte er etwas Warmes, Feuchtes. Er zog seine Hand zurück, betrachtete sie, sah das Blut. Noch war er unfähig zu verstehen, dass es wirklich passiert war, das, wovor man ihn gewarnt hatte. Gewarnt ... ja, er hatte so viele Warnungen gehört, Warnungen, die er in den Wind geschlagen hatte, weil sie seinem Bild von Ehre, Mut und Gerechtigkeit widersprachen. Und nun lag er hier, auf den schmutzigen, nasskalten Pflastersteinen des Scharmarktes, blutend und voller Schmerz. Neben seinem Kopf sah er die Stiefel eines Arbeiters. Bei einem hatte sich die Sohle halb gelöst, und man hörte bei jedem Schritt ein schmatzendes Geräusch. Er konnte seinen Blick kaum von diesem Stiefel lassen, erst, als sich jemand zu ihm hinunterbeugte, Äonen von Jahren später, oder waren es nur Sekunden?

Was der Mann sagte, hörte er nicht, es war nicht wichtig, gar nichts mehr war wichtig, jetzt erhielt er die Strafe für seine Dummheit, es war nur gerecht, wenn er hier auf der Straße einfach verblutete, genauso wie die Arbeiter weiter ausbluteten, weil sie Leuten wie ihm vertraut hatten.

Als er nicht antwortete, beugten sich weitere Männer zu ihm hinunter. Ein Fremder zog seine Jacke aus und drückte sie auf die blutende Wunde, obwohl es bitterkalt war und er darunter nur ein zerschlissenes, mehrfach geflicktes Hemd trug. Es war gerade diese Geste, die Paul seinen Lebensmut zurückgab. Konnte es sein, dass doch noch etwas von der Kameradschaft überlebt hatte? Von der Menschlichkeit, die sie anfangs zusammengeschweißt hatte, damals, als sie noch zu träumen wagten? Von einer besseren, gerechteren Zukunft? Ihm wurde schwindelig, aber endlich fand er seine Stimme, seine Worte wieder.

»Wie ist dein Name?«, fragte er den Mann, der ihm seine Jacke auf die Wunde presste.

»Knut Haberland«, lautete die Antwort. Knut Haberland … an diesem Namen hielt Paul sich fest, auch wenn um ihn herum alles mehr und mehr verschwamm.

»Alles wird wieder gut«, sagte Haberland. »Halt einfach nur durch, wir schaffen dich schon ins Krankenhaus.«

Das waren die letzten Worte, an die er sich erinnerte. Als er schließlich wieder zu sich kam, lag er schon im Krankenhaus.

All das erzählte er nun dem Polizisten, einem Wachtmeister namens Klüvert, der ihn nach den Abläufen fragte. Nur den Namen Haberland verschwieg er, denn er wollte nicht, dass jemand namentlich mit den Krawallen in Verbindung gebracht werden konnte.

»Es war sehr leichtsinnig von Ihnen, einfach auf die Straße zu laufen«, bemerkte Klüvert, während er Pauls Aussage zu Protokoll nahm.

»Ja«, erwiderte Paul. »Aber genauso war es.«

»Das wissen wir. Der Wirt vom Schwarzen Adler hat bestätigt, dass Sie unmittelbar nachdem Sie das Gasthaus verlassen hatten, von einer Kugel getroffen wurden. Haben Sie wirklich geglaubt, dass Sie diese Wilden beruhigen könnten?«

Paul musterte den Wachtmeister genauer. Er war bestimmt doppelt so alt wie er selbst, und sein Blick strahlte beinahe etwas Väterliches aus. Besorgt und tadelnd zugleich.

Er überlegte eine Weile, was er darauf antworten sollte. Hatte er es wirklich geglaubt? Menschen aufzustacheln war das eine, dazu genügten ein paar geschickte Worte, die mit ihren tiefen Gefühlen spielten. Aber waren diese Gefühle erst einmal entfesselt, gab es dann überhaupt noch Worte, die mächtig genug wären, die tobenden Emotionen zu bändigen und in die geordneten Bahnen des Verstandes zurückzuführen? Er dachte daran, wie er Johann Döring etwas zu selbstgefällig erzählt hatte, dass er seine Gabe zur Rede nutzen würde. Jetzt begriff er, dass es keine Gabe, sondern eine Waffe war. Und ebenso wenig wie man eine abgefeuerte Pistolenkugel zurückhalten konnte, vermochte man, einmal ausgesprochene Worte zurückzunehmen. Sobald man sie abgefeuert hatte, waren Tatsachen geschaffen. Entweder verfehlte man, oder man traf. Und seine Worte im Gasthaus Schultz und bei all den anderen Versammlungen hatten stets ihre Ziele getroffen.

»Ich habe nicht darüber nachgedacht«, lautete seine Antwort. »Jetzt weiß ich, dass es eine Dummheit war.«

»Warum haben Sie das überhaupt getan?« Klüvert zog sich den einfachen Holzstuhl heran, der an der Wand gestanden hatte, und nahm an Pauls Bett Platz.

»Ich sagte doch schon, ich habe nicht darüber nachgedacht.«

»Nein, das meine ich nicht«, erwiderte der Wachtmeister. »Ich habe einige Informationen über Sie eingeholt. Sie waren als einer der Sprecher des Streiks bekannt. Kein Aufrührer, aber doch jemand, der die Herzen der Arbeiter bewegte und ihre Streikbereitschaft förderte. Warum Sie? Sie hatten doch noch nichts zu gewinnen. Sie haben nicht nur Ihre gute Anstellung im Hafen verloren, sondern liegen jetzt auch noch im Krankenhaus. Was haben Sie sich davon versprochen?«

»Ich dachte, es wäre das Richtige«, sagte Paul leise. »Ich weiß nichts über Sie, Herr Wachtmeister. Ich weiß nicht, ob Sie eine Vorstellung davon haben, unter welch erbärmlichen Bedingungen die Männer im Hafen schuften. Kein Mensch sollte so leben müssen. Was bleibt einem Menschen denn noch übrig, wenn er trotz harter Arbeit nicht einmal genug verdient, um seine Familie zu ernähren? Sagen Sie, Herr Wachtmeister, was ist Ihnen lieber? Wenn Menschen offen um einen gerechten Lohn kämpfen und durch Arbeitsniederlegung das einzige Gut zum Einsatz bringen, das ihnen bleibt, oder wenn sie still und heimlich durch Diebstahl und Raub versuchen, ihre Not zu lindern? Dazwischen gibt es nichts, denn niemand wird freiwillig hungern, wenn er sieht, dass sich andere auf seine Kosten bereichern.«

»Ich verstehe Sie besser, als Sie glauben«, sagte Klüvert. »Meine Frau und meine beiden Töchter haben regelmäßig bei der Armenspeisung geholfen. Aber das ist etwas anderes. Eine wirkliche Änderung kann nur langsam erfolgen, indem man den Unternehmern das Gefühl gibt, es sei ihre freie Entscheidung. Dem Druck der Straße werden sie nur mit harter Hand begegnen, weil sie befürchten, alles zu verlieren, wenn sie nachgeben. Weil sie Angst haben, sie würden davongefegt so wie einst der Adel in Frankreich während der Revolution.«

Paul sah den Mann überrascht an. »Sie haben sich aber sehr viele Gedanken gemacht.«

»Oh ja, und ich halte Ihnen Ihr Alter zugute. Wer in der Jugend nicht mit Leidenschaft für eine Sache kämpft, der hat niemals gelebt. Aber Leidenschaft allein reicht nicht.«

»Was braucht es dann?«

»Einen langen Atem und viel Geduld.«

»Aber Geduld hat den Arbeitern nicht genutzt, es hat sich nichts geändert. Im Gegenteil, es wurde alles noch viel schlimmer.«

»Sie sind ein gebildeter junger Mann, Herr Studt. Sie kennen doch bestimmt die Geschichte von König Pyrrhus, oder?«

»Sie meinen den Pyrrhussieg?«

Klüvert nickte. »Wie sagte König Pyrrhus nach der Schlacht? Noch so ein Sieg, und wir sind verloren. Nach außen hin feiern die Unternehmer ihren Sieg. Aber sie hatten große finanzielle Verluste durch den Streik, und sie mussten mit ansehen, wie die Sache der Arbeiter viele Sympathien gewann. Über kurz oder lang werden sie die entlassenen Arbeiter allesamt wieder einstellen müssen, denn die Streikbrecher sind zum größten Teil ungelernt. Die bringen nicht die Leistung der deutschen Schauerleute und Kaiarbeiter. Das sind überwiegend Landarbeiter, die können gut ernten und säen, aber vom Hafen verstehen die nix. Und im Frühjahr kehren die sowieso alle nach Italien zurück.

Sie sind dafür bekannt, gut reden zu können, Herr Studt. Man fürchtet Sie aufseiten der Unternehmer, aber ein Aufrührer sind Sie nicht, denn diese Grenze haben Sie nie überschritten. Sobald Sie wieder gesund sind, müssen Sie Ihre Kameraden von der ehemaligen Streikleitung nur davon überzeugen, mit dem Pyrrhussieg der Unternehmer zu arbeiten.«

Paul sah den Wachtmeister in einer Mischung aus Irritation und Faszination an. Einen Verbündeten an dieser Stelle hatte er nicht erwartet.

»Und was schlagen Sie vor, Herr Wachtmeister?«

»Ob Sie es glauben oder nicht, es gibt viele Polizeibeamte, die mit der Sache der Arbeiter sympathisieren, aber als Beamte dürfen wir das nicht offen zeigen. Wir haben jedoch versucht, die übereifrigen Jungspunde zu zügeln, die gern sofort mit dem Schlagstock auf die Streikenden losgegangen wären. Die Älteren unter uns, vor allem die, die selbst Angehörige haben, die im Hafen arbeiten oder an der Cholera verstarben, die wissen ganz genau, dass sich etwas ändern muss. Wenn man mit harter Arbeit nicht mehr überleben kann, ist der Schritt in die Kriminalität schnell getan, und dann haben wir noch mehr Spitzbuben auf den Straßen.« Klüvert atmete tief durch. »Um Ihre Frage zu beantworten, Herr Studt: Stellen Sie maßvolle Forderungen, die Sie am besten so formulieren, dass sie den Unternehmern nicht wie Forderungen vorkommen, sondern wie eine Möglichkeit, künftig den Arbeitsfrieden zu erhalten.«

»Aber welche Forderungen sollen das sein? Sie haben sogar die Löhne gekürzt, und eine Regelung für Arbeitszeiten gibt es nach wie vor nicht für die, die Tag für Tag um Schichten betteln müssen.«

»Eben. Wissen Sie, warum wir Polizisten Beamte sind? Damit wir stets treu zur Obrigkeit stehen und nicht streiken. Dafür erhalten wir gute Pensionen, und unsere Familien werden unterstützt, wenn wir zu Invaliden werden. Es ist ein Geben und Nehmen. Versuchen Sie, Regelungen mit gemäßigten Unternehmern zu finden. Nutzen Sie Ihre Gaben, den Arbeitgebern Festanstellungen und Absicherungen bei Arbeitsunfällen schmackhaft zu machen. Immer vor der drohenden Kulisse des Streiks. Damit steigen die Löhne wahrscheinlich nicht sofort, aber wenn der Unternehmer für einen verunfallten Arbeiter aufkommen muss, wird er dessen Wert mehr zu schätzen wissen. Und der Arbeiter wird es ihm mit Loyalität danken. So gewinnen beide Seiten.«

Zum ersten Mal seit langer Zeit huschte wieder ein Lächeln über Pauls Gesicht. »Sagen Sie, Herr Klüvert, sind Sie sicher, dass Sie wirklich Wachtmeister sind und kein Gewerkschaftsführer?«

Klüvert erwiderte das Lächeln. »Ganz sicher. Ich bin Wachtmeister, aber als solcher ist es meine oberste Pflicht, für Recht und Ordnung zu sorgen. Also habe ich schon immer versucht, das große Ganze zu betrachten. Und das ist auch der Grund, weshalb ich heute zu Ihnen gekommen bin.«

»Ich danke Ihnen vielmals. Sie haben mir einen ganz neuen Blickwinkel eröffnet.«

»Wenn das so ist, hat sich mein Besuch ja gelohnt. Und nun warte ich mit Spannung darauf, ob Sie etwas Gutes bewirken können. Denn das Zeug dazu haben Sie.«

Der Wachtmeister verabschiedete sich, und nachdem er das Zimmer verlassen hatte, schien es Paul, als hätte er seine Niedergeschlagenheit mitgenommen und ihm stattdessen das Gefühl neuer Zuversicht hinterlassen. Ein Pyrrhussieg für die Unternehmer – mit diesem Bild konnte er arbeiten. Sobald die Zeitungen aufhörten, das Loblied vom Sieg des Bürgertums über die Arbeiter zu singen, und die Unternehmer sich nicht länger daran berauschten, konnte er erneut versuchen, für seine Ideale zu kämpfen.

44

In den folgenden Tagen erholte Paul sich zusehends und konnte schon bald für längere Zeit das Bett verlassen. Martha besuchte ihn regelmäßig, auch wenn sie sich jedes Mal bösartige Bemerkungen von Auguste anhören musste.

Zunächst waren die Gespräche mit Paul noch von politischer Kameradschaft geprägt. Beide wussten um die Grenze, die Marthas Beruf zwischen ihnen zog, aber immer öfter verspürten sie das Bedürfnis, diese Grenze zu überschreiten, denn die gemeinsamen Überzeugungen und die persönliche Anziehung schufen immer mehr Nähe. Insgeheim träumten beide von einer gemeinsamen Zukunft.

Noch zögerte Martha, weil sie wusste, was sie damit riskierte. Die Schwesternschaft war ihr Leben, hier war sie erwachsen geworden, über ihren Beruf definierte sie sich, aus ihm zog sie ihr Selbstbewusstsein. Wenn sie ihn aufgeben musste, würde sie auch einen Teil ihrer selbst aufgeben müssen. Einen Teil, den die Liebe zu einem Mann, und sei sie auch noch so gewaltig, niemals vollständig ersetzen konnte. Und so blieb sie vorsichtig, zumal sie spürte, dass Auguste sie beobachtete und stets dann auftauchte, wenn sie sich mit Paul traf, selbst in den verborgensten Ecken des Krankenhausgeländes. Noch konnte Auguste ihr nichts vorwerfen, noch hatten sie den Boden der Schicklichkeit nicht verlassen, und Paul war ein Patient wie jeder andere. Aber die Gefahr wuchs, und so war Martha erleichtert, als Paul zwei Wochen nach seiner Operation endlich entlassen werden konnte. Mittlerweile waren sie unter sich beim vertraulichen »Du« angekommen, hatten aber jedes Mal, wenn sie sich beobachtet glaubten, sofort wieder das formelle »Sie« verwendet.

»Was wirst du nun machen?«, fragte Martha ihn am Tag seiner Entlassung. »Glaubst du, du findest eine neue Anstellung?«

»Ich habe vor, mich bei Gustav Wolkau in Wilhelmsburg zu bewerben. Seine Werft arbeitet an der Entwicklung neuer Spezialschiffe für den Hafen. Für mich als Maschinenbauingenieur ist das sehr interessant. Es würde mich wirklich reizen, auf diesem Gebiet neue Erfahrungen zu sammeln. Der Arbeitsweg ist weiter, aber ich könnte meine Wohnung am Johannisbollwerk halten, wenn Wolkau mich einstellt.« Er atmete tief durch. »Meine Zeugnisse aus Hannover sind ausgezeichnet, die Frage ist, ob Wolkau eine Referenz meines letzten Arbeitgebers möchte. Die kann ich natürlich nicht vorweisen als jemand, der unehrenhaft während des Streiks entlassen wurde.«

»Wie wäre es, wenn du es gleich offen benennst?«, schlug Martha vor. »Du hast dir nichts vorzuwerfen. Du bist loyal, nur gehörte deine Loyalität am Hafen den ausgebeuteten Arbeitern. Hast du dir denn schon Gedanken gemacht, was du Wolkau anbieten kannst? Du bist immerhin ein guter Ingenieur.«

»Nein«, gestand Paul.

»Dann solltest du das als Erstes tun«, beschied Martha. »Finde heraus, woran sie arbeiten, und dann begründest du, warum du von unschätzbarem Wert für sie wärst.«

»Und wenn sie in mir nur den Aufwiegler sehen?«

»Dann erklärst du ihnen, warum die Gefahr nicht besteht. Paul, du hast mir doch erzählt, was deine nächsten Ziele sind. Du willst den Verband der Hafenarbeiter davon überzeugen, mit einzelnen Unternehmern über Festanstellungen zu verhandeln. Das ist eine ehrbare Absicht. Wenn Wolkau sieht, dass du vernünftige Vorschläge machst und kein Unruhestifter bist, wird man dir gewiss die Gelegenheit geben zu zeigen, was du kannst. Und wenn nicht, dann kannst du immer noch weitersehen. Aber geh nicht als Bittsteller dorthin. Tritt als Mann auf, der sich seines Wertes bewusst ist, ohne dabei hochmütig zu wirken.«

Er nickte.

»Sehen wir uns am Sonnabend im Werderkeller?«, fragte sie dann deutlich sanfter.

»Das weißt du doch«, erwiderte er. »Ich frage mich nur, wie ich die Tage bis dahin überbrücken soll, schließlich habe ich mich daran gewöhnt, dich täglich zu sehen.« Er schenkte ihr ein Lächeln, und wenn Martha keine Schwester gewesen wäre, dann hätte sie ihn spätestens jetzt geküsst.

Paul griff nach dem Seesack mit seinen Sachen und verabschiedete sich.

Als Martha sich anschickte, die Station ebenfalls zu verlassen, bemerkte sie Auguste, die in einer hinteren Ecke des Wachsaals in die Krankenakten versunken schien. Saß sie schon lange da? Und falls ja, wie viel von dem Gespräch hatte sie mitangehört? Martha atmete tief durch. Ganz gleich, was Auguste gehört hatte, nichts davon widersprach den Statuten der Schwesternschaft.

Martha zählte die Tage bis Samstagabend, denn ihr ging es wie Paul – sie hatte sich daran gewöhnt, ihn täglich zu sehen. Zudem war sie gespannt, was er erreicht hatte. Ob Wolkau ihn einstellen würde? Und wie würden seine Freunde von der ehemaligen Streikleitung mit seinen neuen Vorschlägen umgehen? Hätten sie noch die Kraft zum Kämpfen? Auf den Straßen hatte sich die Lage beruhigt, zumal gegen die Unruhen mit harter Hand vorgegangen worden war. Zahlreiche Gefängnis- und Geldstrafen waren ausgesprochen worden. Mancherorts verlangten die Unternehmer von den Arbeitern, dass sie ihren Gewerkschaftsausweis öffentlich zerrissen, wenn sie wieder eingestellt werden wollten. Aber es waren gerade diese öffentlichen Demütigungen, die das Gegenteil bewirkten. Von ihrem Vater erfuhr Martha, dass die Zahl der Gewerkschaftseintritte massiv zunahm.

»Das hätte ich nicht erwartet«, meinte Martha, als er ihr davon erzählte.

»Ich schon«, sagte ihr Vater. »Denn es ist die logische Konsequenz. Vor den Gewerkschaften fürchten sich die Unternehmer, sonst würden sie nicht verlangen, dass jemand öffentlich den Gewerkschaftsausweis zerreißt. Wären die Männer alle in der Gewerkschaft gewesen und die Streikkassen voll, dann wäre die Geschichte anders ausgegangen. Der Geldmangel hat sie in die Knie gezwungen. Wenn der reiche Reeder seinem Töchterlein das neue Ballkleid verweigern muss, ist das eben was anderes, als wenn's hier im Winter nicht mal mehr für Torf zum Heizen und genug Essen reicht. Weißt du, was das Gute an der ganzen Sache ist?«

Martha schüttelte den Kopf.

»Dass die Arbeiter auch nach der Niederlage nicht klein beigeben. Sie werden aus den Fehlern lernen. Und alles, was die Unternehmer fürchten und jetzt bis aufs Blut bekämpfen, kann nur nutzen. Für jeden zerrissenen Gewerkschaftsausweis werden gleich fünf neue ausgestellt. Und vom alten Brüning habe ich gehört, dass sich die Gewerkschaft der Schauerleute sogar wieder dem Verband der Hafenarbeiter anschließen will und auf Alleingänge verzichtet. Die wissen genau – und das ist ihre Stärke –, dass es nicht darum geht, zu jammern und sich gegenseitig zu zerfetzen, sondern zu erkennen, wo der wahre Gegner steht. Sie haben gesehen, dass sie gemeinsam stark sein können. Noch nicht stark genug, aber das wird sich ändern.«

Während sie ihrem Vater so zuhörte, wurde Martha zum ersten Mal bewusst, wie viel Ähnlichkeit er mit Paul hatte. Er hatte denselben Kampfgeist, einen wachen Verstand und ein großes Herz. Aber auch eine schwermütige Seite, die ihn in den schwierigsten Tagen seines Lebens in die Alkoholsucht getrieben hatte. Bei Paul gab es diese Seite ebenfalls, selbst wenn sie bei ihm nicht befürchtete, dass er Kummer mit Alkohol betäuben würde. Doch auch er war ein Mann, der jemanden brauchte, der ihn aufrichtete. Ob er sich deshalb so zu ihr hingezogen fühlte? Weil sie ihm eine Stütze sein konnte, wenn die Last für ihn allein nicht mehr zu tragen war?

Ob es für sie eine gemeinsame Zukunft geben würde? Martha seufzte innerlich. Für Männer war das Leben in jeder Hinsicht leichter. Niemand würde von einem Mann verlangen, seine Arbeit aufzugeben, wenn er heiratete.

Die Stimmung im Werderkeller war am Samstagabend kämpferisch. Martha war erleichtert, dass Carola Nachtdienst hatte, denn sie wollte ungestört mit Paul reden können. Als sie im Werderkeller eintraf, war er noch nicht da.

»Ist das nicht ungeheuerlich?«, hörte Martha eine Stimme. Sie gehörte dem Genossen Claas Ude. »General Waldersee hat eine Schrift an den Kaiser verfasst. Er ist der Meinung, man müsse einen Präventivschlag gegen die Sozialdemokratie führen, um weitere Umsturzversuche zu verhindern. Der Streik wird doch tatsächlich als Umsturzversuch missdeutet.«

»Was erwartest du schon von Waldersee?«, entgegnete ein Mann, den Martha nicht kannte. »Der ist doch der Meister der Präventivschläge. Angeblich hat er in seinen Schubladen sogar Pläne für Präventivschläge gegen Russland und Frankreich. Aber der Kaiser nimmt ihn längst nicht mehr ernst.«

»Soweit ich weiß, hat der Kaiser ihn Ende November noch in Altona besucht und meinte, man solle hart gegen uns vorgehen.«

»Wer weiß, ob das stimmt.« Ein dritter Mann namens Willy Töwe machte eine wegwerfende Handbewegung. »Seit General Waldersee es gewagt hat, den Kaiser in einem Manöver zu besiegen, gehört er doch nicht mehr zum Generalstab. Jetzt muss der alte Mann sich eben neue Feindbilder suchen.«

Als die Männer Martha bemerkten, hielten sie in ihrem Gespräch inne. »Schwester Martha, Sie sind heute auch wieder da?« Willy Töwe lächelte sie freundlich an.

»Ja, und ich habe gerade mit Interesse Ihren Ausführungen gelauscht. Ich wusste gar nicht, dass der Kaiser sich so sehr um den Streik sorgte.«

»Na ja, die Berichte darüber standen auch nicht im *Hamburger Echo*, sondern in der kaisertreuen Berichterstattung«, sagte Töwe. »Und zu unserem Glück hat sich der Hamburger Senat sehr zurückgehalten. Sie wollten vermeiden, dass es noch mehr Blutvergießen gibt. Angeblich standen schon Truppen bereit, um das Kriegsrecht zu verhängen und der Sozialdemokratie den Garaus zu machen. Dann wären wir alle hier wohl umgehend im Gefängnis gelandet.« Er lächelte, als wäre er stolz darauf.

»Aber bedeutet das nicht im Umkehrschluss, dass wir mächtige Fürsprecher im Hamburger Senat hatten?«

»Ja, ein paar liberale Kräfte gibt es dort. Die Hanseaten lassen sich nicht mal vom Kaiser vorschreiben, was sie zu tun haben.«

»Das stimmt«, sagte Claas Ude. »Es wird jetzt sogar diskutiert, künftig Schiedsgerichte und Schlichtungsstellen bei Streiks vorzuschreiben. Und sie stimmen derzeit über eine Sozialreform ab.«

»Eine Sozialreform?«, fragte Martha. »Was bedeutet das?«

»Die Arbeiter und Gewerkschafter sollen nach den Missständen befragt werden. Angeblich will der Senat nach Abschluss der Untersuchung Maßnahmen fördern, die zu einer Verbesserung der Lage führen sollen.«

»Warum klingen Sie so skeptisch?«, fragte Martha. »Das ist doch eine gute Sache.«

»Von schönen Worten hatten wir in den letzten Jahren viel zu viel.«

»Mag sein. Aber das war zu einer Zeit, bevor sich die Arbeiter erhoben haben. Wir sollten nicht gleich alles schlechtreden. Es ist doch immerhin ein Anfang.«

»Da merkt man, dass Sie sich regelmäßig mit Paul Studt austauschen«, erwiderte Töwe mit einem Augenzwinkern. »Der hat sich sofort mit der Senatskommission in Verbindung gesetzt, als er davon erfahren hat. Und bemerkenswerterweise haben sie ihn sogar angehört. Deshalb ist er vermutlich heute so spät dran.«

»Das verstehe ich nicht.«

»Die haben heute noch eine Sitzung. Ist schon erstaunlich, wie der Paul sich aus allem herauswindet. Andere, die auf dem Scharmarkt angeschossen wurden, bekamen Strafanzeigen, aber Paul wird im Rathaus empfangen, als wäre er ein hochdekorierter Kriegsveteran.«

»Vermutlich, weil er den Mob nicht aufgewiegelt hat, sondern sich die Kugel einfing, als er ihn beruhigen wollte«, sagte Martha mit fester Stimme. »Er hat mehr Einsatz gezeigt als die meisten anderen hier, und er verdient es nicht, dass das mit so despektierlichem Unterton kommentiert wird.«

Töwe räusperte sich verlegen, während die beiden anderen Männer grinsten. In diesem Moment erschien Paul leicht abgehetzt in der Tür. Martha ließ die Männer stehen und ging ihm entgegen.

»Es tut mir leid, dass ich mich verspätet habe«, sagte er zur Begrüßung. »Aber ich habe großartige Neuigkeiten.«

»Du warst im Rathaus im Gespräch mit der Kommission, die sich um die Belange der Hafenarbeiter kümmern soll?«

Er starrte sie verblüfft an. »Woher weißt du das?«

»Ich bin eine Frau. Frauen wissen alles.« Sie zwinkerte ihm keck zu. »Spaß beiseite, ich habe das von Willy Töwe gehört, aber der scheint es dir übel zu nehmen.«

»Vermutlich, weil er selbst gern dort gewesen wäre. Aber das ist noch nicht alles. Ich habe auch bei Wolkau vorgesprochen, und er hat mich tatsächlich eingestellt.«

»Das ist wunderbar! Du hast ihn also überzeugt?«

»Wir teilen die Abneigung gegeben Hermann Blohm, wenn auch aus unterschiedlichen Gründen. Wolkau sieht in Blohm seinen größten Konkurrenten, und er muss dringend mit einigen Neuerungen aufwarten, um seine Werft halten zu können. Mein Vorschlag, es wie Blohm zu handhaben und Maschinenbau mit dem Schiffbau zu kombinieren, gerade im Bereich von Spezialfahrzeugen für den Hafen, hat ihn überzeugt.«

Er strahlte sie an, und auf einmal fühlte Martha sich so glücklich und beschwingt, dass sie alles um sich herum vergaß, ihn spontan umarmte und ihm einen Kuss auf die Wange gab.

»Oh, das hätte ich jetzt nicht erwartet«, sagte er, konnte aber nicht umhin, sie seinerseits in die Arme zu schließen.

Martha errötete und wand sich umgehend aus seinen Armen. »Ich … ähm … ich habe mich wohl etwas gehen lassen.«

»Du bist keine Nonne«, flüsterte er. »Nur eine Krankenschwester. Wo steht geschrieben, dass die nicht küssen darf? Von einem Kuss sind wir ja noch nicht verheiratet.«

Martha schluckte und sah sich unsicher um. Schauten die anderen auf sie? Nein, die kleinen Gesprächsgrüppchen standen noch immer beisammen und diskutierten lebhaft. Die Welt war nicht untergegangen und hatte auch nicht aufgehört, sich zu drehen. Und keine der Erika-Schwestern würde es jemals erfahren.

»Hast du wirklich solche Sorgen um deinen Ruf?«, fragte Paul.

»Nicht um meinen Ruf«, erwiderte sie leise. »Sondern um meine Existenz. Die Schwesternschaft bedeutet mir viel, sie macht mich aus. Wenn Auguste uns gesehen hätte, dann …«

»Sie hat dich aber nicht gesehen, Martha.« Er atmete tief durch. »Wollen wir woandershin gehen? Irgendwohin, wo dich niemand kennt? Du nimmst einfach dein Häubchen ab, und schon weiß kein Mensch, wer du bist. Ich kenne auf St. Pauli einige ordentliche Lokale, dort könnten wir etwas essen. Jetzt, wo ich wieder Geld verdienen werde, möchte ich dich gern einladen.«

»Und dann?«

»Dann sehen wir weiter«, sagte Paul. »Was meinst du?«

Sie zögerte kurz, dann nickte sie.

Nachdem sie den Werderkeller verlassen hatten, nahm Martha ihr Häubchen ab und steckte es in ihre Manteltasche.

»Ich habe dich noch nie ohne dieses Häubchen gesehen«, sagte Paul.

»Und wie sehe ich ohne aus?«

»So wie immer. Nur eben ohne Häubchen.«

»Jetzt hätte ich eine geistreichere Antwort erwartet.«

Er lachte nur.

Das Lokal, in das Paul Martha einlud, war kein einfaches Speiselokal, sondern es gab auch eine Musikkapelle und eine Tanzfläche. Martha war unsicher, was sie davon halten sollte, denn sie war noch nie in ihrem Leben in einem Tanzlokal gewesen. Zudem fühlte sie sich dafür nicht richtig angezogen. Auch wenn sie ihr Häubchen abgelegt hatte, so trug sie doch noch die Ausgehkleidung der Erika-Schwestern.

»Was möchtest du essen?«, fragte Paul, nachdem der Ober ihnen die Speisekarten gebracht hatte.

»Was empfiehlst du mir?«

»Magst du Fisch?«

»Ich bin eine Deern vom Hafen, was denkst du wohl?«

»Dann sollten wir den Pannfisch nehmen, der ist sehr gut, denn sie bereiten ihn im Gegensatz zum klassischen Hafenarbeiterschmaus mit Edelfischen zu.«

»Mit Edelfischen, soso. Das macht mich neugierig.« Sie lächelte ihn liebevoll an, und Paul bestellte zweimal Pannfisch.

»Wollen wir einen Tanz wagen, bis das Essen kommt?«, fragte Paul, nachdem der Kellner gegangen war.

»Ähm … ich kann nicht tanzen.«

»Das können die meisten hier nicht. Komm, ich führ dich, dann geht das ganz von allein.« Er erhob sich und hielt ihr seine Hand entgegen.

Martha schlug das Herz bis zum Hals. Auf der einen Seite hatte sie sich nichts mehr gewünscht, als mehr Zeit mit Paul zu verbringen, so wie eine ganz normale junge Frau, aber jetzt, da sie ihr Ziel erreicht hatte, wurde sie unsicher. War es richtig? Sie atmete tief durch, dann ergriff sie seine Hand und ließ sich von ihm auf die Tanzfläche führen. Es war einfacher als gedacht, sich seinen Schritten und dem Takt der Musik anzupassen.

»Du bist ein Naturtalent«, raunte er ihr ins Ohr. »Du tanzt, als hättest du nie etwas anderes getan.«

»Du willst mir nur schmeicheln, weil ich dir bislang nicht auf die Füße getreten bin«, flüsterte sie zurück, aber zugleich fühlte sie sich in seinen Armen geborgen und genoss es, dass er sie so fest an sich drückte.

Die Musik war viel zu schnell verklungen, und kurz darauf servierte ihnen der Kellner das Essen.

Paul hatte nicht zu viel versprochen. Diese Variante des Pannfischs unterschied sich von dem klassischen Hafenarbeiteressen, bei dem die Reste des Vortages einfach noch mal in der Pfanne gebraten wurden. Hier waren verschiedene Fischstücke in ansprechender Weise auf dem Teller drapiert und mit einer ausgezeichneten Senfsoße gewürzt. Dazu gab es frisches Brot, das sogar noch warm war.

»Warst du schon öfter hier?«, fragte Martha ihn.

»Ein paarmal, bevor ich nach Hannover ging.«

»Allein?«

»Geht man in ein solches Lokal allein?« Er zwinkerte ihr zu.

»Und mit wem warst du da?«

»Sie hieß Miriam, und als ihr Vater mitbekam, dass sie sich mit mir traf, hat er sie ganz schnell zu Verwandten in eine andere Stadt geschickt.«

»Warum?«

»Er hatte Angst, ich könnte sie heiraten.« Ein wehmütiges Lächeln huschte über sein Gesicht.

»Warst du in seinen Augen eine so schlechte Partie?«

»Ja, denn sie stammte aus einer streng jüdischen Familie, die einen nicht jüdischen Ehemann niemals akzeptiert hätte.« Er seufzte. »Dabei wollten wir nur tanzen gehen, ein ganz unschuldiges Vergnügen. Ein Freund von mir, der auch Jude ist, aber eine christliche Verlobte hatte, meinte später, dass Miriams Familie aus dem Osten stamme, und die blieben lieber unter sich, weil sie sich so besser vor Pogromen schützen konnten.«

»Was sind Pogrome?«, fragte Martha. »Das Wort habe ich noch nie gehört.«

»Wenn sogenannte Christen sich zusammentun, um Juden zu jagen. Im besten Fall verprügeln sie die Juden nur, im schlimmsten Fall gibt es Tote.«

Martha starrte Paul erschrocken an. »Und so was passiert noch? Ich dachte, das gibt es seit dem Mittelalter nicht mehr.«

»Ja, das kommt leider immer wieder vor, deshalb wandern ja

so viele Juden aus dem Osten nach Amerika aus. Ein paar von ihnen sind auch ins Deutsche Reich gezogen, weil sie hier sicherer leben können. So wie Miriams Familie.«

»Und nach Miriam war da keine mehr, mit der du gern hierhergekommen bist?«

»Doch.«

»Und wer?«

»Sie sitzt vor mir.« Er lächelte sie an, und in diesem Moment verlor Martha ihre Angst. Sie musste keine Entscheidung treffen. Nirgendwo stand geschrieben, dass eine Erika-Schwester nicht zum Tanzen gehen durfte. Niemand konnte ihr verbieten, sich mit Paul zu treffen, und alles Weitere würde sie auf sich zukommen lassen. Jetzt wollte sie einfach nur den Augenblick genießen.

»Wollen wir noch einen Tanz wagen?«, fragte sie ihn mit Blick auf seinen inzwischen geleerten Teller »Oder wäre dir die Bewegung mit vollem Magen zu viel?«

»Du meinst, da mein Magen nach der bleihaltigen Kost Anfang des Monats noch der Schonung bedarf? Keine Sorge, für einen Tanz mit dir reicht meine Kraft immer.« Er erhob sich und führte sie erneut zur Tanzfläche.

45

Von nun an traf Martha sich regelmäßig mit Paul zum Tanzen, aber vor ihren Mitschwestern hielt sie es geheim. Zwar glaubte sie nicht, dass Carola oder Susanne sie verraten würden, doch ihre Beziehung zu Paul bezog auch aus der Heimlichkeit einen Teil ihres Zaubers. Er drängte sie nie in irgendeine Richtung, denn er wusste, welches Risiko sie einging. Aber gerade durch diese Rücksichtnahme, dadurch, dass er ihre Wünsche respektierte, fühlte sie sich immer mehr zu ihm hingezogen. Noch genossen sie den Augenblick, waren beide jung genug, sich Zeit lassen zu können, dennoch wusste Martha, dass das nicht immer so bleiben würde. Irgendwann müsste sie sich entscheiden, was sie wollte. Sie hasste die Statuten der Schwesternschaft. Warum konnte sie nicht beides haben? Wäre sie wirklich eine schlechtere Schwester, wenn sie verheiratet wäre?

Sie hätte Paul gern ihrem Vater vorgestellt, denn sie war sich sicher, dass die beiden sich gut verstehen würden, aber auch hier zögerte sie, denn sie fürchtete, dass ihr Vater sie fragen würde, wie ernst ihre Absichten waren. Und darauf hatte sie nach wie vor keine Antwort.

Die Einzige, mit der sie sich darüber offen unterhalten konnte, war Milli.

»Glaubst du denn, dass Paul selbst überhaupt an Heirat denkt?«, fragte Milli, nachdem Martha ihr das Herz ausgeschüttet hatte. »Oder gefällt es ihm einfach nur, dass du eine nette Gesellschaft bist, der gegenüber er keine Verpflichtungen eingehen muss?«

»Ja, da bin ich mir sicher. Er respektiert meinen Stand, aber neulich fragte er, ob es auch Krankenhäuser gibt, wo verheiratete Krankenschwestern arbeiten dürfen. Er meinte, es würde doch auch niemanden scheren, ob Krankenwärterinnen verheiratet sind oder nicht. Allerdings stehen die im Ansehen deutlich unter uns Schwestern, und ich möchte um keinen Preis unterhalb meiner Fähigkeiten arbeiten. Schließlich habe ich mir meine Position als OP-Schwester hart erkämpft.«

»Und die möchtest du nicht für einen Mann aufgeben.«

»Nein, natürlich nicht.«

»Möchtest du denn auf der anderen Seite für alle Zeiten den Wunsch nach einer eigenen Familie aufgeben, um OP-Schwester bleiben zu können? Du bist ja weder eine Diakonisse noch eine Nonne.«

»Eben das ist doch mein Problem«, erwiderte Martha hilflos. »Ich will beides, aber solange das unmöglich ist, will ich keine Entscheidung treffen, weil sie nur falsch sein kann.«

»Denkst du, Paul wird so lange auf dich warten? Er ist ein Mann, Martha, der wird sich nicht über Jahre mit ein paar heimlichen Küssen zufriedengeben.«

Martha seufzte. »Das weiß ich selbst, Milli, ich bin nicht naiv, auch wenn ich Paul sehr viel Geduld zutraue.«

»Eine heimliche Liebesbeziehung wäre nur dann ein Problem, wenn du schwanger werden würdest, nicht wahr?«, fragte Milli nun sehr direkt. »Aber dagegen können Frauen etwas tun. Ich habe mir nach Annas Geburt geschworen, kein Kind mehr zu bekommen, solange ich nicht verheiratet bin.«

»Das muss ja ein besonderer Schwur sein. Hast du dir dazu nachts an einem mystischen Lagerfeuer in die Hand geschnitten und dein Blut irgendwelchen Geistern geweiht, damit es funktioniert?«

Milli lachte. »Blödsinn! Nein, ich habe einen vernünftigen Arzt gefunden, der Portiokappen anpasst. Das ist natürlich nicht ganz billig, denn offiziell darf er die ledigen Frauen nicht verkaufen. Von wegen Sitte und Moral, du verstehst? Eigentlich soll das nur verheirateten Frauen, die aus gesundheitlichen Gründen keine Kinder bekommen dürfen, den Verkehr mit ihrem Mann ermöglichen.«

»Und wie funktioniert das?« Martha erinnerte sich aus dem Schwesternunterricht daran, dass Portio ein anderes Wort für den Muttermund der Gebärmutter war.

»Der Arzt macht einen Wachsabdruck der Portio, das ist etwas unangenehm, und dann fertigt er aus Kautschuk eine Kappe an, die man sich in die Scheide vor die Portio schiebt. Damit wird das Tor für die männlichen Samen im wahrsten Sinne des Wortes zugeschlagen.«

»Oh«, sagte Martha nur.

»Vielleicht solltest du diesen Arzt einmal aufsuchen. Wie gesagt, er ist nicht billig, aber manche Dinge müssen einem schon etwas wert sein, oder?«

»Milli, ich würde mich zu Tode schämen! Ich kann doch nicht … nein, das geht gar nicht.«

»Auf jeden Fall wirkt es. Du musst wissen, was du willst. Es hätte mehrere Vorteile. Zum einen kannst du Paul bei Laune halten. Wenn er weiß, dass du auch körperlich seine Geliebte bist, wartet er gern ein paar Jahre auf deine endgültige Entscheidung. Für ihn ist es doch auch von Vorteil, wenn er sein Geld sparen kann und nicht sofort eine Familie ernähren muss. Zum anderen weißt du schon vor der Ehe, ob er deinen Wünschen im Bett gerecht wird. Falls nicht, kannst du es dir im Zweifelsfall noch mal anders überlegen. Außerdem könntest du als unverheiratete Frau weiterhin Krankenschwester bleiben. Und wenn du in zehn Jahren meinst, dass du doch gern eine Familie hättest, ist es vielleicht kein so großes Opfer mehr, deine Stellung aufzugeben.«

»Aber … aber ich würde ja durch meinen Lebenswandel trotzdem gegen die Statuten der Schwesternschaft verstoßen – noch viel eklatanter, als wenn ich heiraten würde.«

»Nur, falls jemand davon erfahren würde. Wenn die derart weltfremde Regeln aufstellen, müssen sie sich doch nicht wundern, wenn kluge Frauen ihr Leben selbst in die Hand nehmen, oder?«

»Oh Gott, ich könnte darüber nie so mit Paul sprechen. Was … was würde der denn von mir denken?«

»Du meinst, es würde ihn zutiefst erschüttern, wenn du ihm verrätst, dass deine beste Freundin eine Hure ist, die dir Ratschläge erteilt? Wenn das so ist, solltest du dir überlegen, ob er wirklich der richtige Mann für dich ist.«

»Nein, das meine ich doch überhaupt nicht«, widersprach Martha heftig. »Es ist nur … das ist doch noch viel zu früh, um über so etwas überhaupt zu reden.«

»Und wann wäre deiner Meinung nach der richtige Zeitpunkt?«

»Jedenfalls nicht jetzt. Der denkt sonst noch wer weiß was von mir und … vielleicht glaubt er, ich wolle ihn animieren. Oder er hält mich für eine unanständige Frau und lässt sich nie wieder blicken.«

»Dann hätte sich dein Problem auch gelöst. So oder so.«

»Aber ich will ihn nicht verlieren!«

»Dann warte mit diesem Gespräch so lange, bis er verstärkt körperliche Nähe sucht. Und dann fragst du ihn, was er möchte. Falls er dann rumdruckst, weißt du, dass es so weit ist, um dieses Gespräch zu führen. Anschließend besorgst du dir einen Termin bei Doktor Brauer. Wenn du sagst, dass du auf meine Empfehlung kommst, weiß er sofort, worum es geht. Und wenn du Paul von

Anfang an einweihst, kann er sich ja auch an den Kosten beteiligen. Das ist immerhin billiger als der Unterhalt für ein Kind. Aber vielleicht weiß Paul ja auch mit einem Präservativ umzugehen. Das wäre das Einfachste, wenngleich viele Männer das nicht mögen oder schlichtweg zu ungeschickt sind. Du glaubst nicht, was ich da schon für Sachen erlebt habe, gerade mit der Goldschlägerhaut.« Sie zwinkerte Martha zu, und die wusste nicht, ob sie darüber lachen oder vor Scham im Boden versinken sollte.

Trotzdem fühlte Martha sich von Millis Offenheit getröstet, denn die zeigte ihr Wege auf, über die nachzudenken sie sich bislang nicht getraut hatte. Hätte ihre Mutter noch gelebt, so wäre sie vermutlich vor Schreck tot umgefallen, wenn sie erfahren hätte, mit welchen Gedanken ihre Tochter sich trug. Andererseits befasste sie sich wenigstens mit dem Thema, im Gegensatz zu vielen anderen jungen Frauen, die urplötzlich heiraten mussten und von da an jedes Jahr ein Kind bekamen.

Ungeachtet all dieser Gedanken, blieb es Martha vorerst erspart, das Thema mit Paul ansprechen zu müssen, denn er hielt an seiner respektvollen Zurückhaltung fest. Vielleicht befürchtete er seinerseits, sie zu verlieren, wenn er sie drängte, und so führten sie ihre Beziehung auf einer unschuldigen Ebene fort, in der ein Abschiedskuss die gewagteste Annäherung war.

46

Als der Frühling ins Land zog, hatte sich an der Beziehung zwischen Paul und Martha noch nichts geändert. Es genügte ihnen nach wie vor, sich regelmäßig zum Tanz oder bei politischen Veranstaltungen zu treffen, und insgeheim war Martha froh darüber, denn sie fürchtete sich vor dem nächsten Schritt. Am Samstag vor Ostern hatte sie Paul zu einem großen Osterfeuer an der Elbe begleitet und sich anschließend von ihm zur Wohnung ihres Vaters begleiten lassen, wo sie die Nacht verbringen wollte. Martha hatte lange darüber nachgedacht, wann sie Paul nun endlich ihrer Familie vorstellen sollte. Der Ostersonnabend, wie die Familie ihn nannte, schien ihr ideal, auch weil Heinrich zum ersten Mal seit langer Zeit wieder in Hamburg war.

»Du kommst aber spät, um uns noch jemanden vorzustellen«, begrüßte ihr Vater sie und Paul. »Wir müssen leise sein, Anna schläft schon.«

»Anna?«, fragte Paul.

»Meine Patentochter«, erklärte Martha. »Sie übernachtet heute hier, damit sie morgen in aller Frühe Ostereier mit uns suchen kann. Ihre Mutter kommt im Laufe des Vormittags dazu.«

Paul nickte, und Martha war froh, dass er nicht weiter fragte. Wie hätte sie ihm auch erklären sollen, dass Milli derzeit einen sehr spendablen Liebhaber hatte, der ihre ganze Aufmerksamkeit forderte?

»Wenn ich es richtig anfange, kann ich es wie die berühmten Kurtisanen halten«, hatte Milli mit einem Augenzwinkern gesagt, als sie Martha von ihrem aktuellen Mann erzählte. »Dann gibt es nur noch einen Mann, der mich aushält, und ich kann genügend Geld für Amerika zurücklegen. Er hat mir sogar versprochen, mich bei der Anlage meines Geldes zu beraten, denn er ist im Bankgewerbe. Ich muss nur aufpassen, dass mein Vater es nicht mitbekommt, wenn ich ein eigenes Konto eröffne. Der würde sofort die Verfügungsgewalt einfordern und alles vertrinken.«

Martha hoffte sehr, dass sich Millis großer Traum erfüllen würde, aber zugleich wusste sie, dass sie ihre Freundin schmerzhaft vermissen würde, wenn sie wirklich auswandern sollte.

Paul war Marthas Vater und Bruder sehr sympathisch, und das beruhte auf Gegenseitigkeit. Es gefiel Paul, Koko und Lora zuzusehen, und er erzählte von dem Hund, den er als Junge besessen hatte.

»Aber ein sprechender Papagei ist natürlich viel aufregender«, schloss er seine Erzählung.

»Lora ist mittlerweile ein unverzichtbares Mannschaftsmitglied der *Adebar*«, erwiderte Heinrich mit einem stolzen Lächeln. Er hatte sich inzwischen in einen kräftigen jungen Mann verwandelt, dessen Bartwuchs die letzten kindlichen Züge verbarg.

Sie sprachen an diesem Abend über vieles: über die Lage der Hafenarbeiter, über Pauls Arbeit bei Wolkau und die Fortschritte der Senatskommission, die sich mittlerweile mit der Sanierung des Gängeviertels befasste. Aber die Art der Beziehung, die Paul zu Martha pflegte, wurde diskret umschifft. Martha fragte sich, ob es wohl aus Rücksichtnahme geschah oder weil ihr Vater und ihr Bruder es gar nicht so genau wissen wollten. Möglicherweise konnten sie sich auch einfach nicht vorstellen, dass Martha gegen die Statuten der Erika-Schwestern verstoßen würde. Andererseits war bereits ihre Freundschaft zu Milli etwas, das sie geheim halten musste. Eine anständige Schwester verkehrte nicht mit Huren, hieß es. Und Martha ergänzte in Gedanken immer den Halbsatz, dass das schließlich das Vorrecht der Ärzte sei.

Gegen elf Uhr verabschiedete Paul sich, und Martha ging ins Bett, dankbar, dass sie den ganzen nächsten Tag freihatte.

Anna war schon früh am Morgen auf den Beinen und weckte alle, denn sie wollte Ostereier suchen.

»Na, dann komm, schauen wir mal, was der Osterhase hiergelassen hat«, sagte Marthas Vater. Er hatte abends noch fünf hart gekochte, rot bemalte Eier in der Küche versteckt und die Tür dann verschlossen, damit Koko und Lora die Eier nicht vor Anna fanden.

Als Martha ihren Vater und das kleine Mädchen beobachtete, fühlte sie sich an die längst vergangenen Tage ihrer eigenen unbeschwerten Kindheit erinnert. Anna freute sich riesig über jedes gefundene Ei.

»Siehst du, da hat der Osterhase für jeden von uns ein Ei hinterlassen«, sagte Marthas Vater. »Fünf Eier. Eines für dich, eines für deine Mama, eines für Tante Martha, eines für Heinrich und eines für mich. So viele Eier wie Finger an der Hand.«

»Und ich habe sie alle gefunden«, sagte Anna stolz.

»Ja, du hast sie gefunden, das hätte sonst keiner gekonnt. Ich bin stolz auf dich.«

Eigentlich erwartete Martha Milli spätestens gegen halb elf, denn ihr Liebhaber würde dann gewiss schon beim Ostergottesdienst sein. Als sie um zwölf immer noch nicht da war, machte Martha sich allmählich Gedanken. Konnte ihr etwas passiert sein? Milli war nie unpünktlich, erst recht nicht, wenn ihre Tochter auf sie wartete.

Gegen ein Uhr wurde auch Marthas Vater unruhig, und Anna fragte ständig, wann ihre Mama endlich käme.

»Wir könnten ja mal bei ihr zu Hause vorbeischauen«, schlug Heinrich vor, doch Martha schüttelte den Kopf. »Das wird nichts bringen, sie wollte direkt von ihrem … du weißt schon was … zu uns kommen.«

»Wissen wir, wo der wohnt?«, fragte Heinrich. Abermaliges Kopfschütteln. Sie hatte Milli nie nach Einzelheiten gefragt.

Kurz vor halb zwei klopfte es schwach an der Tür. Martha sprang sofort auf, öffnete und erschrak! Vor ihr stand Milli, aber sie war in einem furchtbaren Zustand, das Gesicht blutig geschlagen, ihre Kleidung teilweise zerrissen.

»Um Himmels willen, was ist denn passiert?«, rief Martha entsetzt, doch statt einer Antwort brach Milli einfach nur zusammen. Martha konnte sie im letzten Augenblick auffangen. Im nächsten Moment kamen ihr Vater und Bruder angerannt, und Heinrich half ihr dabei, die kaum noch ansprechbare Milli aufs Bett ins Schlafzimmer zu legen, während ihr Vater Anna ablenkte, damit die ihre Mutter nicht in diesem Zustand sah.

Vorsichtig streifte Martha ihrer Freundin die Kleidung ab und sah immer mehr Verletzungen, die vermutlich von Tritten und Faustschlägen herrührten. Der Brustkorb hob und senkte sich ungleichmäßig, was für eine Rippenfraktur sprach.

»Wir müssen sie unbedingt ins Krankenhaus bringen«, sagte Martha. »Wer weiß, ob sie auch innere Verletzungen hat.«

»Ich werde einen Krankenwagen holen«, sagte Heinrich und verließ die Wohnung.

»Milli, wer war das?«, fragte Martha, während sie ihr mit klarem Wasser das Blut aus dem Gesicht wusch.

»Mein Vater«, flüsterte Milli. »Der hat mir aufgelauert … zusammen mit Rudi.« Sie hustete und spuckte Blut.

»Aber warum?«

»Er wollte Geld. Er weiß, dass ich was versteckt habe. Aber er weiß nicht, wo.«

»Dieses Schwein! Du solltest ihn anzeigen!«

»Nein, dann tut er Anna was an«, flüsterte Milli. »Der will das Geld, oder er wird dafür sorgen, dass ich Anna verliere.«

»Wenn er im Gefängnis ist, kann er dir nichts mehr antun. Ich werde die Polizei holen. Wachtmeister Uhland wird …«

»Nein!«, schrie Milli erstaunlich kraftvoll. »Der Uhland macht alles für ihn. Den kann ich nur …« Sie hustete erneut Blut, und Martha hoffte, dass die gebrochenen Rippen die Lunge nicht verletzt hatten. »… nur durch die Bilder auf Abstand halten.«

»Was für Bilder?«

Doch Milli war zu schwach weiterzureden.

»Wir werden dich ins Krankenhaus bringen«, sagte Martha. »Und wenn du wieder gesund bist, überlegen wir, was zu tun ist. Bis dahin bleibt Anna bei meinem Vater, und niemand wird ihr was tun, du hast mein Wort darauf.«

Milli nickte.

Kurz darauf kam der Krankenwagen, und Martha bat den Fahrer, ihre Freundin nach Eppendorf zu bringen, weil die Behandlung dort besser war als in St. Georg. Der Fahrer wollte zunächst ablehnen, schließlich war er dazu angehalten, das nächstgelegene Krankenhaus aufzusuchen, aber als Martha nicht nur ihre Autorität als Krankenschwester in die Waagschale warf, sondern auch darauf bestand, die Patientin im Krankenwagen zu begleiten, da ihr Zustand kritisch sei, gab er widerwillig nach.

»Ich lass dich nicht allein, Milli«, flüsterte Martha, als sie zu ihr in den Wagen stieg und sich neben der Halterung für die Krankentrage auf den Boden kauerte.

»Und was erzählst du im Krankenhaus?«, fragte Milli mit kaum hörbarer Stimme.

»Dass du überfallen wurdest und Hilfe brauchtest. Fürs Erste bist du sowieso zu schwach für eine Aussage. Wir können uns später immer noch überlegen, wie viel du preisgeben willst. Aber dein Vater darf auf keinen Fall damit davonkommen. Diesmal ist er zu weit gegangen, und dafür wird er bezahlen!«

47

Millis Zustand war kritischer, als Martha befürchtet hatte. Neben einer Rippenserienfraktur vermuteten die Ärzte auch eine Verletzung der Nieren, da Milli mehrere Tage lang blutigen Urin ausschied. Außer der Gabe von schmerzlindernden Medikamenten und der Bandage der gebrochenen Rippen konnten sie nicht viel tun. Ruhe, Wärme und kräftiges Essen sollten die Selbstheilungskräfte aktivieren.

Natürlich warf ihr Zustand viele Fragen auf, vor allem Auguste schien sehr an Millis Geschichte und ihrer Beziehung zu Martha interessiert.

Milli selbst war zurückhaltend, schließlich kannte sie die herzliche Abneigung, die zwischen Martha und Auguste herrschte, und so tat sie alles, um den Eindruck zu erwecken, Martha habe sie zufällig gefunden und ihr Hilfe angeboten. Dass sie als Prostituierte arbeitete, hatte sie bislang für sich behalten können, auch wenn bekannt war, dass sie ein uneheliches Kind hatte – etwas, das so gar nicht zu einer Frau mit eleganter Kleidung und dem Eindruck einer gewissen bürgerlichen Bildung passte.

In der dritten Nacht nach ihrer Aufnahme wachte Milli mit heftigen Schmerzen auf und klingelte nach der Nachtschwester. Es war ausgerechnet Auguste.

»Ich werde den diensthabenden Arzt rufen«, sagte die und verschwand. Kurz darauf kam sie in Begleitung von Doktor Bürkel wieder, und Milli erstarrte – ebenso wie Doktor Bürkel.

»Schwester Auguste, würden Sie bitte etwas Morphium holen?«, sagte er geistesgegenwärtig, um sie loszuwerden.

Auguste nickte, auch wenn ihr skeptischer Blick Milli verriet, dass es wohl nicht das übliche Prozedere war, eine Medikation ohne vorherige Untersuchung anzuordnen.

Kaum war Auguste verschwunden, räusperte sich Doktor Bürkel.

»Es ist lange her«, sagte er.

Milli sah ihn nur schweigend an. Sie erinnerte sich gut an den jungen Arzt, einen ihrer ersten Kunden im Rademachergang. Immer höflich und freundlich, aber jedes Mal wenn er ihr außerhalb ihrer geschäftlichen Beziehung auf der Straße begegnet war, hatte er sie geflissentlich übersehen. Sie hatte das Spiel stets mitgespielt. Was befürchtete der Arzt jetzt? Dass sie sich selbst schädigen würde, indem sie ihn verriet? Und selbst wenn ... was hatte ein Arzt schon zu befürchten, der vor ein paar Jahren Stammkunde einer Prostituierten gewesen war? Nachdem er seine Verlobte geheiratet hatte, war er nicht mehr zu ihr gekommen.

»Halten Sie mich etwa für indiskret?«, fragte Milli. »Diskretion gehört zu meinem Geschäft, sonst stünde ich nicht da, wo ich jetzt bin.«

»Nein, das habe ich nicht gemeint«, sagte er. »Ich ... ich wollte nur sagen ...«

»Es gibt nichts zu sagen, Herr Doktor. Das ist lang vorbei, ich habe es längst vergessen und bestimmt nicht die Absicht, darüber zu sprechen.«

Er räusperte sich. »Daran habe ich nicht gezweifelt. Mögen Sie mir dennoch sagen, wer das getan hat? Ich habe gehört, Schwester Martha hat sie gefunden?«

Milli sagte nichts.

»Kennen Sie Schwester Martha von früher?«, fragte er dann ganz unvermittelt.

»Wie meinen Sie das?« Milli sah ihn irritiert an.

»Nun ja.« Noch ein Räuspern. »Es ist ein seltsamer Zufall, dass Sie ausgerechnet von Schwester Martha gefunden wurden. Und es gibt da Gerüchte …«

»Was für Gerüchte?«

»Schwester Martha stammt auch aus dem Gängeviertel, und ihr Umgang ist nicht unumstritten.«

Milli richtete sich mit aller Kraft, die ihr geblieben war, in ihrem Bett auf.

»Herr Doktor Bürkel, es ist sehr sonderbar, dass ein Mann wie Sie auf der einen Seite um Diskretion besorgt ist, aber andererseits eine Schwäche für seltsame Gerüchte hat. Ich kenne Schwester Martha, da sie mir als Schwesternschülerin während meiner Entbindung hier im Krankenhaus beigestanden hat. Als sie sah, dass ich in Not war, hat sie einen Krankenwagen geholt und mich hierherbegleitet. Das ist alles.«

In diesem Augenblick kehrte Schwester Auguste mit dem Schmerzmittel zurück. Milli wusste nicht, ob sie ihre letzten Worte gehört hatte oder nicht, aber letztlich spielte es auch keine Rolle, denn der Einzige, für den dieser Wortwechsel peinlich sein konnte, war Doktor Bürkel. Dankbar nahm sie das Mittel gegen ihre Schmerzen entgegen und glitt langsam in den Schlaf zurück.

Eine Woche nach Millis Aufnahme wurde Martha am Nachmittag nach ihrer letzten OP ins Büro der Oberschwester gerufen.

»Ich habe einige beunruhigende Neuigkeiten, Schwester Martha«, begann die Oberschwester. »Normalerweise gebe ich nicht viel auf Klatsch und Tratsch, aber das, was mir von Schwester Auguste zugetragen wurde, geht deutlich darüber hinaus und ist geeignet, den Ruf unserer Schwesternschaft zu beschädigen.«

Martha sah die Oberschwester verunsichert an.

»Und worum geht es genau?«, fragte sie.

»Schwester Auguste hat mir ein Dossier vorgelegt, das dafür spricht, dass sie dich seit mehreren Monaten beobachtet.«

Martha schluckte. »Und das ist mit den Statuten der Schwesternschaft vereinbar? Eine Mitschwester heimlich zu beobachten, anstatt das Gespräch mit ihr zu suchen, wenn es Fragen gibt?«

»Nein, und ich werde Schwester Auguste für die Wahl ihrer Mittel auch tadeln. Andererseits ist das, was sie mir mitgeteilt hat, so besorgniserregend, dass ich auf der Stelle eine Erklärung von dir erwarte.«

»Was wirft man mir denn vor?« Martha bemühte sich, gelassen zu bleiben. Gewiss, sie war mit Paul wiederholt ausgegangen, hatte sich mit ihm beim Tanz vergnügt und ihn geküsst, aber sie hatte nicht gegen Sitte und Anstand verstoßen.

Die Oberschwester atmete tief durch. »Ich schätze deine Arbeit sehr, Martha. Du bist eine gute, fleißige OP-Schwester und hast dich immer als zuverlässig erwiesen. Aber es war bereits ein Risiko für uns, dich aufzunehmen. Du weißt, dass diese Schwesternschaft gegründet wurde, um den Beruf der Krankenschwester auch für Frauen aus besseren Kreisen attraktiv zu machen. Im Gegensatz zu den niederen Krankenwärterinnen haben die Erika-Schwestern einen tadellosen Leumund. Du hast als Krankenwärterin angefangen, Martha, du weißt, welches Gesindel sich dort rumtreibt. Der Auswurf aus der Gosse, Trinker, ehemalige Prostituierte, Vorbestrafte. Eine Ansammlung von Menschen, die von den Ärzten als minderwertig angesehen und nur für grobe Arbeiten eingesetzt werden. So ist das in vielen Krankenhäusern. Der Beruf der Krankenschwester ist deshalb mit dem Ruf der Schwesternschaft untrennbar verbunden. Und nur eine Frau mit tadellosem Lebenswandel hat das Recht, das Schwesternhäubchen zu tragen.«

»Das ist mir bewusst«, sagte Martha. »Mein Lebenswandel ist tadellos.«

»Leider besagen Schwester Augustes Nachforschungen etwas anderes.« Die Oberschwester griff nach dem vor ihr liegenden, mehrere Seiten umfassenden, eng beschriebenen Dossier.

»Schwester Auguste gibt an, dass du regelmäßig bei sozialdemokratischen Versammlungen warst. Darüber habe ich sogar noch hinweggelächelt. Junge Menschen wie du brauchen ein Herz für die Unterdrückten. Das zeichnet eine gute Krankenschwester aus. Auch die Tatsache, dass du während des Hafenarbeiterstreiks in den Suppenküchen gearbeitet hast, spricht eher für dich als gegen dich. Allerdings beschreibt Schwester Auguste auch eine sehr enge Beziehung zu einem gewissen Paul Studt.«

Bei der Nennung des Namens spürte Martha, wie ihr das Blut in die Wangen stieg.

»Dein Erröten zeigt mir, dass Schwester Augustes Beobachtungen nicht völlig aus der Luft gegriffen sind«, sagte die Oberschwester mit fester Stimme. »Was hast du dazu zu sagen?«

»Ich kenne Paul Studt. Ich war an der Operation beteiligt, als er Anfang Februar mit einer Schussverletzung eingeliefert wurde. Er ist ein aufrechter, anständiger Mann, der sich zwar sehr für die Rechte der Hafenarbeiter im Streik eingesetzt hat, aber zugleich mäßigend wirkte. Er arbeitet eng mit der Senatskommission zusammen, die nach dem Streik gebildet wurde. Das spricht für seine Integrität.«

»Ich zweifle gar nicht an der Integrität des jungen Mannes, Martha. Du solltest dir jedoch darüber im Klaren sein, dass einer Schwester jegliche Liebschaft verboten ist. Wenn eine Schwester heiratet, kann sie nicht länger als Krankenschwester tätig sein. Nur ledige oder verwitwete Frauen dürfen als Krankenschwester arbeiten.«

»Was behauptet Schwester Auguste über Paul Studt und mich?«, fragte Martha.

»Was befürchtest du?«

»Ich befürchte gar nichts, deshalb frage ich ja«, gab Martha mit fester Stimme zurück. Sie hatte beschlossen, sich nicht einschüchtern zu lassen, ganz gleich, was Auguste behauptete. Immerhin stand hier Aussage gegen Aussage. »Ich unterhalte mich sehr gern mit Herrn Studt über politische Themen. Ich bewundere seinen Einsatz für die Arbeiter und dass er während der Krawalle auf dem Scharmarkt versuchte, die Randalierer zur Ordnung zu rufen, und sich dabei selbst gefährdete. Was ist daran verwerflich, sich mit einem solchen Mann zu unterhalten?«

»Nichts, wenn es bei harmlosen Unterhaltungen geblieben wäre. Allerdings berichtet Schwester Auguste, dass du dich schon heimlich mit ihm im Krankenhauspark getroffen hast, als er hier Patient war. Was hast du dazu zu sagen?«

»Was soll ich dazu sagen? Finden Sie es nicht sehr seltsam, dass eine Schwester sich mit solchen Beobachtungen erst etliche Wochen nach der Entlassung des betreffenden Patienten an Sie wendet?«

»Sie sagte, sie sei sich zunächst nicht sicher gewesen, ob ihre Sinne ihr nicht einen Streich spielen würden, weshalb sie dich von da an im Auge behielt.«

»Sie spionierte mir also hinterher«, sagte Martha. »Hat sie auch gesagt, warum sie mich nicht direkt ansprach?«

»Das hat sie«, bestätigte die Oberschwester. »Offenbar fürchtete sie deine Redegewandtheit und Raffinesse. Und sie erzählte mir, dass ihre Versetzung auf die Pflegestation auf einer Lüge deinerseits beruhte, weshalb sie dir nicht mehr traue.«

»Einer Lüge meinerseits?«, rief Martha empört, obwohl sie sofort wusste, was die Oberschwester meinte. Damals hatte sie sich für sehr geschickt gehalten, Auguste unter dem Deckmäntelchen der Fürsorge aus ihrem Einflussbereich zu verbannen. Dass dies jetzt mit Wucht auf sie zurückfiel, hätte sie nicht erwartet.

Die Oberschwester musterte Martha scharf. »Du hast mir damals erzählt, es gehe Auguste schlecht, ihre Mutter sei krank. Das war eine Lüge. Es ist ungeheuerlich, dass du dein eigenes Fehlverhalten auf diese Weise zulasten einer anderen Schwester vertuschen wolltest. Und ich habe dir auch noch geglaubt und Auguste auf die Pflegestation versetzt. Kein Wunder, dass die Arme kein Vertrauen mehr hatte, weder in dich noch in mich.« Sie griff erneut nach dem Dossier.

»Hier steht, dass du dich regelmäßig von Paul Studt ausführen lässt. In einschlägige Tanzlokale. Man hat dich sogar dabei beobachtet, wie du mit ihm in aller Öffentlichkeit Küsse ausgetauscht hast, etwas, das eigentlich nur einem Ehepaar hinter verschlossenen Türen zusteht.«

Erneut schoss Martha das Blut in die Wangen.

»Oder willst du das bestreiten? Warst du gar nicht zum Tanzen mit diesem Paul Studt? Hast du ihn nie geküsst? Und wer weiß, vielleicht ist sogar weitaus Schlimmeres passiert, wenn du dich schon in der Öffentlichkeit so schamlos zeigst.«

»Nein, es ist nichts Schlimmeres passiert«, erwiderte Martha. »Ja, ich war mit ihm zum Tanzen. Es war mir nicht bewusst, dass Tanz den Statuten der Schwesternschaft widerspricht.«

»Es geht um den Lebenswandel!«, schrie die Oberschwester. »Aber das ist noch nicht alles. Schwester Auguste hat weiterhin erfahren, dass du seit Langem mit Mildred Steubner befreundet bist. Eine Frau von zweifelhaftem Ruf, die nicht nur ein uneheliches Kind hat, sondern auch noch im Rademachergang gemeldet ist. Ungeheuerlich, dass du selbst sie ins Krankenhaus gebracht hast, nachdem sie anscheinend während ihrer unaussprechlichen Profession misshandelt wurde. Wahrscheinlich hat sie sich deshalb geweigert, die Polizei zu rufen.«

Martha schwieg.

»Wie du siehst, ist das Register deiner Sünden lang, und somit bist du nicht länger für die Schwesternschaft tragbar. Andererseits hast du stets gute Arbeit geleistet, und ich will dir nicht dein ganzes Leben zerstören. Ich gebe dir hiermit die Möglichkeit, deine Stellung selbst zu kündigen, dann bekommst du ein anständiges Zeugnis.«

»Ich habe nicht die Absicht zu kündigen«, sagte Martha. »Ich habe nichts Unrechtes getan. Ja, ich kenne Mildred Steubner seit meiner Kindheit, wir sind in derselben Straße aufgewachsen, nur hat sie das Pech, dass ihr Vater ein prügelnder, ehemaliger Zuchthäusler ist, der schon ihre Mutter zum Anschaffen schickte.«

Die Oberschwester sog den Atem ein, als Martha das Wort »Anschaffen« verwendete, doch Martha ließ sich nicht beirren.

»Mein Vater hat immer versucht, Milli zu schützen, aber das war nicht möglich. Niemand kümmert sich um Mädchen aus dem Gängeviertel, die von ihren eigenen Familien misshandelt werden. Sie wurde von ihren Eltern in die Prostitution gezwungen, sie ist ihrem Vater ausgeliefert, weil er die Verfügungsgewalt über sie hatte. Wie hätte sie sich denn wehren sollen? Die Welt ist nicht einfach nur schwarz oder weiß. Es gibt viel Unrecht, und wir können es nicht auslöschen, indem wir so tun, als existierte es nicht. Nein, ich werde nicht kündigen, weil ich nichts getan habe, das dem Ansehen der Schwesternschaft schadet.

Im Übrigen verstehe ich nicht, warum nur unverheiratete Frauen Krankenschwester sein dürfen. Kinder können nicht das Problem sein, schließlich arbeiten ja auch Witwen mit Kindern als Krankenschwestern. Warum also wird hier eine Moral gepredigt, die eigentlich nur Diakonissen oder Nonnen für sich beanspruchen? Warum steht diese Schwesternschaft nicht zu dem, was sie wirklich ist? Ein Verbund weltlicher Frauen, die arbeiten möchten, Frauen, die in ihrer Berufung als Krankenschwester aufgehen, aber deshalb auch nicht für alle Zeiten auf die Liebe eines Mannes und eigene Kinder verzichten wollen.«

»Schweig!«, herrschte die Oberschwester sie an. »Wie mir scheint, habe ich dein aufwieglerisches Potenzial unterschätzt. Es steht dir nicht zu, die Statuten unserer Schwesternschaft infrage zu stellen. Du hast einen schädlichen Einfluss, und es war ein Fehler, dich einzustellen. Ich gebe dir bis heute Abend Zeit, deine Kündigung einzureichen. Andernfalls wirst du fristlos entlassen, ohne jedes Zeugnis und ohne die Möglichkeit, jemals wieder irgendwo als Krankenschwester eine Anstellung zu finden.«

48

Als Martha das Büro der Oberschwester verließ, stand Auguste mit einem boshaften Lächeln im Gang.

»Irgendwann kommen all unsere Schandtaten ans Licht, Schwester Martha«, sagte sie. »Es ist nur eine Frage der Zeit.«

Martha fehlten die Worte. All die Kraft, die sie eben noch in ihre Verteidigung gelegt hatte, war verschwunden. Nach und nach wurde sie sich der gesamten Tragweite bewusst. Sie hatte ihre über alles geliebte Arbeit verloren. Nun blieb ihr nur noch die Wahl, entweder selbst zu kündigen und ihr Gesicht zu wahren oder aber ihren unehrenhaften Rauswurf zu riskieren.

Sie ließ Auguste stehen und suchte Carola. Carola wüsste ganz bestimmt, was die beste Lösung wäre, Carola ließ sich nicht so leicht einschüchtern, vielleicht gab es noch einen dritten Weg.

»Du darfst auf keinen Fall nachgeben«, riet Carola ihr. »Du hast nichts Falsches getan. Es ist doch allgemein bekannt, dass Auguste dich nicht ausstehen kann. Sie hat dir hinterherspioniert, dich angeschwärzt, und jetzt tut sie so, als wäre sie dein Opfer. Wenn du selbst kündigst, bestätigst du ihre Anschuldigungen nur. Wenn sie dich hingegen hinauswerfen, solltest du dir einen Anwalt nehmen.«

»Aber ich habe weder das Geld für einen Anwalt, noch glaube ich, dass ein Anwalt überhaupt irgendetwas für mich tun kann. Die Oberschwester sagt, ich hätte gegen die Statuten verstoßen und dass sie darüber entscheiden kann, ob mein Verhalten dem Ansehen der Schwesternschaft schadet. Da ist es ganz gleich, was ein Anwalt dazu sagt.«

»Ich werde meinen Vater fragen, ob er sich der Angelegenheit annimmt«, sagte Carola. »Wir könnten einen Präzedenzfall schaffen. Und zudem könntest du Doktor Liebknecht um ein Leumundszeugnis bitten. Der war doch immer sehr zufrieden mit dir. Glaubst du wirklich, er würde sich jetzt lieber auf Auguste verlassen wollen?«

»Du vergisst, dass Augustes Vater ein einflussreicher Spender ist und dass ihm das Ohr des ärztlichen Direktors gehört.«

»Das ist Doktor Liebknecht womöglich egal. Ehe du ihn nicht gefragt hast, kannst du das nicht wissen, Martha. Du bist eine starke Persönlichkeit, du hast so viel erreicht, willst du dir das jetzt von Auguste zerstören lassen? Obwohl du nichts getan hast, was dem Ansehen einer Schwester schadet? Was ist so schlimm daran, mit einem Mann zum Tanzen zu gehen? Und deine Freundschaft zu Milli ehrt dich, das ist nichts, für das du dich schämen musst. Schämen müssen sich all die doppelzüngigen Moralisten, die mit Prostituierten verkehren, aber ansonsten so tun, als würde es sie nicht geben.«

Martha atmete tief durch.

»Meinst du, dein Vater hätte heute noch Zeit für mich? Bevor ich eine Entscheidung treffe, möchte ich wissen, welche Möglichkeiten ich überhaupt hätte, wenn ich es ablehne, selbst zu kündigen.«

Carola überlegte kurz, dann sagte sie: »Komm, wir gehen am besten gleich zu ihm. Er wird sich Zeit für dich nehmen, das verspreche ich dir.«

Carolas Familie lebte in einem vornehmen Bürgerhaus nahe der Rothenbaumchaussee. Martha hatte immer gewusst, dass Carola aus guten Verhältnissen stammte, aber nicht, dass die Wohnung, in der sich auch die Anwaltskanzlei befand, bereits elektrifiziert war. Carola sah Marthas bewundernde Blicke, sagte aber nichts weiter.

Ihr Vater hatte gerade einen Klienten, sodass sie warten mussten. Carola führte Martha in die große Küche, wo sie sich von der Haushälterin einen Kaffee servieren ließen. Es erstaunte Martha, dass jemand, der in so wohlhabenden Verhältnissen aufgewachsen war, dennoch ein Herz für die armen Leute hatte. Zugleich bewunderte sie Carola und ihre Familie für diese Einstellung. Gern hätte sie sich weiter mit der Freundin über alles unterhalten, aber sie fühlte sich seltsam gehemmt in dieser feinen Küche, in der die Haushälterin ständig herumwuselte. Und so tranken sie ihren Kaffee überwiegend schweigend und tauschten nur wenige belanglose Worte aus.

Als Carolas Vater seinen Klienten endlich verabschiedete, atmete Martha auf, spürte aber gleichzeitig ein unangenehmes Drücken in der Magengegend. Gab es wirklich noch eine Hoffnung, ihren Arbeitsplatz zu behalten?

Carola nickte ihr aufmunternd zu, dann nahmen sie gemeinsam im Büro von Rechtsanwalt Engelmann Platz.

Normalerweise war Martha nie um Worte verlegen, aber heute fiel es ihr schwer, die ganze Geschichte nochmals zu berichten, sodass Carola oft einsprang, zumal sie besser wusste, welche rechtlichen Aspekte für ihren Vater von Belang waren.

Herr Engelmann hörte aufmerksam zu, doch als Carola ihn nach den rechtlichen Möglichkeiten fragte, schüttelte er bedauernd den Kopf.

»Das Bürgerliche Gesetzbuch wurde im vergangenen Jahr zwar reformiert und in Punkten des Verbots der Kinderarbeit und des Sozialversicherungsrechts erweitert, aber Dienstverträge blieben außen vor. Es sind Verträge, die der Privatautonomie unterliegen. Eine besondere Schutzwürdigkeit des Angestellten wurde nicht gesehen. Es heißt dazu im Gesetz lediglich, dass durch den Dienstvertrag geregelt wird, dass derjenige, welcher Dienste zusagt, zur Leistung der versprochenen Dienste verpflichtet ist, während der andere Teil die vereinbarte Vergütung zu gewähren hat. Beide Teile können einen solchen Dienstvertrag jederzeit aufkündigen. Ein Anwalt kann in diesem Fall nichts tun. Ich an Ihrer Stelle, Fräulein Westphal, würde auf das Angebot eingehen und selbst kündigen, um im Gegenzug ein anständiges Zeugnis zu erhalten. Alles andere würde Ihnen nur selbst schaden.«

»Aber das ist ungerecht!«, warf Carola energisch ein.

»Geltendes Recht hat nicht immer etwas mit Gerechtigkeit zu tun. Ich dachte, das wüsstest du inzwischen, Carola.«

»Dann kann ich also nichts tun?«, fragte Martha.

»Sie müssen sich entscheiden, welchen Weg Sie gehen«, sagte Carolas Vater. »Mit einem guten Zeugnis stehen Ihnen gewiss andere Stellungen offen. Wenn Sie es darauf anlegen, dass man Sie unehrenhaft entlässt, werden Sie möglicherweise zur Märtyrerin der Frauenrechtsbewegung, aber Sie verbauen sich Ihre berufliche Zukunft. Ich persönlich kann niemandem das Märtyrertum empfehlen. Es ist besser, sich auf keinen Kampf einzulassen, der nur mit der Vernichtung der eigenen Existenz enden kann.«

»Aber meine Existenz ist doch ohnehin schon vernichtet«, sagte Martha leise. »Nach St. Georg kann ich nicht zurück. Der dortige Oberpfleger stellte mir nach, und man würde mich allenfalls für niedere Hilfsdienste einstellen, ganz gleich, was für ein Zeugnis ich vorweise.«

»Und wenn Sie in eine andere Stadt gehen? Nach Berlin vielleicht? Die Charité wäre eine gute Adresse, und mit einem ausgezeichneten Zeugnis könnten Sie dort ganz neu anfangen.«

»Ich kann und will meine Heimatstadt nicht verlassen. Hier

leben meine Familie und alle Menschen, die mir etwas bedeuten. In Berlin kenne ich niemanden.«

»Nun, diese Entscheidung kann Ihnen niemand abnehmen. Die rechtliche Seite kennen Sie jetzt. Sie müssen wissen, ob Sie im Guten oder im Bösen gehen wollen.«

»Es wäre immer im Bösen«, sagte Martha. »Denn die Kündigung wäre durch Erpressung erzwungen.« Sie atmete tief durch, dann erhob sie sich. »Ich danke Ihnen für Ihren Rat, Herr Engelmann. Wahrscheinlich werde ich es weder mir selbst noch der Schwesternschaft so leicht machen. Ich bin mir keines Fehlverhaltens bewusst, und deshalb werde ich nicht kündigen. Dann sollen sie mich eben auf die Straße setzen und mich mit Dreck bewerfen. Aber im Gegenzug reiße ich ihnen die Maske herunter! Das bin ich mir schuldig!«

49

Am nächsten Morgen nahm Martha ihren Dienst wieder auf, als wäre nichts geschehen. Allerdings erzählte sie Doktor Liebknecht vor der angesetzten Operation ganz offen, was geschehen war. Sehr wohl war ihr dabei nicht, denn im Gegensatz zu Carola erwartete sie von dem Arzt keinerlei Hilfe. Andererseits wollte sie jede Gelegenheit nutzen und möglicherweise schätzte sie den Chirurgen ja falsch ein.

»Das ist eine ernste Sache«, sagte Doktor Liebknecht nur. »Ich bedauere es sehr, aber als Arzt habe ich keinen Einfluss auf die Entscheidungen der Oberschwester.«

»Und wenn Sie ein gutes Wort für mich einlegen würden?«

»Das kann ich gern tun«, erwiderte er zu ihrer Überraschung, »aber die Schwesternschaft hat von Anfang an viel Wert auf ihre Autonomie gelegt. Schwesternangelegenheiten werden von der Oberschwester geklärt, Ärzte stehen außen vor. Die einzige Ausnahme ist, wenn wir die fachliche Eignung einer Schwester anzweifeln und deshalb die Zusammenarbeit mit ihr ablehnen. Aber was die sonstigen Statuten angeht, haben wir kein Mitspracherecht.«

»Und was würden Sie mir raten?«

»Dieser junge Mann, um den es geht, sind seine Absichten ehrbar?«

»Selbstverständlich.«

»Dann haben Sie doch einen Ausweg. Bleiben Sie Ihren Prinzipien treu, und wenn Sie entlassen werden, heiraten Sie ihn. Dann sind Sie eine angesehene und zugleich gut versorgte Ehefrau, und es kann Ihnen herzlich egal sein, ob Sie ein Zeugnis bekommen.«

»Aber … aber ich kann ihm doch nicht einfach sagen, er soll mich jetzt gleich heiraten. Ich war doch bislang immer …«, stammelte Martha.

»Wenn er ehrbare Absichten hat, wird er die Situation sofort richtig einschätzen und Ihnen von sich aus einen Antrag machen.«

Martha schluckte. Würde Paul das wirklich tun? Sie kannten sich doch noch gar nicht lang genug. Und wenn Doktor Liebknecht recht hatte, wie sollte sie dann reagieren? Paul hatte immer mal wieder versteckte Andeutungen gemacht, dass er sich mehr wünschte, und vielleicht würde er das als eine gute Gelegenheit sehen, ihr einen Antrag zu machen. Aber wollte sie das? Sie grübelte während des ganzen Vormittags darüber, kam aber zu keinem eindeutigen Ergebnis. Noch wusste Paul ja auch nicht, was geschehen war. Sie sollte erst einmal abwarten, was passieren würde, und dann in Ruhe mit ihm sprechen.

Natürlich blieb es der Oberschwester nicht lange verborgen, dass Martha den gesetzten Termin zur freiwilligen Abgabe ihrer Kündigung hatte verstreichen lassen und ihren normalen Dienst aufnahm, als wäre nichts geschehen. Martha hatte erwartet, dass die Oberschwester sie abermals in ihr Büro bitten würde, doch stattdessen wurde am späten Nachmittag eine allgemeine Versammlung der Schwesternschaft im großen Speisesaal einberufen.

»Das ist ja ungewöhnlich«, meinte Susanne. Martha hatte bislang noch keine Gelegenheit gehabt, Susanne zu erzählen, was passiert war, da sie in unterschiedlichen Schichten eingesetzt gewesen waren.

»Ich fürchte, das gilt mir«, erwiderte sie mit leiser Stimme und fasste die Ereignisse des letzten Tages knapp zusammen. Susanne erblasste.

»Das ist nicht dein Ernst!«

»Doch.«

»Aber deshalb können sie dich doch nicht einfach auf die Straße setzen! Du bist eine gute Schwester, du hast nichts Unrechtes getan.«

»Soll das heißen, dass du meinen Lebenswandel gar nicht kritisierst?«, erwiderte Martha mit einem müden Lächeln.

»Nein, denn da gibt es nichts zu kritisieren. Es gehört Mut dazu, gegen den Strom zu schwimmen. Ich hatte lange nicht den Mut, zu dieser Wahrheit zu stehen, weil ich befürchtete, dadurch noch mehr Ablehnung zu erfahren.« Sie seufzte.

»Und was würdest du jetzt an meiner Stelle tun?«

»Genau das, was du tust. Für meine Überzeugungen einstehen.«

Die meisten Schwestern hatten keine Ahnung, was diese Zusammenkunft zu bedeuten hatte, allerdings war Auguste bereits damit beschäftigt, die Neuigkeiten tuschelnd und mit einem höhnischen Blick in Marthas Richtung zu verbreiten.

»Und die hatte noch die Dreistigkeit, mir ins Gesicht zu sagen, alle schlechten Taten würden auf einen selbst zurückfallen«, raunte Martha Susanne zu.

»Irgendwann wird auch sie ernten, was sie gesät hat«, erwiderte Susanne gleichmütig. »Wer mit Intrigen und Bosheit durchs Leben geht, wird immer irgendwann seinen Meister finden.«

Über diese Worte musste Martha lange nachdenken, denn im Grunde war ihr genau das passiert. Sie hatte Auguste mit einer Lüge aus ihrem Umfeld verdrängt. Zwar hatte sie es vor sich selbst als Notwehr gerechtfertigt, da Auguste ihr schaden wollte und dabei auch nicht davor zurückschreckte, Patienten zu schädigen, aber eine Lüge war es dennoch geblieben. Und nun war sie auf sie zurückgefallen. Sie hatte Augustes Hass noch verstärkt, sie dazu gebracht, ihr hinterherzuspionieren, und letztlich sogar ihre

Glaubwürdigkeit vor der Oberschwester erschüttert. Andererseits wollte ihr damals keine andere Lösung einfallen, um sich gegen Auguste zu wehren. Was Hinterlist anging, war Auguste ihr schon immer überlegen gewesen.

Kurz nachdem Martha den Saal betreten hatten, erschien auch Carola und gesellte sich zu ihr und Susanne.

»Das gilt dir, nicht wahr?«, fragte sie.

»Ich nehme es an. Aber Genaueres weiß ich auch nicht. Ich hätte nicht gedacht, dass sie den öffentlichen Rahmen wählen.«

»Sie wollen ihre Macht demonstrieren«, flüsterte Carola. »Du hast dich nicht an ihre Regeln gehalten, du hast nicht den Schwanz eingezogen wie ein winselnder Hund. Und nun sollst du dafür die Konsequenzen tragen. Auch zur Abschreckung für alle anderen.«

»Oder es hat ganz andere Gründe«, sagte Susanne.

»Das glaubst du doch selbst nicht. Schau dir doch an, wie schadenfroh unsere Prinzessin wirkt.« Carola nickte kaum merklich in Augustes Richtung. »Die hat es garantiert aus erster Hand von der Oberschwester erfahren, sozusagen als Judaslohn.«

Als die Oberschwester die Versammlung eröffnete, gab es keinen Zweifel mehr.

»Ich habe euch hier zusammengerufen, weil ich die traurige Aufgabe habe, euch zu verkünden, dass Schwester Martha gegen die Statuten der Schwesternschaft verstoßen hat, die einen einwandfreien Leumund und Lebenswandel voraussetzen, und deshalb nicht länger der Schwesternschaft angehören kann. Schwester Martha, ich hoffe, du ersparst mir, nähere Einzelheiten deines Fehlverhaltens zu benennen. Du bist mit sofortiger Wirkung entlassen und hast dein Zimmer im Schwesternwohnheim bis morgen früh zu räumen.«

Also so einfach wollten sie es sich machen. Kein Wort über das Fehlverhalten selbst, sodass künftig allen Gerüchten Tür und Tor geöffnet wäre. Nein, wenn die Oberschwester glaubte, sie würde mit demütig gesenktem Kopf gehen, hatte sie sich geirrt.

Martha stand auf.

»Verehrte Oberschwester, ich akzeptiere die Entscheidung, allerdings sehe ich es als meine Pflicht an, künftigen Gerüchten vorzugreifen und der Schwesternschaft zu berichten, was mir vorgeworfen wird. Schwester Auguste hat mich seit mehreren Monaten beobachtet und augenscheinlich Buch über jeden meiner Schritte geführt, auch außerhalb des Krankenhauses. Sie hat herausgefunden, dass ich regelmäßig sozialdemokratische Versammlungen besuche. Sie hat herausgefunden, dass ich ehrenamtlich während des Hafenarbeiterstreiks in einer Suppenküche ausgeholfen habe, die von bürgerlichen Frauen organisiert wurde, um zu verhindern, dass die Kinder der Streikenden hungern. Sie hat herausgefunden, dass ich mit dem angesehenen Ingenieur Paul Studt, der mittlerweile die Senatskommission zur Verbesserung der Lage der Hafenarbeiter berät, in regelmäßigem Kontakt stehe. Einem Mann von tadellosem Leumund. Ich gestehe, dass ich wiederholt mit ihm beim Tanzen war. Mir war nicht bewusst, dass es einer Schwester verboten ist, eine Tanzveranstaltung zu besuchen. Ich habe ihn zum Abschied geküsst, aber mehr ist nicht zwischen uns vorgefallen. Er ist ein ehrbarer Mann und hat stets die Regeln geachtet, die die Schwesternschaft uns auferlegt.

Weiterhin hat Schwester Auguste durch ihre Bespitzelung erfahren, dass eine meiner Kindheitsfreundinnen aus dem Gängeviertel als Prostituierte arbeitet. Dazu wurde sie von ihrem eigenen Vater gezwungen. Ich glaube, den meisten von euch ist gar nicht bewusst, unter welch grausamen Bedingungen manche Mädchen im Gängeviertel aufwachsen. Sie werden auf alle erdenkliche Weise misshandelt, und niemand macht etwas gegen ihre Not. Mein Vater versuchte mehrfach, meiner Freundin zu helfen, aber in unserer Gesellschaft gilt das Wort des prügelnden Vaters, eines ehemaligen Zuchthäuslers, der sogar seine eigene Frau zum Anschaffen schickte, mehr als das der Nachbarn. Es gilt auch mehr als das Wort des Opfers selbst …«

»Genug!«, unterbrach die Oberschwester Martha energisch. »Wir wollen das alles nicht hören! Du willst dein Fehlverhalten mit schönen Worten herunterspielen, aber du hast nun mal gegen die Statuten verstoßen, und das können wir nicht dulden!«

»Ich will es hören!«, sagte Susanne, stand auf und stellte sich demonstrativ neben Martha. »Ich kann kein Fehlverhalten erkennen. Und wenn Sie Martha entlassen wollen, dann müssen Sie mich auch entlassen!«

»Susanne, tu das nicht«, raunte Martha ihr zu, doch Susanne blieb fest.

»Es liegt kein Segen auf den Belangen einer Schwesternschaft, die auf die Stimmen von Denunzianten hört und Taten als Verbrechen darstellt, die bei wohlwollender Betrachtung keine sind. Schon gar nicht rechtfertigen sie es, die Existenz eines Menschen zu vernichten. Noch einmal: Wenn Schwester Martha geht, gehe ich auch! Und ich fordere euch auf, euch ebenfalls zu erheben, wenn ihr wie ich denkt!«

Ein Tuscheln und Raunen ging durch die Reihen der Schwestern. Doch keine einzige erhob sich auf Susannes Aufforderung hin. Nicht einmal Carola. Der Stich traf Martha härter als alles andere. Gewiss, sie konnte verstehen, dass Carola ihre Existenz nicht gefährden wollte, aber zugleich war sie tief enttäuscht, denn sie hatte Carola in der Tiefe ihres Herzens für stärker und aufrechter gehalten als Susanne.

»Nun gut, Schwester Susanne, wenn du das so willst, solltest du umgehend deine Sachen packen und dich Schwester Martha anschließen«, sagte die Oberschwester mitleidlos. »Die Versammlung ist geschlossen.«

»Warum hast du das getan?«, raunte Carola Susanne zu, nachdem sie den Saal gemeinsam verlassen hatten.

»Warum hast du es *nicht* getan?«, hielt Susanne ihr entgegen. »Wenn alle hier aufgestanden wären, dann hätten wir Marthas Entlassung vielleicht verhindern können. Dann hätten wir etwas bewegen können. Das ist doch genau das, was du immer forderst. Die Arbeiter sollen sich gemeinsam gegen die Ausbeuter solidarisieren, denn nur so können sie etwas verändern.«

»Dieser Fall ist etwas anders geartet«, entgegnete Carola. »Du weißt doch ganz genau, dass niemals alle aufgestanden wären.«

»Ja, wenn nicht einmal Freundinnen füreinander aufstehen, kann man es von den anderen auch nicht erwarten«, sagte Susanne hart.

»Und was hast du jetzt davon?«, fragte Carola heftig, doch Martha spürte, dass die Freundin trotz des Angriffs innerlich beschämt war. »Jetzt hast du deine Stellung auch verloren. Meinst du, es wäre besser, wenn wir alle drei entlassen worden wären?«

»Du weißt genau, was ich meine«, sagte Susanne. »Du führst große Reden über Solidarität, aber wenn es darauf ankommt, schreckst du zurück. Sobald du etwas verlieren könntest, verlässt dich der Mut, und du suchst dir rationale Gründe, um deine Feigheit zu entschuldigen. Wie willst du die Welt verbessern, wenn du es bei Worten belässt, denen keine Taten folgen? Oder nur solche Taten, die keine Opfer verlangen?«

»Du gefällst dir ja nur in der Rolle der Märtyrerin.«

»Nein, Carola. Ich habe das getan, was ich für richtig hielt. Genauso wie du auch. Aber im Gegensatz zu dir bin ich mir treu geblieben. Für mich fühlen sich all deine großen Worte von nun an schal und verlogen an. Weil du weiterhin in deinem warmen Nest sitzen bleibst. Solidarität ist kein abstrakter Begriff. Man kann sie Tag für Tag üben, still und heimlich, und in der Hoffnung, die Welt ein wenig besser zu machen.«

»Und was hast du nun besser gemacht?«, fragte Carola bissig. »Jetzt fehlen zwei gute OP-Schwestern, und Auguste wird triumphieren – zulasten der Patienten.«

»Hört bitte auf, euch zu streiten«, sagte Martha. »Susanne, ich bin dir sehr dankbar, dass du für mich eingestanden bist, aber ich frage mich, ob du nicht ein zu hohes Opfer gebracht hast. Was wirst du nun tun?«

»Das bleibt abzuwarten. Es gibt immer Möglichkeiten. Ich habe ein bisschen Geld gespart, das könnte ich als Startkapital nutzen, wenn ich es wagen würde, in der Schweiz Medizin zu studieren. Natürlich wird es nicht lange reichen, aber vielleicht unterstützt meine Familie mich, wenn ich erst einmal angefangen habe.«

»Also war das gar nicht so uneigennützig«, biss Carola nach. »Eine ideale Möglichkeit, deinen heimlichen Traum vom Medizinstudium in der Schweiz doch noch zu verwirklichen.«

»Carola, du bist armselig«, sagte Susanne kopfschüttelnd. »Erst bist du zu feige, für deine Freundin einzustehen, und dann unterstellst du mir selbstsüchtige Motive. Das enttäuscht mich noch mehr als deine eigentliche Tatenlosigkeit.«

Zu Marthas größter Überraschung brach Carola unvermittelt in Tränen aus und rannte davon.

»Du warst zu hart zu ihr«, sagte Martha. »Carola hat mir sehr wohl zur Seite gestanden und mir gleich gestern Abend noch einen Termin bei ihrem Vater besorgt, damit der mich beraten konnte.«

»Ja, sie ist hilfsbereit, aber immer nur dann, wenn sie nichts riskiert«, entgegnete Susanne. »Es waren im Übrigen nicht meine Worte, die sie so verletzt haben, sondern die Erkenntnis, dass ich recht habe. Sie muss von nun an damit leben, dass sie nicht die mutige Kämpferin für die Rechte der Unterdrückten ist, für die sie sich immer gehalten hat, sondern im Zweifelsfall an ihr eigenes Wohl denkt. Das ist menschlich. Und das ist in meinen Augen auch der Unterschied zwischen dem Glauben und der politischen Ideologie. Wer wahrhaftig glaubt, hat auch in schwierigen Situationen die Kraft, über sich hinauszuwachsen. Wer nur eine politische Ideologie aus rein sachlichen Gründen verfolgt, wird im Zweifelsfall doch abwägen, was für ihn selbst das kleinere Übel ist.«

50

Glücklicherweise besaß Martha noch immer ein Bett in der Wohnung ihres Vaters, sodass sie nach ihrer Entlassung nicht auf der Straße stand. Ihr Vater war erschüttert, aber seine Vorwürfe galten nicht Martha, sondern erstaunlicherweise sich selbst.

»Ich hätte den Vater von dieser Auguste damals nicht provozieren dürfen«, sagte er. »Du weißt doch, beim Sommerfest. Jetzt hat er es an dir ausgelassen.«

»Unsinn«, widersprach Martha energisch. »Auguste konnte mich vom ersten Tag an nicht ausstehen, das war eine Sache zwischen ihr und mir, du hast damit nicht das Geringste zu tun.« Sie atmete tief durch. »Ich frage mich, was Paul dazu sagen wird.«

»Wie ernst ist es denn zwischen dir und Paul?«, fragte ihr Vater.

»Ich bin mir nicht sicher. Er hat immer mal wieder Andeutungen gemacht, dass er sich ein Leben an meiner Seite wünschen würde, aber mein Beruf machte das unmöglich.«

»Und jetzt bist du frei. Glaubst du, er wird dir einen Antrag machen?«

Martha hob die Schultern. »Ich weiß es nicht. Falls ja, was würdest du mir raten?«

»Er scheint mir ein anständiger, aufrechter Mann zu sein, und er hat eine gesicherte Stelle. Er könnte also gut für eine Familie sorgen, viel besser als ich damals für deine Mutter und euch. Du müsstest keine Heimarbeiten übernehmen, sondern könntest dich ganz der Familie widmen.«

»Papa, du weißt doch, wie gern ich als Krankenschwester gearbeitet habe. Ich bin nicht der Mensch, der nur zu Hause herumsitzen und sich um die Kinder kümmern könnte. Zumal ich mich für Kinder noch zu jung fühle. Und wer weiß, ob Paul mich überhaupt heiraten will. Vielleicht war es für ihn ja ganz angenehm, dass er sich mit mir treffen konnte, ohne dass daraus gleich eine feste Verpflichtung erwächst.«

»Du musst ihn treffen, noch heute. Erklär ihm, was passiert ist«, sagte ihr Vater bestimmt. »Was du jetzt brauchst, ist Gewissheit, denn davon hängen deine nächsten Schritte ab.«

Martha nickte, doch zugleich fühlte ihr Magen sich wie ein schmerzender Klumpen an. Die Leichtigkeit im Umgang mit Paul wäre von nun an verflogen, und tief in ihrem Innersten hatte sie Angst, er könnte sie für eine Bittstellerin halten, könnte glauben, sie würde nun Schutz unter dem Dach einer Ehe suchen, obwohl sie sich noch nicht einmal sicher war, ob das wirklich die richtige Entscheidung wäre.

Als sie Paul nach seinem Feierabend im Werderkeller traf und ihm die Neuigkeiten erzählte, war er bestürzt.

»Das tut mir so leid«, sagte er immer wieder. »Ich habe dich in unverzeihliche Schwierigkeiten gebracht.«

»Nein«, sagte Martha. »Das alles war meine Entscheidung. Und es war nicht nur wegen dir. Es ging auch um meine Freundin Milli.« Und dann erzählte sie ihm zum ersten Mal die ganze Wahrheit über Milli und Anna. Er musste wissen, mit wem sie sich abgab, die Zeit der Geheimnisse oder des einfachen Verschweigens aus Bequemlichkeit war vorbei. Er sollte jede Facette ihrer Seele kennen, denn nur dann konnte er entscheiden, wie ihre künftige Beziehung aussehen sollte.

»Es ist eine verdammte Ungerechtigkeit«, sagte Paul, nachdem sie ihre Erzählung beendet hatte. »Du bist eine gute Krankenschwester, und du hast ein großes Herz für alle Menschen. Dass man dir ausgerechnet das zum Vorwurf macht, zeigt die Verlogenheit unserer Gesellschaft. Das ist etwas, wogegen wir kämpfen müssen.«

Martha seufzte. »Du sprichst wie Carola, aber letztlich gibt es keine Möglichkeit, etwas an meiner Entlassung zu ändern. Carolas Vater ist einer der besten Anwälte in Hamburg, und er hat mir geraten, lieber stillzuhalten und das Zeugnis zu akzeptieren.«

»Du hast das nicht nötig«, sagte er. »Du hast das Richtige getan, denn was hätte dir ein Zeugnis schon gebracht.«

»Er schlug mir die Charité in Berlin vor.«

Paul trat ein Stück näher an sie heran. »Alles im Leben hat zwei Seiten«, sagte er leise. »Du hast viel verloren, aber dafür bist du nun auch frei. Frei, die Entscheidung zu treffen, die du dir wünschst.«

»Was meinst du damit?«, fragte sie betont naiv, obwohl sie sofort wusste, in welche Richtung seine Gedanken gingen. Er war also tatsächlich der Mann, den Doktor Liebknecht und auch ihr Vater in ihm vermutet hatten.

»Martha, du bist die erste Frau in meinem Leben, die sowohl mein Herz als auch meinen Verstand verzaubert. Das wusste ich von dem Tag an, als du bei Schultz das Wort ergriffen und die Hafenarbeiter zum Streik aufgerufen hast. Du bist die wunderbarste Frau, die ich mir vorstellen kann, und ich habe dich von Anfang an geliebt. Du bist die Frau, mit der ich mein Leben verbringen möchte. Aber bislang standen die Statuten der Schwesternschaft zwischen uns, und ich wusste nie, wie weit ich gehen darf, ob ich überhaupt das Recht habe, dir meine Liebe zu gestehen, auch wenn ich mir sicher war, dass du dasselbe für mich empfindest. Jetzt, wo dir die Stellung genommen wurde und du keine Möglichkeit hast, weiter als Krankenschwester zu arbeiten, wage ich einfach ganz selbstsüchtig, dich zu fragen, ob du meine Frau werden willst. Martha Westphal, willst du mich heiraten? Dein Leben mit mir verbringen und gemeinsam mit mir dafür kämpfen, die Welt zu einem besseren Ort zu machen?«

Martha schluckte schwer. In den Groschenheften, die unter den Schwestern kursierten, schwebten die Frauen in derlei Situationen stets auf Wolken, spürten wilde Schmetterlinge im Bauch flattern und ritten auf einer Woge des Glücks. Doch Martha spürte nichts von alldem. Sie wusste, dass sie ebenso wie Paul fühlte, dass sie ihn liebend gern in ihre Arme gerissen und geküsst, ja ihm noch viel mehr gegeben hätte. Aber zugleich fühlte sich diese Entscheidung so endgültig an. Erst jetzt verstand sie wirklich, warum Milli niemals Moritz' Antrag angenommen hatte, auch wenn es das Vernünftigste gewesen wäre. Das Vernünftigste war nun mal nicht immer auch das Richtige.

Aber in ihrem Fall verhielt es sich anders. Denn im Gegensatz zu Milli, die Moritz nicht liebte, teilte sie Pauls Gefühle. Ja, sie wollte ihr Leben mit ihm verbringen, wollte an seiner Seite stehen und gemeinsam für eine bessere Welt kämpfen. Nur wusste sie, dass sie dafür den Teil ihrer selbst, der ihr so viel bedeutete, für immer aufgeben musste.

Paul deutete ihr Zögern anders.

»Falls ich mich in deinen Gefühlen für mich getäuscht habe, dann verzeih mir bitte«, sagte er.

»Nein, das hast du nicht.« Sie legte ihre Arme auf seine Schultern. »Ich habe dich vom ersten Tag an nicht mehr aus dem Kopf bekommen. Ich hatte sogar Milli gebeten, die Augen offen zu halten, ob sie dich irgendwo sieht. Nur so habe ich erfahren, dass du bei Schultz reden wolltest. Wenn ich mir selbst einen Mann schnitzen müsste, wäre er wohl genauso wie du.«

»Aber?«, fragte er.

»Es gibt kein Aber«, erwiderte sie. »Ich liebe dich, und ich will deine Frau werden. Es schmerzt nur ein wenig, dass ich dafür erst etwas anderes verlieren musste. Etwas, das mir viel bedeutet. Und ich weiß nicht, ob meine Liebe zu dir ausreichend ist, die Lücke zu füllen. Ich war es gewohnt, für mich selbst zu sorgen.«

Nun fasste Paul sie um die Taille.

»Dann nutze deine gewonnene Zeit doch, um Fräulein Heymann zu unterstützen.«

Martha sah ihn erstaunt an. »Sie spendet viel Geld für Frauenprojekte, während ich nur eine Krankenschwester bin. Dazwischen liegen Welten.«

»Nur in dem, was ihr gebt«, erwiderte Paul. »Ich verdiene genügend Geld, um eine Familie unterhalten zu können, Martha. Also könntest du deine Arbeitskraft spenden. Für eine engagierte Krankenschwester gäbe es im Hafen ganz sicher genügend zu tun. Die brauchen Leute, die sich um die Ärmsten kümmern, für die sonst keiner einen Blick übrig hat. Fräulein Heymann hat viele Kontakte, frag sie doch, ob sie Bedarf an einer ehrenamtlich arbeitenden, gut ausgebildeten Krankenschwester hat. Arbeit gibt es genug, das Problem liegt einzig darin, dass sie niemand bezahlt.«

Martha spürte, wie ihr Tränen in die Augen stiegen. Tränen der Rührung und der Liebe. Paul war ein noch großartigerer Mann, als sie sich in ihren kühnsten Träumen ausgemalt hatte. Und endlich, endlich, spürte sie dieses rasende Herzklopfen, die wilden Schmetterlinge und die Wogen des Glücks. Es war die richtige Entscheidung. Sie würde mit ihm glücklich werden, davon war sie fest überzeugt.

»Ich liebe dich, Paul Studt!«, flüsterte sie, bevor sie ihn mit aller Leidenschaft küsste, so heftig, dass die Oberschwester vermutlich vor Scham im Erdboden versunken wäre, wenn sie es mit angesehen hätte. Aber all das konnte Martha nun egal sein. Sie hatte viel verloren, aber sie war endlich frei. Frei, etwas Neues zu beginnen. Das Leben gehörte ihr!

51

Eigentlich planten Paul und Martha eine einfache standesamtliche Hochzeit ohne großes Aufsehen. Aber Marthas Vater war dagegen. Er wollte, dass sie mit der Feier warteten, bis Heinrich wieder in Hamburg und Milli aus dem Krankenhaus entlassen war.

»Auch wenn wir kein Geld für ein rauschendes Fest haben, so wie die reichen Leute – ich möchte dennoch, dass mein großes Mädchen eine Hochzeit bekommt, an die es sich später gern zurückerinnert«, sagte er. »Und darum werde ich mich kümmern, das ist schließlich meine Aufgabe als Brautvater.«

Martha wusste nicht so recht, was sie davon zu halten hatte. Auf der einen Seite freute sie sich über die Anteilnahme ihres Vaters, und selbstverständlich wollte sie warten, bis Heinrich wieder in Hamburg und Milli aus dem Krankenhaus entlassen war. Aber zugleich wusste sie, dass eine große Feier die finanziellen Mittel ihres Vaters überstieg.

Als sie ihre Sorgen Paul mitteilte, stellte sie erneut fest, wie sehr sie ihn unterschätzt hatte.

»Wer sagt denn, dass wir in einem teuren Lokal feiern müssen? Wir mieten einfach den Vereinsraum im Werderkeller für den Tag und bitten unsere Freunde und Verwandten, anstatt Geschenke etwas zum gemeinsamen Büfett beizusteuern. Jeder gibt das, was er geben kann. Dein Vater müsste nur vorher klären, wer was beisteuert, damit wir alle angemessen verköstigen können. Und wir Brautleute bestellen die Getränke und die Musikkapelle.«

Es war ein ganz neues Gefühl für Martha, nach all den Jahren, da sie sich allein für die Familie verantwortlich gefühlt hatte, jemanden an ihrer Seite zu haben, auf den sie sich felsenfest verlassen konnte und der eine Lösung fand, wenn sie selbst keine Idee hatte.

Ein paar Tage nach Pauls Antrag traf Martha sich wieder mit den Damen um Frau Schlüter. Carola war aus dienstlichen Gründen diesmal nicht dabei, was Martha bedauerte. Seit ihrer Entlassung war Carola ihr aus dem Weg gegangen, ganz so, als fühlte sie sich durch Marthas Gegenwart beschämt. Dabei war das das Letzte, was Martha wollte. Sie konnte gut verstehen, dass Carola ihren Beruf nicht aufs Spiel gesetzt hatte, denn anders als Susanne, die mittlerweile ihren Vater von einem Studium in der Schweiz überzeugt hatte, gab es für Carola keine andere Alternative, wenn sie als Frau auf eigenen Füßen zu stehen gedachte.

Martha erzählte den Frauen in Wilhelminas Runde also, was ihr widerfahren war, aber auch von ihrer geplanten Hochzeit und der Idee, als Krankenschwester ehrenamtlich zu arbeiten.

»Das ist eine hervorragende Idee«, sagte Lida Heymann begeistert. »Damit zeigst du, dass eine Frau, die weiß, was sie will, immer etwas Gutes erreichen kann. Selbst wenn es eine himmelschreiende Ungerechtigkeit ist, das mit deiner Entlassung.« Sie seufzte. »Auch das, was du über deine Freundin Milli berichtest.«

»Ja«, bestätigte Martha. »Männer haben es da um ein Vielfaches leichter. Die kennen immer jemanden, der sie berät und unterstützt. Wenn Frauen keinen verständigen Mann an ihrer Seite haben, sind sie immer die Angeschmierten.«

»Nun«, meinte Wilhelmina Schlüter. »Ganz so ist es ja nicht. Wir haben immer noch uns und können auch eine Menge erreichen.«

»Aber das ist nicht mit den Seilschaften der Männer zu vergleichen«, warf Agnes Waldheim ein. »Die wissen stets, wo sie mit

Rat und Tat unterstützt werden, während man von Frauen erwartet, sich an ihre männlichen Angehörigen zu wenden, ganz gleich, ob die was von der Sache verstehen.«

»Vielleicht sollten wir das ändern«, sagte Lida. »Ich habe schon lange überlegt, was ich tun könnte, um Frauen in allen Lebenslagen zu unterstützen. Suppenküchen sind das eine, aber was uns fehlt, ist eine Beratungsstelle für Frauen. Ein Ort, an dem Frauen und Mädchen Hilfe in allen Lebenslagen finden können, sei es mit familiären Problemen oder wenn sie eine Rechtsberatung brauchen. Und das sollte für alle Frauen ungeachtet ihres Standes gelten. Frauen, die Opfer eines Unrechts werden, brauchen Hilfe. Egal, ob sie vornehme Bürgerinnen oder rechtlose Prostituierte sind. Martha könnte dort ehrenamtlich als Krankenschwester tätig werden und als solche Menschen mit gesundheitlichen Problemen beraten und Hausbesuche machen. Für all jene, die Unterstützung brauchen, aber noch keinen Arzt benötigen. Oder eben Hilfe, die über das hinausgeht, was der Arzt bieten kann.«

»Was genau meinst du damit?«, fragte Martha interessiert.

»Nun, viele Frauen nehmen doch gern nach der Geburt ihres Kindes die Hilfe einer Hebamme in Anspruch, die sie bei Problemen mit dem Säugling berät. Du könntest ihnen in anderen Lebenslagen beistehen. Wenn eine Frau zum Beispiel ihre alten Eltern pflegt oder einen kranken Mann. Du könntest wertvolle Hilfe leisten und wüsstest genau, wann man lieber einen Arzt hinzuziehen sollte. Viele Frauen vertrauen viel zu lang auf ihre Hausmittel, weil sie nicht in der Lage sind, eine Situation richtig einzuschätzen. Auf diese Weise könnten wir wirklich unseren Beitrag dazu leisten, die Welt etwas besser zu machen. Was meint ihr dazu?«

»Das klingt nach einer ausgezeichneten Idee«, sagte Wilhelmina Schlüter. »Ihr würdet Rechtsberatung mit medizinischer Beratung verbinden und den Frauen auf diese Weise eine ganz neue Eigenständigkeit ermöglichen. Nur braucht es neben Martha als Krankenschwester auch kundige Rechtsberater. Und wie ihr wisst, steht das Anwaltsgewerbe Frauen bislang noch nicht offen. Ich frage mich deshalb, ob wir männliche Anwälte finden, die bereit sind, sich einer solchen Sache anzuschließen. Große Karriere könnten sie dabei ja nicht machen, und es ist letztlich etwas für Idealisten. Es wäre vielleicht einfacher, wenn Hamburg eine eigene Universität hätte, denn dann könnte man Jurastudenten in die Beratung einbinden, aber ich schätze, bis Hamburg jemals eine eigene Universität gründet, werden noch Jahrzehnte vergehen.« Sie seufzte.

»Darum werde ich mich kümmern«, sagte Lida. »Es müssen ja keine fest angestellten Anwälte sein. Wir könnten zunächst erfahrene Frauen zur Beratung einsetzen und für kompliziertere Fälle einen Anwalt bezahlen, der einmal in der Woche eine Sprechstunde abhält. Ich schätze, die meisten Probleme, die arme Frauen haben, lassen sich auch mit ein bisschen gesundem Menschenverstand und Kenntnis der rechtlichen Möglichkeiten klären.«

»Und wo willst du diese Beratungsstelle errichten?«

»Ich habe schon länger ein Gebäude im Herzen der Stadt im Auge, das ich gern kaufen würde«, sagte sie. »Das ist der Vorteil, wenn man eine wohlhabende Erbin ist.« Sie lächelte. »Ich werde sehen, ob ich es für einen vernünftigen Preis bekomme, und sobald es mir gehört, machen wir uns an die weitere Planung. Aber an erster Stelle sollten wir uns jetzt einmal überlegen, wie wir die Hochzeitsfeier von Martha und Paul unterstützen können.«

Dieser Vorschlag fand ebenso viel Zustimmung wie Lida Heymanns Plan von einer Beratungsstelle für Frauen. Und Martha war erstaunt, dass sich ihr Leben nach der größtmöglichen beruflichen Niederlage in eine ganz andere, möglicherweise sogar vielversprechendere Richtung entwickelte. Sie war nicht allein, und sie würde nie wieder allein sein.

52

Die Hochzeitsfeier von Paul und Martha fand am Freitag, dem 11. Juni 1897, statt. Eigentlich hatte Martha geplant, in einem ganz normalen Kleid zu heiraten, das sie auch zu späteren Anlässen noch tragen konnte. Doch die Damenrunde um Frau Schlüter hatte es sich nicht nehmen lassen, für sie ein weißes Hochzeitskleid in Auftrag zu geben. Es war ein schlichtes, elegantes Brautkleid mit einem kleinen Schleier, der am Hinterkopf befestigt wurde und entfernt an das Schwesternhäubchen erinnerte, das Martha in den letzten Jahren getragen hatte. Außerdem hatten die Damen darauf bestanden, dass die kirchliche Trauung im Michel stattfand, der großen Hauptkirche und dem Wahrzeichen der Hansestadt.

»Wenn du schon heiratest, dann aber richtig«, hatte Wilhelmina Schlüter gesagt, nachdem sie Martha vor vollendete Tatsachen gestellt hatte. »Man hat dich unehrenhaft aus der Schwesternschaft entlassen, obwohl du dir nichts hast zuschulden kommen lassen, also solltest du jetzt auch allen zeigen, dass du dir nichts daraus machst. Was für vornehme Bürgerstöchter gut ist, ist für dich gerade angemessen.«

Und so wurde die kirchliche Trauung in einer bewegenden Zeremonie im Beisein aller Freunde und Verwandten im Hamburger Michel abgehalten. Martha hatte Milli zu ihrer Trauzeugin gewählt – nicht nur, weil sie ihre älteste Freundin war und sie aller Welt zeigen wollte, dass sie stets zu ihr stehen würde, sondern auch, damit sie weder Susanne noch Carola vor den Kopf stieß, indem sie einer von beiden den Vorzug gab. Susanne freute sich bereits darauf, in zwei Monaten zum Studium in die Schweiz zu ziehen, während Carola noch immer sehr niedergeschlagen wirkte. Zwar versuchte Martha alles, um ihr zu zeigen, dass sie ihr nicht böse war, aber Carola schien sich selbst nicht verzeihen zu können. Nicht einmal, als Martha ihr unter vier Augen bestätigte, dass Susanne zwar aus dem Herzen heraus gehandelt hatte, aber dies immer mit der Möglichkeit im Hinterkopf, daraus einen Vorteil zu ziehen.

»Wäre sie nicht für mich aufgestanden, hätte sie immer noch ihre Stellung als OP-Schwester. Ihr Vater hätte ihr nie erlaubt, in der Schweiz zu studieren. So aber wollte er sie aus dem Blickfeld haben, damit die Schande der Entlassung umgedeutet werden konnte – sie hat die Schwesternschaft verlassen, um Ärztin zu werden.«

Carola hatte nur genickt.

»Warum quälst du dich so?«, hatte Martha sie daraufhin gefragt. »Ich weiß nicht einmal, ob ich selbst den Mut aufgebracht hätte, für dich aufzustehen, wenn die Situation umgekehrt gewesen wäre. So ganz ohne eine angemessene Alternative.«

»Du hast deine Alternative gefunden«, sagte Carola nur. »Du wirst heiraten und einen angesehenen Stand als Ehefrau haben, die auch ehrenamtlich als Schwester arbeitet.«

»Ja, ich mache aus allem das Beste, aber ich habe mich nicht freiwillig dafür entschieden. Das darfst du nie vergessen. Und nun hör auf, dich selbst zu kasteien. Du hast richtig entschieden, Carola. Ich hätte es lieber gesehen, wenn auch Susanne sich nicht für mich in Schwierigkeiten gebracht hätte. Wäre das mit ihrem Medizinstudium nicht aufgegangen, hätte ich mich doch stets dafür verantwortlich fühlen müssen, dass sie ihre Existenz als berufstätige Frau einfach so aufgegeben hat. Und diese Verantwortung hätte ich nicht tragen mögen.«

»Es wäre nicht deine Verantwortung«, sagte Carola leise. »Die Verantwortung trägt der, der die Entscheidung trifft.«

»Und du hast verantwortlich für dich selbst gehandelt, Carola. Und dafür schätze ich dich. Rede dir nichts anderes ein.«

Es kamen sehr viele Gäste zur Hochzeit, selbst einige der Erika-Schwestern, mit denen Martha sich freundschaftlich verbunden gefühlt hatte. Hinzu kamen die sozialdemokratischen Genossen sowie Freunde und Arbeitskollegen von Paul.

Die eigentliche Trauungszeremonie erlebte Martha wie durch eine Wand aus Watte, so unwirklich erschien ihr alles: der Prunk der Hauptkirche, die feierliche Stimmung, die vielen Gäste. Genauso musste sich eine königliche Märchenhochzeit anfühlen. Das größte Geschenk, so wurde ihr bewusst, lag in den zahlreich erschienenen Freunden. Sie hörte kaum die Worte des Pastors, achtete nur darauf, dass sie rechtzeitig auf die alles entscheidende Frage mit »Ja« antwortete und dann mit Paul die Ringe tauschte. Alles Weitere blieb in ihrer Erinnerung ein Rausch aus Gefühlen und Farben. Erst als sie später im Werderkeller versammelt waren, kamen ihre überreizten Nerven langsam zur Ruhe, und sie fand sich in der Wirklichkeit wieder. Die Feierlichkeiten dauerten bis in die frühen Morgenstunden, und anschließend brachte Paul Martha in seine Wohnung am Johannisbollwerk, die sie in den vergangenen Tagen bereits für das gemeinsame Leben hergerichtet hatten – inklusive eines breiten Ehebetts, das sie rechtzeitig von einem Tischler der Umgebung hatten anfertigen lassen.

Es war ein seltsames Gefühl für Martha, dass das jetzt auch ihre Wohnung war. Eine schöne Wohnung am Johannisbollwerk, davon hatte ihre Mutter immer vergebens geträumt. Martha fühlte sich glücklich und fremd zugleich. Sie hatte in den letzten Jahren so viel Leid erlebt, aber auch viel Freude und Glück.

Sie liebte Paul, und endlich durfte sie ihm ganz gehören. Es gab keine Zurückhaltung mehr, und sie beschloss, dieses Glück zu bewahren. Und gleichzeitig die Gewissheit, dass – was auch kommen mochte – sich am Schluss doch immer alles zum Besten wenden würde.

53

Kurz nach Marthas Hochzeit machte Lida Heymann ihr Vorhaben wahr und kaufte das Haus in der Hamburger Innenstadt, wo sie ihre Rechts- und Sozialberatung eröffnete. Martha hielt dort mehrmals in der Woche Sprechstunden ab und beriet vorwiegend Frauen mit Kindern. Sie informierte sie über alle möglichen gesundheitlichen Themen einschließlich der Empfängnisverhütung. Zudem suchte sie arme Familien direkt in ihren Unterkünften auf und sah dort nach dem Rechten. Viele arme Leute, die keiner Krankenkasse angehörten, waren dankbar für ihr Angebot, da sie sich keinen Arzt leisten konnten. Und obwohl Martha die Arbeit im OP sehr geliebt hatte, lernte sie hier eine neue Art eigenverantwortlicher Tätigkeit kennen. Manche kleine Wunden oder Verletzungen behandelte sie selbst und erlebte dabei eine Freiheit, die sie bislang nicht gekannt hatte. Hier war sie diejenige, die entschied, was notwendig war und ab wann das Hinzuziehen eines Arztes unumgänglich wurde.

Ihre neuen Aufgaben förderten ihr Selbstvertrauen, und so bestärkte sie ihre Freundin Milli, ihren Stiefvater wegen des Überfalls anzuzeigen. Milli war zunächst sehr unsicher, sie befürchtete, dass er alles abstreiten und ihr dann erneut auflauern würde. Zudem fürchtete sie um Annas Sicherheit. Als Martha Paul davon erzählte, schlug der vor, Milli und Anna in ihrer Wohnung aufzunehmen, bis die Situation sich wieder etwas entspannt hatte.

»Um deinen Ruf musst du dich jetzt ohnehin nicht mehr sorgen«, meinte Paul, »da kannst du deine Freundin auch gleich bei uns wohnen lassen. In der Wohnküche steht doch ohnehin ein

Gästebett, und für Anna holen wir das kleine Kinderbett aus Millis Wohnung.«

»Und du sorgst dich nicht um deinen Ruf?«, fragte Martha.

»Warum sollte ich?«, erwiderte Paul. »Es ist doch selbstverständlich, wenn ich das Patenkind meiner Frau samt seiner Mutter bei mir aufnehme. Milli wird ja diskret genug sein, nicht hier zu arbeiten.« Er zwinkerte Martha auf seine unnachahmliche Weise zu.

Und so wagte Milli tatsächlich, erstmals in ihrem Leben Anzeige zu erstatten. Leider kam ihr Stiefvater mit einer geringen Geldbuße davon. Als Milli das erfuhr, stieg ihre Angst.

»Er wird sich mit Sicherheit rächen. Wenn sie ihn eingesperrt hätten, wäre er nach seiner Entlassung bestimmt vorsichtig, aber so … was hat er schon zu verlieren? Die Geldstrafe hat er ja nur bekommen, weil ich so lange im Krankenhaus war.«

»Du kannst bei uns bleiben, bis du dich sicher fühlst«, sagte Martha. »Und auf Anna werden wir alle hier ein Auge haben. Außerdem hast du es nicht nur für dich getan, Milli. Du musstest den Mistkerl anzeigen, damit auch andere Frauen in deiner Lage den Mut finden, sich zu wehren.«

»Und wenn er mich nochmals zusammenschlagen lässt, wird sich keine mehr trauen, gegen einen Schläger auszusagen.« Milli seufzte. »Aber du hast schon recht, es ist an der Zeit, sich nicht länger alles gefallen zu lassen, selbst wenn es gefährlich ist.«

In der Tat brachte es etwas, dass Martha Milli unterstützt und bei sich aufgenommen hatte. Es half, das Vertrauen anderer Prostituierter zu gewinnen, die nun in größerer Zahl in der Beratungsstelle vorstellig wurden. Meist suchten sie bei Martha nur einen medizinischen Rat zur Behandlung ihrer Verletzungen, denn sie fürchteten, dass sie in rechtlichen Angelegenheiten stets den Kürzeren zögen und dann weitaus Schlimmeres zu erwarten hätten.

Lida Heymann erboste das Elend der Prostituierten so sehr, dass sie sich mit einer Petition an den Senat wandte, um die Lage der Frauen zu verbessern. Sie prangerte die Ausgrenzung und die Sperrbezirke an, aber das brachte ihr nur den Ruf ein, das »verrückte Frauenzimmer« zu sein, das nicht wusste, wo sein Platz war. Man nahm es ihr zudem übel, dass sie im Jahr zuvor als Gründungsmitglied des Hamburger Ortsverbands des Deutschen Frauenvereins öffentlich aufgetreten war und sogar in der Reichshauptstadt Berlin für die Rechte der Frauen sprach. Martha bewunderte Lida für ihren Einsatz und war ebenfalls Mitglied des Deutschen Frauenvereins geworden. Zudem war sie kurz nach ihrer Heirat mit Paul auch offiziell in die sozialdemokratische Partei eingetreten.

»Jetzt musst du auf niemanden mehr Rücksicht nehmen«, hatte Paul schmunzelnd gesagt. »In den Kreisen, wo du jetzt verkehrst, steigert es dein Ansehen noch, wenn du öffentlich zu deiner Meinung stehst.«

Wie Milli richtig eingeschätzt hatte, erwies sich ihr Stiefvater als größeres Problem. Da half auch Marthas zunehmende Bekanntheit nichts. Er war gefährlich und sann auf Rache. Eines Morgens, als Paul schon auf der Arbeit war und Martha sich gerade auf den Weg zur Beratungsstelle machte, fing Hannes Steubner sie ab.

»Also von dir lässt sich mein feines Fräulein Tochter jetzt aushalten. Ich geb dir einen guten Rat, Martha. Schick sie zu mir nach Hause, oder ich kann nicht dafür garantieren, dass du dich demnächst nicht auch im Krankenhaus wiederfindest. Und wer weiß, ob du danach noch so hübsch bist und noch alle Fingerchen hast, um als Krankenschwester zu arbeiten.«

Er grinste bösartig, und Martha spürte, wie ihr eine Gänsehaut über den Rücken lief. Sie zweifelte nicht daran, dass Hannes Steubner seine Drohung wahr machen würde, aber solange er nur drohte, konnte die Polizei nichts tun. Zeigte sie ihn an, würde er einfach alles abstreiten, so wie er es stets tat.

»Ich werde es ihr ausrichten«, sagte Martha knapp, dann drängte sie sich an ihm vorbei.

»Jetzt ist der Mistkerl einen Schritt zu weit gegangen«, rief Paul empört, als Martha ihm am Abend von dem Vorfall erzählte. »Das lass ich mir nicht gefallen!«

»Und was willst du tun?«, fragte Martha.

»Ihm einen kleinen Besuch abstatten.«

»Lass das lieber«, warnte Milli, die mit ihnen in der Küche saß. »Er hat bestimmt wieder die ganze Bude voll mit seinen gewalttätigen Kumpanen.«

»Wer sagt denn, dass ich ihm allein einen Besuch abstatte?«, erwiderte Paul mit grimmiger Miene. »Ich habe auch eine Menge Freunde.«

»Willst du ihn etwa zusammenschlagen?«, fragte Martha entsetzt. »Wenn er dich anzeigt, dann …«

»… dann steht das Wort eines gewalttätigen ehemaligen Zuchthäuslers gegen das Wort eines unbescholtenen Mannes, der dafür bekannt ist, stets schlichten zu wollen. Wenn die Justiz eines solchen Mistkerls nicht habhaft wird, dann ist es an der Zeit, ihn mal nach seinen eigenen Gesetzen zu behandeln. Macht euch keine Sorgen, der wird euch nie mehr belästigen, wenn ich mit ihm fertig bin.«

Kurz darauf verließ Paul die Wohnung, und Martha und Milli blieben verzagt zurück.

In Paul brannte der Zorn. Schon viel zu lange hatte er ihn unterdrückt. Hannes Steubner war als Gewalttäter bekannt, als jemand, der in der Halbwelt verkehrte und vor keiner Schandtat zurückschreckte. Doch meist blieb er ungeschoren, da er sich nur an Menschen vergriff, die sich nicht wehren konnten. Dass Milli ihn angezeigt und er auch noch zu einer Geldstrafe verurteilt worden war, drohte seinen Ruf zu untergraben. Paul wusste, wie Männer wie Steubner dachten. Sie kannten nur das Recht des Stärkeren, sie waren grausam und unbelehrbar. Aber sie waren letztlich auch Feiglinge, wenn sie an jemanden gerieten, der ihnen überlegen war. Und so beschloss Paul, den Teufel mit dem Beelzebub auszutreiben. Er trommelte seine Freunde zusammen, allesamt kräftige Handwerker und Arbeiter, die bei seiner Hochzeit zu Gast gewesen waren. Sie schätzten Martha nicht nur, weil sie seine Frau war, sondern auch, weil sie bereits dem einen oder anderen von ihnen in ihrer neuen Rolle als Hafenschwester geholfen hatte.

»Heute wird es richtig schmutzig«, sagte Paul. »Seid ihr dazu bereit?«

»Auf jeden Fall!«, rief Manfred Perlberg, und seine Augen funkelten kampfeslustig. »Keiner droht deiner Frau, erst recht nicht so ein Schwein wie der Steubner. Der verdient schon lange eine Abreibung.«

»Und mit einer einfachen Abreibung sollten wir es nicht bewenden lassen«, bestätigte Reinhold Stolle, den sie wegen seiner breiten Schultern und seines Temperaments den Stier nannten. Auch die anderen Männer stimmten Paul zu, und so kam es, dass Hannes Steubner an diesem Abend unerwarteten Besuch von neun Männern bekam.

Zunächst klopfte Paul allein an der Tür. Millis Mutter Else öffnete ihm.

»Was woll'n Sie denn hier?«, fragte sie ihn.

»Ist Ihr Mann zu Hause?«, fragte Paul freundlich. »Ich habe was mit ihm zu besprechen.«

»Der hat seine Freunde da. Der will jetzt nicht sprechen.«

»Etwa den ehemals schönen Rudi, dem jetzt die Vorderzähne fehlen?«

Else Steubner nickte unsicher.

»Den würde ich auch gern sprechen.«

»Aber er Sie nicht!« Sie wollte die Tür zuschlagen, doch Paul hatte bereits seinen Fuß in den Türspalt geschoben.

»Das ist mir egal, er wird jetzt mit mir sprechen.«

»Ich warne Sie, die sind zu viert, die werden Sie totschlagen!«, flüsterte Millis Mutter. »Gehen Sie doch bitte!«

»Was ist denn da los?«, hörten sie Hannes Steuber brüllen.

»Nichts, Hannes.«

»Oh doch!«, rief Paul. »Hier ist Marthas Mann, und der will dem Mistkerl, der seine Frau bedroht, heute mal das Fell gerben!«

Lautes Gelächter. »Das werden wir ja sehen«, rief Hannes Steubner, und Paul hörte, wie sich die Schritte mehrerer Männer näherten. Im nächsten Moment stieß er einen lauten Pfiff aus, und seine Freunde kamen aus ihrer Deckung.

»Ich habe auch ein paar Freunde dabei«, sagte Paul, dann drängte er Else beiseite.

Als Steubners Kumpane sahen, dass sie in der Unterzahl waren, versuchten sie zu fliehen, doch Pauls Freunde hielten sie auf, schließlich konnte man nicht wissen, ob sie Verstärkung holen würden. Der schöne Rudi büßte nach seinen Zähnen auch noch seine gerade Nase ein, und auch ansonsten knackten aufseiten der Steubner-Bande einige Knochen.

Paul hingegen nahm sich Millis Vater vor.

»Na los, du mieses Schwein!«, zischte er. »Ich weiß ganz

genau, was du deiner Tochter seit Jahren antust. Jetzt bekommst du das alles mit Zinsen zurückgezahlt.«

Hannes Steubner blieb einen ganzen Monat mit zahlreichen Knochenbrüchen und einer Nierenquetschung im Krankenhaus. Doch damit begnügte Paul sich nicht. Er fand heraus, wann Steubner entlassen wurde, und erwartete ihn zusammen mit seinen Freunden am Ausgang des Krankenhauses.

Als Hannes Steubner die Ansammlung grimmig dreinschauender Männer sah, flog sein Blick unsicher hin und her. Würden sie es wagen, ihn hier, in aller Öffentlichkeit, erneut zusammenzuschlagen? Doch Paul hatte anderes im Sinn.

»Ich gebe dir einen guten Rat«, sagte er. »Halt dich in Zukunft von Martha und Milli fern, sonst wirst du beim nächsten Mal nicht so glimpflich davonkommen. Dann schlagen wir dich nicht nur zusammen, sondern versenken dich anschließend noch in einem Sack in der Elbe und schauen zu, wie die Luftblasen aufsteigen, während du dein Leben aushauchst. Ist das klar?«

Es war klar. Hannes Steubner war genau der Feigling, für den Paul ihn gehalten hatte, und da Paul mit der größeren Bande aufwarten konnte, kam er ihm nie wieder in die Quere. Milli berichtete später, dass ihr Vater demonstrativ die Straßenseite wechselte, wenn er sie zufällig sah.

»Das war zwar nicht die feine Art«, meinte Martha, »aber genau das habe ich mir schon als Kind gewünscht. Dass eines Tages mal jemand kommt, der Hannes Steubner die Bosheit aus dem Leib prügelt.«

»Die Bosheit kann man ihm nicht rausprügeln, aber seinen Ruf und sein Selbstvertrauen zerstören, das kann man. Und das wirkt«, erwiderte Paul lächelnd. »Der wird euch nie wieder belästigen.«

»Ich hoffe, du behältst recht«, sagte Martha.

»Ganz sicher«, meinte Milli. »Mein Stiefvater ist ein erbärmlicher Feigling. Er hatte immer ein großes Maul, aber er hat seinen Kumpanen nun nichts mehr zu bieten. Die werden sich hüten, sich noch mal mit Pauls Freunden anzulegen, nur um einem Großmaul zu helfen. Und allein ist er ein Nichts.« Dann sah sie Paul an. »Wenn du nicht mit Martha verheiratet wärst, würde ich dich jetzt küssen.«

»Och, ich denke, gegen ein Bussi auf die Wange habe ich nichts«, sagte Martha und lachte, als Paul Milli tatsächlich auffordernd seine Wange entgegenhielt und sie ihm ein Bussi aufhauchte.

54

Die Frauenberatungsstelle erwies sich in den folgenden Monaten als großer Erfolg, und nachdem Millis Vater endlich keine Gefahr mehr darstellte, glaubte Martha, dass sie am Ziel all ihrer Wünsche war, auch wenn sie tagtäglich mit dem Elend der Menschen aus dem Gängeviertel konfrontiert wurde. Viele Frauen waren in unglücklichen Ehen gefangen, und selbst wenn die Männer nicht immer gewalttätig waren, so beuteten sie ihre Frauen doch auf jede erdenkliche Weise aus. Alles Geld, das eine Frau verdiente, gehörte dem Ehemann, der es oft genug vertrank, anstatt sich um ausreichend Essen für die Kinder zu kümmern. Martha lernte junge Frauen kennen, die sich in unglückliche Ehen stürzten, um einem Schicksal wie Milli zu entgehen. Dafür waren sie prügelnden oder im besten Fall gleichgültigen Männern ausgeliefert, die ihnen jedes Jahr ein Kind machten, ohne dass sie sich um die Kinderschar kümmerten, geschweige denn genügend Geld für deren Unterhalt verdienten. Gerade solche Frauen informierte Martha über Verhütungsmittel, allerdings musste sie feststellen, dass sich oft eine gewisse Gleichgültigkeit eingestellt hatte. Präservative lehnten die Männer ab, und Geld für Portiokappen konnten die Frauen nicht aufbringen. Und selbst wenn, musste Martha sich mehr als ein Mal anhören: »Wenn ich schwanger bin, schlägt er mich wenigstens nicht, und wo es für sieben Kinder reicht, reicht es auch für acht.«

»Auch für zehn oder elf?«, pflegte Martha dann zu fragen. »Wo soll denn da die Grenze gezogen werden?«

»Ach, die Winterkinder erleben ja oft das Frühjahr nicht, die haben's ja meist auf der Lunge«, lautete eine beliebte Antwort, die Martha jedes Mal schaudern ließ. Es war nicht einfach, im Bodensatz der Verzweifelten zu wühlen und zu hoffen, dort Grund hineinzubekommen. Ein weitverbreiteter Glaube war nach wie vor, dass es Kinder abhärte, sie im Winter draußen im Kinderwagen stehen zu lassen. »Das Kind braucht doch frische Luft«, hieß es dann, aber Martha hatte allzu oft den Eindruck, die Trauer der Mütter, die schon einen Stall voller Kinder hatten, hielt sich in Grenzen, wenn das Würmchen elendig an einer Lungenentzündung verstarb. Es war dann eben ein »schwaches Winterkind«.

Aber es gab auch Lichtblicke. Gerade Frauen, die einen vernünftigen Mann geheiratet hatten, waren sehr interessiert an Marthas Beratung zur Empfängnisverhütung, weil sie ihren Lebenssinn nicht darin sahen, ein Dutzend Kinder großzuziehen, sondern nur so viele, wie sie angemessen versorgen konnten. Die meisten wünschten sich lediglich drei oder vier Kinder, mehr nicht. Natürlich mussten diese Gespräche sehr vertraulich erfolgen, denn zu leicht hätte man Frauen, die sich um Verhütung kümmerten, einen liederlichen Lebenswandel nachgesagt, selbst wenn sie verheiratet waren. Die Frau durfte sich sexuell keiner Leidenschaft hingeben, Sexualität sollte ausschließlich der Zeugung von Kindern dienen.

Die Frauenberatungsstelle polarisierte die vornehme Hamburger Gesellschaft. Die einen lobten sie als großartige Neuerung, andere hingegen glaubten, dort würde man den Frauen Flausen in den Kopf setzen, die dazu geeignet wären, ihren »Naturberuf« zu vergessen. Zunächst lernten Martha und Lida Heymann die Sonnenseiten ihrer Beratungsstelle kennen. Wie einst beim Hafenarbeiterstreik galt es als schick, sich mit den Unterdrückten zu solidarisieren. Lida wurde häufig eingeladen, um über die Frauenbewegung zu sprechen, und Martha begleitete sie regelmäßig, wenn es darum ging, über ihre Tätigkeit als Hafenschwester zu berichten.

Lida nutzte Marthas Beispiel auch, um für die Rolle der berufstätigen Ehefrau zu werben.

»An Marthas Beispiel sehen wir, dass eine verheiratete Frau ebenso verantwortungsbewusst als Krankenschwester arbeiten kann wie eine Ledige oder eine Witwe«, erklärte sie bei einer Versammlung vornehmer Bürgersfrauen. »Und wir sehen, dass eine Frau selbstständig und ohne jede männliche Anweisung in der medizinischen Versorgung tätig werden kann. Etwas, das uns eigentlich seit Anbeginn der Zeiten bekannt sein dürfte, schließlich ist Hebamme seit jeher ein Beruf, in dem Frauen selbstständig arbeiten, auch wenn immer wieder von männlichen Ärzten versucht wurde, ihnen diese Eigenständigkeit zu nehmen. Warum sollte es also bei einer Krankenschwester anders sein? Ich gehe sogar noch einen Schritt weiter. Warum ist es Frauen in Deutschland untersagt, eine Oberschule zu besuchen und zu studieren? Warum müssen unsere Töchter, wenn sie sich nach Bildung sehnen, das Land verlassen und in der Schweiz studieren?«

Eine Frau im Hintergrund, die Martha bislang nicht aufgefallen war, meldete sich zu Wort.

»Wir dürfen nicht vergessen, dass wir unsere Töchter auf der anderen Seite auch vor den Unbilden des Lebens zu schützen haben«, sagte sie. Obwohl Martha sie noch nie gesehen hatte, kam sie ihr auf irgendeine Weise bekannt vor.

»Und welche Gefahren befürchten Sie?«, fragte Lida. »Ist es nicht vielmehr so, dass ein Lehrberuf eine Frau davor schützt, ausgebeutet zu werden?«

»Nun, junge Mädchen können vielerlei Gefahren zum Opfer fallen, die ihrem Geschlecht geschuldet sind.« Die Frau räusperte sich.

»Aber dennoch haben Sie Ihre Tochter auf eine höhere Töchterschule geschickt und ihr sogar erlaubt, selbst Krankenschwester zu werden, Frau Feldbehn«, sagte eine andere Zuhörerin.

Martha zuckte zusammen. Frau Feldbehn! Das war Augustes Mutter. Jetzt begriff sie, warum die Frau ihr so bekannt vorgekommen war. Auguste hatte die Gesichtszüge ihrer Mutter geerbt, wenngleich die Züge ihrer Mutter herber waren.

»Allerdings arbeitet meine Tochter im Schutz einer gesitteten Schwesternschaft, die sehr auf Wohlverhalten und Anstand achtet«, entgegnete Frau Feldbehn. »Meine Auguste würde sich niemals dazu hergeben, mit zweifelhaften Individuen zu verkehren und gefallene Frauen zu empfangen oder gar zu beherbergen. Und ich bin sehr dankbar, dass die Schwesternschaft, der sie angehört, das genauso sieht. Fräulein Heymann, Sie sind für Ihre seltsamen Vorstellungen bekannt, und es wundert mich nicht, dass Sie uns hier eine Frau als Vorbild hinstellen wollen, die aus der Erika-Schwesternschaft mit Schimpf und Schande verjagt wurde und die sich jetzt mit Huren und Gossenkindern umgibt. Eine Frau, die sozusagen dorthin zurückgekehrt ist, woher sie stammt. In den Bodensatz.«

»Frau Feldbehn, mir ist klar, dass unsere Arbeit nicht von allen gleichermaßen wertgeschätzt wird«, sagte Lida. »Aber es schmerzt immer wieder, wenn ich miterleben muss, wie eine Frau, die selbst Mutter zweier Töchter ist, sich mit den Argumenten des Patriarchats wappnet, um die Rechte von Frauen zu negieren.«

»Ganz im Gegenteil!«, echauffierte sich Frau Feldbehn. »Ich schütze die Rechte von Frauen, indem ich mich für ihre Ehre einsetze. Wir sind nun mal das schwache Geschlecht, und anstatt gegen diese Rolle aufzubegehren und nach gleichen Rechten zu schreien, sollten wir die uns eigenen Stärken nutzen. Eine Krankenschwester gehört in eine ehrbare Schwesternschaft, die sie trägt und fördert, aber nicht auf die Straße, als wäre sie selbst ein Straßenmädchen. Auf diese Weise wird der Ruf aller Schwestern beschmutzt. Und Ihre sogenannte Beratungsstelle ist ein Sündenbabel, das Frauen zu frevelhaftem Verhalten verführt.«

»Für Sie ist es also frevelhaft, wenn Menschen um ihr Recht kämpfen?«, fragte Lida resolut nach.

»Der Staat sorgt dafür, dass jeder sein Recht bekommt. Dazu braucht es keine sozialistische Stätte des Aufruhrs. Diese Beratungsstelle ist gegen die Ordnung des Kaisers, und deshalb rufe ich alle anständigen Frauen auf, dagegen Position zu beziehen. Es ist unmoralisch, Frauen, die von der Sünde leben, auch noch zu unterstützen und ihnen sogenannte Rechte zugestehen zu wollen. Wirkliche Hilfe wäre eine harte Hand, damit sie wieder auf den Pfad der Tugend zurückgeführt werden können!«

Bevor jemand noch etwas erwidert konnte, war Frau Feldbehn energisch aufgestanden. »Meine Damen, wer meiner Meinung ist, möge mir folgen.« Dann ging sie zur Tür. Martha sah, wie sich drei weitere Damen erhoben und mit empörten Mienen davonstolzierten, während die anderen ihnen erstaunt hinterherblickten.

»Meine Damen«, sagte Lida, »ich danke Ihnen, dass Sie geblieben sind und sich weiterhin für unsere Sache einsetzen wollen.«

»Das werden wir«, sagte diejenige, die Augustes Mutter zuerst zur Rede gestellt hatte. »Mögen auch vier verbohrte Geister gegangen sein, die unsere Werte ohnehin nicht geteilt haben, die Mehrzahl ist geblieben, denn wir schätzen Ihre Arbeit, Fräulein Heymann. Ebenso wie die von Frau Studt als Hafenschwester.«

Donnernder Applaus der verbliebenen Zuhörerinnen unterstrich ihre Worte.

»Ich danke Ihnen«, sagte nun auch Martha. »Ihr Zuspruch bedeutet mir sehr viel. Es ist niemals leicht, für etwas Neues einzutreten; oft müssen wir mit Rückschlägen und Anfeindungen rechnen. So war es schon zu Zeiten der Cholera, als all jene angefeindet wurden, die vor der Seuche warnten, da sie vom Senat noch geheim gehalten werden sollte. So war es während des Hafenarbeiterstreiks, der zwar mit einer Niederlage für die Arbeiter endete, aber letztlich doch zum Besseren führte, weil inzwischen Aufsichtskommissionen für bessere Arbeitsbedingungen sorgen und die Unsitte abgeschafft wurde, den Lohn in Kneipen auszuzahlen, wo er nur allzu oft von den Männer vertrunken wurde, ehe sie ihn ihrer Familie bringen konnten. Wir haben immer gegen Widerstände gekämpft, wir haben viel erreicht, auch wenn wir viele Rückschläge in Kauf nehmen mussten. Aber genauso, wie es jetzt ein Institut für Hafengesundheit gibt und Hamburg sich anschickt, die beste Kanalisation des Reiches aufzubauen, um so etwas wie die Cholera-Epidemie in Zukunft zu verhindern, genauso, wie es jetzt Lohnbüros gibt, bei denen Ehefrauen auf ihre Männer warten können, wenn sie ihre Lohntüte bekommen, anstatt hilflos mit ansehen zu müssen, wie alles die Kehle hinuntergespült wird, genauso werden wir auch die Rechte der Frauen verbessern. Denn nur wenn wir die Rechte und Möglichkeiten der Frauen stärken, werden wir eine starke Nation bleiben. Schließlich sind es die Frauen, die die Kinder aufziehen und ihnen ein Vorbild sind. Eine gebildete Mutter ist eine bessere Mutter, denn sie lehrt ihre Kinder schon früh, worauf es im Leben ankommt. Sie fördert deren Fähigkeiten und sieht es als ihre heiligste Pflicht, jedem ihrer Kinder die bestmögliche Ausbildung zukommen zu lassen. Und wenn sie nebenher selbst einen Beruf ausübt, so ist sie zugleich Vorbild für ihre Kinder, weil sie ihnen zeigt, dass wir alles erreichen können. Und das werden wir auch!«

Erneuter Applaus. Und wie jedes Mal, wenn Martha sich der Macht ihrer eigenen Wortgewandtheit bewusst wurde, fühlte sie eine tiefe innere Genugtuung und das Gefühl, wirklich alles schaffen zu können.

55

Mochte Augustes Mutter bei Lida Heymanns Versammlungen auch nur die Minderheit der vornehmen Frauen repräsentiert haben, so gab es doch genügend Damen in der sogenannten besseren Gesellschaft, die sie unterstützten. Natürlich schloss sich auch Auguste dem Komitee für Sitte und Anstand an, das gegen die Beratungsstelle war. Von Carola erfuhr Martha, dass die meisten anderen Erika-Schwestern sich heimlich über Auguste lustig machten, aber nach Marthas und Susannes Entlassung wagte niemand mehr, offen gegen Auguste zu sprechen. Man kannte ihre Hinterlist und fürchtete den Einfluss ihres Vaters. Also hielten sie sich lieber zurück und begnügten sich mit Bemerkungen hinter vorgehaltener Hand.

Eines Morgens im Herbst 1897 suchte Martha wie üblich die Beratungsstelle auf, um ihre Sprechstunde abzuhalten. Sie erwartete lange Schlangen wie jeden Morgen, doch stattdessen sah sie eine Ansammlung von gut gekleideten Frauen, die Schilder in die Luft hielten und den Weg zur Beratungsstelle zum Spießrutenlauf machten.

»Zurück zu Sitte und Anstand«, stand auf einem. »Eine anständige Frau weiß, wo ihr Platz ist«, las Martha auf dem nächsten.

Martha wusste nicht, ob sie angesichts dieser Sprüche lachen oder weinen sollte. Wie konnte es sein, dass sich Frauen gegen andere Frauen stellten? Als sie Auguste unter den demonstrierenden Frauen erkannte, ging sie offensiv auf ihre einstige Rivalin zu.

»Ist das hier wirklich der richtige Platz für eine tugendhafte Frau?«, fragte sie Auguste mit lauter Stimme. »Ich dachte, Demonstrationen seien sozialistisches Teufelswerk, mit dem man sich gegen die Obrigkeit auflehnt. Wie kann es sein, dass sich anständige Hanseatinnen so verhalten? Und wäre dein Platz nicht viel eher bei deinen Patienten im Krankenhaus?«

»Wir demonstrieren für eine gerechte Sache«, sagte Auguste. »Nachdem du wegen unsittlicher Verfehlungen aus der Schwesternschaft ausgestoßen wurdest, suhlst du dich augenscheinlich wieder in der Gosse, aus der du kamst.«

»Von suhlen kann keine Rede sein, wir haben sogar Tische und Stühle in der Beratungsstelle«, gab Martha barsch zurück. »Wenn ihr glaubt, uns so einschüchtern zu können, habt ihr euch geirrt.«

»Nun, dich vielleicht nicht, dein Ruf ist ohnehin ruiniert. Aber wir werden gesittete Frauen daran hindern, sich hier von euren verrückten Ideen aufhetzen zu lassen.«

»Von den Ideen der Gleichberechtigung? Von den Ideen, dass Frauen gleiche Rechte wie Männer haben sollten?«, erwiderte Martha mit lauter Stimme. Sie wusste, dass ihre Worte Auguste gleichgültig waren, aber sie wollte damit auch nicht sie erreichen, sondern die Frauen, die sich um sie herum gruppiert hatten. »Ihr demonstriert für Sitte und Anstand«, sagte Martha. »Das ist ein löbliches Ziel, genau dafür steht diese Beratungsstelle. Wir helfen Frauen, die in sittenwidriger Weise ausgebeutet werden. Sowohl von ihren Arbeitgebern als auch von ihren Ehemännern. Und ja, wir beraten auch Frauen, die der Prostitution nachgehen.« Ein empörtes Keuchen ging durch die Reihen der Demonstrierenden, als Martha das ungehörige Wort aussprach.

»Meine Damen, was echauffieren Sie sich so darüber, dass unsere Türen allen offen stehen?«, fragte sie gelassen, denn die Zeiten, da sie sich hatte einschüchtern lassen, waren längst vorbei.

»Regen Sie sich lieber über Ihre Ehemänner, Brüder und Söhne auf, die die Dienste professioneller Damen in Anspruch nehmen. Ist Ihnen etwa nicht bekannt, dass es in den besseren Kreisen als normal gilt, Knaben an der Schwelle zur Mannwerdung von professionellen Damen in die Kunst der Liebe einführen zu lassen? Oder was sagen Sie dazu, dass eine Stadt wie Hamburg sogar ein stetes Kontingent an Prosituierten bereitzustellen hat, wegen all der Seeleute? Weil man es Männern anscheinend nicht zutraut, ihre Triebe zu zügeln, und man so die sogenannten ehrbaren Jungfern schützen will. Wie passt es zusammen, dass man arme Frauen zur Prostitution nötigt, sie aber nach außen hin mit dem Zeigefinger verurteilt? Meine Damen, die Sie hier für Sitte und Anstand demonstrieren, ich frage Sie, warum Sie nicht dort anfangen, wo Sie wirklich etwas verändern können. Nämlich bei sich zu Hause! Tolerieren Sie nicht länger die Bordellbesuche von Männern. Wenn kein Mann mehr Prostituierte aufsuchen würde, könnten die keine Geschäfte mehr machen und würden von ganz allein verschwinden. Zudem sollten Sie Ihre Dienstmädchen, wenn die schwanger werden – womöglich sogar von ihrem eigenen Dienstherrn –, nicht länger auf die Straße setzen, sondern weiter beschäftigen. Fangen Sie mit der Nächstenliebe lieber bei sich zu Hause an! Sie halten sich doch alle für gute Christinnen und gehen jeden Sonntag zur Kirche. Dann denken Sie auch an Jesu Worte. Er hat nicht nur mit Sündern gespeist und sich mit Prostituierten umgeben, sondern er sagte auch: ›Wer von euch ohne Sünde ist, der werfe den ersten Stein.‹ Gehen Sie in sich und denken Sie darüber nach. Natürlich können Sie auch gern weiterhin wie die von Ihnen sonst so geschmähten Suffragetten – Frauen, die ich im Übrigen sehr bewundere – ihre Protestschilder heben. Sie zeigen damit immerhin, dass Sie nicht besser sind als diejenigen, gegen die Sie aufzustehen glauben. Und nun werde ich meine

Arbeit tun. Ich wünsche Ihnen noch angenehmes Protestieren, aber seien Sie bitte nicht zu laut, es wäre doch sehr peinlich, wenn so vornehme Damen von der Polizei wegen öffentlicher Ruhestörung abgeführt würden, nicht wahr?«

Als Martha sich umdrehte und die Beratungsstelle betrat, hörte sie das aufgeregte Tuscheln und Raunen der Frauen, doch sie widerstand dem Impuls, sich umzusehen. Eine Stunde später stellte sie fest, dass die Gruppe sich zerstreut hatte.

Es blieb bei dieser einen Demonstration, aber Auguste Feldbehn trug den Fehdehandschuh, den ihre Mutter im Namen der Familie geworfen hatte, weiter. Dabei war der Einfluss ihres Vaters nicht unerheblich, denn er kannte einige Zeitungsverleger, die bereitwillig Artikel seiner Tochter Auguste im Kampf gegen Unmoral und Verbrechen abdruckten. Da Martha diese Zeitungen nicht las, erfuhr sie erst davon, als Lida empört eine Ausgabe mit einem von Augustes Artikeln auf den Tisch legte.

»Sieh dir das an! Das feine Fräulein ruft indirekt zum Kampf auf. Jetzt weiß ich auch endlich, warum in letzter Zeit häufig dubiose Gestalten vor unserer Beratungsstelle herumgelungert und Frauen belästigt haben. Wer weiß, ob sie die nicht sogar direkt angeheuert hat. Wer sich nicht mal scheut, derartige Lügen in der kaisertreuen Presse zu verbreiten, dem ist alles zuzutrauen!«

Martha ergriff die Zeitung und las den Artikel.

Unsere geliebte Heimatstadt Hamburg hat in der Vergangenheit zahlreiche Herausforderungen gemeistert. So haben wir dank der Umsicht des Senats aus der großen Choleraepidemie gelernt. Unsere Krankenhäuser können es mittlerweile selbst mit der Berliner Charité aufnehmen. Im Allgemeinen Krankenhaus Eppendorf lernen junge Damen aus gutem Hause die

Kunst der Krankenpflege, aber auch die Tätigkeiten einer OP-Schwester, die als verantwortungsvolle Hilfskraft den Chirurgen zur Hand geht. Gewiss zahlen wir dafür einen Preis, denn anders als dem Manne ist es uns Frauen biologisch nicht möglich, unser Herz und unseren Verstand auf mehr als eine Sache zugleich zu lenken. Und so haben wir uns für den Dienst an unserer Gesellschaft zur Ehelosigkeit verpflichtet, wenngleich wir weltliche Schwestern sind, was uns von Diakonissen oder Ordensfrauen unterscheidet. Als Krankenschwester habe ich Einblick in viele Bereiche des Lebens, die anderen Menschen verschlossen bleiben. Und so sehe ich, wo die Not am größten ist. Das ist sie immer dann, wenn von den Frauen verlangt wird, Tätigkeiten zu übernehmen, die sich nicht mit ihrem Familienleben in Einklang bringen lassen. Wir Frauen sind zu Empathie und Fürsorge fähiger als jeder Mann, denn dies ist uns angeboren, da unsere Hauptaufgabe in der Mutterschaft liegt. Nun ist es selbstverständlich möglich, diese Eigenschaften auch auf andere Menschen zu übertragen, so wie ich es als Krankenschwester tue. Doch die Kraft einer Frau ist begrenzt. Sie muss sich entscheiden, wem sie ihre Liebe und Fürsorge schenkt. Ein Mann hat es leichter – die ihm fehlende Liebe und Obhut übernimmt seine Ehefrau, die die Kinder betreut, sodass er als Familienvater nur einschreiten muss, wenn es um Recht und Ordnung geht. Wo die Frau das Herz ist, ist er das Gesetz. Zwingt man Frauen dazu, sich nicht mehr auf ihr Herz zu verlassen, indem man sie neben der Kindererziehung dazu nötigt oder gar ermuntert, einen Beruf auszuüben, wird dies zu Unfrieden im Haushalt führen. Die Frauen, die sich nicht mit dem begnügen wollen, was ihr Mann erwirtschaftet, vernachlässigen ihre Kinder und treiben den Mann zur Verzweiflung, sodass er sich oft genug in den Alkohol flüchtet. Wenn einer dieser unglücklichen Männer dann die Beherrschung verliert und seine Gattin züchtigt, so ist es neuerdings modern geworden, nicht das eigene Verhalten zu überdenken, sondern sich Hilfe in einer sogenannten Beratungsstelle zu suchen, die jüngst von Fräulein Lida Gustava Heymann eröffnet wurde, einer Frau mit zweifelhaften Ansichten, die sogar für die Legalisierung der Prostitution kämpft und allen Ernstes verlangt, die Tätigkeit einer Hure solle ein Beruf wie jeder andere auch sein. Diese Beratungsstelle ist ein Sündenpfuhl, den jede anständige Frau zu meiden hat. Hier werden die Frauen auf einen schädlichen Weg geschickt, der nicht nur sie selbst zerstört, sondern auch ihre Familien. Und deshalb rufe ich alle Frauen auf: Meidet diesen Ort! Welche ehrbare Frau will sich schon mit Prostituierten auf eine Stufe stellen lassen? Wo kommen wir hin, wenn die Huren zu ehrbaren Bürgerinnen und ihr Gewerbe zum Beruf erklärt wird? Sollen sich dann womöglich bald auch Frauen aus besserem Hause prostituieren, um einen Beruf auszuüben?

»Das ist ja unglaublich!«, rief Martha, nachdem sie den Artikel gelesen hatte. »Du hast zu keinem Zeitpunkt gefordert, Prostitution als Beruf anzuerkennen. Du wolltest nur, dass die Lebensbedingungen der Prostituierten verbessert werden.«

»Ja«, bestätigte Lida. »Aber das ist unseren Gegnerinnen gleichgültig. Sie nutzen alles, um es gegen uns zu verwenden, selbst wenn es eine billige Lüge ist.« Sie seufzte. »Ich bin am Überlegen, wie wir damit am besten umgehen. Ich könnte versuchen, eine Gegendarstellung zu erwirken, aber zum einen wird die – wenn sie überhaupt erscheint – irgendwo als Randnotiz untergehen, und zum zweiten wird uns eh keiner aus dieser Leserschaft glauben. Sie wollen uns in den Schmutz ziehen, und echten Argumenten sind sie nicht aufgeschlossen. Das ist der wahre Klassenkampf.« Sie seufzte abermals.

»Also müssen wir uns diese Verleumdungen gefallen lassen?«

»Ich fürchte, unsere Möglichkeiten sind beschränkt«, stellte Lida traurig fest. »Und wenn es so weitergeht, werden die Feldbehns ihr Ziel erreichen. Dann werden sie die Beratungsstelle letztlich zerstören, weil sich kaum noch eine Frau hierhertraut.«

»Aber warum handeln Frauen so? Eigentlich müssten sie doch auf unserer Seite sein.«

Lida hob die Schultern. »Ich weiß es nicht. Irgendetwas versprechen sie sich davon. Es ist leichter, in dieser Gesellschaft gut angesehen zu sein, wenn man das sagt, was die Obrigkeit hören will.«

Noch während Lida diese Worte aussprach, kam Martha ein kühner Gedanke.

»Kennst du die Gerüchte, die Auguste seit Jahren begleiten?«, fragte sie ihre Freundin.

»Welche Gerüchte meinst du?«

»Nun, Auguste war von Anfang an nicht die typische Krankenschwester. Es hieß, sie habe ihre Liebe zur Krankenpflege entdeckt, als sie ihre schwangere Mutter monatelang zur Kur begleitete. Böse Zungen behaupten jedoch, dass ihre Mutter überhaupt nicht schwanger gewesen, sondern Auguste selbst ein Malheur passiert sei. Das würde auch erklären, warum diese scheinheilige Familie nach außen hin so auf Sitte und Anstand pocht. Lida, du hast doch so viele einflussreiche Kontakte. Wäre es möglich, ein wenig mehr über Augustes kleine Schwester zu erfahren? Wann sie geboren wurde und vor allem wo und von wem?«

»Das ist eine knifflige Angelegenheit«, meinte Lida. »Wenn eine vornehme Familie sich Mühe gibt, das Kind ihrer Tochter zu verheimlichen, werden sie vermutlich auch die Geburtsurkunde entsprechend ausfüllen lassen.«

»Aber das wäre Urkundenfälschung. Und ob sich ein Arzt und eine Hebamme – auch wenn sie noch so weit entfernt leben – darauf eingelassen haben, ist die Frage. Auf der anderen Seite bekommt ja sonst niemand die Geburtsurkunde des Kindes zu sehen – niemand weiß, was dort eingetragen steht.«

»Und was genau stellst du dir vor, soll ich tun?«, fragte Lida hilflos. »Auf gut Glück Nachforschungen anzustellen ist nicht so einfach.«

»Nichts im Leben ist einfach«, erwiderte Martha. »Vielleicht genügt es ja schon herauszufinden, wie es auf der höheren Töchterschule um Auguste stand. Gab es da vielleicht einen Mann, der ihr gefiel? Es ist doch sehr seltsam, dass sie die Schule so plötzlich verlassen hat, um ihre Mutter zu begleiten, oder? Die hätte sich ja auch ein Dienstmädchen leisten können.«

»Und wenn nichts dabei herauskommt?«

»Dann haben wir es zumindest versucht. Außerdem habe ich noch eine Rechnung mit Auguste offen – sie hat mir hinterherspioniert, um mich zu vernichten, da ist es nur recht und billig, wenn ich das Gleiche tue.«

56

Was zunächst aus einem zornigen Impuls heraus geboren war, beschäftigte Martha in den nächsten Tagen immer mehr. Gab es wirklich ein schmutziges kleines Geheimnis im Leben der Auguste Feldbehn? Üble Nachreden hatten oft einen wahren Kern, und Martha erinnerte sich gut daran, wie Auguste im ewigen Zank mit Susanne stets zurückgezuckt war, wenn Susanne eine Bemerkung über Augustes kleine Schwester gemacht hatte. Leider war Susanne inzwischen in der Schweiz und hatte endlich ihr lang ersehntes Medizinstudium begonnen. So blieb Martha nichts anderes übrig, als Carola zu fragen, ob sie vielleicht etwas mehr über Auguste in Erfahrung bringen könnte. Carola war sofort Feuer und Flamme. Fast hatte Martha den Eindruck, die Freundin versuche auf diese Weise, ihre Schuldgefühle zu bekämpfen, weil sie damals nicht für sie aufgestanden war.

Wie es auch sein mochte, jedenfalls setzte Carola alles Erdenkliche in Bewegung, um mehr über Augustes Vergangenheit zu erfahren. Dabei griff sie auch auf Kontakte ihres Vaters zurück, aber es war aussichtslos. Falls es tatsächlich ein schmutziges Geheimnis gab, so war es gut versteckt. Carola hatte sogar versucht, über mehrere Ecken hinweg das Dienstpersonal der Familie Feldbehn auszuhorchen, doch niemand wollte etwas Negatives über Augustes Leumund verlauten lassen.

»Ich bin mir sicher, dass das Personal Angst hat«, sagte Carola zu Martha. »Die wissen ganz bestimmt etwas, aber keiner traut sich, den Mund aufzumachen, denn die Familie Feldbehn ist dafür bekannt, Hauspersonal nicht nur bei kleinsten Verfehlungen zu entlassen, sondern auch dafür zu sorgen, dass ihre Mädchen nirgendwo mehr eine Stellung bekommen. Die reinste Ausbeuterfamilie!«

Martha seufzte. »Es war einen Versuch wert. Wir werden trotzdem weitermachen.«

Tatsächlich hatten die ständigen Anfeindungen der Beratungsstelle durch die Familie Feldbehn zur Folge, dass weniger Frauen es wagten, die Hilfe in Anspruch zu nehmen. Die bürgerlichen Klientinnen schlichen meist lange um das Haus herum, bevor sie eintraten, um sicherzugehen, dass sie niemand beobachtete. Mochten auch keine wilden Weiber mehr mit Protestschildern vor dem Eingang verharren, die Angst, als verkommenes Frauenzimmer zu gelten, nur weil man die Beratungsstelle besuchte, hatte sich vielen Hilfesuchenden in die Seele gebrannt.

An einem eisigen Dezembermorgen sah Martha vom Fenster ihres Büros aus eine verhärmte, unsicher wirkende Frau unschlüssig vor der Beratungsstelle stehen. Martha griff nach ihrem Mantel und ging nach draußen.

»Guten Morgen«, sagte sie. »Möchten Sie zu uns?«

Die Frau zuckte zusammen. »Ich … ich weiß nicht so recht.«

»Brauchen Sie Hilfe?«

»Ich … weiß nicht.«

»Nun, wenn Sie das nicht so genau wissen, können wir es ja gemeinsam herausfinden. Mögen Sie vielleicht hereinkommen?«

Die Frau nickte schwach. »Ich habe Ihre Adresse von einem Dienstmädchen unter der Hand bekommen«, sagte sie leise. »Aber sie hat mich gewarnt. Es würde nicht gern gesehen, wenn man herkommt.«

Martha fiel auf, dass die Frau mit schwäbischem Dialekt sprach.

»Sind Sie neu in Hamburg?«

Erneutes Nicken. »Ich komme aus Stuttgart.«

»Und nun kommen Sie erst mal mit in mein Büro«, sagte Martha bestimmt und hakte sich freundschaftlich, aber zugleich energisch bei der Frau unter, um sie in ihr Büro zu führen.

Während Martha dort sofort ihren Mantel auszog und an die Garderobe hängte, blieb die Frau stocksteif stehen und machte nicht die geringsten Anstalten, ihren Mantel ebenfalls abzulegen. Stattdessen musterte sie die Einrichtung des weiß gestrichenen Raums.

Hinter Marthas Schreibtisch stand ein Apothekerschrank und links davon eine Untersuchungsliege. Lida hatte die Möbel damals günstig aus einer Praxisauflösung erworben, und Martha hatte die Liege schon oft für Untersuchungen genutzt.

»Möchten Sie nicht Platz nehmen?«, fragte Martha. Die Frau sagte kein Wort, sondern sah Martha mit unsicherem Blick an und hielt ihren Mantel geschlossen, als wäre er eine schützende Rüstung.

»Haben Sie ein gesundheitliches Problem, das Ihnen unangenehm ist?«, fragte Martha betont freundlich, um ihr die Angst zu nehmen.

Die Frau schüttelte stumm den Kopf, nahm aber immerhin auf dem Stuhl Platz, der Marthas Schreibtisch gegenüberstand.

»Was ist es dann?«

»Ich …«, begann sie stockend. »Ich weiß nicht, ob es richtig ist, dass ich hergekommen bin, aber …«

»Was genau haben Sie denn gedacht, als Sie sich auf den Weg hierher gemacht haben? Irgendeine Form von Hilfe müssen Sie doch erwartet haben. Das Dienstmädchen, das Ihnen unsere Adresse gab, dachte bestimmt, wir könnten Ihnen helfen.« Martha lächelte sie freundlich an.

»Wie ich schon sagte, ich komme aus Stuttgart.« Sie blickte auf ihre Hände. »Nach dem Tod meiner Mutter hat mich dort nichts mehr gehalten. Auf dem Sterbebett hat sie mir gesagt, ich solle doch versuchen, in Hamburg in Stellung zu kommen. Da gebe es eine vornehme Familie, die würde mich ganz gewiss als Hausmädchen nehmen, denn die würde ihr einen Gefallen schulden. Sie hat mir auch einen Brief für die Familie gegeben.«

Die Frau stockte erneut.

»Und dann?«, fragte Martha.

Die Frau räusperte sich.

»Als ich dort den Brief abgab, haben sie mir die Tür gewiesen und gesagt, ich solle mich nie wieder blicken lassen. Ich war völlig verzweifelt, ich habe doch kein Geld mehr und weiß nicht mal, wo ich hier in Hamburg unterkommen soll. Und den Brief haben sie behalten, ich habe keine Zeugnisse mehr, gar nichts. Das Dienstmädchen, das mich zur Tür brachte, hatte Mitleid mit mir und gab mir diese Adresse. Ich musste ihr aber versprechen, dass ich das nicht verrate, weil sie das ihre Stellung kosten könnte. Und da hatte ich Angst. Was ist das hier für eine Beratungsstelle, und warum fürchten die Dienstmädchen sie?«

»Wir beraten Menschen in Not. Es gibt rechtliche und medizinische Beratung. Viele bürgerliche Familien unterstützen uns mit Spenden, aber es gibt auch solche, die uns bekämpfen, weil sie nicht wollen, dass die Menschen ihre Rechte kennen und dafür einstehen.«

»Dann können Sie mir helfen?«

»Das kommt darauf an, was Sie brauchen. Wie ist denn der Name der Familie, die Ihnen so übel mitgespielt hat?«

»Feldbehn.«

Martha zuckte zusammen. »Feldbehn«, wiederholte sie. »Sagen Sie, Sie kommen aus Stuttgart. Auf welche Weise war Ihre Mutter der Familie denn behilflich?«

»Sie war Hebamme.«

»Hebamme?«, rief Martha und ermahnte sich noch im selben Moment, Ruhe zu bewahren. »Hat sie womöglich ein Kind auf die Welt geholt?«, fragte sie deshalb scheinbar unbeteiligt. »Vielleicht eines, dessen wahre Mutterschaft niemand erfahren sollte?«

Die junge Frau errötete, dann nickte sie.

Martha zog einen Stift und Papier hervor. »Sagen Sie, wie ist Ihr Name?«

»Erika Köster.«

Martha notierte den Namen. »Fräulein, nehme ich an?«

Die junge Frau nickte.

»Und nun erzählen Sie mir doch bitte von diesem Geheimnis, das wird es uns erleichtern, Ihnen zu einer Anstellung zu verhelfen, wenn die Familie Feldbehn schon nicht bereit war, Sie aufzunehmen, Fräulein Köster.«

Fräulein Köster schluckte. »Ich weiß nicht, ob ich das tun sollte. Ich ... ich habe Angst vor den Folgen. Manche Dinge sollte man für immer in seinem Herzen verschließen, weil sie sonst böse auf einen zurückfallen könnten.«

»Was genau befürchten Sie denn? Kann es noch schlimmer werden, als es schon ist?«

»Nein, vermutlich nicht.« Fräulein Köster holte tief Luft. »Es war vor bald fünf Jahren, im Januar 1893. Ich war damals gerade fünfzehn geworden, meine Mutter wollte, dass ich im Sommer die Hebammenschule besuche, um ihre Nachfolge anzutreten. Sie war zu der Zeit schon sehr schwach, sie hatte eine kranke Brust mit bösen Wucherungen, aber wir hatten das Geld bitter nötig. Mein Vater war ja auch schon lange tot. Und deshalb hat meine Mutter nur noch solchen Familien geholfen, die eine sehr diskrete Hebamme brauchten und dafür viel bezahlten. Sie führte über alles Buch und meinte, das Buch solle ich gut aufheben, vielleicht könne es mir mal helfen.«

»Haben Sie es dabei?«

Fräulein Köster nickte und zog ein in rotes Leder gebundenes Notizbuch hervor.

Martha nahm es entgegen und blätterte darin. Es waren Namen von Müttern und Kindern eingetragen, samt den Geburtsdaten und dem Geburtsgewicht.

Sie blätterte so weit, bis sie ziemlich in der Mitte auf den Namen Feldbehn stieß.

»Mutter: Auguste Feldbehn. Säugling: Claudia Feldbehn, geboren 22. Januar 1893, Kindsvater: Julius Niebur. Offizielle Eintragung: Kindsmutter: Marie-Elise Feldbehn, Vater: Anton Feldbehn«, las sie. Die Namen von Augustes Eltern. Die Gerüchte waren also tatsächlich wahr. Aber wer um alles in der Welt war Julius Niebur? Und warum hatten die Feldbehns den Namen so offen benannt, anstatt »Vater unbekannt« anzugeben? Oder war das ein letzter Versuch, die Ehre der Tochter irgendwie zu wahren? Selbst vor einer korrupten Hebamme, um zu zeigen, dass ihre Auguste kein liederliches Frauenzimmer war, sondern nur einem Mann beigewohnt hatte?

»Sie wissen, dass das Sprengstoff ist, nicht wahr? Und dass die Familie Feldbehn befürchten musste, Sie würden sie erpressen?«

»So etwas würde ich nie tun«, beteuerte Fräulein Köster. »Die Familie weiß nicht, dass ich dieses Buch habe. Ich habe doch nur nach einem neuen Anfang gesucht …« Eine einzelne Träne rollte ihr über die Wange.

»Und was stand in dem Brief Ihrer Mutter?«

»Nichts von diesem Vorfall, nur dass sie für mich um eine Stellung bat, weit weg von Stuttgart, weil … nun ja …«, sie räusperte sich, »… ich habe die Hebammenschule nicht geschafft und kam in … schlechte Kreise.« Sie sah Martha ängstlich an, so als befürchtete sie, dass Martha nachbohren würde, was für schlechte Kreise das gewesen wären.

»Glauben Sie, Sie würden die Hebammenschule hier in Hamburg in einem zweiten Anlauf erfolgreich abschließen können? Wenn Sie jetzt fernab Ihrer sogenannten schlechten Kreise sind?«

»Mir fehlt das Geld«, flüsterte Fräulein Köster. »Deshalb wollte ich ja als Hausmädchen in Stellung gehen.«

»Ich denke, Fräulein Heymann, die diese Beratungsstelle leitet, kann Ihnen da weiterhelfen. Unter Umständen ist sie bereit, Ihnen ein Stipendium zu finanzieren, mit dem Sie die Ausbildung und Ihre Unterkunft bezahlen können.«

»Und was müsste ich dafür tun?«

»Mir dieses Büchlein eine Zeit lang überlassen. Wären Sie dazu bereit, Fräulein Köster?«

»Ja, gewiss. Aber was wollen Sie damit?«

»Nichts Böses. Nur jemanden daran erinnern, dass Frauen in Not Hilfe brauchen und nicht alle eine reiche Familie haben, die das regelt.«

Martha gab Fräulein Köster noch die Anschrift einer günstigen Pension für allein reisende Frauen und versprach ihr, dass Fräulein Heymann wegen eines Stipendiums mit ihr Kontakt aufnehmen würde. Die junge Frau wirkte auf einmal nicht mehr so verhärmt wie noch bei ihrem Eintritt. Ein winziger Strahl Hoffnung spiegelte sich in ihren Augen wider, als sie sich überschwänglich bedankte und die Beratungsstelle verließ.

So erntet ein jeder irgendwann, was er gesät hat, dachte Martha. Sie hatte einst mit unlauteren Mitteln gegen Auguste gekämpft und dafür gebüßt. Jetzt würde das Schicksal Auguste die Rechnung präsentieren, und Martha konnte sich einer gewissen Schadenfreude nicht erwehren. Hätte Familie Feldbehn der jungen Frau geholfen, hätte sie niemals den Weg zu der so verhassten Beratungsstelle gefunden. Möglicherweise war es sogar eine kleine Rache des Dienstmädchens der Feldbehns, Fräulein Köster ausgerechnet diese Adresse zu geben – wer konnte das schon wissen?

Jetzt hieß es achtsam sein und genau zu überlegen, auf welche Weise sie ihr neues Wissen am besten nutzen konnte …

57

Wenn das kein verfrühtes Weihnachtsgeschenk ist«, frohlockte Lida, als Martha ihr am Nachmittag von Fräulein Kösters Büchlein erzählte.

»Die hätten der jungen Frau lieber Schweigegeld zahlen und sie in eine andere Stadt schicken sollen.«

»Sie ahnten nichts von dem Notizbuch«, erwiderte Martha. »Und wenn sie ihr Schweigegeld gezahlt hätten, hätten sie sich noch verdächtiger gemacht. Von ihrer Warte aus haben sie alles richtig gemacht. Sie haben die junge Frau mit der zweifelhaften Vergangenheit abgewiesen, und sollte die dann irgendetwas Schlechtes über die Familie erzählen, könnten sie es immer noch als rachsüchtige Lüge darstellen, weil sie sie nicht aufgenommen haben.«

»Da hast du wohl recht«, sagte Lida. »Und es zeigt wieder einmal die Doppelmoral dieser Leute. Die eigene Tochter kriegt ein uneheliches Kind, das wird schnell als eigenes Kind ausgegeben, auch wenn es ein paar Gerüchte gibt. Mich würde wirklich interessieren, was für ein Mensch der Vater ist.«

»Da wir seinen Namen kennen, können wir das leicht herausfinden. Ich schätze, dabei könnten uns die Kontakte von Carolas Vater weiterhelfen. Julius Niebur wird gewiss irgendwo gemeldet sein, denn mit einem heruntergekommenen Hafenarbeiter oder Taugenichts hätte Auguste sich bei ihrem Dünkel gewiss nicht eingelassen. Er war entweder verheiratet oder nicht standesgemäß, denn sonst wäre das Problem ja mit einer Eheschließung aus der Welt geschafft worden. Stattdessen hat sie heimlich das Kind bekommen und wurde anschließend in eine Ausbildung gesteckt, die dem Klosterleben am nächsten kommt. Sie bewahrt ihr Ansehen, kein potenzieller Ehemann erfährt, dass sie längst nicht mehr als Jungfrau in die Ehe geht, und allen ist geholfen.«

»Wobei es den meisten Ehemännern ziemlich gleichgültig wäre, ob sie noch Jungfrau ist oder nicht, sofern die Mitgift und das Ansehen der Familie stimmen«, meinte Lida. »Wir leben ja nicht mehr im Mittelalter.«

»Wenn ich mir die Artikel unserer Schwester Auguste so ansehe, scheint sie das noch nicht begriffen zu haben. Das Frauenbild ist ja noch altmodischer als das Mittelalter«, erwiderte Martha mit einem Augenzwinkern und freute sich über das Lachen, das sie Lida damit entlockte.

»Und wie willst du jetzt weiter verfahren?«, fragte Lida. »Eine klassische Erpressung ist nichts, das dir gut ansteht, Martha.«

»Nein, das ist auch nicht meine Absicht. Ich möchte zunächst mehr über Julius Niebur herausfinden, und wenn ich klüger bin, versuche ich, mit Auguste zu sprechen. Und zwar auf Augenhöhe. Eigentlich müsste sie doch dafür dankbar sein, dass es Frauen wie uns gibt, die dagegen kämpfen, dass Frauen wie sie ihre Kinder verleugnen und verstecken müssen. Ich möchte zu gern erfahren, was in Auguste wirklich vorgeht. Vielleicht ist sie ja noch gar nicht so verhärtet, dass sie für uns unerreichbar geworden ist. Aber dafür muss ich wissen, was sie für Julius Niebur empfunden hat und wie diese Beziehung endete.«

»Ich fürchte, du verrennst dich da in eine Illusion, Martha.« Lida seufzte. »Du kannst ihr nicht auf Augenhöhe begegnen, weil Auguste sich dir entweder selbst überlegen fühlt, wegen ihrer Herkunft, oder unterlegen, weil du nun ihre Schande kennst und sie auch beweisen kannst.«

Martha nickte, aber sie war dennoch entschlossen, mit Auguste zu sprechen.

»Wirst du Fräulein Köster ein Stipendium gewähren?«, fragte sie, um das Thema zu wechseln.

»Ich bin nicht abgeneigt, und helfen werde ich ihr in jedem Fall. Ob es ein Stipendium für die Hebammenschule wird, mache ich davon abhängig, weshalb sie beim ersten Versuch gescheitert ist und was das für zweifelhafte Kreise waren, in die sie geraten ist.«

»Du willst ihr also etwas intensiver auf den Zahn fühlen?«

»Ja, das muss sein, damit ich einschätzen kann, womit ihr am besten geholfen wäre.«

»Du wirst schon die richtige Entscheidung treffen«, sagte Martha.

»So wie du auch«, entgegnete Lida. »Viel Erfolg mit Auguste. Ich bin sehr gespannt, wie dieses Gespräch ausgehen wird.«

Carola war entzückt von den neuen Erkenntnissen und teilte Marthas Schadenfreude. Mithilfe ihres Vaters konnte sie sehr schnell herausfinden, wer Julius Niebur war.

»Du wirst es nicht glauben«, sagte sie. »Der ist Lehrer an der Schule für höhere Töchter, die Auguste besucht hat. Und er ist nicht nur zwanzig Jahre älter als Auguste, sondern auch seit Jahren verheiratet und hat fünf Kinder mit seiner Frau.«

»Dann hat Auguste sich mit einem verheirateten Lehrer eingelassen?« Martha starrte Carola erstaunt an. »Aber das passt doch gar nicht zu ihrem Standesdünkel. Oder glaubst du, sie war verliebt in ihn?«

Carola hob die Schultern. »Wer weiß das schon. Vielleicht hat er sie ja auch verführt.«

»Und das hätten ihre Eltern so einfach hingenommen? Einen Lehrer, der ihre Tochter schwängert? Ich hätte erwartet, dass eine Familie wie die Feldbehns die Existenz eines solchen Mannes umgehend zerstört.«

»Aber dann hätte er ja das Geheimnis verraten können und Auguste endgültig in Schande gestürzt. Und wer weiß, vielleicht hat er sie ja nicht verführt, vielleicht ging es ja auch von Auguste aus.« Carola hielt kurz inne. »Wir könnten ihn natürlich besuchen und fragen.«

»Glaubst du ernsthaft, der wird uns so einfach erzählen, dass er Schülerinnen verführt oder sich von ihnen verführen lässt? Das klingt doch etwas weltfremd, Carola.«

»Du hast recht. Aber ich würde mir den Mann trotzdem gern einmal ansehen und mit ihm sprechen.«

»Dazu bräuchten wir aber einen glaubwürdigen Vorwand«, meinte Martha. »Vielleicht wäre es einfacher, wenn wir es über seine Frau versuchen?«

»Was soll die uns denn schon verraten? Glaubst du, die kennt die Fehltritte ihres Mannes? Die hat fünf Kinder, die werden sie schon auf Trab halten.«

»Genau, ihre Kinder!«, rief Martha. »Wir könnten den Kontakt über die Kinder herstellen. Wenn wir behaupten, wir würden im Auftrag des Senats als Krankenschwestern nach dem Gesundheitszustand der Kinder fragen.«

»Und du glaubst, das kauft die uns ab? Das ist keine arme Hafenarbeiterfamilie, der Mann ist Lehrer an einer Schule für höhere Töchter, Martha. Die kann man nicht so leicht übers Ohr hauen.«

»Wir wollen niemanden übers Ohr hauen, sondern mit ihr sprechen. Wir sagen einfach, das gehört zu den neuen Maßnahmen zur Verbesserung der allgemeinen Hygiene, die der Senat nach dem Hafenarbeiterstreik beschlossen hat. Wenn wir mit ernster, seriöser Miene an ihrer Tür läuten, zwei ehrbare Schwestern, wird sie uns schon hereinbitten. Und dann stellen wir unsere Fragen.«

»Und wann wollen wir ihr unseren Besuch abstatten?«

»Vielleicht nach deinem nächsten Nachtdienst? Wir könnten es dann am Vormittag versuchen.«

»Also am kommenden Dienstag.«

»Gut, dann werden wir Frau Niebur und ihre Kinder nächsten Dienstag mal beehren.«

Als Martha Paul davon erzählte, nestelte er in seiner Brieftasche und zog eine Bescheinigung hervor.

»Hier, das könntest du Frau Niebur zeigen, falls sie dir nicht glaubt, dass du von der Stadt beauftragt bist«, sagte er mit einem Grinsen. »Das wurde vor einigen Wochen an alle Männer verteilt, die für die Aufsichtskommission tätig sind, damit sie sich ausweisen können.«

Martha nahm die Bescheinigung an sich. Darauf war vermerkt, dass der Inhaber vom Senat mit der Befragung der Bürger zur Verbesserung der allgemeinen Lebensbedingungen beauftragt worden sei und man ihm Unterstützung gewähren solle.

»Allerdings steht da Paul Studt«, bemerkte Martha.

»Na und? Du bist meine Frau, und wenn ich dir noch ein Schreiben mitgebe, dass ich dich als meine Ehefrau und ausgebildete Krankenschwester beauftrage, für mich in Vertretung die hygienischen Verhältnisse zu überprüfen, kann keiner was sagen. Das ist dann nicht mal ein Missbrauch der Bescheinigung.« Sein Grinsen wurde breiter.

»Du bist wundervoll, Paul«, sagte Martha und küsste ihn auf die Wange.

»Ich weiß«, sagte er augenzwinkernd. »Sonst hätte ich ja niemals so eine wundervolle Frau wie dich für mich gewinnen können.«

58

Obwohl Julius Niebur Lehrer an einer Schule für höhere Töchter war, schien sein Einkommen nicht besonders üppig zu sein, denn die Familie wohnte in Hammerbrook, wo die Wohnungen zwar etwas besser als im Gängeviertel waren, das aber dennoch als Arbeitergegend galt. Die Cholera hatte auch hier erbarmungslos gewütet, und die Bewohner waren von Leid und Unglück verfolgt.

In gewisser Weise war Martha erleichtert, denn in einer solchen Wohngegend konnten sie viel überzeugender behaupten, im Auftrag des Senats unterwegs zu sein, um sich über die Gesundheit der Kinder und die Lebensbedingungen ein Bild zu machen.

Als sie an der Tür läuteten, dauerte es eine Weile, bis sie Schritte in der Diele hörten und eine Frau in einem schwer definierbaren Alter die Tür öffnete. Sie hätte Anfang dreißig, aber ebenso gut Ende vierzig sein können. Sie trug eine Kittelschürze und ein Tuch um das Haar, anscheinend war sie gerade bei der Hausarbeit.

»Guten Tag«, begrüßte Martha sie. »Sind Sie Frau Niebur?«

Die Frau nickte. »Ja, und wer sind Sie?«

»Mein Name ist Martha Studt, und das ist meine Kollegin Carola Engelmann. Wir sind Krankenschwestern und im Auftrag des Senats unterwegs, um kinderreiche Familien zu befragen, ob sie Verbesserungsvorschläge haben, was das gesundheitliche Wohl der Kinder angeht.«

Die Frau starrte sie mit ausdruckslosem Blick an.

»Möchten Sie unsere Legitimation sehen?« Martha griff in ihre Tasche, doch sofort wehrte Frau Niebur ab.

»Nein, das ist nicht nötig. Ich habe schon gehört, dass der Senat sich inzwischen mehr um die Belange der Menschen kümmert. Aber bei uns sind sie falsch. Wir haben unser Auskommen.«

»Das glaube ich Ihnen, Frau Niebur. Es geht auch nicht um arme Menschen, sondern darum, dass wir uns gern ein allgemeines Bild machen wollen. Ihr Mann ist Lehrer, nicht wahr?«

Frau Niebur nicke.

»Es ist für uns von großem Wert, wenn wir auch die Meinung von gebildeten Müttern hören. Die armen Frauen, die denken immer nur an das eigene Überleben, weil sie keine Wahl haben. Aber Frauen wie Sie, Frau Niebur, deren Mann einen angesehenen bürgerlichen Beruf hat, können uns auf ganz andere Dinge aufmerksam machen. Und die könnten wir dann als Verbesserungsvorschläge an den Senat weiterleiten.«

Zum ersten Mal kam etwas Leben in die ausdruckslosen Züge von Frau Niebur. Es war sofort erkennbar, dass sie sich geschmeichelt fühlte.

»Bitte treten Sie doch ein«, sagte sie und führte Martha und Carola durch eine schmale, aber saubere Diele in die gute Stube.

»Sind Ihre Kinder in der Schule?«, fragte Martha, während sie sich unauffällig im Wohnzimmer umsah. In der Luft hing der unverwechselbare Geruch kalten Rauchs. An der Wand befand sich eine rot-weiß gestreifte Tapete, die schon etwas vergilbt war; des Weiteren gab es einen Sessel und ein Sofa, vor dem ein kleiner, dunkler Tisch mit einem weißen Spitzendeckchen stand, sowie eine Vitrine mit Geschirr und einen Bücherschrank aus Nussbaumholz.

»Ja, meine Jüngste ist im letzten Jahr eingeschult worden«, erzählte Frau Niebur. »Und mein Ältester wird dieses Jahr sein Abitur machen. Wir sparen für sein Studium, weshalb wir diese günstige Wohnung behalten haben. Natürlich könnten wir uns eine bessere Gegend leisten, aber dann müssten wir an Leopolds Studiengeld gehen. Und die Ausbildung der Kinder ist wichtiger, finden Sie nicht auch?«

»Selbstverständlich«, bestätigte Martha. »Und Sie haben hier ja eine schöne Wohnung.«

»Bitte nehmen Sie doch Platz«, forderte Frau Niebur sie nun mit einer Geste in Richtung Sofa auf. »Also, wie kann ich Ihnen bei Ihrer Arbeit behilflich sein?«

»Nun, als Frau eines Lehrers wissen Sie gewiss viel über die Bedürfnisse von Kindern«, begann Martha. »Unterrichtet er an einer Volksschule oder einem Gymnasium?«

Frau Niebur seufzte.

»Er ist Lehrer an einer Schule für höhere Töchter. Mir wäre es lieber, wenn er an einem Gymnasium unterrichten würde, das ist schließlich angesehener, und dort wird besser bezahlt, aber als wir nach Hamburg kamen, mussten wir nehmen, was es gab.«

»Sie stammen nicht aus Hamburg?«, fragte Carola interessiert.

»Nein, aus dem Mecklenburgischen in der Nähe von Schwerin. Nach der Geburt unseres dritten Kindes kamen wir hierher. Mein Mann war zuvor als Privatlehrer bei einem Gutsherrn angestellt. Es war eine gute Arbeit, man hatte uns ein kleines Haus mit einem schönen Garten zur Verfügung gestellt.« Noch ein Seufzer. »Als auch der jüngste Sohn des Gutsherrn sein Abitur dank der Hilfe meines Mannes bestanden hatte, gab es dort für uns keine Aufgabe mehr.«

»Und jetzt arbeitet er mit jungen Damen? Das war gewiss eine große Umstellung.«

»Oh ja, das war es.« Ein dritter Seufzer. »Wissen Sie, ich bin ja der Meinung, dass Mädchen gefördert werden sollten, aber man kann eine Schule für höhere Töchter nicht mit einem Gymnasium vergleichen. Mein Mann hat seine Fähigkeiten dort im wahrsten

Sinne des Wortes verschwendet. Er hat eine Vorliebe für Naturwissenschaften, aber das ist bei höheren Töchtern vergebliche Liebesmüh. Da genügt doch Konversation, vielleicht ein bisschen Französisch oder Englisch und Handarbeiten. Was wollen junge Damen schon mit Physik und Chemie anfangen? Und Mathematik ist ja ohnehin ein Buch mit sieben Siegeln für die Mädchen.«

»Nun ja«, warf Carola ein, »für uns Krankenschwestern sind die Naturwissenschaften unentbehrlich.«

»Das mag ja sein«, gestand Frau Niebur. »Aber die meisten jungen Dinger haben doch ganz andere Flausen im Kopf. Die wollen sich doch nur amüsieren und möglichst schnell einen Mann angeln. An ehrbarer Arbeit sind die nicht interessiert. Ob Sie es glauben oder nicht, selbst mein Mann musste sich gewisser Avancen erwehren. Als Lehrer! Ist das nicht ungeheuerlich?«

»In der Tat«, bestätigte Martha. »Und es spricht für Ihr gutes Verhältnis, dass er sich Ihnen offenbart hat.« Sie bemühte sich, ihre Freude darüber, dass das Gespräch endlich die gewünschte Richtung nahm, zu verbergen.

»Was blieb ihm schon anderes übrig?«, entgegnete Frau Niebur. »Sie ahnen ja nicht, was für Abgründe sich manchmal auftun. Eine, die war ganz besonders schlimm. Zum Glück war das ein Einzelfall und liegt schon etliche Jahre zurück. Aber die hat meinen armen Mann stets bedrängt, die hat sich nicht einmal gescheut, nachts Steinchen an unser Schlafzimmerfenster zu werfen. Ein richtiges Flittchen! Aber man durfte ja nichts sagen, weil sie aus einer sogenannten guten Familie stammte. Von wegen!« Frau Niebur stieß verächtlich die Luft aus den Nasenlöchern. »Na ja, zum Glück ist das lang vorbei, und seither hatte mein Mann keinerlei Ärger mehr. Wissen Sie, ich war damals gerade mit unserer Jüngsten niedergekommen, das war für mich die reinste Qual, dass ihm da so ein junges Ding nachlief, das glaubte, es könnte alles haben. Der hätten die Eltern mal rechtzeitig die Leviten lesen müssen. Zum Glück wurde sie dann bald mit ihrer Mutter auf Reisen geschickt, und bei uns war endlich Ruhe.«

»Ja, über manche dieser sogenannten besseren Familien schütteln wir auch nur den Kopf«, sagte Martha betont gleichmütig. »Besonderen Ärger haben wir derzeit mit einer Familie Feldbehn. Die sind dagegen, dass wir uns um die Ärmsten der Armen kümmern. Aber wir lassen uns nicht einschüchtern.«

»Feldbehn?«, horchte Frau Niebur auf. »So hieß auch das aufdringliche junge Ding. Auguste Feldbehn.«

»Ach, tatsächlich?«, fragte Carola mit unschuldigem Augenaufschlag. »Das ist ja wirklich ungeheuerlich, denn gerade Auguste Feldbehn spielt sich als Moralapostel auf und blickt auf Frauen in Not herab.«

»Wirklich?« Frau Nieburs Wangen glühten, und Martha erkannte, dass der Hass, den diese Frau Auguste gegenüber empfand, noch äußerst lebendig war. Ob sie von dem unehelichen Kind ihres Mannes wusste? »Ja, diese Auguste Feldbehn ist wirklich das Allerletzte, aber das darf man ja nicht laut sagen. Die haben meinem Mann sogar mit dem Verlust seiner Existenz gedroht und bösartige Lügen verbreitet. Aber ich habe das natürlich nicht geglaubt. Ich kenne meinen Julius, der würde so etwas nie tun, der ist treu wie Gold. Und wir lassen uns gewiss nicht von einem verrückten jungen Mädchen entzweien. Wobei ich gestehen muss, dass ich nie begriffen habe, warum diese Auguste es ausgerechnet auf meinen Mann abgesehen hatte.«

»Hatten Sie denn einen Verdacht?«, fragte Martha und frohlockte innerlich, dass Frau Niebur sich so in Rage geredet hatte.

»Ach, na ja, ich will da nichts Schlechtes sagen, auch wenn mir die Galle hochkommt. Aber wenn diese junge Dame nicht aus einer besseren Familie stammen würde, dann könnt man die bestimmt irgendwo auf der Straße finden.« Sie schniefte. »Sie wissen, was ich meine?«

»Ja, das wissen wir«, erwiderte Martha. »Aber Ihr Mann hat ja augenscheinlich allen Versuchungen tapfer widerstanden, nicht wahr? Sie können stolz auf ihn sein.«

Eine flammende Röte ergoss sich über Frau Nieburs Gesicht, dennoch nickte sie. »Ja, das hat er. Er ist ein anständiger Mensch.« Sie atmete tief durch. »Aber eigentlich sind Sie ja gar nicht hier, um über irgendwelche liederlichen Frauenzimmer zu sprechen.«

»Nein, natürlich nicht«, sagte Martha. »Eigentlich geht es darum, wie man das Leben von Kindern verbessern kann. Sind Sie mit der kostenlosen Gesundheitsberatung zufrieden?«

Der Rest des Gesprächs drehte sich nur noch um die Gesundheit der Kinder und des Nachwuchses in der Nachbarschaft. Martha beschloss, das, was Frau Niebur sagte, für Paul aufzuschreiben, damit sie zumindest oberflächlich den Schein wahrte. Und vielleicht würde es ja tatsächlich zu einigen Verbesserungen führen, wenngleich die Klagen, die Frau Niebur vorbrachte, sich überwiegend um die schlechte Kanalisation drehten. Ein Problem, das längst bekannt war.

Als sie die Wohnung eine halbe Stunde später verließen, fragte Carola: »Und, was hältst du von der ganzen Sache? Was für ein Bild hast du von Julius Niebur?«

»Er ist mir unsympathisch«, erwiderte Martha. »Entweder ist er ein Schwächling, der sich von Auguste auf der Nase herumtanzen ließ und sich ihrer Reize nicht erwehren konnte, oder er ist ein hinterhältiges Schwein, das sie verführt und hinterher als loses Frauenzimmer vor seiner Frau dargestellt hat. Wie dem auch sei, ich mag ihn schon jetzt nicht, obwohl ich ihn noch nie gesehen habe. Und du, wie stellst du dir diesen Mann vor, nach all dem, was wir jetzt wissen?«

»Ich kann mir nicht helfen, ich muss immer an einen kleinen, hilflosen, untersetzten Mann denken.«

»Das liegt an der Art, wie seine Frau ihn schildert«, erwiderte Martha. »Aber ich glaube, er ist ein Schürzenjäger, der sich nur zu Hause so klein macht. Jemand, der sich außerhalb seiner Familie noch mal als Mann bestätigen will.«

»Dann sollten wir ihn uns mal ansehen, um unsere Vorstellungen mit der Wirklichkeit abzugleichen«, sagte Carola. »Wir könnten zu seiner Schule gehen und ihn beobachten, wenn er nach dem Unterricht das Gelände verlässt.«

»Und wie sollen wir ihn erkennen?«

»Wir fragen einfach eine der Schülerinnen«, schlug Carola vor.

»Also gut.«

Die höhere Töchterschule, an der Julius Niebur unterrichtete, lag im Stadtteil Harvestehude mit Blick auf den Alsterlauf. Als Martha und Carola dort eintrafen, war anscheinend gerade Pause, denn mehrere junge Damen flanierten auf dem Schulhof, der mit seinen von Raureif überzogenen Büschen und Bäumen an einen winterlichen Park erinnerte. Es war sicher sehr teuer, seine Tochter auf eine solche Schule zu schicken. Die jüngsten Schülerinnen waren vermutlich zwölf Jahre alt, aber selbst sie vergnügten sich nicht mit den Spielen, die Martha vom Schulhof kannte, wie Seilspringen oder Hinkebock, sondern standen in dicken Wintermänteln mit kostbarem Pelzbesatz beisammen und schwatzten fröhlich, ganz so, wie es von angehenden jungen Damen erwartet wurde.

»Und wie gehen wir jetzt am besten vor?«, fragte Carola. »Wollen wir direkt nach Julius Niebur fragen?«

Martha zögerte einen Moment.

»Wir bräuchten einen guten Vorwand«, meinte sie. »Fällt dir was ein?«

»Bei seiner Frau hat das gut mit unserem Vorwand geklappt«, gab Carola zu. »Aber jetzt würde ich es für das Beste halten, wenn wir direkt nach ihm fragen und auf alle Vorwände verzichten.«

»Ich dachte, wir wollten ihn uns nur von Weitem ansehen. Du willst ihn allen Ernstes unverblümt mit seiner Affäre konfrontieren?«, fragte Martha erstaunt.

»Warum nicht?«, gab Carola gleichmütig zurück. »Warum sollten wir ihn schonen? Aus seiner Reaktion auf unsere Fragen werden wir schon erkennen, was damals wirklich vorgefallen ist.«

»Und wenn er uns die Tür weist?«

»Dann schreien wir laut um Hilfe und brüllen, er sei uns unsittlich zu nahe getreten.«

»Carola!«, rief Martha empört. »Das ist hoffentlich nicht dein Ernst!«

»Natürlich nicht.« Carola lachte. »Aber eine lustige Vorstellung ist das schon, findest du nicht?«

Martha schluckte. »Nein, auf diese Weise würde ich niemals einen Mann in Verruf bringen, zumal ich damit auch allen Frauen schaden würde, die so etwas wirklich erlebt haben.« Unwillkürlich musste sie an Oberpfleger Probst und seine Übergriffe denken.

»Keine Sorge, Martha, das war wirklich nur ein Spaß. Was ist, wollen wir ihn uns mal genauer ansehen? Wenn du möchtest, stelle ich diesmal die Fragen.«

Martha nickte, obwohl ihr dabei nicht ganz wohl war.

Julius Niebur war im Lehrerzimmer damit beschäftigt, Aufsätze zu korrigieren. Außer ihm saßen dort noch zwei weitere Lehrerinnen, die Kaffee tranken.

Als Martha und Carola von der Schulsekretärin vorgestellt wurden, hob er erstaunt den Kopf.

Die jungen Frauen blickten in das Gesicht eines ausgesprochen attraktiven Mannes, der deutlich jünger als seine Frau aussah. Er hatte dunkelblondes Haar, und im Gegensatz zu vielen anderen Männern verzichtete er auf Pomade. Seine Augen waren strahlend grün, und sein Körper war, soweit man es unter seinem schlichten, hellgrauen Anzug erahnen konnte, athletisch gebaut. Jetzt verstand Martha, warum Auguste für ihn geschwärmt hatte. Allerdings konnte sie sich auch gut vorstellen, dass ein solcher Mann gern mal Abwechslung suchte. Bei so einer reizlosen Ehefrau an seiner Seite.

»Meine Damen, was kann ich für Sie tun?«, fragte er.

»Wir würden gern mit Ihnen allein sprechen, Herr Niebur. Wäre das möglich?« Carola lächelte ihn freundlich an.

Niebur musterte sie scharf, und Martha befürchtete schon, dass er ablehnen würde, doch dann nickte er.

»Wir können ins Musikzimmer gehen, das ist um diese Zeit leer.« Er erhob sich und führte sie den Flur entlang in einen Raum, in dem ein großer Flügel und mehrere Stühle und Notenständer standen.

»Wollen wir uns hier setzen?« Er wies auf die Stühle, die dem Flügel am nächsten standen. Carola und Martha nickten.

»Also, meine Damen, wie kann ich Ihnen dienlich sein?«, fragte er, nachdem sie Platz genommen hatten.

Carola wollte gerade ansetzen, doch in dem Moment hatte Martha eine Idee, wie sie das Gespräch unverfänglich beginnen konnte, und kam der Freundin zuvor.

»Es geht um eine gemeinsame Bekannte von uns. Wir würden ihr gern helfen, aber dafür brauchen wir ein paar … delikate Einzelheiten.«

Niebur starrte sie irritiert an. »Was meinen Sie damit?«

»Es geht um Auguste Feldbehn«, sagte Carola nun.

Nieburs Wangenmuskeln spannten sich an, als würde er gerade fest die Zähne zusammenbeißen.

»Ich habe dazu nichts zu sagen«, erklärte er und wollte sich erheben.

»Einen Moment«, rief Martha. »Allem Anschein nach gab es eine große Zuneigung zwischen Ihnen und Auguste. Aber etwas hat Augustes Seele verhärtet, und wir würden ihr gern helfen. Sie brauchen keine Sorge zu haben. Das größte Geheimnis kennen wir bereits. Augustes kleine Schwester Claudia ist gar nicht ihre Schwester, sondern das gemeinsame Kind von Ihnen und Auguste.«

»Hat Auguste das etwa behauptet?«, fragte Niebur, und für einen Moment glaubte Martha, die echte Empörung eines zu Unrecht Beschuldigten in seinem Blick zu erkennen.

»Ja, das hat sie.«

»Das ist eine Lüge. Ich hatte niemals eine Affäre mit ihr. Sie ist mir immer wieder nachgestiegen, aber ich weiß, was ich meinem Ruf schuldig bin, und außerdem liebe ich meine Frau und unsere Kinder. Ich hätte niemals meine Ehe oder mein berufliches Auskommen gefährdet.«

»Und wie kommt es dann, dass Auguste behauptet, Sie seien der Vater ihres Kindes, das sie am 22. Januar 1893 heimlich in Stuttgart zur Welt brachte?«, fragte Carola scharf nach.

»Glauben Sie wirklich, ich würde noch hier arbeiten, wenn ich eine meiner Schülerinnen geschwängert hätte? Und dann ausgerechnet Auguste Feldbehn, deren Familie dafür bekannt ist, vor keinem schmutzigen Mittel zurückzuschrecken, um missliebige Konkurrenten zu vernichten?«

Martha musste zugeben, dass diese Argumentation etwas für sich hatte.

»Aber warum hat sie Sie dann als Vater angegeben? Sie sind ein verheirateter Mann. Auguste hätte sich damit nur unnötig in

Schwierigkeiten gebracht, da sie sich nicht in eine Ehe hätte flüchten können, um die Schande zu verbergen.«

Niebur erblasste. »Vermutlich, weil das der einzige Weg für sie war, um weiterleben zu können.«

Martha und Carola tauschten einen irritierten Blick aus.

»Das verstehe ich nicht«, gestand Martha.

Niebur holte tief Luft.

»Auguste schwärmte tatsächlich mehr für mich, als es für ein junges Mädchen gut ist. Ich habe ihr immer wieder gesagt, dass ich ihre Gefühle nicht teile und meine Frau liebe. Das hat sie aber nicht daran gehindert, mir nachzustellen.« Er atmete abermals schwer. Martha befürchtete schon, dass das Gespräch ins Stocken geraten würde, doch dann fuhr er fort.

»Irgendwann gestand sie mir, dass sie glaube, ich würde sie nur deshalb ablehnen, weil ich erfahrene Frauen vorzöge, und sie würde diesbezüglich Abhilfe schaffen. Kurz darauf habe ich sie mit dem Sohn des Hausmeisters erwischt. Während der arme Junge völlig aufgelöst war, beim Liebesakt ertappt zu werden, blitzte Auguste mich herausfordernd an und meinte, das habe sie nur für mich getan. Und dann hat sie mir gedroht, sie würde allen erzählen, ich hätte sie verführt. Ich konnte das Unglück abwenden, indem ich ihre Eltern informierte. Der Sohn des Hausmeisters gestand seinen Fehltritt. Aber ein siebzehnjähriger ungebildeter Hausmeisterssohn war selbstverständlich keine standesgemäße Partie, und so musste es eine andere Lösung geben. Mehr kann ich dazu nicht sagen.«

Carola und Martha sahen sich an. »Und der Sohn des Hausmeisters würde Ihre Geschichte bestätigen?«, fragte Carola.

Niebur nickte. »Er heißt Erich Thorstein und arbeitet inzwischen selbst als Hausmeister, im Johanneum. Wenn Sie sich erkundigen, werden Sie feststellen, dass die Familie Feldbehn ihm diese Stellung besorgte, um sein Schweigen zu erkaufen und Erpressungen zuvorzukommen. Sie müssten Erich dort aufsuchen. Aber ich verstehe nicht, warum das so wichtig für Sie ist.«

»Weil wir mehr über Augustes Seelenqual wissen müssen, um ihr helfen zu können«, sagte Martha. »Aber ich glaube, das, was Sie uns verraten haben, ist ausreichend. Wir müssen Erich Thorstein nicht mehr befragen.«

»Dann betrachte ich die Sache als erledigt«, sagte Niebur und erhob sich.

»Vielen Dank, dass Sie sich die Zeit für uns genommen haben, Herr Niebur.« Martha stand ebenfalls auf, und Carola folgte ihrem Beispiel.

»Welchen Eindruck hat er auf dich gemacht«, fragte Carola, als sie kurz darauf die Straße entlanggingen.

»Ich bin geneigt, ihm zu glauben«, erwiderte Martha. »Es wäre für uns ja kein Problem, die Sache mit Erich Thorstein nachzuprüfen. Aber letztlich ist es auch egal, wer sie geschwängert hat. Sicher ist, dass Auguste selbst gegen alle guten Sitten verstoßen hat. Sie ist die Letzte, die ein Recht hätte, auf die Frauen, die zu mir in die Beratungsstelle kommen, herabzusehen. Und damit werde ich sie demnächst konfrontieren. Kannst du sie dazu bringen, dass sie sich mit mir zu einem Gespräch trifft?«

Carola nickte. »Ich werde einfach mal den Namen Niebur fallen lassen, dann wird sie sich gewiss nicht allzu lange zieren.«

59

Die Erwähnung von Julius Niebur bewog Auguste tatsächlich, einem Gespräch mit Martha zuzustimmen. Allerdings nur unter der Bedingung, dass sie sich in einem abgelegenen Kaffeehaus in Blankenese treffen würden, wo niemand Martha kannte, falls sie zusammen gesehen wurden.

»Also, was willst du von mir?«, zischte Auguste, nachdem sie dort an einem verborgenen kleinen Ecktisch Platz genommen hatten. »Willst du Geld?«

»Nein«, sagte Martha. »Ich möchte einfach nur, dass du damit aufhörst, gegen die Beratungsstelle zu kämpfen. Ich verstehe nicht, weshalb ausgerechnet eine Frau mit deiner Vorgeschichte so hart gegen andere Frauen in Not vorgeht. Eigentlich müssten wir auf derselben Seite stehen, Auguste. Frauen brauchen die gleichen Rechte wie Männer. Findest du es etwa richtig, wenn eine Frau einen höheren gesellschaftlichen Preis für ein uneheliches Kind zahlen muss als ein Mann?«

Auguste sagte nichts, sondern trank einen Schluck Kaffee.

»Was hindert dich daran, dich uns anzuschließen?«, fragte Martha nun direkt.

»Euch Sozialisten und Frauenrechtlerinnen?«, stieß sie empört hervor. »Wofür hältst du mich?«

»Willst du das wirklich wissen?«, gab Martha zurück, und Auguste errötete.

»Du willst mich also gesellschaftlich vernichten«, sagte sie leise.

»Nein, im Gegenteil«, erwiderte Martha. »Ich habe weder die Absicht, dich zu erpressen, noch, irgendjemandem dein Geheimnis zu verraten. Ich möchte nur, dass du mit deinem Einfluss dafür sorgst, dass die Beratungsstelle künftig nicht mehr attackiert wird. Wir tun dort viel Gutes. Auch für junge Frauen, die in derselben Lage sind wie du damals. Nicht jede hat eine wohlhabende Familie, die alles ausbügelt.«

»Und wenn ich mich weigere?«

»Warum solltest du das tun?«

»Nun, ich kann mir vorstellen, wofür du mich inzwischen hältst, Martha. Aber das ändert nichts daran, dass ich eine Feldbehn bin. Auch wenn ich meine Verfehlungen zugebe, so kenne ich meine Pflicht. Ich habe für meine Sünde schwer genug gebüßt, warum sollten es andere leichter haben, wenn sie sich der Unmoral hingeben?«

»Wo hast du denn bitte gebüßt?«, fragte Martha. »Deine Mutter hat dein Kind als ihres ausgegeben, du kannst es ständig sehen. Du bist nach wie vor eine angesehene Frau, du bist Krankenschwester und inzwischen sogar die zweite OP-Schwester. Du hast doch alles, was du dir wünschen kannst.«

»Das glaubst du ernsthaft?« Auguste stieß ein bitteres Lachen aus. »So kann auch nur ein Gossenkind aus dem Gängeviertel denken.«

»Dann klär mich doch auf.«

Auguste schwieg und trank noch einen Schluck Kaffee. »Also schön«, sagte sie dann. »Wenn ich mich schon dazu herablasse, mit dir zu sprechen, dann sollst du auch die volle Wahrheit erfahren, zumal Julius sich auf so schmutzige Weise aus der Affäre gewunden hat.«

»Ich habe mit ihm gesprochen«, gab Martha zu. »Es war in der Tat wenig schmeichelhaft für dich.«

Auguste hob die Brauen. »Du machst dich, Martha. Im Herumschnüffeln und Intrigenschmieden wirst du immer besser.«

»Ich habe viel von dir gelernt«, sagte Martha trocken. »Stimmt es, dass der Sohn des Hausmeisters Claudias Vater ist?«

Auguste errötete, denn mit so einer direkten Frage hatte sie wohl am allerwenigsten gerechnet. Schon befürchtete Martha, sie würde aufspringen und sie einfach sitzenlassen, aber anscheinend war es Auguste wichtig, auch ihren Standpunkt darzulegen. Sie atmete zweimal tief durch, dann antwortete sie.

»Nein. Das hat Julius sich ausgedacht, um sich selbst als armes Opfer darzustellen.« Sie machte eine kurze Pause. »Letztlich habe ich selbst Schuld. Ich habe geglaubt, was er mir erzählte. An den Unfug von der großen Liebe und daran, dass Frauen alles erreichen können, dass sie sich nehmen sollten, was sie wollen. An all den Blödsinn, an den deine Freundin Carola bis heute glaubt. Brüderlichkeit, Freiheit, gegenseitige Achtung. Und das hat Julius ausgenutzt. Er hat mir von seiner unglücklichen Ehe erzählt, von seiner Frau, die längst alles verloren hat, was ihn einstmals an ihr faszinierte, die ständig schwanger ist, sich nur noch um die Kinder kümmert und für ihn keine Zeit mehr hat.«

»Nun, etwas wird sie sich noch um ihn gekümmert haben, sonst wäre sie ja nicht ständig schwanger gewesen«, gab Martha spitz zurück. Zu ihrer Überraschung blitzte kaum wahrnehmbar ein kurzes Lächeln in Augustes Gesicht auf.

»Ja, wie ich schon sagte, ich war dumm und blauäugig und glaubte ihm, als er mir erzählte, dass er mit mir zusammen nach Argentinien auswandern wolle, um dort neu anzufangen. Argentinien, das war sein großer Traum, denn dort sei es leichter, eine gute Anstellung als Hauslehrer bei einem reichen Rinderzüchter zu bekommen als in Amerika. Im amerikanischen Westen würde man auf Bildung keinen großen Wert legen, und die guten Stellungen im Osten wären bereits alle vergeben. Wir träumten von einem gemeinsamen Neuanfang am anderen Ende der Welt, und ich war glücklich.«

»Und dann bist du schwanger geworden«, warf Martha ein.

»Ja.« Auguste seufzte. »Als ich es merkte, drängte ich ihn zu einer schnellen Entscheidung, aber plötzlich war er ein anderer Mann. Von unseren gemeinsamen Plänen war keine Rede mehr. Er warf mir vor, ich würde Märchen über ihn verbreiten. Dann bestach er sogar noch Erich, damit der behauptete, ich hätte eine Affäre mit ihm gehabt. Eine Affäre mit einem schlaksigen, pickeligen Hausmeisterssohn! Das war die größte Frechheit, aber da Erich Julius' Lügen bestätigte, glaubten ihm alle, sogar meine Eltern. Vielleicht, weil es einfacher war, alles zu glauben und damit den ganz großen Skandal zu verhindern. Den Rest kennst du. Nachdem ich Claudia auf die Welt gebracht hatte, verlangte mein Vater von mir, Krankenschwester zu werden. Auf diese Weise sollte ich aus dem Blickfeld der feinen Gesellschaft verschwinden, denn spätestens bei der Suche nach einer geeigneten Partie wäre die Sache aufgeflogen. So eine Eheschließung ist letztendlich eine geschäftliche Transaktion, und dafür war ich wertlos geworden. Ein solcher Skandal hätte den Ruf meiner Familie vernichtet.«

»Aber dann stehen wir doch eigentlich auf derselben Seite«, sagte Martha. »Dir ist Unrecht widerfahren. Du wurdest von dem Mann, in den du dich verliebt hattest, gleich mehrfach betrogen. Aber so gehen Männer nur mit Frauen um, weil Frauen gesellschaftlich vernichtet werden, wenn sie ein uneheliches Kind bekommen. Männern sieht man das nach. Warum also kämpfst du nur so verbissen gegen unsere Beratungsstelle? Wir helfen Frauen bei rechtlichen, beruflichen und gesundheitlichen Problemen. Wenn es so etwas schon vor fünf Jahren gegeben hätte, hätte man auch dir helfen können.«

Auguste brach in schallendes Gelächter aus. »Das glaubst du wirklich? Wie naiv bist du denn? Ob ihr jemanden beratet oder nicht, ändert nichts an der Gesellschaft. Aber ihr setzt jungen Mädchen Flausen in den Kopf, die sie zu den gleichen Fehlern ermuntern, die ich begangen habe. Ihr schadet den Frauen. Das Einzige, was wirklich helfen würde, ist die energische Aufklärung, dass Mädchen sich von Männern bis zur Ehe fernhalten sollten, weil die alle Lügner sind.«

»Sie sollten zumindest darauf achten, dass sie nicht schwanger werden«, sagte Martha.

»Und darüber berätst du sie auch, nicht wahr?«

»Ja«, gab Martha zu.

»Siehst du, genau das ist das Sündenbabel, das ich bekämpfen muss! Damit andere nicht so sehr leiden müssen, wie ich gelitten habe. Damit sie ihr Leben nicht wegwerfen.«

»Du erlebst es als weggeworfen, dass du jetzt die zweite OP-Schwester bist?«

»Nun, es ist ein angemessener Ausgleich«, sagte Auguste. »Aber es ist nicht das Leben, das ich mir erträumt habe.«

»Nein, du wolltest lieber auf einer Hazienda in Argentinien die feine Dame spielen«, entgegnete Martha. »Aber das ist nicht der Traum aller Mädchen.«

Auguste holte tief Luft. »War es das jetzt?«

»Nein, ich möchte dich bitten, nicht mehr gegen die Beratungsstelle vorzugehen.«

»Und wenn ich mich weigere, wirst du meine Schande offenbaren?«

Martha sagte nichts, sondern sah Auguste nur fest in die Augen, bis die den Blick senkte.

»Also gut«, sagte Auguste schließlich. »Ich werde keine Zeitungsartikel mehr schreiben. Aber ich warne dich, Martha. Solltest du jemals Claudias Geheimnis offenbaren, dann werde ich es dir auf eine Weise heimzahlen, die du dir in deinen kühnsten Träumen nicht ausmalen kannst.«

»Dann haben wir also eine Abmachung«, sagte Martha. »Wir werden uns gepflegt ignorieren und einen dauerhaften Waffenstillstand schließen.«

»Genau, Waffenstillstand. Keinen Frieden.« Auguste winkte nach dem Serviermädchen, zahlte ihren Kaffee und ging dann schnellen Schrittes auf den Ausgang zu.

60

Weihnachten 1897 feierte die Familie diesmal im Johannisbollwerk, da die Wohnung dort größer und schöner war als die von Marthas Vater. Es waren ruhige, besinnliche Tage, aber obwohl alle Probleme gelöst schienen, sie genügend Geld für einen festlichen Braten und Geschenke hatten, fiel Martha auf, dass ihre Freundin Milli nur nach außen hin fröhlich wirkte. Irgendein wehmütiger Schatten schien auf ihrer Seele zu liegen.

»Was ist mit dir?«, fragte Martha sie nach dem Essen in einem unbeobachteten Moment. »Hast du Sorgen?«

Milli schüttelte den Kopf. »Nein, im Gegenteil. Eigentlich sollte ich die glücklichste Frau der Welt sein, denn ein Traum wird sich erfüllen, wenngleich nicht unbedingt so, wie ich es mir ursprünglich vorgestellt habe. Aber zugleich verliert man mit erfüllten Träumen auch immer etwas Vertrautes.«

»Ich verstehe nicht ganz, was du meinst.«

»Ich habe die Möglichkeit, nach Amerika auszuwandern«, sagte Milli. »Und nicht nur das, ich hätte sogar eine gesellschaftlich angesehene Stellung, wenngleich die auf einer verzeihlichen Lüge beruhen würde.«

»Was für eine Lüge?« Das wurde ja immer rätselhafter.

»Du erinnerst dich doch an meinen Kunden, der im Bankgewerbe tätig ist, nicht wahr?«

»Du hast von ihm erzählt, ja.«

»Nun, er hat da etwas vermittelt.« Milli räusperte sich. »Eine Ehe mit einem jungen, aufsteigenden Bankier, den es in die hohe Politik zieht.«

»Und der will dich heiraten?«

»Ja, weil … nun, er gehört zum Kreis der Männer, die Männer lieben. Aber um Karriere zu machen, braucht er Frau und Kind. Mein Kunde glaubt, ich würde gut zu ihm passen, und es gäbe sogar die Möglichkeit, Anna als sein Kind auszugeben. Wir würden eine Geschichte über meinen Vater erfinden, der sein Einverständnis zur Ehe verweigerte, da ich noch nicht volljährig war. Zudem würden wir einen Ehevertrag machen, der mich absichert und uns beiden zugesteht, unser Leben frei und unabhängig zu führen. Es geht lediglich ums Repräsentieren.«

»Aber da wäre keine Liebe, es wäre eine Scheinehe.«

»Ja«, gab Milli zu. »Aber immerhin in den höchsten Kreisen New Yorks. In Kreisen, von denen man nur träumen kann. Und ich glaube, eine solche Ehe ist besser als alle anderen Möglichkeiten, die mir offenstünden. Vor allem für Anna wäre es gut. Sie könnte die besten Schulen besuchen und hätte später ein besseres Leben.«

Martha schluckte. Auf der einen Seite konnte sie Millis Überlegungen gut verstehen, auf der anderen Seite fragte sie sich, ob ihre Freundin dort wirklich glücklich werden würde.

»Und wann wirst du abreisen?«

»Im April, wenn die Zeit der Eisberge vorbei ist. Bis dahin sind auch alle notwendigen Papiere vorbereitet, und ich bin dann einundzwanzig, und mir kann niemand mehr etwas vorschreiben. Bis dahin unterstützt er mich bereits finanziell. Ich habe sogar schon eine Fotografie von Lawrence bekommen. Hier, schau mal.« Sie zog das Porträtfoto aus ihrem Handtäschchen und reichte es Martha. Der Mann war glatt rasiert, hatte helle Augen, ein markantes Kinn und machte einen sympathischen Eindruck.

»Er sieht gut aus. Wie alt ist er?«

»Achtundzwanzig. Das passt vom Alter her gut. Wir wären nach außen hin ein Traumpaar, aber er kann seinen eigenen Traum von der Liebe mit dem Mann seines Herzens weiterleben und trotzdem Karriere machen.«

Martha schluckte und gab Milli die Fotografie zurück. »Du weißt, dass ich dich sehr vermissen werde, nicht wahr?«

»Ja, so wie ich dich. Aber – und das ist der Vorteil, wenn der künftige Gatte wohlhabend ist – vielleicht ist es möglich, dass Paul und du uns besuchen kommt, wenn mein künftiger Mann die Reisekosten übernimmt. Und für Heinrich wäre es ohnehin leicht möglich, er ist ja ständig auf See. Und schreiben werden wir uns auch. Ich bin zwar am anderen Ende der Welt, aber ich bin noch immer in dieser Welt.«

»Ja, das bist du«, sagte Martha und nahm Milli spontan in ihre Arme. »Und ich verstehe deine Entscheidung sehr gut. Vermutlich ist das wirklich das Beste, was dir passieren konnte. Am Ende stehst du gesellschaftlich noch über all den ach so vornehmen und naserümpfenden Hamburger Bürgerinnen, die Frauen wie dich stets verachtet haben.«

»Wer weiß«, sagte Milli mit einem wehmütigen Lächeln. »Der wirkliche Traum wäre natürlich, einen solchen Mann zu finden, der mich um meiner selbst willen und nicht nur als Alibi liebt. Aber dies kommt dem Traum schon recht nahe. Und wer weiß, was sich sonst noch ergeben wird. Ich werde diese Gelegenheit jedenfalls nutzen, sowohl für mich selbst als auch für Anna.«

»Ist das nicht seltsam«, meinte Martha, »dass ausgerechnet die Bigotterie der Gesellschaft, die Frauen wie dich überhaupt zu Ausgestoßenen macht, gleichzeitig dafür sorgt, dass du gesellschaftlich aufsteigen kannst, um ein Alibi für einen Mann zu werden, der wegen seiner Neigung sonst auch gesellschaftlich ausgestoßen wäre?«

»Na ja, die Ausgestoßenen aller Länder sollten sich doch vereinigen«, erwiderte Milli mit einem Augenzwinkern. »Oder waren das die Proletarier?«

Jetzt musste auch Martha lachen, und trotz ihrer Trauer um den baldigen Verlust ihrer Freundin freute sie sich für Milli und Anna.

»Aber wir haben ja noch etwas Zeit, bis ich nach Amerika auswandere. Ich muss schließlich noch einige Dinge regeln. So schnell wirst du mich nicht los.« Milli lächelte, doch es war ein wehmütiges Lächeln. »Am meisten liegt es mir auf der Seele, Moritz einzuweihen.«

»Er weiß es noch nicht?«, fragte Martha überrascht.

Milli schüttelte den Kopf. »Er hofft noch immer darauf, dass ich ihn irgendwann heirate. Joseph hat mal angedeutet, dass Moritz glaubt, ich hätte ihn bislang nur deshalb zurückgewiesen, weil ich noch nicht volljährig bin und mich vor den Schikanen meines Vaters fürchte.« Sie seufzte erneut. »Dabei müsste er es doch besser wissen. Ich fürchte, ich werde ihm das Herz brechen, wenn er erfährt, dass ich nicht nur auswandern, sondern auch noch einen anderen Mann heiraten werde.«

Martha nickte mitfühlend. »Soll ich dabei sein, wenn du es Moritz sagst?«

Milli zögerte einen Moment, und Martha glaubte schon, ihre Freundin würde ablehnen, doch dann nickte sie.

»Das wäre mir sehr lieb, denn ehrlich gesagt ...«, sie stockte erneut, so als falle es ihr schwer, das Folgende einzugestehen, »ich habe eine Heidenangst vor Moritz' Reaktion.«

»Aber Moritz ist ein guter Kerl, der würde dir nie was tun.«

»Natürlich nicht«, bestätigte Milli. »Aber gerade deshalb weiß ich nicht, wie ich es aushalten soll, wenn er seine Fassung verliert und mich womöglich auf Knien bittet, doch bei ihm zu bleiben.« Sie atmete schwer. »Er war immer für mich da. Er hat Annas Vaterschaft anerkannt und wollte mich unbedingt heiraten. In gewisser Weise verrate ich ihn.«

»Es ist dein gutes Recht, nach einem besseren Leben zu streben.

Du hast ihn immer wieder gebeten, mit dir zusammen nach Amerika auszuwandern. Er war derjenige, der nicht wollte.«

Milli nickte. »Ich weiß, aber das macht es nicht leichter.«

Einen Moment lang herrschte Schweigen. Ehe die Stille unerträglich wurde, fragte Martha: »Wann wollen wir mit Moritz sprechen?«

Milli schob ihre Unterlippe vor. »Normalerweise würde ich es gern so schnell wie möglich hinter mich bringen, aber ...«

»Aber was?«

»Wenn er es zu früh weiß, könnte er es Joseph sagen. Und ich weiß nicht, wie Joseph reagiert, wenn ich seinem kleinen Bruder das Herz breche. Vielleicht würde er seine Kontakte zur Unterwelt nutzen, um alle meine Pläne zunichtezumachen.«

Martha sah Milli mit großen Augen an.

»Ich dachte, du verstehst dich gut mit Joseph.«

»Er war sehr hilfreich, als ich jemanden brauchte, der keine Skrupel hat. Aber Joseph ist nur verlässlich, wenn man die gleichen Ziele verfolgt. Seine Feinde fürchten ihn. Und ich will ihn mir auf keinen Fall zum Gegner machen.«

»Aber was könnte er schon tun?«

Milli schüttelte hilflos den Kopf. »Ich weiß es nicht. Und ich glaube, es ist besser, wenn ich es niemals herausfinde.«

»Ich werde für dich da sein. Allerdings glaube ich nicht, dass Moritz dir irgendwelche Steine in den Weg legen wird. Ein Mann, der eine Frau liebt, will, dass sie glücklich ist.«

»Auch, wenn sie ihn dafür verlässt?«, fragte Milli zweifelnd.

Auf diese Frage wusste Martha keine Antwort. Gewiss, Moritz war ein anständiger Kerl, aber war er tatsächlich so selbstlos, dass er Millis Glück über seine eigenen Hoffnungen und Wünsche stellen würde?

61

Das neue Jahr begann mit dem mildesten Winter, den Martha je erlebt hatte. Eigentlich hatte sie geglaubt, es würde ihre Arbeit als Hafenschwester erleichtern, wenn der Frost dieses Jahr ausblieb. Immerhin erreichten die Temperaturen Ende Januar schon knapp zehn Grad, aber dafür regnete es ununterbrochen.

Hätte draußen Schnee gelegen, dann wären die Kinder nach der Schule gut beschäftigt gewesen. Sie hätten rodeln oder Schneemänner bauen, vielleicht sogar auf den gefrorenen Weihern eislaufen können. Martha erinnerte sich noch gut daran, wie der Vater ihr und ihren Geschwistern hölzerne Gleitschuhe angefertigt hatte. Sie waren zwar mit rot gefrorenen Nasen aber ansonsten kerngesund von ihren Winterspielen heimgekehrt.

Doch die Kinder, die sie heute sah, die hockten eng zusammengepfercht in ihren Schlafkammern, in denen einzig Krankheiten und Schimmel gut gediehen. Draußen schien sich eine neue Sintflut anzukündigen, und immer häufiger standen die billigen Kellerwohnungen unter Wasser. Gegen trockene Kälte konnte man sich mit dicken Decken und warmer Kleidung schützen, aber wie sollte man die stete Feuchtigkeit ertragen, die sich in alle Ritzen und sogar die Kleider stahl? Selbst die frisch gewaschene Wäsche verschimmelte oft genug auf der Leine, da nur wenige Häuser über einen Trockenboden verfügten. Selten hatte Martha so viele schwer kranke Kinder gesehen. Meist bemühten sich die Mütter, die Symptome mit einfachen Hausmitteln zu lindern, weil sie sich scheuten, den Arzt zu holen. Aber manchmal steckten auch ernst zu nehmende Krankheiten dahinter. Besonders gefürchtet war die Diphtherie, die sich gern mit den Symptomen einer einfachen Erkältung maskierte, ehe sie in ihrer ganzen Schwere erkennbar wurde. Und so waren die Mütter froh, dass Martha die Familien regelmäßig besuchte und sehr genau darauf achtete, ob sich im Rachen der Kinder die gefährlichen weißen Beläge zeigten. Zweimal hatte sie bereits die Symptome der Diphtherie entdeckt, und beide Male war es zu spät gewesen, das erkrankte Kind zu separieren, denn die übrigen Geschwister waren bereits infiziert.

Von Franziska und Carola erfuhr sie, dass das Allgemeine Krankenhaus mit einer regelrechten Epidemie zu kämpfen hatte. Der einzige Lichtblick bestand darin, dass die Krankheit, die fünf Jahre zuvor noch das Todesurteil bedeutet hätte, mittlerweile heilbar war. Seit 1894 wurde in Frankfurt Hoechst ein Serum aus Pferdeblut gewonnen, das nach seinem Entdecker Emil Behring »Behring-Serum« genannt wurde. Dennoch starb weiterhin ein Viertel der infizierten Kinder, und auch Martha hatte einen Todesfall unter ihren Schützlingen zu beklagen.

Es waren Tage wie dieser, an denen Martha immer deutlicher bewusst wurde, dass es mit einer Beratungsstelle für Frauen allein nicht getan war. Es musste auch die Möglichkeit geben, armen Kindern zu helfen, wenn die Natur ihnen nicht länger als Spielplatz dienen konnte. Nur so konnte die Ausbreitung von Krankheiten wirksam verhindert werden.

Als sie mit Lida Heymann darüber sprach, meinte die: »Wie wäre es, wenn wir uns an die Hamburger Turnerschaft wenden? Die haben doch die riesige Jahnhalle an der Großen Allee. Und ich erinnere mich noch recht gut daran, wie sie sich darüber beklagt haben, dass die Hamburger beim letzten Turnerfest im Vergleich zu anderen Städten so schlecht abgeschnitten haben. Wir könnten ihnen vorschlagen, auch Kinder aus armen Familien als Mitglieder zu akzeptieren, denn selbst im Schmutz gedeihen Rosen, die man allzu schnell übersieht.« Lida grinste.

»Aber die Eltern können sich den Mitgliedsbeitrag nicht leisten.«

»Genau da muss die Solidarität beginnen. Wenn jemand gute Leistungen bringt, sollte das gefördert werden, zum Wohl der ganzen Mannschaft.«

»Gut, das mag für die Jungen gelten, aber was ist mit den Mädchen?«

»Soweit ich weiß, gibt es dort auch eine eigene Abteilung für das Frauenturnen. Ich werde mich mal darum kümmern.«

Lida hatte tatsächlich Erfolg und konnte einigen der begabten Kinder eine Mitgliedschaft im Turnerbund vermitteln.

Milli half Martha bei dem Projekt, denn dank ihrer Verlobung mit Lawrence Darnell bekam sie bereits jetzt regelmäßig Geld von ihm angewiesen, sodass sie ihrer ungeliebten Profession endlich entsagen konnte. Natürlich fiel das auch Moritz auf, und so kam der Tag, da er die Wahrheit erfuhr, deutlich früher, als Milli gehofft hatte.

Es war ein warmer Abend Ende März, als Martha mit Milli und Anna gerade von der Jahnhalle zurückkehrte, wo sie Spenden für die Mitgliedsbeiträge armer Kinder abgegeben hatten.

Im Nachhinein konnte Martha nicht sagen, ob es eine zufällige Begegnung war oder ob Moritz Milli verfolgt und abgepasst hatte. Als Milli Moritz sah, erstarrte sie, und all die Zuneigung, die sich früher in ihrem Blick gespiegelt hatte, war verschwunden. Das erschreckte Martha. Wovor fürchtete sich Milli wirklich? Auch Moritz fiel auf, wie Milli ihn ansah.

»Endlich sehe ich dich mal. Sag mal, gehst du mir in letzter Zeit aus dem Weg?«

»Ich habe viel zu tun«, wich sie aus.

»Aber das ist kein Grund, dass du die Anna von ihrem Papa fernhältst.«

Marthas anfänglicher Schrecken wandelte sich in Überraschung. Sie hatte in all der Zeit niemals mitbekommen, dass Moritz Anna gegenüber echte Vatergefühle hegte, und sie hörte hier zum ersten Mal, dass er sich selbst als Papa bezeichnete. Gab es da etwas, das Milli ihr verschwiegen hatte?

Moritz beugte sich zu Anna hinunter.

»Na, mein Schatz, hast du deinen Papa vermisst?«

Anna sah Moritz mit großen Augen an. »Ja, aber wir fahren bald zu ihm«, sagte sie mit der ganzen Ernsthaftigkeit einer Viereinhalbjährigen. »Der ist in Amerika und wartet auf uns.«

Martha blieb fast die Luft weg. Immerhin zeigte Annas Antwort, dass sie Moritz nie als Papa wahrgenommen hatte, ganz gleich was er sich einbildete. Die Situation drohte ausgesprochen unangenehm zu werden. Moritz zuckte zusammen und hob den Blick zu Milli, deren Gesicht knallrot angelaufen war.

»Was soll das denn heißen?«, fragte er mit einer Schärfe, die Martha noch nie in seiner Stimme gehört hatte. »Was erzählst du dem Kind denn für einen Blödsinn?«

Sofort kamen ihr Millis Bedenken in den Sinn. Hatte sie Moritz doch falsch eingeschätzt?

»Das sollten wir weder hier auf der Straße noch vor dem Kind klären«, gab Milli ebenso scharf zurück. »Du wusstest immer, dass ich nach Amerika auswandern will. Daraus habe ich nie ein Geheimnis gemacht.«

Eine Weile herrschte betretenes Schweigen, doch als Milli Anstalten machte, mit Anna an der Hand an Moritz vorbeizugehen, stellte er sich ihr demonstrativ in den Weg.

»Wann?«, fragte er. »Und wer ist der Kerl, der behauptet, Annas Vater zu sein?«

»Nicht hier und jetzt«, zischte Milli.

»Oh doch, genau hier und jetzt!«, gab Moritz energisch zurück. »Sonst flutschst du mir wieder durch die Finger wie so 'n nasser Aal, wenn ich mit dir reden will. Sei ehrlich zu mir, Milli. Was habe ich dir getan, dass du mir davon nix verraten wolltest?«

Milli seufzte. »Nichts«, sagte sie leise. »Aber es ist mein Leben, und darüber muss ich selbst entscheiden. Ich habe dir schon vor Jahren vorgeschlagen, mit mir nach Amerika auszuwandern, aber du hast immer Nein gesagt.«

»Ja, weil das völlig blödsinnig ist!«, schrie er. »Ich kann dir hier alles bieten, was du brauchst. Ich kann Anna meinen Namen geben. Ich habe immer alles für dich getan, Milli. Und jetzt gehst du mir aus dem Weg und willst mit Anna nach Amerika, ohne mir einen Ton zu sagen?«

»Ich hätte es dir noch gesagt.«

»Wann?«

»Früh genug.«

Er nickte schwach. »Dann sag mir jetzt wenigstens, wann du abreist.«

Milli zögerte, und Martha konnte ihr deutlich ansehen, wie unbehaglich sie sich dabei fühlte.

»Das dauert noch. Ich muss noch einiges regeln.«

»Dann hast du noch keine Passage gebucht?«

»Ich habe keine Passage gebucht«, sagte sie leise. Sofort entspannten sich Moritz' Züge.

»Vielleicht überlegst du es dir noch mal, Milli. Du weißt doch, was ich für dich empfinde. Habe ich dir in all den Jahren jemals Grund gegeben, an mir zu zweifeln?«

»Nein«, flüsterte sie. »Aber lass uns darüber ein anderes Mal sprechen. Bitte, Moritz.«

Er nickte, dann gab er ihr den Weg frei.

»Warum hast du ihn belogen?«, fragte Martha so leise, dass Anna es nicht hören konnte, nachdem Moritz außer Sicht war.

»Ich habe ihn nicht belogen«, erwiderte Milli. »Ich habe keine Passage gebucht. Das hat Lawrence für mich getan.«

»Du weißt genau, was ich meine.«

»Ja«, gab Milli zu. »Und es tut mir auch in der Seele weh, aber wenn er den Abreisetermin kennt, wird Joseph davon erfahren.«

»Bislang schien Joseph sich nicht besonders für Moritz' Herzensangelegenheiten zu interessieren. Könnte es sein, dass du dich da in irgendwelche abstrusen Ängste hineinsteigerst?«

»Nein«, widersprach Milli. »Natürlich geht es Joseph nicht um Moritz, das wäre nur ein Vorwand, um keine Rücksicht mehr nehmen zu müssen. Du kennst Joseph nicht. Selbst Moritz hat keine Ahnung, wozu sein Bruder fähig ist.«

»Aber du schon?«

»Ja«, bestätigte Milli. »Ich habe ihn kurz nach Annas Geburt überhaupt erst auf die Idee gebracht.« Sie atmete schwer. »Hast du dich nie gefragt, woher Joseph das viele Geld hat?«

»Er macht krumme Geschäfte.«

»Weißt du auch, welcher Art diese Geschäfte sind?«

Martha schüttelte den Kopf.

»Erpressung. Damit macht er sein Geld«, sagte Milli. »Er hat einige Mädchen und auch ein paar Knaben für sich laufen, die sich gezielt an gut situierte Herren heranmachen und sie dann mit ihren sexuellen Eskapaden erpressen. Ein sehr schmutziges Geschäft. Es war schwierig genug für mich, da wieder rauszukommen, damit ich noch als seriöse Begleiterin für einsame Herren arbeiten kann. Wenn Joseph erfährt, dass ich nach Amerika ausreise, um dort zu heiraten, wird er alles daransetzen, um zu erfahren, wer mein künftiger Gatte ist. Und wenn er davon erfährt, wie wohlhabend Lawrence ist, wird er ganz sicher versuchen, ihm

Geld abzupressen. Er wird alles ruinieren. Verstehst du? Das kann und will ich nicht riskieren. Ich breche Moritz ohnehin das Herz, dann muss ich dafür nicht noch Annas Zukunft gefährden.«

»Also wirst du dich nicht mehr von Moritz verabschieden?«, fragte Martha leise. »Du reist in weniger als drei Wochen ab.«

»Es ist besser so, glaub mir«, sagte Milli. »Ich habe sogar schon saubere Papiere für Anna besorgt. In denen taucht Moritz längst nicht mehr als Vater auf. Aber das darf er niemals erfahren, denn das wäre der größte Verrat, nach allem, was er für mich getan hat.« Eine einsame Träne rollte über Millis Wange, die sie hastig fortwischte. »Ich weiß, dass ich einem guten Mann das Herz breche, aber er wollte nicht mit mir fort aus all diesem Dreck. Ihm gefällt es unter dem Schutz seines großen Bruders, und er schätzt das Geld, das Joseph ihm immer wieder zusteckt. Nein, Martha, er mag ein guter Mensch sein, aber er lebt nicht danach, und ich fürchte mich vor einer Zukunft an seiner Seite, denn dann wird Anna immer das Hurenkind bleiben, selbst wenn Moritz jedem Schläge androht, der das offen ausspricht. Ich muss an ihre Zukunft denken, und auch an meine eigene.«

»In einem Leben ohne Liebe«, warf Martha ein. »Denn Liebe wirst du bei Lawrence nicht finden. Du bist lediglich seine Tarnung.«

»Ich habe schon eine Liebe, und die heißt Anna. Für sie muss ich da sein, und jetzt habe ich die Gelegenheit, ihr das Leben zu geben, das jedes Kind verdient.« Sie atmete tief durch. »Martha, versprich mir, dass du Moritz nichts verrätst. Sag ihm nicht, wann mein Schiff ausläuft, auch wenn er dich fragt.«

»Ich soll ihn belügen?«

»Sag ihm, dass du es nicht weißt. Und wenn ich fort bin, kannst du behaupten, ich hätte es auch dir erst am Tag vorher gesagt. Schimpf über mich, dass ich alle Freunde im Stich gelassen habe.

Dann verfolgt er nur mich mit seinem Zorn, aber der trifft mich in Amerika nicht mehr.«

Martha seufzte. »Ach Milli, ich versteh dich ja, aber das hat Moritz wirklich nicht verdient.«

»Wer bekommt schon das im Leben, was er verdient?«, fragte Milli traurig. »Versprichst du es mir?«

Martha nickte. »Ich verspreche es dir, auch wenn mir nicht wohl dabei ist.«

»Sieh es doch mal so: Wenn Moritz zornig auf mich wird, hilft das, sein gebrochenes Herz zu heilen, und er ist endlich wieder frei für andere. Ich hatte ohnehin schon ein schlechtes Gewissen, dass er seit Jahren auf mich wartet, obwohl ihm doch längst klar sein müsste, dass nie was aus uns beiden wird.«

»Du hast eine wahrhaft unnachahmliche Art, in allem noch etwas Gutes zu sehen«, sagte Martha und zwang sich zu einem Lächeln, doch ihr Herz blieb schwer. Sie dachte daran zurück, wie sie Moritz kennengelernt hatte, wie er ihr beigebracht hatte, sich gegen zudringliche Kerle zu wehren. Sie hatte ihn stets als Freund betrachtet, und dennoch hatte sie Milli versprochen, ihn zu belügen. Sie hoffte inständig, dass er ihr bis zu Millis Abreise nicht mehr begegnen würde.

Millis Schiff sollte am Montag, dem 18. April 1898, auslaufen. In den Tagen bis zur Abreise sah Martha ihre Freundin und deren kleine Tochter täglich, und sie half ihr gern bei der Vorbereitung, schließlich gab es einiges zu packen. Damit es Moritz nicht auffiel, brachte Milli täglich eine kleine Menge ihres Gepäcks aus dem Rademachergang zu Martha ins Johannisbollwerk, wo die Kleider in einem großen Schrankkoffer verstaut wurden.

Martha hatte Paul von Millis Sorgen hinsichtlich Moritz und seines Bruders Joseph erzählt. Paul war ebenso wie sie selbst hin- und hergerissen. Als Mann fühlte er mit Moritz, den er zwar nur flüchtig kannte, aber für einen anständigen Kerl hielt.

»Ich glaube, Milli verrennt sich da in was«, meinte er. »Was hätte Joseph denn davon, wenn er Milli an der Abreise hindern sollte? Und wie will er schon einen einflussreichen New Yorker erpressen? Das sind doch Hirngespinste.«

»Sie hat einfach Angst«, sagte Martha. »Sie ist so oft verraten und betrogen worden, da kann sie nicht glauben, dass es jemand einfach nur gut mit ihr meint.«

»Doch, sie weiß, dass du es gut mit ihr meinst«, widersprach Paul. »Aber vermutlich kann sie bei all dem, was sie schon mit Männern erlebt hat, nicht mehr glauben, dass es echte, aufrichtige Liebe gibt. Sie erwartet immer einen Haken. Und damit tut sie Moritz womöglich unrecht.«

»Womöglich«, bestätigte Martha. »Aber was ist, wenn sie recht hat? Und seinem Bruder Joseph ist wirklich nicht zu trauen.«

»Hat Moritz sich noch mal bei dir gemeldet?«, fragte Paul.

»Nein.«

»Warum machst du dir dann so viele Gedanken?«

»Weil ich nicht weiß, was richtig ist«, erwiderte Martha. »Ich mag Moritz, und ich weiß, dass Milli ihn auch mag. Und jetzt läuft sie davon und nimmt ihm die Möglichkeit, sich zu verabschieden, weil sie angeblich seinen Bruder Joseph fürchtet. Ich glaube, sie fürchtet sich viel mehr vor dem Abschied.«

»Dir wäre es lieber, wenn sie bleiben und Moritz heiraten würde?«

Als Paul es so deutlich aussprach, begriff Martha, dass es tatsächlich so war. Sie wollte Milli nicht verlieren, sie wollte, dass alles blieb, wie es war. Aber wenn alles blieb, wie es war, würde Anna keine Zukunft haben. Sie würde nie aus dem Halbweltmilieu herauskommen.

»Glaubst du, es wäre ein Verrat an Milli, wenn ich mit Moritz spreche? Ganz offen, als Freund?«, fragte sie schließlich. »Ich halte es nicht aus, ihn im Ungewissen zu lassen.«

»Du würdest Milli verraten, und du weißt nicht, ob es vielleicht noch andere schwerwiegende Gründe für ihre Angst gibt. Lass es, Martha. Sieh es als Wink des Schicksals, dass Moritz dich nicht aufgesucht hat. Vielleicht will er es ja auch gar nicht wissen.«

Leider erwies sich Pauls Vermutung als falsch, denn natürlich merkte Moritz, dass Milli ihm weiterhin aus dem Weg ging. Und so tauchte er am Samstag, dem 16. April, bei Martha in der Beratungsstelle auf. Die Beratungsstelle stand zwar auch Männern offen, aber sie waren hier selten gesehen, und so erregte Moritz einige Aufmerksamkeit. Er fragte gezielt nach Schwester Martha und stand plötzlich in ihrem Sprechzimmer.

»Es tut mir leid, wenn ich dich hier so überfalle«, sagte er, während er sich auf den Stuhl vor ihrem Schreibtisch plumpsen ließ und seine Mütze mit den Händen knetete. »Aber ich mach mir Sorgen um Milli und Anna. Milli weicht mir aus, wo sie kann. So als hätte ich 'ne ansteckende Krankheit. Dabei will ich doch nur, dass es ihr und Anna gut geht. Im Hafen hör ich so oft schlimme Geschichten aus Amerika, von jungen Frauen, die man da ins Elend lockt, die dann in viel schlimmeren Bordellen landen als hier. Aber das will Milli ja nicht hören. Die hat lauter Flausen im Kopf, verrückte Träume. Kannst du nicht mal vernünftig mit ihr reden?«

Martha atmete schwer. Alles in ihr schrie danach, Moritz gegenüber offen zu sein, doch zugleich fühlte sie sich an ihr Versprechen gebunden, das sie Milli gegeben hatte. Andererseits – eigentlich hatte sie ihr nur versprochen, ihm nicht zu sagen, wann die beiden abreisten.

»Es ist nicht so einfach, Moritz«, sagte sie. »Aber du musst dir keine Sorgen um sie machen. Den beiden wird es gut gehen. Es gibt dort einen wohlsituierten Mann, der Milli heiraten und Anna als sein Kind anerkennen wird.«

Moritz räusperte sich. »Und woher weiß sie, dass das kein Schuft ist, der sie und Anna nur mit falschen Versprechungen lockt? Da soll's sogar Kerle geben, die schon ganz kleine Mädchen wie die Anna an Strolche vermieten.«

»Du kennst Milli, die lässt sich nicht reinlegen, die hat alles vorab geklärt.«

»Aber Amerika ist weit. Dieser Kerl kann ihr doch viel erzählen.«

»Du machst dir wirklich Sorgen um sie, nicht wahr?«

»Natürlich mach ich das. Ich liebe sie. Und ich habe immer gehofft, dass sie irgendwann vernünftig wird. Dieser verdammte Traum von Amerika, der hat sie doch blind für das gemacht, was sie hier haben könnte.«

»Und wenn sie es dort wirklich besser hätte? Würdest du ihr und Anna das nicht wünschen?«

Jetzt schluckte Moritz. »Doch, natürlich. Aber in dieser Welt gibt's nix geschenkt. Da warten keine reichen Traumprinzen, da muss man immer irgendeinen Preis zahlen. Und ich will nicht, dass der zu hoch ist. Und genau das fürchte ich. Sonst würde Milli doch offen mit mir reden. Die weiß doch ganz genau, dass ich sie immer unterstützt habe. Aber dumme Flausen, die könnte ich nie gutheißen, da würde ich alles tun, um sie vor sich selbst zu retten.«

»Und was sind in deinen Augen dumme Flausen?«, fragte Martha.

»Wenn sie auf Lügen reinfällt und dann dort in noch größerem Elend landet als hier.«

»Das wird sie nicht.«

»Und wie kannst du dir da so sicher sein? Warum redet sie dann nicht mit mir?«

»Weil sie Angst vor Joseph hat.«

»Vor Joseph?« Moritz starrte sie mit großen Augen an. »Mit dem versteht sie sich doch so gut. Das hat mich ja selbst schon gewundert, aber ... na ja, was soll ich sagen.«

»Es ist kompliziert«, erwiderte Martha. »Und es wäre Milli nicht recht, wenn ich davon rede.«

»Aber du möchtest es, oder?« Ein verschmitzter Zug legte sich über Moritz' Gesicht. »Weil du selbst besorgt bist, stimmt's?«

»Nein. Um Milli mache ich mir keine Sorgen. Es geht um dich. Ich mag dich, Moritz, du bist ein anständiger Kerl, und du hättest die Wahrheit verdient, aber Milli hat Angst, du könntest es dann Joseph erzählen.«

»Ach was, so dicke bin ich mit dem doch gar nicht. Das müsste Milli doch am besten wissen.«

Martha nickte, das war ihr auch schon durch den Kopf gegangen. Und auf einmal kam ihr ein Gedanke. Konnte es sein, dass Milli gar keine Angst vor Joseph oder gar Moritz hatte, sondern vor sich selbst? Davor, dass ihr die ganze Tragweite ihrer Entscheidung womöglich erst in dem Moment bewusst würde, wenn sie Moritz einweihte und er ihr vielleicht sogar seinen Segen gab? Bislang war Moritz immer der helfende Freund im Hintergrund gewesen, jemand, der sie im Fall der Fälle sofort geheiratet hätte. Er war ein Schutz, jemand, auf den sie sich verlassen konnte, selbst wenn sie ihm nicht gab, was er sich wirklich wünschte. Andererseits gab sich Moritz damit zufrieden – vielleicht war es ihm ja auch lieber gewesen, aus der Ferne von Milli zu träumen, als sich auf eine andere Frau einzulassen. Menschen waren kompliziert, und beide – Milli und Moritz – hatten es lange vermieden, eine endgültige Entscheidung zu treffen. Doch jetzt hatte Milli sich festgelegt – und damit das Band zerschnitten. Wollte sie dieses Wagnis im Grunde genommen gar nicht eingehen? Nicht, bevor sie wusste, dass in Amerika alles so werden würde, wie sie es sich erhoffte? Glaubte sie womöglich, die Trennung von Moritz wäre erst dann wirklich vollzogen, wenn sie sie ihm gegenüber aussprach? Wahrscheinlich hing sie doch mehr an ihm, als sie sich eingestehen wollte.

Als sich dieser Gedanke in Marthas Überlegungen stahl, da wusste sie, wie sie zu handeln hatte. Die Zeit der Lügen war vorbei. Moritz hatte ein Recht darauf, die Wahrheit zu erfahren. Also erzählte sie ihm von Lawrence Darnell, dem aufstrebenden reichen Bankier, der sein Privatleben wie ein schmutziges Geheimnis hüten musste.

Als sie geendet hatte, atmete Moritz schwer, aber er sagte kein Wort.

»Ist alles in Ordnung?«, fragte Martha.

Er nickte schwach. »Sie zieht also das Geld der Liebe vor«, sagte er leise. »Aber wenn es wirklich stimmt, dann kann ich sie um Annas willen verstehen.«

»Dann bist du nicht mehr böse auf sie?«

»Das war ich nie. Ich war nur besorgt. Ich wollte, dass es ihr gut geht, und hätte alles dafür getan.«

»Dann solltest du ihr das sagen, Moritz. Ich habe Milli versprochen, dir nicht zu verraten, wann ihr Schiff ausläuft, aber beeil dich – am Montag um halb elf ist es zu spät, ihr noch irgendetwas zu sagen.«

Fast im gleichen Moment sprang er auf.

»Ich danke dir, Martha! Ich werde das sofort klären.«

»Aber ich verlass mich auf dich. Leg ihr keine Steine in den Weg!«

»Das würde ich nie tun – höchstens goldene Pflastersteine, damit sie behütet gehen kann.«

Am Morgen des 18. April war Martha mit Paul und ihrem Vater rechtzeitig am Hafen, um Milli zu verabschieden. Ihr Vater nutzte die Gelegenheit, um den Reisenden als Leierkastenmann einen musikalischen Gruß mit auf den Weg zu geben, und freute sich über das reichliche Trinkgeld.

Zu Marthas großer Freude war auch Moritz gekommen, denn Milli und er hatten sich endlich ausgesprochen. Es war tatsächlich so, wie sie gedacht hatte. Die Angst vor Joseph und dem, was er womöglich tun könnte, war nur vorgeschoben, weil Milli tief in ihrem Innersten nicht wollte, dass sie Moritz als den verlässlichen Mann im Hintergrund für immer verlieren würde. Der Gedanke war so unerträglich für sie gewesen, dass sie ihn sich lange Zeit nicht eingestehen mochte.

Da Moritz sie noch einmal aufgesucht und zur Rede gestellt hatte, blieb ihr nichts anderes übrig, als sich ihren Ängsten zu stellen.

Nachdem Paul und Marthas Vater sich bereits von Milli verabschiedet hatten, war Moritz an der Reihe.

»Pass gut auf dich auf«, sagte er. »Und wenn der Kerl nicht gut zu dir ist, dann nimmst du das erstbeste Schiff zurück. Ich warte auf dich, so lange, bis du dir sicher bist, dass Amerika gut für euch ist.«

Tränen der Rührung blitzten in Millis Augen auf, als sie Moritz umarmte. »Aber warte nicht ewig«, flüsterte sie. »Du musst dein eigenes Leben führen und die Frau finden, die wirklich zu dir passt.«

»Das hat Zeit«, sagte er leichthin, gab ihr einen Kuss auf die Wange und drückte sie einmal fest an sich. Dann ließ er sie los und wandte sich Anna zu, um sich auch von ihr zu verabschieden, während Milli nun Martha ein allerletztes Mal umarmte.

»Ich werde dich vermissen«, sagte Martha und bemühte sich, die Fassung zu bewahren.

»Ich dich auch«, erwiderte Milli. »Aber wer weiß, vielleicht besucht ihr uns irgendwann. Ich für meinen Teil werde jedenfalls alles in die Wege leiten, damit dieser Traum eines Tages wahr wird.« Sie hauchte Martha einen freundschaftlichen Kuss auf die Wange, dann löste sie sich aus ihren Armen, nahm Anna bei der Hand und schritt die Gangway empor.

»Sie geht schon ganz so wie eine Frau, die für die 1. Klasse geboren ist«, meinte Marthas Vater, während er Koko kraulte.

»Ich hoffe, sie findet, was sie sich wünscht«, fügte Moritz hinzu. Dann sah er Martha an. »Danke, dass du so offen warst.«

Inzwischen hatten Milli und Anna die Reling ihres Decks erreicht. Milli hob ihre Tochter hoch, damit sie auf den Hafen schauen und winken konnte. Die Freunde winkten zurück, und Martha hörte erst auf, als der riesige Passagierdampfer hinter der Elbkrümmung verschwunden war.

»Jetzt beginnt endlich ein neues Leben für Milli«, sagte Paul und legte den Arm um Marthas Schultern. »Sie hat es mehr als verdient.«

»Sie wird ihr Glück finden«, erwiderte Martha, während sie sich in seine Umarmung schmiegte. »Und eines Tages werden wir sie in Amerika besuchen.«

»Wenn du das sagst, dann muss es wohl so sein.«

»Genau.« Martha lächelte und hatte auf einmal das Gefühl, dass die Zukunft mit all ihren Verheißungen wie eine breite, hell erleuchtete Straße vor ihnen lag.

Nachwort

Wie in jedem historischen Roman mischen sich auch im vorliegenden Buch Fiktion und Realität. Zur Geschichte über die Cholera in Hamburg und den großen Hafenarbeiterstreik inspirierte mich das Leben meiner Urgroßmutter, deren Namen und Geburtsdatum ich für meine fiktive Heldin Martha Studt, geborene Westphal, übernommen habe. Allerdings war meine Urgroßmutter keine Krankenschwester und erlebte auch den Hafenarbeiterstreik nur als Außenstehende mit. Dennoch konnte ich auf alte Erzählungen und Fotos aus meiner eigenen Hamburger Familiengeschichte zurückgreifen, um ein authentisches Bild der damaligen Lebensumstände zu zeichnen.

Die Cholera-Epidemie in Hamburg war eine große Katastrophe, die sich tatsächlich so abgespielt hat, wie ich sie beschreibe. Der Senat vertuschte die Krankheit und verbot den Ärzten lange Zeit, die richtige Diagnose zu stellen, um keine Panik zu schüren. Im krassen Gegensatz dazu warnte man in der Hansestadt Bremen schon frühzeitig vor den Gefahren der Cholera und verteilte Flugblätter mit Vorsichtsmaßnahmen. Deshalb blieb Bremen trotz vereinzelter Cholerafälle von einer Epidemie verschont. Der Hamburger Senat ließ hingegen noch im September Auswandererschiffe auslaufen, obwohl die Seuche bereits an Bord war. Man wollte die armen Auswanderer loswerden, um sie nicht über den Winter verköstigen zu müssen. Da der Hamburger Senat auch den amerikanischen Konsul in Hamburg belogen hatte, führte dies zu ernst zu nehmenden diplomatischen Verwicklungen, und Hamburg wurde unter Quarantäne gestellt. Es trat also letztlich genau das ein, was der Senat durch die Vertuschungsaktion eigentlich hatte verhindern wollen.

Auch die Bedingungen in den Krankenhäusern, die Aufnahmestopps, die Desinfektionskolonnen und die Massengräber bei der schwarzen Bude auf dem Ohlsdorfer Friedhof sind historisch belegt, ebenso wie die Cholerabaracken und das Feldlazarett.

Wer sich näher für die damaligen Umstände interessiert und weitere Informationen über Hamburg zur Zeit der Cholera sucht, dem sei Richard J. Evans Buch *Tod in Hamburg-Stadt, Gesellschaft und Politik in den Cholera-Jahren 1830–1910* ans Herz gelegt.

Von den im Roman erwähnten Ärzten sind Hauptmann Weibezahn, der Ärztliche Direktor des Allgemeinen Krankenhauses in St. Georg, sowie Bernhard Nocht, Robert Koch und Paul Ehrlich historisch belegt. Hauptmann Weibezahn erkrankte tatsächlich selbst an der Cholera und überstand sie.

Die Erika-Schwesternschaft im Allgemeinen Krankenhaus Eppendorf wurde – anders als im Roman – nicht 1893, sondern erst 1895 gegründet. Ich habe mir hier aber zugunsten der Romanhandlung die dichterische Freiheit erlaubt, die Gründung zwei Jahre vorzuverlegen. Zu dieser Zeit war die Ausbildung von Krankenschwestern noch nicht geregelt. Erst im frühen 20. Jahrhundert gab es erste allgemeingültige Ausbildungsrichtlinien. Bis zur Gründung der Erika-Schwesternschaft war die Ausbildung kirchlichen Trägern vorbehalten gewesen, und bei ausgebildeten Krankenschwestern handelte es sich entweder um katholische Nonnen oder evangelische Diakonissen. Bei den Erika-Schwestern konnte man auch ohne kirchliche Bindung den Beruf der Krankenschwester erlernen. Die Frauen mussten jedoch, wie im

Roman dargestellt, unverheiratet sein, wobei es gleichgültig war, ob es sich um Jungfern oder Witwen handelte. Die Schwesternschaft hatte es sich tatsächlich zum Ziel gesetzt, den Beruf der Krankenschwester für Frauen aus gutem Hause attraktiv zu machen. Den Krankenwärterinnen haftete zu jener Zeit ein ausgesprochen schlechter Ruf an, denn sie stammten, wie ihre männlichen Kollegen, oft aus niedersten Schichten, waren vielfach dem Alkohol verfallen oder ehemalige Prostituierte ohne jede Bildung. Die Art, wie man damals Krankenwärter rekrutierte, erinnert ein wenig an die heutige Zeit, in der man angesichts des Pflegenotstands Langzeitarbeitslose unabhängig von ihren tatsächlichen Neigungen und Fähigkeiten in Pflegeberufe zu bringen versucht. Mit dem Unterschied, dass die Menschen heute eine Ausbildung als Pflegehelfer erhalten und eine Prüfung bestehen müssen, während man sie damals einfach auf die Patienten losließ.

Ende des 19. Jahrhunderts gab es noch keine Antibiotika, und so waren Infektionskrankheiten das größte Problem der damaligen Medizin. Wie im Roman beschrieben, starb jeder siebte Deutsche damals an der Tuberkulose. Dadurch entsteht heute vielfach der Eindruck, Krebserkrankungen seien eine moderne Zivilisationskrankheit, ebenso wie Herzinfarkte. Tatsächlich ist die Zahl von Krebserkrankungen und Herzinfarkten heutzutage nur deshalb höher, weil es sich um Erkrankungen des späteren Lebensalters handelt. Viele Menschen starben früher an Infektionskrankheiten, ehe sich überhaupt die Symptome einer möglicherweise unentdeckten Krebserkrankung zeigten.

Dennoch hatte die Medizin, und insbesondere die Chirurgie, durch die Einführung der Narkose und die Verbesserung der Hygiene große Fortschritte gemacht. Die Krankenhäuser wurden moderner, und die Zusammenhänge zwischen Mikroorganismen und Krankheiten gehörten nun zum Allgemeinwissen der Ärzte. Doch nach wie vor starben viele Patienten im Anschluss an erfolgreiche Operationen an Wundinfektionen.

Neue Krankenhäuser wurden deshalb so konzipiert, dass die Pavillons gut zu durchlüften waren, und im Eppendorfer Krankenhaus, dem späteren Universitätskrankenhaus Eppendorf, gab es in der Kinderabteilung tatsächlich schon eine Fußbodenheizung. Es gibt dazu einen sehr schönen Bildband aus dem Jahr 1992 (Gordon Uhlmann und Ursula Weisser: *Krankenhausalltag seit den Zeiten der Cholera – Frühe Bilddokumente aus dem Universitätskrankenhaus Eppendorf in Hamburg*). Darin sind nicht nur die ersten Krankenwagen zu sehen, sondern auch die alten Krankenbaracken in St. Georg und zum Vergleich dazu die neuen, lichtdurchfluteten Pavillons in Eppendorf. Es finden sich auch Fotografien über frühe Desinfektionstrommeln und Operationssäle sowie Bilddokumente der ersten Erika-Schwestern. Die Schwesternschaft war für die Frauen eine Ersatzfamilie, es gibt sogar Fotos, wo sie in Schwesterntracht beim gemeinsamen Urlaub am Ostseestrand zu sehen sind. Hinsichtlich Marthas Ausschluss aus der Schwesternschaft habe ich kein historisches Vorbild gefunden, hier habe ich mich den dramaturgischen Gegebenheiten des Romans angepasst.

Die Frauenrechte und die Sozialdemokratie spielen eine weitere wichtige Rolle. Lida Gustava Heymann hat wirklich gelebt. Sie wurde 1868 geboren und war eine Vorkämpferin für die Rechte der Frauen in Hamburg. Sowohl ihre Suppenküche beim Hafenarbeiterstreik als auch ihre Beratungsstelle für Frauen sind historisch belegt. Gleichfalls, dass sie sich für die Rechte von Prostituierten einsetzte und dafür als verrücktes Frauenzimmer bezeichnet wurde. Lida Gustava Heymann verließ Deutschland während des Nationalsozialismus, denn sowohl ihre politischen Ansichten als auch ihre Homosexualität gefährdeten sie. Sie starb 1943 im Schweizer Exil.

Für die Reden bei den Versammlungen der Sozialdemokraten ließ ich mich von der Schrift August Bebels *Die Frau und der Sozialismus* inspirieren. Die damaligen Ansichten über die Rolle der Frau, die ich im Roman schildere, entsprechen den tatsächlichen Gegebenheiten.

Milli steht für Frauen, die nicht so viel Glück wie Martha hatten, die aber trotzdem ihren Weg gingen. Ihr Beispiel zeigt auch auf, wie schwierig es für Frauen mit unehelichen Kindern war. Sie bekamen tatsächlich einen Amtsvormund – was übrigens noch bis in unsere Tage möglich ist, wenngleich die Amtsvormünder heute nicht mehr über den Leumund der Frauen wachen sollen, sondern die Mütter dabei unterstützen, dass die Väter den Kindern ihren Unterhalt bezahlen.

Kennern der Geschichte der Fotografie wird auffallen, dass ich mir hier eine kleine künstlerische Freiheit gegönnt habe. Milli befreit sich im Roman durch kompromittierende Fotografien von ihren Peinigern. Durch die langen Belichtungszeiten wäre ein solches Unterfangen zur damaligen Zeit sehr schwierig gewesen, vielleicht sogar unmöglich, aber mir gefiel dieser Handlungsstrang zu sehr, als dass ich ihn deswegen geopfert hätte.

Der Hafenarbeiterstreik von 1896 war einer der größten Streiks in der deutschen Arbeitergeschichte. Auch hier lasse ich historisch belegte Personen auftreten, etwa Johann Döring, der die Gewerkschaft der Schauerleute gegründet hat, oder Tom Mann, den englischen Gewerkschafter, der die Hamburger Hafenarbeiter unterstützte und zweimal aus Hamburg ausgewiesen wurde.

Auch der Werftbesitzer Hermann Blohm mit seiner kritischen Haltung den Arbeitern und Gewerkschaften gegenüber ist historisch belegt, ebenso die Werft von Gustav Wolkau, die sich später auf Spezialschiffe für den Hafen spezialisierte.

Marthas späterer Ehemann Paul Studt ist eine fiktive Figur, aber er steht stellvertretend für all jene, die dazu beitrugen, dass der Streik von unten begann. Denn das Bemerkenswerte an diesem Streik war die Tatsache, dass er nicht von den Gewerkschaften oder den Sozialdemokraten organisiert wurde. Hier kam die massive Unzufriedenheit der Arbeiter zum Tragen, deren Arbeitszeiten immer länger wurden, ohne dass ihre Löhne (trotz wachsender Lebenshaltungskosten) stiegen. Schichten von bis zu zweiundsiebzig Stunden Dauer waren keine Seltenheit. Unfälle und der Verlust von Existenzen waren die Folge. Viele Familien waren tatsächlich auf Heimarbeit, wie das Zusammenbauen von Mausefallen, angewiesen.

Der Streik endete zwar mit einer schweren Niederlage der Streikenden, aber er war dennoch einer der wichtigsten Wendepunkte in der Geschichte der Gewerkschaften und des Arbeitskampfes.

Wer mehr über den Streik der Hafenarbeiter wissen möchte, dem sei der in der *Zeitschrift des Vereins für Hamburgische Geschichte* erschienene Artikel von Hans-Joachim Bieber *Der Streik der Hamburger Hafenarbeiter 1896/97 und die Haltung des Senats* empfohlen (Band 64, 1978 – Seite 91 bis 148).

Die Cholera-Epidemie war Auslöser für vielerlei gewesen. Letztlich resultierte auch der Streik der Hafenarbeiter daraus, weil sich die Not der Menschen durch die Cholera verschärft hatte. Außerdem fing man an zu begreifen, wie wichtig die hygienischen Lebensbedingungen für die Arbeiter waren. In der Folge wurden die Gängeviertel nach und nach abgerissen oder saniert, und Hamburg bekam eine moderne Kanalisation. Auch die Ausbildung der Krankenschwestern in Eppendorf resultierte aus den Folgen der Cholera, weil man erkannt hatte, dass in Krankenhäusern, in denen Diakonissen arbeiteten, weniger Menschen gestorben waren. Es wurden in diesen Jahren viele Fehler vom Hamburger Senat gemacht, aber in der Folge zog der Senat sowohl aus der Cholera als auch aus dem Hafenarbeiterstreik die richtigen Lehren und sorgte dafür, dass die Stadt weiter wachsen und gedeihen konnte.

1896 wurde im Innenhof des Hamburger Rathauses ein Brunnen errichtet, der an die Cholera-Epidemie von 1892 erinnern soll und daran, dass sauberes Wasser lebensnotwendig ist. Er zeigt den Sieg der Göttin Hygieia über die Cholera, die in Form eines kleinen Drachen zu ihren Füßen dargestellt ist. Der Brunnen ist bis heute eine beliebte Sehenswürdigkeit und als Kulturdenkmal ausgewiesen.

ANHANG

Psychologische Biografie Martha Studt, geb. Westphal

Martha wird am 19. August 1878 als Tochter des Schauermanns Karl Westphal und seiner Frau Louise geboren. Sie hat noch einen drei Jahre jüngeren Bruder und eine vier Jahre jüngere Schwester.

In ihrer frühen Kindheit erfährt Martha durch ihre Eltern ein liebevolles Zuhause. Sie ist das Lieblingskind ihres Vaters, der sie stets fördert und unterstützt. Auf diese Weise erfährt Martha schon früh, dass sie etwas wert ist. Von ihrer Mutter, die etwas strenger als der Vater ist, lernt sie, dass man nur mit Fleiß und Ausdauer weiterkommt. Somit bekommt Martha schon früh neben ihrem Selbstbewusstsein auch Verantwortungsgefühl vermittelt.

An Marthas vierzehntem Geburtstag zerbricht die heile Kinderwelt, als erst ihre kleine Schwester und dann auch noch ihre Mutter an der Cholera versterben und ihr Vater aus Kummer dem Alkohol verfällt. Es ist für Martha nur schwer zu ertragen, wie ihr Vater sich gehen lässt, in Tränen ausbricht und sie immer wieder um Verzeihung für sein Versagen bittet. Martha ist hin- und hergerissen zwischen Wut auf ihren Vater, weil er so wenig Selbstbeherrschung zeigt, und Mitgefühl, da er durch den Alkohol nicht gewalttätig, sondern hilflos wird. Dieser nur schwer aushaltbare innere Konflikt lässt sie schneller reifen. Erst in ihrer Tätigkeit als Krankenschwester kann sie diese Hilflosigkeit überwinden. Indem sie lernt, anderen zu helfen, kann sie später auch ihren Vater unterstützen. Sie übernimmt die Verantwortung für ihren Vater und den kleinen Bruder und gerät in eine klassische Parentifizierung, indem sie als Kind die Elternrolle übernimmt, weil der Vater sich in die hilflose Kinderrolle begibt.

Durch diese Erfahrung ist sie vorsichtig mit neuen Bindungen, denn durch die Wandlung ihres Vaters machte sie die Erfahrung, dass Liebe sie auch überfordern kann und ihr Lasten aufbürdet, die sie kaum zu schultern vermag.

Vor diesem Hintergrund ist die Liebesgeschichte mit Paul Studt zu verstehen. Bei Martha gibt es kein Schmachten, auch wenn sie dem jungen Ingenieur von Anfang an zugetan ist. Doch sie muss ihn erst als Freund und politisch gleichgesinnten Menschen kennen- und schätzen lernen, ehe sie bereit ist, genügend Vertrauen aufzubringen, um sich ihre Liebe einzugestehen. Denn eines hat Martha durch ihre frühen Erfahrungen gelernt: Egal wie sehr sie einen Menschen liebt und sich bei ihm auch geborgen fühlt – im Zweifelsfall muss sie in der Lage sein, alles allein bewerkstelligen zu können, denn es ist gefährlich, sich zu sehr auf andere Personen zu verlassen.

Psychologische Biografie Paul Studt

Paul ist ein Mensch, der sich sehr für die Rechte Schwächerer einsetzt. Als Sohn eines Schauermanns, der es ihm trotz seiner Armut ermöglichte, Maschinenbau-Ingenieur zu werden, indem er sich alles vom Munde absparte, hat Paul gelernt, dass jeder Mensch die Gelegenheit haben sollte, die bestmögliche Ausbildung zu machen. Zugleich erlebt er es als große Ungerechtigkeit, dass Menschen aus armen Verhältnissen von den höheren Schichten ausgebeutet werden. Er ist ein Kämpfer für soziale Gerechtigkeit und schließt sich deshalb früh den Sozialdemokraten an, wo er Martha kennenlernt. An Martha fasziniert ihn vor allem ihre innere Stärke und dass sie die gleichen Überzeugungen teilt. Er ist ein Mann, der sich nach einer ebenbürtigen und starken Partnerin sehnt, um mit ihr gemeinsam die Welt zu verändern.

Als junger Mann ist er voller Idealismus und glaubt, dass Streiks und Arbeitskämpfe jedes Risiko lohnen, um die Situation der Arbeiter zu verbessern. Und so hört er nicht auf die älteren, erfahrenen Gewerkschafter, sondern gehört schon bald zu den führenden Köpfen des größten Hafenarbeiterstreiks, den Deutschland bis dahin gesehen hat. Er riskiert seine Arbeit, sein Ansehen, all das, wofür sein Vater so viele Entbehrungen auf sich genommen hat, um für die Rechte anderer zu kämpfen.

In seinem jugendlichen Idealismus kommt ihm gar nicht der Gedanke, dass man auch scheitern und am Ende alles viel schlimmer kommen könnte, als es war. Schließlich hatte er selbst in seiner Jugend alles erreicht, für das er kämpfte – sogar ein Studium, obwohl er aus einer armen Hafenarbeiterfamilie stammte. Die Liebe seiner Eltern, die alles für ihn taten und immer an ihn glaubten, hat ihn zu einem starken, selbstbewussten Mann gemacht, aber auch zu jemandem, der sich anfangs noch für unfehlbar hält.

Im Laufe seines Lebens wird Paul noch einige bittere Erfahrungen machen müssen, durch die er reift. Aber da er Martha als ausgleichenden Pol an seiner Seite hat, als Frau, die ihn niemals aufgibt, ist er bestens für all das gewappnet, was ihn noch erwarten wird.

Psychologische Biografie Mildred (Milli) Steubner

Milli wächst in desolaten Verhältnissen im Gängeviertel auf. Ihr leiblicher Vater, ein Matrose, kam bei einem Schiffsunglück vor ihrer Geburt ums Leben, noch bevor er ihre Mutter heiraten konnte. Ihre Mutter heiratete daraufhin Hannes Steubner, einen angesehenen Lademeister. Als Hannes Steubner sich jedoch an einem groß angelegten Diebstahl im Hafen beteiligte, verlor er nicht nur seine Arbeit, sondern kam auch noch für zwei Jahre ins Gefängnis. Millis Mutter konnte ihren Lebensstandard nicht mehr halten und begann, sich zu prostituieren. Nach seiner Entlassung aus der Haft ließ Steubner seine ganze Wut über die Situation an seiner Stieftochter Milli aus. Er misshandelte sie regelmäßig und als sie älter wurde, verging er sich selbst an ihr und reichte sie unter seinen Freunden herum, als Bezahlung für seine Schulden. Schließlich zwang er sie vollends in die Prostitution.

Milli zerbrach daran nicht, denn durch Martha und ihre Familie hatte sie noch einen Halt außerhalb dieses desolaten Familiensystems. Da sie nun als Prostituierte arbeitete, war sie bis zu einem gewissen Grad auch dem Zugriff der brutalen Freunde ihres Stiefvaters entzogen und konnte sich ihre Freier selbst aussuchen. Das, was eigentlich ein Abstieg hätte sein sollen, wirkte auf Milli wie eine teilweise Befreiung. Zugleich wuchs in ihr der Traum, nach Amerika auszuwandern, um neu anzufangen. Die Geburt ihrer unehelichen Tochter Anna, der sie ein besseres Leben bescheren wollte, bestärkte sie darin, und so achtete sie auf ihre Manieren und suchte sich als blutjunges Mädchen bessergestellte Freier, die mehr zahlten und von denen sie einiges über die feine Gesellschaft lernen konnte. Schließlich gelang es ihr, über die Vermittlung eines dieser Freier einen wohlhabenden Mann in Amerika zu finden, der aufgrund seiner Homosexualität eine Scheinehefrau suchte und Milli versprach, als Vater für ihre Tochter zu sorgen. Milli, die zeitlebens Angst vor der Liebe hatte, weil sie nie wieder so abhängig sein wollte wie von ihrem Stiefvater, ging darauf ein. Sehr zum Kummer von Moritz, Millis langjährigem Freund, der sie aufrichtig liebte und ihr immer wieder Heiratsanträge gemacht hatte. Doch aufgrund ihrer frühen Erfahrungen, dass sämtliche Personen an ihr versagt hatten, die einem Kind eigentlich Geborgenheit und Liebe geben sollten, brauchte Milli das Gefühl, unabhängig zu sein und tötete in sich selbst jegliche Empfindung der Verliebtheit ab. Das Einzige, was sie sich noch zugestand, war die Liebe zu ihrer Tochter Anna und die Freundschaft zu Martha, die zu allen Zeiten zu ihr gestanden hatte. Obwohl auch Moritz ihr immer treu zur Seite gestanden hatte und stets liebevoll zu ihr gewesen war, war sie durch ihre traumatisierende Kindheit nicht in der Lage, sich emotional auf ihn einzulassen, aus Furcht, er könnte sich dann auch in ein Ungeheuer wie ihr Stiefvater verwandeln.

Psychologische Biografie Carola Engelmann

Carola ist die Tochter eines reichen Anwalts, der trotzdem Sozialdemokrat ist. Er hat in seiner Tochter schon früh das Interesse für Politik geweckt, und es ist ihm wichtig, dass sie als Frau auf eigenen Beinen stehen kann. Carola beginnt deshalb eine Ausbildung als Krankenschwester bei den Erika-Schwestern im Allgemeinen Krankenhaus Eppendorf. Dort lernt sie Martha kennen. Die beiden jungen Frauen freunden sich an, und Martha wird von der drei Jahre älteren Carola in die Welt der Sozialdemokraten eingeführt. Sie begleitet Carola zu politischen Versammlungen und zu Treffen der Frauenbewegung.

Im Gegensatz zu Martha musste Carola niemals materielle Not oder gar Hunger erdulden. Sie hat nie erfahren, was es bedeutet, wenn man für seine Taten wirklich ernsthafte Konsequenzen zu tragen hat, denn Carola weiß sich immer im Schutz ihres Vaters, der ihr sowohl als Anwalt als auch finanziell immer zur Seite springen würde. Dadurch erscheint Carola – ohne es so zu meinen – manchmal überheblich und prangert an, dass die Menschen der Unterschicht nicht mehr für ihre Rechte kämpfen. Sie sieht nur die Vorteile, niemals die Gefahren. Deshalb unterstützt sie auch von ganzem Herzen den großen Hafenarbeiterstreik 1896/97.

Carola ist das Kind einer fürsorglichen Familie, doch zugleich musste sie sich niemals einer wirklichen Herausforderung stellen – und als sie zum ersten Mal etwas riskieren muss, was ihr wichtig ist, schreckt sie zurück. Erst jetzt hat sie wirklich begriffen, was es bedeutet, alles für seine Rechte zu wagen.

Psychologische Biografie Karl Westphal

Karl ist der Vater von Hafenschwester Martha und ihrem kleinen Bruder Heinrich. Karl ist in ausgesprochen ärmlichen Verhältnissen im Gängeviertel aufgewachsen, seine Familie war so arm, dass sie sogar ihre Betten tagsüber an sogenannte »Schlafgänger« vermietete, was den kleinen Karl nachhaltig geprägt hat. Obwohl er sehr intelligent ist, konnte er als Kind nur wenige Jahre zur Schule gehen und musste dann schon bald im Hafen arbeiten. Er brachte es immerhin bis zum Schauermann, der als Facharbeiter über den Hilfsarbeitern steht, bekam aber nie eine feste Anstellung, sondern musste sich immer morgens beim Hafenmeister melden, ob es für ihn Schichten gab. Karl ist begeisterter Leser von Abenteuer- und Reiseromanen, die er sich in der kleinen Bücherei, die der Tabakwarenladen im Hinterzimmer betreibt, regelmäßig ausleiht. Mit einundzwanzig Jahren heiratet er 1877 die zwei Jahre jüngere Louise, die als Näherin arbeitet, da ihre Eltern nicht das Geld hatten, ihr eine Schneiderlehre zu ermöglichen. Die beiden bekommen 1878 erst Martha, 1881 Heinrich und 1882 Anna. Anders als viele andere Eltern in dieser Zeit kümmern Karl und Louise sich sehr um ihre Kinder. Besonders Karl will ihnen eine Kindheit, wie er sie erleben musste, ersparen, und so ist er besonders stolz auf die verhältnismäßig moderne Wohnung im Gängeviertel, die immerhin ein eigenes Zimmer für die Kinder bietet. Außerdem überlässt er der sparsamen Louise die Vorsorge für den Nachwuchs, denn er möchte, dass aus all seinen Kindern mal etwas Besseres wird.

Als seine Frau und die jüngste Tochter Anna an der Cholera sterben, zerbricht Karl daran. Ohne seine Frau fühlt er sich hilflos und verlassen, er greift zum Alkohol, um den Schmerz zu betäuben, obwohl er sich dafür vor seinen verbliebenen Kindern schämt. Er wird kein gewalttätiger Alkoholiker, sondern einer, der im Selbstmitleid versinkt, so lange, bis er beinahe alles verliert, wofür er einst so hart gekämpft hat.

Allerdings zahlt es sich nun aus, dass er seinen Kindern Martha und Heinrich stets viel Liebe und Fürsorge entgegengebracht und sie zu starken Persönlichkeiten erzogen hat. Sie geben nicht auf und suchen gemeinsam nach einem Weg, ihrem Vater dabei zu helfen, endgültig vom Alkohol loszukommen, sodass er wieder zu einer wichtigen Stütze im Leben seiner Kinder werden kann.

Psychologische Biografie Susanne Kowalski

Susanne ist ein Mädchen aus gutem Hause, das gern studiert hätte, allerdings ist das Frauenstudium in ihrer Zeit in Deutschland noch nicht möglich, und ihr Vater sieht nicht ein, ihr ein teures Studium in der Schweiz zu finanzieren. Schließlich werde seine Tochter irgendwann ohnehin heiraten und eine Familie gründen. Susanne, die immer wegen ihres Übergewichts von Männern belächelt und von gehässigen Frauen verspottet wurde, erlebt die Gründung der Erika-Schwesternschaft als Möglichkeit, sich selbst zu verwirklichen. Zwar kann sie nicht Medizin studieren, aber immerhin Krankenschwester werden. Da sie in der Gesellschaft durch ihre selbstbewusste Einstellung und ihre pummelige Figur immer wieder selbst zur Außenseiterin wird, freut sie sich, in Martha eine Gleichgesinnte zu finden, die wegen ihrer Herkunft aus dem Gängeviertel im Ansehen sogar noch unter ihr steht. Sie bietet Martha ihre Freundschaft an, erkennt aber nicht, dass sie dabei selbst in die gleichen Fehler verfällt, in die ihr Vater bei ihr verfiel. Aufgrund ihrer Herkunft aus einer höheren Schicht fühlt sie sich Martha ebenso überlegen, wie sich die Männer ihrer Familie ihr gegenüber überlegen fühlten. In dem Maße, wie sich Martha von Susannes Ansichten emanzipiert und zu ihren eigenen Idealen steht, umso mehr entfremden sich die beiden Frauen.

Allerdings gibt es in den Zeiten gemeinsamer Feinde und gemeinsamer Interessen immer wieder einen Weg zurück, und daran wird Susanne letztendlich wachsen. In einer entscheidenden Situation erkennt sie, wann sie bedingungslos zu Martha stehen muss, um ihre eigenen Ideale nicht zu verraten.

Psychologische Biografie Auguste Feldbehn

Auguste ist für Außenstehende ein hochnäsiges Porzellanpüppchen, das auf jeden herabsieht und sich nur ungern die Finger schmutzig macht. Die meisten vermuten, Auguste hätte die Ausbildung zur Krankenschwester nur angetreten, um sich einen Arzt zu angeln und sie tut alles dafür, dass dieser Eindruck erhalten bleibt.

Allerdings hütet Auguste ein Geheimnis, das sie durch ihr oberflächliches, arrogantes und teilweise boshaftes Verhalten vor der Welt versteckt. Indem sie andere schlecht macht, fühlt sie sich selbst besser. Wenn sie vernichtet, kann sie nicht selbst vernichtet werden. Und natürlich sucht sie sich nur solche Menschen, die scheinbar schwächer sind.

Martha ist sofort das Lieblingsfeindbild von Auguste, denn das »Gossenkind aus dem Gängeviertel«, wie Auguste sie verächtlich nennt, hat keine Familie, die sie vor den Bosheiten schützen kann. Allerdings hat Auguste nie gelernt, dass manche Menschen ihre Kraft aus sich selbst beziehen und umso härter werden, je mehr man auf sie einschlägt. Auguste ist eine Meisterin der Intrige, aber sie ahnt nicht, welch gelehrige Schülerin Martha ist, und so muss Auguste am Ende feststellen, dass Martha nicht nur bereit ist, den Kampf aufzunehmen, sondern durchaus gelernt hat, wie man unangenehme Menschen durch Intrigen zu Fall bringen kann.

In dem Augenblick, da Martha Auguste durchschaut und ihr tiefstes Geheimnis ergründet, verliert Auguste alle Macht, nicht nur über Martha, sondern auch über sich selbst. Sie muss nun eine Entscheidung treffen, ob sie selbst etwas ändern will, oder ob sie weiterhin das missgünstige Biest bleiben will.